LINO YANG
E OS HERDEIROS DOS DEUSES

Thiago Ribeiro

LINO YANG
E OS HERDEIROS DOS DEUSES

TALENTOS DA LITERATURA BRASILEIRA

novo século®

São Paulo 2014

COORDENAÇÃO EDITORIAL **Nair Ferraz**
ILUSTRAÇÃO **Darwiz Bagdeve**
COMPOSIÇÃO DA CAPA **Monalisa Morato**
DIAGRAMAÇÃO **Dimitry Uziel**
PREPARAÇÃO **Mila Martins**
REVISÃO **Cátia Pietro da Silva**

TEXTO DE ACORDO COM AS NORMAS DO NOVO ACORDO ORTOGRÁFICO DA LÍNGUA PORTUGUESA (DECRETO LEGISLATIVO Nº 54, DE 1995)

DADOS INTERNACIONAIS DE CATALOGAÇÃO NA PUBLICAÇÃO (CIP)
(Câmara Brasileira do Livro, SP, Brasil)

Ribeiro, Thiago
Lino Yang e os herdeiros dos deuses / Thiago Ribeiro. -- Barueri, SP : Novo Século Editora, 2014. -- (talentos da literatura brasileira)

1. Ficção brasileira I. Título. II. Série

13-07059 CDD-869.93

Índice para catalogo sistemático:
1. Ficção : Literatura Brasileira 869.93

2014
IMPRESSO NO BRASIL
PRINTED IN BRAZIL
DIREITOS CEDIDOS PARA ESTA EDIÇÃO À
NOVO SÉCULO EDITORA LTDA.
CEA - Centro Empresarial Araguaia II
Alameda Araguaia, 2190 - 11° Andar
Bloco A - Conjunto 1111
CEP 06455-000 - Alphaville - SP
Tel. (11) 3699-7107 - Fax (11) 3699-7323
www.novoseculo.com.br
atendimento@novoseculo.com.br

Aos meus pais, pelo amor e persistência. Aos familiares que estão sempre ao meu lado. E aos amigos, por serem verdadeiros. Para todos vocês, com muito amor.

1

PARA ONDE
FORAM OS DEUSES

Finalmente chegaram. O Educandário Mânlio Capitolino tinha um aspecto abatido, em meio à noite que se iniciava. Visto de perto, lembrava uma velha catedral enterrada na alameda infestada de prédios. O carro da família encolhia diante dos muros da escola, mas não da cabine da portaria, onde eles pararam.

– Algumas atitudes nos levam a escolhas, David, é como se fôssemos arrastados por elas. E você sabe que é o único responsável por estar aqui. Se tivesse o costume de pensar antes de agir feito moleque, nada disso estaria acontecendo. E como seu pai, eu lamento não poder fazer nada por você neste momento.

– Com licença, senhor, em que posso ajudá-lo? – perguntou o porteiro do colégio, como se estivesse prestes a informar que era proibido estacionar ali.

– Oi, boa noite – o homem cumprimentou de dentro do carro. – Nós viemos para a entrevista; eu sou Honório Riton, pai do candidato David Lino Riton, temos hora marcada.

Após checar na lista sobre sua bancada, o porteiro sorriu formalmente.

– Sim, está certo. A diretora Hellans está aguardando – disse, liberando-lhes a entrada. Aberto o grande portão do colégio, a família deixou o carro estacionado e adentrou.

Passavam por um corredor de acesso ao lado esquerdo do pátio, e o Sr. Riton já parecia conhecer o caminho que levava à sala da diretora.

No percurso, um colégio ainda vazio, sem os alunos. Quando março se aproximava, os colégios do país começavam os preparativos para mais um ano cheio das atribulações de praxe e as suas corriqueiras implicações. Do outro lado, a maioria dos estudantes via com agonia e desespero as últimas fagulhinhas das férias escaparem, de forma irreversível, das suas mãos.

O garoto Davi estava encantado com aquela estrutura; aquilo era o máximo. Viu uma placa pregada na parede, que dava uma pequena prévia do que ele iria encontrar nos próximos patamares – teatro, observatórios, laboratórios para Ciências, ginásio, biblioteca... Se ele continuasse lendo, iria concluir que o Mânlio Capitolino tinha tudo de que um colégio perfeito precisava, além de salas de aula.

Depois das escadarias, eles chegaram à porta da sala da diretora Misty Hellans e penetraram. Não era nada impressionante. As estantes estavam cheias de livros que ela nunca leu, e nas paredes podia-se ver alguns quadros surrealistas, que não faziam o menor sentido e se orgulhavam disso.

Sentada na poltrona posterior à sua mesa estava uma mulher de idade não contável e aspecto simpático. Ela deu um singelo e sorridente *Boa-noite*, mostrando que os seus dentes eram quase tão brancos quanto os fios de cabelo que ela tentava esconder com o coque alto.

– Olá, Honório, há quanto tempo! No rumo dos deuses? – ela perguntou, como exigia a formalidade, após ter se levantado.

– No rumo, Misty, obrigado. E você, como vai? Entrevistando muitos candidatos, suponho? – perguntou educadamente o Sr. Riton. Corretor de imóveis nos dias úteis e barrigudo nos fins de semana, ele agora transmitia a formalidade do terno e da gravata. A testa suava, graças à tensão do momento que estava passando. Os cabelos também estavam úmidos, mas isso era cousa da longa viagem que acabara de enfrentar com a família.

– De fato, de fato... Embora não seja nada que não estivesse em nossas previsões, uma vez que estamos quase no mês de Marte... Essa movimentação é totalmente trivial. Até porque, Misty Hellans não é conhecida pela bagagem que tem por acaso – disse cheia de si. – Sentem-se, por favor! Que família linda, parabéns! – sorrindo, ela indicou-lhes os assentos.

– Gentileza sua – disse o homem sentando-se ao lado da esposa. Os outros dois jovens sentaram-se num sofá um pouco mais afastado, já que Davi, o grande interessado no resultado daquela conversa, precisava estar devidamente próximo. – Desculpe-nos pelo atraso, é que tivemos que esperar a seguradora nos enviar o outro carro, pois sofremos um pequeno incidente no caminho.

– Oh, Júpiter, vocês estão bem? – levantou-se, com expressão preocupada, tirando os óculos para não caírem.

– Sim, sim, não se preocupe – o Sr. Riton tentou acalmá-la, culpando-se por não ter conseguido uma forma mais suave de explicar o atraso. – Eu só queria te explicar o motivo da nossa demora, só isso. Foi um pequeno acidente na rodovia, mas graças aos deuses estamos todos bem.

– Ufa, então menos mau. – A diretora se sentou novamente, com a mão sobre o peito. – De qualquer sorte, eu tive que resolver uns problemas lá fora; se vocês chegassem um pouco mais cedo, não iriam me encontrar aqui mesmo...

– Que bom que tudo acabou bem – sorriu, forçosamente, o pai de Davi.

– Está certo, mas ainda nem começamos, Honório. – Ela devolveu os óculos ao rosto. – Primeiro, deixe-me conhecer o senhor... David Lino Yang Riton, suponho? – perguntou, dando a última organizada nas fichas dos candidatos, enquanto aquele garoto moreno à sua frente tentava esconder o nervosismo.

– Meus amigos me chamam de Davi – respondeu meio desconfiado, encarando um busto de Zeus, que encontrou ostentado num pedestal ao lado da mesa. Deduziu que aquele deveria ser o deus de devoção da diretora, assim como era para milhões de pessoas naquele país. A imagem só serviu para deixar o garoto mais desconfortável, o que não era bom para alguém na situação dele. Aquela não era hora para externar sua velha antipatia com o deus dos deuses.

– *Tire - esse - boné!* – o pai sussurrou com muita discrição. Davi fez cara feia, mas obedeceu, colocando a *coppola*, que estava ao seu lado, na cadeira.

Com razão, ele achou certa ironia naquilo. Afinal, foi o próprio Sr. Riton quem lhe forçou a gostar das *coppolas*, chapéus italianos de *tweed*, o que tornava o filho um verdadeiro sucesso nas suas rodas de amigos, quando pequeno. Davi levou anos para se acostumar com as *coppolas* e agora já não vivia sem uma sobre os negros cabelos lisos, que até que estavam apresentáveis naquele momento, então nem precisou se preocupar com eles.

– Ora, ora, David – continuou a Sra. Hellans. – Soube que você estaria interessado em fazer parte de nossa escola, estou correta? – Ela colocou os braços sobre a mesa, e cruzou as mãos sobre as fichas. – Seu pai esteve aqui na semana passada e me trouxe o seu histórico. Catorze anos, e prestes a adentrar-se no Último Ensino Colegial. Você é um aluno bem na média, não?

– Sempre procurei ser.

–Você está prestes a entranhar-se num mundo didático totalmente diferente do que você habitava nas séries anteriores, David. E, estando num ambiente escolar tão novo, por Júpiter, eu não mentirei: nessa conjuntura, as cousas serão ainda menos fáceis. Diga para mim: você está mesmo a fim de integrar o nosso corpo estudantil? Você compartilha da opinião da sua família?

– Se eu estou a fim? – seus olhos encontraram os do pai.

2

O VIADUTO
PRESIDENTE MERLIN MONROE

– *Em Pélagos, torrencialmente. Em Canoas Novas, cidade que se mantém compromissada com sua fé, o tempo não fechará neste final de dia, tornando-o agradável para caminhadas ao ar livre. Uma massa de ar quente...* – dizia a meteorologia no telejornal local, que estava sendo assistido por alguns membros da família Riton, semanas antes da ida ao tal Educandário Mânlio Capitolino, na cidade de Oceânide.

Era pouca, ou quase nenhuma, a relevância das notícias do tempo em Belana, um país cercado de lendas (e de água) por todos os lados. Seus habitantes sempre foram conformados com a inconstância do tempo: atribuía-se tal fato ao temperamento imprevisível dos deuses, cousa que não podia ser contestada.

– Louvados sejam Pã e os demais! Não vai chover! Então eu vou sair! – disse Honório Júnior, feliz por encontrar um motivo aceitável para ir à rua. – Quer dizer, vamos à rua, David?

– Não... – murmurou Davi, que acabava de chegar à sala para assistir à televisão. – Por tudo o que é mais sagrado, não...

–Vai ou não vai? – gritou Júnior.

– Não vou – disse com todo o coração.

– Escuta aqui. – Com uma discrição respeitável, ele puxou o irmão pelo braço sem despertar a atenção da mãe, que assistia à tevê com dedicação. –Você sabe muito bem que o pai não vai me liberar o carro se você não for comigo. Não sei por que diabos ele faz isso, mas não interessa. Enquanto isso não muda, você irá até ele agora pra pedir a droga da chave, nem que seja pra eu te deixar na primeira esquina e me mandar depois!

– Muito bem – Davi estava indiferente, embora àquele momento o seu braço já estivesse dolorido. – E você convocou a marinha de que país pra me forçar a fazer isso?

– Pro seu governo, eu não vou precisar disso. Afinal, aconteceu certa confusão no colégio Genius Romani, que, *por sinal*, é onde você estuda, e os nossos pais iam achar essa história interessantíssima. Quer apostar?

– Como você ficou sabendo? – perguntou Davi, começando a se preocupar.

– Muita gente já sabe, David. – Júnior largou o braço do irmão. – O colégio esconde os detalhes, mas não dá pra ignorar que a menina está internada lá na capital, em coma profundo. Não sei o que você fez, nem *se* foi você mesmo que fez, ou *quem* armou tudo isso pra cima de você, só nos resta saber o que o pai vai achar dessa história...

– Honório, você... está me ameaçando?

Instantes depois, ele reencontraria Júnior naquele mesmo lugar.

– Aqui está. – Davi entregou a chave. – Sair com você amplia o meu conceito de diversão.

–Vocês poderiam falar mais baixo, por favor? – disse a tia Nany, inquieta.

– *Dados recentes mostram que neste dezembro, mês de Júpiter, o prejuízo para as transportadoras ultrapassa os seis milhões de talentos.* – Continuava a matéria na tevê. – *Autoridades responsáveis dos estados de Jônios e Aqueia alertam que a curva em questão é estritamente perigosa para veículos altos. Normalmente, a Polícia Rodoviária recomenda aos motoristas que deem preferência ao viaduto Presidente Merlin Monroe, próximo da divisa da cidade de Metecos com Oceânide. Mas com as obras no viaduto, em decorrência daquele grave acidente que noticiamos na semana passada, esse atalho encontra-se impraticável.* – Cortaram para o estúdio, onde a âncora vinha com as próximas notícias.

– Se esse viaduto fosse um atalho para a solução de todos os meus problemas... – disse Davi, tentando estabilizar os cabelos.

– *Os seguintes senadores estão jurados de morte* – seguia o telejornal.

.•●•.

Naquela noite, a ida à praça já era realidade para os garotos. O percurso era curto, o carro era só para dar *status* mesmo. Dentro do veículo, eles conviviam com certo silêncio.

– Quantas vezes eu já não disse pra você deixar essa mosca em casa? – Júnior reclamou, referindo-se à certa mosca com a asa esquerda arrebentada, voando vagarosa por cima do câmbio.

– Ela não é minha. Acredite, se eu quisesse um bicho de estimação, não seria uma mosca.

– Tá bom...

– E como você sabe que mosca é essa? Mosca é tudo igual!

– Assim, enrabichada com você, só conheço uma.

– Vai pro inferno, Honório! – Davi não podia dizer que o irmão estava totalmente errado, por isso resolveu apelar.

– Que tal se eu fosse... – ele sorriu sarcástico e aproveitou-se de um vacilo da Senhorita Musca para fechar de vez o vidro semiaberto da porta e deixá-la do lado de fora. – Que tal se nós fôssemos à casa da Melissa? Será que ela melhorou?

– Antes passe na casa da Sabina... – disse, e ainda tinha raiva pela ameaça de outrora. – Ela está quase desistindo de esperar você virar homem.

– Você é mesmo engraçado. – O outro se fechou, no que alguns dos seus amigos, no banco traseiro, ensaiaram uma risadinha irritante. – Ela não é minha namorada!

Eles tinham acabado de chegar à praça principal de Canoas Novas, cidadezinha do estado de Jônios, absolutamente insignificante, mas que acolhera com paciência aqueles dois irmãos tão incompatíveis, desde sempre. Honório Júnior, quem diria, com dezoito anos já estudava na Universidade Tmolo Preugenes, referência na área de administração pública, eleita por seis anos consecutivos como um curso de excelência pela conceituada revista *Olho norte*. Era uma das instituições mais importantes de Belana – o país costumava formar excelentes políticos. Talvez por seu quase certo futuro de deputado, Davi achava a justificativa certa para considerar o irmão um incorrigível idiota.

– É, hoje o movimento não está tão ruim assim – riu Timo Komotini, um garoto repleto de esperança no coração. – No sábado vai estar melhor...

– Então nós voltamos sábado – disse Davi, o único a permanecer no carro. – Fica fácil quando a gente não complica a própria vida, que acaba se mostrando algo tão simples.

– Esse David... – falou Júnior, contando o dinheiro na carteira. – Tem uma filosofia que não vale nada, mas pelo menos o mantém longe de vícios piores. Mas e vocês, o que querem fazer? Que tal um refrigerante?

– Tudo bem. Mas vamos comer alguma cousa também, oras. Pensem grande – sugeriu Laerte Agatocles, o menor de todos.

Timo, o garoto gordo, já estava prontificado para abrir a porta do carro:

– Sim, boa ideia, então a gente vai até a *delicatessen*, e...

– *Andando* – Júnior sorriu, fechando aquela mesma porta. – E nós aproveitamos para presentear as meninas com a gloriosa visão do conteúdo do carro... Ou seja, eu! E vocês também! – Mesmo a contragosto, os amigos partiram andando. Mas, se olhassem bem, perceberiam que as poucas meninas da praça sequer notaram a presença deles.

– Não vem, Davi? – perguntou Plínio Terêncio, o mais velho, enquanto checava a carteira.

– Não vai dar, estou sem dinheiro...

– Eu empresto!

– Não precisa, pode ir. Eu fico aqui e tomo conta do carro.

– Então tá, filhote! Te cuida! – E correu para acompanhar os outros.

Davi apoiou-se no carro e passou a contemplar a quase vazia praça principal, perguntando-se como era possível que aquilo fosse entretenimento para alguém. A construção antiga dava todo garbo ao lugar, mas não significava que ele adorava as horas que passava parado ali, sem fazer absolutamente nada.

A praça só enchia nos finais de semana, quando a Igreja Nova Clássica, em frente, realizava suas celebrações. Ao final destas, seus seguidores abasteciam os bancos de ferro e faziam o pipoqueiro dar cambalhotas. Até o benigno, que é como são chamados os clérigos da Nova Clássica, dava suas escapulidas para tomar sorvetes de toranja na *delicatessen* Ouro Branco, quando terminava de atender ao último fiel após o culto. E era lá, na doceria mais antiga da cidade, situada na esquina defronte ao templo novo clássico, que os garotos se encontravam.

Aquilo era diversão? Talvez. Davi não entendia muito de vida social mesmo. Ele gostava de sair, mas àquela altura da adolescência, já havia enjoado daquilo. Sem outra ideia melhor, puxou do seu bolso o grande e saliente telefone celular e pôs-se a brincar com as teclas, discando números quaisquer, que apareciam no pequeno e estreito visor verde.

Entediado também com a tecnologia do país, Davi não demorou

muito com o aparelho, e o guardou novamente no bolso. Embora não fosse intenso, o comensalismo entre Belana e os demais países acontecia, o que proporcionava aos belanenses pequenos luxos vindos de além das suas fronteiras. Mas, como apêndice do mundo, a ilha de Belana continuaria a ser apenas um mero pedaço de terra com gente em cima.

– Olá, Lino.

Prestes a adentrar-se numa nova linha de pensamentos, Davi se assustou ao ver quem tinha ousado cortar seu barbante de raciocínio.

– Oi, oi, você! – respondeu Davi, engasgando.

–Você estava meio sumido, ou é impressão minha?

– Impressão sua, Martim. Agora vai embora.

– Calma, estou sem pressa... Conte-me aí... Como vai o colégio?

– Nada de mais... Uns muros em volta, um teto pra evitar a chuva, dois bebedouros novos onde bebemos água, enfim. Do resto eu não me lembro.

– Espero que você guarde bem as suas últimas imagens do Romani, Lino – disse, com um sorriso assustador. –Você não vai mais pisar nem um pé naquele colégio.

– Então eu vou entrar voando? Todos esses anos, e eles nunca permitiram...

– Não precisa falar comigo nesse tom, Lino... Eu só quero ser seu amigo! Por que você nunca me trata bem?

– Porque você é irritante?

– Deve ser. Mas a sua voz... Ela está *um pouco* mais aguda hoje.

– Não. Está parecendo? – retrucou Davi.

– Acho que ela vai melhorar no dia em que sua boca aparecer inchada. – Sua feição mudou.

– E quem vai fazê-la inchar, mirmidão? Sua mãe?

– No dia em que eu te pegar... – Martim ameaçou.

– Espero que esse dia não chegue nunca.

– Olha aqui – puxou Davi pela blusa –, não continue com essa de engraçadinho, não pense que eu esqueci que a minha irmã...

– A sua irmã o quê, e eu com isso? Deixe-me em paz! E me larga!

– A Melissa está...

– Olha! – Davi interrompeu e conseguiu se desvencilhar do garoto. – Eu sei que sou o culpado preferido, mas eu ainda não aprendi a deixar pessoas em estado de coma sem sequer tocar nelas, nem sei se existe alguém que possa me ensinar. A sua irmã está mal, é uma pena, mas deixa de ser estúpido e aceite que eu não tenho nada a ver com isso! Como você acha que eu a deixei daquele jeito? Contando uma piada ruim?

– Chega de me enrolar, seu mentiroso, que eu sei que a culpa foi sua!

– Escuta, Martim, a conversa está ótima, mas... Não há provas. E não há por que, eu não fiz nada. É natural que você se preocupe com a sua irmã, mas paciência, o que aconteceu foi uma fatalidade, que eu nem pude evitar nem provocar. – Olhou para o relógio. – Agora, eu preciso mesmo falar com o meu irmão na *delicatessen*. Se você me der licença...

– Você não vai a lugar algum. – O garoto estalou os dedos e se pôs na frente de Davi, que não estava tão impávido quanto demonstrava, mas não pretendia engolir desaforo de moleque de doze anos.

– Cara, eu realmente sinto muito pela Melissa, ela vai melhorar, mas a nossa conversa fica difícil enquanto você não entender que...

– Ai! – exclamou, quando Davi pisou em seu tronco com força, empurrando-o para a rua. Martim teve que ser rápido para se desvencilhar de um carro preto que passava vagaroso por perto.

– Meu Deus! – berrou, bastante aflita a senhora idosa que dirigia aquele carro preto. – Está acontecendo tudo de novo!

– Venha falar comigo, seu covarde! – gritou Martim, mas Davi já estava longe.

– Vem cá você! – ele gritava da outra extremidade da rua. – Só tem quatro caras maiores do que nós dois aqui dentro dessa *delicatessen*, e por coincidência vieram comigo nesse carro aí!

– Não pense que parou aqui, Lino – Martim disse por entre os dentes. – A conversa ainda não terminou!

– Então, até amanhã, quem sabe! – E cada vez mais Davi se distanciava. Deu a volta para entrar na doceria. – Até mais, amigão... – murmurou e acabou rindo: – Idiota...

.•●•.

– O que foi, David? – perguntou Júnior sentado em uma das mesas com os amigos, cercados de latinhas de refrigerante e de pratos usados. Davi chegou meio ofegante e nada comunicativo.

– Nada, nada – respondeu. Em seguida, teve que sair à procura de uma cadeira, pois a *delicatessen* estava cheia aquela noite. Quando saiu os amigos se entreolharam, receosos.

– Deve ter sido o Martim de novo – arriscou Laerte, falando com todo o cuidado, enquanto Davi percorria a doceria.

– Boa noite, senhor – disse Davi ao encontrar a última cadeira disponível, na mesa de um homem solitário. – Posso pegar essa cadeira?

O homem magro, de barriga saliente estufada, tinha seus olhos grandes deformados pelos óculos de lentes grossas. De cara surrada e aspecto desleixado, ele tinha toda a atenção na sua caneca de chocolate quente.

– Sim, pode pegar – ele respondeu com a voz meio rasgada, sem mover os olhos.

Davi apanhou o assento e o levou à mesa dos seus amigos, que discutiam sobre um assunto que ele não queria comentar. Honório parecia estar esperando-o chegar para fazer uma pergunta.

– Por que você não dá um jeito nesse garoto, David? Ele só tem doze anos!

– O Martim pratica artes marciais desde os cinco, cara – outro deles acrescentou. – É melhor o seu irmão não mexer com ele.

– Quando você vai nos contar o que realmente aconteceu, Davi? – perguntou Timo mais curioso do que preocupado. – Você estava lá quando a Melissa caiu desacordada?

– Dizem que só estavam vocês dois no colégio! – falou Laerte. – Cara, você pode não ter culpa, mas de qualquer jeito... Quando isso se espalhar...

– Vocês já sabem do novo som do carro? – disse Davi para mudar de assunto.

– Som novo? Quando ele chega? – interpelou Laerte animadíssimo.

Júnior ficou feliz por terem tocado naquele assunto. Sua alma foi colocada num pedestal, providenciou um sorriso e fez mistério por exatos quatro segundos. Ele sabia que notícias sobre o carro tocavam os seus amigos na espinha dorsal, mas o suspense fazia com que a cousa ficasse mais agradável para ele também. Bebeu um pouco do refrigerante e do entusiasmo que insistiam no copo, até que se pronunciou.

– Sei lá, talvez esta semana.

– Os deuses te ouçam! Cara, um novo som pro carro seria o máximo! – Laerte suava com taquicardia. – É um daqueles que eu te indiquei? Aquela lista tinha algumas armadilhas, Júnior, você não podia ter feito isso sem ter me avisado!

Os amigos passaram a conversar sobre o novo som do carro. Plínio confessou um sonho que tivera duas noites atrás, Laerte contou sobre uma série de promessas que fizera a todos os deuses simpáticos ao assunto, enquanto Júnior dizia que não sabia de nenhuma participação divina naquilo, mas o novo som era algo garantido.

Enquanto isso, Davi não parava de pensar nas ameaças do garoto, no ódio que ele transmitia. Estaria correndo risco? Martim parecia destinado a transformar sua vida num inferno... E Davi não queria passar o resto dos seus dias preocupado com isso, com o que o outro estaria disposto a fazer até se sentir vingado pelo que aconteceu com Melissa... Não, alguém tinha que dar um jeito nele...

– E o seu pai vai comprar aquelas cornetas da revista, Júnior? – perguntou Timo, que àquele momento já se sentia um ser humano mais pleno, mais completo.

– Não sei te dizer isso... Mas o novo aparelho é bem melhor que o atual; toca bem mais. Vocês vão ver as batidas! É tum, tum.

Um copo da mesa ao lado explodiu.

– O que foi isso? – perguntou uma atendente da doceria, aterrorizada. Os copos e garrafas de outras mesas também foram explodindo, um a um, parecendo seguir um trajeto já estabelecido. Conforme o barulho ia compondo uma sequência ensurdecedora, o chão da doceria ficava repleto de cacos de vidro, sem contar os líquidos das garrafas.

As pessoas acompanhavam o caminho que as explosões percorriam, levantando-se apavoradas de seus lugares. Alguns clientes procuraram refúgio sob as mesas, já outros encontraram a oportunidade perfeita para saírem sem pagar.

– Céus! – O senhor solitário, que cedeu a cadeira para Davi, pareceu ter acabado de acordar num susto. Seu estalo sequer foi causado pelo barulho dos vidros, e sim por algo que ele acabara de lembrar. – O garoto! – deixou o dinheiro da conta sobre a mesa e saiu correndo dali, com taças estourando sincronizadas às suas costas.

Pouco depois de o homem cruzar a porta da doceria, a parede mais próxima explodiu, como se tivessem enterrado na alvenaria uma bomba poderosa. Os escombros cobriam o passadiço, e a poeira dominou boa parte da Ouro Branco.

Davi, como todos os outros espectadores, estava impressionado com o que via. Tentou entender o que estaria por trás de tudo aquilo, mas era difícil encontrar algo que fizesse sentido. Resolveu investigar por conta própria – mais por curiosidade, pois sabia que não daria para descobrir muita cousa. A poeira ainda estava a pino quando ele cruzou a doceria, passando por toda aquela euforia. O vozerio de muitas pessoas, amontoadas em torno dos escombros, guiou Davi até onde elas estavam.

– Ele salvou o garoto – era o que algumas pessoas diziam. – É um herói!

Quando chegou ao amontoado, ele notou que os comentários das pessoas giravam em torno do corpo de um homem, quase coberto pelos escombros, que segurava o calcanhar de um garoto, caído desacordado um pouco mais à frente..

– Este senhor se jogou um pouco antes de a parede explodir, e jogou o garoto longe! – disse uma senhora admirada, quando Davi chegou. Ela fazia questão de repetir a qualquer um que se aproximasse. – Que nobreza! Se ele não aparecesse, a criança estaria esmagada agora!

Davi reconheceu aquele homem sob os escombros, como o senhor barrigudo e solitário da doceria, e o menino desmaiado era Martim.

– Eu vou ficar bem – disse o homem com a voz fraca, após ter arriscado a própria vida. – E o garoto também – ele piscou para Davi e voltou a deitar a cabeça no passadiço, tossindo por causa da poeira, esperando a ambulância chegar.

.•●•.

Da porta da *delicatessen*, a tensão recentemente instalada trouxe mais gente do que aquela praça jamais vira num dia como aquele. Os clientes do lugar ainda estavam atordoados com o que estava acontecendo, e os prejuízos já estavam sendo calculados.

Davi parou na calçada e cravou o olhar na paisagem. Uma pessoa em especial veio até ele, procurar alguma explicação. Era uma jovem garota, com cabelos loiros na altura dos ombros, e olhos verdes que incendiavam toda a perfeição da face inquieta.

– Com licença – disse ela para Davi e tinha um olhar de aflição. O alvoroço ao redor dava a impressão de que metade da doceria havia explodido, o que lhe deixava ainda mais desesperada. – O que aconteceu? Você estava aí na hora? Tem alguém ferido? Esse lugar está destruído! Como isso aconteceu, as cousas simplesmente explodiram?

Davi estava estático, mal conseguia falar.

– Vamos, fala alguma cousa! – ela insistiu agitando Davi e foi a melhor cousa que fizeram para ele em todo aquele dia. – Te atingiram na cabeça? Mas você não está sangrando... Ah, chega! Não quer dizer nada, não diga! – E entrou na doceria, apressada.

– Você conhece aquela menina ali? – disse Davi ao amigo Plínio, com grandes olhos em Sâmia. O jovem acabara de sair do estabelecimento, meio encharcado de sucos e refrigerantes. Limpou a sujeira da roupa e olhou para a garota que Davi apontava, conversando atenciosa com a trêmula balconista. Lembrou-se rapidamente de quem se tratava.

– Eu conheço essa menina – disse ele. – Conheço muito bem! Inclusive, já fiquei com ela.

– Mas... não está ficando mais, está?

– Não... – Plínio riu. – Ela é muito grudenta! Não combina comigo.

– Ela é linda, cara... Você não sabe o que está perdendo...

– Claro que sei. Até porque... – Entendeu finalmente. Abriu um sorriso largo. – Está querendo ficar com a Sâmia, Davi?

– Com quem?

– A Sâmia, esse é o nome dela. Tá a fim, né? Faz muito bem, o beijo dela é louco.

– Calma, por enquanto não... Estou em férias.

3

PLACAS IDIOTAS
DE PEDRA

– Se eu estou a fim? – Seus olhos encontraram os do pai. – Estou muito a fim, sim, nossa...

A diretora Hellans fingiu não notar a ironia.

– Então, David, creio que você não se importará em responder um pequeno questionário que lhe farei. Cousas de praxe, pura formalidade.

Ela ajeitou-se no assento e começou a praticar uma arte em que se mostrou consagrada: a de indagar. Quis saber onde Davi estudava, com que matéria ele mais se identificava, seu prato preferido, planejamentos profissionais, planos para o futuro.

– Seu antigo colégio ficava em Estalão, que é uma cidade bem próxima de Canoas Novas; o que não é o caso de Oceânide. Como você fará para chegar ao nosso colégio, já que mora tão longe? – Aquela já era a sua décima quinta pergunta.

– Nós estamos negociando uma casa aqui perto – adiantou-se o Sr. Riton, que até então vinha brincando com botões da blusa que estavam em superexposição, graças a uma barriga saliente que ele apresentava desde que certo adereço dourado alojara-se em seu dedo, havia quase duas décadas.

– As perguntas são para o David. – A Sra. Hellans o encarou com censura.

– Ele está certo, senhora – disse Davi distraído, com a cabeça percorrendo os quadros ao seu redor. Havia um mais inexplicável que o outro. Davi se encantou com o quadro de um boi asqueroso, em posição de ataque, com formas distorcidas e borradas de branco, cascos azuis, pelo vermelho... – O papai não gostaria de vir me trazer todo dia...

–Você acha mesmo, David? Algum motivo especial para ele não querer trazê-lo?

– Porque eu poderia pedir que ele passasse pela Vila de Tholos, e ele não concordaria, e nós iríamos discutir muito – Davi respondeu, aéreo. Afinal, ambos deviam estar muito pouco interessados no conteúdo daquela conversa. – Mas Tholos é tão... estranha... – ele continuava rendendo atenção ao quadro. – Quase uma cidade-fantasma, como escreveram numa revista velha que eu li... Eles podiam escrever isso em placas idiotas de pedra – decidiu pôr fim ao impasse. – Este seu quadro é surrealista?

– O que você disse? – interpelou a diretora Hellans, talvez por não querer que ele desvendasse os mistérios daquele quadro obscuro.

– Hã, o que disse? – ele assustou-se.

– Perguntei o que você disse.

– Não sei, o que eu disse?

– Placas idiotas de pedra.

– Pintura surrealista?

– Não, querido. Você disse *placas idiotas de pedra.*

4

QUASE EXPULSO

Semanas antes, na casa da família em Canoas Novas, a reprise de um filme de ação na tevê embalava um dos momentos mais tensos de toda a paternidade do Sr. Riton. Com as veias do pescoço latejantes e os olhos em brasa, ele achava que haveria chances de ser mentira tudo que ele ouvira há pouco. Um erro grotesco.

– Então você está *feliz?* – perguntou perplexo e furioso, cruzando os braços.

– Eu nunca fui tão apegado àquele colégio assim... – disse Davi, que decidira lutar até os últimos minutos para esconder todo o terror que havia se instalado dentro dele.

– A quem você quer enganar, David...

Aquilo não era mesmo uma pergunta.

– Pai, você pode me dizer o que está acontecendo? – Davi perguntou num tom que, se não tivesse vindo de um garoto verdadeiramente desesperado, beirava o desafio.

Júnior foi surpreendido com o irmão mirando-o violentamente. Assustou-se com o pensamento que o assaltou e procurou fazer sinais enlouquecidos para que Davi entendesse que ele não tinha nada a ver com o que estava acontecendo ali. De tão agitado, sua face rosada chegou a corar, já que ele quis evitar que o pai o visse em tal situação. Seus cabelos crespos já se encontravam terrivelmente desgrenhados e, para piorar, ele os agitava sem parar.

– É na outra esquina! Idiota! – gritou a tia Nany irritada com o personagem do filme. No auge de seus vinte anos, e por também estar corada, ressaltava ainda mais a sua semelhança facial com o sobrinho mais velho. – Ele está fugindo! Ah, tenha dó, será possível que você não está vendo? – respirou fundo. – Não. Depois dessa, eu desisto. Chega.

– Eu já sei de tudo, David – o pai continuou. – Da Melissa, da confusão, de tudo.

– Mas você precisa acreditar em mim, as cousas não são do...

– Chega, David! Eu espero que você saiba que depois desse episódio vergonhoso, você não voltará a estudar lá. Vocês invadiram o colégio em plena madrugada, a garota sai de lá em coma, e a reputação do colégio acaba em sério risco! Você foi "convidado a abandonar" a instituição, eles não te admitirão de novo. E o pior é que eu não consigo discordar deles! Eu devia te dar uma surra!

– Não fale o que não pode cumprir, Honório – disse, serena, a Sra. Lívia Riton. Era quase do mesmo tamanho que o marido, mas a calma encontrava melhor alameda nas suas veias. Talvez por sua experiência com a irmã Natália, ela dizia não se irritar tão fácil assim.

– O que você sugere, Lívia? – perguntou o homem, ainda mirando o filho.

– Não sei – respondeu. – Mas é bom pensarmos nisso e não nos vingarmos com um comportamento tão bestial. E você sabe que nunca ousará levantar um dedo contra o meu Vizucho.

– Vocês podem mandá-lo para Vila de Tholos – disse Nany desligando a tevê. – Ele sempre foi fascinado por aquele lugar, não foi? Desde pequenininho...

– Vila de Tholos? – Júnior endossou a gozação. – A cidade que abriga os animais fabulosos mais maravilhosos do mundo? – ele riu. – Você ainda acredita nessas bobagens, David? Se eu tivesse a autoridade necessária, já teria eu mesmo aterrado aquela baldeação e jogado sal em cima...

– Aí o David não teria onde morar – continuou Nany.

– Em primeiro lugar, ninguém aqui mencionou essa cidade – disse Davi, aborrecido. – Nem eu quero morar lá. E, tá bom que os boatos estão ultrapassados, mas francamente... Depois vocês reclamam que os outros países pintam Belana de azul no mapa mundial! Como vocês querem que os alóctones nos aceitem, se vocês mesmos fazem piadas da Vila de Tholos? Assim vocês dão motivos para *o mundo todo* rir de nós! E tirando vocês dois, não tem piada nenhuma na história deste país.

"Alóctones" ou "xenos" era como os belanenses chamavam o resto do mundo. Tais denominações apareceram em épocas distintas, sendo utilizadas em todo o país.

– Isso é muito diferente – rebateu Nany.

– Pois eu não vejo a diferença – Davi cruzou os braços.

– Bom pra você – disse ela, dando a discussão por encerrada. – Viram? – perguntou aos pais do sobrinho.

– Parem com isso – disse o Sr. Riton contido. – Eu já sei o que vou fazer com ele.

– O quê? – perguntaram todos, quase que ao mesmo tempo.

– Preciso ligar para a Misty. O David vai para Oceânide.

.•●•.

– Se eu fosse mais velho... – disse Davi emburrado no seu quarto, poucos dias depois. Após inspecionar as gavetas, amassou uma carta velha que encontrara no caminho. Irritado, arremessou a folha na cesta de lixo ao pé da cômoda. A bolota de papel amassado acabou acertando certa mosca que sobrevoava destemidamente a cesta vazia.

O garoto de catorze anos, com uma *coppola* clara e roupas meio folgadas, parecia não ter mesmo o dom de controlar seu curso cronológico. Então, o jeito era não reclamar, apertar o cinto da bermuda e ser rápido na arrumação das suas cousas, ao passo que dava socos no ar tentando acertar Senhorita Musca, a tal mosca de asa esquerda arrebentada, que regularmente o visitava.

Enquanto enchia as malas com tudo o que via pela frente, ele concluía que se sozinho estava, sozinho pretendia ficar – ou seja, a companhia de Senhorita Musca era perfeitamente dispensável. Mas a sentinela voadora costumava não se abalar com os gritos e golpes, mesmo quando a sua vida de mosca corria sério risco.

– Sai daqui! – gritava ele agitando os braços, à guisa de cometer um inseticídio.

Mas até ele notou que não era justo descontar todo o inconformismo em cima da mosca, por mais inconveniente que ela fosse. A situação era extrema demais para ele querer resolver daquela forma. E também não dava para permanecer inerte...

Resolveu sacar a última carta. Para uma situação extrema, medidas extremas.

Afastou tudo o que tinha ao redor, limpou o chão com as mãos e ajoelhou-se nele, ao pé da cama. Após juntar as mãos, escorou a testa nelas. Fez força para que nada mais entrasse ou saísse da sua cabeça naquele momento. Ele estava apelando para a benevolência divina; para a última instância das divindades; estava rezando para Zeus.

–Vossa Divindade – disse, retomando um contato interrompido há anos. – Deus dos deuses, eu peço vossa ajuda, Júpiter, para que atenda ao meu pedido... Preciso continuar aqui. Não me deixe ir para outra cidade, por favor... Sei que temos nossas diferenças, mas essa pode ser a hora de recomeçarmos de onde paramos! Não tenho sido um bom fiel, mas de qualquer forma... Deixo meu futuro em suas mãos; tenho fé de que o senhor tomará a decisão mais sábia.

.•●•.

– Bom dia, David – disse o Sr. Riton, algumas horas depois.

Depois de tanto tempo enfurnado no quarto, Davi foi até a cozinha, acompanhado de Senhorita Musca. Encontrou parte da família tomando café da manhã. Deu um leve cascudo na aba da boina do seu avô paterno, num gesto de rotina. Ouviu a resposta dele:

– Bom dia, filho.

Davi rodeou a mesa e sentou-se.

Que cara é essa?

– Não foi nada – respondeu Davi. – Só estou sentindo uma dor aqui – apertou a região abaixo do peito. "Andei rezando", quis responder. Mas os pais não entenderiam.

– Essa dor, de novo? – o Sr. Riton pareceu preocupado. – Faz tempo desde a última vez, não é? – ele olhou para a esposa, que confirmou, igualmente receosa.

– Acho que vou tomar um pouco de água – anunciou o vovô Timóteo.

– Não há motivos pra se preocupar – confortou o garoto. Os médicos nunca conseguiram explicar a razão daquelas dores, mas Davi sabia que elas sempre ocorriam quando resolvia apelar para a benevolência de Zeus, por isso rezava tão pouco. Entendia que, se a tentativa de contato com o maior dos deuses lhe causava tal desconforto, as outras divindades seriam igualmente inacessíveis. Desconfiava que Zeus, se é que existia, queria chamar a sua atenção, mas, como vingança, Davi não levava isso a sério também. E como resolveu teimar dessa vez, a dor realmente voltara, só que ele permaneceu tempo suficiente no quarto para esperá-la passar, e já estava quase cem por cento agora.

– Vejo que está melhor. E até a sua mosquinha acordou mais cedo hoje, não foi? Vai levá-la com você para animar a viagem? – ironizou o Sr. Riton.

– Não estou tão desanimado assim – Davi respondeu, com o olhar recolhido. Ele preferiu os olhos do papú, o vovô Timóteo, olhos que pareciam querer transmitir alguma mensagem de alento.

– Algum de vocês pode me passar a água? – pediu o avô, batucando no prato com o garfo, para realçar o aspecto de necessidade.

– Tem suco, papú. O senhor não quer? – ofereceu a Sra. Riton, que se esforçava para que aquele café da manhã fosse como outro qualquer.

– Não, filha, eu prefiro a água.

– Mas é de laranja... Bom para começar o dia! E vai ajudar bastante a sua digestão – insistiu, arriscando um gole do seu café concentrado.

– Tudo bem, Lívia. Mas, primeiro, você me passa a água?

– Por que não o suco primeiro?

– O suco pode vir depois da água.

– Está gostoso, prove! Fui eu que fiz...

– PRIMEIRO A ÁGUA! – exigiu, recebendo o jarro com a água logo em seguida.

– Dormiu bem, meu amor? – a mãe perguntou a Davi.

O garoto nunca respondia perguntas do tipo àquela hora da manhã. Também, terminar a arrumação das suas cousas o deixara cansado. Enquanto montava o seu prato, ele despistava a mosca do ombro, e parecia que tudo estava bastante normal.

– Já arrumou suas cousas, Vizucho?

– Já, mãe – respondeu enquanto reforçava o prato. – Acabei há pouco tempo.

– Que bom, David – disse o pai. – Eu só espero que você não atrase a viagem, você sabe que não *suporto* esperar. Ninguém.

– Essa foi pra mim, Honório? – a mulher incomodou-se. Desistiu de levar o copo à boca e o devolveu à mesa com força. – Agora você deu pra me mandar indiretas, é isso?

– Eu sempre te mandei indiretas, querida, e você nunca reclamou.

– Não se preocupem comigo – disse Davi, retirando-se.

– Vai comer na sala? – a mãe perguntou.

– Vou – respondeu, já caminhando.

– David... – ela adoçou a voz. – A mamãe não está irritada com você, tá? Só entenda por que estamos fazendo isso... Não tivemos outra escolha, e não pense que está sendo pequeno esse nosso sofrimento. E... – Olhou o marido com o canto dos olhos e usou um tom diferente do normal. – Quem sabe não era essa a vontade dos deuses, afinal... o *Livro* não diz que "até mesmo o maior dos acasos foi escrito, lido e corrigido pelo Destino"?

– Tudo bem, mãe, eu sei... Não vamos precisar de terapia pra resolver isso.

– Então vai, Vizucho... E não se esqueça de agradecer pela comida, tá? – a mãe aconselhou.

– Obrigado.

– Não é a nós que você tem que agradecer, David – repreendeu, apontando para cima: – É a eles.

– Aos tijolos?

– David!

– Tá, pode deixar – disse, defendendo-se daqueles olhares. – Eu vou agradecer – mentiu.

– Espera, filho. – O pai largou o guardanapo na mesa e segurou o filho pelo braço. Estava em silêncio até agora, e a sua feição era séria. – Acredite em sua mãe quando ela diz que não será fácil para nós nos separarmos de você. Sabemos que você nem está acostumado a ficar muito tempo longe de nós, mas lembre-se de algo que sua avó sempre dizia: *Post mortem, nulla voluptas* – após a morte, não há prazer. E antes dela também não.

Chegando à sala de estar, Davi ligou a televisão, apanhou o controle remoto e a revista *Semanário da TV* e depois se sentou. Folheou até encontrar a página com a grade de programação da emissora de tevê Lótus, que tinha um sinal péssimo. Sempre foi assim. Davi ficava imaginando como seriam aqueles programas que estava perdendo...

Àquele momento, deveria estar assistindo ao programa *A Forja do Corcundinha* com Hugh Linx, que segundo a revista trazia "receitas e artesanato de um jeito prático e econômico. Tenha uma renda extra sem se sacrificar...", e seguiam a descrição ao lado da foto do premiado apresentador, "de volta após seis meses de cativeiro. Agora com técnicas e linguagem corporal que farão com que você e a direção da Lótus nunca mais o confundam com um estelionatário procurado". Porém, na tela da televisão, nada se via além de chiados e uma batalha de ciscos.

–Você é doente, garoto – disse Nany coçando os olhos, e parada próxima ao sofá em que seu sobrinho se encontrava. Acabara de chegar de seu quarto. Ainda estava com sua pequena roupa de dormir, e os seus cabelos estavam uma bagunça. –Você está cansado de saber que a Lótus não pega!

– Ainda tenho esperança.

–Você tem esperança desde os seis anos.

– Bem... isso é bom, não acha?

Nany ainda coçava os olhos com violência.

–Você não ia tomar café, Nany?

– Esteja certo *disso* e de que me amo *muito* por isso – disse ela sem se abalar.

Enquanto Nany saía da sala, Davi desistia da Lótus e sintonizava no canal Musik, este sim com a imagem limpa, bonita, exibindo o videoclipe de As Actínias, grupo musical que vinha fazendo um grande sucesso no país. Ele voltaria a Lótus, mas em outra oportunidade, apenas para satisfazer um costume de anos.

– *Ah*... – Nany suspirou voltando da cozinha com outra cara, segurando uma maçã, minutos depois. – Bom dia, Vizucho!

– Dia – respondeu Vizucho.

– Bom dia, Senhorita Musca!

E a mosca se retirou da sala. Estava passando por sérios problemas existenciais que não se resolveriam com aquele cumprimento cheio de escárnio e sem alguma sinceridade.

– Quer que eu leve seu prato para a cozinha, David?

– Se você quiser... – respondeu, aproveitando-se do novo ânimo da tia. – Divirta-se.

– De nada – Nany apanhou a louça e retirou-se, com passos leves.

.•••.

Minutos antes da partida, Davi estava em pé, olhando o mapa do país que levava nas mãos. Seu dedo parou, sem motivos, na fronteira do estado de Dória com Eólios, e ele nem percebeu. Mas logo ele passou a mirar aquele grande vazio em Aqueia, chamado Vila de Tholos. O próprio mapa jogou aquele terreno enorme num esquecimento tão profundo que as cidades ao lado pareciam tão festivas, tão divertidas!

– Ora, ora, ora... vejam o que eu achei...

De dentro do carro, o pai respirou, até enfim dizer alguma cousa.

– Esqueça a Vila de Tholos – disse, e não pretendia se estender naquela conversa. Já Davi, do lado de fora do carro, chocou-se. Como ele adivinhou?

– O viaduto Merlin Monroe está em obras e, a menos que eu dê uma volta de quase duzentos quilômetros, nós vamos ter que passar pela estrada que corta a Vila. Se tiver sorte, você poderá contemplar a fachada da cidade, e pode me agradecer muito. Esse é um favor que pretendo cobrar de você em breve.

– Só a fachada? Qual é a graça?

– Você não tem mais quatro anos, David. Acontece alguma cousa nessa sua cabeça de vez em quando? Não tem nada lá!

Antes que Davi dissesse algo, ele acrescentou: – Não é pra enganar você e não adianta insistir. Quando chegarmos lá, você vai ver.

– Tá bom, mas... Eu só queria provar àqueles dois que...

– Você nem tem que provar nada a Honório e Nany. A Vila de Tholos é apenas uma pobre coitada. Teve o azar de ser conhecida pelos boatos sobre os seres mitológicos, que teriam sido acolhidos em seu seio há muitos anos. Escuta, filho, eu respeito Vila de Tholos porque o bom *Livro* revela que, em algum lugar, naquelas redondezas, fica o sagrado Monte Capítulo, a morada dos deuses. Mas, sobre os animais fabulosos, eu sinto dizer, eles não passam de lenda, de metáforas. A verdade é que esses boatos só fizeram atrapalhar o curso da existência pacata por ali. Se não há vestígios sequer de vida normal, que dirá de vida bizarra! E a conversa está encerrada, ouviu bem?

Davi voltou sua cabeça ao mapa, chateado.

– E o resto do pessoal? – O pai já estava bastante incomodado com a demora. – Lívia, Nany, Júnior! – gritou irritado. – Vamos logo!

– Não sei por que tanta pressa, pai, estamos saindo com horas de antecedência...

– Eu sei, mas já que vamos passar em Oceânide, quero comprar umas roupas novas pra você e quero fazer isso ainda hoje. Mas cadê a sua mãe... *Lívia* – gritou novamente –, eu já liguei o motor do carro! Ah, bom dia, prefeito. – Encabulado, o Sr. Riton reduziu o tom para cumprimentar Pigmalião Ergaomnes, seu vizinho de cerca, que no momento molhava as flores de seu canteiro.

– Bom dia, vizinho! Bom dia, Davi!

– Bom dia, prefeito – Davi acenou.

– Estamos quase lá, hein garotão? – continuou o vizinho, ainda gritando para superar o jato de água da mangueira.

– Lá onde? – perguntou Davi.

– Catorze anos... Quase dezesseis...Vem aí um eleitor!

– Ah, tá.

– Vão viajar? Se aceitam uma recomendação, há um hotel em Porthmós, simplesmente magnífico! Se quiserem, eu...

– Vamos para Oceânide – interrompeu o Sr. Riton –, para resolver algumas cousas sobre o novo colégio do David. Não é bem uma viagem de férias.

– Ah, sim, eu não quero entender isso como uma crítica à rede educacional da nossa cidade! – ele riu com uma expressão indefinível, e o outro não se importou.

– Absolutamente, prefeito. As nossas escolas são ótimas. Mas estudar fora traz uma experiência de vida que eu sempre quis proporcionar aos meus filhos.

– Concordo, concordo... As experiências dos meus eleitores são as minhas experiências! Obrigado por torná-las possíveis! – sorriu. – E o grande Timóteo?

– O papai decidiu que não quer ir.

– O velho lobo do engenho! Lembranças para ele e para os demais da família!

– Muito obrigado, prefeito.

E o prefeito afastara-se para atender suas visitas que acabavam de chegar. Não eram parentes nem amigos, mas sim alguns cidadãos aleatórios, que vinham diariamente lembrar ao prefeito a grande proeminência do cargo que ocupava.

.•••.

Já estavam na interestadual, alguns espremidos no banco traseiro, onde o tempo confundia-se com as placas do acostamento.

– Pai – disse Davi, e o outro balançou a cabeça em sinal de que estava escutando. – Posso ouvir uma música no som do carro? – Foi a solução que ele encontrara para combater um início de sonolência que pressentiu.

– Se é a tal *bomba fulminante*, pode esquecer, hein – implicou Júnior. – Música horrível!

– Por que não? – Davi indignou-se. – Por acaso, você é dono do carro?

– Não – respondeu calmo. – Mas eu posso dirigir; você, não.

Davi se enfureceu de tal forma que até sentiu o sangue fervendo nas bochechas.

–Você – disse, mirando fumegante os olhos do irmão, as palavras saíam pelas ventas – não está dirigindo neste momento!

– Mas eu estou – disse o pai. – E não quero ouvir a sua banda aparvalhada. Muito menos no seu disco de plástico, vai acabar danificando o som do carro!

–Viu só? Por mim você ouvia o seu disco, mas o pai está relutante – disse Júnior.

Davi calou-se. Não se sentia mesmo em condições de exigir alguma cousa ali, naquelas circunstâncias. Virou-se para a janela, esperando o tempo passar. Aos seus lados, só Nany e o verde da paisagem; ele escolheu olhar para o verde da paisagem.

A Sra. Riton tirou do guarda-luvas do carro um pequeno porta-discos, onde estavam guardados todos os compactos que a família usualmente ouvia durante as viagens. Ela escolheu um da aclamada cantora Eriadne Sonneroza, uma das mais famosas belanenses de todos os tempos, e pôs o pequeno disco de vinil na vitrola do carro. Apanhou a agulha, colocou-a no disco, e a viagem ganhou sonoridade com o consagrado álbum *Canções para acalentar meu bucentauro*, que na última década lhe rendeu milhares de cópias e importantes prêmios.

Enquanto o céu da tarde vinha mostrando sinais de fadiga, Davi acabou adormecendo. Com a nuca encostada no vidro da janela e as pernas por cima das de Nany, ele dormia tranquilamente... Até o seu pai assustá-lo com um forte rugido.

– Olha, David! – ele gritou, reduzindo a velocidade do carro.

– O que... O QUE FOI? – pulou assustado e olhou em volta, para checar se todo mundo estava vivo ainda. – Puxa... que susto – E passou as mãos na testa, desconsolado por ter sido acordado tão abruptamente.

– Estamos perto da Vila de Tholos, que você queria tanto conhecer. Ali. – Ele apontou.

– *Mesmo?* – Davi esfregava os olhos para não perder nenhum

detalhe. – E cadê?

–Vamos passar por ela... Agora...

Davi, no momento, era só entusiasmo. Não via a hora de chegar à famosa Vila de Tholos, cuja fachada devia impor um arco triunfal enorme retratando todas as criaturas mitológicas em posição de ataque, dispostas a defenderem seus domínios. No centro do arco estaria o cavalo Pégasos, com suas asas prontas a abraçar aquele jovem destemido, que passara por cima de todas as tentativas alheias de encobrir a grande verdade – a Vila era o doce lar de todos os mitos e mistérios desconhecidos pelo homem covarde. No topo, os dizeres VILA DE THOLOS – ENTRE SE TIVER CORAGEM seriam a tão esperada prova disso.

E o carro passou por um trecho normal da estrada, tingida pela ameaça do pôr do sol. Todos olhavam para o lado esquerdo da pista; uns mais ansiosos que outros, claro. Davi arregalou os olhos para não perder nenhum detalhe, e grudou a cara na janela. *Já chegamos? Sim, chegamos.* O que ele via era...

O borrão verde ao lado da pista consumia-se, dando lugar a uma pintura morta. Depois do acostamento, destacava-se um solo erodido e inóspito. Haviam mesmo chegado? Era *aquilo?*

– Não acredito... – disse Davi perplexo.

–Você acha que esse vilarejo seria capaz de abrigar todos os animais fabulosos, David? – perguntou o pai com certa ironia.

Uma luz muito fraca emanava de um poste de madeira descascado, iluminando alguma cousa muito maior que ele – sorte que era tardezinha, à noite não se conseguiria ver muito. Davi reparou que, no chão, haviam fincado uma placa de pedra retangular, aparentemente de crisólito, colocada verticalmente, indiferente ao chão fúnebre. Via-se ao longe, logo atrás, um pequeno amontoado de casinhas de madeira, sem graça, coloridas de laranja pelo entardecer... Todas em ruazinhas silenciosas. Do lado oposto da pista, apenas um grande nada, e no meio dele uma cabine telefônica. Só os abutres pareciam indiferentes à pintura morta, e continuavam ali, voando em círculos, feito boçais.

Davi voltou os olhos ao marco, e pelo que conseguia entender, haviam escrito em grego uns garranchos que foram riscados, talvez com muita dificuldade, com o auxílio de uma machadinha. Ao lado do monumento, Davi encontrou um homem alto, pálido e vestido a rigor, apoiando-se com as duas mãos em uma bengala parcialmente enterrada no chão, e com uma cartola cuja sombra lhe tapava os olhos.

Em uma fração de segundo, aquele mesmo homem apareceu no meio da pista, a poucos metros do carro da família, que estava prestes a atingi-lo, em velocidade suficiente para causar-lhe uma morte imediata.

– Cuidado! – gritou Davi, levantando-se após ter se livrado do cinto de segurança, e se jogando à frente do pai, para apanhar o volante e desviar o carro daquele senhor de cartola, que de alguma forma foi parar à frente deles.

– David, não! – O pai largou o volante e segurou Davi o quanto pôde. A Sra. Riton tentou assumir o controle, mas estavam indo rápido demais para que ela revertesse aquela manobra tão brusca. O carro da família perdeu a direção e ultrapassou o acostamento, cujas imperfeições fizeram o veículo capotar várias vezes.

Foram instantes de desespero, o mundo lá fora sendo visto em várias perspectivas enquanto a lataria do carro parecia quicar intempestivamente, até que finalmente encontrou o seu equilíbrio no solo, com as quatro rodas no chão. O Sr. Riton ainda estava segurando Davi quando abriu os olhos. Certificou-se de que estava bem e depois checou todos os outros. O caçula estava em choque e voltou ao banco traseiro.

– Tudo bem – disse o pai calmamente, tentando controlar a voz, para não os assustar. – David, o que aconteceu?

– O homem, o da cartola... – Ele tentava recosturar os pensamentos, e ao mesmo tempo formular uma frase para responder. – Eu fiz sem pensar, só queria... Pai, o senhor ia atropelar aquele homem de cartola!

– Que homem de cartola? – perguntou a Sra. Riton, virando-se para olhar Davi nos olhos.

– Como que homem de cartola? – rebateu incrédulo. – Aquele homem de cartola! – Apontou para o local, mas o homem já não estava em seu campo de visão. Resolveu sair do carro, para provar a todos que teve um bom motivo para ter causado aquele acidente, mas o senhor, de feição assombrosa, não estava mais lá. Os demais que estavam no carro também desceram, para procurar o tal homem.

– Deve ter saído correndo...

– Correndo pra onde?! – questionou Nany, com os cabelos esvoaçados, inconformada. – Eu até entendo por que isso daqui não é um cemitério. Eu não gostaria de ser enterrada num lugar que competiria comigo para ver quem está mais morto – e pôs a mão no coração, que ainda palpitava. – E por pouco nós não topamos essa aposta...

– Iríamos *perder* essa aposta – acrescentou Júnior, ainda pasmado.

– Escutem aqui – o Sr. Riton falou para todos, e seu esforço para manter a calma já estava lhe fazendo suar. – O David está passando por um momento complicado, e eu sei. No momento, só o que importa é que ninguém ficou ferido. Quanto ao carro, tem uma cabine telefônica logo ali. Eu vou ligar para a seguradora e reportar a situação; vamos ver o que eles têm para nós. – E se dirigiu até a cabina, que não estava tão longe deles. Ao passar por Davi, segurou-lhe pelos ombros e disse, olhando em seus olhos:

– Depois nós conversamos sobre o que aconteceu, mas tente se manter calmo, porque você ainda tem a entrevista com a Hellans hoje. Agora fique aqui. Se precisar de mim, basta gritar, que eu venho correndo, tudo bem?

Davi afirmou com a cabeça, sentindo-se mal por ter posto a vida de todos em risco; ainda mais por conta de algo que parecia não ter passado de mera ilusão. Ele acompanhou o pai com os olhos até a cabine telefônica, depois fitou o outro lado da pista, onde estava a fracassada Vila de Tholos, e aquele grande marco de pedra, onde ele jurava ter visto o senhor asqueroso pela primeira vez. Caminhou até a beira da pista, só para garantir, para ver se ele não estava mesmo por lá. Mas nada de interessante havia por ali além da placa de crisólito, onde estava escrito:

THOLOS, SPITI KAI DEN MPORO NA DO
Θόλος, σπιτι και δεν μπορω να δω

Mesmo com aquela ortografia amadora, Davi conseguiu traduzi-la: *Vila de Tholos, lar do que não se vê.*

5

FIM DA
ENTREVISTA

– DESCULPE, não quis ser grosseiro – Davi acanhou-se, tentando fazer com que a Sra. Hellans desconsiderasse totalmente a palavra *idiotas*. – Não foi minha intenção.

– Placa de pedra? – perguntou o pai, mirando os olhos de Davi quase tão profundamente quanto a Sra. Hellans. Com certeza o Sr. Riton estava sóbrio o bastante quando passaram pela Vila de Tholos e um marco de pedra dificilmente escaparia de seu campo de visão.

– Placa? A última placa que eu vi... Nós paramos nela! – disse a mãe.

– E não era de pedra – acrescentou o marido, com o mesmo olhar confuso.

– Restaurante de posto de gasolina – comentou Nany arrepiada, com péssimas recordações. – Se é dessa placa que o David está falando, independente do que ela era feita, vocês não podem culpá-lo; e eu concordo com ele... Placa idiota de um restaurante mais idiota ainda!

– Uh – Júnior deu um sorriso satisfeito, com as mãos na barriga. – Aquela comida já me foi embora faz tempo!

– Receio que não seja sobre essa placa a que o Sr. Lino Yang se referia – arriscou a diretora.

– Você tem certeza de que viu essa tal placa de pedra, David? – perguntou o pai, preocupado. – Tem a ver com aquela... *figura*... que você diz que eu quase atropelei?

– Tem, mas... você tem certeza de que não viu? – quis saber Davi.

– Claro que tenho!

– Nesse caso, acho que a nossa conversa ganhará outros rumos – disse a Sra. Hellans, com uma sobriedade que deixou Davi preocupado. *Outros rumos?* Ele já não achava que estava indo muito bem naquela entrevista, então o que de melhor poderia esperá-lo, sendo que acabara de alegar a existência de uma cousa que, por maioria de votos, não existia?

– Eu retiro o que disse! – Davi acrescentou prontamente. – A senhora tem que entender... Estou meio abalado, é tanta cousa acontecendo na minha vida, então eu só tive uma alucinação e... teve também o acidente, mas agora eu já peguei no tranco, então... – Ele escancarava a atrapalhação, ainda mais quando notava que as explicações não reparavam nada. Tamanha era sua aflição que ele se remexeu no lugar, sem notar que sua *coppola* caíra no chão, e que a testa estava encharcada de suor.

Ele sentia-se mínimo na cadeira. Ao passo que o silêncio ressoava pela sala, a diretora decidiu se recompor da cena que acabara de presenciar, e tornou a falar.

– Bem, David, essas "alucinações" são normais para alguém de sua idade... Não se preocupe, eu já me esqueci de tudo isso. – O seu tom era o mais normal possível. – Jovens como você costumam ter uma imaginação maravilhosa, não se culpe por isso. Ninguém aqui acha que você está ficando louco, não é, família?

Eles concordaram, alguns com uma sinceridade duvidosa.

– Bem, não precisamos mais tocar nesse assunto. – A Sra. Hellans exalou um sorriso pré-fabricado.

Passaram-se poucos minutos até a entrevista ser oficialmente encerrada.

– Obrigado por terem vindo, David... pessoal... – Levantou-se a Sra. Hellans, desamassando o vestido e estendendo a mão para cada um dos presentes.

– Obrigado a você, Misty. – O Sr. Riton retribuiu o cumprimento. – Nós pedimos desculpas por ter tomado o seu tempo, e agradecemos a dedicação... Afinal, tudo aconteceu tão de repente...

– O que é isso... – respondeu educadamente. – Não foi nada. Darei notícias em breve.

– Você já tem o nosso telefone, então... Ligue quando quiser! Ficarei no aguardo.

6

A CONVERSA
PELO TELEFONE

– Escuta, pai... – disse Davi, enquanto eles andavam pelo corredor do Mânlio Capitolino. – A Sra. Hellans sempre foi estranha assim?

– Sempre, sempre... – respondeu, apertando sem querer a mão da esposa e recobrando a memória. – Desde que estudamos juntos, no colegial. Sempre teve muitos apelidos, a coitada... Além de uma terrível fama de fofoqueira. Mas conseguiu passar por cima de todo aquele sofrimento, e veja só, hoje é essa profissional que vimos. Aposto que você irá gostar do trabalho dela.

Voltar para Canoas Novas àquela hora da noite não estava nos planos da família. Eles planejaram isto: passar a noite numa pousada em Metecos, para ganhar tempo, e dali seguiriam para o seu lar. Não descartavam também a possibilidade de ficar mais uns dias, para aproveitar o resto das férias no estado de Aqueia, que estava tão perto. Porthmós, Belipotens, ou mesmo a controversa Leodamas, eram cidades que ofereciam diversões diversas – e, se usadas corretamente, não custavam tanto.

– Vai dar tudo certo – rezou Júnior. – Os hotéis não devem estar cheios assim nessa época do ano. Aliás, falando nisso, o ano novo chegou e eu ainda nem me acostumei...

– Eu preferiria se você se acostumasse a estudar, cousa que ultimamente não anda fazendo – disse a mãe, que há muito tempo planejava soltar esse comentário.

– Relaxa, mãe. As minhas notas estão ótimas, e olha que eu nem comecei a estudar de verdade. Quando isso acontecer, a senhora vai ver.

Se o meu conhecimento já é bom em estado bruto, imagine lapidado!

Do outro lado da conversa, Davi se sentia muito aliviado por tudo estar voltando a engrenar corretamente, e passou a mão pelos cabelos.

– Cadê o meu chapéu?

– Não acredito que você esqueceu a *coppola* na sala da Hellans, David! – disse o pai, tentando não falar mais alto, em respeito ao ambiente.

– É mesmo... Na sala da Hellans!

–Você não...

– Sim! Eu volto já!

O menino subiu a escadaria correndo, passando novamente pelo corredor de acesso à sala da diretora. Bateu na porta bem de leve, só por educação. Em praticamente todas as portas do país, havia imagens talhadas de Jano, o deus do mês de janeiro – as homenagens iam das discretas às escandalosas, de acordo com a afinidade dos fiéis para com ele. Importante mesmo era ter uma representação fidedigna em cada lado da porta. Davi, num ato inconsciente ou não, batia justamente na face da deidade. *A porta ficou encostada! Que bom, talvez seja mais fácil pra...*

Empurrou um pouco a porta, pondo a cabeça para dentro da sala, a fim de localizar o paradeiro da *coppola*. Quando ele estava prestes a pedir para entrar, viu que a poltrona da Sra. Hellans estava virada para trás, com vista para a lareira acesa. A sala estava meio escura, o som das lenhas crepitando parecia ser a única companhia que a diretora desejava. O telefone estava fora do gancho e o fio levava diretamente para onde estava a cabeça da Sra. Hellans. Imediatamente percebeu que ela estava ocupada.

Ele pensou seriamente em sair da sala, mas a sua educação acabou atropelada pela curiosidade. A voz da diretora Hellans estava muito desvirtuada, não era doce e suave como a que ele ouvira há poucos minutos.

– Alô... Donna? Misty Hellans. É que, você não vai acreditar, mas acabou de aparecer mais um...

Do outro lado da linha, a voz que respondia era demasiado alta, deixando Davi ouvir a conversa como se quisessem que ele participasse dela a qualquer momento.

A voz grave e um pouco modificada pelo telefone respondia a Sra. Hellans.

– Mais um, Misty? De fato, é quase incrível! Se formos analisar, isso é quase um fenômeno, se comparado aos nossos últimos números.

Sinceramente, não sei como você consegue tirar deles essas informações.

– Sou uma *educadora*, Donna, não sou fofoqueira! – defendeu-se a Sra. Hellans. – Certamente, muitos em semelhante contexto morrerão e levarão suas visões consigo, em segredo. Claro, o que não é o caso desses últimos quatro, e nem dos demais das outras vezes.

– Não quis atingir você, Misty – continuou a voz de mulher. – Foi apenas um comentário congratulante. Os possíveis herdeiros não conseguem guardar só para si a visão do monumento de pedra forjado em Vila de Tholos. É uma pena que os presságios gostem de nos pregar peças, já que, mesmo eles tendo visto o marco, é impossível afirmarmos se são os herdeiros escolhidos, ou não.

– Sim, claro, empolgante – disse a Sra. Hellans sem nenhum interesse. – Há anos escuto sobre esses malditos herdeiros. Já perdi muitos alunos para você, Donna, espero que dessa vez você consiga o que quer e me deixe em paz no ano que vem. Que essa seja a última vez que banco a fofoqueira para seus malditos presságios!

– Saiba que este seu dom de arrancar tais informações ainda vai lhe trazer as devidas fortunas, Misty. E não se esqueça, fui eu que lhe pedi que me avisasse caso obtivesse novidades.

– Claro, pensei que você tivesse se esquecido – respondeu áspera.

– Não esqueci, e muito obrigada, Misty.

– Passar bem – bateu o telefone de qualquer jeito no gancho.

A diretora Hellans levantou subitamente da poltrona, aparentemente ainda magoada por terem insinuado que ela era fofoqueira. Davi, então, achou que o boné não era tão importante assim e saiu correndo silenciosamente pelo corredor.

– E a *coppola*? – perguntou o Sr. Riton enquanto Davi entrava no carro.

– A sala estava trancada. Vamos?

Não comentou nada sobre o que ouviu, afinal não tinha entendido direito e nem poderia reproduzir com perfeição uma conversa tão confusa, da qual ele não participou, tampouco fora convidado.

7

A RESPOSTA
DE MISTY

– EU ATENDO! – disse o Sr. Riton, já com a mão no telefone, alguns dias depois da entrevista. Fez sinal para que diminuíssem o volume da televisão, a fim de que ela não atrapalhasse a importante ligação que ele esperava tanto.

– Alô? Olá, olá, Misty... Não, estamos acordados – afastou o auscultador, para falar em particular com os demais. – *Dez da noite! Que tipo de aracnídeo liga para uma casa de família às dez da noite?!* – E rapidamente o devolveu aos ouvidos. – O prazer é meu... Agora, pela nossa amizade, seja breve... Não, não estou com sono, é que...

A diretora pôs-se a falar. A sala toda se mantinha calada, alguns na esperança de que a Sra. Hellans aumentasse um pouquinho seu tom de voz para que pudessem ouvir também.

– O quê? – Num instante o sorriso no rosto de Honório Riton desapareceu, dando lugar a uma expressão de nítido desespero. – O quê? Mas... Não faz sentido! Isso é um absurdo...! – Caminhando inquieto, ele se afastou um pouco com o grosseiro telefone sem fio e sussurrou:

– Se for por causa daquela história em Estalão, não seja ridícula! Todos nós já sabemos que o meu filho não fez nada! Essa história já está indo longe demais, Misty!

Sua esposa não se aguentou e resolveu intervir.

– O que essa bruxa está dizendo, Honório? Venha pra cá, queremos ouvir também!

Mas só o que ele fez foi sacudir as mãos, como se quisesse matar um inseto impertinente – talvez Senhorita Musca, que também participava da reunião familiar, voando alucinada. Davi se sentara no sofá, e assistia a tudo de forma imparcial.

– Mas... Eu não imaginava que você pudesse... Sim, eu me lembro! Mas... não, eu não posso aceitar isso! Claro que não, Misty! Estou muito calmo, obrigado! – ele continuava e já tinha voltado ao local de antes. Aos poucos, as sobrancelhas foram voltando ao lugar, e soltou um longo suspiro. – Então... tudo bem. Se for como você diz, não tenho como me opor.

Finalmente desligou o telefone. Todos se levantaram.

– E aí, pai? O que ela disse? – perguntou Davi, pulando do sofá.

– Só posso adiantar que suas malas continuarão feitas – respondeu com seriedade ao tempo em que fitava a esposa. – Vamos para o quarto, Lívia. Precisamos conversar – E saiu, levando o telefone consigo.

Os que ficaram na sala só conseguiram ouvir o barulho da porta sendo trancada. Independentemente do que fora dito, era de se concordar que não foi boa cousa.

.•●•.

Eles passaram os últimos minutos com certa aflição. Os olhares eram vagos e ninguém abriu a boca, até que aquela mesma porta foi destrancada.

– Vamos lá, pai, conta pra gente! Ele foi recusado, não foi? – quis saber Júnior, sem grandes preocupações. – Coitado...

O pai passou pelo primogênito como se este não estivesse lá.

– Precisamos falar – disse.

– Pai, eu não vou me importar de ter que voltar ao Romani – disse Davi, tranquilo. – Eu sei que, se conversarmos de novo com a direção, nós poderemos passar uma borracha em...

– Esqueça o Genius Romani, guri! – sublinhou por entre os dentes. – Você mesmo já tratou de impossibilitar a sua volta para lá.

– Então... Eu fui aceito?

O pai respirou fundo.

– Não foi.

– Então... eu vou parar de estudar? – indagou Davi, fitando o irmão. Se fosse verdade, Júnior morreria de inveja.

A expressão do pai dispensava respostas.

– Vocês querem me dizer o que está acontecendo? – pediu o garoto, incomodado.

–Você não vai para o Capitolino e nem vai voltar para o Romani. Na verdade, por enquanto, não podemos nos aprofundar em detalhes, sendo que ainda vou receber um comunicado oficial, me esclarecendo uma ou duas dúvidas. Saiba que é bastante difícil para o seu pai ter que dizer que você, meu filho, vai...

– Eu *vou*... O quê?

– Você vai morar na Vila de Tholos – concluiu o homem, fazendo sua esposa cair em lágrimas quase silenciosas, num barulho solitário que ecoara por toda a sala.

.•••.

– Que droga! – disse Davi no seu quarto, horas mais tarde. – O que aqueles idiotas pensam que são? Porcaria! – descontrolado, ele chutou a cama e esmurrou a parede com força.

Com os olhos faiscando e as mãos doloridas, ele se deteve quando se deu conta dos insultos que pronunciara.

– Ótimo, agora estou me sentindo culpado! – Sentou-se na cama com a cabeça voltada para o chão. Ele até sentia Senhorita Musca tocar a sua nuca, onde os cabelos esvoaçavam.

Davi não esboçou nenhuma reação para matar, ou mesmo para espantar a mosca. Simplesmente levantou-se, mirou a cousinha pairando no ar, e falou em voz baixa:

– Saia daqui... Eu não te aguento mais. Desapareça!

O inseto, aparentemente abalado, ziguezagueava em frente ao garoto.

– Não precisa ser nada definitivo. Aliás, eu quero te ver de novo. Volta no meu aniversário. APROVEITA E TRAZ UM BOLO!

Num gesto ligeiro, Davi puxou seu travesseiro da cama e atingiu a Senhorita Musca fortemente, que entendeu o recado e saiu batendo as asas pequenas e imperfeitas, janela afora.

8

PARA UMA
NOVA CIDADE

CERTAMENTE, naquela manhã turbulenta, não caberiam mais de duas pessoas no carro. Davi parecia estar levando o quarto inteiro nas malas, incluindo paredes e janelas. Após uma cansativa viagem, chegaram novamente ao Educandário Mânlio Capitolino, de onde sairia o pequeno comboio rumo à Vila de Tholos.

– Acho que estamos atrasados – disse o pai para quebrar o silêncio. – David, você não está chateado comigo, está?

– Só não me peça pra te agradecer por estar aqui – respondeu Davi, olhando pelo vidro da janela.

– Filho, você entende que eu estou de mãos atadas? Acha que vai ser fácil para mim, ver você saindo por aquela porta?

– Então não me deixe ir! – suplicou. – Eu quero voltar pra casa!

O Sr. Riton não sabia mais o que dizer. Apenas deixou seu olhar se perder no horizonte e perguntou ao filho com sobriedade:

– Você acredita nos deuses, David?

– E existe uma resposta pra essa pergunta? – cruzou os braços, afundado no banco do carro.

– Não... acho que não. – O pai sorriu, cansado. Despediu-se do filho, abraçando-o, e em seguida a porta do carro foi aberta por um tipo alto, de uniforme e quepe pretos. Davi desceu meio sem jeito do carro e acenou para o pai, até este desaparecer de vista. Poucos instantes foram necessários para que toda a sua bagagem fosse retirada pelo homem.

– Olha, você não precisava ter aberto a porta do carro... Obrigado

– disse, virando o pescoço para poder olhar aquele senhor que o ajudara.

– Não tem de quê – respondeu o homem, com sua voz muito grave por trás do bigodão negro. Provavelmente era um dos choferes daqueles bonitos vagões estacionados perto dali.

Olhando ao seu redor, Davi avistou um pequeno grupo e um segundo homem, com a mesma farda do outro. Os poucos garotos pareciam conversar à vontade, em frente ao portão do colégio. Decidiu não ir até lá para cumprimentá-los e fitou uma vasta bagagem no chão. Teve que ir atrás do paradeiro da sua, que já tinha sido adicionada ao montante. Após localizá-la, consertou a *coppola* e levantou o rosto.

– Meu Deus! – gritou, ao tempo em que batia repetidamente no peito com o punho esquerdo. – Mas... quem... você é homem?

– Mas que atrevimento! – A pessoa revoltou-se, e com razão. – Não bastasse a demora, nosso amigo aqui ainda se acha íntimo o suficiente para fazer piadinhas ofensivas?

Mas não foi piada, Davi pensou. Ia ficar para sempre com aquela dúvida? Não, no par ou ímpar da situação, ela devia ser mulher mesmo.

– Só estávamos esperando por você – disse a mulher, avermelhando-se ainda mais. – Não acha que o seu despertador está precisando de umas pilhas novas?

Ele agora fitava com mais minúcia aquela pessoa. Ela era gorda, um pouco mais velha do que costumava pregar, e usava um vestido antigo meio apertado, sapatos de salto robustos e uma bolsinha leve, de pouco conteúdo. Seus traços lembravam um dromedário esfalfado, e as madeixas acaju remetiam a um penteado extravagante dos anos vinte. Mesmo cobertos de muito laquê e de um belo chapéu, alguns fios grisalhos do seu cabelo balançavam assustadoramente pelo vento – à sombra, pouco se distanciavam de um chumaço de feno bailando a tenra melodia do firmamento.

– O que você está olhando? – inquiriu a mulher.

Aquela voz não lhe era tão estranha assim... Sim, era com ela que a diretora Hellans falava ao telefone. A voz estava diferente, mas ainda fácil de reconhecer. Seu nome, seu nome era...

– A senhora por acaso se chama... Donna?

Ela mirou o menino dos pés à cabeça, com certa admiração.

– Hum... Quer dizer que temos aqui um adivinho?

– Não se você falasse mais baixo ao telefone.

– Perdoe-me, não entendi – disse a mulher, fitando-o de cima. – Por acaso, somos ou já fomos amigos? – A pergunta não veio num tom amigável.

– Se fôssemos, estaria desapontado com a pergunta – Davi respondeu, mas não queria conversar mais. – Esqueça, senhora. Estava só pensando alto.

– Bem, sendo assim, mais tarde terei muito prazer em deixá-lo ler a minha mão. Mas agora VAMOS TODOS ENTRANDO NO VAGÃO AZUL! – e aumentou ainda mais a voz aguda.

.•••.

Donna sentou-se no banco da frente, após uma exaustiva, porém vitoriosa, tentativa de adentrar o veículo. Davi estava sentado às suas costas, e em frente a um garoto. Nem se preocupou em olhar para ele. Mas o que estava ao seu lado conversava insistentemente, como se estivesse num diálogo. A toda pergunta dele Davi balançava a cabeça afirmativamente, mesmo sem ter ideia de com o quê estava concordando.

Enquanto isso, ele se perguntava: em que casa ele iria morar? Tinha que ser um lugar bem seguro, distante de pessoas como aquela mulher no banco da frente. E com quem iria ficar naquela cidade que ele mal conhecia? Perguntas como essas não cabiam mais na cabeça de Davi. A solução seria perguntar para a nada simpática Donna, atrás dele.

– E aí ele respondeu: é o homem quando na infância, na maturidade e na velhice! Nunca passou pela minha cabeça... – conversava agitado o garoto ao seu lado.

Nos segundos em que Davi ergueu a cabeça, decidindo virar-se para falar com Donna, ele fitou pela primeira vez o tagarela. Além de muito magro, o garoto não era tão alto, tinha castanhos os olhos de társio e uma cor muito pálida. Houve silêncio no momento em que ambos se olharam – ele pareceu finalmente ter notado que esteve falando sozinho durante as últimas quatro horas, e recuou visto a frieza dos olhos que o encaravam.

– Com licença, Donna... – Davi virou para trás. – Sra. Donna, poderia esclarecer algumas dúvidas que tenho?

– À vontade, querido – respondeu sem olhá-lo nos olhos.

– É que... eu gostaria de saber com quem é que eu vou ficar na Vila de Tholos...

Ela fez silêncio por uns segundos, engoliu o que estava mastigando e respondeu, objetiva:

– Com a sua família.

Mas Davi não tinha nenhum parente naquele lugar. Donna soltou gargalhadas roucas, como que tivesse gostado da semente de insegurança que acabara de plantar.

– Você vai ficar lá com uma família substituta, como num intercâmbio – ela explicou. – São pessoas que poderiam perfeitamente ser seus pais. Mas não são, e estão ansiosos para conhecer você.

– *Eu não quero uma droga de uma família de intercâmbio!* – murmurou Davi, virando-se novamente de costas para Donna, e rangendo os dentes.

– *Eu não quero uma droga de uma família de intercâmbio!* – disse o menino ao seu lado, reproduzindo as falas de Davi até na entonação, embora tivesse pecado no volume.

– Pois o senhor não vai precisar, Sr. Niven, e eu ressalto que não estava falando com você – respondeu Donna. – Já está tudo devidamente resolvido. Creio que a sua *droga* de família não ficará muito feliz ao saber a opinião que você tem sobre eles. Aliás, quero aproveitar e dizer que o recado vale para todos vocês, podendo-se excetuar Lino Yang Riton, que terá a companhia da família que o adotou.

Eric Niven encolheu-se no lugar, arrependido de ter proferido tais palavras em tamanho volume.

– Por que só eu vou ficar com uma família de intercâmbio? – Davi voltou a perguntar.

– Por acaso você tem algum parente na Vila de Tholos, Lino Yang?

– Não.

– Então a sua pergunta está respondida, meu bem.

Davi soltou um alento vagaroso, no que Donna continuava.

– Os seus amiguinhos estiveram morando com parentes, paixão. Mas os pais deles vivem mesmo em Tholos, entendeu? Mas é como eu disse, você é uma exceção, ao lado do meu amado Shiva Tiwas. Este precioso tem uma história linda para contar. Afinal, ele só está aqui conosco graças a uma agradabilíssima coincidência.

Davi percebeu que aquele garoto à sua frente, afundado no assento com uma viseira vermelha sobre metade dos cabelos ruivos, que cacheavam onde queriam, escondendo grande parte da face emburrada, só poderia ser o tal Shiva, que no momento murmurava discretamente alguma frase – a qual se fosse devidamente analisada, levaria a um lugar nada agradável.

– Nem acredito que vou morar com meus pais – murmurou Astros Lunn.

– E com quem você morava? – perguntou Eric Niven, que estava próximo.

– Com meu tio mesmo. Mas era o maior saco, a gente nunca parava em cidade alguma...

– Que bom pra você – disse Eric. – Eu sempre tive contato com a minha mãe, então pouca cousa deve mudar... – O outro fez um gesto com a cabeça, e ambos voltaram ao silêncio.

9

LAR DO QUE
NÃO SE VÊ

O VAGÃO JÁ PARECIA ABAFADO. Será que alguém arrancara a cidade do chão? Porque eles não chegavam nunca! Foram precisos dolorosos minutos olhando pela janela do vagão, até Davi finalmente poder notar a vegetação se apagando, dando lugar à terra seca. Enfim, chegaram à famosa Vila de Tholos.

– Cuidado! – gritaram os garotos, que pelo para-brisa perceberam a presença de um homem alto, de feição obscura e com um traje social preto, de cartola e bengala, e que estava plantado em pé no meio da pista.

O motorista do vagão sorriu violentamente, e acelerou o veículo.

– Meu Deus, vai bater! – Eric Niven tapou o rosto todo com a camisa, assustado. Davi, notando o desespero dos outros meninos, virou-se para ver o que estava acontecendo, mas era tarde demais. O vagão, indo cada vez mais rápido, acertou em cheio o senhor de cartola. O corpo foi instantaneamente desmembrado. Seus restos foram lançados por toda a pista, e fora dela também.

– O que aconteceu? – disse Davi preocupado.

– Nós atingimos aquele homem, não foi? – deduziu Eric, ainda com o rosto encoberto pela camisa. Os outros garotos confirmaram.

– Homem? – perguntou-se, virando-se para trás de novo.

Os pedaços do cadáver borbulharam na pista, para espanto dos garotos, e depois viraram fuligem, dissipando-se no ar.

Donna, no banco da frente, não estava com cara de quem tinha apreciado a aventura, mas sim de quem particularmente se incomodava com todo o barulho em torno disso. Os meninos ainda estavam sem fôlego quando o vagão foi, enfim, perdendo velocidade.

–Vocês não presenciaram um assassinato, queridos. Fiquem tranquilos – disse Donna, como se aquilo fosse fácil de digerir. –Vem, pode encostar o carro, Eneias – ordenou ao motorista, que levou a perua para fora da pista. – Aqui está ótimo. Vamos, meninos, vamos descer! Eneias, por favor, abra a minha porta... – O motorista obedeceu. – Vem, Eneias, me ajuda a descer. Ah... que bom pisar no chão firme depois de uma viagem tão longa, não é, Eneias? Vem, vamos esperar o outro vagão.

Eric, o mais próximo da porta, teve alguma dificuldade em arrastá-la, ainda mais com as mãos que insistiam em tremer. Mas enfim conseguiu, após contar com a ajuda dos outros garotos.

Quando Davi pôs o primeiro pé no chão seco, fora do betume da pista, percebeu que todos os outros garotos aparentavam a mesma incredulidade.

– *Não pensei que fosse te ver de novo... Pelo menos não tão cedo* – disse, para ninguém em particular. Ele parou para mirar a cidade silenciosa, e se lembrava de cada detalhe da sua última visita. Estava tudo ali: as casas desabitadas, os telhados destruídos, o marco de pedra e o tal homem de cartola ao seu lado, imóvel, pouco se importando com os incômodos do ambiente. Mas... – O quê?

Davi acordou de suas lembranças ao ver a revolta dos outros colegas, que discutiam inflamados, mas, em particular, sobre a presença do marco e do homem de cartola, o mesmo que eles viram ser fatalmente atropelado há poucos minutos. Ele e a placa de pedra estavam lá, tão firmes quanto da última vez; o homem, agora apático às sombras dos abutres dançando no chão, olhando fixamente a todos que se aproximavam e disputando o pouco de brisa disponível.

– Algum problema, querido? – perguntou Donna, embora não parecesse preocupada.

– Esse... esse negócio aí! – apontou para o marco. – Isso daí não existe... Eu *imaginei* isso! – disse, apontando para o marco, como se exigisse respostas da mulher. – E esse filho da mãe... – reencontrou o homem de cartola, e seus olhos se encheram de raiva. – Eu quase matei a minha família tentando salvar a vida dele, e ele simplesmente desaparece! Agora retorna, é atropelado, seus pedaços se espalham como notícia ruim pelo asfalto e depois ele volta de novo, firme e forte? Que tipo de lugar é esse? Por que você nos trouxe pra cá?!

–Você não imaginou nada disso, querido. Sua cabecinha é limitada demais para imaginar uma magnitude dessas proporções. – E saiu calmamente, indo controlar a fúria dos outros garotos, que foram tirar satisfações com o senhor de cartola, que parecia irremediavelmente alheio a todos os que estavam ali.

Perto dali, o sol forte iluminava ainda mais o crisólito, reluzindo no marco uma bonita luz no que Davi lia, com todas as letras gregas – *Vila de Tholos, lar do que não se vê.*

.••.

Donna não teve dificuldades em controlar os insurgentes e agora estava parada no acostamento, esperando o segundo vagão chegar com a bagagem dos garotos.

Dez minutos depois, quando os dois motoristas já tinham descido todas as malas, eles ouviram o anúncio que a mulher fazia aos jovens:

– Meninos, aqui tem comida, água, suco... Podem se servir, fiquem à vontade.

– Mas, senhora, por que nós não entramos? A cidade está logo ali... – perguntou um garoto. Estava próximo de Davi, que no momento passava a mão pelo marco, mas recuara ao perceber que o homem estava o olhando, e com uma cara que sugeria distância.

– Coma, Sr. Lunn, não quer passar fome, não é mesmo?

– Mas está tão perto...

– COMA, Astros Lunn, porque quando chegar a hora de entrarmos, eu aviso. E isso vale para todos. Comam e não façam perguntas. Sairemos daqui a pouco.

Num aceno, Donna convocou os motoristas para que a ajudassem na entrega do lanche. De dentro de uma caixa térmica, ela retirou alguns sanduíches, e os homens foram entregando um a um aos garotos. Depois dos sanduíches, distribuíram suco de uva. A mulher pôs-se a comer um sanduíche meio diferente dos que acabara de servir, mas estava despreocupada e afastou-se do grupo para não ser incomodada em um de seus momentos formidáveis. Em pé mesmo, comia tranquilamente sob o sol.

– E vamos comer em pé? – Astros queria chorar.

– Não, olha! Tem uma árvore ali! – disse Eric Niven.

Os meninos andaram até a amendoeira apontada por Eric e regozijaram intensamente após se sentarem sob aquela sombra e sentirem um gostoso vento em suas faces. Já com seus lanches, não se sentiam tão animados, até porque desconfiavam de quem tinha preparado aquela refeição. Cada fatia do pão poderia disputar em termos de idade, o atum parecia ser de poço e a maionese do patê não tinha o mais simpático dos aromas. Foi realmente um milagre terem eles encontrado aquela amendoeira. Nem mesmo Donna parecia ter se dado conta de que poderia ter um mínimo de conforto enquanto degustava a sua merenda.

– Mais uma mordida nesse sanduíche e eu acho que vou vomitar a minha bílis! – disse Seth Dehiskos, enojado, mal acreditando que estava com as mãos naquela porcaria de lanche.

– O que é bílis? – perguntou Eric Niven.

– Espera mais um pouco que você vai ver uma – respondeu Seth, se livrando de uma folha de alface ressecada.

– Ora, vamos! – Astros Lunn discordou, após engolir uma graciosa parte de seu sanduíche. Não está tão ruim assim.

–Você comeria até bosta se te dessem – disse Seth, jogando fora o resto do que não mais suportaria digerir.

Afastado dali, Davi sequer aceitou a comida. Não se sentiu bem ao mirar aquelas fatias de pão entristecidas e aquele copo de suco aguado. Preferiu ofertar ambos aos urubus, que poderiam até rejeitar o suco, mas à carniça, já estavam habituados. Foi até o vagão em que viera, e se deitou no banco.

–Acho que vou descansar um pouco – disse Seth, levantando-se.

– Não vá pro vagão! – Astros impediu. – Tem um garoto lá.

Seth se sentiu levemente incomodado.

– Pois bem. Eu vou ficar aqui, na companhia de vocês. – E resmungou: – Se aquele sanduíche não me deixou doente...

– Não devíamos dar um sanduíche pra ele? – propôs Eric, fitando o homem de terno e cartola, estacado ao lado do marco. – Será que ele está vivo?

– Pode ser que sim – respondeu Astros. – De qualquer jeito, a gente poderia mesmo levar algo pra ele comer, vocês não acham?

– O seu sanduíche é que não é – disse Seth, acompanhando o último pedaço de pão que Astros levava à boca. – Pensando bem, tem o lanche daquele garoto no vagão. Eu vi, ele deixou perto da bagagem.

– Deixa pra lá, não queira provocar os urubus – disse Eric, que havia reunido coragem para enfrentar a próxima mordida. – Esse sanduíche está uma porcar...

– Que bom que você gostou do seu lanche, querido – disse Donna, com uma forjada ternura.

– Eles estão... – Mastigou mórbido e pausadamente. – Estão maravilhosos... hum...

– Ainda bem que gostou, fiz pensando em vocês!

Logo depois, ela se lembrou do motivo da sua visitinha:

– Muito bem, quem é o responsável?

– Responsável pelo quê? – perguntou Seth sem entender.

– Vocês sabem do que estou falando – ela esticou o dedo, e os garotos olharam para trás.

– A árvore?

– *Sim, a árvore*! – Ela fez voz de idiota.

– O que é que tem a árvore? – Seth estava começando a ficar confuso. Os outros meninos estavam quietos, talvez para ver quem ia entender primeiro.

– Exijo que me expliquem tudo sobre essa árvore! – Donna já estava rubra.

– Aula de botânica? – Eric Niven levantou o dedo, e os garotos respiraram aliviados.

– Não se façam de jumentos! – a mulher gritou. – Exijo que me digam, agora!

– Ela está doida... – sussurrou Astros, e Seth foi forçado a concordar.

A muito custo, Donna aceitou que eles não sabiam mesmo do que ela estava falando. Retocou os cabelos, desenhou um complicadíssimo sorriso na cara, e tornou a falar.

– Eu não conhecia essa árvore – disse. – Após décadas fazendo este percurso, eu tenho alegria em acreditar que ela seja *muito* recente. Bom... Seja bem-vinda. – E saiu andando, corrosiva. Aparentava estar muito impaciente, mas isso os garotos já tinham notado desde antes do incidente da árvore. Donna parou no acostamento, com o olhar perdido no horizonte negro da pista, batendo os pés catatonicamente. Parecia estar esperando por algo ou alguém.

– Alguém aí veio de lá de Oceânide trazendo essa árvore no bolso? – perguntou Seth, e os demais conseguiram rir, após aquele susto.

10

A CIDADE QUE
SEMPRE ESTEVE ALI

INDIFERENTE AO QUE SE PASSAVA a tantos metros de distância, Davi entretinha-se balançando as pernas pela porta aberta. Chutava moderadamente o ar, quase adormecendo. O vento passava gentilmente pelo seu rosto, sua *coppola* deixou-se cair e os cabelos se espalharam pelo banco. Desligou os pensamentos e passou algum tempo em plena paz, até sentir as suas pernas sendo puxadas violentamente, parecia que alguém queria arrancá-las e...

–Vamos, dorminhoco! Já estamos na hora! – dizia Eric, como se estivesse acordando o seu melhor amigo.

– Larga minha perna, seu idiota! Eu nem te conheço! – reclamou Davi pulando do banco.

– Donna que me mandou te chamar – disse encolhendo os ombros.

– E é assim que você vem me acordar? Em tempo de levar uma pisada no meio da cara? – respondeu e recolocou a *coppola*. – E cadê aquela velha gorda?

– Está ali, em frente ao marco.

E os dois foram ao encontro dos demais, andando pelo chão áspero após a berma.

– Ah, se não é o nosso Lino Yang! – exclamou Donna, abrindo um sorriso amarelo. – Mais uma vez, estávamos esperando só por você, querido. Sua percepção de tempo não chega a ser algo extraordinário, estou correta?

– Tão correta quanto formosa, senhora – respondeu engatando

o seu sorriso mais cortês. – Com o perdão do atrevimento. – Depois tornou à seriedade. Reparou a sombra dos abutres voando sobre a cabeça de Donna e, numa segunda olhada, mesmo que rápida, não deixou de notar que a mulher estava com pulseiras escandalosas, e segurava uma bolsa pequena; talvez até demais. O peso era tanto que uma das alças não suportou e arrebentou. Poderia ser um paralelepípedo ou uma caixa de trufas, como Davi arriscou.

Ouviram-se risinhos abafados quando ela recolheu o sorriso cheio de pontas e obturações.

– Muito galante o senhor! – Donna preferiu fingir o agradecimento, para não dar atenção demais àquele moleque. Apertou a bolsa contra o próprio corpo, virou-se para todos os presentes e, com a mão livre, checou o relógio enquanto falava:

– Bem, já está na hora de entrarmos na cidade.

Os alunos deram um longo suspiro de alívio, enquanto se dirigiam para o vagão.

– Aonde vocês pensam que vão?

– Para o vagão, é claro – respondeu um dos que Davi até então não notara, Seth Dehiskos. Era alto, de cabelos loiros meio longos, e lisos, mas nem tanto. Os olhos verde-claro estavam exaustos e semicerrados, e a pele meio avermelhada, uma vez que a demasiada exposição ao sol fizera ferver o conteúdo europeu de suas artérias.

– Não, Sr. Dehiskos, os senhores vão ficar exatamente aqui, até a segunda ordem – explicou ela.

– Por quê? – perguntou Astros Lunn, o mais baixo de todos. A sua estatura contrastava com o corpo acentuado, e a nuca negra e lisa refletia o crisólito.

– Por que vocês não vão morar *ali* – ela apontou para as casinhas ao longe, como se as estivesse varrendo da paisagem.

Ela se afastou um pouco dos garotos, aproximando-se do moço alto e bem-vestido. Se alguns ainda achassem que aquilo era um boneco de cera, teriam ali esclarecidas as suas dúvidas – ela se dirigiu a ele, que lhe retribuiu o olhar.

– Nome e procedência – requereu o homem revelando a voz forte por trás dos traços inexpressivos da face.

– Cornélia Donna Glaia Tofana, Oceânide.

– E o que você vê?

– Não vejo nada.

– Os deuses apartarão os certos dos equivocados.

Naquele momento, o marco de pedra, até então rígido e firme, reduziu-se a pó, como se fosse o mais vulnerável dos castelos de areia. Astros deu um salto para trás, como que se preparasse para sair correndo. Não era possível um monumento de puro crisólito resumir-se agora a partículas minúsculas de poeira.

Eles fitaram Donna Glaia, que saboreava mais que nunca o clima tenso que provocara. Não bastasse a implosão do monumento, o homem também não estava mais lá, o que não fez falta alguma.

– Mas o que é que... – Os olhos de Davi foram desviados para as cinzas do marco, amontoadas num bolo, quase duzentas vezes maior do que era segundos atrás.

De repente, os abutres começaram a se inquietar no céu. Milhares deles surgiram batendo as asas com violência, chegando a aproximar-se do chão. Estavam lutando entre si, uma massa negra cheia de penas trazendo mais agonia aos garotos, que àquela altura já temiam pelas próprias vidas.

Porém, a batalha de abutres fez surtir outro efeito, mas na poeira do marco, que deu um estampido e levantou voo, pairando por todo o céu imediatamente acima deles. As aves foram cobertas pela poeira, e só o que sobrou delas foi uma chuva de penas pretas, caindo com as cinzas.

Aos poucos, o lençol de poeira foi caindo suavemente. Os garotos acompanhavam tudo, a poeira caindo, caindo, até que assentou, como se estivesse amantando uma infinda cidade de vidro incolor – que aos poucos foi ganhando cor e vida. Em instantes se mostraria concluída. Parecia já estar ali há séculos, e eles, burros, não tinham visto.

Num estalo dentro de sua cabeça, Davi começou a entontecer. A vertigem possuiu o seu corpo, seus pés mal sentiam o chão, tudo girava; a paisagem se transfigurava em borradelas, e um branco ofuscante passou a cegá-lo.

Em segundos, a vertigem passou. Quando levantou os olhos, ele notou que não pisava mais no chão seco – a pista de asfalto havia se duplicado e adentrava a cidade, que ia até onde seus olhos não alcançavam. Sobre ele, um formoso arco triunfal de arenito revestido de ouro estava no lugar do marco, dizendo: VILA DE THOLOS – SEJA BEM-VINDO.

Do mesmo lugar em que evocou a cidade, Donna Glaia falou:

– Aqui, meus amores, é a Vila de Tholos.

– *Aqui?* – Davi estava pasmo, não dava para acreditar.

– Por que nós não víamos isso antes, senhora? – perguntou Eric Niven, passando por cima dos murmúrios dos outros garotos.

– Bem, meu querido, vocês viram o marco de pedra, o que já era um sinal de que vocês realmente são merecedores. Aqui, na Vila de Tholos, só entra gente *altamente selecionada* – dizendo isso, mirou todos os noviços ao seu redor. Aquele olhar dizia que ela estava sendo humanamente forçada a abrir algumas exceções. – Só podem entrar aqui as pessoas que viram o marco e que conhecem a senha, como eu. Já que todos vocês viram o marco, quer dizer que vocês têm uma missão aqui, assim como todos os demais; e se conseguiram, espontaneamente, expor a terceiros o que viram, isso significa que vocês realmente *não poderiam deixar de estar aqui*. É o seu destino.

– Como... Uma missão? – perguntou Davi olhando para Donna Glaia, mais confuso do que nunca. – Mas o quê... e os seus motoristas?

– Já foram – ela respondeu. – Se olhassem para cá, só veriam a cidade embusteira. Por isso vocês pensaram ter visto um atropelamento. Eneias não viu nem poderia ver o gentil sentinela municipal, mas ele sabe que vocês, garotos, sempre gritam algo como "cuidado!" quando ele passa por aquela área; só o que ele faz é se divertir às suas custas. Não podemos culpá-lo por isso.

– Só um instante – disse Davi. – "Cidade embusteira"?

– Quer dizer que não é a cidade de verdade; é um embuste, uma tapeação. Mas, a partir daí, eu já não vou falar mais nada. Não é meu departamento – disse, levando as mãos às bolsas rígidas de gordura que eram os seus joelhos. Abaixou-se um pouco para olhar Davi, sensivelmente menor que ela. – Eu não serei sua guia turística para explicar tudo o que você não for capaz de entender, meu amável. Combinado? Por mais que eu *ame* você.

– Mas... – Ele até esqueceu o que ia perguntar. Seu corpo estava num arrepio tenebroso.

11

AS CARGAS SAQUEADAS

– Ela está atrasada, hein?

– Já devia ter chegado... Ela não é de atrasar, mas deve ter tido um bom motivo.

– *Bom?* – duvidou fortemente, até que notou algo: – Ali, olha pra trás! Já chegaram!

– Aquela ali é a Donna?

– Sim, é ela sim... virada de costas e... agachada? Puxa, nem parece!

– É impressão minha ou ela está meio envergada por causa da bolsa?

– A bolsa?

– É! O que ela carrega de tão pesado? Parece que tem uns duzentos quilos lá dentro!

– Talvez seja uma fotografia dela.

O outro riu e disse:

– Imagine o que esses garotos não estão sentindo...

– Espera... São apenas esses aí? Pensei que ela estava brincando.

– Se ela estivesse brincando, íamos ter que nos virar para conseguir mais transportes, esqueceu? Ainda bem que ela não costuma brincar com esse tipo de cousa...

– Ela não costuma brincar com nenhum tipo de nada.

– Já tivemos épocas melhores do que isso aí?

– Sim, houve uma época áurea. A cidade recebia uns vinte alunos de fora por ano. Foi quando os boatos sobre os herdeiros dos deuses começaram a circular com mais intensidade, e o governo inventou uma desculpa ridícula. Já faz uns sete anos, não, Shen? Como o tempo passa... Não é, Donna? – Ele sorriu para a mulher, que acabara de repará-los.

– Não é o quê? – Donna não tinha alcançado a intenção da conversa. Desconfiada, encarou os dois rapazes. Um deles não tirava os olhos da protuberância na pequena bolsa de Donna, com uma das alças arrebentada, e estranhou:

– Quer ajuda com a bagagem, Sra. Tofanna?

– Achei já ter deixado clara a minha posição quanto a dúvidas como essa no momento em que os contratei para este trabalho – respondeu, tentando esconder a bolsa com os braços. – Sim, a bagagem dos garotos é uma de suas atribuições, embora não seja a única. Caso não se lembrem, vocês devem levá-los até seus respectivos destinos. E já passou da hora de vocês fazerem isso, pois os pais deles devem estar preocupados.

– *Já passou da hora?!* – perguntou o mesmo rapaz, de dezenove anos, que segurava um capacete preto e trajava jaqueta e calça de couro. Seus olhos eram castanhos e puxados. Os cabelos pretos, antes abafados pelo capacete, pareciam felizes em seu reencontro com o vento. Ele apontava para o sol poente, com um olhar azedo. – Você é realmente engraçada.

– Sou? – perguntou ela nada amigável.

– Acho que... não?

– É que nós recebemos a informação de que você chegaria um pouquinho mais cedo... – disse o outro rapaz, de cabelos castanhos tingidos, cujos olhos puxados sugeriam algum parentesco com o outro. – Alguns chegaram a dizer que a senhora tinha sequestrado os coitados!

Davi percebeu o rosto de Donna corar.

– Bem, meus amáveis... – disse ela nervosa, cerrando metade dos olhos. – *Alguns* estavam bastante equivocados. Pro seu governo, eu estava esperando uma encomenda muito... Mas que diabos, desde quando eu devo satisfações a vocês?! Escutem aqui, *eu sei* a hora que devo ou não chegar aqui com meus alunos, entenderam? A essa hora, o espetáculo da recepção é contemplado com melhor colheita. Foi *esse* o meu desígnio; considerem-se explicados! – ela esbravejou, cuspindo fogo.

– Mas nós não dissemos nada...

– Nem eu. Lamento, mas não temos mais tempo para conversar – disse Donna dando as costas mais uma vez, e andando em direção à sua bagagem.

– *Tempo?* Agora você se preocupa com tempo? Nós somos trabalhadores, sabia? – gritou o rapaz de cabelo castanho, mas ela optou por não ouvir. – Há um sindicato que... esquece – desistiu.

No momento em que Donna estava longe deles, Davi pôde finalmente reparar nos veículos ao lado dos dois rapazes. Eram quase *jet skis* com capotas e pinturas metálicas, sem portas. Planavam a poucos centímetros do chão e cada um tinha três turbinas promissoras. Não eram apenas dois daqueles *jet skis*, ao seu redor havia um monte deles.

O rapaz de cabelo castanho foi pegando a bagagem de Davi e depositando sob o banco do seu veículo, que era mais largo do que o do outro rapaz. Davi ainda olhava embasbacado para os veículos, até que o jovem de cabelo preto lhe chamou:

– Vamos, cara! Tem gente te esperando! – disse, montando no veículo.

Davi olhou para os lados, para se certificar de que estavam realmente falando com ele.

– É com você mesmo! Você é o Lino, Lino Yang, né? – ele concordou com a cabeça. – Eu sou o Guan Mao Dun Shuzen, mas pode me chamar de Mao. Aquele ali é o Shen Yazhi, meu primo. Nós vamos ser os seus próxenos: ele vai levar a sua bagagem, e você vem comigo. Vamos, sobe aí! – Ele entendeu o conflito do garoto, que estudava o seu veículo com os olhos. – Não vai afundar, confia em mim. Segue na frente, Shen! O David e eu já estamos saindo! – gritou. – Vem, cara, a gente vai conversando.

.•••.

– Mas como isso é possível? – perguntou Davi quando o veículo já estava em movimento.

– Calma que eu vou te contar – respondeu Guan Mao, girando o guidão para acelerar. – Isso é uma *motojet*. É uma invenção dos Rodhes, a maior família de empresários inventores daqui do país.

– Sei – disse Davi, ajustando o capacete. – Bem arrojado! – Na verdade era um tanto desconfortável, mas ele preferiu guardar para si as suas verdadeiras impressões sobre o veículo. – Eu não sabia que os Rodhes eram daqui.

– São sim, as indústrias deles ficam na ilha de Rodurgia, em território nosso. Tudo é fabricado lá. Dá pra imaginar o tamanho dessa ilha, né? É bem grande. E não é à toa que eles são os maiores empresários do país. Diz a lenda que as *motojets* foram criadas a partir de uns veículos que já existem! Eles teriam sido encontrados aqui, perto da entrada da cidade. Não sei bem como nem quando deve ter sido.

– E como eles conseguem fazer isso planar assim?

– Sei lá, cara. Multiplicaram-se, modificaram-se... As *motojets* simplesmente surgiram, eu me conformo com isso. Ficaram umas cousinhas, né? Hoje em dia, quase todos os veículos daqui de Tholos nós devemos ao poder inventivo dos Rodhes.

– Como assim, não tem carros aqui?

– É muito provável... Mas eu não os vejo com tanta facilidade.

Davi foi tomado por um pensamento inquietante.

– Shuzen... – murmurou, como se alguém pudesse escutá-los. – Você sabe se esses veículos não foram encontrados perto de uma carreta virada, algo do tipo?

– Carreta?

– Pense bem... Os Rodhes... Curva, viaduto... Agora posso imaginar o que acontece com toda a carga dos caminhões que capotam naquela curva. Equipamentos eletrônicos, peças automotivas e tantas outras cousas; tudo era saqueado sem ninguém ver! E não é de se estranhar que nunca tenham encontrado os saqueadores...

– Você está sendo injusto – disse Guan Mao convicto. – Eu sei bem pouco sobre essa história do viaduto. Mas eles nunca roubavam, sempre achavam cousas na pista, sempre muito danificadas, quase sempre era perda total... Sinceramente, era mais um favor que eles faziam limpando a pista daquela tralha toda. Não era crime! Os Rhodes não construíram a pista! Não era culpa deles se os trambolhos capotavam. E além do mais, depois que criaram o viaduto, essa cousa dos acidentes caiu muito, você sabe... E também, com tantos trens correndo este país, complica ainda mais... Mas saiba você que os hiperbóreos sabem se virar muito bem sozinhos.

12

A CASA NO
BAIRRO CONSELHEIRO ACME

– Estamos na sua nova casa! Olha só que beleza! – disse Guan Mao após ter desligado a *motojet*, minutos depois. Tirou o capacete e leu em voz alta cada palavra escrita na caixa de correio em frente a eles. – Bairro Conselheiro Acme, Caminho Vinte e Dois, Número Cinco. É aí que fica a casa dos Farsala. Segundo dizem, um casal adorável. Mas eu não os conheço pessoalmente.

Davi desmontou da *motojet*. Olhou para o lado e viu uma casa azul atrás de um bonito jardim, com a grama aparada, um relógio de sol ao lado dos arbustos, e um rico canteiro de flores no outro lado. A casa estava silenciosa, tinha dois andares, com janelas fechadas e algumas claraboias brancas. A verga sob a porta da frente denunciava a luz acesa em seu interior.

– Vocês demoraram muito! – exclamou Shen enquanto batia com o indicador no relógio. – Tive que ter o maior cuidado de não fazer barulho para que ninguém me visse – apontou para a casa.

– Obrigado por essa, cara – Guan Mao agradeceu ao primo.

– E aí, Davi? Como é que o nosso cabeludo foi? – indagou o outro já sem capacete, ao lado da cerca da casa vizinha. Silenciosamente veio com a sua *motojet* para perto dos dois. – Ele te mostrou a cidade? Bela urbe, hãn?

Guan Mao levou a mão à sua testa, dando-lhe tapas repreensivos.

– Você não quer dizer que... – Shen não queria acreditar no que concluiu. Mas a cara do seu primo não dizia outra cousa. – Você não mostrou a cidade? O menino ainda não conhece nada? A cidade estava pronta! As rotas, as ornamentações, tudo!

– Foi um vacilo, eu sei! – condenava-se. – Foi mal, Davi, mas é que... você me veio com todas aquelas perguntas e... é que é a minha primeira vez nesse emprego, cara... Tirei a carta de guiador há pouco tempo, sabe... Céus, como eu sou burro! Burro!

– Grande vacilo, sim senhor! – Shen teve que baixar a voz. Parecia fazer muita força para não berrar. – Ah, se a Donna souber... Estamos perdidos! Afinal, você é um próxeno ou não é?

– Vou ficar te devendo essa, Davi – virou-se para o garoto, desesperado.

– Que nada... – disse Davi tranquilizando-os. – Caso a Sra. Donna pergunte, eu conheço a cidade toda. Não se preocupem.

– Mesmo assim, a culpa foi muito minha... Eu tinha que ter lhe dado esse panfleto, olha... Aqui fala tudo sobre *motojets*, *kenze*, *collectibus*...

Davi recebeu o panfleto que Guan Mao retirou do bolso da jaqueta, no qual estava escrito:

Não, não se assuste!
Guia de Veículos Rodhes para Adventícios (e boas sugestões de compra)
Amaxus – uma empresa das Organizações Rodhes

As ilustrações mostravam vários veículos estranhos, todos tão flutuantes quanto aquele. Ele guardou o panfleto no bolso e voltou a olhar o próxeno, que continuava:

– Eu vou ficar te devendo essa, certo?

– Você não me deve nada – disse Davi. – Obrigado por ter me trazido, já foi um grande favor que você me fez. Obrigado você também, Shen, por ter vindo com as minhas malas.

– Não foi nada – respondeu Shen.

– Eu vou ficar te devendo sim, cara. Eu não vou me perdoar se você não aceitar.

– Então está bom! Você que sabe!

– Vamos, Mao! – gritou Shen já de capacete. – Até mais, Davi. Boa sorte com os Farsala!

– Tchau, Davizão, se cuida! Olha, lembrando que essa aí é a casa! Você só precisa tocar a campainha! – disse Guan Mao montando na sua *motojet* e partindo com o primo.

.•●•.

Davi arrastou sua pesada bagagem por poucos metros, até a porta da casa azul. Cansado, ele apertou a campainha.

Na terceira buzinada, a porta foi aberta. A primeira cousa que ele fez foi virar um pouco os olhos para ver melhor, pois o homem que apareceu era maior do que ele.

– Olá! Não faça cerimônia, entre – disse ele sorrindo. Era um homem magro, vestido a rigor. Estava bem arrumado, os cabelos excepcionalmente penteados, e sorria.

– Boa noite... – disse Davi meio encolhido.

– Vamos, entre logo!

O garoto olhou para as malas, mas antes que dissesse qualquer cousa, o homem fez um sinal e vieram dois outros, corpulentos e bigodudos, vestindo macacões jeans sobre camisetas vermelho-xadrez e bonés com o logo da Xênio Mudanças. Eles imediatamente pegaram uma parcela das malas de Davi como se fossem plumas. Ouviu-se depois o som de seus pés enormes subindo os degraus.

A casa tinha sua beleza. No lado esquerdo do corredor da porta, havia uma robusta samambaia e, atrás dela, a escadaria que levava ao segundo patamar, cuja sacada se via metros acima da planta.

Segurado pelos ombros, Davi foi guiado até uma saleta. Lá encontrou um razoável grupo de pessoas sentadas a uma mesa farta. O anfitrião sentou-se no lugar mais nobre da mesa. Ao seu lado estava uma mulher muito elegante, tão jovem que impressionava. Tinha lindos cabelos castanhos, arrumados de forma sublime, e usava poucas joias. Ela fez sinal para que Davi se sentasse ao seu lado, e ele obedeceu. O homem pôs o polegar numa ânfora preenchida com um óleo perfumado extraído de loureiros consagrados a Filofrósine, deusa das boas-vindas, e tocou de leve a testa de Davi.

– Seja bem-vindo, David – disse a mulher, com uma voz muito agradável.

– Faço minhas tais palavras – concordou o marido limpando o dedo com o guardanapo após cumprir a formalidade.

Os amigos à mesa faziam comentários uns aos outros. A mesa dividia espaço com duas cestas de presentes: em uma, prepararam um arranjo de folhas de alface galego com favas. Na outra cesta, encontravam-se figos, amêndoas, uvas. Não faziam parte da refeição, eram presentes rendidos pelos convidados para demonstrar calor e receptividade, sem mencionar a tradição da cidade.

– Que cabeça a minha! – disse o homem, estapeando a testa. – Nem nos apresentamos! Eu sou o Nicolas Farsala, seu... Como me denominar... Bom, acho que você entendeu o sentido da cousa, não? Eu serei isso aí, e de coração.

– E eu sou a Thalia, meu amor, e vou ser o feminino disso o que ele falou – disse ela sorrindo suave, passando as mãos sobre os cabelos para endireitá-los, desnecessariamente. – Algo como uma nova mãe pra você.

– Quem são vocês, afinal? – perguntou Davi.

– Nós somos os seus pais, para efeito de conversa – respondeu Thalia, deitando suavemente as suas mãos sobre as do garoto. Davi sentiu algo bom com o comportamento afetuoso da mulher; talvez ela desse uma grande mãe, estava no caminho certo para isso.

– Bem – Nicolas juntava os dedos, pensativo. – Agora somos os seus pais. Pela graça de Zeus, David, nós iremos tratá-lo como um filho. Não se preocupe, estamos na melhor das intenções.

– Ao contrário do que possa parecer, vocês não vão se divertir muito sendo meus pais – disse Davi. Nicolas Farsala sorriu, ele sabia o que estava fazendo. Fitou o garoto:

– Acho que teremos liberdade o suficiente para chamá-lo de Davi, você se importa? Esse deve ser o seu apelido, estou certo? *David, Davi...* Espero que não se incomode, não queremos forçar as cousas.

Ele fez que não com a cabeça.

– Bom! Assim é melhor. Daqui pra frente nós o chamaremos assim. Vamos guardar o "David" para as suas broncas, tudo bem? - brincou o Sr. Farsala, um pouco sem jeito. - Já "lino" não. Parece nome do meio! Não, não. Nunca o chamaremos de Lino. A não ser que você prefira...

– Então Vamos rezar e agradecer aos deuses por este momento tão especial nas nossas vidas, Davi – disse o Sr. Farsala. – Sua chegada significa muito para todos nós.

Após as orações de agradecimento pelo jantar, enquanto todos já jantavam, o anfitrião informou:

– O Parthenon já nos ligou hoje – disse para Davi. – Seu turno é vespertino, depois eu te passo os horários das aulas.

– Estivemos esperando por você durante todo o dia – disse a esposa. – Nem fomos trabalhar!

– Eu me autorizei a me dispensar do trabalho hoje, dada a importância desta ocasião especial, caso contrário, seria impossível... Afinal, sou o vice-presidente da Rodhes Gêneros Alimentícios Ltda., ou *Ópsons*, para o grande público. Você deve conhecer. – Piscou o olho, orgulhoso de si.

– Conheço sim – Davi respondeu, era meio difícil que não conhecesse. A empresa sempre esteve presente na vida dos belanenses. A única cousa que ele não sabia era da participação dos hiperbóreos nas Organizações Rodhes, das quais nunca se tem muita notícia.

– É claro... – continuou com o peito estufado. – E você também vai ver que aqui em Tholos há produtos que não circulam lá fora, por uma questão que... bem, você entenderá em breve. Enquanto isso, olhe essa manteiga aqui – entregou em suas mãos a manteiga, ainda na embalagem, já que ainda não tinha sido desenformada. Davi leu:

Ópsons
Manteiga de leite materno da Mamãe Adélia Rodhes (com sal).
Sem colesterol.

Davi ficou horrorizado e jogou a embalagem de qualquer jeito no balcão. *Leite materno?*

– Lá se vai a tentativa inovadora do casal Farsala de introduzir manteigas desenformadas em seus jantares especiais – disse discreta uma senhora baixinha e corpulenta, para a pessoa ao seu lado.

– Agora você me entende. A falta de aceitação de produtos como esse em outras cidades poderia até nos levar à falência. – O Sr. Farsala previra aquela reação e tentou falar em particular. – Mas não se preocupe, pois não é um leite puro, nós o misturamos com leite de... bem, não importa. Depois conversamos sobre isso, se você quiser, está bem?

Davi concordou, porém ainda estava inconformado com a composição daquela manteiga.

– Não se preocupe, é saudável – o homem continuou. – Vocês precisam mesmo do mês de adaptação – ele concluiu, para si mesmo.

– E quem é essa mamãe Adélia Rodhes? – perguntou Davi ainda chocado.

– Que os deuses a tenham, não está mais entre nós.

– Voltando ao assunto – desconversou a Sra. Farsala –, eu até desmarquei com todas as minhas alunas de hoje. Aula agora, só amanhã! – Ela sorriu para algumas das mulheres à mesa, que entenderam o recado sem grandes manifestações.

–Thalia dá aulas de culinária – acrescentou o marido orgulhoso. – Ela é formada em gastronomia e seu sonho é abrir um restaurante.

– Não é não, Nicolas – consertou, e ele encolheu os ombros. – Você sabe que não.

.•●•.

– Esse índio é convidado de vocês? – gritou um velho de boina xadrez sentado na outra extremidade da mesa.

– Coméssio, esse é o filho dos Farsala, o David. Por favor, não comece – sussurrou reservada uma mulher de vestido azul, apertando com falsa delicadeza a mão de Coméssio.

– Se eu soubesse que iriam convidar um índio, teria trazido a escopeta – disse ele, desvencilhando-se das mãos da esposa. – E quem é toda essa gente, e por que estão comendo da minha comida? Você sabe que não faço cerimônias beneficentes, Laura! Pro inferno com os seus indigentes! Larguem a minha comida!

– Em primeiro lugar, não são meus indigentes. São nossos amigos. E em segundo lugar, esta não é a sua comida. Estamos na casa do Nicolas, nosso vizinho da casa defronte. Por favor, não me faça passar vergonha e trate de se comportar!

– Eu *sei* quem é o Nicolas – disse ele, azedo. – Muito obrigado.

13

A QUEDA DE LUZ

SENTADAS À MESA estavam várias pessoas, amigos dos Farsala que se dispersaram pela casa ao final do jantar. Davi também resolveu fazer a sua trilha e, chegando ao segundo patamar, viu um corredor. A porta de um dos quartos à direita estava aberta. Os dois homens de macacão, que haviam levado a bagagem escada acima, passaram por Davi e se dirigiram até a sala. Lá, receberam o pagamento das mãos da dona da casa e partiram.

Embora a samambaia dificultasse a visão da porta de entrada, do segundo patamar Davi conseguiu ver quando os dois grandalhões saíram da casa andando torto. Prestes a voltar ao térreo, ele se conteve ao ver que a porta do último quarto à direita estava aberta. Seduzido também pelas as luzes acesas, resolveu ir até lá.

Entrou. A cama estava na parede esquerda da porta, e em frente a ela tinha uma estante com seus livros e discos e uma tevê. A noite mostrava-se viva pela vidraça da janela à direita do abajur. Ele fechou as cortinas e ligou o ventilador de teto, para testá-lo.

Finalmente ele notou a presença dos Farsala à porta, que tinham acabado de chegar.

– Sr. e Sra. Farsala, eu queria...

– Davi – Nicolas interrompeu, enquanto abria a janela. Mirou a vizinhança enquanto escolhia as palavras, até que se sentiu confortável para falar. – Sei que nos conhecemos há poucas horas, mas não é necessário formalidade no trato conosco... Isto é, pode nos chamar de tio e tia, pra começar... Se você quiser, claro.

– Tá, não tem problema. Eu queria agradecer a vocês por todas essas cousas, e...

– Não seja por isso... Grande parte delas é presente dos nossos amigos. Alguns vieram de longe... Como esses tapetes aqui, eles são persas, e umas roupas no seu armário são de Nígara... Recebemos também umas telhas de Corinto para ajudar a reformar esse quarto, mas como esses presentes são parte da tradição, são tão antigos que... Bem, pelo menos no que diz respeito às telhas, eu as deixei apenas para enfeite; sob elas há uma proteção confiável.

– No seu armário tem mais uns mimos mandados pelos amigos da família, Davi – disse a Sra. Farsala. – Eu também ganhei alguns... Tradição ou não, só nos resta agradecer, né?

.•●•.

Apesar do cansaço da viagem, foi deveras complicado para Davi pensar em dormir àquela noite. Depois do banho, ele colocou o pijama, deitou na cama e ligou a tevê nova.

Sintonizou automaticamente no Canal Lótus e, para sua surpresa, o que ele via ali era uma imagem limpa, em boa resolução, e não os chiados e os borrões desfigurados que ele costumava ver quando tentava assistir à emissora em Canoas Novas.

– Ah, olha você aí... – sorriu, admirando-se por estar assistindo pela primeira vez àquele canal. E o que ele via era uma linda loira sentada atrás de um balcão prateado, com os olhos azuis atentos ao *teleprompter,* aparelho utilizado nos telejornais para auxiliar os âncoras na leitura das notícias do dia. Na tela estava o seu nome: Cercira Sallazan, do *Jornal da Lótus – Segunda Edição.*

– O *professor/economista/filósofo/teólogo foi solto há poucos instantes, depois de comprovado o engano. A polícia local lamenta o ocorrido e avisa que prisões desse tipo não mais ocorrerão.* – Ela pausou para um comentário. – *Difícil de acreditar, não é?* – E pôs-se a ler a próxima notícia. – *O cantor Pássaro Preto está nos preparativos para o lançamento do seu próximo álbum, ainda sem título definido. Quando perguntado sobre as expectativas de repetir o sucesso do seu último disco* Acústico, *no qual lançou duas músicas excepcionais, cujas letras rimam em qualquer idioma conhecido, ele...*

Davi mexeu no controle remoto. Os canais estavam em plena

euforia do horário nobre. Ele estacionou no canal Oito, em que encontrou um seriado bastante simpático, mas que já devia estar na metade.

– *Você já me deve catorze meses de...* – dizia um dos personagens, até tudo escurecer.

Acabara de faltar luz.

Davi escancarou as pálpebras e olhou assustado para todos os lados, mas seu quarto estava um breu.

– Deixa comigo! Eu cuido disso! – Ouviu-se a voz do Sr. Farsala, que foi até a caixa de luz no porão para ver o que teria ocorrido.

Davi levantou-se e foi arriscar uma olhada pela janela e indignou-se ao notar que todas as outras luzes da rua estavam mais acesas que nunca, pois a queda de energia só acometeu a residência dos Farsala. Pouco depois, um pipoco vindo do porão estrondou por toda a casa.

– Agora fui eu! – gritou Nicolas, voltando debilitado do porão. Thalia o alcançou no meio do caminho e o conduziu até o quarto, onde receberia os primeiros socorros. A fiação elétrica também iria sofrer os devidos reparos, dessa vez por um eletricista profissional, mas só na manhã seguinte.

– Não foi nada grave, Davi. Vai dormir – disse a Sra. Farsala, ao se deparar com Davi oferecendo ajuda. O garoto voltou para o seu quarto. Com muito esforço, conseguiu aquietar-se na cama, até que dormiu.

Acordou num susto horas depois com o barulho da tevê, já em pleno funcionamento exibindo *Os Desenhos da Mina Marte*. Ao consultar seu fatigado relógio de pulso, Davi percebeu que já estava na hora de se arrumar para ir ao novo colégio.

Ele abriu o armário e encontrou o que devia ser o seu uniforme novo. Como já estava quase na hora de ir ao Parthenon, desdobrou aquelas roupas e jogou-as sobre o colchão.

A camisa escura ostentava um pequeno templo secular, bordado em relevo com uma esfinge emblemática no centro, rodeada por uma coroa de folhas de oliveira. Quanto à capa de linho, Davi achou um tanto arcaica, tinha uma clara cor de papiro, lembrando uma túnica com capuz grande. Todo o lado esquerdo do traje era ocupado por criaturas mitológicas bordadas de ponta a ponta, e do outro lado estava apenas o donairoso brasão na altura do peito.

Ao meio-dia, Davi já se encontrava devidamente arrumado, embora seu coração já tivesse ido parar no joelho.

Enquanto esperava o Sr. Farsala, ele abotoava e desabotoava a capa, tirava e colocava o capuz. Sentando na poltrona em frente à televisão, na sala do primeiro patamar, ele assistia ao *Boletim das Doze Horas com Iodama Delian*, na Mithos. O Sr. Farsala só apareceu meia hora depois, descendo as escadas bufando, sem parar de apontar para o relógio. A barba estava por fazer e os cabelos curtos estavam desarrumados, mas ele deu um jeito neles com a mão mesmo. Demorou um pouco procurando alguém, e abafou um soluço de susto quando encontrou.

– Davi! – E levou uma das mãos ao peito.

– Estou parecendo a Morte – disse Davi entristecido, retirando o capuz e desfazendo o penteado.

– Claro que não, menino! Não bagunce o cabelo! Você está... Muito elegante! Acredite!

– Não tente me animar... Eu sei como estou.

– Bem, eu mantenho o que disse. Saiba você que garbo é garbo. Além do mais, nós não temos muito tempo pra discutir esse assunto, temos que nos apressar!

– Tudo bem. – Davi recolocou o capuz, aproveitando para cobrir metade do rosto.

– Vamos, vamos logo – disse o homem ofegante, enforcando-se com a gravata. – Thalia!

– O que foi agora, Nicolas? – perguntou ela da sacada do segundo patamar, mirando os dois no corredor da porta de saída. – Como você está lindo, Davi!

– Nós já vamos! – gritou o marido, logo abaixo dela.

– Céus! Estou descendo! – gritou enquanto corria. – Tchau, amor. Vem cá, Davi... Meu garotão elegante. – Ele se aproximou. – Boa sorte, tá? Estarei rezando por você.

– Até daqui a pouco. – O garoto despediu-se, enquanto levava um beijo tão forte na bochecha que quase o fez mastigar seu intraoral.

Ele puxou a mochila do chão e ajeitou-a nos ombros. Já estava com Nicolas em frente à garagem, enquanto Thalia mantinha-se ao lado da porta, ainda de pantufas. O homem apertou um botãozinho do seu chaveiro, abrindo o portão.

O veículo na garagem comportava tranquilamente uma família inteira. Davi olhou feio e depois enfiou a mão no bolso da mochila, de onde retirou um pequeno folheto. Na página quatro, ele encontrou uma foto que condizia com o que estava ali na sua frente.

KENZE – Um veículo feito sob medida. Seja para trabalho ou para lazer, a Kenze é o que você precisa para não deixar ninguém a pé. Veja a tabela abaixo com a Kenze que combina com você e com o seu bolso! É a praticidade e comodidade que só a AMAXUS tem a oferecer.

IMAGENS MERAMENTE ILUSTRATIVAS. *Todos os direitos reservados.*

Não foi muito difícil para Davi achar o modelo à sua frente. Estava ali, na quinta fileira, a de *MODELO EXECUTIVO – ÚLTIMA LINHA* e abaixo dos modelos *Luxo* e *Superluxo.*

Modelo Amaxus ODEÓN – uma carroceria ampla, estrutura impecável com pintura metálica abrangendo toda a superfície externa. Não bastassem guidão com direção elétrica e as triturbinas superpotentes, o Odeón oferece também quatro faróis que valorizam o desenho moderno e arrojado, além de duas portas opcionais.

A kenze estava desligada, e mesmo assim parecia desinteressada em saber se havia ou não um chão embaixo dela. Planava, sossegada, a algumas polegadas da superfície. Nicolas deixou Davi admirá-la por mais alguns instantes, ao passo em que a esposa viera socorrê-lo novamente com o nó da gravata. Depois, destravou o veículo e chamou o garoto.

A Sra. Farsala ficou parada em frente à porta da casa, acenando até desaparecer de vista. Na kenze, seu marido conduzia com muita habilidade o belo guidão forrado com couro de bucentauro, cruzando a cidade – praticamente vazia, em pleno horário de pico.

14

MAGISTRORUM
PARTHENON

CHEGARAM. Davi não sabia se aquele prédio, atrás de uma extensa escadaria, poderia ou não ser chamado de templo. A fachada era clássica, extremamente maltratada pelo tempo, com uma pintura envelhecida, meio descascada. O portão conseguia ter o dobro do tamanho do maior portão que ele já pudesse ter visto em vida, e os escritos MAGISTRORUM PARTHENON figuravam assustadoramente acima das abóbadas. Acima do imenso pórtico, também havia o secular brasão em forma de escudo. Sob ele, crianças aladas seguravam um longo pergaminho com os dizeres em latim:

VOX AUDITA PERIT, LITTERA SCRIPTA MANET
A voz ouvida fenece, a letra escrita permanece.

À porta, Davi despediu-se do Sr. Farsala e desceu da kenze. O resto da rua era engolido pela presença daquele prédio. Dando uma atenta olhada ao seu redor, dava para ver as fumaças vindas de chaminés e bueiros, muito longe dali – era a ilha de Rodurgia, ininterrupta máquina da economia nacional. Ele admirou as construções que formavam a cidade e teve uma leve sensação de que não podia estar em outro lugar senão numa das maiores cidades do mundo, e não numa vila.

Por alguns segundos, parou em frente àquela grande construção, que tinha quatro colunas na fachada anterior, e guardava mais quatro na fachada posterior e dezessete nas laterais. Todas praticamente do mesmo tamanho, mas de contornos levemente diferenciados.

Após subir os degraus, Davi encarou o portão de ferro escancarado do Parthenon, até que encontrou uma pintura que mereceu a sua atenção. Era a figura de uma pessoa entediada, mirando o chão através de óculos de lentes escuras. Longos cabelos lisos foram bem pintados com uma cor vermelha hemorrágica e só esqueceram de acrescentar cor à pele daquela figura, que deveria estar representando os alunos daquela instituição, já que respeitava o fardamento. O único problema era o hábito preto, que Davi não veria igual em nenhum estudante dali. Mas deve ter sido um mero chiste inventivo de quem esboçou aquela imagem.

– Então, vamos acabar logo com isso – a figura mexeu nos cabelos e foi em direção a Davi, que tomou um susto. Não era pintura, era uma pessoa mesmo.

– O quê? – perguntou ele, recuando um pouco.

– Eu até tinha disposição pra aturar a sua companhia, mas você demorou. Tome. – A pessoa estendeu a mão e entregou um bilhete sujo e amassado a Davi.

– O que é isso?

– Um bilhete sujo e amassado – respondeu. – Vai pegar ou ele parece pesado demais?

Receoso, Davi apanhou o bilhete sem tirar os olhos daquela mão branca.

– Sugiro que leia, ele foi feito pra isso! E não pra você ficar me olhando com essa cara. Se você me der a honra de ler esta porcaria e perguntar logo o que tiver de perguntar, eu agradecerei muito!

– Qual é o seu nome?

Os óculos miraram o sol e a pessoa conseguiu metade de um sorriso após contemplar o belo céu sobre seus cabelos intensos.

– Desculpe, eu não me referia a esse tipo de pergunta – disse entre risos. – Meu nome é Nyx. Estudo aqui. Olha... se eu fosse você, eu andaria mais rápido. Não seria bom sermos vistos juntos, sério. Não pela minha reputação, eu não tenho uma, mas... Você não vai querer que pensem que somos amigos. – Nyx encaixou a última metade do sorriso na face. Davi não teve reação.

– Deuses! Isso é tão bárbaro! – exclamou uma menina que acabara de chegar, conduzindo um pequeno grupo de seguidoras.

Vicenza Managarmer era a líder daquele grupo de garotas, e a segunda criatura mais curiosa ali. Usava óculos de lentes grossas, tinha um chumaço de cabelo crespo e oleoso mal amarrado sobre a nuca e tentava esconder as pavorosas acnes do rosto com uma maquiagem caríssima, porém ineficaz. Seu carisma era indubitável – ela causava total admiração nas meninas que tinham o privilégio de segui-la e que sonhavam desvendar o segredo do sucesso daquele quase divino ser.

– Isso tudo é tão bárbaro – Vicenza riu, cutucando Nyx, ainda empolgada. – Nyx, meu doce, eu sempre desconfiei que você tinha um pé na raça humana! É a primeira vez que te vejo na companhia de uma criatura viva e sinto uma segurança tão maravilhosa que não vou precisar chamar a polícia! – Ela dirigiu o olhar para a meia dúzia de amigas que estavam atrás dela, procurando apoio. E conseguiu. As lindas meninas se divertiam com as piadas de Vicenza, enquanto Nyx a mirava com toda a repulsa disponível.

– Adoraria transpor a minha gratidão, querida – disse Nyx, com um falso sorriso.

– Ai, não me olhe assim! – arrepiou-se.

– Não olhar assim, como? Estou de óculos escuros!

Davi gostou da observação de Nyx, mas Vicenza não pareceu levar na esportiva:

– Escute aqui, entidade – disse, para Nyx. – Vicenza não está rindo. Porque você *não fez* Vicenza rir. Não me fez rir. – Ela encarou as suas amigas, e estas enfartaram qualquer tentativa de emitir sons comparáveis a risos. – Eu cuspo no seu desacato – fingiu cuspir no chão. – E você pode achar isso tão bárbaro! Porque *você* é uma *aberração*! *O que eu disse, meninas?!*

– Aberração! – as meninas repetiram em coro.

– Pensei que as bonequinhas aí só falassem "mamãe", depois que a gente apertasse a barriguinha delas – alfinetou Nyx. – E você, Vicenza, me lembra de um prototério desprezível. *O que eu disse, meninas?!*

– Pros... tos... – as meninas tentaram dizer, mas pararam ali.

– Suas idiotas! – Vicenza enfureceu-se com as amigas, mas voltou ao salto com rapidez, e estampou um sorriso cínico com metade da boca. – Vamos, meninas, não temos tempo a perder. Temos que colocar este colégio para funcionar. Deixem a aberração aí conversando com esse... pros... tos...

– Eu o quê? – disse Davi indo em sua própria defesa.

– Esqueça, tesouro. – Ela sorriu doce e vitoriosa. Com toda volúpia, mirou Davi e passou por ele, deslizando a sua mão gordurosa pela face do garoto. –Você não é dos piores – e saiu, levando consigo aquela meia dúzia de seguidoras, que repetiram o mesmo processo.

Davi encarou Nyx, após a última mão abandonar o seu rosto. Continuava sem palavras. Felizmente, lembrou-se do bilhete que tinha recebido, e abriu o mais rápido que pôde.

Encontre-me daqui a um ano.

– Só isso?

– A menos que você pense que eu deixei a segunda metade em casa.

– Quem te mandou aqui pra me entregar isso?

– Não está assinado? Oh, essa não! – Nyx tomou o bilhete da mão do garoto e fez que procurava a assinatura do remetente, mas logo se cansou da própria ironia. – Não seja burro, garoto... Ninguém me mandou aqui pra fazer nada. Se você não entendeu, eu estudo aqui. Estou só fazendo um favor para manter certas amizades, entendeu? Quando a hora chegar, você não terá dúvidas de quem deverá procurar. Você simplesmente irá até essa pessoa que, você já sabe, estará te esperando.

– Entendi. Puxa, você sabe dar um recado. Já que acabou, se você me der licença, estou bastante atrasado. – E saiu, finalmente atravessando o portão.

.•●•.

O espaço que ele encontrou não atendia bem às expectativas que gerava em quem visse a fachada, pois era ainda maior e mais fúnebre do que se apresentava.

Ao fundo da área de entrada havia salas de aula, amaldiçoadas por aquele barulho infernal que os alunos faziam, correndo e grunhindo de forma avassaladora. O vestíbulo, situado entre a cela – salão principal – e a entrada, não tinha nada tão interessante. Na verdade, era difícil distinguir um do outro. Uma parede em especial possuía gravuras em homenagem a certas irmãs Baushee. Uma generosa placa dourada as chamava de *As Benfeitoras do Parthenon*. Davi, que ainda não se interessava pelas figuras da história do colégio, continuou andando.

As paredes agora estavam mais claras, por todo o lugar. Boa parte da área mais a oeste não tinha entrada permitida, mesmo com sua dimensão vastamente aproveitável. Indo mais para leste, bem mais, viam-se as escadarias que levariam até a biblioteca e as áreas particulares do colégio, tais como a sala de faxina, dormitórios e salas antigamente utilizadas para tortura (hoje, recuperações). Toda a construção fora feita de mármore pentélico e assinada pelo talentoso Fídias, um dos muitos fugitivos gregos que migraram para Belana há tanto tempo. Mas na verdade, Fídias apenas dirigiu o trabalho de Ictino e Calícrates, seus pupilos.

Atravessando o colégio, Davi olhou à sua direita e viu ninguém menos que Donna Glaia parada, de braços cruzados, e apoiada num pilaste branco do prédio da direção. Perto dali, no meio do pátio, havia uma enorme escultura de Zeus em ouro e marfim, arrogante num trono pomposo, olhos vazios, e com um sorriso por trás da barba longa, quase tão enjoado quanto o da vice-diretora.

– Pontualmente atrasado, jovem Yang Riton – disse ela rindo maliciosa, descendo do nível em que sua sala se situava. – Eu já imaginava isso, obrigada por não destruir meus devaneios.

– Eu não tive culpa – Davi se defendeu, desviando os olhos do enorme bloco onde se encontrava a estátua de Zeus, com uma legenda que dizia: *Zeus ou Júpiter, deus dos deuses.*

A estátua que ficava no centro do pátio nem sempre foi aquela. Antigamente, quando o Parthenon mal tinha completado um século de existência, havia no lugar uma estátua igualmente pomposa de Atena, que fora subtraída da Grécia por Pausânias, o Enganador, que deixou no lugar descrições circunstanciadas que ajudariam na elaboração de futuras réplicas ou mesmo reproduções. Contudo, as autoridades do Parthenon na época resolveram substituí-la por outra, igualmente de ouro e marfim, e também assinada por Fídias, mas que fosse uma homenagem a Zeus – divindade cardeal e mais influente de todas. Se Davi soubesse de tal história, com certeza preferiria que a estátua de Minerva continuasse ali.

– Não fará diferença hoje, meu amor. Afinal, é o seu primeiro dia de aula, e a professora decidiu começar a aula um pouco mais cedo; embora o seu atraso já tenha superado a antecipação dela. Saiba que não sou tão flexível com atrasos, ouviu bem? Você já está avisado – continuava Donna, e logo depois guardou o sorriso sarcástico para mais tarde. – Vem que eu vou levá-lo à sua sala, a aula de Escritas já está quase na metade. Aproveitando, falarei para a sala toda e... Ah, quase ia me esquecendo. Tome aqui.

Ela entregou para Davi um panfleto, numa folha que também era de papiro.

Magistrorum Parthenon
Mais de dois milênios na condução de discípulos extraordinários

Corpo docente para o primeiro ano do Último Ensino Colegial:

HISTÓRIA & MITOLOGIA: Prof. ONEIROS POLLEMORPH.
TEOLOGIA: Prof. ONEIROS POLLEMORPH.
GRAMÁTICA: Prof. ONEIROS POLLEMORPH.
TERATOLOGIA: Prof. ONEIROS POLLEMORPH.

E viu que nem precisava continuar a lista, porque todas as matérias seriam ensinadas pelo tal Pollemorph. Davi percorreu com os olhos o resto do panfleto, mas só tinha bobagens do tipo *Ensino do Parthenon Através dos Séculos*; *Como Manter um Rígido Sistema de Educação Milenar de Prestígio e Renome*; *Fídias e a Construção do Parthenon*; *Quem é Donna Glaia? – A Verdade Por Trás da Mulher de Garra*, além de outras. O mais interessante era um mapa, que, quando desdobrado, indicava os pontos mais relevantes do templo – enfermaria, ginásio de esportes, auditórios etc., mas o papiro era de uma qualidade tão duvidosa que Davi preferiu não conferir todo o mapa.

Ele olhou para os quatro cantos, quando algo lhe chamou a atenção. Todas as paredes tinham sequências de episódios diferentes, em relevo, que contavam um pouco da história do país. Na face leste, estava destacada a luta entre deuses e gigantes. Na oeste, o poder de guerra das amazonas. A face sul mostrava batalhas com centauros, e a face norte, bem em frente a Davi, as três guerras dos Bugres. Ele procurou no panfleto algo que pudesse falar mais sobre tais imagens, mas não encontrou nada. Bem que ele percebeu que já estava na hora de guardar o folheto, até que acabou pagando pelo atraso.

– Ai! – gritou, quase dando de cara na escada defronte.

– Quem manda não prestar atenção por onde anda? – perguntou ela, visivelmente feliz pelo que acabara de ver. Algumas crianças emergentes riam da cena, e Donna as abençoou. – Você tropeçou no degrau, e eu avisei: "Cuidado com o degrau". Deve ter pisado na capa.

– Mas você não falou nada! – vociferou Davi, levantando-se irritado e consertando a roupa, após retirar o capuz. Espantou com as mãos uns alunos mais novos que trouxeram seus coleguinhas para verem o novato grandão que tinha tropeçado feio na escada.

– É claro que eu falei – defendeu-se Donna. – Você é que é um garoto disperso, não sou eu a culpada disso. E não se esqueça que não sou uma de suas amigas. Olhe lá como fala comigo.

Davi se abaixou para apanhar a *coppola*. Ajustou a mochila nos ombros e continuou a subir aquela escadaria ingrata. Subia às pressas, muito mais rápido que Donna, que não conseguia acompanhá-lo. Como ele foi só até o segundo pavimento, não se cansou. Mas, se ele subisse todos os andares naquele mesmo ritmo, certamente não chegaria vivo até o fim.

– Cheguei... – disse Donna Glaia um pouco ofegante, minutos depois. – Não corra enquanto as outras salas estão em aula, nunca mais... Olhe, a sala... A sala aqui ao lado da escada... é a sua... está vendo?... É aqui que... você deveria estar há cinquenta e... dois minutos... E não incomode os seus colegas pois eles já estão em aula, e em hipótese alguma... Não...

– Calma, Sra. Donna. Inspire... Expire... Isso... Já entendi. Não tenho planos de me divertir aqui mesmo. Vou ficar aguardando você se recuperar – apoiou-se no corrimão no fim do corredor próximo à sua sala. – Relaxa, e não se esqueça do que eu disse. Inspire... Expire...

– *Eu sei respirar*, não se incomode – sussurrou ela ainda ofegante, apoiada na parede com o punho fechado próximo a um dos castiçais pregados. – Entre... A aula já começou...

Donna ficou parada tomando ar, sugando doses cavalares de oxigênio e imaginando algo notável para fazer, algo que passasse por cima daquela imagem de velha cansada e vulnerável que estava transmitindo. Davi pensou o que seria da vice-diretora se se atrevesse a continuar as escadarias, e riu do que imaginou. Logo depois, recolheu o riso e abriu a porta ao lado do balaústre de bronze da escada. Deu um passo apenas, entrando assim na sua sala.

Olhou de relance ao seu redor. Nas paredes, fizeram em baixo relevo o que lhe aparentava ser a Odisseia, sequenciada nos quatro cantos da sala. Um belo trabalho. Olhou então para as poucas pessoas sentadas em um amontoado de cadeiras atrás de mesas desalinhadas. Como havia muito espaço e muitas mesas para poucas pessoas, a sala tinha uma atmosfera escura e solitária.

Mesmo tendo visto rapidamente, Davi não pôde deixar de notar alguns garotos do vagão, sentados ali o olhando. Logo ele sentiu uma forte pontada na cabeça, seus olhos arderam, a testa suava bastante... Foi quando, de repente, as quatro paredes da sala vibraram e começaram a se arrastar, indo uma ao encontro da outra. Acuado, o garoto tentou atravessar a porta, mas foi detido por Donna, que o segurou pelos braços. Ele tentou pedir ajuda aos colegas, mas numa segunda olhada mais atenta, ele viu que não passavam de bonecos de cera com um sorriso macabro, e caíram todos sem vida no chão, que convulsionava. Quando olhou para cima, ele viu que parte do pavimento anterior estava prestes a desmoronar e temeu, não pela própria vida, mas pela de outra pessoa, que parecia estar ali, mas ele não conseguia ver quem era.

– Cuidado! – Davi gritou agitado, e todos na sala se viraram para ele.

Estava passando mal, a professora logo percebeu. Davi abriu os olhos e se viu amparado por uma enfadada Donna, que parecia estar segurando um gato morto. Recompondo-se, ele tratou de avistar uma cadeira ao lado da porta e sentou-se violentamente, enxugando a testa com uma mão. Tirou a mochila e jogou-a de qualquer jeito no chão. *Ótimo*, ele pensou. *É só o primeiro passo para a loucura completa.*

Até Donna mirava-o com certo interesse nos olhos por trás daqueles óculos pequeninos e redondos, que ela pôs para ler um comunicado que trouxera. Após ter virado de lado para poder entrar na sala sem grandes problemas, ela se colocou ao lado da professora e parecia estar disposta a ignorar o ocorrido, até que foi surpreendida por um olhar de recriminação vindo de todos na sala.

– Está tudo bem, querido? – perguntou a vice-diretora, forçando a voz para ser ouvida por todos. – Está precisando de alguma cousa? – Ela não esperou ouvir a resposta, que não viria de qualquer maneira. – Ainda bem. Por todos os deuses, não me faça mais passar por um susto desses! Estou devastada!

Davi tirou a *coppola* do bolso interno da capa, colocou-a e escondeu-se nela, evitando os olhares curiosos dos seus colegas.

– Bem... – disse Donna, tentando parecer o mais imparcial possível. – Agora que já estamos aqui, Profa. Pollemorph, eu gostaria de dar uns recadinhos que tenho para nossos jovenzinhos.

A moça que estava em frente ao quadro-negro depositou o giz em seu devido lugar e sentou-se diante de sua mesa.

– O Magistrorum Parthenon, maior templo educacional do planeta, na pessoa de Donna Glaia Tofana, deseja boas-vindas a seus novos discípulos e, especialmente, aos que vieram de fora, a seguir mencionados em ordem alfabética. – E apertou mais os olhos para ler o panfleto. – Sr. Astros Lunn; Sr. David Lino Yang Riton; Sr. Eric Niven, não, pode se sentar, querido; a Srta. Malu Neleon, que ainda não está presente; o Sr. Seth A. Dehiskos; e, por fim, Sr. Shiva Mahayogui Tiwas. Quero dizer que é um prazer tê-los conosco. – Embora Donna esboçasse seu sorriso de sempre, todos pareciam saber que aquelas palavras não foram tão sinceras quanto ela desejaria expressar que fossem.

– E também – continuou a ler – não poderíamos deixar de cumprimentar nossos conterrâneos, a Srta. Cecília Thálassa, Srta. Elissa Ársis, o Sr. Eric Amaterasu Rodhes...

Davi estranhou ouvir o nome *Eric* novamente. Notou um garoto alto, de cabelos bem negros e olhinhos nipônicos fixados na vice-diretora. Estava insosso, largado na cadeira, com a capa totalmente aberta, revelando a sua amassada camiseta do uniforme.

– E a Srta. Karin Huneman.

Discretamente, Davi tratou de guardar cada nome e cada rosto que sorria quando Donna o mencionava. Rapidamente, antes que tornassem a virar os olhos em cima dele, o garoto abaixou a cabeça, escondendo-se de novo por dentro da *coppola*.

– Quero dizer também – prosseguia Donna Glaia –, que o refeitório servirá os alunos impreterivelmente à hora do intervalo, disponível nos seus panfletos. Vocês deverão retornar ao soarem os sinos, e lembrando que não se pode comer na sala de aula. A biblioteca do Parthenon estará disponível a todos vocês, para que possam fazer com tranquilidade as suas pesquisas ou, simplesmente, estudar. Ainda referindo-me à biblioteca, quero sublinhar que são estritamente proibidas todas e quaisquer manifestações que possam vir a ameaçar a paz e a integridade do recinto, bem como de seus frequentadores. Os rebeláveis estarão sujeitos a duras e mui severas penalidades.

As ameaças não causaram o efeito aguardado. Ela respirou, incomodada e retomou.

– Quanto ao término das aulas, a *ECDELI* – Ecfráticos Delicatessen, que fica situada na próxima esquina, informa que lá vocês poderão sem problemas aguardar seus pais nos bancos disponíveis, durante o tempo que precisarem, além de poderem desfrutar dos salgadinhos mais famosos das cercanias. No mais, é interessante que conheçam o ponto de coletibus que fica na primeira esquina, à esquerda. No entanto, caso necessitem do transporte coletivo, vocês precisarão de autorização expressa de seus pais ou responsáveis. Caso contrário, terão que passar a noite no Parthenon, nos pavimentos reservados aos dormitórios.

Quando Davi pensou que ela já estava indo embora, ela despejou um último aviso.

– E encerrando, os senhores e senhoritas terão um mês para se adaptarem ao novo ambiente – e eu me refiro à cidade de Vila de Tholos. Deverão obedecer ao toque de recolher, ficando expressamente proibidos de circularem pela cidade desacompanhados e/ou em horários impróprios (favor verificar página quatro de seus panfletos). Esse alerta, devo lembrar, vale para os alunos vindos de fora. Quanto aos nossos concidadãos, fica o aviso de que vocês terão que seguir com boa vontade as ordens de seus pais e lembrem-se – nada de precipitações com os alienígenas.

Ouviram-se incansáveis murmúrios quando Donna deu seu último "Boa tarde e boas aulas". Davi, que estava ao lado da porta, ouviu claramente quando ela acrescentou em murmúrio: "E boa sorte".

– Clássico! – Eric Niven também ouviu o comentário e aplaudiu sozinho.

Os alunos não paravam de falar sobre o mês que a vice-diretora lhes deu para se adaptarem.

– É impressão minha ou aquele ogro de bigode acabou de me chamar de alienígena? – perguntou o jovem Seth Dehiskos à colega Cecília, ao seu lado esquerdo.

– Ei, posso te perguntar uma cousa? – Eric Niven cutucou Karin Huneman, sentada à sua frente. – Nos adaptar a quê?

– Não sei – respondeu a garota secamente.

– Você não mora aqui desde pequena?

– Moro – disse, ao passo em que seus olhos encolhiam por trás dos óculos ovalados. Os cabelos lisos amarrados, e também os óculos, deixavam claro que ela era um tanto acanhada para dividir a sua beleza com os colegas.

Eric pareceu não compreender que a garota não queria conversa.

– Seus pais são rígidos, é?

– Não! – respondeu mais impaciente do que antes. Ao ver que Eric se preparava para fazer as mesmas perguntas a outra pessoa, Karin acrescentou: – Você não sabe que somos proibidos de nos posicionar sobre isso? Não ouviu a mulher falar? Cousa mais chata!

Evitar que Eric importunasse outra pessoa foi realmente um imenso favor que Karin fez à raça humana. Ele encolheu os ombros, meio impressionado com a frieza dos hiperbóreos, e só então Davi se deu conta de que Eric estava sentado bem ao seu lado, e estava tão inconsciente quando tomou aquele lugar que nem percebeu.

O menino até chegou a abrir a boca para conversar – mas antes de qualquer colóquio, Davi recolheu suas cousas e escolheu uma das muitas cadeiras vagas, bem longe daquela.

.•●•.

Ao lado de Davi estavam apenas Astros Lunn e a parede, no extremo sul da sala.

– Com licença, Astros... Você é o Astros, não é?

– Sou – respondeu o garoto, que usava o boné virado para trás. Parecia meio surpreso ao notar que Davi falava como uma pessoa normal.

– Eu só queria que você me explicasse isso, já que você já estava na sala antes de eu chegar... – e mostrou-lhe o panfleto que Donna lhe deu.

– Ah, é isso? O Prof. Pollemorph?

– É – respondeu com os olhos fixos na bela professora ruiva, trajando um vestido violeta com a marca do Parthenon. Ela ainda não havia notado que os dois estavam conversando.

– Aquele ali é o Prof. Oneiros – sussurrou, com a voz mais natural possível.

Davi não pôde controlar seu próprio queixo, que desceu de tal forma que parecia prestes a se desencaixar do rosto. Aquela mulher, ela era...?

– Ela é homem, é o Oneiros – continuou Astros. – Aqui você vai ter que chamá-la de Psamate, ou Profa. Pollemorph, o que é mais prático. Tome aqui, a Donna te deu o papel errado. Copie no caderno, porque em cada aula ele é uma pessoa diferente.

Ele tomou o papel das mãos do colega e abriu-o.

TERATOLOGIA: Prof. Demofon Pollemorph.
GRAMÁTICA: Profa. Delfina Pollemorph.
FÍSICA: Prof. Krushewski Pollemorph.
ARTES: Profa. Filomela Pollemorph.

Davi interrompeu a leitura do papel.

– Quer dizer que eu vou ter aula de Escritas com uma mulher que não é mulher, e amanhã eu vou para uma aula de Teratologia – o quê? – dada por uma pessoa que eu não sei quem é, embora esteja aqui na minha frente, fora a aula de Cálculos, que também é de outra pessoa que eu não sei quem é, embora seja homem, mas não o mesmo homem da aula de História que foi ele mesmo quem lecionou? Eu estou confuso!

Astros havia desligado o cérebro na terceira frase, mas mesmo assim saiu com sequelas da confusão.

– É, pelo jeito você já sabe os horários de cor... – tentou esquecer aquele assunto. – Olha, cara... Esse seu panfleto está todo errado, mas não joga fora não, certo? Tem uma razão pra esse papiro ser tão delicado. Parece que se você esfregá-lo com jeitinho nas duas mãos, ele vira uma farinha que dá até pra comer, eu ouvi o pessoal dizendo.

– Hã? Que nojo! É claro que é mentira, cara! Quem te disse isso?

– Foram aqueles...

A Profa. Psamate se aproximou dos dois, decidida a interromper a conversa.

– Senhores, por favor. Não fiquem de conversinha no primeiro dia de aula. Não querem me deixar encabulada, não é? – Ela sorriu, seu batom brilhante cintilava na frente dos dois. Davi se encolheu imediatamente na cadeira, abaixando-se para apanhar algo na mochila.

.•●•.

Findada a aula, era realmente difícil aceitar que aquela mulher que saíra há tão pouco tempo voltaria mais tarde jurando ser outra pessoa, um corpulento professor de História. Tinha um vasto cavanhaque grisalho, e na sobreveste estampava-se com orgulho a marca do colégio.

– Boa tarde – ele saudou os alunos com a voz infinitamente mais grossa. – Eu sou o Prof. Triptólemo, e neste primeiro contato...

– Por enquanto – disse Davi, ao que escrevia seu nome pela quarta vez naquela folha de caderno. Tentou abaixar a cabeça para dormir, mas sabia que, naquele momento em particular, seria algo impraticável.

– ... muito especial para vocês – o professor prosseguia. – Esta matéria é com certeza uma das mais belas cédulas do sistema educacional do nosso país. Nós estudaremos as suntuosas veredas da nossa formação, passando pela miscelânea de todos os continentes neste território. Vocês agora apanharão suas canetas e cadernos para iniciarmos nosso primeiro assunto do ano: "a criação do mundo segundo o *Livro*".

Antes que ele escrevesse meia frase no quadro, foi surpreendido pela súbita aparição de Donna Glaia, escoltando uma garota contrariada. A mulher jogou-a de qualquer jeito porta adentro – pois necessitava de um sensível espaço para entrar, de lado, no recinto. Puxando a garota pelos braços, Donna foi até o centro das atenções, para falar a todos.

– Prof. Pollemorph, esta aqui é a Malu Neleon Margine, gracinha. – E apertou a bochecha da garota, que avermelhou e a fez sussurrar uns palavrões que Donna não escutou. – Ela infelizmente não pôde comparecer às primeiras aulas, mas agora está aqui, sim, empolgadíssima para iniciar a sua jornada rumo ao universo do conhecimento!

Malu não fazia a mínima questão de esconder sua aversão àquele ambiente. Seus olhos claros transbordavam desprezo, realçados pela maquiagem sombria não só ali, como também nas demais partes maquiáveis do seu pequeno e cansado corpo. A bata bege escondida pela capa estava amassada, e os negros cabelos lisos jogados ao rosto enfezado – parecia que ela tinha sido brutalmente forçada a estar ali naquele momento. Desvencilhou-se da vice-diretora e jogou-se numa cadeira qualquer.

– Seja bem-vinda, Srta. Neleon – disse Triptólemo, educadamente. A garota sequer olhou para ele, entretida que estava admirando a sua própria mesa. Ele olhou para Donna, como se perguntasse se ela iria mesmo abandonar aquela besta selvagem na sua aula. Por sua vez, a vice-diretora apenas acenou de forma angelical, saindo de lá em seguida. – Bem, acho que este é o momento certo – optou por continuar – para a nossa primeira chamada do ano. Como estamos todos juntos pela primeira vez, fineza se apresentarem, começando pelos que estão mais próximos. Por favor, senhor...?

– Eric Niven.

– Muito bem, Sr. Eric Niven, pode nos dizer sua procedência?

– Posso... eu vim da Escola Emérita, que fica em Paládio, estado de Eólios.

– Excelente – o professor pôs as mãos nos bolsos. – E você?

– Seth Dehiskos, Colégio Mecenas, Oceânide.

– Karin Huneman, Educandário Colina do Areópago, Vila de Tholos.

– Cecília Thálassa. Colégio Sexto Empírico, Vila de Tholos.

– Astros Lunn, Colégio Fundamental da Conchichina – disse secamente, enquanto se afundava na cadeira cruzando os braços, preferindo não ter tido que responder aquela pergunta.

– Interessante – o professor conteve algumas risadas e sobrepôs um sorriso tranquilo. – Sabe, Astros, não só por ser monoteísta e ter uma localização alegórica, mas a Conchichina...

– É uma cidade-estado – disse Astros para interromper o raciocínio. – Não pertence a Eólios, possui uma biodiversidade que blá-blá-blá... Eu sei que a Conchichina tem uma história linda, professor, mas também é longa. O senhor prefere contá-la ou voltar à aula?

– Espere só um pouco, meu amigo, que eu ainda pretendo conhecer os seus colegas. Você aí, querida?

– Elissa Ársis, Colégio Sexto Empírico, Vila de Tholos.

– Já se conheciam? – perguntou apontando para ela e Cecília.

– Não – a primeira respondeu sorrindo leve. – Turmas diferentes.

– Mas isso é genial! Você?

– Shiva Tiwas, Academia Ahayuta Achi, Esparciatas.

– Ótimo, estado de Dória, finalmente alguém do Sul, não é?

O olhar que Shiva lançou ao Prof. Triptólemo o fez, por frações de segundo, refletir sobre abandonar o magistério para criar patos e galinhas num ranchinho pueril e bucólico, afastado do mundo.

– O próximo, por gentileza.

– Eric Rodhes, Instituto Gao Kao, Vila de Tholos.

– Ah, só mesmo o inescusável convite do Parthenon para um aluno abandonar uma escola tão formidável quanto o Instituto Gao Kao. Meu Deus, esses convites! Arcanos da técnica da persuasão. E você, no fundo?

– Lino Yang, Colégio Genius Romani, Estalão.

– Malu Neleon, Colégio Trismegisto, Cidade de Ágios.

– Excelente. Bem, quanto a mim, receio já dispensar apresentações. Espero que possamos aproveitar ao máximo nosso primeiro ano, e que vocês tenham a sorte de permanecer juntos no ano que vem. A minha primeira sugestão para vocês é que reservem pelo menos trinta minutinhos dos seus dias para estudarem um pouco de cada matéria. Já pensaram nisso? É bom!

– Cale a boca – disse Malu jogando a cabeça sobre a mesa vazia.

Minutos depois, o Prof. Triptólemo Pollemorph estava tão absorto na aula ministrada por ele mesmo que levou um pequeno susto ao ouvir sinos pesados tocando lá fora.

– Céus... tinha me esquecido – disse ele tomado de assalto. – Vocês estão liberados, podem ir.

– Não está cedo? – perguntou Davi em voz baixa para o colega Astros. Olhou para o relógio quase pifando e comprovou que estava certo, ainda faltavam vinte minutos de aula.

– É que você chegou atrasado – respondeu Astros. – E não leu todo o panfleto. Nós agora vamos para uma palestra no sexto pavimento, onde tem um teatro respeitável.

– Palestra? – Davi se levantou, assim como a maioria dos seus colegas, que ajeitavam as mochilas nas costas e se preparavam para sair. Ele demorou a recolher as suas cousas, e Astros saiu à sua frente.

Antes que alguém se retirasse, três funcionários do Parthenon surgiram na porta.

– Deixem suas cousas na sala – disse uma mulher magra e pouco simpática, que segurava algo meio familiar, mas que ainda não pretendia exibir. Mantinha-se espaçosa nos seus sapatos de salto de bronze, como se fosse maior do que qualquer organismo vivo por ali. Usava um broche identificador no seu uniforme assombroso com a marca do Parthenon, no qual letras garrafais sugeriam que ela deveria ser chamada de Srta. Empusa, nada mais.

Astros jogou a mochila cheia em qualquer lugar e apanhou uma prancheta com um dos homens que vieram acompanhar a mulher. O outro distribuía estojos personalizados.

– Você não vem? – Davi perguntou a Shiva Tiwas, que parecia muito pouco disposto a levantar-se da cadeira.

– Não – respondeu, sem ajuda dos olhos.

– Ah, ele vai sim – disse a candente Srta. Empusa. Ela ergueu o que estava segurando, um chicote, e atingiu primeira mesa vazia que encontrou. Da ponta do chicote saíam faíscas intimidantes. A funcionária lançou um sorriso vermelho impossível de ser ignorado, e estalou o pescoço livre dos cabelos, que estavam amarrados com laquê num rabo de cavalo. Apontou para a porta. – A saída é por aqui.

15

A DATA
COMEMORATIVA

Shiva e Davi foram os últimos a sair da sala, e cumpriam o longo percurso com a mesma falta de ânimo.

– Hoje é o Dia Nacional do Dinheiro.

– O quê? – perguntou Davi, assustado por ouvir a voz do colega andando ao seu lado.

– Quando você chegou, eles já tinham avisado. Essa palestra de agora é sobre dinheiro. Só não espere degustação de moedas, acho que não vai ser pra tanto.

Davi riu um pouco, e Shiva finalmente parecia mais à vontade.

– Quer fugir da palestra? Lugar pra se esconder não é problema, e aquela maníaca do chicote não está atrás da gente.

– Seria legal – respondeu Davi. – Que boa ideia a deles. Nos receber com uma palestra. Pra que uma festa? Não, uma palestra é bem mais divertida!

– Palmas pra eles – respondeu Shiva após rir brevemente. Após alguns segundos de silêncio, ele finalmente perguntou: – O que foi aquilo?

– Está falando sobre aquilo que aconteceu quando eu cheguei... – Davi nem precisou falar muito, pois Shiva o ajudou a completar a frase.

– Isso, exato. O que aconteceu?

– Eu tive uma visão estranha – tentou responder no tom mais natural possível. – As paredes da sala estavam se aproximando para me espremer, e parte do teto ia desabar em cima de alguém, que eu não consegui enxergar. Bem louco, né? – Forçou um sorriso, abrindo o folheto que recebeu de Donna Glaia.

– Não, você não é louco – disse Shiva com sinceridade.

– Engraçado... – disse Davi procurando a programação especial do dia. – Esse panfleto não tem o nome do diretor da escola.

– Nem esse nem nenhum outro. Ninguém aqui fala em diretor, embora haja o prédio da direção. Está na cara que eles não querem que saibamos quem dirige o colégio.

– É uma pena, essa informação costuma ser importante – disse ele ainda vasculhando seu panfleto atrás do roteiro. – Eu gostaria de saber quem é o filho da mãe responsável pela direção desse latifúndio.

Continuaram andando, até que Shiva quebrou o silêncio.

– Não sei como você consegue esconder que está louco pra sair desse colégio.

– Esconder o quê? – Davi atravancou por um momento a busca no panfleto. – Quer dizer... não estou com tanta vontade assim – voltou a ler. – E o ano mal começou, cara. Tenta relaxar.

– Desde pequeno, me ensinaram que quando você não gosta de uma cousa, você tem que fazer o possível para se acostumar a conviver com ela. Porém, como eu nunca fui bom em praticar esse tipo de cousa que me ensinaram, não sei se vou durar muito aqui.

– Pois eu vou ter que me acostumar. Não vou simplesmente sair daqui correndo e gritando que não gosto de nada, isso não teria lógica...

– Fugir? Não parece uma má ideia – disse ele, sorrindo pelo que imaginou.

– Aqui! – Davi apontava para o papiro em suas mãos. – Droga... Não há nada programado pra hoje, além da emocionante conferência *A face divina do papel-moeda*, ministrada pelo professor/economista/filósofo/teólogo. – Fez uma pausa. – *Excelsior oikanomos...*

– Puxa, que nome horrível! – Quando Shiva olhou para o lado, percebeu que Davi havia parado de andar. – Lino? O que aconteceu?

Davi guardou o panfleto no bolso e voltou a andar, numa velocidade alterada.

– Vamos rápido – disse. – Precisamos pegar a palestra desse cara. Acho que ainda dá pra conseguir um lugar na frente, mas precisamos correr.

– Mas pra que você quer ver uma palestra sobre dinheiro? É esse tal Prof. Oikanomos?

– Depois eu te explico, cara. Agora não.

Foram muitos degraus, mas eles chegaram até o pavimento do teatro. Minutos antes, Astros Lunn comentara com um desconhecido que aquele lugar lhe lembrava muito o teatro República, o maior da cidade de Polis, capital do país. Para a surpresa de Davi, mas não de Shiva, quase todas as cadeiras estavam ocupadas – exceto as da primeira fileira à esquerda.

– É ele... – Os olhos de Davi incandesceram.

– Acho que somos dois dos pouquíssimos interessados em conseguir um lugar privilegiado – disse Shiva, analisando o ambiente, e ainda parado à entrada do teatro.

– Não precisamos chamar atenção – murmurou Davi, puxando o colega. A palestra já havia começado. No palco estava um homem alto e encorpado, com cabelos ressecados. Seus óculos grossos davam uma dica do quanto ele precisou ler para estar ali, sob aquela faixa com o tema da conferência e à frente de quadros ilustrativos, discorrendo sobre os vínculos da moeda nacional com as poderosas divindades, e com a própria história do país.

Davi e Shiva rejeitaram a entrada principal e encontraram uma porta alternativa, justamente uma saída de emergência localizada ao lado da primeira fileira, à esquerda.

– Astros! – Davi ficou feliz ao encontrar o colega e sentou-se ao lado dele.

Shiva dispensou outra companhia e optou pela cadeira disponível ao lado de Davi. Apanhou a sua prancheta e lápis e pôs-se a desenhar, enquanto o palestrante falava sobre algo que estampava um dos seus gráficos ornamentais.

– Onde você estava, Lino? – perguntou Astros com discrição.

– Só andei devagar, não fui a lugar algum – respondeu no mesmo baixo volume, inicialmente ainda de olhos presos no tal palestrante, mas depois cravou os olhos na sua prancheta.

– Ah... Já conhece o refeitório? Meu Deus! – suspirou estapeando a barriga, cheio de expectativas. – Que lugar fantástico... Eu soube que metade do colégio passa os intervalos das aulas lá... Não tenho uma ideia assim de multidão desde a última apresentação da minha banda no teatro República, em Polis. Foi no mesmo dia em que um idiota veio tirar onda comigo, dizendo que eu não podia ser o maior destaque da banda e...

– Você tem uma banda?

– Actínias. – Foi estranho, mas aquela pareceu ser a primeira palavra que lhe veio à cabeça. – As Actínias.

– Não é uma banda só de mulheres? – Foi difícil para Davi manter aquela discrição. Sua real vontade era de soltar uma gargalhada, mas o ambiente o condenaria por isso.

– Bem, as meninas são Paola Costilla, Gaku Motoki e Jude MacCastle, é delas que você está falando? Elas são só as vocalistas. Como eu sou da bateria, não preciso ser mulher, sabe? Elas sim são todas mulheres, amigas minhas...

– Deixa pra lá, Astros. Eu acredito em você e nessa sua banda – mentiu.

– Ufa... – aliviou-se, muito feliz. – Ainda bem. Escuta – já recomposto, ele abaixou ainda mais a voz. – Você sabe quem é a Cecília Thálassa?

– Das Actínias?

– Não, da nossa sala! Uma que tem umas mechas rosas no cabelo... Estava perto da gente!

– É uma que está usando capa meio lilás?

– É, mas... você não percebeu que a capa feminina é mais... feminina? É mais curta, parece mais um vestido e tem essa fita aqui que elas amarram acima da cintura. Além disso, elas usam luvas longas e botas de salto fino – analisou, de acordo com o que constava na página três do panfleto. – Como não é proibido mexer nas vestimentas, alguns trajes ficam mesmo irreconhecíveis... Se você visse a Elissa Ársis iria entender. Já viu aquele cabelo dela? Não digo que é feio, nem nada; sei que já esteve na moda, mas ela não era nascida nessa época... Se ela criasse juízo acerca dessas extravagâncias... – "Teria até chance comigo" foi a mensagem que ele quis deixar no ar. – E ela nem chegou a mexer muito na roupa, mas além das luvas vermelhas, ela usa tanta cousa nos pulsos, pescoço e resto que mais parece uma maquete de quermesse.

– Acho que já sei quem é a Cecília – voltou ao assunto.

– Olha – Astros murmurou ainda mais, o que Davi considerou um exagero irritante –, eu escutei quando ela falava para a Elissa Ársis que está apaixonada.

– E daí, Astros? – frustrou-se. – Que mal há nisso?

– Por acaso é normal dedicar a vida a uma pessoa que você conheceu há menos de cinco minutos?

– É o menino mais fofo do mundo, Elissa... – disse Cecília Thálassa longe dali, na trigésima fileira à direita. – Acho que ele me olhou agora há pouco... Olhou meio assim, com metade dos olhos, mas você sabe o que isso quer dizer, né...?

– Não aguento mais! – disse Elissa Ársis aflita, fazendo força para não gritar. – Nem a mãe desse cara deve ver tanta cousa nele! Isso não quer dizer *nada*, Cecília. Nada! Se formos contar o tempo que vocês dois estiveram juntos, não dá nem pra fazer macarrão instantâneo!

– Sinto uma pontada de inveja no...

– Esquece isso, Cecília – Seth interrompeu, discreto. Estava alheio à conversa das duas, tentando com muito esforço uma visão melhor da primeira fileira da esquerda. Há muito ele queria perguntar algo para a colega. – Me diz, o Astros já comeu a farofa de panfleto?

– Acho que não – ela respondeu em sigilo, sem olhá-lo.

– Puxa... Ela já está assim, é? – afastado dali, Davi espantava-se com o que acabara de ouvir do colega Astros. – Incrível...

– Pode acreditar, cara.

– E quem é o felizardo?

– Policarpo, do terceiro ano. Não posso dizer que ele é bonito, porque ele definitivamente não é. Olha ele ali – e apontou para a segunda fileira da direita.

Davi acompanhou o dedo de Astros, que apontava para um garoto que conversava com a sua turma, um pouco menos discreto que o necessário.

– Aquele cara de joelho? – perguntou Davi, que não considerou Policarpo bonito o suficiente para despertar paixões à primeira vista em garotas como Cecília. O rapaz era muito magro, tinha o nariz meio torto, cachos volumosos, e o resto da beleza só podia vir de dentro.

Astros pareceu ter voltado a prestar atenção na palestra, num ato de pura solidariedade.

– Essas mulheres... – disse, encerrando o assunto.

– Posso te pedir uma cousa? – Davi cutucou o colega.

– Claro – respondeu Astros enquanto anotava algumas das observações que o palestrante escreveu num quadro bem estranho. – Só espero que o seu poder de pedir seja menor que o meu de conseguir te atender.

– Você me consegue um disco das Actínias?

– Ah... – Quebrou a ponta do lápis no papel. – Um... disco? Tudo bem, claro... Como eu não ia conseguir... Tenho vários deles...

Davi sorriu e olhou para Shiva ao seu lado, que estava bastante calado.

– O que você está fazendo?

Shiva estava rabiscando na prancheta, e não tirou os olhos dela.

– Calma aí – respondeu. – Já estou acabando.

Davi virou-se para mirar o palestrante, que estava empolgado com a própria linha de pensamento, até que, percorrendo o público com os olhos, encontrou aqueles três garotos à esquerda, numa fileira logo abaixo dele. Algo o assustou ali. O Prof. Oikanomos engasgou um pouco, foi até o jarro de água no púlpito ao seu lado com um leve tremor nas mãos, encheu o copo, deu goladas cavalares e fez uma pausa para reaver o assunto de onde ele havia parado. Não conseguiu recuperar o fio da meada e começou a falar de outra cousa.

– Terminei – disse Shiva, assinando o desenho com seu sobrenome Mahayogui emoldurado num escudo atravessado por duas espadas. Davi se virou para verificar o resultado. Era um guerreiro japonês em posição de ataque, empunhando uma espada.

– O que é isso?

– Um samurai. Dá pra perceber? É japonês.

– Puxa... – admirou-se, já que não era sempre que ele ouvia falar de algo que viesse de outro país. De vez em quando ele lia alguns livros traduzidos, que ele conseguia na biblioteca do Genius Romani. Mas o acervo sempre foi muito limitado. – Onde você aprendeu a fazer isso?

– Em Esparciatas a gente aprende cedo a gostar desse tipo de cousa, sabe... Autodefesa, artes marciais... O que eu sei é muito superficial, porque eu ainda estava aprendendo... Até vir parar aqui.

– É, que decadência... – E voltou a olhar o desenho. – Que criatura é essa que o samurai está combatendo? – Apontava para a figura de um indivíduo de feições monstruosas, com rosto de macaco e um pequeno par de chifres pontudos. Não vestia nada mais do que uma tanga reforçada de pele de tigre, amarrada na cintura por uma corda. Atacava o samurai com um porrete cravejado de pontas de ferro, que empunhava com desenvoltura.

– É um oni, uma espécie de ogro que teria sido extinta da face da Terra na segunda guerra dos Bugres. E já foi tarde, porque eu não gostaria nem um pouco de esbarrar com um desses à noite.

– Esse é um oni? – Davi apanhou o desenho para olhar mais de perto. – Já ouvi falar desse bicho... Onde você viu um desses? Não há muitas ilustrações por aí...

– Esse aqui eu vi numa foto da réplica daquela caixa de Pandora, que é exposta num museu em Vaudeville. Dizem ser idêntica à caixa original, tanto que virou item de museu, apesar de falsa. Há várias outras criaturas talhadas nela, algumas já extintas, como esse oni.

– É fascinante...

– É, e essa réplica é uma das mais cobiçadas pelos criminosos, justamente por ser muito bem feita. Dá um trabalho imenso à polícia de lá, a vigilância tem que estar sempre sendo reforçada. Por isso que as réplicas da caixa de Pandora, mesmo que grosseiras, são proibidas até hoje. Até mesmo fotos são muito raras de se ver.

– O que é um exagero, vamos combinar... Se a caixa é falsa, não tem nada dentro além de ar e uma grande frustração para quem esperava outra cousa.

– Mas não é exagero – explicou Shiva. – Você sabe que a caixa de Pandora concentra os piores males da humanidade, não é? Se aberta do modo errado, seria o fim do mundo como conhecemos. Mas, se aberta do jeito certo, seria um arsenal poderoso para os facínoras, que poderiam extrair do interior dela verdadeiras armas de destruição em massa, se assim quiserem.

– Eu não vejo como isso seria possível – comentou olhando discretamente para o conferencista, que lutava para fazer a sua palestra em meio a tantas conversas paralelas entre os alunos.

– Não pague pra ver. A ganância e a sedução pelo poder ilimitado cegam. É por essa razão que muitos ambicionam possuir a caixa, o que leva vários charlatões a construírem réplicas e venderem aos mais desavisados a preços extorsivos.

– Uma pessoa que cai num golpe desses nunca está bem-intencionada, então... Bem feito pra elas!

– É verdade – disse Shiva, sorrindo.

.•••.

Shiva depositara o lápis em cima da prancheta, pôs o seu braço no da poltrona e apoiou o maxilar no punho fechado. Soltou um longo suspiro ao constatar que a palestra não tinha chegado nem na metade. Em poucos minutos, ele já estava exausto. Coçava a cabeça angustiado e falou para Davi:

– E pensar que a gente *ainda* está nessa palestra idiota. Ainda não entendi por que você fez tanta questão de estar aqui, Lino. Você parece estar tão interessado no que esse cara está dizendo quanto em lavar as privadas do colégio.

O colega optou pelo silêncio e ambos prestaram atenção nas últimas palavras do palestrante.

– As moedas de cinco óbulos têm a efigie de Prometeu, dizem, a pedido de Zeus, pela razão de que, sendo essa uma moeda de baixíssimo valor, todos veriam a sua face como a de alguém insignificante.

– Por quê? – interrompeu uma menina da plateia, mascando chiclete e enrolando uma mecha de cabelo no dedo. Era uma das várias seguidoras de Vicenza Managarmer, que estavam reunidas ao redor da sua mentora nas últimas fileiras da direita. Vicenza, até então, se divertia recebendo tórridos bilhetes de amor que lhe eram atirados por rapazes de todas as fileiras e que não primavam muito pela discrição ao fazerem isso.

– Perdão? – o professor pediu que a garota repetisse.

– O que Prometeu fez pra deixar Zeus tão chateado?

– Chateado?! Tente *furioso*, minha querida! – exclamou em um rompante teatral.

– Que seja – respondeu ela. Vicenza soltou um uivo provocativo em apoio à discípula, como se desafiasse o professor a responder.

– Isso foge um pouco da pauta do nosso encontro, mas tudo bem, vamos nessa. – Não era sacrifício nenhum para o Prof. Oikanomos entreter o seu público. – Desde o início dos tempos, o homem já tinha acesso ao fogo, e o utilizava para os mais diversos fins. Todavia, o seu *manejo* era exclusividade dos deuses. O que não vinha a ser nenhum grande problema, pois aos mortais cabia, unicamente, pedir. Os deuses lhes cediam o fogo, sem exigir nenhuma contraprestação. Todavia, numa certa ocasião, Zeus enfureceu-se com os mortais (e não há registros históricos muito conclusivos sobre a razão disso). Como reprimenda, ele os oprimiu privando-os do fogo, causando um pandemônio total. Àquela altura, a humanidade já dependia do fogo para as mais diversas finalidades. Muitos sustentam que tal crise chegou muito próxima de causar o fim da raça humana. Zeus, do alto de sua sapiência, afirma que não se chegou a tanto. Vendo a desgraça imposta aos mortais, Prometeu decidiu emancipá-los do totalitarismo dos deuses. Ele concluiu que os humanos já estavam prontos para ter o domínio do fogo e, por isso, resolveu roubá-lo e entregá-lo aos mortais. Ele, como titã, tinha poder para isso, afinal, os titãs são divindades superiores aos deuses – embora nem sempre tão poderosos. Ao descobrir a traição de Prometeu, Zeus ordenou que o acorrentassem em um rochedo inacessível no monte Cáucaso, onde uma águia lhe devoraria o fígado diariamente. Por ser imortal, o órgão se regenerava durante a noite, fazendo com que o banquete da águia fosse eternamente renovado.

– Mas Prometeu é imortal, então... Qual o sentido disso?

– Ser imortal não lhe torna imune ao sofrimento, minha querida. Pelo contrário! Faz com que ele seja ainda pior. Não há limite temporal nem quantitativo para a dor – ela pode ser eterna, e admitir qualquer intensidade. Prometeu foi condenado a uma pena exemplar, experimentando uma dor descomunal, o que nos dá muito material para reflexão...

– Ainda não entendi por que Zeus ficou tão chateado – insistiu a menina.

– *Enfurecido* – corrigiu o palestrante.

– Que seja – ela continuou. – Prometeu estava apenas querendo ajudar os mortais, antes que acabássemos extintos.

– Você ousa pôr em dúvida a benevolência de Zeus, menininha? – perguntou Oikanomos com um sorriso enigmático, aproximando-se do limite do palco.

– Não, apenas perguntei – respondeu, achando ridículo tanto drama.

– Zeus *jamais* iria permitir que fôssemos extintos, minha querida. É bom que isso seja esclarecido. A humanidade não estava correndo nenhum risco.

– Agora é fácil falar – disse Davi sarcástico, em voz baixa.

– Prometeu, ao agir precipitadamente – prosseguia o professor –, acabou interferindo nos planos que Zeus tinha para a humanidade. E para um deus, isso jamais pode ser tolerado. Nós não questionamos os deuses, cabe a nós apenas segui-los cegamente; afinal, somos eternos devedores de sua benevolência. E mais: a História Tradicional ignora *quais* foram os reais motivos que levaram Prometeu a querer ajudar tanto os mortais. Talvez ele não seja o benfeitor que todos pensam...

A menina fez uma bola enorme com o seu chiclete e a deixou estourar. O barulho ecoou por todo o auditório.

– Bem, voltando ao nosso tema... – Oikanomos regressou ao púlpito. – Temos que as moedas de dez, vinte e cinco e cinquenta óbulos trazem outros titãs – Oceano, Reia e Cronos. A ideia de colocar tais dinheiros em circulação foi de Hermes, outrora encarregado da nossa moeda. Contudo o cargo acabou transferido para Palas Atena, sábia o suficiente para não esbanjar dinheiro como Hermes andara fazendo. As moedas de ouro – que nós tanto adoramos! – são os talentos. Nelas encontramos deuses de primeira grandeza, filhos de Cronos e Reia – com exceção de Hermes, trazido na moeda de duzentos. Na de cem óbulos está Hades, Posêidon está na de trezentos; Hera, na de quatrocentos; e Zeus, na de quinhentos. Já a de dez talentos é gravada com a imagem da Cratera Divina, cálice em que as deidades se entretêm na degustação de Vergo, o néctar dos deuses. É, de certa forma, um modo de homenagear a todas as outras divindades.

.••.

– Finalmente – disse Shiva minutos depois. Parecia ter acordado de uma noite de sono a olhos abertos. – Acabou. – Jogou a prancheta para cima e se levantou. A maior parte dos alunos já tinha saído, dando graças aos deuses por aquela palestra ter acabado. As saídas ainda estavam congestionadas, mas Shiva só queria ir embora dali.

– Espere – Davi o impediu. – Senta aí, espera o teatro esvaziar um pouco.

– Por quê?

– Depois eu te digo, agora não!

– Se quer a minha ajuda, vai ter que dizer agora.

– É só isso – Davi encerrou, instantes depois, com os olhos fixos na movimentação do teatro. As pessoas continuavam saindo, enquanto o palestrante reunia suas cousas.

– Não, Lino, não é só isso. Mas eu vou te ajudar. O que você quer que eu faça?

– Sei lá, pede pra ele te tirar alguma dúvida, mas não deixa ele ir embora!

– Como, se eu não ouvi nada do que ele falou?

– Alguma cousa você deve ter ouvido, Shiva! Não é possível!

– Tá bom...

Shiva subiu as escadas do palco e abordou o professor, que no momento amontoava os últimos quadros num caixote e trancava a pasta que trazia consigo.

– Com licença, Sr. Oikanomos...

– Sim, pois não?

– Eu estou com uma dúvida sobre... aquilo que o senhor falou sobre a moeda de... um talento, que vem com a efígie de Hades, eu queria saber se ele não... Se ele ficou satisfeito com o resultado. Ele ficou satisfeito? É que essas divindades do mundo inferior são tão imprevisíveis...

O professor andara estranhando o nervosismo do garoto, mas devia ser só a conhecida timidez da juventude para expor sua ignorância sobre algum assunto. Então ele riu, com todos os seus dentes enormes, e depositou a pasta no chão para poder gesticular livremente enquanto respondia.

– Esse é um ponto interessante, garoto. Conta-se que ele não aprecia ser esboçado na moeda de ouro de menor valor. Mas a História Tradicional não...

Enquanto o professor respondia a pergunta de Shiva, Davi sentiu um enorme prazer ao ver o último aluno retardatário deixar o teatro. Pelas suas contas, aquele era o último. Era a chance que ele esperava. Antes escondido imediatamente abaixo do palco, ele agora subia os degraus com rapidez.

Ao chegar ao palco, ele surpreendeu o palestrante, que foi acometido por um frio nas pernas que há muito não sentia. Seus olhos pediram clemência aos céus, e ele calou-se de imediato.

– Demorou – disse Shiva, olhando para trás após perceber o espanto do professor. Deu alguns passos para não interferir num assunto que não lhe convinha, até que o homem abandonou o silêncio.

– Sr. Lin... Garoto, o que quer? Posso ajudar?

Davi não estava ali para conversas. Continuou andando em direção ao professor, a testa suando e os olhos cravados nele. Parou à frente do homem e recolheu forças, fechou os olhos e os punhos e deu-lhe um forte soco no rosto, com toda a vontade.

– Lino! – assustou-se Shiva.

– Ele – disse Davi com os olhos em brasa. – Ele é o responsável por eu estar aqui.

16

AS CHAGAS
DE UM FARSANTE

Os ALUNOS QUE CRUZAVAM a saída do teatro, ao ouvirem o barulho do professor sendo esmurrado, voltaram rapidamente para ver o que estava acontecendo. Os que já tinham saído, mas perceberam a movimentação, juntaram-se a eles. A maioria dos estudantes já tinha se espalhado pelo colégio, mas uma tímida aglomeração estava se formando, atraídos pela curiosidade. Não chegaram a ver o murro sendo dado, mas a expectativa de um novo assalto era suficiente para animá-los. O Prof. Oikanomos, com a mão no rosto, tentava afastar os alunos que tentavam abordá-lo e o impediam de sair do tablado, mas em vão.

Davi e Shiva se sentaram na beirada do palco, balançando as pernas, esperando as autoridades do colégio tomarem as primeiras providências.

– E aí, vai contar? – perguntou Shiva novamente.

– Tá bom, se você faz tanta questão de saber! – Davi resolveu contar de uma vez, afinal a ajuda de Shiva foi imprescindível para a consecução daquele acerto de contas. – Ele apareceu na minha escola para uma apresentação na feira de música que eles realizam todo fim de ano. Dizia ser um artista alternativo do noroeste, mas o nome era esse mesmo: Excelsior Oikanomos! O personagem era parecido com o que está aqui, só que moreno e muito mais velho. Ele parecia tão frágil que eu me ofereci para carregar a caixa de som e o *case* com o violão até o velho almoxarifado, onde improvisaram um camarim para ele. Chegando lá, como ele me agradeceu? Trancando-me lá dentro! E por mais que eu gritasse, ninguém me ouvia!

– O que? – Shiva não conseguia acreditar. – Esse velho é mais desatinado do que eu pensei!

– Eu praticamente varei a noite no colégio, até finalmente conseguir arrombar a porta. – Vendo a cara que Shiva fez, ele tentou explicar: – Não havia muito espaço pra pegar impulso, e tinha sido um longo dia, eu estava cansado! Ah, quer saber? – Desistiu. – Deixa pra lá, você não vai entender.

– E seu celular? Por que você não ligou pra alguém?

– Pois é, foi depois dessa que eu resolvi comprar a porcaria do meu celular.

– Os seus pais não deram por sua falta?

– É engraçado, porque justamente naquela sexta-feira eu não ia dormir em casa, ia acampar com uns amigos. E eu nunca acampo! Mas naquele dia eu ia! – disse ele rindo, embora tenso. – Os meus amigos pensaram que eu havia desistido, e os meus pais achavam que eu estava com eles. No final das contas, o que todos acabaram achando foi que eu invadi o colégio pra fazer uma selvajaria!

– Bastava você explicar a eles o que aconteceu, Lino! Você passou o tempo todo trancado no almoxarifado; qualquer cousa que acontecesse fora dali, não poderia ter sido você. E como você ficou preso no colégio sozinho, então realmente não aconteceu nada!

– É aí que está o problema! – disse Davi. – Eu não estava sozinho!

– Não?

– Quando eu finalmente saí do almoxarifado e estava prestes a pular o muro do colégio pra ir embora, eu encontrei uma menina, Melissa, caída no chão.

– Como isso aconteceu?

– Não sei! Ela simplesmente estava lá! E todos no colégio me odeiam porque acham que eu, de algum modo, contribuí para aquilo! Sendo que eu não fiz nada!

– Você dizendo assim, isso é muito estranho... – disse Shiva desconfiado. – Não faz sentido.

Irritado, Davi estava prestes a explicar, pela milionésima vez, que não teve culpa no que aconteceu com Melissa.

– Por que alguém pensaria que você seria capaz disso? – Shiva concluiu o raciocínio. Davi olhou para ele e sorriu, extremamente agradecido.

– Obrigado! – E abraçou Shiva, que não entendeu a reação.

– Você está se sentindo bem?

– Sim, muito bem. – Olhou para trás e viu Oikanomos tentando se desvencilhar dos alunos que insistiam em lhe perguntar o que acontecera.

– Eu imaginei que vocês não iriam longe – disse a Srta. Empusa que surgiu no meio do palco com outros dois funcionários, indo em direção a eles. – Sintam-se puxados pelas orelhas, e venham comigo.

– Estou esperando – disse uma mulher de idade considerável, com o uniforme principal do Parthenon. Era alta, de fina postura, e seus olhos claros estavam quase escondidos por trás dos óculos que ela usava apenas por prazer. Seus cabelos eram curtos, mas o penteado lhes dava volume. Sobre ele, usava uma grossa passadeira feita de fios legítimos de cauda de bucentauro. Ela expunha sua importância atrás de uma mesa larga localizada numa sala grande e pouco espaçosa, com aromas de chás excêntricos.

– Foi um acidente – minimizou Shiva, sentado ao lado de Davi, que ultrapassava os vinte minutos de silêncio absoluto.

– Pela última vez, Sr. Tiwas, cale-se – disse a mulher. Na sua mesa brilhava uma plaqueta metálica que dizia ser ela Carmenta Mirrina, coordenadora pedagógica do Último Ensino Colegial, informação que se confirmava no sobressalente distintivo por cima de sua estola negra. Com aquele rosto sério, ela aparentava ser ainda mais velha do que realmente era.

Com uma muleta mancando torto pela sala estava o Prof. Oikanomos, inquieto com o olho roxo e uma pouco conhecida tremedeira no pescoço, que ele revelava de vez em quando.

– Carmenta, eu posso explicar – disse o homem, apoiando-se na mesa da coordenadora.

– A julgar pelos últimos vinte minutos, o senhor vai contar pela enésima vez que o Lino Yang surgiu do nada e o esmurrou sem motivo algum. Não, professor, vejo nos olhos do garoto que ele tem uma história mais emocionante para contar.

– É bem menos interessante do que a senhora imagina, Sra. Mirrina – disse Davi finalmente. – Mas não tem problema nenhum, eu posso contar se a senhora quiser.

– Não! – o homem gritou, mas logo buscou retomar a serenidade. – Digo... Carmenta, as minhas palestras nem sempre têm a aceitação que eu espero, ainda mais quando são para estudantes. Creia em mim, não é a primeira vez que isso acontece. Quando são obrigatórias, então, a cousa *sempre* complica, eu bem sei. Deixe o garoto ir, eu o perdoo.

– Me perdoa?! – exclamou Davi revoltado, e Shiva o conteve com discrição.

– Viu como ele ficou feliz? – perguntou o homem sorrindo para a coordenadora. Virou-se para Davi, e constatou que ele estava devidamente domado. O garoto não ia ter coragem de acertá-lo de novo; não na frente de uma autoridade como a coordenadora Mirrina. – Eu o perdoo! – Apertou a bochecha de Davi. – Perdoo sim! Eu o perdoo! – Voltou mancando para a coordenadora. – Está vendo, senhora? Todos estamos mais felizes. Eu estou mais feliz. O perdão é o elixir dos bem-aventurados!

– Prof. Oikanomos, fontes sustentam que o garoto teria dito com todas as letras que o senhor é o responsável por ele estar *aqui*.

– Pelos deuses, Carmenta, de onde vocês tiram essas cousas?

– Professor, não queira virar o jogo. Todos os relatos que recolhemos apontam para uma única direção. Você nos deve satisfações, e não acusações.

– Bem, você terá de entender por que tento inverter a conjuntura. Quando o garoto disse que eu era o responsável por ele estar *ali*, certamente estava se referindo à minha palestra, que infelizmente não deve tê-lo agradado. Porém, o caráter obrigatório da conferência foi estipulado pelo colégio, e não por mim. – Ele encerrou com um sorriso vitorioso, e mirou Davi com certo deboche. – Foi um triste mal-entendido.

– Ele está mentindo! – exclamou Davi enfurecido. As pernas do palestrante voltaram a estremecer; ele esperava que o garoto permanecesse murcho e contido até ser liberado daquela reunião. Até porque, por uma questão de hierarquia, Davi seria o elo mais fraco ali.

– Lino, isso não vai te levar de volta para a sua cidade – disse Shiva ainda em voz baixa, aproveitando-se de que a coordenadora conversava com o professor. – Você já deixou o homem com um olho roxo e uma perna quebrada, enquanto o máximo que você pode ganhar é uma suspensão de míseros três dias.

– Tudo bem – Davi se preparava para encerrar aquela conversa –, mas você está um pouco enganado num ponto: não fui *eu* que quebrei a perna dele.

– Pensei que você tivesse voltado lá e terminado o serviço!

– Como eu poderia ter feito isso? Eu vim logo atrás de você!

– ... dizendo a verdade – prosseguia ela. – De acordo, Sr. Lino Yang?

– Perdão? – Davi não havia alcançado a intenção da pergunta.

– Quero saber se o senhor confirma que o Prof. Oikanomos está dizendo a verdade.

Davi mirou Shiva e o professor. Ambos apresentavam expressões diferentes, mas que diziam a mesma cousa.

– Ótimo – a mulher encerrou. – Não se preocupem, que nós cuidaremos para que o lamentável incidente morra *aqui*.

– Perfeito! Perfeito! – O palestrante parecia satisfeito, até que se deparou com outra pessoa que acabava de ser escoltada à sala. Uma das muletas escorregou do seu braço, e por sorte ele não caiu.

– Srta. Malu Neleon – disse um funcionário que a puxava pelo braço, fazendo com que ela se sentasse na poltrona mais próxima.

17

O VENDEDOR
DE ENCICLOPÉDIAS

– Você já conhece o caminho, querida – ouviu-se a voz da coordenadora, ao que Malu bateu a porta, ignorando-a completamente.

Davi aguardara na porta da sala da Srta. Carmenta Mirrina, que ficava no terceiro andar de um pequeno prédio isolado, que também abrigava a sala de Donna Glaia. O corredor não acolheu outra viva alma nos minutos que ele passou parado ali, já que Shiva preferiu se esconder num lugar menos mórbido e o acesso àquelas áreas era particularmente reservado.

Malu saíra sozinha daquela sala após ter sido liberada pela coordenadora. Quando cruzou a porta, ela sequer notou a presença de Davi nos primeiros instantes – e depois que notou, também não lhe rendeu a menor atenção. Seguiu andando pelo corredor infestado de quadros de grandes figuras hiperbóreas e com uma iluminação que deixava a desejar. Ela só olhou para trás quando notou que estava sendo seguida, e não parecia estar precisando de companhia.

– O que você quer – ela perguntou voltando a olhar para frente.

– Espere! – Davi lhe puxou pelo ombro. Ela detestou aquilo.

– *O que você quer?* – perguntou, desta vez o encarando de forma ameaçadora.

– Foi você, não foi?

– Eu o quê, garoto? Você não tem muito tempo até eu descer o braço na sua cara, no seu lugar eu aproveitaria cada segundo!

– O que é? Vai quebrar a minha perna também?

– O que... o que você quer dizer? – Ela baixou as guardas e procurou averiguar se estavam mesmo sozinhos ali. Não se ouvia nada nos corredores. Ela preferiu não confiar totalmente na privacidade, e a sua voz estava contida. – Fala!

– Só pode ter sido você... – Davi sorriu com grandeza. – Que deixou o Oikanomos manco daquele jeito. O homem costuma usar o corpo todo quando fala, dá pena vê-lo poupando as pernas da festinha.

–Você não sabe no que está se metendo...

– Ei, não se esqueça que eu deixei a minha marca nele e num lugar nobre. O soco fui eu que dei. E duvido muito que sejamos os únicos a saber disso. Pelo menos no meu caso, não chegou a ser nada tão discreto quanto eu gostaria.

Ela já não representava nenhum perigo, e Davi estendeu a mão.

– Lino – ele se apresentou.

– Malu. – E apertou a mão dele. Pensou um pouco até decidir se valia a pena contar o que ele queria ouvir. Chegou à conclusão de que não faria mal. – Eu o joguei do palco. – Ela evitou rir das lembranças. – Pelo barulho que fez quando ele caiu, vai ser comovente a jornada dele pra poder voltar a andar normalmente...

– Eu te agradeceria pelo apoio, mas sei que você teve os seus próprios motivos... – Ele a convocou para que voltassem a andar. – Pode me dizer ou não é da minha conta?

– Os dois. – Ela aceitou a proposta e andou ao lado dele. – Não é da sua conta, mas eu posso te contar. Primeiro, quando eu conheci o nosso palestrante multiuso, ele atendia pelo nome de Dienio Pefredo, e era um simples vendedor de enciclopédias. Tire os cabelos ressecados, acrescente uma barba postiça, dentes ainda mais sujos e menos enchimento dentro das roupas. Era ele mesmo, só que um pouco diferente. Eu ainda não entendo muito bem, pois num momento eu estava assinando um recibo de um conjunto de livros que o meu padrasto comprou nas mãos do Dienio, e logo depois nós fomos vencedores numa promoção que surgiu do nada... Meu padrasto, porque comprou os livros; e eu, porque assinei o recibo!

– O que você ganhou?

– Um presente de grego – disse Malu com péssimas lembranças. – Por termos levado a "enciclopédia premiada", disse que toda a minha família ganhou uma casa em Oceânide, nossa vida totalmente custeada por dois anos, e uma vaga garantida pra mim num tradicional educandário da cidade. Daí, a minha mãe, que não aguenta ver nada de graça, acabou deslumbrada e assinou tudo o que lhe deram para assinar. No nome dela e no meu.

– E por que isso seria tão ruim?

– Porque a casa era só conversa, assim como a escola e as despesas pagas. Chegando em Oceânide, só o que aconteceu foi uma entrevista infrutífera com uma mulher desgraçada que...

– Misty Hellans?

Malu parou nas escadas que eles estavam descendo, e lançou em Davi o olhar mais colérico que ele já recebera na vida.

–Você *conhece* a cretina?

– Se te serve de consolo, sem ela eu também não estaria aqui.

– Como assim? –Voltou a andar.

– Depois da entrevista, a Hellans ligou para a minha casa e convenceu a minha mãe de que eu não poderia estar em outro lugar que não aqui, nesse colégio. O resto você já sabe.

– Estranho...

– Por quê?

– Porque comigo aconteceu quase o mesmo... Só que eu não aceitei que mexessem na minha vida com a mesma boa vontade que você deixou.

– E o que você fez? – quis saber desconfiado.

– Fugi de casa – respondeu, como dizendo que havia saído para dar uma volta. – Mas o meu padrasto me achou, veja o resultado.

–Você arranjou uma boa família aqui?

– É... – respondeu Malu com certa incerteza. – Estou finalmente morando com o meu pai, mas eu nunca fiz questão disso – suspirou. – Deixei a minha vida inteira pra trás, Lino. Por pior que ela fosse, eu já sabia no que ia dar. Agora não sei mais.

– E quanto à nossa sala, o que acha?

– Preferia ver meu nome numa lápide do que nas cadernetas dessa escola.

– É um jeito diferente de ver as cousas... – Sorriu, desconcertado. – Mas é uma ideia.

Malu e Davi já estavam próximos ao refeitório, na área comum do colégio. Imperava ali certo silêncio, em comparação com o pandemônio que aquele mesmo espaço presenciava no recreio.

– Ah! – Malu se lembrou de algo que queria saber. – Tem alguma

Cecília na nossa sala?

– Sim, a Cecília Thálassa...Você se sentou perto dela na aula de História, não viu?

– Só vi você até agora.

– É, a Cecília... Sei muito pouco sobre ela, mas não tem cara de ser das piores.

– Não é ela que se apaixonou por um pateta do terceiro ano em tempo recorde?

– É, e você... tem certeza de que vocês não se conheciam?

– Só de ouvir falar. O meu pai me contou que a família dela mora em frente à casa dele.

– Então vocês serão vizinhas... que legal! Mas como você ficou sabendo da história do Policarpo? Não foi o seu pai que deve ter te contado isso.

– Não. Mas as notícias, elas correm muito por aqui.

.•••.

Naquela noite, ao término das aulas, Davi precisou da ajuda de Astros para encontrar o estacionamento do colégio, que ficava nos fundos, oposto ao portão pelo qual entrara no início da tarde.

Não fossem as placas informativas, eles jamais encontrariam as kenzes que procuravam, no meio daquele mar de veículos. Alguns motoristas conversavam enquanto esperavam os filhos, contando vantagens que só existiam nas suas imaginações, enquanto outros mais impacientes buzinavam em protestos diversos. Os fundos do Parthenon emanavam luzes suficientes, e enquanto se afastava Davi podia sentir ainda mais a imensidão daquele lugar.

Astros agradeceu aos deuses quando encontrou o setor Omicron, onde estavam reservadas as vagas para os pais dos alunos do primeiro ano. Havia três ou quatro kenzes num espaço onde caberiam cinquenta delas, embora em outros setores a situação fosse de calamidade.

– Até mais, Lino – Astros se despediu, abrindo a porta da kenze Alsvior vermelha do pai. Davi procurou o Odeón do Sr. Farsala, e logo o encontrou.

– Aqui, Davi! – gritou Nicolas, buzinando duas vezes.

Terminava ali o primeiro dia de aula de Davi. Graças ao professor

Oikanomos, ou quem quer que ele fosse, Davi estava preso àquele lugar por forças misteriosas e sabia que tentar ignorar isso seria inútil. Mas no fundo ele também tinha consciência de que o sentido de tudo aquilo, um dia, ia ser desvendado.

.•●•.

– Você já conhece o caminho... *querido.* – Ouviu-se certo asco na voz da coordenadora Mirrina quando o Prof. Oikanomos deixou a sua sala, horas depois da saída de Malu.

– Sim, conheço, querida! – ele retribuiu com ironia e tomou um rumo diferente no corredor vazio. Após a porta ter sido fechada, ele caminhou vagaroso, refletindo sobre tudo o que passara há pouco, e sorriu. Ainda mancava, seu cabelo ressecado trazia o aroma das plantas aromáticas da sala da coordenadora, e o olho ainda estava roxo. Mas sabia que um bom personagem era aquele que só dava o último aceno depois da certeza de que as cortinas já haviam sido cerradas em definitivo.

Então, Excelsior Oikanomos abandonou as vestimentas pesadas e a caracterização perfeita de professor/economista/filósofo/teólogo, jogando tudo no chão. Depois de abandonadas, as roupas, a peruca e a maquiagem se converteram em pó e sumiram. Passados alguns instantes, o próprio Oikanomos, ou Dienio Pefredo, desapareceu dali, como se tivesse sido tragado pelo vazio do espaço.

18

O JANTAR COM O VICE-PRESIDENTE

A NOITE ESTAVA AGRADÁVEL, apenas os três na sala de jantar. Thalia parecia sem fome, Davi se empanturrava de torta de espinafre e Nicolas estava de terno e gravata, engolindo tudo de qualquer jeito.

– Como foi o primeiro dia no Parthenon? – perguntou o Sr. Farsala, aparentemente interessado em ouvir a resposta, apesar da aflição para conciliar a fala com as garfadas.

– Não foi lá essas cousas – respondeu Davi, meio desanimado. – Não tive a melhor das recepções, mas não chegou a ser desprezível...

– O que foi? O que aconteceu? Te trataram mal?

– Até que não, mas também não foi nenhum comitê de boas--vindas, sabe?

– Não esperava ser ovacionado, não é, querido? – A Sra. Farsala sentou-se após tirar o avental. Tentou não o assustar com a realidade, mas achava fundamental alertá-lo.

– Eu não quis dizer isso – Davi consertou-se. – Mas deixa pra lá. Tudo vai ficar bem.

– Eu vou... – E Nicolas devorava mais uma superestimada porção de arroz – andar rápido! Tenho que sair daqui voando! Estou mais que atrasado!

– Você vai trabalhar? – perguntou Davi, olhando para o relógio quase quebrado. Pelo que conseguiu enxergar no visor embaçado, já estava tarde para o Sr. Farsala dar plantão na empresa.

– Vou sim – respondeu, enquanto se limpava com o guardanapo.

– O Sr. Rodhes está nos matando... Tanta gente em férias, e eu tenho que organizar os improvisos típicos dessa época do ano... Se *eu* preciso trabalhar o triplo, imagine aquelas pobres criaturas...

– Você não vai dormir aqui, vai? – perguntou a esposa.

– Talvez não, querida. – E se levantou, arrumando a gravata. – Porque o Sr. Rodhes falou e... *Ai!* – Enforcou-se um pouco com o nó da gravata. – Eu penso em dormir lá mesmo, no albergue dos funcionários. Algum idiota dispensou o vice-presidente da Ópsons ontem, e eu estou tendo que pagar por isso. – Deu um beijo de despedida na mulher, e bagunçou os cabelos de Davi. – Não me esperem acordados.

.•●•.

Davi aposentara-se no sofá da sala de estar, onde a televisão estava ligada. Tinha em suas mãos o panfleto da Amaxus, que recebera de Guan Mao no dia anterior. Ele contemplava uma imitação grotesca de um ônibus, esboçada na última página.

– Em breve você poderá andar num desses, Davi – disse a Sra. Farsala, sentada ao lado dele.

– Mas enquanto isso, está suspenso o meu direito de ir e vir.

– Querido... – Ela emaranhou seus cabelos. – Você precisa se acostumar com a nossa cidade, e aprender sobre ela antes de desfrutá-la como um verdadeiro cidadão hiperbóreo. Sendo assim, por enquanto você não poderá voltar para a sua cidade. Você sabia disso, não sabia?

– Imaginei – respondeu, afundando-se no sofá.

– Espere passar esse primeiro mês, e poderá visitar os seus pais em qualquer fim de semana que quiser. Não se chateie! – ela sorriu. – Quanto à sua família... Você pode falar com eles a qualquer momento, não precisa se acanhar.

– Só que eu não vi nenhum telefone por aqui... Eu vou buscar meu celular.

– Não, não precisa do seu celular. E nós aqui também nunca precisamos de teletone.

– Telefone?

– Nunca precisamos de telefone.

– Então vocês só usam celular?

– Ai, Davi, estou brincando com você! – riu, dando um tapinha no joelho dele. – Aqui em Tholos tem teletone. Eu fiz isso só pra você saber que não pode usar muito essa palavra aqui, porque muita gente não vai te entender! Então... use o calisto à vontade.

– Usar quem?

– O calisto, mas não é uma pessoa, é um aparelho. É o nosso sistema de videofone, está embutido na televisão. – Ela entregou o controle remoto a Davi. – Disque o número da sua casa e depois aperte esse botãozinho aqui. Pode usar à vontade, porque no final do mês a conta não muda mesmo.

Davi seguiu as orientações. Enquanto isso, o jornal *Durma Informado com Ana Tennencil* continuava a ser exibido.

– *Declarando luto oficial de três dias. Os senadores, que já estavam marcados para morrer...*

A tela da tevê escureceu por breves segundos. Ele agora estava vendo a sala de tevê da sua verdadeira casa, a mãe com o telefone na mão e boa parte do pessoal no sofá.

– Oi! – disse a Sra. Riton.

– Mãe? – O garoto mal percebeu o tamanho do sorriso em seu rosto.

–Vizucho? É o...Vizucho? Meu bebê?

– É... o David – respondeu envergonhado. Olhou para a Sra. Farsala, mas esta não esboçara nenhuma reação. – Eles não estão me vendo? – sussurrou para desviar a atenção daquela história de apelido.

– Não – a Sra. Farsala respondeu em voz baixa, com braços e pernas cruzados, chutando o ar catatonicamente.

– Como é que vocês estão? – voltou a falar com a mãe.

– Estamos bem, meu amor – respondeu. – E você? Está se alimentando direito? Os Farsala estão te tratando bem? Espero que você não volte mais magro do que já está, ouviu? – e baixou a voz, com a mão ao fone. – A Sra. Farsala é uma cretina, não é?

– Ora, mas vejam essa! – exclamou a Sra. Farsala revoltada.

.•●•.

A tevê havia voltado à sua programação normal, agora exibindo o seriado *Doze Amores de Camafeu*. Thalia desligou a televisão, e os dois subiram para os seus quartos.

–Vizucho? É assim que te chamam?

– Entendo que você não tenha gostado da minha mãe, mas não venha descontar em mim – respondeu Davi.

– Calma! Estou desarmada. Posso não ter muita experiência no assunto, mas eu sei que mãe é mãe. Sem ressentimentos! Agora vá dormir, querido. E pouca tevê, certo?

– Tudo bem. Boa noite.

– Ah... E na próxima vez que for falar com a sua mãe... Lembre-me de sair da sala, tá?

Ambos tomaram rumos diferentes, no corredor do segundo patamar.

19

A DECISÃO DE SHIVA

A MESA DA CASA dos Farsala estava servida de *pastitcho*, uma pasta incrementada com leite, carne moída e outros. Para aquele jantar, Thalia também havia preparado saladas como a *sadziki*, tabuleiros repletos de comida, e umas porciúnculas com acompanhamentos. Naquela noite, o marido não estava enforcado com as obrigações do trabalho, e o jantar corria na maior paz.

– Iogurte, azeite e pimenta... A combinação perfeita! – disse o Sr. Farsala, elogiando a *sadziki* preparada pela esposa.

– Imagine que eu diminuí o alho. Agora eu acho que ficou faltando um pouco... – ela comentou, enquanto degustava a salada.

– Está perfeita, meu amor. Não se preocupe!

– Nicolas – ela mudou de assunto –, eu fui à casa da Crotala hoje.

– Não me diga que eles ainda estão por aqui? E como ela está? E o Brontes?

– Eles estão bem. Estavam se preparando para viajar para as ilhas Nisoi. Acabaram de voltar de Faonte há poucas horas.

– Eles são uns irresponsáveis, é isso o que eles são. Esses Damuse estão sempre brincando com a sorte! Não deviam ter ido para Faonte, pois o prefeito já nos lembrou que gente como eles pagarão multa se não deixarem a cidade por esse mês, já que os...

Eles acabaram de lembrar que Davi estava ali, e calaram a boca no ato.

– Bem... – desconversou o Sr. Farsala, limpando-se com o guardanapo. Por algum motivo, não queria insistir naquele assunto. – Temos umas surpresinhas pra você hoje, Davi.

– Sério? – Davi perguntou; e de repente o jantar ficou interessante para ele. Nicolas havia levantado, estava ao lado da esposa, e Davi o acompanhava com os olhos. – São notícias, algo do tipo?

– Não, você vai adorar – disse Thalia, abaixando-se para pegar uma caixa sob a mesa.

– O que é isso? – perguntou Davi, recebendo o embrulho em mãos.

– É pra você – respondeu Nicolas. – Abra!

O casal estava muito ansioso para ver a reação de Davi ao descobrir o conteúdo do pacote. Davi agitou a caixa para obter alguma dica antes de abri-la e a obteve. A caixa emitiu miados insatisfeitos, que exigiam que ele parasse com a agitação.

– E aí, gostou? – perguntou a Sra. Farsala, após a caixa ter sido aberta.

– Claro! – respondeu Davi, mirando o gatinho que acabara de ganhar.

– O nome dele é Lelaps – disse o homem. – Estava lá, quando eu fui comprar: "Lelaps". Fiquei encantado. Se você quiser colocar outro nome, fique à vontade. Mas Lelaps é nome de matador. Combina bem com o nosso amigo aqui.

O pelo prateado do gato tinha um brilho todo especial, e no seu pescoço havia as pompas de uma espécie de echarpe mais escura, muito macia. Era um belo espécime.

– Que seja... Lelaps. Obrigado então – sorriu Davi, brincando com as orelhas do gato.

– Mas não é só isso! Siga-nos! – Thalia acrescentou, chamando Davi para conferir a segunda parte da surpresa.

.•••.

Quando os três chegaram ao quintal, o Sr. Farsala apertou um botão no seu chaveiro, e o portão basculante da garagem foi se erguendo vagarosamente.

– O que é isso? – Davi calibrou os olhos.

Uma bicicleta? Tanto suspense para uma bicicleta? Mas que bicicleta estranha, aquela. Não possuía guidom, mas um volante preto. A estrutura era mais consistente que a de uma bicicleta normal. As rodas eram firmes, mas o suficiente apenas para manter toda aquela cousa em pé. Entrementes, acelerador, freio e embreagem foram cuidadosamente encaixados onde se esperaria os pedais e a corrente de uma bicicleta. Comportariam perfeitamente os pés de alguém nos pedais tão automobilísticos.

Após uma boa olhada, Davi subiu no coxim da cousa e girou o volante, curioso ao notar um velocímetro no lugar da buzina – mas ao apertá-lo, o negócio buzinou mesmo.

– É um bivolante, filho. Presente da prefeitura – disse Nicolas.

– Mas pra mim? Por quê?

– O prefeito Raiog mandou isso como um, sei lá... um compensador para qualquer problema. Já que você não tinha ninguém por você aqui na cidade...

– Não precisava – disse Davi.

– Eu sei. Mas aproveite, é seu. Só tem uma cousa – acrescentou. – Nada de sair dirigindo por aí, pelo menos por enquanto, combinado?

– Tudo bem – disse Davi, desmontando do novo veículo.

.•●•.

Mesmo que não quisessem, os dias passavam, e já era a primeira quinta-feira letiva. E lá estava o mesmo Parthenon de sempre, com as mesmas pessoas de sempre. O mesmo professor de sempre – embora não parecesse –, loira como nunca, sentava-se elegantemente na cadeira que lhe era dedicada, e fazia a primeira apresentação do dia.

– Muito boa tarde, meus amores. Meu nome é Filomela Pollemorph, tá? Eu serei sua professora na disciplina de Educação Artística. Há muitos anos venho lecionando no Parthenon, e essa matéria é tão dinâmica, que costuma agradar mais aos alunos. Aliás, vejo que vocês não estão ainda tão unidos... Acho que um pequeno trabalho irá aproximá-los. Não se preocupem porque isso sempre funciona, tá?

– Ótimo... Vai ser mesmo esse "boa tarde, prazer em conhecê-los, vamos fazer um trabalho"? Não sei se gostei dessa metodologia – disse Astros com discrição, ao lado de Davi.

– Encenação de uma lenda, que vocês poderão escolher – continuava a professora Filomela. – Muito fácil, nada que exija muito de vocês nesse início de jornada. Quero ver algo bem feito, tá?

– E a senhorita vai nos dividir em grupos? – perguntou Eric Niven, com o braço estendido.

– Se forem dois, está bom – sugeriu Seth Dehiskos. – Para o meu grupo, eu escolho a Cecília, os *Erics* e a Karin. O outro grupo pode ficar com seis.

– Não! – contestou Cecília. – A Elissa tem que ficar no meu grupo!

– Então o outro grupo fica com cinco – resolveu Seth, objetivo.

– Não, não, não, Seth! – discordou a professora. – Olhe quantos colegas você tem. Não há como dividir, seria injusto! Vocês irão trabalhar juntos, tá?

– Brilhante proposta, professora – Seth respondeu. – Mas que tal, apenas ouça a sugestão, mas que tal se dividíssemos em dois grupos? Acho até que alguém já propôs isso...

– Nós não vamos dividir a turma, Seth! – disse ela, encerrando aquela parte da discussão. – A minha intenção com este trabalho é justamente o *contrário* disso!

– E como nós vamos fazer um trabalho desses, se ninguém pode sair de casa? – quis saber Eric Niven. – Bem, ou quase ninguém.

– Basta vocês me darem local, data e horário da reunião e falarem com seus pais – respondeu a Profa. Pollemorph. – Depois eu comunicarei à Donna e tudo correrá sem problemas, tá? Vocês terão alguns dias, algo como três semanas; eu lhes comunico depois.

– Se quisermos algo de impacto – disse Karin para os mais próximos –, a cousa tem que ser bem elaborada, não pode ser qualquer porcaria.

– A gente pode se reunir na minha casa, no próximo fim de semana – Cecília propôs. – Depois eu explico onde fica, não vai ter erro. Que dia vocês preferem?

– Anteontem – disse Malu isolada como de praxe, mas ninguém ouviu.

– É que vocês, crianças, ainda são reservas inexploradas, ainda estão verdes! – disse a Profa. Filomela. – Como Flaminia Exeker em *Cultos maiores*, filme de excelentíssima qualidade, um clássico eternizado na história do cinema nacional. Uma atuação primorosa, com certeza. A arte cênica, a interação viva do homem com as letras, não requer investimentos, não exige dinheiro. Só talento. Atuação. Quando vocês conhecerem o verdadeiro conceito de atuação, poderão entender melhor o país em que vivemos. Seus olhos não poderão cerrar-se para sempre, vocês me entenderão! A professora deu aos alunos certo tempo para resolverem os primeiros detalhes da apresentação. Alguns deles trouxeram suas cadeiras mais para perto, para debater o trabalho. Shiva mirou Davi e obteve apoio para não sair de onde estava. Davi, por sua vez, viu Malu tão quieta ao seu lado, que encontrou nos ombros dela um lugar perfeito para recostar a cabeça. Ela olhou feio para ele e sacudiu o ombro, mas ele não mudou de ideia.

No outro lado da sala, Seth Dehiskos fazia uso da palavra novamente.

– E aí, qual lenda vocês querem escolher?

– Pra mim tanto faz – disse Cecília, puxando o caderno rosa de sua mochila rosa e apanhando uma caneta perfumada, da mesma cor. – Mas que seja uma aceitável. De preferência, eu quero ser uma daquelas musas absolutas, cheias de glamour! Enfim, eu escolheria uma lenda com um personagem que me permitisse atuar mais próxima da realidade.

– Pode ser alguma lenda do *Livro* – sugeriu Astros.

– Todas as lendas estão no *Livro* – disse Seth secamente. – Pode anotar na mão se você quiser, Astros. Mas essa era uma informação que um cara do seu tamanho já deveria saber em, pelo menos, umas seis línguas diferentes. Bem... – Voltou a atenção para os demais. – Que tal, se fizéssemos uma peça sobre a Ponderação de Páris?

– Eu nem sei que lenda é essa – disse Astros rindo, imaginando que encontraria apoio nos outros colegas; o que não aconteceu.

Seth precisou de muita força para não dizer aquilo que lhe veio à cabeça. Resolveu explicar.

– Acontecia uma festa no Olimpo, antiga morada dos deuses, em comemoração ao casamento do rei Peleu e da divindade Tétis, que viriam a ser os pais do famoso guerreiro Aquiles. É lançada nessa festa uma maçã de ouro, endereçada à "deusa mais bela". A ideia partiu da cabeça viperina de *Éris, a deusa da Discórdia* – ele mudou o tom de voz para aterrorizar quem estivesse ouvindo –, por pura vingança, em razão de não ter sido invitada. E Hera, Afrodite e Palas Atena, as três deusas mais poderosas no recinto, se diziam merecedoras do pomo de ouro. Começou, então, uma disputa pelo regalo. Saíram perguntando a todos os presentes quem eles achavam que devia levar a maçã por ser a mais formosa, mas ninguém quis se meter, nem mesmo os deuses mais graduados. Porque sabiam que não estavam tratando apenas com deusas; estavam lidando com *mulheres*. Foi Zeus quem determinou: a decisão sobre qual seria a deusa mais bela caberia ao Páris Alexandros, que vivia como pastor de gado no Monte Ida, na velha Grécia. Porque *alguém* iria ter que arcar com aquela difícil decisão; e nada melhor do que um árbitro imparcial, de preferência mortal, e que se tivesse de lidar com a fúria das deusas que viessem a sucumbir na disputa, que lidasse. Aquilo não ia ser problema de Zeus nem de ninguém no Olimpo. Então, as três deusas procuraram Páris para lhe oferecer regalias, caso fossem escolhidas. Hera lhe ofertou toda a Ásia, para que ele reinasse; Atena ofereceu conhecimento ilimitado, e vitória em todos os confrontos que travasse; mas Afrodite levou a melhor, ao ter lhe prometido o amor de Helena, a mortal mais cobiçada da época. Páris deu então a Afrodite o pomo de ouro, e junto com ele o título de mais bela deusa. Como recompensa, ele ganhou Helena. Mas ela era casada. A história continua, com muitas reviravoltas, traições e sangue derramado, culminando na própria Guerra de Troia. Mas nós só vamos até a ponderação de Páris. Qualquer dúvida, Astros – e eu receio que você tenha muitas, já que em vez de prestar atenção você estava colando esse papel idiota nas costas da Cecília –, basta depois procurar pela lenda no *Livro*, não tem erro.

Após quinze minutos de reunião, Cecília foi até a professora entregar o papel com as primeiras informações sobre o trabalho. Nas suas costas, Astros colou novamente uma folha com os dizeres *Eu sou idiota – mas não tanto quanto sou fácil*, escritos com o auxílio de Malu. Ao voltar para o seu lugar, Cecília arrastou a cadeira para ficar mais próxima de Elissa, que a estava solicitando havia certo tempo.

– O que foi, Elis?

– Olha aqui – Elissa Ársis puxou algo de seu caderno e mostrou a Cecília, aproveitando para arrancar o papel de suas costas.

– Nossa... Quem é esse?

– É o meu namorado.

Cecília olhava curiosa, até que Elissa permitiu que ela tomasse a foto em suas mãos. Na figura, a pequena loira se deixava segurar pelos braços fortes de um moreno alto vestindo apenas uma calça jeans.

– Ah, é isso... Amiga, que fantástico! Eu não esperava que você fosse trazer a foto do seu príncipe hoje! Malhado ele, hã?

– Ele malha bastante – ela sorriu realçando as têmporas. – Além do trabalho, ele pratica judô nos finais de semana, joga futebol e tudo. Ultimamente não tem tido tanto tempo pra mim, mas... isso vai mudar.

– Você merece, amiga... Mas que... Ei! – exclamou, quando Eric Niven puxou a foto das suas mãos e começou a sacudi-la no ar. Cecília se levantou para pegá-la, mas Eric conseguia ganhar na disputa, pulando na defensiva. Cecília queria esganá-lo, queria também reaver a fotografia, só não sabia o que fazer primeiro.

– Deixe-me ver – disse Eric rindo ofegante. – Quem é o grandalhão que está te segurando, Elis? Ele tem mais corpo do que a Donna Glaia! Já te disseram isso? – Continuou a olhar a foto: – Olha só essas pernas finas! Parecem que vão quebrar! Quanto você pesa, Elis?

Cecília olhou para Elissa como num ato reflexo, e soltou uma pesada gargalhada.

– Ele te chamou de gorda, Elis...

– Cecília! – Enfureceu-se. – O Eric ainda está com a minha foto!

– É! Devolva a foto! Eu estava vendo primeiro, Eric!

– Para! Larga o meu braço, Cecília! – Eric percebeu que o seu braço estaria correndo risco se a garota continuasse tentando se pendurar nele.– Olha que se eu jogar essa foto no chão eu vou pisar depois! Vai estragar!

– Não! – gritou Elissa. – Minha foto, não! – E levantou-se também de sua cadeira, correndo para chegar perto de Eric e recuperar a sua fotografia.

– Duas? Aí já é covardia! Então seja o que Zeus quiser! – Eric jogou a foto para trás. O retrato foi seguido por Elissa, desesperada para que ele saísse da confusão sem nenhum dano grave.

A fotografia voou por curtos segundos até encontrar superfície onde se sustentar. Elissa, voando também, acompanhou a foto com os olhos até esbarrar no local onde esta tinha caído. – O colo de Davi. Segundos antes do esbarrão, levemente surpreso, ele tomou a foto em suas mãos e deu uma rápida olhada, que foi interrompida pela queda de Elissa e sua cabeça em cima dele.

Davi mal estava prestando atenção naquela confusão, e foi surpreendido com os cabelos pesados de Elissa Ársis varrendo seu nariz – o que fez sua cabeça bater com força na parede por trás da cadeira.

– Ai! – exclamou ele, no que baixou ligeiramente o rosto para mirar Elissa bastante envergonhada. – Isso doeu! Seu cabeção amarelo!

A garota se recompôs da queda, limpou a poeira da capa e tomou coragem para dizer algo.

– Desculpa, Lino... Foi sem querer.

Davi não entendia como alguém, com uniforme escolar, podia estar tão excêntrico. A bata e a capa de Elissa eram como as de uma aluna qualquer, mas o tênis surrado, as pulseiras e os colares que ostentava pouco combinavam com seu rosto infantil. Seus cabelos loiros começavam comportados e com uma franja angelical, mas iam ganhando volume até a altura dos ombros, onde terminavam em cachos meio desgrenhados. Não era o que Astros esperava para uma garota daquela geração, por exemplo. Usava luvas de cetim vermelhas, que chamavam tanta atenção quanto as estampas que costurara na parte em branco de sua capa e a maquiagem azul-piscina ao redor dos olhos castanhos. As bijuterias pesadas pareciam uma extensão do seu corpo, mas quase não se prestava atenção nelas depois de certo tempo.

Não aceitando as desculpas, Davi a pôs para fora com um movimento das mãos e ela foi novamente tomar o seu lugar, o rosto vermelho fervendo e pessoas rindo às suas costas.

– Nossa, Lino! – disse Cecília abafando sem sucesso os próprios risos. Fazia de tudo para parecer solidária, cousa que não estava em realidade. – Precisava ser tão grosso com ela? Coitada!

– Pergunte à parede – respondeu.

– Que idiotas – disse Malu escrevendo versos assustadores no seu caderno.

Shiva levantou-se discreto do seu lugar e se retirou da sala, sem que sentissem sua falta. A aula já estava praticamente no fim, tanto que não houve nenhuma reclamação do barulho por parte da Srta. Filomela. Ela simplesmente encerrou suas anotações, guardou todos os papéis na bolsa, apanhou a caderneta, levantou-se e desamassou a roupa. Com praticamente todos da turma em pé, a sala estava uma desordem, e os aglomerados só perceberam a saída da professora quando esta se despediu.

.•●•.

Ao sair pela porta e descer as escadarias, Filomela Pollemorph passou pelas salas do Primeiro Ensino, atravessou o pátio onde estava a estátua de Zeus e chegou a um prédio destacado, onde ficava a sala de Donna Glaia. Subiu novas escadas e chegou ao segundo pavimento, onde se encontrava a sala dos professores, e lá adentrou. Mal sabia ela que, no andar de baixo, na negrura de uma sala repleta de excentricidades, Shiva pedia alguns minutos do tempo da vice-diretora para lhe falar.

– Desculpe-me por estar tomando o seu tempo, senhora, mas eu realmente precisava de uma posição sua.

– A respeito de quê, querido? – perguntou Donna parando o

que estava fazendo. Apoiou os braços gordos na mesa de madeira reforçada, e direcionou sua atenção ao jovem.

– Sobre mim mesmo.

– E o que você quer que eu faça por você mesmo?

– Eu quero que você me tire daqui.

A mulher teve um pequeno abalo com o pedido.

–Você poderia repetir?

– Posso sim. Eu quero que você me tire daqui.

Após recompor-se de um breve desembaraço, ela respirou fundo.

– Bem, meu querido Tiwas – começou a explicar. – É normal e até aceitável que você esteja tendo problemas em se relacionar com a sua turma, mas é uma questão de tempo até...

– Não é só a turma. Eu não aguento esse lugar. Não gosto da minha rua, muito menos da minha casa, odeio essa cidade, odeio esse povo, odeio esses carros daqui, odeio tudo, tudo! Quero voltar a morar na Academia. Ligue pra eles!

– Eu não posso.

– Como assim não pode? Vou ficar aqui contra minha vontade?

– Não é isso...

– Então é o quê?

– Sr. Tiwas, minha criança, você tem que entender que as cousas não funcionam apenas de acordo com a nossa vontade. Eu não posso fazer com que as cousas *sejam* apenas ordenando-as que assim o façam. Mesmo que eu quisesse, eu não tenho poder suficiente para decidir quem de vocês deve ou não ficar aqui no Parthenon ou na cidade. Eu apenas cumpro ordens. Não apenas da direção da escola, mas de uma legião de forças superiores às minhas. Se dependesse de mim, tipos como alguns de seus colegas não estariam aqui nem pintados de crisólito. Tudo o que você precisa é de paciência, muita paciência, até se acostumar com a bateria de cousas novas a que esse novo ambiente te sujeita. Se vocês estão aqui, é porque não poderia ser o contrário; tem sido assim no Parthenon há séculos.

– Séculos? – Shiva retorquiu, com cara de quem não estava ali para ser enganado. – Essa história de herdeiros dos deuses é cousa recente, não? Como o Parthenon pode ser o lugar onde vocês prendem todos os taxados como "possíveis herdeiros" só para mantê-los sob vigilância? – ele esmurrou a mesa da diretora, esmagando alguns caramelos jogados por ali. – As datas não batem!

Donna estava surpresa e pareceu só um pouco magoada por ter perdido caramelos tão importantes. Ela não costumava comentar o assunto com muitas pessoas, principalmente com alunos, ainda mais com calouros.

– Como você sabe tanto sobre os prenúncios? – perguntou interessada, prestando toda atenção em Shiva.

– Era o lógico, que eu buscasse saber, não? Quer dizer, vocês me jogam aqui dentro sem me dar nenhuma explicação convincente e querem que eu simplesmente me conforme?

– Bem, você fez uma pesquisa razoável – disse ela serena, brincando com os dedos cruzados sobre a mesa ocupada. – Também por isso deve ter notado que as informações sobre o assunto são escassas, vagas e de acesso privilegiado. Eu acredito, prefiro acreditar, que os boatos são recentes. O Parthenon existe há mais de vinte séculos, Tiwas, e ninguém disse que *nunca* recebemos um herdeiro. Só não temos como identificá-los; e essa nunca foi a nossa função. Apenas esperamos as cousas acontecerem, e, enquanto isso, educamos vocês.

– Pois eu estou certo de que não tenho nada a ver com essa história toda! Não preciso que vocês me eduquem, já tinha gente fazendo isso quando vocês me arrastaram pra cá! E o Parthenon tem errado há tanto tempo, nunca provou ter encontrado um herdeiro, então pra que levar isso tão a sério? Vocês não precisam de mim!

– É uma pena que você veja as cousas desse modo, querido – disse Donna. – Mas o ano letivo mal começou, você ainda não teve tempo de conhecer melhor este colégio, os seus colegas; compreendo sua carência de vínculos, mas seja calmo, é o que te peço.

– Não quero ficar calmo! Eu só quero distância de todos vocês! – exaltou-se com a voz elevada, e Donna já estava saturada.

– Mas entenda que você não poderá sair daqui!

– E quem me garante?

– Eu garanto!

– Pois vamos ver! Se eu não saio por bem, que seja do meu jeito! – saiu pisoteando e deixando no chão a cadeira que derrubara.

– Garoto difícil! – murmurou Donna colocando café na caneca velhíssima ao seu lado. – Perto dele, os demais chegam a ser suportáveis!

.••.

– E aí, Lino? Vai pro trabalho que o pessoal marcou? – perguntou Astros durante o recreio.

– Que lenda vocês escolheram?

– Alô, Lino! Onde você estava durante a aula?

– Ao lado da Malu... Não foi? – ele perguntou e Malu confirmou.

– Eu quis saber aonde tinha ido a sua cabeça – disse Astros.

– A nenhum lugar, ora...

– Nós escolhemos a lenda da ponderação de Páris. Só não pergunte como ela é, que eu não sei.

– Não vou te perguntar, Astros, eu conheço a lenda. Vagamente, mas conheço.

– Então ótimo. Você lê o *Livro*, assim como uma prima minha; ela é fanática mesmo. Bem, pelo menos isso era o que a mãe dela achava. Só que quando deveria estar nas celebrações, ela se encontrava comigo. O benigno do bairro nem a conhecia. É que você não faz ideia das cousas que ela fazia às escondidas. Se eu te contasse, teria que te matar – e riu. Riu sozinho. – Tem dezoito anos, a peste.

– Você vai pro trabalho, Malu? – perguntou Davi à garota sentada ao seu lado.

– Eu não sei – ela respondeu.

– Vamos, Malu – Astros chamou, sentado na cadeira à frente de Davi.

– *Não sei* – ela repetiu, desta vez certificando-se de que estava falando no idioma certo. – Sua impertinência não vai contar na minha decisão, bonitinho.

– A Cecília te deu o papel com o endereço dela? – perguntou Astros, passando por cima da frieza da resposta que recebera.

– Ela entregou pra todo mundo, ou não?

– Aí você entrega para a sua mãe, mas se...

– Minha mãe morreu, Astros.

– Nossa, sinto muito... – Ele levou um baque.

– Brincadeira – ela riu por alguns segundos, e Astros a amaldiçoou eternamente. – Calma, não fique assim. – E esqueceu Astros, mirando Davi agora. – Acho que não terei problemas, a casa da Cecília fica em frente à minha. Você vai, Lino?

– Talvez.

– Se não for, você me liga. Tem celular?

– Não está vendo a protuberância? – Davi levantou a mochila e mostrou o volume que o seu aparelho fazia.

– Esse é o seu? – Malu se mostrou admirada com o telefone do colega, considerando aqueles trinta e seis centímetros o cúmulo da alta tecnologia. – O meu é bem maior e nem funciona direito quando chove ou venta muito.

– Essas cousas só estorvam – disse Davi. – Pra carregar é horrível!

– O telefone da Bianca é o menor que eu já vi... – disse Astros, seguido de um suspiro que não foi capaz de evitar.

Malu girou os olhos para o teto e preferiu não comentar. Davi sabia quem era a tal Bianca, uma linda garota do segundo ano, para a qual Astros derramava juras de amor eterno desde a última terça-feira. Davi também sabia, porém, que não havia menor indício de interesse por parte da garota. – Ela sequer olhava para Astros, tampouco dava alguma pista de que a esperança dele fosse algo tangível.

– Escuta, Astros... – Davi tentou falar com amenidade. – Você tem certeza de que as suas chances com a Bianca existem?

– Claro que sim, Lino! – ele respondeu cego, às gargalhadas. – Todo mundo sabe disso!

– *Sheeeva!* – disse Cecília, bulindo com o colega que acabava de voltar à sala. Mas Shiva fingiu não notar a brincadeira. Ela, Elissa e Karin entreolharam-se, sem entender.

– O que é que ele tem? – perguntou Malu a Davi e Astros.

– Sei lá – respondeu Davi, e Astros expressou o mesmo desconhecimento.

– Pra que tanto estresse? – disse Cecília, e continuou seus desenhinhos no quadro-negro. – Vai por mim, Shiva, daqui a uns três anos a sua pele vai estar horrorosa...

– Vocês ainda não viram o estresse – murmurou Shiva.

– Ah, quase ia esquecendo, Tiwas. – Ela puxou um papelzinho do bolso e foi ao colega para entregá-lo. – Tá aqui onde fica minha casa, e é só entregar aos seus avós, e...

– Fique longe de mim! – ele gritou, assustando Cecília com o tapa que lhe deu na mão. Ela deixou cair o papel e balançou a mão, queixando-se exageradamente. Não foi um tapa para machucar, mas sim para afastá-la dali com aquele papel inútil.

– Seu louco! – disse chorosa, ao passo em que esfregava a outra mão no local da agressão. – O que deu em você? Estão pondo esteroides no feno de Esparciatas?

– Que moleque violento! Como é que trata assim uma menina? Com tapas injustificados! Violência gratuita! Isso está errado, Tiwas! – indignou-se Karin.

– Eu não bati em ninguém, Karin! – defendeu-se. – Mas se você não sabe a diferença entre um tapa na mão e uma surra, eu posso sim te mostrar!

– O que você vai me mostrar, garoto de Esparciatas? Eu sei como é gente que nem você. Acham que é no braço que se consegue as cousas. Não me admira que a sua cidade tenha mais bueiros do que gente alfabetizada, mas tente não travar suas guerrinhas sangrentas aqui, ouviu bem?

– Não sei aonde você quer chegar me provocando assim, mas não vai conseguir me tirar do sério. Só quero que você se lembre que o meu assunto não era com você!

– Ah, não era comigo? Quer dizer então que você quer continuar batendo na Cecília? – Ela abriu espaço. – Então vamos, pode continuar!

– NÃO! – gritou Cecília apavorada. – Está louca, Karin?

– Ele não vai te fazer nada – disse Karin penetrando nos olhos de Shiva. – Eu sei que ele não vai fazer. Não vai porque é um covarde.

– Covarde? Eu? – indignou-se e, àquele momento, ele já estava escarlate. – Quer ver mesmo se eu sou um covarde?

Mas Karin virou-se para Cecília, ignorando-o.

– Sim, valentão. – Seth levantou-se da sua carteira. – É fácil querer se impor com as garotas, não é?

– E com os homens também é! – ele afrontou o colega. – Ou o senhor quer vir aqui me mostrar onde está meu erro, Dehiskos?

– Seu erro está em ter nascido – disse. Shiva foi em sua direção. – E olha que eu nem apelei para a Biologia, meu amigo, porque tem muita cousa funcionando errado aí dentro de você.

– Tá querendo me desafiar, é? Tá achando que é fácil? – perguntava, empurrando-o com força. Seth arriscaria a luta, não fosse o som de professores das outras salas conversando alto no corredor, o que Shiva também ouviu. – Você tem cinco segundos pra rezar – disse aguardando as vozes desaparecerem.

– Vê se não enche – Seth tremeu e tratou de saiu de lá enquanto ainda podia ouvir os professores.

– Eu sabia – Shiva afundou-se na cadeira, e não mudava a direção do olhar nem sob imposição divina. – Nunca me enganou.

– Que palhaçada – disse Davi, pensando que só Malu e Astros fossem ouvir.

– Então por que você não se dirige ao pivô da palhaçada, Lino? – alfinetou Shiva ainda com a face vermelha.

– Com cavalo a gente lida é com açoite, Shiva. Não falando.

– O quê? – perguntou o pivô, virando-se para encarar Davi.

Cecília fitou o colega Lino com certo espanto e admiração, misturados com a dor que ela ainda jurava sentir nos dedos. Não imaginou que *ele*, com quem nunca trocara nem um "oi", pudesse se levantar em sua defesa, ainda mais contra um ogro perigoso como Shiva.

– Não pense que me assusta com essa careta, Tiwas – respondeu Davi. – De cara feia eu tenho pena, não medo. Só não ache que eu vou brigar com você só porque este não é um de seus melhores dias.

– Você não me conhece, David! Não sabe o que estou passando!

– E você não precisa me contar. Eu só peço que você guarde seus ataques histéricos para alguém que seja do seu tamanho... Se bem que a Karin já te disse tudo o que você precisava ouvir hoje.

– Vê se me esquece. – E devolveu-se à cadeira. – Por mais que você mereça, não é meu inimigo.

– Então o que você acha que vai ganhar agindo assim? Cara, a cousa é essa aqui e pronto! Você não vai mudar nada batendo em ninguém!

– Lino... – O ódio de Shiva quis se manifestar em lágrimas, mas o garoto reteve-as nos olhos. – Desculpe se eu me afastei muito nesses dias, é que você não entende como é difícil pra mim! Não posso ficar aqui!

– Esquece, Lino – disse Astros em voz baixa, puxando Davi. – Melhor deixar pra lá.

– Mas... – Shiva pretendia terminar o que estava dizendo, mas o amigo já tinha sido levado para longe. Abandonou-se na mesa, rezando para que os seus deuses lhe mostrassem o caminho certo a seguir.

20

A VIOLAÇÃO
DAS LEIS

A SEMANA PASSOU RELATIVAMENTE RÁPIDA, e por mais que a turma do primeiro ano andasse se estranhando um pouco, Davi achou que a sala estava até melhor. Afinal, pensou ele, a monotonia na escola já estava mesmo na hora de mudar. E, falando em horas...

– Meu relógio quebrou.

Foi apenas um comentário, e os Farsala ouviram, sem abalos. Thalia estava com toda a sua atenção voltada para sua revista *Olho norte* e Nicolas assistia com fervor à *Vangloriosa Liga Hututsi*, exibida na Lótus, ao passo que Davi tentava, sem sucesso, fazer com que seu relógio voltasse a funcionar, mas bater com o indicador no visor não estava ajudando em nada. O jeito foi reconhecer a derrota e deixar o relógio de lado.

– *Agitando o Complexo Compound, antigo Ginásio Huno Hiperbóreo. O Poderoso Cáfila, esse jovem lutador incrível, está há apenas dois anos na categoria, e mesmo assim já derrotou monstros como o Cachalote Ancião e o Garoto Amálgama! E pelo que parece, o veterano Grande Berbere Caucasoide, então preferido nesta luta, está tendo o mesmo destino das vítimas de Cáfila.*

– Está demorando, Cáfila... – Bastante inquieto, o Sr. Farsala passou por cima da demagogia do narrador da luta, descontando seus sentimentos no braço da poltrona. – Acabe logo com esse frango velho!

– *Poderoso Cáfila sempre foi um fenômeno, Boris* – dizia o comentarista da transmissão. – *Já exibimos uma matéria sobre ele, três anos atrás, quando ele ainda estava na Liga Juvenil. O seu desempenho sempre foi abissal. E ele está em plena forma, ao contrário do nosso calejado Berbere.*

– *Obrigado, Gunter* – disse o narrador. – *E pelo caminhar da batalha, acredito que teremos uma esplêndida Comezzaria!*

– *Eles estão intrincados* – o comentarista acrescentou.

– *Estou vendo, obrigado* – alfinetou o narrador. – *Eles estão intrincados! Temo que o fim esteja próximo para um destes grandes contendores.*

– *Boris, lembrando que esse juiz, o Alcebíades Hipômenes, de Stenó Kato, é o mesmo daquela polêmica luta entre o Uganda Badanga e o Benim Metálico, na última temporada. Duas pessoas podem apanhar até cair esta noite, e o juiz é um dos favoritos.*

– *Que ele não apanhe pouco, Gunter. Meu Deus! Veja, você aí de casa! Grande Berbere está perdendo ar!*

– *Poderoso Cáfila sempre usa o velho truque do braço-alicate quando se imagina em lutas que não passam do primeiro assalto. Uma técnica arriscada, criação do mestre Ambundo Branco, que pode ser fatal se usada no momento certo.*

– Não sei como vocês homens gostam desse tipo de programa, Nicolas – disse a esposa, folheando as últimas páginas da revista.

– Silêncio, Thalia, eu quero ouvir!

– *Cáfila está pedindo o caldeirão!* – urrou o narrador. – *E Grande Berbere Caucasoide não responde à gritaria dos espectadores. Está derrotado, quem diria! Prestem atenção, senhoras e senhores, pois em poucos instantes, uma gloriosa carreira de vinte anos perecerá em água quente, com agrião e batatas. Poderoso Cáfila já tem o caldeirão. Ele preparará a Comezzaria!*

– Isso, é isso aí!

Os gritos de várias partes da cidade uniram-se em uníssono para comemorar a vitória de Cáfila, quando este passou a cortar as cebolas para seu cozido de Grande Berbere. O estrondo foi ensurdecedor – até o Sr. Farsala foi ao delírio.

– Isso, ele venceu! Toma essa, bandoleiro! Mastiga essa gralha velha, Cáfila!

Minutos depois, a televisão anunciava:

– *Aqui está ele, o nosso jovem vencedor! A torcida reconhece seu talento e aplaude! Ele subirá ao pódio para agradecer ao grande público! Senhoras e senhores, eis aqui o Poderoso Cáfila! As garotas já vêm trazendo o seu prêmio: um saco* premium *de batatas inglesas, oferecimento das...*

– Vai dormir, Davi? – perguntou Thalia quando o garoto se retirou da sala e pôs-se a subir as escadas. De lá mesmo ele respondeu.

– Sim, eu vou. Boa noite!

– Boa noite! – eles responderam.

– Não é muito cedo para ele já estar com sono? Mal são dez horas!

– Ele teve uma semana cheia, Nicolas. Estou rezando para que esta seja melhor para ele. E, sabe, estou sentindo que ele já está mais familiarizado conosco, e provavelmente com os colegas.

– Eu sinto o mesmo.

– Estou trabalhando o dobro desde que ele chegou. E isso me dá um prazer! Você não tem ideia do quanto gosto dessa cousa de ser mãe... E pensar que hoje eu lavei a farda dele pela primeira vez... Apenas a capa não deve secar a tempo, mas acho que ele pode ir com o sobretudo que compramos. Espero que aquela mulher asquerosa não implique com isso!

– Ela irá relevar. E amanhã, Davi inicia sua segunda semana de aulas.

– Que Zeus o ajude, é um ótimo menino...

– Ele vai ajudar, querida. Vai ajudar.

.•●•.

É difícil se desapegar de cousas que acompanham você e que fazem parte do seu dia a dia. A falta de um relógio, por exemplo, pode causar certos incômodos para alguém que não está acostumado a passar sem o tal acessório, e a partir daí surgem problemas que poderiam muito bem ser evitados se você pudesse ver o quão inconveniente era fazer tal cousa naquele momento.

Talvez, se tivesse visto que horas eram, Davi não teria dormido tão cedo. Mas no dia seguinte, reuniu suas economias e resolveu que ia tentar a loja *Meridiana*, especializada em relógios, cuja existência ele notou há alguns dias. Não ficava longe do Parthenon. E como cinco dias letivos fizeram-no memorizar o caminho, ir até lá não deveria atrasá-lo para as aulas.

Ao descer da kenze naquele dia frio, ele se encolheu no sobretudo bege infeliz que substituía a capa molhada, despediu-se do Sr. Farsala e esperou o veículo desaparecer de seu campo de vista. Para garantir, esperou mais alguns segundos até caminhar pela primeira vez pelas calçadas hiperbóreas. Deixou para trás a fachada pomposa do Parthenon, sem que ninguém notasse. Seu colégio ia perdendo a proximidade, no que Davi passou pela Ecdeli, cumpriu a pequena descida e não pôde deixar de notar a normalidade da cidade. No final das contas, era uma como outra qualquer, embora fosse indiscutivelmente maior do que todas elas. Era bem arborizada, disso não havia do que se reclamar. Construções antigas e modernas se alternavam, compondo uma bela paisagem.

As pessoas pela primeira vez se deixavam ver caminhando despreocupadas pelas ruas. Assim como Davi, elas também se encolhiam em suas vestes de frio. O Parthenon já não mais estava ao alcance de seus olhos, e a sensação de liberdade valia o passeio fora da lei.

Em frente a um grande prédio envidraçado, do outro lado do bulevar, Davi notou o Armazém Chizu, em cuja calçada um homem gordo, careca e torto sapateava feito um macaco em chamas, atraindo a sua curiosidade. Os demais transeuntes já estavam acostumados com a figura, que ainda cantarolava, um desastre.

– Mema em... Meroda em... Euqrop, odanifa uooos, oralc!

Davi se aproximou e parou próximo à cartola no chão.

– Boas tardes, meu amigo!

– Boa tarde – respondeu Davi.

– O amigo quer ouvir a canção que eu trouxe do mundo mundano?

– Pois não! – Interessou-se, rapidamente.

– Ótimo, o amigo parece interessado nas cousas importadas! Pois vou brindar-lhe com uma das canções mais cantadas fora de nossos limites! É uma canção britânica, que vem de um dos países mais tradicionais do planeta! Conhece a América, meu garoto?

– Ainda não tive a oportunidade...

– Pois eu sim. Ah, país maravilhoso! – Estufou-se. – Lar dos mais perfeitos arranjos e compassos! Lugar onde os alóctones já nascem entoando melodias, sim... É a própria perfeição! E os britânicos cantam, cantam em todos os lugares e sob qualquer tempo meteorológico, cantam de dia, cantam de noite, cantam cantando, cantam até dormindo!

Os olhos de Davi brilhavam a cada palavra do homem, que prosseguia.

– América, oh, América! Em breve me terás de volta em suas sinfonias, oh, país de tantos contrastes, tantos! Ah, como são tantos!

– A América não é um continente?

– Não... – Sem querer, o homem foi obrigado a pensar. – É um país bem grande.

– E o senhor é de lá?

– Não.

– Ah...

– Mas pretendo voltar, sim senhor! E quanto à melodia? Quer escutá-la? – Mal se contendo, Davi apenas fez que sim com a cabeça. O homem então iniciou sua apresentação. – *Mema em... Meroda em... Euqrop, odanifa uooos, oralc! Sessesorrub magenesme raroda!*

Davi aplaudia animado.

– Isso é fascinante!

– E o garoto...

– David.

– E o garoto David sabe o significado dessas letras?

– Não! Conte!

– Essa música é bem típica da América, ilustra uma velha parábola oriental: "O sonho de todo doceiro é ver formigas pagando a conta".

Os olhos de Davi poderiam iluminar durante duas horas uma cidade pequena.

– E não é apenas isso! – continuava o homem. – Numa dessas epopeias de minha vida, eu também aprendi alguns versos em português...

– Então cante!

– Não sei se devo... – encolheu-se, contido. – É que as cousas não são assim, *então cante*, há uma série de burocracias, direitos autorais... Afinal, tais composições não são minhas.

– Sei. – Depositou algumas moedas na cartola ao seu pé. – E agora?

– Acho que posso arriscar! Nada é impossível quando temos a ajuda de amigos! Bem, os deuses ajudem que eu não esteja velho em demasia! – Recomeçou seu sapateado pesado, seguido dos versos. – *Ratam salum! Socuol, ratam salum... Sonsa, aroga! Acnun! Sonsa... Ah! Ratam maleg argh...* – Finalizou a apresentação, sob aplausos fervorosos.

– Bravo! – Davi não se cansava de aplaudir. – E o que significa?

– Ah, essa tem uma letra magnífica. Significa: "O arquiduque de Chicago casar-se-á. Subam em seus cavalos! E salvem os anarquistas argh". É uma forte crítica social.

– Parabéns, você é ótimo! – disse Davi, que não elogiava a apresentação em si, mas o conteúdo educativo da cultura popular.

– Que o amigo tenha uma boa tarde!

– Você também – agradeceu e continuou sua caminhada.

Praticamente familiarizado com as ruas, Davi passeava pelo largo passadiço e, mesmo vendo incontáveis lojas, nenhuma era a que ele buscava. Nem mesmo as donairosas barracas dos vendedores tinham um relógio que o interessasse. Tais barracas apenas vendiam frutas exóticas, outras ofereciam massagens, e três delas ofereciam serviços de fotografia três por quatro.

– Massagem milagrosa! Método asiático, milagroso! O freguês já experimentou massagem com língua? Além de um ótimo relaxante, é também medicinal! Ajuda a relaxar os músculos e cura problemas de estresse e pressão arterial – gritava um comerciante para os transeuntes. Davi recusou e fez cara de nojo, que durou até ele encontrar o que procurava: a Relojoaria Meridiana.

A plaqueta na porta informava que o local estava aberto, o que fez Davi entrar e contemplar a enorme variedade de relógios oferecida no interior da loja. Não só os da vitrine eram interessantes; os demais também eram bastante admiráveis. Como não tinha ninguém do outro lado do balcão, ele passou mais uns bons minutos olhando cada um dos modelos. Solários, de parede, de pulso, ampulhetas, cucos, martinetes para relógios de sol, mosquetões, pêndulos... Havia todo tipo de produto. Tinha tanta cousa que o ambiente chegava a ficar abafado, o que fez Davi retirar seu sobretudo e guardá-lo na mochila. Ao fazê-lo, Davi notou, às suas costas e acima da porta, uma carreira de relógios pequenos do século passado, todos em pleno funcionamento, mas que gritavam para ele que já era quase uma da tarde – ele precisava estar no Parthenon antes que a aula começasse. Foi até o balcão e tocou a sineta insistentemente.

– Já vou! – gritou uma voz rouca vinda da portinhola após o balcão.

– Adiante-se, por favor! Estou com pressa!

– Eu já vou!

– Mas rápido!

– Eu já disse que já vou!

Davi soltou um suspiro entediado, até aparecer um senhor de nariz comprido e torto, peruca desgrenhada, mancando e desenhando no chão com sua perna postiça.

– O que você quer? Não sabe esperar? Por acaso não te ensinaram que a paciência é uma virtude e mantém a saúde?

– Eu não quis incomodar, mas o caso é que estou com muita pressa...

– Pois incomodou! Eu estava no depósito com uma pilha de caixas deste tamanho, e se você não está percebendo, não tem ninguém aqui para me ajudar no atendimento!

– Tudo bem, senhor, mas eu não tenho culpa...

– E nem eu! Agora que eu já estou com o depósito quase arrumado e com uma dor nas costas que não me faça dizer a intensidade, mal tenho tempo de descansar um pouco na paz dos deuses! Eu tenho que ser incomodado por garotos desesperados que não têm a bondade de esperar cinco minutos para serem atendidos! Faça-me o favor!

– Mas a placa lá na porta dizia que a loja estava aberta!

– E a loja *está* aberta, meu querido! Ou você não percebeu? Você arrombou? Entrou como? Oh, francamente, esta loja já foi mais bem frequentada. Tempos bons aqueles... Somente a nata da boa convivência, presenças inesquecíveis... Mas e hoje? Eu sou obrigado a lidar com tipos da pior linha! O que aconteceu, meu Deus? Será que os meus clientes não podem ter pena de um pobre velho?

– Escuta aqui, pobre velho, eu vim aqui para comprar uma droga de um relógio porque o meu está quebrado! Só isso! Quero um relógio, e estou com pressa! Agora, se você acha que eu vim aqui para escutar desaforo de velho corcunda, está errado!

– Corcunda? Você... você percebeu? Mas...

– E aí? Vai me vender o relógio ou está difícil?

O atendente finalmente fitou Davi com atenção e teve um leve susto ao notar o uniforme do Parthenon.

– Não é possível! Mas assim, tão... cedo? Algo tão repentino, talvez... Eu não acreditava que David Lino Yang fosse vir aqui, assim tão cedo! É mesmo incrível!

– Hã? – ele começou a se confundir.

– Desculpe-me pelo meu comportamento atroz, meu jovem, às vezes eu sou mesmo intolerável! Perdoe este pobre velho, sim? E pensar... – ele riu nervoso. – E pensar que eu não acreditei no Oráculo! Quem sou eu para duvidar das profecias sagradas! Sou um velho, velho estapafúrdio mesmo, um burro, imperdoável! Mas tente perdoar-me, Sr. Lino Yang, por favor... – E curvou-se frente ao garoto.

– O que significa isso?

– Por obséquio, siga-me, Sr. Lino Yang, seu relógio o espera...

– Mas eu ainda nem escolhi! Não quero nada muito caro, e... Como você sabe que eu sou Lino Yang?

– Meu nome é Horácio Berloque, seu criado.

– Eu não perguntei e nem quero saber o seu nome!

– É compreensível, Sr. Lino Yang, é claro. Às vezes, nem eu quero saber. Mas, por obséquio, continue me seguindo... só tenha cuidado com a portinhola; ela, às vezes, é traiçoeira. Por favor... Ah, garoto Lino Yang! Não sabe a confusão em que está se metendo!

– Pra onde você está me levando?

– Ao seu relógio, senhor.

– Mas pra que andar tanto?

Os dois caminhavam pelos corredores além do balcão, após a portinhola, passando por relógios e figuras bizarras de gesso. Berloque guiava Davi por todo o percurso de galerias estreitas, iluminado por poucas lâmpadas, em sua maioria queimadas. Francamente, vista de fora, a loja não aparentava ter tamanho espaço. Pelo contrário, sua fachada insinuava uma lojinha simples e aconchegante. Por trás da portinhola, o estabelecimento parecia dobrar seu tamanho.

Sem que lhe passasse pela cabeça que o ancião poderia estar lhe levando para algum tipo de armadilha, Davi o seguia, apenas curioso para saber o porquê de tanto mistério por um simples relógio. No caminho, o que predominava era o silêncio e ninguém se pronunciava – apenas andavam, a passos intermináveis, até que o relojoeiro finalmente parou.

– Chegamos.

– Ótimo – disse Davi sem muita certeza.

Estavam no depósito da relojoaria – enorme, com caixas e caixas emparelhadas, além de relógios avulsos. Tanto espaço em apenas um largo cômodo solitário. Bem no centro do arsenal estava uma pequena coluna, parecendo ser o que iluminava todo o ambiente, com a luz dourada faiscante que emanava do seu topo. O que era aquilo? Ouvia-se a respiração de alguém dormindo. Era um som suave... Após segundos desconfortáveis, Berloque se manifestou.

– Ele chegou, querida. Acorde.

Ouviu-se o ruído de alguém se espreguiçando.

– Quer parar de fazer isso? – reclamou Davi. – Me traz logo o relógio, eu preciso ir embora! Não tenho todo o tempo do mundo pra ficar aqui!

– Não tem, mas quem sabe não terá, senhor?

– Onde está ele? – Levantou-se uma voz doce e feminina, vinda de algum lugar. – Horácio... É você?

– Sim, Vossa Potestade, e eu o trouxe.

– Então... traga-o até aqui, Horácio.

– Imediatamente.

– Com quem o senhor está falando? – perguntou Davi irritado, e não obteve resposta. Apenas foi guiado até o pedestal e, por atrás da luz, estava a dona daquela voz tão afável.

– Que bom que você veio, Lino Yang – disse o relógio sobre a coluna. – Estive esperando por você por tão pouco tempo...

Davi estava impressionado. Nunca tinha visto alguma tecnologia do tipo. A luz decidiu ceder um pouco, e ele assim pôde contemplar o bonito relógio sobre o pedestal.

– Não vai me tomar, Lino Yang? – perguntou o relógio, com a voz ainda meio sonolenta. – Venha, estou te esperando...

– Já é dele, Vossa Potestade – disse o relojoeiro.

– Eu não quero isso! – Davi recusou. – Não quero uma porcaria dessa, e que ainda fala! Não preciso disso! Eu só quero um relógio normal, digital de preferência. Basta informar as horas que eu estou satisfeito. Essa cousa aí deve custar uma fortuna!

– Olhe lá como fala, moleque! – indignou-se o relógio. – Como ousa me comparar a uma superfluidade digital? Eu sou infinitamente melhor do que essas porcarias inventadas pelos mortais; e não sou cara! Se você não sabe, sou uma deusa! Por acaso não tem respeito a uma divindade como eu?

– Deusa? – As palavras atingiram Davi de forma certeira. – Você é uma deusa de verdade?

– O que foi? – riu-se ela sarcástica. – Pensou que as divindades não existissem?

– É... claro que não! – mentiu. – Eu só não pensei que fossem tão... "baratas".

– Perdoe meu cliente, Vossa Potestade – adiantou-se o Sr. Berloque. – É só uma criança! É que não eu tive oportunidade de explicar-lhe a situação...

– Teve sim – interrompeu Davi. – E preferiu fazer suspense.

– Shhh... Cale-se! – implorou o ancião em murmúrio. Ergueu a voz em seguida. – Este relógio é seu, garoto Lino Yang, pode levar. Não lhe custará nada.

– Tem certeza?

– Vejam só essa! – disse a deusa para si mesma, ainda cheia de mágoas. – Um reles garoto desacatando uma divindade!

– E que tipo de divindade é você – perguntou Davi retirando o relógio do pedestal – que eu nunca ouvi falar?

Pelo visor, viu-se o rosto angelical da deusa corar.

– Sou uma Hora.

– Nossa. Você deve ser a décima terceira do panteão grego, né?

– Quero ficar – disse a deusa ao relojoeiro.

– Faço questão de lembrar à Vossa Potestade que sou um simples servo de forças superiores, e decidir sobre o seu futuro está aquém das minhas capacidades.

– Resumindo: inútil – a deusa reconheceu a derrota. – Tudo bem, Horácio, você não tem culpa. Mas tente nascer algo significante na sua próxima encarnação. Vamos embora, Lino Yang. Ponha-me no pulso.

– Tem certeza? – perguntou Davi.

– Não comece! Não está sendo fácil para mim também.

– Tudo bem. Mas já que você não me conhece, vou logo te avisando que eu sou sempre assim. Se você não conseguir me engolir, vai se engasgar. – Davi retirou seu relógio antigo e substituiu pelo novo, feito em bracelete de linho. No visor da caixa de platina estava a bela Hora. Imaculável beldade, enfeitada com lindos narcisos, ela não se mostrava sorrindo no visor. De nada adiantavam seus olhos tão verdes, nem os intermináveis cabelos, se a feição não era das mais simpáticas.

– Ótimo – disse ela. – Vamos logo, você está atrasado.

– Nem me fale...

21

O PACIFICADOR

– ESTÃO ENTREGUES – disse Berloque na porta da relojoaria. – Vão em paz!

– Obrigada, Horácio.

– Até mais! – Davi se despediu. Antes de prosseguir com o passo, ele evitou pisotear um pequeno lagarto que passava por debaixo de seu pé. Quando se pôs a andar, ele notou um rapaz estranho na porta da loja, que estava agachado e ronronando, e vez ou outra lambia o próprio braço. Ao perceber que a porta da Meridiana estava aberta, ele engatinhou em direção a Berloque e rodeou suas pernas, esfregando nelas o seu corpo e suas roupas rasgadas. A bizarrice não assustou o relojoeiro, que apenas se desvencilhou do rapaz com repulsa e continuou acenando para Davi, que andava de costas ocupando a sua mente com aquela cena, tentando ignorar as frases desagradáveis do seu relógio.

– Francamente, como você chamava aquela porcaria de relógio? Até um carrilhão no seu pulso seria mais eficiente que aquela joça! Que péssimo gosto você tem, Lino Yang! E eu posso dizer isso, afinal não foi você que me escolheu. Aposto que se o Horácio abrisse um leque para você, certamente...

– Ode ao Pan-Belanismo! – gritava um homem exaltado, que surgiu na frente de Davi. Tinha a cara e parte do corpo pintados e usava a bandeira do país como capa. – Querem a verdade? Sei que vocês recusam a verdade! Mas eu estou com a verdade! A verdade somos nós, belanenses! A raça asseada, *humana*, a legítima detentora de todos os direitos neste país, por obrigação moral, embora não constitucional! Por que nós, belanenses de hierarquia superior, lidamos pacificamente com esses monstros terríveis? Por que nós os socializamos? Para que assustar nossas crianças humanas com seus filhotes medonhos? Fora daqui, aberrações! Vamos caçá-los!

– Do que você está falando? – perguntou Davi assustado. Aquele homem falava com muita agressividade, tinha puxado o garoto pelos braços e o agitava sem parar. – *Monstros?*

– Estou falando da limpeza que devemos fazer neste país, a expurgação!

– Largue-me! – e se desvencilhou do homem.

– Viva o Pan-Belanismo! – Ele agarrou Davi novamente pelos braços para dar-lhe um grande empurrão. Saiu correndo com as suas odes, revelando-as para os demais na rua, e depois chutou para o alto um lagarto escuro que viu passar na sua frente.

– Ai!

– Cuidado!

– Desculpe-me, senhor...

– Não foi nada.

– Lamento ter tropeçado no senhor, é que me empurraram! São tantos os malucos nessa cidade!

– É, e estamos sempre recebendo mais.

– Ei!

– Foi você quem começou. Por acaso, não é daqui, é?

– Não.

– Nem é maluco, é?

– Também não.

– Bom.

– E o senhor?

– Sou normal também.

O homem com quem Davi conversava era um mendigo, que estava recostado numa escadaria larga, e estirara suas pernas para descansar. Ele se encolhia no cobertor tão imundo quanto as suas roupas, para se proteger do frio. A pele gorda de albino estava envolta por uma crosta persistente de sujeira, assim como a sua barba crespa.

– Vamos, Lino Yang! – pediu a Hora apreensiva, dando pressa.

– Calma!

– Falou com alguém? – perguntou o mendigo.

– Ótimo – Davi murmurou revoltado. – Agora só eu que posso te ouvir.

– Hã? O que disse? – o mendigo não entendeu.

– Nada, nada. Eu não falei com você.

– Ah, bom – disse o mendigo, seguindo com os olhos um grande lagarto escuro que caíra perto dele. – Pensei que você... – girava o globo ocular, atento – estivesse... ficando louco! – Ele agarrou o lagarto.

Davi riu da captura.

– O que você quer com esse lagarto? Quer que ele seja seu amigo?

– Sim, amigos ajudam uns aos outros – declamou e pôs a iguana inteira e viva na boca. – E esse aqui... – Mastigava apreciando o sabor. – Me ajudou muito.

– Argh! – repugnou-se. – Você come essas cousas? Isso é asqueroso!

– Não é não. Isso é uma *delícia* – corrigiu. – Procure não falar do que não conhece!

– Você ainda vai morrer se continuar comendo essas porcarias!

– Se eu tivesse que morrer, já estaria morto há priscas eras. Mas, ao contrário! Olhe para mim! Estou em ótima forma física, enquanto você, um estudante, mais parece... – parou. Fitou Davi dos pés à cabeça. – Você é aluno do Parthenon? E está aqui no meio da rua? Como pode uma cousa dessas acontecer? Quem te soltou? Diga! Ainda não é hora de você conhecer nossa cidade tão a fundo! Nós temos nossas leis e preceitos! Atenção, cidadãos! – Levantou-se, elevando a voz. – Ouçam-me, ouçam-me todos! Por favor, escutem! Há um noviço do Parthenon em nossas ruas! Repito: noviço do Parthenon circulando junto a nós!

Os transeuntes mais próximos ouviram os gritos do mendigo, e faziam as suas vozes percorrerem todos os cantos.

– O que ele está dizendo?

– Quem é ele?

– Eu não acredito!

– Quem é ele?

– Isso não é possível!

– Quem é?

– O que está acontecendo?

– O Parthenon sabe disso?

– Eles não podem ter permitido!

– Alguém aí sabe quem é ele?

– Aluno de onde?

– Vamos, Lino Yang! – gritou o relógio. – Vamos, antes que a situação piore pra você! Rápido!

– Mas o que foi que eu fiz? – perguntou Davi olhando ao seu redor, desesperado.

– Aluno do Parthenon! – gritaram alguns dos pedestres, finalmente fazendo com que a informação ecoasse com a devida eficácia. Os que absorveram a mensagem saíram correndo, e os que não entenderam correram também.

– Vamos, me ajuda! – Davi pediu ao relógio, correndo na via oposta da multidão.

– Ótimo! – disse ela, amarga. – O que você quer que eu faça?

– Sei lá! Você não é uma deusa? Invente!

– Tudo bem, eu vou ver o que posso fazer.

Nada pareceu mudar muito.

– Pronto. Vamos, rápido! – ela apressou.

– O que você fez?

– Nada de mais! Mas agora vá depressa para o Parthenon e quando você chegar lá, ainda será uma hora da tarde!

– Não acredito! – aliviou-se Davi ainda correndo. – Você vai fazer voltar o tempo!

– Não vou não. Só vou fazer com que você não se atrase. Não poderei mudar nada do que aconteceu aqui hoje. Se eu realmente voltasse o tempo para uma da tarde, sua anta, eu nem poderia estar aqui! Vai ser apenas uma mudança parcial no seu curso horário de hoje. Para efeito de conversa, seria como se você tivesse acordado uma hora mais cedo, e tudo o que você fez neste dia foi adiantado em uma hora. Nada mudará tanto, mas já é alguma cousa. Agora, corra, vamos!

Por precaução, Davi optou por um caminho diferente para voltar ao Parthenon.

Ele passou pela Praça Jardins Elísios, pisando nas folhas secas que forravam o chão, e espantando os pássaros com a sua pressa. As nuvens no céu ensaiaram uma dança tenebrosa, trazendo à tona uma prévia de tempestade. A luminosidade foi se esvaindo, e raios e trovões romperam do nada.

Davi já não aguentava mais correr, sua cabeça estava quente. Os ventos perturbaram a paz das folhas no chão, deixando tudo atordoado. Decidiu cessar a corrida e, ao erguer a cabeça, deparou-se com um busto de bronze, numa referência à memória de um homem. Segundo a placa na base de mármore, ele era Oileu Laterano, o Pacificador, mártir da Batalha de Ambarval, acontecida há pouco menos de novecentos anos – sendo lembrada até hoje por seus ideais revolucionários.

Não havia de quem fugir, a rua estava vazia, e até as kenzes pararam de circular – talvez por coincidência, talvez porque a notícia se espalhou em velocidade extraordinária, talvez pelo tempo nada convidativo que o céu bosquejava.

As trovoadas embalavam o cenário assustador, enquanto os ventos assoviavam uma canção sombria que calou o canto dos pássaros e cigarras e deprimiu o voo dos louva-a-deuses. Uma pequena ventania dançou ao redor de Davi, levando consigo folhas e pequenos gravetos que encontrara no caminho. O garoto olhou em volta, os cabelos voando encharcados de suor, até que se deparou com os olhos de Laterano, que pareciam olhar para ele, uma expressão complicada por trás daqueles olhos inexpressivos e vazios.

– O seu fim. – A face de metal movia-se com dificuldade. – Impera sobre as minhas certezas. – Calou-se. Foi só o que o monumento disse.

– Ele impera sobre as minhas também. – Davi agradeceu pela observação e até tentou dialogar com o busto, mas foi inútil.

Vendo que o garoto estava sem conseguir se mover, a Hora exclamou aflita:

– Continua andando!

As pernas de Davi já estavam dormentes, os braços arrepiados, e ele não via motivo nenhum para não cair duro ali mesmo.

– E ele? – disse atordoado, apontando para o busto. – Ele quer o meu fim!

– Ele só quer te intimidar, não pode fazer nada contra você! Nem sabe a sua verdadeira identidade; repare nos olhos dele, estão vazios! Ele está de mãos atadas, vive tentando te contatar, e quando consegue ele quer tirar vantagem disso, plantando o medo na sua cabeça. Não caia nessa! Você está seguro!

– Mas o que foi que eu fiz pro Laterano? – perguntou ele confuso. – E por que ele não consegue me ver? Eu estou bem aqui!

– Porque você ainda não está pronto! Quem falou com você

não foi o Laterano, e sim a outra Extremidade!

– A outra o quê? – Davi pediu um tempo para assimilar.

– Não há tempo pra isso! – respondeu apressada. – Enquanto você não estiver preparado, a outra Extremidade não poderá te atingir; mas não conte com essa proteção por muito tempo, pois muito em breve você perderá esse privilégio!

– Quando?

– Não agora! – disse a deusa impaciente. – Mas não abuse! Anda rápido!

Davi e retomou o seu rumo, sem correr, só andando mais rápido, para não chamar mais atenção.

.•••.

O céu estava chuvoso e cada vez mais escuro, mas assim que Davi chegasse ao Parthenon isso não mais seria problema. Ele passou pela Ecdeli novamente e enfim chegou ao portão do colégio. Parou um pouco, recompondo-se da caminhada. Doía ainda mais andar daquele jeito, sem correr. Recuperou o fôlego e logo depois entrou, lutando para parecer o mais normal possível.

– Chegou cedo, Riton? – perguntou a vice-diretora parada à porta de sua sala. – A que deus devemos tal milagre?

– A mim – respondeu a Hora, aplaudindo-se, aproveitando que só Davi poderia gozar de seu bom humor.

– Boa tarde pra senhora também, Sra. Tofana – disse Davi apressando-se para chegar a sua sala.

– Vejo que você esqueceu a sua capa... – continuou Donna conseguindo detê-lo. – Ela faz parte do seu uniforme, querido.

– É que a minha está molhada...

– Vá ao vestiário e converse com a Srta. Ciané, ela lhe emprestará uma. Mas não me repita isso, compreendeu? Eu estou sendo generosa em retribuição à sua excepcional pontualidade, mas não conte com isso sempre.

22

QUANDO UM
ALUNO É EXPULSO

Na escada, subia três degraus de cada vez e quando chegou ao pavimento, o fôlego que ele recuperara no portão do colégio já havia se esgotado novamente; até as suas pernas decidiram que, se fossem exigidas daquele jeito novamente, não responderiam por elas. Davi, ainda ofegante, abriu a porta da sala. Procurou Astros ou Malu, para quebrar um pouco do bloco de culpa que sentia no dorso, mas nem um nem outro se encontrava no colégio. Mas seus olhos estavam tão vazios que ele não encontraria os amigos mesmo se eles estivessem lá.

– Lino? – assustou-se Seth Dehiskos. – Você... É mesmo o Lino, né? O que foi? Você está pálido!

– Sou, nada, pois é – respondeu às três colocações, jogando a mochila na cadeira ao lado da porta, como de costume.

– Ai! – exclamou Eric Niven com a mochila de Davi no colo.

– O que você está fazendo aí? – perguntou irritado.

– Estou sentado, oras.

– Mas esse é o meu lugar!

– Não temos lugares demarcados no Parthenon.

– Saia daí! – esbravejou Davi.

– Não vou!

– Vamos, saia! – Ele puxou Eric para fora do lugar. – Você escolheu um péssimo dia. – Secou a testa, ainda molhada da chuva. Mas depois ele pensou bem, e puxou novamente o revoltado Eric, jogando-o de volta na cadeira que parecia querer tanto. – Sou mais que um pai pra você.

Davi jogou a sua mochila numa cadeira da outra extremidade da sala, e até ouviu-se o agonizante barulho do aparelho celular atingindo a madeira. Para controlar a irritação, ele saiu da sala.

– O que aconteceu, Lino? – Seth perguntou novamente, no corredor, sentando-se ao lado de Davi no nível em que ficava sua sala.

– Não foi nada, eu já disse!

– Você estava procurando pelo seu amigo, né? O Astros ainda não chegou. Ah – acrescentou rapidamente – e nem a Malu.

– Obrigado.

– Eu sinceramente não entendo como alguém normal pode ser amigo do Astros. Ele não deve ser tão divertido quando não se tem uma banana pra jogar pra ele.

– É uma questão de gosto – Davi respondeu com frieza.

– Boa tarde, garotos! Boa tarde, Seth! Boa tarde... Lino?! – Cecília cumprimentou meio que saltitando com a sua mochila rosa, para dar ênfase à sua presença. Fechou o guarda-chuva e tentou usar a ponta para cutucar os olhos de Seth, enquanto ele se esquivava.

Elissa também havia acabado de chegar, mas não cumprimentou ninguém.

– Boa tarde! – gritou Seth para a colega. Já dentro da sala, Elissa deu um grunhido como resposta.

Após ter deixado suas cousas no devido lugar, Cecília voltou ao corredor e sentou-se entre os colegas.

– É o esquisito que está lá na sala?

– O Niven? – perguntou Seth. – Ele foi um dos primeiros a chegar. Estive com ele na sala até pouco tempo atrás, mas, do nada, ele inventou que conseguia contar duas piadas ao mesmo tempo. Eu preferi vir pra cá antes que uma desgraça maior acontecesse, mas pelo visto ele conseguiu cumprir o que prometeu, porque passou um bom tempo rindo agressivamente!

– É um degeneradozinho mesmo... Eu não vou com a cara daquele garoto, se pudesse, eu... – Cecília estrangulava um pescoço invisível, até que resolveu se conter. Outro assunto lhe importava mais no momento: – Você tem um chiclete, *Sety* querido?

– Não.

– Tem um chiclete, Lino?

Davi negou com a cabeça.

– Lino, você está muito pálido! – ela se espantou.

– Mas ele deu uma passada no banco de línguas da cidade e fez uma doação – disse Seth.

– Fala, Lino, o que te aconteceu?

– Eu já falei pro Seth que não foi nada! – disse Davi nervoso.

– E eu não acreditei – acrescentou Seth.

– Então está bem – ele desistiu. – Já que vocês querem tanto saber...

– Boa tarde.

– Boa tarde, Astros! Adivinha! Eu vou deixar você me comprar uns chicletes de frutas na Ecdeli.

– Eu não tenho dinheiro, Cecília. Dei os meus últimos trocados de esmola agora há pouco. Ah, e uma boa tarde pra você aí.

Seth soltou um longo suspiro de relutância, mas respondeu.

– Boa.

– Astros, vem cá – Davi chamou. – Preciso falar com você.

– Tá bom, mas antes disso, toma aqui – ele abriu a mochila e retirou dela um pequeno quadrado de papelão. – Seu disco.

– Puxa, obrigado! – Davi mirou o colega, surpreendido. – Eu tinha me esquecido! E é um original! Valeu mesmo, Astros.

– Que nada.

– Agora vem cá.

Ambos os garotos se dirigiram para uma parte mais afastada do corredor, e Davi contou a Astros tudo o que se passou com ele momentos antes de chegar ao colégio, pulando a parte da deusa em seu relógio e do busto de metal que falou com ele.

– Nossa, Lino! Você é louco?

– Eu só não queria ficar sem relógio! Eu preciso dele, oras!

– Tá, tá bom, mas... cara, você pirou! Total! Tem ideia da confusão que você arranjou? Esvaziou a rua! Seus pais vão te matar!

– Os Farsala? Eles não são meus pais.

– Ah é... – lembrou. – E pensar que você se arriscou tanto por causa desse relógio... Por que não mandou consertar o outro? Era bem mais bonito que esse, mal dá pra ver as horas!

– Ora, seu amontoado de banha! – exclamou a Hora.

– Eu não me arrisquei tanto. Não tenho culpa se ninguém explica nada direito nessa cidade! Por que eu não podia sair? Não há nada de mais na rua, sabia? Pelo que *eu* vi, tudo é perfeitamente normal. O problema é essa lei obtusa, que quer me fazer ficar preso na casa dos outros!

– Tudo bem, não posso dizer que você está totalmente errado.

Mas você vai ter que explicar isso aos seus pais quando eles souberem.

– Mas como eles vão saber?

.•●•.

– Você fez o quê?! – perguntou Malu incrédula. – Lino, você perdeu o juízo! Nem eu pensaria em fazer isso que você fez!

– Vocês são mesmo engraçados. – Davi indignou-se. – O que foi que eu fiz? Eu só queria comprar um relógio!

– Que loucura.

– É que você se expôs demais – acrescentou Astros.

– O que foi que o Lino fez? – perguntou Eric Niven curioso, da outra extremidade da sala.

– Nada que te interesse, Niven – respondeu Davi.

– Conta aí, vai? O que você aprontou, Lino?

– O que o Lino faz ou deixa de fazer não é da nossa conta – disse a Profa. Psamate Pollemorph ao entrar na sala, dirigindo-se à sua mesa. – Boa tarde, classe. Vejo que temos uma nova arrumação hoje... Pessoas mudaram seus lugares... Alguns não estão presentes...

Não demorou muito até que Seth, Elissa e Cecília entrassem para tomar os seus lugares. Enquanto a professora de Escritas organizava suas cousas na mesa, os alunos também se ajeitavam nas carteiras e apanhavam seus cadernos e estojos nas mochilas.

– Pela última vez, eu não tenho um doce no meu bolso, Cecília! – dizia Seth. – Isso aqui é a minha chave de casa! Peça para o seu Policarpo, eu não tenho obrigação de te dar nada! Não namoro você!

– Deixe o Policarpo em paz, seu bitolado – Cecília metralhou, ameaçadora. – Senão eu vou te matar tanto, que quando você perceber já vai ser tarde demais!

– Não fique assim, estressada – disse ele com ironia. – Isso pode te dar rugas, e você ainda é nova pra isso. Nova pra rugas, nova pra ser rejeitada por aquele verme...

– Não me desperdice, Seth... – Ela agarrou o pescoço dele com as unhas. – O que você tem a ver comigo e o Policarpo? Cuide da sua vida!

– Agora que todo mundo já abriu o caderno, quero que prestem atenção no texto que eu vou ditar – disse a Profa. Psamate. – Porque vocês irão elaborar uma continuação para ele. O título é *Túmulo fóssil*, do escritor Sorano Soracte, que nos deixou recentemente. Prontos? Certo.

Façam silêncio. *As lanças estavam no mesmo lugar. Sujas como sempre foram. A crosta vermelha e imunda informava que ali jazia o sangue dos filhos infiéis de...*

Todos escutavam cada palavra da professora, até que a vice-diretora Cornélia Donna Glaia abriu repentinamente a porta da sala, com a face toda branca, ao som das trovoadas que prosseguiam lá fora.

– *Apolo ri diante do fogo, e de tudo que julgamos incandescente. Para ele, não passam de...* Olá! Boa tarde! Algum... Algum problema, Donna?

A mulher se mantinha firme e séria do outro lado da porta. Virou-se de lado, ajeitou-se e adentrou o recinto, cujo silêncio era ideal para ela. Foi direto para o centro das atenções, onde todos poderiam ver e ouvi-la.

– Com sua licença, Profa. Pollemorph, preciso ter uma conversa com todos vocês e...

– Sobre o quê? – perguntou Eric Niven.

– Se você me deixar concluir, saberá – respondeu áspera, e recuperou o tom anterior. – O que eu tenho a dizer a vocês é algo de suma importância e seriedade. Hoje, há poucas horas, o nome do Parthenon foi tristemente mascarrado em frente a toda a população hiperbórea, com a infâmia de que nós estaríamos liberando nossos noviços, que são estritamente proibidos de circularem sozinhos pela cidade sem autorização prévia, para que passeiem alegres e despreocupados, minutos antes do começo das aulas. Bem, meus amores, se eu não fui clara no primeiro dia de aula, quando disse que vocês não têm permissão para andarem sozinhos pela nossa cidade, quero ressaltar que eu não estava brincando e nem costumo fazê-lo. Se obedecer não é costume na casa de vocês, que o façam em âmbito escolar, onde a obediência é *fundamental*. Creio que vocês não sabem qual é a penitência para quem burla as regras, uma vez que eu não disse anteriormente, para que vocês não pensassem que eu estivesse com a intenção de intimidá-los – vejam que confiei em vocês. Mas estou profundamente decepcionada...

– Decepcionados estamos nós hiperbóreos, senhora vice-diretora – interrompeu um pequeno senhor que entrava na sala.

– Prefeito? – espantou-se Donna.

– Boa tarde, prefeito – levantou-se a professora educadamente, em sinal de cortejo.

– Boa tarde, Profa. Pollemorph.

– Shhh...! Deixem o prefeito falar! – sussurrou para os alunos o assessor, que viera com o intendente.

– Esse é o prefeito? – murmurou Seth.

– Sim, e só tem doze anos! – respondeu Cecília. – É um gênio!

– *Doze anos?* – espantou-se. Afinal, aquela pessoa não tinha nada de criança, a não ser o tamanho. Ao contrário de todas as crianças que se costumam ver, aquela tinha a epiderme ressecada, os cabelos eram raros e grisalhos, a voz era rouca e as rugas eram gritantes, contextualizando com os fartos perigalhos, justamente no bolor da tenra idade.

– Shhh! Já falei! Parem de murmurar! – reclamou o assessor.

– Para os noviços que não me conhecem, meu nome é Fanto Raiog, prefeito desta urbe maravilhosa. Não estou aqui para assustá-los mais do que essa tempestade que nos pegou a todos de surpresa... Nem quero que me vejam como alguém que veio aqui para castigá-los. Não quero nada disso. O que preciso é apenas dar exemplo. Tenho que puxar as orelhinhas de vocês e dizer que o que aconteceu hoje foi não só errado; foi inadmissível. E eu não posso deixar que se criem desordeiros em nossa cidade, pois nós temos regras, e estas têm que ser seguidas. Creio que a vice-diretora já lhes deu o sermão merecido, por isso não vou me prender em mais delongas. Apenas quem desobedeceu...

– Perdão, Sr. prefeito? – Davi interrompeu, estendendo a mão e pedindo a palavra.

– Agora não, meu jovem, deixe-me concluir. Tenho em minhas mãos duas queixas, contra dois alunos do primeiro ano. O primeiro havia saído, segundo consta em meu papel... – Colocou seus óculos para enxergar melhor as letras miúdas. – Para adquirir, no Empório do Estudante, o álbum mais recente de uma dessas bandas populares... As Actínias. Queira este aluno se levantar, por obséquio.

Astros se levantou, com a testa úmida.

– Pois não...

– Meu jovem, o que você fez não tem desculpas. Sair para comprar um disco?! Até onde eu sei, é um disco novo, e tão cedo não sairá de circulação. E você deveria saber disso tão bem ou até mais do que eu. Por que tanta pressa? Não poderia esperar mais alguns dias, ou simplesmente pedir a algum responsável que lhe comprasse tal superfluidade?

– Desculpe-me, senhor prefeito, eu errei...

– Eu sei. Sei também que você doou o troco do seu disco a um esmoleiro; e este é um gesto admirável. É claro que tal ato de boa-fé não irá melhorar sua situação, mas mostra que você é um jovem de coração nobre.

Davi ouvia tudo, ainda preocupado com a repreensão que lhe

aguardava e também surpreso com o risco que Astros correu para cobrir a mentira.

– Sim, senhor – respondeu Astros ao que o prefeito lhe dizia.

– E o seu castigo... Bem, não será diretamente para você. Será para os seus pais. Entregue este papel a eles. É uma multa de três mil e quinhentos talentos e cinquenta e dois óbulos, que deverá ser paga em não mais do que três semanas.

– Pode deixar, eu entrego...

– Agora você já pode se sentar. Muito bem, muito bem... Classe... – Ele juntava os dedos vagarosamente. – O segundo e último *licencioso*, coloquemos assim, é um caso singular e mais preocupante. Tal aluno vem gerando certa polêmica em âmbito escolar e familiar, e por sabermos que do que ele necessita mesmo é de um tratamento especial, tentaremos ser mais tolerantes com ele. Essa pessoa, após descer da kenze do pai, esperou-a desaparecer para, simplesmente, fugir do colégio.

– *Fugir do colégio?* – indignou-se Davi.

– O prefeito ainda não terminou, Riton – palrou Donna Glaia.

– Obrigado, Sra. Tofana. Bem, prosseguindo, onde eu parei? Ah, sim. Quero que vocês, turma, deem uma analisada neste caso deste seu colega libertino. Não tentem imitá-lo. Também não o tratem mal. Apenas tentem entender que ninguém é obrigado a seguir as regras, embora que enfrente as consequências se não o fizer. E este garoto... Nós ainda teremos que estudar a fundo o seu caso, pois não podemos tomar medidas precipitadas.

– Posso falar agora? – pediu Davi ainda com a mão estendida.

– Vai defender o seu amigo, Lino Yang? – perguntou o prefeito.

– O Astros?

– Não, não. Por favor, Amintas, traga o garoto.

– O quê? – perguntou-se Davi.

O assessor voltou à sala, segurando Shiva pelos braços. O garoto estava com a roupa encharcada, os olhos faiscavam, a viseira estava imunda, e o cabelo que se via em excesso estava também banhado em suor. Mesmo sendo, talvez, mais forte que o assessor, Shiva não esboçava nenhuma reação, a não ser o incômodo que era ter alguém tentando imobilizar seu braço pelas costas. Ele sabia que qualquer movimento seu nocautearia o homem facilmente, mas qualquer que fosse o esforço que ele fez momentos antes de estar ali, o deixara cansado demais para reagir naquele momento.

– O Sr. Shiva Tiwas – continuou o prefeito – tentou, há pouco tempo, fugir não só de sua casa, mas também desta cidade. Notem como a sua mochila está volumosa. Ele estava mesmo disposto a fugir. Confesso que ele se empenhou ao máximo para executar tal missão e lutou até os últimos segundos... Capturá-lo foi algo difícil para os guardas municipais, mas não há nada que escape da vontade divina.

– Por favor... – chorava Shiva. – Deixem-me sair daqui!

– Sente-se no seu lugar, minha luz – pediu a vice-diretora, encaminhando o garoto à mesa vazia mais próxima.

– Eu não quero me sentar!

– Mas *vai se sentar*, porque é um menino educado.

– Sua...

– O *quê*? – Donna desafiou.

– Dane-se! – E emburrou-se na cadeira.

– Lindo ele. O senhor está vendo, senhor prefeito, já está tudo sob controle. Não há mais nada com o que se preocupar. Se me permite, levarei os senhores até a minha sala e tomaremos um café. Sigam-me... Sr. Jabuladore...

– Eu aceito o cafezinho – ofereceu-se o assessor. – Se o eminente prefeito consentir, claro...

– Tudo bem, mas que sejamos breves – concordou o prefeito.

– E seremos, prefeito, seremos. Até mais, turma. – Donna fechou a porta, seguindo o prefeito e seu assessor.

– Você está bem, Shiva? – disse a Profa. Psamate preocupada, segundos depois da saída dos visitantes. – Acho que sim – reconheceu, após o silêncio. – Bem, bem... Acho que já podemos continuar. Todos, por favor, tentem prestar atenção, apesar de tudo... Muito bem. Onde paramos? *Não passam de meras fagulhas. O saldo de todo aquele impulso libertino estava distribuído pelas...* – prosseguia a leitura.

– Como você tem sorte, Lino! – sussurrou Malu sorrindo animada para o amigo. – Eu ainda não acredito no que não vi!

– E nem eu – concordou Davi mortificado. – Francamente... Eu não entendo, Malu... O que vai acontecer comigo?

– Nada, será que você não está percebendo? Você se safou! Não precisa ter medo de nada! Ou acha que o prefeito estava com medo de te dar uma bronca? Acorda!

– É, acho que você está certa – animou-se.

– Por favor, Lino Yang, Srta. Neleon... – interrompeu a professora. – Lino, não é possível que você tenha sempre que interromper as minhas aulas!

– De fato não é possível, professora.

– Me desculpe, professora – encolheu-se a garota. Acenava com um gesto obsceno com a mão, mas escondia sob a mesa. Era apenas para satisfação própria.

– Tudo bem, sem ressentimentos. Tentem continuar prestando atenção.

.•●•.

Minutos depois, aquele sino assustador denunciava o fim das aulas e, como sempre, a Srta. Psamate deu os últimos acenos aos garotos antes de se retirar. Alguns dos garotos foram para o corredor em frente à sala e sentaram-se no nível para compensar toda a conversa que não tiveram na aula. Ainda chovia um pouco, mas nada que interferisse no recreio.

– Lino, posso falar com você? – murmurou Shiva antes que o colega se retirasse.

Aguardou estarem a sós.

– Pode falar – disse Davi após Astros, o último que faltava, deixar a sala.

– Olha, eu... quero te pedir desculpas.

– Por quê?

– Por tudo. Na verdade, eu estou me desculpando com você, mas o que eu quero é que você entenda como generalizado. Eu sei que não venho sendo o melhor dos colegas desde que cheguei aqui, mas é que eu não consigo fingir que estou me adaptando a esse lugar. E é por isso que eu vou embora.

Davi não conseguiu abafar uns risos de desdém.

– Mas, Shiva... Você já tentou fugir e não conseguiu... Lembra? Não tem duas horas!

– Eu sei. Mas é como eu disse à velha gorda, dias atrás. Eu não vou ficar em um lugar onde não me sinta bem, e se eu não consegui sair de maneira pacífica, vou ser obrigado a fazer as cousas do jeito que eu sei. E é por isso que eu quero que você me desculpe por tudo.

– Mas você nunca me fez nada.

– Eu sei disso também. Mas, não leve a mal, eu preciso de alguém que me ajude. E, como eu sei que não posso contar com o voluntariado...

Traindo a paz que reinava, e num precipitado (mas sagaz) acesso de coragem, Shiva esmurrou a mesa de Lino, que se partiu ao meio, e deixando estupefato seu antigo dono.

– Você enlouqueceu? – gritou Davi com os olhos pasmos nas duas metades da mesa.

– Não é nada contra você, cara... E me perdoe por isso também! – em outro soco, acertou com força a região hepática do colega, que mal teve tempo de desviar. Após intermináveis segundos, nada mais viu do que a sala embranquecer, a sua respiração ceder... os joelhos desabaram no chão, fazendo com que Davi, ofegando, procurasse alento no piso de mármore.

– Me desculpe, cara.

– Calma aí – ofegou Davi agarrando a barra da capa de Shiva. – Antes que eu... desmaie nessa porcaria... eu quero te pedir um último favor...

.•●•.

– Lino! – gritou Cecília ao entrar na sala e se deparar com o colega inconsciente e com arquejos, no chão. – O que aconteceu aqui? Quem quebrou essa mesa? Você está bem? Fala!

Na tentativa de socorrer o garoto, ela tomou o braço dele e colocou-o por cima de seu ombro, sem alguma facilidade.

– Puxa, como você é pesado, Lino... Vem cá... Mas vê se ajuda! Desenverga um pouco! Ai, meu Deus! Me ajuda com essa cousa!

Tanto tentou que conseguiu. Ela colocou o capuz da capa em Davi e nela própria para preservar os cabelos, e ambos seguiram cambaleantes pelo corredor. Desceram as escadas e se depararam com a multidão reunida em torno de Shiva, descontrolado. Atento para que não tentassem impedi-lo, ele furou o público e correu em direção a uma sala fechada, apenas para lhe arrombar a porta. Tirou depois um de seus tênis e o jogou com força na vidraça de uma janela, que foi aparada com sucesso, e o barulho dos cacos caindo no chão assustou principalmente as garotas. Depois, correu novamente – antes escapando com agilidade de um calço – para dar chutes numa outra porta, danificando-a bastante, e ofegava:

– Eu quero quebrar tudo. Me tirem daqui! Senão eu quebro tudo!

– Dando coice a distância, Shiva? – disse Cecília, quando a vidraça veio abaixo. – Bem a sua cara – ela riu maldosa, e lamentou Lino não ter ouvido o comentário.

– Nossa... Ele é tão bonito, né? – murmuravam discretas algumas garotas do segundo ano, entretidas na multidão.

– E forte... – ouvia-se.

– Mas eu ainda prefiro aquele outro colega dele, o...

– O que bateu naquele palestrante chato? – ela evocou suas lembranças daquele dia. – Ai, que inveja! Esse daí representou a todos nós. Queria tanto ter dado um murro nele também!

– Eu também nunca soquei um palestrante. Tenho vontade.

Perto dali, Cecília estava inquieta sem entender o que se passava.

– O que está acontecendo aqui? – ela gritou, mas as vozes que percorriam o pátio superavam a sua.

– O que está acontecendo aqui? – gritou Donna Glaia, ao que o estardalhaço da multidão cessou. Mas Shiva não mostrava sinais de desistência.

– Esse menino surtou! – exclamou um aluno do terceiro ano para outro ao seu lado.

– Alguém tem que fazê-lo parar! – o colega respondeu.

– O que você pretende fazer?

–Vamos até lá! Nós somos dois, vai ser fácil parar esse moleque!

– Não sei não... Ele parece ser bem forte...

– Mesmo assim, vamos até lá e...

– Ninguém sai daqui – disse Malu estendendo os braços na frente dos dois. – Ele sabe o que está fazendo. Deixem que ele termine.

– Sai da frente, menina!

– Acho melhor ouvir o que ela disse – aconselhou o primeiro garoto. – Até porque, este episódio é épico! Depois que acabar, quem vai repetir uma façanha dessas? Você?

– É... – refletiu bem. – Estamos vivendo a História.

Mesmo com toda a agitação, Shiva conseguiu ver Malu se colocando em frente a dois garotos maiores do que ela. Os dois se entreolharam por alguns segundos, e ela piscou um dos olhos, no que ele respondeu com um sorriso rápido.

No outro lado da confusão, Donna Glaia atravessava o amontoado de gente para ir de encontro ao aluno errante.

– Pode me dizer o que significa isso, mocinho? – disse ela agarrando-o com força pela gola da camisa.

– Nada – respondeu Shiva sutilmente, desvencilhando-se. – Eu apenas quero ir para a minha casa. E não estou me referindo à casa dos meus avós. Você sabe muito bem para onde eu quero que me levem. E tenho pressa! – Jogou o outro sapato em outra vidraça, obtendo o mesmo êxito da primeira vez.

– Você sabe que as cousas não são assim!

– É, isso eu sei. Foi a única cousa que aprendi desde que cheguei aqui.

– Então pare de fazer cena!

– Não é cena, é caso para expulsão.

– Eu vou ligar para a sua avó.

– E o que ela vai fazer? Me castigar? Não se preocupe, pois amanhã eu estarei aqui!

Donna tentou dizer algo, mas não saía nada. Engasgou-se com frases que não conseguiu formular e agitou o dedo apontado para Shiva.

– A não ser que você faça o que tem que fazer – ele concluiu, e correu mais uma vez. Subiu as escadas com atrocidade, e voltou à sua sala. Chegando lá, não só a sua própria mesa, como também muitas outras foram partidas ao meio, e ele fez questão de atingir uma por uma. Como havia mais mesas do que ele conseguiria profanar, deu prioridade às dos seus colegas. Corria feito um louco, destruindo tudo o que queria. Suas mãos já estavam muito vermelhas, e mesmo assim ele continuava. Teve bastante tempo até a vice-diretora chegar à sala, devido a sua conhecida lerdeza para cumprir o trajeto.

– Muito bem, moleque, pare com isso agora!

– Não vou parar!

– Isso é uma ordem!

– Vá pro inferno com as suas ordens!

Ele levantou uma cadeira com as mãos e a jogou com força contra o quadro-negro. Não conseguiu causar danos a ambos, apenas um barulho infernal; até os espectadores do outro lado da porta taparam os ouvidos.

– Meu Deus... – desesperou-se Donna. – Quem vai pagar por tudo isso?

23

O HOSPITAL
SERPENTÁRIO DE ASCLÉPIO

– O QUE ACONTECEU COM O SHIVA? – Davi perguntou aos colegas.

– Não sei e nem quero saber – respondeu Seth tocando de leve o inchaço na bochecha.

– Tomara que ele tenha sido expulso e despachado para a Conchichina! – chorou Eric Niven.

– Comigo ele não foi tão mau – disse Eric Rodhes, que sofrera uma fratura no braço esquerdo e iria ter que usar tipoia por algumas semanas. – Eu acho até que ele nem quis me jogar naqueles cacos... Na hora de desviar dos mais perigosos eu que caí de mau jeito!

– Vai pensando que foi sem querer... – resmungou Astros, acariciando inconformado o seu olho roxo. – Já podemos sair?

– Ainda não – respondeu a Dra. Sukuna Hikona, delicada com as suas feições japonesas e estatura mínima, mas que chegavam a dar um toque a mais com seu ar de matrona. – Vocês e principalmente o Lino Yang, cujo golpe recebido foi preocupante, ainda precisam repousar mais um pouco.

– Mas e a aula de História? – perguntou Eric Rodhes.

– Depois vocês pegam a matéria com algum colega – respondeu a médica. – Hoje vocês não precisarão voltar para o Parthenon. Saindo daqui vocês podem ir direto para as suas casas. Seus pais virão buscá-los.

– Mas e o Shiva? – insistiu Davi.

– Pelo que eu soube, o pequeno marginal foi expulso. Pelo menos esse seria o procedimento correto. Mas, sinceramente, não sei dizer-lhes ao certo. Será melhor se vocês perguntarem na escola amanhã.

– Com licença, doutora – disse uma panaceia, espécie de enfermeira daquele hospital, através da porta entreaberta. – Tem umas pessoas aqui fora que querem ver os pacientes.

– São seus pais? – perguntou a médica.

– Não. São as colegas deles.

– Pode deixá-las entrar – sorriu a doutora, que se levantou de sua cadeira giratória e apanhou uma das papeletas para anotar algumas observações.

Ao ouvirem a autorização dada, Cecília e Malu entraram no quarto, a primeira um pouco saltitante, e a segunda com um sorriso sincero.

– Boa noite! – disse Cecília. – Vocês estão melhores?

– Já – respondeu Eric Niven.

– Você está bem, Lino? – murmurou Malu, aproximando-se do leito do amigo. – O que foi que aconteceu?

– O Shiva – Davi respondeu, no mesmo tom, com muito cuidado para a conversa não vazar dali. – Ele pediu a minha ajuda para ser expulso do Parthenon.

– E você deixou ele dar um soco na sua barriga? – questionou desconfiada.

– Não, não deixei. Mas ele deu. Ah, e também – abaixou ainda mais a voz – fiz esse quarto ficar lotado assim.

– Não entendi.

– Bem, minha intenção não foi bem essa... Eu só pedi pra ele não me deixar ser o único a ajudá-lo... se é que você me entende...

– Lino! – indignou-se, mas ainda sussurrava. – Você pediu para o Shiva bater nos meninos?

– Não! Não em todos.

– Você é doente!

– Tudo bem que o ambiente favoreça, Malu... – disse Davi com a voz voltando ao tom normal. – Mas não me chama de doente, tá?

– Seu idiota... – ela riu moderada. – Pelo menos você está bem.

– O que eu fico indignada – comentou a médica – é que com tantos alunos mais velhos, e até com tantos funcionários no Parthenon, eles tenham deixado aquele garoto, sozinho, fazer tamanho estrago! Até a enfermaria do colégio, aquele visigodo destruiu! Isso é inconcebível!

– Oi! – A porta foi aberta novamente. Por ela passou uma médica desinibida, com a roupa mais justa que o necessário, cabelo em corte chanel e um martelo exótico nas mãos. A Dra. Hikona teria fechado a porta antes da entrada da colega, se tivesse encontrado oportunidade. – Sukuna querida, por onde andou? Não vai participar da rifa da Unidade? Até agora, só o pessoal da ala psiquiátrica assinou... Claro, no caso deles eu ainda estou conferindo pessoalmente todos os dados, porque metade das cartelas foi comprada por quatro "ex-presidentes", e você sabe, né? Sob os nossos cuidados, nós só temos um. Dois estão apenas o imitando, e o outro está conspirando para derrubá-lo.

– Valéria, estou um tanto ocupada agora – respondeu, até porque tinha conhecimento do golpe de Estado tramado na ala psiquiátrica, apenas não se interessava. O que ela realmente queria era que a colega a deixasse em paz de uma vez por todas.

– Ai, amor. Calma que eu sou da área. Se acontecer qualquer cousa, eu vou estar aqui para te ajudar. E você, sempre gulosa, hein? – Olhou os garotos em seus leitos. – Cinco garotinhos machucados e você nem para pedir ajuda? Se você quiser eu posso tocá-los com o meu martelo mágico agora mesmo. – E virou-se para Astros, que estava mais próximo dela. Sussurrava: – Eu curo qualquer moléstia com uma simples martelada mágica. É que o meu martelo é mágico. Quase não dói. Parece mágica. Quer ver?

Ela ergueu o martelo, que além de feio não aparentava ter o poder mágico anunciado. Astros não pensou duas vezes. Marteladas não eram bem vistas por ele.

– Não, obrigado...

– É você que sai perdendo. – A doutora não se importou. – Alguém quer uma martelada mágica? Eu garanto que cura qualquer enfermidade de forma mágica, das mais ordinárias às...

– Meninos, vocês acabaram de conhecer uma maravilhosa profissional da casa, Dra. Valéria Luperca. – A outra médica fez as apresentações enquanto empurrava a colega para fora. – Ah querida, acho que estão te chamando na Emergência. Sua visita foi um júbilo, a gente se vê mais tarde. Tudo bem?

– Ai, Sukuna querida, não sei por que está com tanto medo de que eu fique aqui. Eu não vou fazer nada que comprometa nossa amizade. Até porque, de que serviria eu dizer a esses jovens que você é flagrada constantemente aos beijos com o Dr. Macaón naquela sala de ressonância magnética? Eles mal nos conhecem, não podem fazer nada contra nós! Querida...

– Lino, como você está? – disse Cecília, enquanto as duas médicas discutiam em particular do lado de fora dos aposentos.

– Bem melhor, Ceci. Obrigado por me ajudar quando eu estava caído, foi muito legal da sua parte.

– Não foi nada – ela sorriu aliviada. – Eu estava com medo que...

– Ela estava apavorada – Malu passou por cima. – Ficou o tempo todo falando que você estava desacordado, e que se algo te acontecesse, ela iria morrer... – e riu. – Ela ficou desesperada!

– Puxa... – Davi ouviu a história com os olhos brilhando. – Obrigado, Cecília!

– Não seja bobo, Lino. Eu só estava preocupada. E se você morresse? Só de pensar que eu poderia ter carregado um cadáver no meu ombro, eu fico toda arrepiada!

– Mas ele não morreu – disse Seth –, sorte que eu não desejo ao Tiwas.

– Fecha essa boca, Seth! – pasmou-se Cecília.

– E o que aconteceu com ele? – perguntou Davi.

– Foi expulso – respondeu Malu. – Finalmente conseguiu o que queria. A avó dele foi lá e disse que amanhã mesmo ele vai voltar para Esparciatas.

– Graças a Zeus – aliviou-se Eric Niven.

– O Shiva não é um cara mau – disse Davi. – Ninguém compreende isso. Ele não queria sair assim!

– Um porrete! – Seth esmurrou o seu leito. – Se todo mundo que não é compreendido sair por aí quebrando tudo e batendo em todo mundo, eu não sei o que vai ser desse país!

– Não seja exagerado, Seth – disse Malu. – Ele só fez o que fez porque não tinha outro jeito!

– Você defende ele – Eric Niven apontou para Malu – porque não é você que está aqui, com... aquilo... Doendo!

– O que aconteceu com você? – perguntou Cecília.

– Não te interessa – afundou-se na cama.

As mãos de Malu tapavam metade do rosto, tentando esconder os risos irrefreáveis.

– Eu me lembro... Eu vi, estava lá na hora! Ele estava descendo as escadas, e o Shiva veio e o empurrou... Caiu sentado e desceu os degraus, um por um... e foi até o último!

– Puxa! – Cecília impressionou-se. Tentou não ser indelicada e quis manter a seriedade, mas abandonou a tentativa ao ver que todos ali haviam realizado o episódio em suas cabeças e riam feito loucos.

– Que cena patética! – arriscou-se Astros, mas não conseguia falar mais do que isso.

– Que engraçado – atingiu-se Eric. – Pelo menos o meu olho não está roxo, Astros.

– Mas veja que tem uma vantagem, Niven – disse Seth. – O Astros é meio gordinho, então quase não dá pra notar o inchaço. E olho roxo também não aparece nele.

– Aparece sim – defendeu (ou não) Cecília.

– Com licença – interrompeu a panaceia com uma prancheta nos braços, acompanhada dos pais dos garotos, entrando no quarto número trezentos e dois do Hospital Serpentário de Asclépio, localizado na Rua de Cós, bairro Acrópole. Os casais seguiram ao leito de seu respectivo filho.

– Astros, meu filho, o que foi isso? – perguntou o Sr. Cefeu Lunn, largando a mão da esposa Cassiopeia Lunn, para acariciar a nuca lisa do filho. O pai era mais alto e menos encorpado do que Astros, e era tão careca quanto. A Sra. Lunn, colorida em seu vestido floral, conseguira conter o nervosismo e não destruir o coque que não teve tempo de prender devidamente, e apenas enxugava repetidamente um suor que não existia em sua face.

– O que você aprontou dessa vez, Astros? – perguntou a mãe ainda inquieta.

– Não fiz nada, mãe – respondeu Astros, que começou a explicar o ocorrido do seu jeito.

– Seth, diz para seu pai... o que fizeram com você? – perguntou o Sr. Onte Dehiskos, com corpo de ex-jogador de alguma cousa que exigisse muito de boa condição física, pois ainda mantinha porte atlético. Estava alisando os cabelos do filho e, ao chegar ao seu limite, os ombros, apoiou-se neles.

– O que você aprontou dessa vez, Seth? – perguntou a mãe, sem pestanejar. Os trajes de dona de casa estavam escondidos pelo sobretudo colocado às pressas; só teve tempo de prender os cabelos dourados na presilha de laço. Já o pai certamente havia acabado de deixar o serviço, estava vestido formalmente, com uma valise preta nas mãos, e os cabelos loiros arrepiados eram tão curtos que não necessitavam de um pente ou algo parecido para se manterem apresentáveis.

– Um psicopata, colega meu, resolveu dar um ataque.

– O que você tem, Eric? – perguntou intrigado o Sr. Nodi Niven.

– O que você aprontou dessa vez, Eric *Estou Encrencado* Niven? Eu juro que se você se despropositou sem motivo no Parthenon, eu faço compota de você e distribuo aos porcos! – esbravejou ameaçadora, mas de modo particular, a Sra. Dagda Niven, que tinha os olhos expressivos do filho e um corpo mais espesso.

– Eu não fiz nada! Eu só estava descendo as escadas... – explicou Eric com calma.

– O senhor está precisando de alguma cousa, Sr. Rodhes? – perguntou um dos dois homens de terno preto, bastante acanhados, montados ao lado do leito do outro Eric.

– Ligamos para o seu pai? – ofereceu-se o homem mais baixo.

– Não seja burro! – O mais alto pisou no pé do companheiro, e lhe disse no ouvido: – O pai dele não quer ser interrompido agora!

– Ih... é mesmo... – lembrou-se apavorado, cochichando em particular com o colega.

– E agora, se o trombadinha resolve que quer falar com o pai, pra quem vamos ligar, gênio?

– Se me acham mesmo um trombadinha, deveriam me deixar definhando aqui – disse Eric Rodhes. – Ia chegar uma hora em que o hospital ia me mandar pra um abrigo ou um reformatório, ou pra rua. Aposto que o meu pai não ia lamentar tanto a minha falta, e vocês não estariam perdendo tempo aqui.

– Ora, por que diz isso, Sr. Rodhes? O senhor me entendeu mal – o homem mais alto tentava se explicar. – Foi só um... pequeno... Foi ele! – Apontou para o homem mais baixo.

– Deixem-me em paz! – disse Eric, deixando os dois funcionários desesperados. – Vão embora!

Os homens podiam sentir as suas pernas derretendo, e o ambiente de repente ficou mais abafado para eles. Indiferentes a isso, os pais ali presentes ouviam as histórias dos filhos com atenção incondicional.

– Então meu filho é um herói! – orgulhou-se o Sr. Cefeu Lunn após ouvir o relato de Astros.

– Que menino louco! – exclamou a Sra. Sara Dehiskos revoltada.

– Coitadinho do meu carunchinho – arrependeu-se a Sra. Dagda

Niven. – Vira de costas para a mamãe ver se estragou alguma cousa...

– Mãe! – Eric repreendeu a mãe num sussurro indignado.

– O que aconteceu, Davi? – perguntou a Sra. Thalia Farsala desassossegada.

– Nada formidável, foi só um acidente.

– Que alívio – respirou o Sr. Farsala. – O hospital nos ligou dizendo que você estava desacordado... Nós viemos o mais rápido possível, assim que recebemos a ligação...

– E eu estava, mas não foi nada de mais. Vamos pra casa?

– Se você quer... – disse o homem. – Tenho que conversar com a Dra. Hikona antes de irmos. Afinal, temos que saber quando você terá alta.

– Essa é a mãe do seu colega? – perguntou a Sra. Dione Thálassa à filha Cecília, em particular, olhando o casal Farsala e Davi. A mulher, que chegara junto com os outros pais, havia trazido Cecília e Malu do Parthenon para visitarem os amigos e já estava preparada para levá-las embora.

– Não – respondeu Cecília. – Essa é a família de intercâmbio do Lino.

– É notável – ela se aliviou. – Ela tem quase a sua idade, Cissa!

– É mesmo...

– Vamos embora?

– Tá bom. Mas antes me deixe falar com os meninos.

24

A ONDA
DE FURTOS

Ao acordar naquela quinta-feira, Davi já não sentia dores no ventre. Quando Lelaps chegou de sua rotineira escapada noturna, encontrou o dono sentado na cama, certificando-se que todas as suas vísceras estavam realmente lá. Davi acariciou o gato com o pé, levantou-se da cama e seguiu até o banheiro, para lavar o rosto e dar uma segunda camada de bom-dia em toda a face.

Chegou ao banheiro do fim do corredor, e encontrou a tia massageando o rosto, com os dedos ligeiramente brilhantes, graças ao creme que passava.

– O que você está fazendo? – perguntou Davi coçando os olhos.

– Acredite, não gostaria de me ver sem isso – respondeu arriscando um pouco mais de creme.

Davi olhou para ver do que se tratava, e na pequena embalagem estava escrito *Neith – Creme facial para uma cútis suave e delicada – com filtro ativo combatente da transpiração excessiva*, e mal precisava ler as letras miúdas no verso para saber que aquela era "uma empresa das Organizações Rodhes".

– Seja lá o que for, está conseguindo – comentou e desceu as escadas procurando outro banheiro.

– Um quadro valiosíssimo. Um legítimo do Talare.

– Laurêncio Talare?

– O próprio.

– Pois de mim ninguém levou nada.

– Jura?

– Sim.

– Você tem sorte.

Davi se aproximou da porta de entrada da casa para ver de quem eram aquelas vozes que conversavam com Nicolas e viu que do lado de fora estavam alguns dos vizinhos que estiveram no seu jantar de boas-vindas.

– Mas é uma perda inestimável, Epaminondas! – lamentou a Sra. Cosmas Araceli, também reunida com os demais.

– Nem me fale – respondeu o Sr. Epaminondas Lúcilo. – O quadro seria o de menos, se não tivessem levado também a minha kenze. Aposto que se tivessem encontrado uma corda para amarrar, teriam levado a casa junto.

– Isso é inadmissível! – concordou Eudóxia Rufus também inconformada. – E o meu calisto, simplesmente desapareceu!

– Não brinque! – assustou-se o Sr. Farsala.

– Pois acreditem – confirmou a Sra. Rufus. – Há uma semana, eu estou sem falar com o meu carmesim, que não voltou das ilhas Nisoi... Não aguentarei ficar sem notícias!

– Não, Eudóxia. Não se preocupe com o Rutílio. – A Sra. Mirmes Vausa sorriu maliciosa. – Ele deve estar muito bem.

– Que absurdo! – exclamou o Sr. Abílio Procópio indignado com os furtos. – E a minha vitrola nova, que virou fumaça?

– A minha também! – declarou a Srta. Canona Hinoda. – Há quanto tempo eu não ouço os meus hinos? *Oh, meu Zeus, sobrepairando nos teus braços está...* – ela ensaiou certa melodia. A voz era enjoada, mas não era das piores. – Estamos no mês de Ares, e o que meus tímpanos fizeram em sua homenagem? *Recolha as armas, inimigo! Espero ordens... pra voar* – cantou novamente e fez menção de chorar. – Estou me sentindo imunda! – O buldogue branco ao seu pé lhe fez gracejos na perna, mas ela não pareceu mais aliviada com isso. – Obrigada por tentar me animar, Adro. Mas não estou me sentindo bem, sinceramente... – E o canino recuou.

– Será que depois de tantos anos estamos tendo furtos por aqui? – perguntou o Sr. Anceu Vidaze preocupado.

– O que os ladrões levaram da sua casa, Anceu? – quis saber o Sr. Farsala.

– Não, não levaram nada...

– Que bom. Daqui também não levaram nada. Só o nosso relógio de sol que sumiu. Custou uma nota, mas a Thalia nunca foi apegada a ele mesmo...

– E eu, que estou arrasada – disse a Sra. Argívio. – Me subtraíram o aparelho celular, que ficava em cima do aparador! Era um aparelho tão bom... tão pequeno... Com alguma forcinha, cabia até na minha bolsa! E vocês não sabem da pior... – Ela reuniu forças para contar. – Levaram toda a coleção de queijos do Coméssio. O pobrezinho ainda nem sabe. Não tive coragem.

– Quer dizer então que não precisaremos mais carregar lencinhos perfumados na bolsa quando formos visitá-la em sua casa, Laura? – perguntou a Sra. Mirmes Vausa, inoportunamente.

– Faça um favor para todos nós e não desista dos lencinhos perfumados, Mirmes – respondeu. – Se eu fosse você, estaria com um enfiado na boca agora mesmo.

– Eu te invejo, Anceu – dizia Epaminondas para o vizinho, perto dali. – Você e a Mirmes. Ambos não foram lesados por essa triste onda de furtos!

– Fale pelo Vidaze – retrucou a Sra. Vausa. – Eu tinha comprado um conjunto de talheres de prata, lindo, e agora não me sobrou uma colher de sobremesa sequer!

– Então – comentou a Sra. Cosmas Araceli –, o Anceu deve ser muito abençoado!

– E por que *eu* não seria abençoada? – perguntou a Srta. Hinoda, atingida.

– Você também foi vítima – explicou o Sr. Farsala.

– Todos nós fomos bastante prejudicados – disse Mirmes Vausa. – Então, por favor, tome cuidado, Anceu. Matematicamente, você será o próximo. Você tem objetos de valor?

– Como assim?! – o Sr. Vidaze pareceu ofendido. – Mas é claro!

– Naturalmente – a Sra. Vausa desprezou particularmente a reação do vizinho, e retomou de onde havia parado. – Então guarde bem esses seus itens tão valorosos; cuidado para não os deixar à vista. Esses ladrões têm uma ganância intolerável. Invadem nossas casas e levam o que encontram de mais caro, desde que consigam carregar, obviamente.

– Os mais caros? – preocupou-se o Sr. Vidaze. – Sendo assim, tenho me cuidar o dobro!

– Você sabe que a vigilância oficial do município está em recolhimento, Anceu... – o Sr. Epaminondas Lúcilo lembrou ao vizinho, mas este ainda estava em pânico:

– Mas elas não podem nos deixar na mão! Eu estou correndo perigo! *Minha casa* está correndo perigo, há muitas valiosidades lá! Eu não posso ficar nessa insegurança!

– Mas seja lá quem for o criminoso, não durará por muito tempo. A nossa Justiça é infalível – continuou, e o amigo admitiu:

– É mesmo. Você está certo, Epaminondas. Estou certo de que em poucos dias não só estaremos livres de qualquer ameaça, como vocês terão seus bens ressarcidos. Acho até que poderei dormir mais sossegado agora... Eu só quero que, se esses ladrões aparecerem, não quebrem nada na minha casa!

– Não quebraram nada na minha – disse a Sra. Laura Argívio.

– Nem na minha – aderiu a Sra. Rufus.

– Acho que na de nenhum de nós – arriscou o Sr. Lúcilo, e todos concordaram. – Pelo menos eles são pacíficos. Taí uma cousa boa nisso tudo.

– Se é que se pode achar algo bom nessa hecatombe... – disse a Sra. Mirmes Vausa, que foi interrompida pela chegada discreta de Davi.

– Olha quem está aí! – exclamou a Sra. Argívio com um sorriso generoso.

– Bom dia – disse Davi se aproximando.

– Bom dia! – responderam.

– Uma semana. E como cresceu! – admirou-se a Sra. Vausa mirando o garoto dos pés à cabeça. Estava sendo exagerada, já que Davi não aumentara de tamanho. Era ela quem não superava a altura de nenhum dos presentes, a senhora já grisalha, e corpulenta em demasia.

– E aí, garotão? Como vai a escola? – perguntou o Sr. Epaminondas Lúcilo, com o corpo de quem jogou no mesmo time do pai de Seth, seja lá qual fosse a modalidade esportiva, pois era tão grande e tão largo quanto o Sr. Onte Dehiskos.

– Aposto que está fazendo o maior sucesso com as garotinhas! – arriscou a Sra. Eudóxia Rufus, ruiva e poucos anos mais velha que a Sra. Farsala, esta que também acabava de chegar e recostara o queixo no ombro do marido. A Sra. Rufus aparentava também muita jovialidade. Os olhos doces e as sardas eram aliados nessa feição. – Talvez tenha puxado o novo pai... – Ela sorriu, com uma rala maldade.

– Pode ser, né? – devolveu a Sra. Farsala, fingindo indiferença. – Mas se o Davi conseguir ao menos metade da reputação de Rutílio, a Lenda, teremos um novo *baby boom* vindo por aí. – A vizinha sorriu para a outra, que foi atingida fortemente pela violência da colocação.

– Thalia! – A Sra. Rufus corou e sequer sabia o que Thalia quis dizer com *baby boom*, que era uma expressão alóctone. – O que é isso? O que está insinuando? Eu estava apenas comentando...

– Como estão as cousas no Parthenon? Será que continua aquela chatice de sempre? – desconversou a Srta. Canona Hinoda, a dona de Adro, loira e reservada. Escondia-se num longo e recatado vestido, vez ou outra consertava o coque baixo ou os óculos, e fixava os olhos azuis no seu buldogue branco sempre que este se roçava na sua perna.

– Já encontraram algum dos herdeiros dos deuses? – perguntou sem seriedade a Sra. Eudóxia Rufus, em tom de ironia.

– Ora, não me digam que vocês ainda insistem com esses boatos – disse a Srta. Hinoda, repreendendo a pergunta da vizinha. – Essa blasfêmia já foi desmentida pelo próprio Parthenon, inúmeras vezes!

– Não sei se os herdeiros existem – replicou a Sra. Rufus –, mas não dizem que o Parthenon existe em função da busca por eles? Se não é verdade, por que há tantos anos recolhemos garotos de todo o país, e até paramos a cidade por um mês para adaptá-los? Aquele colégio existe para reunir possíveis herdeiros, e se você não acredita nisso, a alta instância do Parthenon certamente dá seu voto de confiança a esses rumores.

– Você é tão crédula, Eudóxia – discordou Canona, sorrindo com pena. Quando falava assim, ela parava por dois segundos, como se aguardasse palmas pelas palavras que proferia. Palmas que nunca vinham. – O *Livro* não menciona nada sobre "herdeiros". Só isso deveria bastar pra você largar essa crença desviada em especulações heréticas. A verdade é: ninguém herdará nada, porque não há o que herdar, os deuses são imortais e não podem deixar legado.

– Como a vida é simples pra ela... – a Sra. Mirmes Vausa comentou com o vizinho Abílio Procópio, que ainda tinha uma feição triste e abalada, causada pelos furtos.

– Eu fiquei sabendo de uma certa confusão que teria acontecido essa semana no Parthenon, estou correta? – a Sra. Cosmas Araceli mudou o rumo da conversa. Dava para ver um olhar curioso atrás da sombra do seu chapéu de palha, e ela exalava um agradável aroma do protetor solar que protegia a pele clara do sol, enquanto cuidava dos girassóis do seu quintal.

– Não foi nada de mais – desconversou o Sr. Farsala. – Apenas um mal-entendido interno, que já foi devidamente resolvido.

– O que fizeram com o culpado? Ele foi expulso? – ela insistiu.

– O Nicolas já disse, Cosmas – respondeu Thalia sutilmente. – Não foi nada de mais, obrigada pela preocupação.

– Se vocês dizem – revoltou-se a vizinha. – Disponham.

– A escola vai bem, obrigado – Davi respondeu a uma pergunta cuja origem ele nem se lembrava mais.

– Graças à Eirene! – exclamou o Sr. Epaminondas Lúcilo, o autor da pergunta que estava sendo respondida. Lembrou-se de Eirene, a deusa da paz, e os vizinhos concordaram.

– Vamos tomar café, amor? – a Sra. Farsala convocou. – Vamos, Davi? As torradas estão esfriando. Aceitam se juntar a nós? – ela convidou os vizinhos por educação.

– Não, obrigado, Thalia – recusou o Sr. Vidaze. – Nós vamos para as nossas casas.

– Ah, querido, se você quiser, eu peço para a Tulani vir aqui te trazer um pedaço do bolo de semolina, que eu mesma fiz. Está uma delícia! – lembrou a Sra. Araceli, após ter adiantado alguns passos.

– O bolo que *eu* ensinei – acrescentou a orgulhosa Sra. Farsala, para si mesma.

– Não, obrigado – Davi recusou. – Não gosto de semolina. Mas agradeço mesmo assim.

– Você é quem sabe – disse a mulher, dando de ombros. – É você que está perdendo mesmo. Mas se mudar de ideia me avise. Adeus!

Os Farsala se despediram e adentraram em casa com Davi, após os vizinhos já terem tomado o rumo de suas casas.

– Que tristeza – comentou Nicolas, enquanto se acomodavam à mesa da cozinha. – Está havendo uma onda de crimes em nosso bairro!

– Não me diga! – assustou-se Thalia, servindo café ao marido. – Teria alguma cousa a ver com o sumiço daquele relógio de sol horroroso?

– Achamos que sim.

Ele contou à esposa, detalhadamente, os casos que ouvira ainda há pouco, no que ela ouvia, incrédula, cada palavra.

– O que mais me dói é que a coitada da Mirmes mal superou o problema do marido, e ainda tem que enfrentar uma dessas...

– Aconteceu alguma cousa com o Sr. Vausa? – perguntou Davi,

ao tempo em que considerava um erro ter colocado todo o seu café da manhã naquele pobre pequeno prato.

– Oh, claro, você não deve ter ouvido – respondeu o Sr. Farsala. – Os pais do marido de Mirmes vivem na península de Hapi, há mais de cinquenta anos. E a maior parte da vida eles dedicaram a servir ao grande Posêidon, comparecendo sempre que requisitados, com a maior prontidão, nunca declinando de nenhuma ordem do deus dos mares. Então, na ocasião em que comemoraram as bodas de ouro, Posêidon quis presenteá-los pelos anos de lealdade, e disse que eles poderiam pedir dele o que quisessem, que seriam atendidos.

– E o que aconteceu? – perguntou, dividindo tal apreensão com a de equilibrar a refeição no prato.

– Bem, como já estão em seu finalzinho de vida, eles suplicaram a Netuno que lhes proporcionasse alguns anos de derradeira alegria; o pedido foi que ele transformasse Peneus, o único filho do casal, numa criança novamente. A mesma criança que eles tiveram o júbilo de criar. Queriam reviver esse prazer.

– Coitada da dona Mirmes! – lamentou Davi, e um dos pães transbordando creme de avelã acabou por deslizar para a mesa, deixando um caminho de creme e ovos mexidos por onde passou. – Oh, não! Então, o marido dela foi transformado num bebê de...

– Onze meses – completou Thalia Farsala, afagando os ombros do esposo. – O pobre Peneus só estará livre do feitiço de Netuno assim que os pais morrerem...

– E como eles estão agora?

– Vendendo saúde.

– Ih – franziu a testa. – Então é por isso que de vez em quando ela age daquela forma tão... – suplicou para ser interrompido, e foi atendido:

– Sei o que você quer dizer, Davi, mas *não*. Tudo isso mexeu muito com a Mirmes, mas ela é uma pessoa melhor agora – contribuiu o homem. – Vai por mim.

– E é muito triste que ela tenha que passar por tudo isso; mas sobre esse episódio dos furtos, seja lá o que for, não poderá durar muito tempo – a esposa encerrou, servindo-se do seu café forte com leite.

– É... nós também achamos isso – concordou Nicolas.

25

ERIC E
O TEMPORAL

ÀS OITO DA MANHÃ DAQUELE SÁBADO, o Sr. Farsala deixara Davi na casa da colega Cecília, para a reunião do trabalho de Educação Artística que eles tinham marcado dias atrás. Seguiram as informações do papel perfumado em que ela havia escrito o endereço:

Bairro Passadiço do Areal, Rua dos Hibiscos.
É uma casa rosa, não tem erro!
Beijos,
Ceci.

A campainha da casa rosada foi tocada, um som muito meigo veio de lá de dentro. Instantes depois, veio a saltitante e também rosada Cecília Thálassa atendê-la, para deparar-se com a sua pequena surpresa do dia.

– Lino! Olha só, você veio!

Davi deu meio sorriso em retribuição.

– É um jeito inteligente de encarar as cousas...

– Entra, entra! Desculpa por eu estar tão assustada, mas é que ninguém pensou que você viesse. Acho que alguém vai ter que desembolsar dois talentos...

– Quem? Eu?

– Não, não é você, Lino. Vem, entra logo! – Cecília entrou puxando Davi pela mão.

– Malu! – exclamou ele ao olhar para trás e ver a amiga ouvindo as últimas recomendações do pai, na casa defronte. A garota estava emburrada e maquiada como de costume, mas deixou escapar um sorriso ao ver o amigo.

– Até mais – disse Malu ao pai e preparou-se para sair, mas foi contida.

– Fique boazinha aí e não me apronte nada, está ouvindo? – ordenou o Sr. Margine, homem de estatura mediana e orelhas de abano, mas que tinha um rosto semelhante ao de Malu.

– Sim, eu ouvi, e por acaso eu sou sua *filha*. Não uma delinquente.

– Eu sei disso. Mas não se comporte mal e nem tente se matar... *de novo!* – sussurrou.

– Pai, eu vivi longe de você a minha vida toda, entendeu bem? *Vivi!* – indignou-se ela mantendo a discrição.

– Mas a sua mãe já me contou das vezes que...

– Dane-se!

– Olha aqui, você não vai me... Até mais, querida! – ele gritou, forçando um sorriso, quando Malu já estava no meio do caminho para a casa de Cecília. – E um bom-dia para vocês também, meus jovens!

– Bom dia, tio Margine! – Cecília acenou sorridente.

.•●•.

– Vocês vieram... – surpreendeu-se Seth sorrindo amarelo, ao ver os dois colegas chegarem.

– Pague os meus quatro talentos – Cecília sussurrou ao colega, contornando o sofá em que Seth estava sentado para falar-lhe em particular. – Não se esqueça que a Malu também veio.

– Tá, mas cala essa boca...

– Sentem-se, partícipes! – disse Cecília apontando um dos sofás aos recém-chegados. Com pouco espaço disponível nos assentos, Malu sentou-se ao lado de Eric Niven e Davi, entre Seth Dehiskos e Astros Lunn, quando este primeiro cedeu um pouco do seu lugar.

Talvez fosse culpa do dia lindo que eles estavam perdendo por culpa daquela reunião, mas um clima insosso realmente imperava na sala.

– Agora que todo mundo já chegou, a gente pode começar – disse Cecília. – Ou, pelo menos, tentar começar... Tentar *de novo*...

– Não, nem todo mundo está aqui. Está faltando o Shiva – Elissa lembrou. – Se ele não tivesse feito aquilo que fez, poderia estar aqui conosco...

– Repetindo, já que *todo mundo* está aqui... – Seth continuou pela colega.

– Coitado do garoto! – queixou-se Eric Niven, sem ressentimentos. – Ele existe, Seth! E ainda é um cara muito legal!

– Legal? – ironizou Karin. – Eu nunca vi o Shiva sendo um cara legal com você, Eric.

– Bom, eu... Também não dei muita oportunidade... Coitado – continuou Eric.

– Bem, não invoquemos esse cara – disse Seth, batendo no piso de madeira – e vamos nos preocupar com o trabalho.

– Eu já dei a minha ideia do que a gente pode fazer! – observou Eric Niven.

– Bom dia, garotos! – A conversa foi interrompida pela aparição da Sra. Dione Thálassa, a dona da casa. – Cecília, você não vai oferecer nada aos seus colegas? Vocês querem alguma cousa, tesouros? Um suco, uns quitutes?

– Agora não, mãe.

Astros Lunn, assistindo à edição de sábado do jornal *Belana Amanhece,* na tevê próxima ao sofá em que ele se encontrava, confessou para si mesmo que teria aceito os quitutes, se tivesse conseguido ser mais rápido que Cecília.

– Se precisarem, eu vou estar na cozinha – ela acenou, despedindo-se.

– Bem, retomando – continuou Eric –, a minha proposta é a melhor ideia que poderíamos ter. Vamos fugir da mesmice. Vocês vão ver...

– Ninguém tem outra ideia? – pediu Elissa, que agonizou por longos segundos esperando alguém se manifestar. – *Ninguém?*

– Eu... – Davi levantou a mão, mas ouviram-se miados vindos de dentro da sua mochila. Era Lelaps, querendo um pouco mais de espaço. – Venha, garoto. – E abriu mais o zíper já meio aberto, no que o gato pulou diretamente no seu ombro. – Desculpe... – Mirou Cecília – ele fez muita questão de vir, não pude deixar de trazê-lo.

– Um gatinho! – exclamou Cecília, que se levantou do lugar para fazer cafunés no bichano. – Que lindo! Sabe se a mãe dele teve mais filhotes?

– Eu não conheço a...

– Não sei exatamente qual é a raça desse gatinho, mas se for a que eu estou pensando, dá poucos filhotes por ninhada. No máximo dois, e muito raramente – disse Karin.

– Não são como os humanos, não é, Lino? – perguntou Astros.

– Com os humanos é parecido, Astros – explicou Karin. – Geralmente têm um filho ou no máximo dois, por gestação. De três pra cima é mais difícil.

– Diga isso à minha mãe... – disse Seth para si mesmo.

– O quê? – retorquiu Astros. – Não sabe da mulher que está grávida de sessenta bebês?

Todos riram um pouco, até Seth Dehiskos falar.

– Mulheres não têm sessenta filhos nem aqui nem na Conchichina, Astros.

– Na verdade – explicou Astros –, se vocês vissem um pouco mais de jornal, saberiam julgar melhor as pessoas.

Ainda não entendendo muito, os demais fitaram a tevê, ouvindo a âncora com atenção.

– *Na Conchichina, onde uma dona de casa aguarda pelo nascimento de seus sessenta rebentos. Não só a Sra. Verdau, de trinta e dois anos, ficou maravilhada pela surpresa da notícia dada pelos médicos, como também o papai Rômulo e toda a família. Uma pequena ajuda vitalícia...*

– Estão vendo? – indagou Astros com pomposo ar de vitória, que foi calado por Cecília.

– Calma aí! Eu quero ver se vão passar a foto dela!

– *... que prometeu construir uma pequena maternidade até o final de maio, para garantir que o parto não sofra complicações de qualquer espécie. Esta é a Sra. Verdau e – pasmem – ainda está no quarto mês de gestação...*

– Puxa! – exclamou Malu.

– Olha o tamanho da barriga da mulher! – Karin apontou.

– Impressionante! – exclamou Elissa com olhos incrédulos, acompanhando o jornal até que aquela matéria foi encerrada.

– *... hoje será repleto de sol...* – dizia a meteorologia na televisão, que foi desligada em seguida.

.•••.

– A gente pode fazer algo diferente, mas simples – disse Davi minutos depois. – Um improviso. Nós tiramos os nossos papéis em sorteio e apresentamos sem ensaios. Já que todos conhecem a lenda, inclusive o Astros, que leu recentemente; não vai ser difícil.

– Sorteio? E se eu tiver que me vestir de mulher? – perguntou Eric Niven. – Não contem comigo! Eu não faço! Eu sou novo clássico – fez questão de lembrá-los.

– Todo mundo aqui é, querido – disse Cecília estalando os dedos.

– Mas eu não vou contribuir com essa ideia ridícula!– sublinhou levantando-se do sofá.

– Então não faça! – disse Davi já em pé. – E não se queixe depois!

– Olhe aqui – disse Eric com o dedo estirado. – Por mim, eu fico sem nota; pode me expulsar do grupo e me dedar para o Pollemorph, mas eu não vou me vestir de mulher! Pode me denunciar à vontade! Eu não ligo!

Uma forte chuva foi vista chegar pela janela de vidro. A água caía aos jorros, e o sol já não estava mais visível – tudo no céu parecia rejeitar a sua luz.

– Pois é uma ótima ideia! Era isso mesmo o que eu devia fazer! – continuou Davi. – E não me aponte esse dedo! – repeliu com a mão. – Só por precaução, para o caso de ele estar carregado!

A chuva lá fora estava tão forte que não foi um susto tão grande quando a televisão desligou sozinha e de repente – acabara de faltar luz. Astros, que estava bastante envolvido com as notícias do telejornal, ficou inconsolável.

Eric Niven recolheu o braço para junto do corpo e sentou-se no sofá contrariado.

– Sorteie os papéis, Cecília – disse Davi.

– Eu fiz o que pude – desabafava Eric Niven. – Não tenho culpa se vocês preferem se travestir ao invés de seguir a minha ideia.

– Não pense que alguém aqui decidiu apoiar o Lino simplesmente pra ter o prazer de discordar de você. – disse Seth. – Você não está tão bem cotado assim.

.•●•.

– Pronto – concluiu Karin, após o sorteio dos papéis. – A vestuária vai ser o quíton mesmo, não tem mistério, mas prestem atenção: se vocês pegarem a túnica de linho, é melhor que o manto seja de linho também, para não ficar cafona. Meninos, podem deixar que nós trazemos os broches e arrumamos vocês. Preocupem-se apenas com o cinto. Nos pés, uma sandália de couro, discreta e formal, e pronto, tudo resolvido.

– Você vai dar uma ótima Discórdia, Elis – disse Cecília sem muita amabilidade, mas a colega aceitou o elogio.

– Obrigada – ela sorriu. Afinal, mesmo tendo sorteado o papel de Éris, a deusa da discórdia, ela não achava aquilo algo desmerecedor.

A chuva lá fora ia ficando cada vez mais intensa, e os ventos castigavam as árvores das ruas. Eric Niven preferia não ter saído de casa, aquilo tudo estava um saco. O som das águas violentando as telhas forçou certo silêncio na sala dos Thálassa, enquanto Elissa fazia alguns cálculos – *a televisão não acabou de dizer que o dia ia ser repleto de sol*?

– Como nós vamos voltar pra casa agora? – perguntou Seth, olhando pela janela da sala, enquanto a chuva ricocheteava nas flores do parapeito. – Eu estou a pé, o meu pai disse que não vem me buscar!

– Por mim você vai escorrendo junto com a água da chuva – disse Eric Niven, que não foi ouvido porque o barulho da chuva estava cada vez mais alto.

– O seu pai te deixou a pé, mesmo sabendo que ia cair essa tempestade? – Davi perguntou a Seth. – Você mora perto daqui?

– Não, mas eu não tenho medo de chão – respondeu Seth sorrindo. – Acho que ele não sabia que ia chover.

– Nem tinha como saber – esclareceu Elissa. – Agora há pouco deu no jornal que o dia hoje ia ser de sol. Esse temporal pegou todo mundo de surpresa. Como naquele dia em que o Shiva foi expulso...

– Você viu isso no jornal? – quis saber Eric Niven.

– Com certeza – respondeu. – "Dia repleto de sol", foi o que eu ouvi.

– Se você diz... Então deve passar logo. Vem fácil, vai fácil – disse Eric e com razão: a chuva começou a perder força. Todos apreciaram o som torrencial ir perdendo volume, até virar história, dentro de instantes. Junto com a luz do sol veio a energia elétrica, e a tevê logo voltaria a funcionar.

– Assim é bem melhor – disse Eric Rodhes, observando o sol reaparecer com bastante vigor pela janela. E para quebrar o silêncio, perguntou a todos: – Algum de vocês já fez o trabalho sobre os arispianos?

– Não – alguns se entreolharam.

– Eu fiz – disse Karin Huneman.

–Você soube dizer o que os difere dos ciclopes, Karin?

– É fácil! – ela respondeu com sutileza. – Os arispianos são pessoas normais, mas que só têm um olho, enquanto os ciclopes têm toda aquela estrutura corporal grotesca... É basicamente isso.

– Essas aulas de Biologia me enchem muito – disse Eric Niven. – Já não as aguento!

– Concordo com você – Seth não diria isso se não fosse verdade. – Anatomia dos animais fabulosos! Meu Deus! É pra isso que me mandaram pra esse colégio? Pra aprender a desenhar um arispiano sem chamá-lo de ciclope?

– É Teratologia, Eric – Eric Rodhes esclareceu, tentando acalmá-los. – Trata das anomalias que dão origem ao estudo da anatomia dos animais fabulosos. O professor quer nos mostrar o que há de ciência por trás dos...

– Já vi muitos filmes que ensinam esse mesmo assunto de uma forma bem mais interessante – rebateu Eric Niven com um sorriso de campeão.

– Se levarmos em conta que esses filmes são ficções bizarras com nenhuma preocupação com a realidade factual, eles não ensinam *nada*, Niven – explicou Karin.

– Não entendi.

– Seria melhor se ele ensinasse outro assunto – disse Davi. – Essas aulas não produzem nada...

– Não sei com que propriedade você afirma isso, Lino – Elissa provocou o colega. –Você sempre dorme nessas aulas!

– Não! – ele rebateu envergonhado. –Você nem sabe o que eu estou fazendo nas horas em que me pega de olhos fechados... E se for algo importante? Eu não gostaria de estar na sua pele agora...

– Ela anda prestando atenção em você, Lino – disse Seth, fazendo Elissa reagir:

– Claro que não! – ela corou. – Controle essa boca empolgada, Seth! Eu tenho namorado!

– Por que está me dizendo isso? – Seth questionou. – Eu sei que você tem namorado. Você fala tanto nesse cara que, se ele morrer, eu sou capaz de chorar!

– Eu não falo tanto no Jersey como a Cecília fala do Policarpo – ela alfinetou, enfurecida. Cecília odiou aquele comentário. – O namoradinho dela.

– Ele não é meu namoradinho, loira fervida! – Cecília sussurrou irritada, checando se eles estavam mesmo sozinhos na sala. – Parem de ficar repetindo isso pro colégio inteiro ouvir! Nós não temos nada!

– Mas bem que você queria! – disse Elissa.

– Calma aí, querer é *outra* cousa... – ela corrigiu, mas não a deixaram continuar.

– Ih, não seja exagerada – reclamou Seth. – O Parthenon tem tanta gente... E você nem sabe se já contaram mesmo pro Policarpo que...

– *Fala baixo*, idiota! A minha mãe pode estar aí!

– ... você está a fim dele! – completou diminuindo o tom.

– Será que eu tenho chance? – ela suspirou afundada no sofá. – Será?

– Você é muito bonita, Cecília – respondeu Davi enquanto evitava que Lelaps escapasse do seu colo. – Até demais pra ele.

– Obrigada, Lino... – Cecília agradeceu o elogio, com o rosto suavemente corado. Davi abaixou a cabeça, percebendo que não podia fazer aquele tipo de comentário sem os devidos cálculos prévios.

– Você não tem nada que agradecer ao Lino, pois todo mundo sabe disso – disse Seth. – Eu mesmo já te disse isso várias vezes! Não com essas palavras, mas disse!

– Ele não vai ficar comigo... É sempre assim! Eu me apaixono por um garoto, ele não dá a mínima pra mim, eu faço papel de boba e acabo ficando com o primeiro idiota que aparece... – Coincidência ou não, ela mirou Elissa, pedindo apoio. – Você sabe como é, não sabe, Elis?

– Sei sim! Bem-vinda ao clube, amiga – Elissa sorriu cáustica para Cecília.

26

O POMO
DE OURO

NAQUELA QUINTA-FEIRA, a Profa. Filomela Pollemorph deu tempo extra para que a turma se aprontasse para a apresentação da peça. No banheiro feminino, as meninas do primeiro ano experimentaram um privilégio em relação aos rapazes – ganharam permissão para cabular um horário inteiro, por ser aquela uma situação isolada.

– Aperta mais essa túnica – disse Cecília, ajudando Elissa a se arrumar. Cuidava da roupa e também ajustava o bonito penteado que preparava na colega. – Andou engordando, Elis... Esse seu distúrbio alimentar pode te arruinar, sabia? Não queremos perder você, por favor, se cuida!

– Lá vem você com essa história de novo – respondeu aborrecida.

– Que cousa chata da sua parte, Cecília – disse Karin, que também estava se maquiando. – Você não tem nada que ficar dizendo que a Elissa está gorda!

– Eu sei – Cecília arrependeu-se –, eu preciso controlar essa minha sinceridade; mas é que eu me preocupo! Tudo bem – tentou convencer a si mesma –, eu vou controlar.

Estavam em frente ao espelho que dominava a parede de um canto a outro. Malu estava sentada no balcão das pias retocando o brilho labial e, para isso, utilizava um espelhinho individual que trouxera de casa. Após alguns dias de aproximação, graças aos trabalhos e à própria convivência imposta pela escola, as garotas desenvolveram certo vínculo. Uma amizade ainda fraca, mas era um vínculo.

– Eu não engordei – sublinhou Elissa incomodada. – Por favor,

Cecília! – queixou-se de dores. – Já está bom! Se continuar desse jeito eu não vou conseguir andar!

– Elissa, eu domino esse assunto – disse ela indiferente. – Agora, vamos arrumar essa sua cabecinha grande... – E partiu para as madeixas. – E com o namorado, tudo bem?

– Tudo... normal – Elissa respondeu sem ânimo e com pouco fôlego.

– Ele só quer se aproveitar de você – afirmou Malu. – Seu namorado não te ama, Elissa. Se ele continua te ignorando, é porque não tem interesse.

– Vocês acham que esse namoro vai durar? – perguntou Cecília bastante empenhada no penteado da amiga.

– Quem tem que responder isso é ela, e mais ninguém – disse Malu. – Quanto tempo ainda você vai aguentar aquele ungulado te jogando no acostamento, Elissa?

– Não sei... – ela respondeu sorrindo, enquanto os olhos marejavam. – Acho que não precisa ser assim, Malu...

– É você quem sabe – Malu guardou a maquiagem na bolsa.

– Agora me conta, Elis – disse Cecília. – Quem é a vítima do tal plano?

– Que plano? – quis saber Malu.

– A Elis disse que vai tentar uma última cartada pra salvar o namoro... E eu sei que isso envolve um dos meninos da sala!

– Um plano de emergência? – perguntou Malu girando os pés na pia limpa.

– Está de olho em alguém da sala, Elis? – perguntou Karin, que estava bastante compenetrada nos cílios que estava ornando. Acabara de iniciar o trabalho no olho esquerdo.

– Não se preocupe, Karin. Eu não quero nada com o Eric Rodhes – alfinetou Elissa, esperando para ver a reação da colega.

– Por que está me dizendo isso? – perguntou Karin, olhando para a colega através do espelho.

– Vocês mal se largam... – explicou. – Conversam tão pouco conosco, que é como se vocês só tivessem um ao outro na sala!

– Eu gosto de passar o tempo com o Eric, mas ele é só meu amigo, Elis. Só isso... Mas vem cá, o que você quer dizer exatamente com "plano de emergência"?

– Se você soubesse do que eu sei... – Cecília sorriu mal-intencionada. – Querem saber? Vejam só. Diga pra elas, Elis, qual o menino mais bonito pra você?

– Da sala? O Seth – respondeu.

– Mentirosa! – Cecília se revoltou. Tinha começado a retocar a própria maquiagem, até que a raiva substituiu o pó de arroz. – Como você mente assim, tão sonsa? Você me disse quem era, não faz três dias!

– Eu nunca te disse isso!

– Claro que disse!

– Bem, eu posso ter mudado de ideia, não posso?

– Esqueçam – disse Malu sem interesses de que aquela discussão evoluísse. – Conta, Elissa, que plano é esse que você montou?

– Não foi nada.

– Nada? – perguntou Malu frustrada.

– Ela não quer dizer! – explodiu Cecília. – E sabem por quê? Ela quer trair o namorado e não terminar com ele. Pra isso, ela vai se aproveitar de um dos garotos, embora não queira me dizer quem é. Mas querem saber? Eu tenho certeza de que é o Lino!

– Mentira! – Elissa se defendeu.

– O *Lino?* – perguntou Malu pasma. – Você quer *usar* o Lino?

Elissa ajeitou a roupa e virou-se para o espelho, para realçar o batom.

– Talvez... – respondeu.

– Você não vai fazer nada contra o Lino, loira ruminante – disse Cecília em tom de ameaça. – Nem que pra isso eu precise desfigurar à unha essa sua cara enjoada !

– Quem você pensa que é? – perguntou Elissa jogando a maquiagem de qualquer jeito no balcão, para encarar a colega. – Até onde eu sei, o seu caso é com o Policarpo, Ceci. O Lino não tem *dona* ainda.

– Eu vou te mostrar quem eu penso que sou – Cecília pediu que Elissa esperasse, enquanto arregaçava as mangas para ir de encontro a ela e lhe arrancar os dentes por ordem de tamanho.

Malu a interceptou, pondo-se na sua frente.

– Ela é uma garota que não está sozinha, Elissa – disse. – Mexa com o Lino e será o primeiro e último caso de cefalocracia da história do Parthenon.

– Em outras palavras... – a loira desafiou.

– Em outras palavras – Malu continuou –, você vai esquecer que teve essa ideia obtusa, e ninguém se machuca! Fui clara?

– Não toque no Lino – disse Cecília, pondo a cabeça acima do ombro de Malu.

.●●●.

No recreio, os preparativos continuaram. A sala de aula em si já era inspiradora o suficiente, portanto pouca cousa precisou ser feita na sua ornamentação. Alguns alunos, já vestidos, lanchavam despreocupados – mas dentro da sala, para evitar olhos profanos.

– O que você está fazendo, Seth? – perguntou Davi enquanto o outro revirava o sanduíche com cara de nojo.

– Retirando o presunto – respondeu. Seth estava muito bem arrumado para a apresentação. Os cabelos extensos facilitaram a confecção de um penteado bastante adequado para ele, cuja face estava bem rosada nas maçãs, devido à maquiagem. Também o quíton, que pegou emprestado de Karin, lhe dava um ar diferente. – Ele me lembra do Astros.

– Você é um idiota! Pare de implicar com o Astros, cara! Ele nunca te fez nada!

– Nunca mesmo, ora. Mas eu sou obrigado a gostar de todo mundo aqui? – Seth limpou os dedos no guardanapo de papel, para enfim poder comer sossegado o seu lanche.

– Seth, vem cá – Cecília o chamou, e o garoto obedeceu. Quando se aproximou, ela foi astuta em passar mais pó de arroz na testa dele.

– Pare, Cecília! – incomodou-se, tapando nariz e boca com a mão. – Se você passar mais, eu vou começar a espirrar!

– Tudo bem! – Ela guardou a maquiagem em cima de sua mesa. – Cuidado com o cabelo, Karin! – disse, quando a colega fez menção de espirrar com violência. Se o fizesse, o seu trabalhoso penteado estaria seriamente ameaçado.

– Ai, que lindo! – exclamou a Profa. Filomela Pollemorph, que viera à sala para conferir os preparativos da apresentação. – Como vocês estão bem com essas roupas! Fizeram tudo com tanto primor! Estou maravilhada, tá?

– Sim! – respondeu Cecília animada – A sala está linda, a arrumação está fabulosa, mas o mais importante é que fui *eu* que transformei todas as aberrações dessa sala nessas artes divinais!

– Que luxo, estou orgulhosa – a professora sorriu para todos ali, até que deu por falta de alguém. – E a Elissa Ársis?

– Essa foi a única que eu não consegui salvar... – ela lamentou entristecida. – Mas também, não faço milagres, né... Pelo menos não ainda! E olha que eu vou ser Zeus!

– Não seja injusta! – disse Seth. – A Elissa está tão bonita quanto você.

– Seth, eu não vou discutir com você! – pontuou Cecília. – Eu me recuso a pensar no que a Elissa pode ter feito para comprar essa sua opinião. Uma menina fácil, e uma opinião que vale pouco... Calma, fantasia, não vá além! – ela disse para si mesma. Deu poucas e confiantes risadas maldosas.

Seth se enfezou e trancou a cara.

– Eu tentei – disse Cecília para si mesma, desistindo de pegar leve como prometera –, juro que tentei, mas eu sou muito transparente, é mais forte do que eu.

– Alguns alunos das outras salas estão vindo conferir a apresentação de vocês, tá? – disse a professora. – Eles pediram permissão, e eu cedi... Vocês se importam?

– Claro que não! – disse Karin ligeiramente lisonjeada e confiante no resultado do trabalho. – Quem são esses alunos?

– São do terceiro ano – respondeu. – Disseram que...

Cecília sentiu o coração ser atravessado por dez punhais incandescentes.

– O Policarpo vem? – ela exigiu saber, num sobressalto.

– O Policarpo? – a professora perguntou. – Sim, vêm ele e uns amigos...

– Não! – Cecília vociferou desesperada. – Não faça isso! Eu me importo, não quero que ninguém venha conferir nada!

– Tá... – A Profa. Pollemorph não conseguia entender a agonia da aluna.

Seth já tinha escolhido as palavras e estava prestes a explicar a situação para a Srta. Filomela. Corrigiu o manto do traje e apoiou-se no ombro da mulher, até que se assustou com a aparição de Astros na porta da sala. O recém-chegado estacionou ali ofegando, após uma corrida pelo corredor.

– Calma! – disse Seth. – Assim você emagrece.

– Astros, você quer suar e ficar todo nojento para a apresentação? – Cecília reclamou. É que não havia muita maquiagem para a pele de Astros, portanto ele teria que se contentar com o pouco que tinha. Como não possuía cabelos na cabeça, era difícil para ele parecer a deusa Atena, por isso a coroa de flores e a peruca que ostentava eram de muita ajuda e precisavam ser conservadas.

– O Policarpo está vindo aí – Astros riu ofegante.

– Ai, meu Deus! – Cecília gritou mais nervosa ainda, tentando controlar o impulso de desgrenhar os próprios cabelos.

– Mas... isso é ruim assim? – perguntou a professora, sentindo-se culpada pela situação.

Em alguns segundos, Policarpo viera calmamente, acompanhado pelos colegas.

– Nossa... – Ele sorriu com cinismo, admirando a sala. – Vai ter alguma apresentação aqui hoje?

– Que dedução inacreditável – Seth murmurou para Davi, que riu discreto.

– Venham cá, meninos, não seria melhor se vocês apresentassem vestidos de animais? – perguntou uma amiga engraçadinha de Policarpo, e todo o grupo riu com ela, inclusive Astros, que não tinha nada a ver com a conversa. – O gordinho ali daria um bom bucentauro leiteiro! – apontou para Astros, que no ato parou de rir e olhou ao redor encabulado.

– Vocês estão lindas, meninas – Policarpo elogiou sorrindo nada confiável para as garotas, inclusive para Elissa, recém-chegada. – Esse trabalho fez bem pra vocês! Confesso que não esperava muito. Vocês sempre foram tão sem graça! – dando uma segunda olhada nelas, ele piscou o olho. Karin sentiu um calafrio terrível. – Se vocês se julgarem prontas para terem esse prazer, nós podemos ficar aqui para prestigiar sua apresentação... – riu. – Podemos?

– Não – disse Davi, e foi apoiado por Seth e Elissa. – Eu tenho uma ideia melhor: vocês não enchem o nosso saco e nós continuamos ignorando vocês, combinado?

– Que falta de educação, hein! – Policarpo o encarou com cara de poucos amigos.

– A professora decidirá sobre isso – encerrou Davi, que concluiu ser mais produtivo amarrar o cadarço do tênis. – Afinal, quem me educa é ela.

Os rapazes olharam para a professora na sala e constataram que não poderiam fazer mais nada – por enquanto. Acenaram para sair. Mas antes de cruzar a porta, Policarpo sentiu algo estranho arder em seu peito. Quando olhou para trás, notou algo especial em volta de uma das garotas, algo maravilhoso estava emanando dela. Seus olhos não conseguiam parar de olhar Cecília, e ele não podia acreditar no que estava sentindo. Era uma vontade louca de abraçá-la, tê-la em seus braços, beijá-la incontrolavelmente...

– Anda, Carpo! – disse um de seus amigos, empurrando Policarpo para que desobstruísse a porta.

– Lamec, você... – Policarpo estava nervoso, com medo de parecer ridículo. – Você consegue ver alguma cousa diferente naquela menina, a Thálassa?

– Ainda não, mas algo deve ter, pra ela gostar de você! – brincou e virou a cabeça para conferir. Mas quando fitou Cecília, seu corpo travou. Lamec não podia acreditar, Policarpo estava certo. Havia algo encantador naquela menina, era só questão de tempo até que ele cruzasse aquela sala para conquistá-la, implorar pelo seu amor!

Por um instante, pareceu ter passado; como se aquela sensação tivesse sido bloqueada subitamente, num passe de lógica. Mas logo ela voltou com tudo. Ia e voltava, sempre de forma muito intensa e abrupta, e essa batalha ia entorpecendo o seu semblante. Eles mal conseguiam se mover.

– Ei, vocês! – A garota do grupo voltou para buscá-los e teve que puxar Lamec pelo capuz da farda. – Decidiram empossar a sala dos moleques? Vamos embora, quem precisa dessa apresentação estúpida...

– É, isso mesmo, vão embora – chegou Malu. – Isso daqui é terra produtiva. Vão procurar o que fazer, vão, vão! – E escorraçou os estudantes dali, para poder entrar na sala. A amiga de Policarpo estava quase comprando a briga, quando os outros do grupo intervieram e rebocaram todos dali.

.••.

– A culpa foi sua – disse Seth para Cecília, sem querer magoá-la. – Você se apaixonou por ele sem motivo nenhum! Por todos os deuses, o que você vê naquele cara?! Ele é um completo idiota! Não viu como ele estava atirando pra todos os lados, flertando com todas as garotas que via pela frente? E pra piorar, você ainda nem consegue abrir a boca quando está diante dele! Não sei não, Cecília... Parece que você gosta de sofrer! *A culpa foi sua!*

– Ele está certo – Elissa tinha se aproximado. – E você sempre esteve errada, Ceci – comentou, completando a maquiagem da Discórdia. Os cabelos estavam lisos e a manta, perfeita. Combinando com o batom escuro, tudo dava um ar honroso à personagem. – A culpa foi sua mesmo. Esse lance de vocês nunca ia certo, por mil razões. Aposto que essa sua paixonite nem está no topo das preocupações do Policarpo, apesar de que dá pra ver que ele se diverte muito vendo você se humilhando assim. Aliás... – Tentou abafar uns risinhos. – Não só ele!

– Vocês me deixem em paz. Não estou com paciência para os seus comentários! – Cecília enfureceu-se, e uma mecha do cabelo foi parar dentro da sua boca. Ela resolveu sair, para organizar as ideias. – Idiotas...

– A culpa foi...

– Eu sei, Astros, eu sei!

– Ainda bem que reconhece – ele riu. Cecília agitou uma das mãos para tentar afastá-lo, mas como não conseguiu, teve que sair ela mesma. – Eu já te disse várias vezes que ele não está nem aí pra você, então...

– E você? – perguntou, desistindo de sair e virando o rosto. – Não disse que a Bianca do segundo ano estava louca por você? Não disse que ia ficar com ela? E você ficou, meu bem? NÃO! Então, meu puro amor, não sou eu a única derrotada por aqui! Tá?

– Eu não sou derrotado! Nem falei com ela ainda!

– Então vai falar! Vai nessa, Astros! Vai e prova que ela te quer, meu sedutor insaciável!

– Pois eu vou, e você vai ver!

– Eu sou *tão* cética.

– Vamos ver quem não quer quem aqui. – Ele atravessou a porta, destinado a falar com a menina.

– O que é que aquele pintassilgo queria? – perguntou Seth, ajoelhando-se ao lado de Cecília, que tinha se jogado em outra cadeira.

– Nada, você conhece o Astros. Veio rir da minha cara, assim como você.

– Eu não gosto de te ver assim...

– Por que eu nunca consigo ficar com quem eu realmente quero? – desabafou. – O que eu tenho de errado, Seth?

Ele se aproximou, e ergueu o rosto dela levemente.

– Você não precisa sofrer por causa do Policarpo! Aposto que se ele fosse o Páris, não daria o pomo de ouro para Afrodite. Nem para nenhuma outra deusa, porque o Policarpo é tão burro que ia usar o pomo de ouro pra fazer compota... – ela esboçou um sorriso, e Seth segurou suas mãos. – Você é muito mais do que aquele cara merece, Cecília! Só o que você precisa é olhar pra frente e encontrar a pessoa certa pra você, entendeu?

Seth abraçou Cecília e sentiu o corpo dela ser aquecido pelo seu. Ela tinha uma fragrância tão própria, e ele também nunca tinha percebido como os cabelos da amiga eram tenros, macios. Seth nunca tinha dividido um abraço tão verdadeiro. Cecília valorizou cada espaço daquele ombro amigo, com a cabeça recostada nele, e os olhos cerrados.

.•●•.

– Parabéns – a professora Filomela os congratulou, horas mais tarde. – A apresentação ficou majestosa, tá? Tão encantadora quanto Flegetonte Afleur em *A Crista Sulfúrica*, embora mais intenso, ousado em suas nuances, comovente! Mas eu senti sua falta, tá, Niven? Queria vê-lo atuando.

– Não faltarão oportunidades – respondeu Eric.

– É uma pena você ficar sem essa nota – continuou a professora. – Mas não se preocupa, estamos só começando.

– E agora, professora, já posso tirar essa roupa? – perguntou Eric Rodhes, incomodado com a túnica, que, de tão apertada, mal conseguia andar.

– Pode, sim. Todos vocês podem, tá? Que pena que o Tiwas não pôde presenciar essa apresentação. Fico muito triste por termos perdido um aluno. A turma já é tão pequena!

– Que bom – disse Karin arrancando a túnica do corpo com cuidado para manter as tranças do penteado grego, que combinou muito com ela.

– Finalmente – aliviou-se Malu desfazendo o coque lateral e deixando os cabelos espalharem-se nas costas. Manteve a túnica, e estava naquele momento em particular, quase irresistível.

– Você foi ótima – disse Davi.

– Obrigada, Lino. – Ela sorriu, não esperava o elogio.

– Já falei com a Bianca – informou Astros para Davi.

– E aí? Vocês só conversaram? Ela vai ficar com você? – perguntou, mas temia a resposta.

– Pela cara que ela fez, tudo indica.

27

A REAÇÃO
DE FANTO RAIOG

A CAMPAINHA DOS FARSALA surpreendeu quando interrompeu o som da televisão e seu seriado *Revés da Navalha.* A dona da casa, não podendo negar que achava uma visita àquela hora não só uma inconveniência como também um desaforo, dirigiu-se até a porta e sequer se deu ao trabalho de ajeitar as madeixas soltas.

– Prefeito? – ela tentou disfarçar o baque que levara.

– Boa noite, Sra. Farsala.

– Sr. Jabuladore, boa noite...

– Boa noite, senhora.

– O Sr. David Lino Yang se encontra? – inquiriu o pequeno prefeito.

– O Davi? Ele está sim...

– Poderia fazer o obséquio de chamá-lo para nós, senhora? – pediu o assessor.

– Posso sim. Se vocês me derem licença... Querem entrar?

– Não será necessário – recusou o Sr. Raiog.

– Por favor – ela pediu educadamente. – Eu faço questão...

– Então, se você insiste... Sr. Jabuladore, venha também.

– Por aqui – disse a mulher indicando o caminho para os dois. Apontou-lhes a recepção, e os sofás próximos à samambaia. – Sentem-se, por favor. Eu vou chamá-lo.

Ela saiu, andou pouco até chegar à sala onde se encontravam seu marido e Davi.

– O prefeito está aqui.

– Aqui? – espantou-se o Sr. Farsala.

– Aqui? – tremeu Davi.

– É, aqui – respondeu ela.

– Então... – Levantou-se o esposo. – Eu vou lá ver o que ele quer, fazer o quê...

– Quer que eu vá com você? – ela se ofereceu.

– Se você quiser. Fique aqui, Davi. Por precaução. – E o casal saiu da sala.

Do sofá onde se encontrava, Davi poderia assistir a tudo o que se passava, mas preferiu se contentar com a formalidade do aperto de mãos que viu. Virou-se para a tevê e fez o máximo de esforço para que esta afastasse a sua mente da conversa que acontecia tão perto dali, e cujo assunto ele já fazia uma ideia. Ele apertava os botões do controle remoto, descontando neles toda a sua aflição, tentando não ouvir nenhum som que não fosse daquele telejornal que o canal Qodshou exibia.

– *E se você consumiu algum desses produtos, especialistas pedem para que você não marque compromissos para depois das dez da noite, quando o seu coração explodirá de repente.* – Próxima manchete na tela: – *Tensão na Conchichina. O anúncio da instalação de ambientalistas de Eupátridas na Conchichina provocou mal-estar na cidade de Esparciatas, que há algum tempo mantém organizações filantrópicas no território conchinês. O governo de...*

– Vamos, me distraia! – disse Davi suando e batendo o pé no chão repetidas vezes.

– *... que a política externa de Esparciatas visa à unificação do território conchinês e a sua conversão ao politeísmo. Os esparciatanos pretendem patentear o espécime de...*

– Você está pensando o mesmo que eu? – ele perguntou ao relógio. – Digo, sobre o que eles estão conversando naquela sala?

– Eu temo que sim... – a Hora respondeu. – Bem, espero que tudo dê certo...

– Você poderia ser mais útil, não acha?

– O que você quer? Que eu faça o tempo voltar e impeça o nascimento do prefeito, doze anos atrás? O que você supõe que esteja na minha competência?

– Nada... Inútil!

– *... que muitos acreditam ser causada pela absurda opulência da bios-*

fera local. Na verdade, muita cousa na Conchichina mudou desde o massacre do Shopping Center, em que dezenas de pessoas passaram quase oito horas presas numa escada rolante que, subitamente, parou de funcionar...

A televisão não conseguia desviar a atenção de Davi da conversa do prefeito com os Farsala. Os ouvidos dele insistiam em querer rastrear o som que emanava de tão próximo, mas sua educação dizia que aquilo estava errado. Danou-se a educação e ele abaixou o volume da televisão para que o seu trabalho fosse amenizado.

– Não estou conseguindo ouvi-los direito... – disse Davi olhando para trás, ansioso. – Não tem como me ajudar nisso, Hora?

O relógio pensou bem se deveria responder.

– Seria mais fácil se você desligasse a televisão, não acha?

– Está certa – Davi seguiu a recomendação.

Tendo desligado a televisão, ele já conseguia ouvir com clareza a conversa na saleta.

– Ele nos contou – dizia a Sra. Farsala em voz baixa.

– Perfeitamente – continuava o prefeito –, mas todos nós temos conhecimento de que a atitude tomada pelo garoto foi precipitada, errônea e até mesmo perigosa.

– Por favor, prefeito! – revoltou-se a mulher tentando conter a voz. – Que perigo tem em sair para comprar um relógio? E ele não fez por mal!

– Infelizmente, Thalia, nem todos os cidadãos são honestos e dignos como vocês. Nós tentamos fazer com que nossos os cidadãos *especiais* se afastem da cidade durante este mês de acomodação dos noviços, para isso custeamos uma temporada para todos eles nas ilhas Nisoi; e caímos na obrigação de multar os relutantes, que não são poucos. Vocês terão de concordar comigo, havia sim o risco de o garoto ter se metido em confusões maiores. Mas graças às mãos dos deuses não houve nada. Não sei se David contou, mas no mesmo dia outros dois colegas dele cometeram a mesma infração. Um eu tive que multar, pois o motivo para sua saída foi a compra de um disco inútil, mas com o outro tivemos de ser mais flexíveis, pois estava passando por uma grave crise pessoal. Agora, já com o seu filho...

– Precisamos falar com ele – completou o auxiliar.

– Pois não – disse o Sr. Farsala. – Davi, vem aqui um instante!

Não foi preciso que repetissem, pois Davi já estava mesmo preparado para levantar-se do sofá, cousa que fez em um pulo. Ele então foi até lá, condenando-se por ter sido tão ingênuo a ponto de acreditar que a prefeitura iria fazer vistas grossas à sua infração ao toque de recolher.

– Pois não.

– Boa noite, Sr. Riton.

– Boa noite, prefeito.

– Me chame de Fanto, meu amigo, não faça cerimônias.

– O que vocês querem?

– Bem, David – começou o prefeito. – Suponho que você não tenha pensado que não tínhamos registro de seu desacato às normas de nossa cidade, que dizem expressamente que é proibido aos noviços circularem desacompanhados ou/e em horas impróprias, pelo perímetro municipal. Eu espero que você não tenha cometido tal equívoco, pois nós temos todas as informações sobre o que você fez durante seu ato de anarquia. Sabemos inclusive que seu destino ao sair foi a Relojoaria Meridiana, de propriedade do Sr. Horácio Berloque, na reta número três da Avenida Hiperbórea, no bairro Acrópole, esquina com a Praça Jardins Elísios. Nós já sabemos de tudo, inclusive que este bonito relógio que você ostenta foi lá adquirido.

– Sim, está certo.

– Agora me diga, David... Por que não pediu ao Sr. Farsala que o levasse até o centro comercial para que, juntos, comprassem um relógio?

– Não sei, é que...

– Você não sabe, garotinho? Mas como não sabe? Ele não sabe! – o Sr. Jabuladore intrometeu-se, semicerrando os olhos, tentando intimidá-lo. – Sabe das complicações que pode gerar a essa família devido a sua atitude precipitada, meu garoto? Por acaso você não sabe que as multas por desobediência são altíssimas? Como não sabe?

– Não sabendo, oras! Eu não quis causar esse tumulto! Eu sabia o caminho para a relojoaria, e não achei que fosse necessário que alguém me levasse até lá... Eu preciso muito de um relógio e não podia ficar com o anterior, que estava quebrado, por isso, como tinha tempo, eu fui até o Acrópole e ganhei esse aqui. Não foi culpa minha, é sério! Até o Sr. Berloque disse que estava me esperando, que ele tinha visto no Oráculo, sei lá, e... Se o próprio Oráculo disse, quem sou eu para desfazer as profecias?

– Oh, então foi o Oráculo, não foi? – O assessor desdenhava das desculpas de Davi. – Você ganhou esse relógio por causa do Oráculo, não ganhou? Ele simplesmente parou tudo, olhou bem a sua cara e decidiu que ela valia um relógio, não? – E respirou fundo, controlando a paciência. – Jovens... eles nem se esforçam mais! A desculpa mais esfarrapada do mundo.

– Não é possível! – assustou-se o prefeito, pensativo. – Será que...

– Naturalmente não me parece possível, Eminência, Oráculos não preveem esse tipo de cousa – o Sr. Jabuladore tentou argumentar com o óbvio, mas o prefeito o atropelou.

– Deixem a multa para lá – recompôs-se o Sr. Raiog, levantando-se. – Muito obrigado pela paciência, Nicolas, Thalia, David... Foi realmente bom termos tido essa conversa aqui. No Parthenon seria uma outra situação... Uma conversa proveitosa, decididamente, proveitosa. Espero não ter tomado muito do tempo de vocês. Obrigado mais uma vez, mas o Sr. Jabuladore e eu temos que ir neste exato momento. Temos uma bateria de assuntos para resolver. Até uma outra oportunidade. – E saudou pela última vez o dono da casa, cujas mãos já estavam vermelhas de tanto serem apertadas.

O pequeno prefeito saiu pela porta e acenou com o chapéu enquanto o assessor abria a porta do fundo da kenze espaventosa com o brasão da prefeitura. O assessor também fez seus últimos cumprimentos, até entrar no veículo e dar ao motorista permissão para saírem o mais rápido possível.

.•●•.

– Eu já imaginava – disse o prefeito Raiog com o olhar perdido nas luzes tortuosas da noite da sua querida cidade, enquanto a kenze o levava de volta para a Caserna de Heliase, a palaciana sede da prefeitura.

– Sua capacidade de inferência é mesmo espantosa, Eminência – o Sr. Jabuladore parabenizava o administrador, servindo-lhe uma dose de conhaque de chocolate.

– Então finalmente podemos ter esperança – continuava o prefeito, recebendo o copo sem abandonar o olhar vago pela janela de vidro fumê. – Acho que finalmente os herdeiros saíram das tocas. – O seu rosto preparava espaço para o sorriso sem tamanho que ele providenciava. – E na minha gestão! – entusiasmou-se.

– Qualquer prefeito venderia a própria alma para estar no seu lugar, Eminência.

– Venderiam mesmo, Amintas – concordou, o sorriso sumindo,

mas com o mesmo entusiasmo. – Até eu vendi – deixou escapar, num delírio de momento. Percebeu a gafe e rapidamente voltou às suas indagações. – O garoto e seu relógio...

– Com a sua licença, Eminência – o assessor o interrompeu desconcertado. – É justamente isso que eu não entendi... Essa história de garoto, relógio...

– Uma das passagens referentes aos herdeiros – explicou o prefeito – diz que uma das Extremidades iria receber naquele dia em especial, antes que repicassem os sinos do ateneu, uma divinal amante do Tempo, oriunda das sombras de uma corcunda suntuosa, aquela senhora da casa onde os ponteiros imperam...

Vendo a cara perdida do assessor, ele caiu em si e decidiu ir direto ao ponto.

– Há um prenúncio que diz que antes que começassem as aulas do Parthenon naquele dia, a relojoaria de um cidadão corcunda entregaria a uma das Extremidades um relógio com uma deusa dentro. Agora fui claro?

– Bem, quase – disse o Sr. Jabuladore, enquanto a kenze parava no semáforo que ficava na esquina do edifício parnasiano da emissora de tevê Lótus, de onde era transmitida a maior parte da sua programação ininterrupta. – A explanação contou com o seu requinte de sempre, Eminência, principalmente a parte do Sr. Berloque, o único relojoeiro corcunda dessas bandas da cidade, e da deusa Hora, quem iria imaginar... Como já disse, seu poder de dedução é algo fora do comum. Mas essa história de duas Extremidades... Desculpe, mas eu não entendi.

– Imagino que seja mais simples do que parece, Amintas – respondeu o prefeito, tornando a lançar o olhar nos brilhos de sua cidade quando a kenze voltou a andar. – Posso não ter decifrado o presságio tão bem quanto imagino, mas pelo que entendi, haverá dois lados opostos, não sei em relação a que nem por quê. Pelo visto, uma corda com duas extremidades.

– Zeus e Hades... – arriscou o Sr. Jabuladore.

– A eterna disputa pelo comando do Capítulo – Fanto Raiog já havia pensado nisso. – Ou pelo que sobrar dele, assim que os herdeiros forem sendo revelados e consumando seus destinos, um a um. Concordo, esta parece ser a conclusão mais óbvia, mas por ora eu prefiro não desfechar palpites.

– Claro... E eu que pensei que o Oráculo não se ocuparia em

prever tais sequências, como fui incrédulo...

– Só que você estava certo, Amintas. O relojoeiro deve ter mencionado o Oráculo para Lino Yang, e o que aconteceu foi uma confusão perfeitamente justificável. O prenúncio a que me referi, está entre um dos únicos que *não são* obras do Oráculo, embora muitos desconheçam. E, naturalmente, creio que as outras raras predições que não foram escritas pelo deus do Destino são as relacionadas aos herdeiros dos deuses, mortais que finalmente mesclarão o divino e o mortal. Ainda não descobri muito a respeito, mas pelo que eu absorvi de tudo isso, Lino Yang e muitos dos noviços desta temporada do Parthenon engrossarão a lista de menções honrosas da minha gestão como prefeito!

O assessor tentou parecer tão empolgado quanto o prefeito, mas uma séria dúvida não o deixaria dormir aquela noite.

– Eminência... – disse ele apreensivo. – O senhor tem certeza de que aquelas crianças têm a maturidade necessária para um dia assumirem a condição de herdeiros?

28

A INOCÊNCIA DE ANCEU

– Cadê a Karin? *Achou!* – brincava Eric Niven com a colega no Parthenon, no dia seguinte. Karin ria do grau de patetice que era ver o garoto se escondendo por entre as mãos grandes e revelando-se num susto, segundos depois. – Cadê a Karin? *Achou!*

Estavam na aula de Teratologia, do Prof. Demofon Pollemorph. Davi dormia tranquilamente, enquanto o quadro-negro se abastecia de informações ora triviais, ora inúteis para ele. Recostado ao lado de Malu, que escrevia no seu caderno cousas que não tinham nada a ver com Genética das Criaturas Fantásticas, Davi tinha a paz necessária para um bom sono.

– Cadê a Karin... Achou! – continuava Eric Niven, algumas cadeiras à frente.

– Para com isso, Eric – incomodou-se o homônimo Rodhes. – Está me atrapalhando!

– Então saia daqui!

– Ah, sim, só porque você quer.

– Então vê se não enche, almofadinha! – disse Eric Niven intimidante com seu sestro de apontar para a garganta do colega, superestimando o poder de fogo do seu dedo estirado.

– Ou cala a boca, ou você vai ver no final da aula – Eric Rodhes deu o ultimato. O outro, após muita relutância, resolveu acatar.

– ... da evolução – dizia o Prof. Demofon. – A maior prova disso é que as proteínas e o DNA dos chimpanzés diferem apenas, aproximadamente, dois por cento do nosso.

– Alguém aqui andou correndo atrás desses dois por cento – comentou Seth enquanto anotava essa observação no caderno.

Na outra extremidade da sala, Astros Lunn levou um breve susto. Sentiu que alguém, em algum lugar do mundo, estava falando dele.

– Chloe – disse Astros cutucando Davi, que estava dormindo. O garoto fez a maior resistência possível, mas foi obrigado a levantar o rosto e dar atenção ao colega.

– O que tem a Chloe? Quem é a Chloe? – perguntou ainda desorientado.

– Aquela colega da Bianca, eu já te falei. Acho que está rolando um clima entre nós...

– Com licença, turma – disse o Prof. Demofon, um pouco agitado. – Preciso me retirar para... Bem, volto já.

– Ele foi fumar – disse Eric Rodhes, e Karin sorriu. Ela também tinha feito aquela dedução.

– A Chloe? – perguntou Cecília longe dali.

– Ele já está dizendo a deuses e profanos – disse Seth em conversa particular com a amiga. – Você sabe que o garanhão não se contenta com um fora de cada vez.

– Mas todos na sala dela já sabem. Ela e a colega Lita são amigas íntimas, as melhores amigas. Não se desgrudam nunca. Há até quem diga que a Lita é vizinha da Chloe.

– E daí? – ele quis saber, não havia entendido.

– É só uma constatação, Seth. Dizem que elas moram no bairro das amazonas, você já deve ter ouvido falar delas. Mas se você duvida, olhe mais de perto. Eu acho que elas só têm um seio, cada.

– Cadê a Karin...? – Eric Niven, afastado daquela conversa, fez menção de recomeçar a velha brincadeira. – Achou! – ele riu bastante até que levou uma tapona tão forte vinda do outro Eric, que cessou as risotas. – Você – mirou-o nos olhos, fumegante –, você ainda vai ter o que merece, sopa de macarrão!

– Pois você vai ver. Eu ainda fico com essa menina – prometeu Astros, sentado no fundo da sala com Malu e Davi. – Eu já sou amigo do segundo ano, e eles podem me ajudar se eu quiser.

– Ela não deve ser amazona, Astros – disse Malu. – Esse tipo de boato só vem pra destruir a reputação de alguém, por mais que seja besteira.

– Mas e a Bianca, Astros? – Davi perguntou.

– Esqueça – ele sorriu. – Eu mereço cousa melhor.

.•••.

– Isso já virou brincadeira – ouvia-se a revolta nas palavras do Sr. Farsala, vindas do quintal da sua casa.

– E como você acha que eu estou? – perguntava a Sra. Vausa. Curadora do museu dos gigantes no bairro Parnasso, a mulher teve uma desagradável surpresa ao chegar do trabalho naquela tarde: sua casa fora invadida novamente.

– Mas, Mirmes, você precisa recorrer às autoridades! – Thalia aconselhou. – Se continuarmos assim, não sobrará mais nada da casa de ninguém!

– Tudo bem, eu entendo, Thalia, mas você sabe que há certo receio por partes das autoridades. Elas não querem intervir nesse tipo de caso por enquanto, e nós sabemos o porquê. Bem, saber eu sei mesmo, mas não aceito. Minha geladeira novinha! Eu mal acabei de pagar! A mais cara de todos os modelos, e era tão graciosa... Eu não sei o que vai ser de mim, decididamente não sei.

– Só tem uma cousa – lembrou o Sr. Farsala. – O mês de recesso já está acabando. Eu, no seu lugar, iria agora mesmo à chefatura por um fim nesse problema.

– Os deuses me perdoem – confessou a Sra. Vausa. – Mas eu estou achando muito estranho esse negócio de só o Anceu não ter nada subtraído nesses últimos dias. É muita coincidência ser só a casa dele a imune contra os bandidos! Posso estar terrivelmente enganada, mas eu realmente não tenho outra opção a não ser desconfiar de algo errado.

– Quando foi que levaram o seu refrigerador? – perguntou Nicolas.

– Ontem à noite, lá pelas oito, nove horas... Eu tinha saído para dar uma volta rápida no Acrópole, e acabei ficando por lá e tomando um sorvete, sem compromisso... Agora vejam que ironia! Me levaram justo o refrigerador!

– Então não pode ter sido o Anceu. Ele esteve aqui ontem à noite, jantou conosco. Ficamos aqui no quintal conversando até depois das onze – informou o Sr. Farsala.

– Por Zeus! Que injustiça eu cometi!

– Você não fez nada de mais – Thalia consolou. – Desconfiar é natural. Ainda bem que você não contou dessa sua desconfiança para mais ninguém.

– Não contou, não é, Mirmes?

– Não, não contei, Nicolas – enfatizou a mulher.

– O que aconteceu? – perguntou o Sr. Vidaze, chegando para se juntar aos vizinhos.

– A minha geladeira foi furtada, Anceu. Geladeira caríssima. Mais de dois mil talentos. E eu não posso fazer nada.

– Claro que pode, Mirmes! – retrucou o Sr.Vidaze. –Você pode denunciar o furto! O recesso já deve ter acabado, ou não?

– Ainda não, mas a ideia é boa, vou fazer isso... O Nicolas me disse a mesma cousa. Mas esses ladrõezinhos estão insuportáveis! Só levam objetos valorosos! Que insuportável! – resmungou a Sra.Vausa.

– Não te levaram nada de valor, Anceu? – perguntou a Sra. Farsala, com o queixo apoiado sobre o ombro do marido.

– Não, não me levaram nada de valor... – o Sr.Vidaze refletiu. – Não que eu não tenha objetos de valor, não me entendam mal... Porque, pelo contrário, estou correndo um sério perigo! Em minha casa há muitíssimas preciosidades, então... Preciso me precaver urgentemente!

– Pelo menos os ladrões sabem escolher o que levar. Dois mil e trezentos talentos... Uma perda dos infernos.

– O que você disse, Mirmes?

– Nada, Anceu. Estou só refletindo a minha desgraça.

29

O PRIMEIRO DIA

Foi agradável a sensível passagem dos dias. O mês se consumia com velocidade invejável, e o primeiro dia de aula do mês de abril estava lá tanto quanto as avaliações de Filosofia, que a Profa. Rihan Pollemorph havia prometido.

Pouco depois de entregar a prova à professora, Eric Rodhes guardou seu material na mochila e saiu, consciente do dever cumprido. Logo depois, Davi repetiu o mesmo processo.

– Acabou cedo, Lino – disse ao colega, no corredor em frente à sala.

– Nem tanto. E aí, Eric? Achou a prova fácil?

– Muito... Estava tudo no livro.

– Você se lembra do que marcou na quarta questão? A que perguntava "qual é o objeto da arte"... Eu lembro que a professora falou alguma cousa a respeito, parece que os Aristóteles fizeram... o Liceu... É algo assim.

– O Liceu não tinha nada a ver com essa pergunta, Lino – Eric respondeu meio rindo. – A resposta dessa daí era a proposição 02. Mas... onde você estava sentado?

– Do seu lado.

– Eu não te vi...

– Ah, você não perdeu nada – Davi desconversou, sorrindo satisfeito. Tinha esperança de que ambos iriam obter uma nota parecida.

– Já viu isso aqui? – Eric abriu a mochila e tirou o lanche e um objeto bizarro.

– Um maçarico? – perguntou Davi sem alcançar a intenção do colega. – Você quer soldar o seu sanduíche?

– Não! – ele riu tirando o sanduíche da embalagem. Encostou na merenda a chama do maçarico portátil, invenção da família, que ele manejava com habilidade. – Não chamo de soldar, mas vai me dizer que você não gosta de um sanduíche torrado na hora? – E ele comeu mesmo o pão que carbonizara.

– Não sei como os pais daqui alimentam os seus filhos, mas acho que você é o único cara do mundo que come sanduíche assim... – disse Davi espantado com a cena.

– Será? – perguntou de boca cheia. – Acho que não...

– Então é só excentricidade.

– Bem, pode ser... Eu sei que o sabor melhora, isso eu garanto.

– Esse maçarico aí é cousa da sua família, né?

– É sim – respondeu, mais interessado no sanduíche do que na conversa. – Dá pra ver que não é nenhuma grande invenção, nem temos a patente disso. Também não copiamos a invenção de ninguém; o pessoal do Departamento de Criação sempre diz que "alguém, algum dia, ia acabar inventando a roda". – Ele sorriu e girou o item em suas mãos. – Mas é um dos produtos que eu mais uso, exceto a função de congelamento rápido, que ele também tem. Eu já acompanhei o processo de fabricação desses maçaricos. Céus, como isso é chato!

– É o seu futuro, Eric.

– Cuidar dessas empresas, você quer dizer? É verdade... – Eric não esboçou o sorriso que Davi esperava. – Se eu pelo menos tivesse paciência pra cuidar dessas cousas...

– Mas não é você que vai herdar as Organizações Rodhes um dia? Já deveria estar acostumado... Os Rodhes são os mais ricos do país, não são?

– Na verdade, a fortuna do meu pai perde só para a do Benigno, da igreja que fica a seis quarteirões daqui do Parthenon. Mas se juntarmos a fortuna bruta dos Rodhes, aí, sim, daria um número bem simpático. Mas, olha, pra ser sincero eu não sou o maior conhecedor desse assunto, e nem me interessa.

– Por que você não renuncia à sua herança, já que está tão desanimado?

– Você brinca, mas saiba que se eu pudesse, não pensaria duas vezes! Sério mesmo. Mas os negócios são passados dos pais para os filhos há séculos, Lino. Eu sou o sétimo da Geração Cerebrina Rodhes, que começou com a construção da Rodurgia. Meu pai Glauco recebeu a herança do vovô Gentiano, que recebeu do meu bisavô Galeno, e por aí vai. Agora imagine, como o meu pai vai ficar se eu disser pra ele que vou quebrar a tradição? Ele me mata! E eu gosto muito da minha vida, por mais que não pareça.

– E o que você vai fazer?

– Nada. Não posso fazer nada. Eu seria a vergonha da família, e não quero isso pra mim. Há muito tempo eu desisti de contornar essa situação. E tomar conta dos negócios não deve ser tão ruim... Meu pai me contou que ele também teve receio, no começo. É normal.

– Você é muito inteligente, Eric. Deve ter talento pra trabalhar como empresário. Você deve saber, eu estou morando na casa do vice-presidente da Ópsons, e pelo que eu vejo ele trabalha muito... mas nunca o vi reclamando. Ele parece gostar do que faz.

– Vice-presidente da Ópsons? Você não mora no Conselheiro Acme?

– É, o Nicolas Farsala, estou morando com ele e a esposa Thalia, são pessoas incríveis...

– Não conheço esse Farsala, não. Acho diferente ele morar num bairro de classe média. Caras com salários do nível de um vice-presidente costumam morar em bairros mais sofisticados, como o Gloria Victis, ou o bairro dos Esferistas. Eu conheço muitos sócios minoritários que moram em bairros assim, mesmo ganhando bem menos que o seu novo pai deve ganhar.

– É, faz sentido... É bem diferente mesmo!

– Mas eu não conheço todos os vice-presidentes que existem nas empresas Rodhes, tampouco posso dizer o que se passa na cabeça deles – riu. Após alguns segundos, olhou para o colega ao seu lado e teve uma ideia arriscada. – Lino, vem cá. Vou te contar uma cousa.

Os dois caminharam até o final do corredor, e Eric trabalhou para que a conversa fosse o mais reservada possível.

– O quê? – perguntou Davi.

– Olha só – Eric cuidou ainda mais para que só Davi tivesse acesso. Do seu punho surgiram chamas intensas, que cobriram toda a sua mão.

– E isso aí, o que é? – disse Davi desconfiado.

– Fogo, oras.

– Quê? – ele exclamou incrédulo. – Fogo de verdade?

– Acho que sim, mas só quando eu quero – ele riu, assustando Davi ainda mais.

– Como assim? – Ele finalmente tirou os olhos da mão em chamas.

– Aperta a minha mão. Vai por mim, não vai dar em nada. – Após certa demora, ele olhou Davi nos olhos. – Não é pra todo mundo que eu conto isso, cara. Eu confiei em você. O mínimo que eu espero é que você confie em mim também!

Após uma relutância que chegava a doer, Davi estendeu a mão.

– Não está quente – ele apertava a mão de Eric, admirando aquela estranha habilidade. – Fogo que não queima? Como você faz isso?

– Tudo que sei é que muita gente tem sorte de eu ter o meu juízo no lugar – e o fogo em sua mão foi elevando a temperatura ao redor. Para piorar tinha o sol, que se exibia forte até demais para aquele horário da tarde. O calor descomedido fez Davi se afastar, no que Eric fingiu apagar com um sopro as chamas, que sumiram. Para finalizar, ele forjou uma pequena bola chamejante, do tamanho de uma bolinha de tênis. Logo que ele a atirou no ar ela explodiu, sem causar alarde, e seus restos caíram no chão como se fosse papel queimado.

– Acho que sou uma dessas pessoas de sorte – Davi improvisou um sorriso nervoso.

.•●•.

A professora de Filosofia surgiu na sala com um pacote contendo a última avaliação realizada pelos alunos. Apenas Astros e Cecília obtiveram notas insatisfatórias – eis por que esta última, inconformada, afogara-se na sua mesa cantando uma melodia fúnebre.

– Cecília – Elissa chegou, ainda sorridente em virtude da ótima nota. Cutucou a amiga gradativamente e, na falta de resposta, foi forçada a sacudi-la. – Cecília!

– Saia daqui – respondeu, sem erguer a cabeça espalhada entre os braços cruzados sobre a carteira. – Não quero falar com ninguém. Estou sarcástica.

– O quê? – perguntou Elissa, mas desistiu de tentar entender. Ela tinha seus motivos para querer falar com Cecília: – Hoje eu vou dormir na sua casa, está lembrada?

– O quê? – Cecília estava com os cabelos ocupando quase toda a mesa.

– Não ouviu? Eu vou dormir na sua casa!

– Com quem?

– Cecília! – aborreceu-se. – Essa não é a primeira vez que...

– Sei, sei! – respondeu meio estressada. – Acho que a minha mãe não vai se arriscar a fazer nada contra mim se você estiver por perto. Bem que as minhas irmãs dizem, nunca se sabe quando a gente pode precisar de uma testemunha – parou de falar sozinha e finalmente dirigiu-se a Elissa. – Você pode vir, Elis.

A festa pelas notas altas dominava grande parte da sala, até os sinos musicarem os corredores. A professora congratulou os alunos que passaram e depois atravessou a porta, apressada.

Perto dali, Davi sentava-se na cadeira ao lado de Malu, curioso que estava para saber o que ela tanto escrevia numa folha sobre a mesa.

– Uma carta – ela respondeu. – Reconhece uma?

– Pela sua cara amarrada, só pode ser uma carta de amor.

– Não é da sua conta!

– Não aumente o tom comigo – recomendou e fez a garota baixar as guardas. – Não sem me apresentar um bom motivo.

Malu jogou as canetas de qualquer jeito sobre a mesa e decidiu dar a atenção que Davi parecia querer tanto.

– Lembra do Virgílio, né? Nós terminamos ontem.

– Para com isso, Malu... ele mora lá em Ágios! – tentou confortá-la. – Não tinha mesmo como esse namoro dar certo. Mas... é pra ele que você está escrevendo essa carta?

– Não sei pra quem mais você acha que eu escreveria uma carta dessas, mas de qualquer jeito... É pra ele, sim. Nós discutimos feio... Ontem, pelo calisto. – Ela se afundou na palma das mãos. – Eu odeio discutir desse jeito com ele... Eu me descontrolo! Falo mais do que ele precisa saber, entende?

– Esquece esse cara! Aproveita que ele está *lá* do outro lado do país, e começa tudo de novo... – E sorriu. – Quero dizer... Você me entende.

– Lino, a gente poderia discutir tranquilamente sobre isso. Mas acontece que você é tão sensível quanto o chão em que pisamos. E eu não quero perder meu tempo.

– Você sabe que eu não sou assim, não diga isso.

– Ei, Lino! Vem cá – Astros chamou, colocando a cabeça para dentro da sala. O resto do corpo se envergava do outro lado, meio que dançando uma música que vinha de algum lugar. O colégio estava praticamente vazio, o que tornava o momento perfeito para os seus passos coreográficos.

– O que foi? – perguntou Davi já ao lado do colega. – Que música é essa?

– Não sei – respondeu, mas não era para aquilo que ele o havia chamado. – O que você acha de eu ir falar com a Chloe agora? Ela está sozinha, parece que a Lita não veio hoje...

– É você quem sabe. Onde está a Cecília? – resolveu mudar de assunto. – Foi conversar com o Policarpo?

– Isso aí. Ela agora vive de conversa com o Policarpo, eu só não sei se ela está sendo iludida por ele, ou se está se iludindo sozinha. Suponho que você saiba, o nosso amigo está namorando a colega dele, a Krishna. Se me permite dizer, dez vezes melhor do que a Cecília... O que reduz ainda mais as chances dela. Espero que ela que não me peça ajuda com o Policarpo, que não vai conseguir. Pelo contrário, vou atrapalhar...

– Receio que a Cecília não vá precisar de nada disso, Astros.

– Sabem que dia é hoje? – perguntou Seth, chegando. – Primeiro dia do mês de Afrodite... Mês dos namorados! Já resolveu o que vai dar pra suas namoradas, Astros?

Astros ignorou.

– Você é meu ídolo, garoto – continuou Seth. – Sabe, se eu fosse um fiel melhor, iria hoje mesmo ao Tholos de Altares, deixar umas oferendas comemorativas, mas como eu sou ímpio...

– Mas o que isso tem de mais? – perguntou Davi, tentando entender a alegria de Seth. – Um mês acabou, outro começou, isso nunca foi um acontecimento excepcional.

– Você é burro? – exclamou o relógio de Davi. – O primeiro mês terminou, levando consigo a clausura, Lino Yang! Agora tudo começa a funcionar normalmente nesta cidade, pois vocês já são parte dela! Inclusive, está acontecendo uma festa em homenagem a isso, no quarto pavimento.

– É mesmo! – Davi finalmente entendeu. – Então é por isso que nós vamos ter um jantar especial em casa.

– Claro! – a Hora sorriu zombeteira. – Ou você acha que os Farsala estão querendo comemorar sua notinha medíocre na prova de hoje?

– Mas que festa é essa? – ele quis saber, não se lembrando de nenhuma festa para a qual tivesse sido convidado. Olhando bem ao redor, o colégio estava meio vazio, um tanto silencioso... Exceto por uma música forte vinda dos pavimentos superiores.

– Festa? – Seth perguntou. – Quer dizer que... *Askos*, como eu sou burro! Então a festa no quarto piso é em homenagem a isso... Pensei que fosse aniversário de alguém!

– Por que não nos convidaram? – Astros estava inconformado.

– O panfleto! – Seth estapeou a testa. – Agora eu me lembro, eles falavam de uma festa no panfleto que nós recebemos no primeiro dia.

– Com certeza a Donna Glaia achou que já tinha feito a sua parte – disse Davi – e por isso não se deu o trabalho de nos lembrar.

.•••.

– O jantar deve ser especial mesmo – Davi comentou com a Sra. Farsala, na antessala da casa. Os dois já estavam arrumados, ela com um vestido airoso e Davi com uma desconfortável roupa de gala. Já estava na hora de os convidados aparecerem, e a mulher denotava certa ansiedade.

– É sim... Tem o pessoal que acabou de voltar de viagem. Há quanto tempo não os vemos! Será um jantar muito especial, eu o preparei para que seja especial. E *vai ser* especial. Ah! – lembrou. – Vai ajudar o Nicolas com o Vergo, ele está na cozinha.

– Fazendo o quê?

– Retirando as garrafas do refrigerador e depositando na geladeira, para não congelar demais. Vai, antes que o pessoal chegue.

– Tudo bem... – ele se retirou. – Você está linda!

– Pare, garoto! – Thalia corou-se, empurrando-o para a cozinha, e concentrada na porta.

– Também estou bonita, Lino Yang? – perguntou Hora, que havia se enfeitado especialmente para aquela ocasião, com lindos adereços que se viam em todo o visor.

– Sim, está maravilhosa.

– Obrigada! – corou a deusa.

Chegando à cozinha, Davi encontrou Nicolas encaixando as garrafas cuidadosamente no refrigerador abarrotado de cousas. Havia uma boa quantidade, três engradados no mínimo, e ele as deitava onde conseguia espaço.

– Quer ajuda? – perguntou Davi, aproximando-se.

– Por favor. Vem cá... Ajude-me com aquela ali... Os meus braços estão dormentes. Não consigo ficar mais um minuto perto desse refrigerador.

– Isso aqui que é o Vergo?

– É. Nunca experimentou?

– Não, nunca.

– Estranho. Nunca ouviu falar?

– Também não.

– Que cousa. Não sabia que não vendiam na sua cidade. Se bem que eu comprei os engradados diretamente na distribuidora do bairro Aristodemo, e não me parece mesmo que eles fazem entregas fora daqui...

– E o que é esse Vergo?

– Nada de mais. É só um fermentado de frutas com essência de ambrosia. Não chega a ser alcoólico, a despeito de provocar efeito parecido nos deuses. Só o que sei é que para nós, mortais, é uma bebida inofensiva, sagrada e muito saborosa. Além de saudável, já que todas as frutas do mundo compõem a receita. Se você quer ver a relação delas, é só ir numa daquelas caixas ali e pegar um livreco roxo. Você pode até ficar com ele, se quiser. Toda caixa vem com um, então... Pegue o seu, e jogue os outros fora.

– E vocês conseguem beber isso?

– Claro! É muito bom! E, se me permite, tiveram todo cuidado na criação da mistura. Eu, por exemplo, sou perigosamente alérgico a mirtilo, mas nem por isso o Vergo ameaça de alguma forma a minha saúde. Um rapaz na Ópsons morreu por reação alérgica à nectarina, que também tem no Vergo, mas a que lhe matou estava num ponche.

– Então o Vergo não faz mal nem pra quem é alérgico a alguma fruta?

– Vai entender, né? Experimente depois, Davi, você vai gostar. O Vergo é o próprio Néctar dos Deuses. Há muito tempo, a imaculada receita foi cedida aos mortais, a desde então essa é uma das bebidas mais veneradas de todas. E num copo duplo, com rum e cubos de gelo de água de coco, então, fica uma delícia. Pra você teria que ser sem o rum, claro.

– Se você diz... – Davi encaixava outra garrafa na geladeira congestionada. – E o que é isso? – Apontou para umas garrafas cobertas de gelo, com um líquido vermelho escuro.

– É *Guansis*. Mas você não tem idade pra isso.

O guanse era um tipo de conhaque envelhecido por sessenta e

um anos, feito à base do limão vermelho cultivado na vila de Guansis, hoje pertencente à cidade de Protogênia, em Eólios. Em determinado momento de sua história, fabricantes perceberam que não precisavam esperar tanto e, desde então, guanses de todas as idades passaram a ser produzidos. Apenas o original e mais caro, como aquele que Davi tinha em mãos, era um legítimo *sessenta e um anos*, aliado ao fato de ser fabricado diretamente na antiga vila de Guansis, podia levar este nome.

.••.

O som da campainha decorou a tranquilidade da cozinha. Da sala, a ansiosa Thalia mal esperou que o tilintar se repetisse, pois se apressou em atender a porta, ajeitando os cabelos e o vestido com violência.

– Boa noite! – disse o Sr. Vidaze. Sua esposa, elegante com um vestido preto ideal para as formas encorpadas e com uma trança negra jogada ao colo, também cortejou a anfitriã. – Todos no rumo dos deuses, espero.

– Olá, Thalia, como vai?

– Muito bem, Anastácia. Estamos no rumo, Anceu. Fico feliz em ver os dois! Entrem, por favor. O Nicolas está na cozinha, vai falar com vocês em instantes. Enquanto isso, podem ir à sala de tevê dar uma assistida enquanto não começamos o jantar. A Cosmas está lá com a Tulani, estão vendo a novela.

– Não se preocupem. Estaremos bem. E onde está o nobre cavaleiro David Farsala? – perguntou o homem.

– Está na cozinha ajudando o Nicolas, não vai demorar.

O casal de vizinhos se dirigiu até a sala da televisão. Sentaram-se, e pegaram o comecinho do filme *O ano em que ninguém morreu*, inspirado no romance homônimo de Lex Vismajor Tertius.

.••.

– Onde está o Lelaps? – perguntou o Sr. Farsala, com as mãos congelando.

– Está no quarto – respondeu Davi, depositando mais garrafas de guanse no refrigerador. – Ele tomou banho hoje, não foi?

– Foi – ele passava mais duas garrafas ao garoto, que ia procurando onde encaixá-las. – A Thalia me disse que foi um sacrifício. O Lelaps fez o próprio Hades pra não entrar na banheira.

Mais uma vez a campainha tocou, e desta vez o Sr. Farsala foi atender. Não havia mais garrafas nas caixas de papelão, as quais Davi empilhou e largou num canto mais afastado.

– Eudóxia, como vai? – o Sr. Farsala cumprimentou. – Que bom que vocês vieram, é muito bom vê-los aqui... Rutílio, há quanto tempo!

– Nem me fale, Nico! Confesso que já estava até sentindo falta de todos vocês! – riu o homem ruivo de rosto sarnento, com físico ainda superior ao do pai de Seth. Ao seu lado, a mulher Eudóxia tinha os olhos cintilando, agarrada no seu braço sem querer largá-lo.

– Foi um longo mês de Marte, não? – A Sra. Farsala sorriu com delicadeza.

– Realmente – concordou a vizinha Eudóxia. – Para todos nós o toque de recolher é sempre muito sufocante, e a cada ano fica pior... Para mim, particularmente, este foi insuportável. Não consigo mais ficar longe do meu carmesim!

– Para mim não foi um mês ruim – disse a Sra. Farsala. – Foi apenas... bem, foi... *difícil*. O Davi deve ter sofrido tanto, era tudo tão confuso pra ele... Mas tenho fé de que o Parthenon tenha feito seu trabalho. Os noviços já devem conhecer todo o tipo de cidadão da nossa cidade, e tudo o mais. Aposto que já estão todos preparados para a vida hiperbórea!

– E por falar nisso, onde está o garotão? – perguntou a Sra. Rufus. – David, querido, onde está você?

– É verdade! – lembrou Rutílio. – Eu ainda não conheço o famoso David! Cadê ele?

– Não sei – respondeu o Sr. Farsala. – É provável que ainda esteja na cozinha...

– Estou aqui – Davi acenou, suspendendo a intenção de ir ao seu quarto.

– Como ele é grande! Já é um rapaz!

– Imagine, Rutílio... – discordou a Sra. Farsala, os olhos se iluminaram. – Ele só tem catorze anos... Ainda é um menino.

– Que nada! – Sorriu o homem, que caminhou fazendo barulho até Davi e lhe apertou fortemente a mão. – Sabe quem eu sou, rapaz?

– O senhor deve ser... o Sr. Rufus, o marido da... Sra. Rufus, claro... *Minha mão!* – Davi gritou, irritado.

– Que força é essa? – perguntou gargalhando-se.

– Eu não a tenho! Bastava perguntar, se não sabia!

– Se parece mesmo com você, Nicolas!

– É, parece um pouco – corou o Sr. Farsala.

– Olha só, David – Rutílio Rufus sacou a carteira do bolso do terno, abrindo-a e mostrando uma foto antiga para o garoto. – Sabe quem é esse moço aqui na foto?

– Esse de paletó jeans? – perguntou Davi, tentando não notar o ridículo da roupa.

– É... – O homem se lembrava bem daquele paletó jeans. – Já era brega naquela época. – e apontou para a foto. – Esse aqui sou eu ao lado do seu novo pai, quando fazíamos parte do centro acadêmico na faculdade. Éramos jovens cães reacionários e fazíamos um baita sucesso com as calouras! Veja como o Nico tinha pinta de galã, com esse cabelo espetado!

Davi notou a vermelhidão intensa no rosto do Sr. Farsala e decidiu não dar corda para o vizinho prosseguir com as recordações da época da faculdade, por mais reveladoras que elas aparentavam ser. Ele pediu licença e subiu as escadas. Dando uma segunda olhada nos convidados, ele notou que o Sr. Rufus tinha as pernas meio dobradas, semelhantes às do namorado de Elissa, o que devia ser um problema sério de má postura. Chegando ao lugar objetivado, encontrou Lelaps deitado na cama, levemente abatido por não poder sair para sua boêmia, dada a importância que a presente data implicava.

– E aí, garotão? Está bonito! – Sentou-se na cama e estranhou a excêntrica gravata-borboleta branca que o gato ostentava acima de sua echarpe inata. Lelaps estava elegante, mas não muito animado com sua aparência. – Vem cá – disse Davi puxando-o para cima de si e fazendo festa por toda a pelugem do gato, que pulou para o seu ombro e lhe retribuiu o carinho.

Davi acomodou Lelaps em seus braços e o levou ao primeiro patamar. Descendo as escadas, aos poucos Davi conseguia ver que haviam chegado novos convidados. Pela sombra, notava-se que era um casal de costas. O homem era largo, alto e de cabelos rentes, e a mulher era fina e o salto a deixava quase tão alta quanto o seu acompanhante. Os cabelos dela se mostravam uma interrogação a cada degrau que Davi descia. A sombra do penteado bem arrumado parecia dizer que ele se movia delicadamente, o que não era possível. Decerto era algum efeito da luz. Mesmo assim, quanto mais ele se aproximava, mais notava que a sombra do penteado parecia mostrar... línguas. O que seria?

Já no andar de baixo, Davi se deparou com o penteado, cuja dona conversava alegremente com a Sra. Farsala. Cada fio de cabelo serpenteava limitadamente pelo espaço que alcançava e só não ia além por estar preso ao couro cabeludo da mulher. E que fios grossos! Aquele cabelo definitivamente *não era* comum. Tinha pares de olhos finos, corpos escamosos e línguas intimidantes – eram dezenas de cobras negras.

– Uma górgona! – gritou Davi, no que Lelaps pulou e ele pôde levar as mãos aos olhos.

– Onde? – perguntou-se o Sr. Farsala.

– Crianças – entediou-se a dona das cobras e do penteado.

– Calma, não se assuste – pediu a Sra. Farsala. – Davi, esta é a minha amiga Crotala, e... Tire essas mãos dos olhos, David!

– Não!

– Se houvesse algum perigo, você acha que eu pediria que fizesse isso? A Crotala é amiga da família!

Com uma dor terrível no coração, Davi baixou as mãos lentamente, até dar de cara com Crotala, cuja aparência não era das mais amigáveis. O penteado se recolhera no seu dorso.

– Antes que você diga alguma cousa, eu não sou uma górgona.

– E quem me garante?

– Eu garanto. Não tenho por que mentir, ainda mais para *você*. Meus avós devem ter um parentesco bem distante com alguma górgona, provavelmente. Mas, infelizmente, eu não tenho o poder de mumificar pessoas, se é que você me entende. Infelizmente.

– Esse aqui é o Brontes Damuse – apressou-se o Sr. Farsala. – Ele é editor-chefe da revista *Olho norte*, a terceira mais vendida do país. Nós o conhecemos há quase dois anos, quando nos mudamos para essa parte da cidade. Um grande amigo, sem dúvidas!

Era o homem que viera acompanhando a moça das serpentes. De frente, era tão singular quanto ela. Os cabelos eram de verdade mesmo, castanhos e ruços, e ele seria perfeitamente normal não fosse um detalhe – era um arispiano. No meio da testa, um olho azul solitário mirava Davi, da cabeça aos pés.

– Não me confunda com essas datas, Nicolas, pra ser sincero eu nem sei quanto tempo faz que nos conhecemos! – Brontes sorriu batendo nas costas do amigo. – E esse é o garoto sobre o qual você nos falou tanto? Você não contou que ele era tão parecido com um índio

– riu-se sarcástico.

– São os seus olhos – respondeu Davi, aceitando o convite para rirem juntos.

– Hã... Que tal irmos até a sala, eu acho que tem uma garrafa – Nicolas apressou-se novamente. Mas o seu amigo Brontes estava falando.

– Eu apenas disse que você se parecia com um índio... os cabelos negros, grossos... Mas seus olhos são maiores do que os de um indígena legítimo, pelo menos dos que eu conheço.

– É, meus olhos devem ser grandes mesmo. Meus olhos. Dois.

– Brontes, Crotala, vamos até a sala. Vamos agora – sentenciou a Sra. Farsala.

– Tudo bem – o casal concordou.

– Oh, que gatinho lindo! – admirou-se Crotala, frustrando a consequente fuga de Lelaps, que acabou sendo agarrado pela mulher. – Que fofo!

– É meu! – disse Davi tentando proteger o gato.

– Mas é tão fofo!

O gato se eriçou e soltou um chiado rouco. Num pulo, afastou-se da mulher e acabou parando na vastidão de folhas da samambaia.

– É, é muito seu mesmo.

– Sigam-me – a Sra. Farsala ordenou.

– Acho que já podemos jantar, não acha, Thalia? – propôs o esposo.

– Acredito que sim... O Coméssio e a Laura também já chegaram, então acho que não está faltando mais ninguém. É, podemos comer. Vou chamar os que estão na sala de tevê.

– Vamos – disse o Sr. Farsala convocando os que estavam próximos.

– Espera um pouco – disse Davi, enquanto os outros iam tomar seus lugares na mesa. Ele foi ajudar o gato, todo complicado por entre as folhas da samambaia. Esperou os comensais terminarem as suas orações, até chegar à mesa para procurar um lugar vago.

– Davi, olá! – a Sra. Argívio acenou quando ele chegou.

– Olá – respondeu tomando a única cadeira disponível.

A Sra. Farsala vinha trazendo a última travessa para compor o banquete. A relação dos pratos era variada: saladas, pastas, purês, torta de espinafre, frango xadrez, e alguns mais. Mas o principal estava na travessa maior – como no primeiro jantar, havia um generoso pedaço de lombo assado, rodeado de maçãs, rodelas de laranja e algumas cerejas espetadas.

– Podem comer! – anunciou Thalia.

Todos na mesa agradeceram e começaram a se servir, alguns de lombo assado, outros de macarronada, outros de salada, e outros de tudo, como o Sr. Coméssio Argívio. Davi se contentou apenas com um punhado de arroz com frango xadrez, e Crotala, ao seu lado, deu preferência ao purê de batatas com filé empanado. A Srta. Hinoda achou que seria melhor se não abusasse na refeição, e alimentou-se de uma pequena fatia de torta de espinafre.

– Anda acompanhando a Liga Hututsi, Nicolas? – perguntou vizinho Epaminondas Lúcilo, e o anfitrião confirmou. – Que surpresa é o tal do Cáfila, não? O melhor da geração!

– Uma modesta novidade. Ele está mais para *exceção* – disse Rutílio Rufus. – É que os novos lutadores têm se mostrado uma bela porcaria, só isso. Porque não há Cáfila no mundo que seja oponente para monstros como o bom e velho Congolês Crioulo.

– Congolês Crioulo? Aquele que foi comido assado? – perguntou o Sr. Abílio Procópio, com aquela voz tristonha que tinha..

– Esse aí mesmo! Foi uma luta histórica! – Epaminondas tinha suas lembranças. – Rutílio, você está precisando de um pouco de fósforo na sua dieta! A sua memória vai agradecer. A queda do Congolês Crioulo foi um marco na história da Liga!

– Ah, sim – o Sr. Rufus pareceu magoado. – Deve ter sido uma dessas lutas decisivas, que acontecem no mês de Marte, época em que sou expulso da minha própria cidade pra não assustar as criancinhas. – Ele aparentou ter perdido a fome, girando o dedo ao redor da sua taça de guanse.

– Não fique assim, Rutílio. Eu sei como você se sente – disse Brontes Damuse solidário. – Mais do que você imagina! Por exemplo, lembro-me de uma vez ter confundido o Garoto Amálgama com o Tânger Chutador!

– Putz, Brontes! Que loucura! – disse o Sr. Farsala rindo bastante.

– Parece até que não tem olhos – murmurou Davi, que riu sozinho da própria piada.

– Esse tal de Poderoso Cáfila nem é tão bom assim – disse o Sr. Abílio Procópio. – Ele tem é sorte, é o que eu digo. Quando se deparar com o Abissínio Cousa Negra, não vai sobrar um pedaço sequer. Não tem Cáfila no mundo que vença o Abissínio.

– Quem é o Cáfila? – perguntou o Sr. Coméssio Argívio.

– Um lutador, Coméssio – respondeu o Sr. Farsala.

– Quantos?

– Apenas um.

– E aí, Mirmes? Conseguiu fazer os bolinhos? – perguntou a Sra. Farsala.

– Se for normal eles terem gosto de terra molhada, pode me parabenizar.

– São aqueles bolinhos de semolina, Thalia? Você precisa me dar essa receita! – disse a Sra. Damuse.

– Crotala, eu nem te conto! – animou-se Thalia. – Estou com mais um livro de receitas internacionais. Umas misturas simplesmente inusitadas. Você precisa ver!

– Claro! É só você marcar o dia, que eu venho aqui para conferir!

– Vocês sabiam que estamos no mês de Afrodite? – perguntou a Srta. Canona Hinoda, feliz por ter encontrado uma forma tão linda de participar das conversas.

– Evidente que sim – respondeu Eudóxia Rufus cortante. – Todos sabemos.

– Você só pode estar brincando, Canona. Imagine a coincidência! – disse a Sra. Damuse fingindo estar espantada. – Chequei o meu calendário hoje, e nele diz a mesma cousa!

– Sabe, pra ser sincera... – Ela mexeu sem importância na comida em seu prato. – Algumas vezes eu me atrevo a me questionar se vocês são mesmo firmes em sua fé...

– Canona, não seja desagradável! – revoltou-se a Sra. Rufus. – Nós somos fiéis aos deuses, tão fiéis quanto você! Não é porque você passa o dia todo falando neles e nas passagens do *Livro*, que você é uma pessoa melhor que qualquer um de nós aqui!

– Acho que fidelidade é um tema que você deve discutir com o seu marido, querida, não comigo – destilou a Srta. Hinoda. – Com *ele*, não se esqueça. Vai por mim, irmã, ele mais do que ninguém precisa de alguns esclarecimentos básicos sobre o valor de certos votos que fazemos na vida...

A Sra. Rufus nunca sentiu o seu rosto esquentar tanto quanto naquele momento.

– Talvez eu faça isso – disse, tentando relevar o rosto vermelho. – Discutir temas como esse é uma das cousas que nós, mulheres casadas, sempre temos que fazer.

– Eu sou casada com a minha fé! – devolveu a Srta. Hinoda.

Nesse momento, a jovem Anabelle Fourier, vizinha que não aparecia muito nas conversas, não conteve os risos. Antes disso, mal parecia estar prestando atenção naquilo tudo.

– Desculpe, a minha devoção ao divino é algo engraçado para você, Anabelle?

– Eu diria que sim – respondeu a garota –, mas você é um pacote completo, Srta. Hinoda. Eu estou rindo de tanta cousa... impossível destacar uma só! – continuou a rir.

– Francamente – corou a mulher, prestes a lançar uma indireta. – Os jovens de hoje deveriam ser o futuro do mundo. Mas, do jeito que nós vamos...

– Como não sou uma solteira frustrada, vou sair daqui muito satisfeita comigo mesma – martelou Anabelle, ajeitando os curtos cabelos por trás da nuca. Sequer se importou com o sermão que estava em cartaz. Apenas comia despreocupadamente.

– Porque a educação que recebi do *meu pai* sempre me serviu de luz nesse grande túnel da peregrinação... – monologava a Srta. Hinoda irritada, e trêmula. – Sempre prezei os valores da família, desde menina abracei a causa da castidade, e sempre hasteei a bandeira do Ministério. Todos somos capazes de usufruir da vida eterna na quietude da Aldeia dos Bem-Aventurados. Há deuses lá em cima que possuem um plano especial para cada um de nós; inclusive pra você. Claro, em seu lugar eu *também* não acreditaria. Porque, minha querida, você precisa se espelhar em minha trajetória de vida para assim tornar-se uma *quase pessoa*, Anabelle, pois nem isso...

– Talvez estejam faltando orquídeas no seu jardim – disse Anabelle, penetrante.

– O que você quer dizer com isso? – A face da mulher já estava ardendo. – Desde quando devo satisfações da minha vida e do meu quintal pra você, sua perdida?

– Tulani! – a Sra. Cosmas Araceli repreendeu a menina ao seu lado, que fez menção de lançar risos enxeridos. Tulani levou as mãos à boca e tanto lutou que conseguiu manter a neutralidade recomendada.

– Você não devia ter falado com ela, Anabelle – murmurou a Sra. Araceli incomodada com a bronca interminável tecida por Canona.

– Eu não me importo com isso – a garota sorriu.

– Mas eu sim! Será que ela para hoje? – Crotala perguntou para

Thalia, que respondeu constrangida, com meio sorriso.

– Agora me diga, irmã, quantas vezes você foi à igreja esse ano? Você por acaso já foi a uma igreja? Ao menos sabe o que é isso? Porque, minha querida, a julgar por essas suas roupas negras, ridículas, e essa sua cara pálida, você não anda em dia com suas alimentações de fé. Você já leu o *Livro*?

Anabelle sequer ouvia as palavras da vizinha; apenas lançou um olhar de falso interesse.

– É óbvio que não – a Srta. Canona Hinoda sorriu bombástica, pois já previa a resposta. – Mas não se preocupe, querida. Até mesmo quirópteros repulsivos como você têm salvação. Ainda está em tempo de você aceitar a fantástica doutrina divina.

Como a discussão não foi na base dos gritos, não chegou a incomodar os demais presentes, especialmente os homens, que continuavam suas conversas independentes. Davi, que estava no meio de várias conversas paralelas, não se importava em ter que ficar quieto. Pelo contrário, estava bastante entretido em seu jantar. Deu um tímido gole na sua taça de Vergo, mas não prosseguiu por achar o sabor demasiado forte. Fez uma discreta cara de nojo, depois recolheu a careta para tornar a brincar com o seu prato e, com seus pedaços de frango, dava de comer a uma das cobras da mulher ao seu lado.

– Quer parar? – reagiu Crotala incomodada.

.•●•.

A campainha tocou. Davi se levantou e saiu discretamente. Lá pela samambaia, Anabelle retornava do toalete, após ter retocado a sombra negra sobre os olhos azuis. Ela, de dezesseis anos, tinha jeito e andar de quem era mais velha, talvez uns vinte...

– É você o David Lino? – perguntou curvando-se do salto para mirar Davi, que estava um pouco mais baixo que ela. Ele se assustou. Esqueceu a campainha por uns instantes. Observava Anabelle desde que ela aparecera em seu campo de vista, só não esperava que ela viesse lhe falar.

– Sou – ele respondeu evitando a perfeição de seus olhos.

– Ouvi falar muito bem de você.

– Foi? Que bom...

– Foi – sorriu ela. – Foi uma pena eu não ter conseguido vir no dia em que você chegou... Estava muito ocupada. Mas, hoje estou aqui! Queria muito ver como você era.

– E você gostou do...? – começou Davi, que foi interrompido pela campainha, que tocara novamente. Ele sorriu, acanhado, e fez menção de caminhar até a porta, mas antes tinha algo a dizer. –Você me dá licença?

– Claro – sorriu.

Davi girou a maçaneta. Arriscou uma última olhada para trás, mas Anabelle já havia desaparecido. Ele se virou novamente, abrindo de vez a porta. A pessoa do lado de fora, apoiada na ombreira, vestia um casaco de couro. Com um braço segurava um capacete de motoqueiro, e o outro estava estendido, prestes a tocar a campainha novamente. O rapaz exibiu no rosto um largo sorriso, ao ver quem tinha aberto a porta.

– E aí, Lee? Como é que vão as cousas?

– Guan Mao! Tudo bem... O que você está fazendo aqui? – perguntou sorrindo.

– Lembra que eu estava te devendo uma? Nós viemos pagar. – E apontou para Shen, parado na calçada com sua *motojet* ligada, e acenou quando o primo olhou para trás.

– Shen! – gritou Davi, e ele acenou de volta.

– Beleza, Davi! – respondeu com a voz abafada pelo capacete.

– O que vocês querem? – Davi perguntou.

– Nós vamos dar uma volta – respondeu Guan Mao. – Tem um lugar que você precisa conhecer, e não é tão longe. Vem, não tem perigo.

– Não sei... É pra agora? – perguntou Davi pensando em ter que deixar a casa, Anabelle, o banquete... sem saber a que horas ia regressar...

–Vamos, Lee! Nós não vamos demorar. É um lugar bacana, você vai gostar muito.

–Tá bom. Espera um pouco, eu vou pedir pra... Sei lá, pra minha mãe.

–Vai lá, corre.

30

ARREBATA!

ÀQUELA HORA, não estavam mais no Conselheiro Acme, mas sim no intenso bairro Acrópole. Para Davi, era uma novidade ver os cidadãos circulando pela vivacidade das cores de Tholos àquelas horas. Havia muita gente – uns correndo, outros olhando vitrines e questionando os altos preços, outros passeando, rindo... Saciavam a falta que a vida urbana lhes fazia. A liberdade era um alívio para todos.

–Você precisa conhecê-la – continuava Guan Mao.

A agitação da noite hiperbórea não impunha mais restrições. Daquela parte elevada da rua, podia-se ver a cidade, que era toda uma noite. Luzinhas intermitentes, vistas ao longe, ajudavam a formar uma paisagem esboçada pelo cavalete de um grande mestre.

Após o terceiro semáforo, eles enfim chegaram ao largo de Aca Larência, referência em entretenimento na cidade, onde o fluxo de veículos era intenso.

Guan Mao estacionara sua *motojet* em frente a um grande estabelecimento, de muita opulência, fachada cheia de cartazes e anúncios seus e com a entrada guardada por um jovem funcionário. Metros acima do balcão de ingressos havia um letreiro luminoso tomando a fachada de ponta a ponta. As letras brilhavam dizendo: *Arrebata! A Gaiola das Harpias.*

–Vamos, pode descer – disse Guan Mao guardando o capacete. –Acho que esse é o momento ideal pra você exercitar tudo que aprendeu nas aulas de Teratologia – riu, admirando a multidão.

– Como assim? – perguntou Davi.

– Olha bem este público – ele fez um gesto amplo, mostrando para Davi alguns dos cidadãos presentes ali. Muita gente normal, isso

Davi já tinha notado. Mas além de pessoas, havia outros seres por lá. Animais fabulosos, verdadeiras bestas mitológicas, que até então só existiam em seus piores pesadelos.

Ao se deparar com aqueles monstros, Davi sentiu um calafrio tão terrível, que não poderia concluir outra cousa: era ali. Ele iria morrer ali. Tão jovem.

Contudo, enquanto Davi procedia a um medo imediato daqueles seres monstruosos, eles apenas o ignoravam. Todos agiam normalmente, sem pudores, alguns conversando alto e colocando a conversa em dia na longa fila formada para adentrar a Gaiola.

– E o pior é que ela teve o cinismo de fugir com o descarado do Acis, aquele maldito... – desabafava um ciclope para o seu companheiro, com o único olho vermelho de tanto chorar. – Eu não precisaria ter parado aqui, nesse antro de devassidão!

– Ora vamos, Polifemo – o amigo tentava contornar seu desânimo. – Acho até que você vinha mais aqui quando estava com ela... – Sorriu, dando tapas fracos naquele ombro largo de ciclope. Era um interessante (e bem-vestido) espécime de onocentauro, que possuía corpo de homem e cabeça de burro, e cascos no lugar das mãos.

Guan Mao, que estava próximo, decidiu não dar atenção à balada lúgubre do ciclope traído, pois sabia que depois de meia hora na Gaiola, toda aquela frustração encolheria diante do duradouro sorriso de satisfação que estamparia sua face. Não era do feitio do estabelecimento decepcionar os clientes mais necessitados de seu afago.

Davi, por sua vez, concluiu que já tinha visto e ouvido o suficiente. Sua cabeça não pensava em outra cousa que não sair daquela cidade sem sequer fazer as malas.

– O dia de amanhã é conhecido como o "dia da palidez dos noviços" – disse Guan Mao rindo. – Quando chega o primeiro dia de abril, os noviços querem compensar os dias que ficaram sem poder sair, e sempre planejam farras depois da aula. Aqueles que não levam a sério a aula do Prof. Demofon, quando dão de cara com os cidadãos fabulosos, ficam horrorizados! E no dia seguinte, ainda estão com o corpo gelado de medo!

O Prof. Demofon Pollemorph vivia abordando, em suas aulas de Teratologia, a chamada Zoologia Mitológica, mostrando aqueles animais e como se formavam, explicando um pouco de sua anatomia. Mas Davi nunca achara conveniente prestar atenção naquelas aulas, e sua total ignorância teve papel fundamental na notável palidez em seu rosto. Felizmente, Guan Mao não associou essas cousas.

– Cara, o que você tem? – perguntou o rapaz preocupado. – Está tremendo!

– Nada – respondeu Davi limpando o suor do rosto e tentando manter a serenidade. – Nada... É que... as filas longas, elas... me dão pavor...

– Mas você não precisa se preocupar, olha o Shen ali. – Ele apontou para onde estava o primo, cujos olhos estreitos brilhavam. – Ele está guardando o nosso lugar. Ah, e só por precaução, não fica dizendo a sua idade em voz alta, certo? Nunca se sabe...

– Pode deixar – disse Davi, tentando esquecer da companhia que teria naquele lugar.

.••.

– Diga às meninas que se preparem, hoje tem gente nova! – disse Guan Mao ao porteiro e batendo nos ombros de Davi, minutos depois.

– Eu também estou aqui – acrescentou Shen, acanhado. – Diga a elas que eu também vim.

– Podem contar comigo! – sorriu o porteiro. – Entrem, caras, fiquem à vontade! Hoje a entrada é franca para os mais assíduos e para os seus acompanhantes. Depois da apresentação das meninas tem a estreia de um humorista do bairro Urotato, vocês vão pirar! O cara é gênio!

Entraram. Posposto ao cortinado de seda, havia um ambiente àquele momento já frequentado por algumas pessoas. À primeira vista, o auditório era prenchido por homens em sua maioria, todos sentados às mesas com suas bebidas e conversas fiadas. A luz baixa iluminava bem os papéis de parede, mas permitia que a penumbra percorresse pontos estratégicos do espaço.

No canto direito havia um bar gracioso, cujo comandante devia estar ocupado, pois atrás do balcão não havia ninguém. Uma porta próxima à prateleira de bebidas foi deixada aberta, revelando uma luz forte que destoava do espírito do ambiente.

Alguns não seguravam a ansiedade para que o cortinado de veludo fosse aberto e se iniciasse o espetáculo. Um minotauro precisou ser guiado pelo porteiro até uma mesa mais afastada, onde a sua cabeça de touro e os chifres tortuosos não incomodassem os demais clientes. Isso foi feito a pedido de uma caravana de anões e sátiros exaltados, ambos desprivilegiados metricamente – sendo que estes últimos, com as pernas de cabra, não conseguiam sequer subir nas cadeiras sem dificuldade.

– Boa noite, garotos – uma mulher alta e fina os cumprimentou. O vestido preto de corte reto ia de acordo com o donairoso chapéu de aba larga da mesma cor, que usava sobre os cabelos curtos que mal tocavam a bela echarpe de penas negras de arqueoptérix, uma ave primitiva. Uma mão apoiava-se majestosamente na cintura, e a outra segurava uma piteira, cuja fumaça do cigarro desenhava no ar e se misturava ao fumaceiro de gelo seco que percorria a Gaiola. O cigarro da piteira era a única cousa desagradável em sua presença; era parte da sua essência e o único defeito que tinha.

– Madame Boá, oi! – disse Guan Mao brincando. – Olhe quem está aqui.

– Ora, se não é o garoto de quem você me falou tanto. – A mulher sorriu alisando com delicadeza o rosto de Davi, curvando-se levemente. – E qual é o seu nome, meu bem?

– Meu nome é Lino, David Lin...

– Adorei o seu nome, Lino David. Seus pais têm uma imaginação admirável.

– Não, mas meu nome...

– O meu nome? – Ela se ergueu, voltando à mais correta postura. – Rien Vemun. – E cedeu sua mão para ser devidamente osculada. – Prazer.

– Prazer...

– Madame Vemun – interrompeu Shen –, onde elas estão?

– As meninas? – ela sorriu e bateu duas palmas ocas. – Estão vindo aí.

De uma portinhola ao lado do balcão do bar saiu um grupo de garotas cheias de adornos e espalhafatos, vestidos curtos e penachos artificiais nos cabelos. Desfilavam sorridentes pelo curto percurso. E não só suas vestes eram peculiares – seus corpos eram revestidos de penas, uma linda penugem, e asas coloridas pela temática do espetáculo. Ressalte-se que seus rostos e mãos tinham uma epiderme normal. Os cabelos eram lisos e alisados, concluindo o conjunto de mulheres-aves singular e atraente.

– Harpias! – exclamou Davi, mais incrédulo à medida que elas iam se aproximando. Não sabia se seu rosto iria conseguir abrir espaço para tanto sorriso.

– Onde? – perguntou um homem estranho, com um terno rasgado nas costas. Tinha asas grandes de borboleta passando pelo rasgo na roupa, soltando camadas em forma de pó que irritavam as pessoas próximas. – Foi por causa da garrafa que eu roubei? Eu já disse que não roubei!

– Está bêbado – disse Rien inflexível, afastando-o. – Jersey!

– Quem é esse garoto lindo? – perguntou uma das harpias, enquanto Madame Vemun dava instruções ao seu funcionário para levar o bêbado para fora, e reaver o dinheiro da garrafa subtraída.

– Que fofinho! – sorriu outra.

– Panapaná! – Foi a última palavra do cliente embriagado, antes de ser enxotado.

– Que máximo! – disse Davi. – Então é isso que aqui tem de especial... Harpias!

– Olá, garotas – Shen as cumprimentou, mas foi ignorado.

– Qual é o nome desse precioso? – perguntou uma das garotas.

– O nome dele é Lino David, um novo amigo da família – respondeu Madame Vemun, que acabou se incomodando com os murmúrios gerados. – Vocês já estão prontas?

– Estamos – ouviu-se a resposta.

– O que vocês fazem? – perguntou Davi.

– Elas só dançam – Rien respondeu objetiva. As harpias soltaram risos abafados, que tentavam esconder com as mãos e foram censuradas pela proprietária do estabelecimento. – Silêncio! Contenham-se! Além do mais... Oh, que gafe! – Estapeou a testa e chamou Davi para mais perto. – Esqueci de apresentá-las ao David. Aqui, tesouro. Esta aqui é a Ocípite, a apressadinha; aquela é a Celeno, dança com a alma; essa é a Aelo...

– Senhora, acho que não temos muito tempo... A apresentação está para começar – interrompeu Ocípite, a de cabelos ruivos. Agitava as asas incansavelmente, incomodando um pouco as companheiras ao seu lado.

– Então podem ir. Depois vocês terão muito tempo para conhecer o Lino David. Mas, primeiro, à labuta. Vão, garotas, corram! – ordenou Madame Vemun batendo palmas leves, no que as meninas obedeceram. Lideradas por Ocípite, elas levantaram voo, atravessaram a portinhola e desapareceram.

– Apressadas, elas – comentou Shen de cara emburrada.

– Fez sucesso, garotão – disse Guan Mao dando um tapa animado no ombro de Davi.

– São só essas aí?

– Temos mais algumas, querido, mas que tiveram que se ausentar por hoje. Não proíbo nenhuma delas de saírem uma vez ou outra, contanto que elas não se esqueçam que têm um contrato a respeitar.

– Uma apresentação de harpias...

– É formidável! – gabou-se ela. – Só não as chame para jantar! – E disparou gargalhadas altas e satisfeitas em homenagem à própria piada, que Davi não entendeu. – Não, querido, nem todas são harpias de verdade. Essas que você viu aqui, sim, são harpias, mas no espetáculo você verá que há algumas que não têm as penas nem as asas. Essas estão aqui porque querem. As harpias verdadeiras, as *Putas avis*, vêm até mim espontaneamente, pois a natureza parece lhes dizer que o seu verdadeiro lugar é aqui. As humanas vêm por vontade própria, ou para conseguir um emprego... Cá entre nós, são cousas que na verdade nunca me interessaram.

– Ah, entendi... Deve ser um espetáculo incrível...

– E é sim – respondeu Guan Mao. – É muito bom mesmo.

– Já vai começar – disse Shen cruzando os braços animado, enquanto as cortinas vermelhas iam se abrindo.

– Vocês não vão se sentar, queridos? – perguntou Madame Vemun apontando para algumas mesas vazias à sua frente. – Por favor, fiquem à vontade. Vocês me deem licença, tenho que procurar o Basílio e pedir que ele sirva alguns tragos a vocês. Acho que ele se meteu na adega e ainda deixou a porta aberta! Aquele irresponsável! Até mais, garotos, divirtam-se! – E saiu em direção ao bar. Perto dali, Shen avaliava os riscos de uma eventual invasão ao camarim das harpias no final da apresentação.

31

GUARDIÃO DAS PORTAS DO TÁRTARO

Iniciado o espetáculo, alguns espectadores podiam ser vistos uivando e batendo com os pés com força no chão na medida em que as pernas das garotas se levantavam, cortando o ar em harmonia, e revelando um pouco das penas ocultáveis. Davi, inexperiente no assunto, via cada ato com olhos devoradores.

As mulheres voadoras dançavam com os braços nos ombros umas das outras, brincando ao animado som da orquestra. Faziam charme com caras e olhares, e davam chutes altos em dados momentos, com movimentos delirantes. Seu olhar era de mulher, as feições tão femininas, enquanto ao mesmo tempo esnobavam a astúcia de ave, o descaramento, seu insinuante erguer de asas – tudo estava ali, arrebatando o público, deixando-os fascinados.

Enquanto a apresentação acontecia, Madame Vemun finalmente conseguiu trazer o tal Basílio de volta ao balcão, o seu devido lugar. O moço de bar vinha dar a mostra de que, naquele estabelecimento, as harpias não eram as criaturas especiais. Ele, de proporções grotescas, ostentava nada mais do que um colete branco e uma gravata borboleta. Rastejava-se pelo chão, arrastando o pesado ventre escamoso e marrom-escuro até a bancada. Mantinha apenas a metade superior do seu corpo em postura meio ereta. Por certas vezes a língua escapava da boca, e serpenteava por alguns segundos no ar. Seus olhos eram grandes e amarelados, muito brilhantes.

– Eu falei para você arrumar as garrafas há uma hora, e não agora. A casa está cheia, não notou? – brigava Madame Vemun.

– Desculpe-me – lamentou-se Basílio.

– Você precisa aprender a obedecer com prontidão. Não quero você engajado em outro serviço quando seu lugar é aqui, atendendo os clientes!

– Isso não vai se repetir.

– Mas é claro que não vai. Do contrário, eu sei muito bem o que fazer com você.

– Mas já acabou? – perguntou Davi inconformado, quando as cortinas se fecharam.

– Talvez elas preparem um segundo número para hoje – arriscou Shen, preocupado com a possibilidade de estar errado. – Dias como esse merecem um tratamento especial...

– De qualquer forma, o Davi já tem que ir embora. Já passamos das onze, cara.

– E daí?

– Não quero te entregar aos Farsala só amanhã. Se você quer que eu possa te trazer de novo, vai ter que fazer por merecer... não chegando tarde hoje. Eu prometo que na próxima vez eu peço para a sua mãe te deixar ficar mais um tempinho. Agora, vamos?

– Mas e o humorista do bairro Urotato? – lamentou entristecido.

– Na próxima você assiste, Lee, se esse cara for bom mesmo ele vai ficar em cartaz por um semestre inteiro, no mínimo!

– Tá bom... – conformou-se meio enfezado.

– Eu posso ficar? – perguntou Shen. – Eu preciso estar aqui, para... Digo, vocês se importam? Não, né? Então até a próxima, Davi!

– Até – acenou, depois de ter se levantado.

.•●•.

Após ter vestido o pijama, Davi se acamou, esperando o sono fazer a sua parte. Enquanto isso, ligou a televisão e sentou-se. A Mithos exibia a reprise de um episódio do seriado *Sâmia, Aprendiz de Motorista*.

– *Pilantra! Vinagre nunca foi combustível!*

– *Esse é um assunto que não...*

– Nessas horas, os capítulos são pré-históricos – disse, queixando-se de já ter assistido àquele episódio do programa. Logo em seguida mudou de canal. Na Lótus, a atração era o *Jornal da Lótus com Penélope Massendoni*. Pela feição da âncora, a notícia era séria.

– *Morte do Cérbero* – anunciou a manchete. – *Há pouco mais de duas semanas, faleceu, por falência múltipla de órgãos, o memorável cão Cérbero, guardião das portas do Tártaro, nos Campos Alísios. No início, a notícia foi mantida em sigilo em respeito ao toque de recolher dos cidadãos fabulosos e à temporada de cautela municipal, vigentes no mês de Marte em função da entrada de noviços no Templo Acadêmico Parthenon. O cão de três cabeças que, especula-se, completaria onze mil e dezessete anos na sexta-feira próxima, iniciou o presente ano executando com normalidade seu trabalho de sentinela. Todavia, desde a entrada do mês de Dionísio (fevereiro), o decrépito Cérbero passou a apresentar dificuldades respiratórias, sendo levado às pressas para o núcleo bestiário do Hospital Serpentário de Asclépio, mas seu quadro vinha piorando com o passar do dias. Sua Divindade, o líder do Mundo Inferior, enviou nota lamentando o plangente ocorrido, mas informa que a vaga na guardiania já foi ocupada. O nome do novo guardião não foi revelado, por motivos desconhecidos. Representantes da Igreja Nova Clássica Ortodoxa dizem...*

– Nossa! – disse Davi boquiaberto. Estava espantado não pela notícia da morte do cão, mas sim pelo fato de que *existia* um cão antes de falecer. Por toda a sua vida ele tratou os personagens do *Livro* como imaginação, fábula, seguindo o julgamento dos forasteiros. Davi sempre preferia discordar de opiniões que levavam o seu país ao estado de anomalia vergonhosa, mas agora ele precisaria reconstruir sua concepção do que existe e do que não existe. Urgentemente.

Dormiram pensando nisso, Davi e a televisão. Quando um barulho grave vindo do aparelho denunciou que este estava ligado, o garoto assustou.

– *Cremes Perolados Neith... Tez macia independente da sua espécie: isso é liberdade* – anunciava uma propaganda na tevê.

Nem precisou olhar o relógio para checar as horas. Certamente não seriam mais do que cinco da manhã, pelo que ele pôde ver da janela. Caminhou até a televisão e apertou o botão para desligá-la, totalmente obliterado de sua cabeça o fato de que havia um controle remoto ao lado da cama. Caminhando rumo à paz de seus lençóis, resolveu dar uma pequena parada em frente à janela, para contemplar o céu, a sua rua, os quintais das casas. Lelaps já havia voltado da noitada e dormia angelical no seu pufe, a fim de repor as energias gastas em uma noite inteira.

Abriu a janela e apoiou-se no parapeito. Aparentemente todos os seus vizinhos dormiam e as casas, também. A rua toda estava em silêncio, ninguém caminhava pelas calçadas. A noite já havia desistido, mas poucas estrelas ainda insistiam em manter a visibilidade. O azul escuro e ralo do céu impunha a quietude e todos obedeciam, exceto os pequenos postes, que teimavam em cantar umas luzes abóboras, desnecessárias, pois já se podia enxergar sem elas.

Cutucando o silêncio, relinches de cavalos figuravam no campo auditivo de Davi, que olhou em volta, procurando algum equino, sem sucesso. O barulho persistia. Não era um som alto e nem era irritante, mas era curioso, e de onde poderia estar vindo?

Não foi necessário que Davi procurasse muito, pois, junto com o fim da dúvida, veio a manhã para o caminho 22 e toda a Vila de Tholos. Os relinches vinham mesmo de cavalos, que cavalgavam pelo céu, puxando uma carruagem ígnea, redonda e distante. Os cinco corcéis podiam ser vistos com facilidade, mesmo com tantos corcovos rápidos. Os das extremidades eram alvos e com uma crina de fogo indomável. O do meio, mais tempestuoso, era negro, com um fogo mais vivo nos pelos crepitantes da crina. Na sela deste estava um homem de capacete dourado, tal qual suas chinelas. Arriava o corcel e repetidamente tocava todos com uma longa chibata de seis tiras. O homem, confundível com um antigo cavaleiro romano, levava consigo o que restava da noite e deixava a manhã como rastro de sua rapidez. Atrás deles, o céu azul estava renovado, pronto para mais uma jornada de trabalho.

32

QUESTÃO DE HONRA

– COMO COUBE TANTA GENTE assim na sua casa? – perguntou Astros.

– Sei lá – respondeu Davi. – Mas tinha muita gente.

– Quando você voltou ainda tinha mais alguém? – quis saber Malu, interrompendo por alguns instantes a escrita de sua carta. Após ouvir a resposta, voltou ao que estava fazendo e nada mais falou.

– Eu sei lá! Esse jantar foi no mês passado! Já estamos em maio, não?

– Que memória fraca, Lino! Você viu, eu contei o jantar da minha casa com riqueza de detalhes. A Malu também, só que ela não contou melhor do que eu. Mas me diz aí... Aquela sua vizinha, você a viu depois desse dia?

– É impressão minha ou você está interessado nela? – perguntou Davi, sorrindo.

– Eu nem conheço... – respondeu acanhado, mexendo os ombros. – A não ser pelo que você acaba de contar, claro... Digo, sobre o jantar na sua casa...

– Eu acho que ela é filha da Sra. Araceli, não sei bem... – disse ele pensativo. – Mas ela não falou quase nada durante o jantar... E não se parece muito com a Cosmas.

– E qual é o nome dela?

– Tulani.

Astros ensaiou um silêncio intrigante.

– O que você tem, cara? – perguntou Davi preocupado. – Eu disse alguma cousa errada?

– Não, Lino, não se preocupe...

– Tem a ver com a Tulani? – Davi arriscou.

– É que esse nome, eu não sei... não me inspira confiança...

– Não crie cisma, Astros.

– Tudo bem, eu sei que é bobagem. Não leve a sério. Mas agora diga, Lino! Ela é bonita?

– Você não faz ideia! Ela é uma gata!

– Sendo assim, ela não precisa nem ter os dois braços. Eu não me importo. Você acha que eu tenho chance?

– Claro que tem. Aparece lá em casa qualquer dia desses, que eu apresento vocês.

– Jura? Então tá! Eu topo!

– A aula vai começar – Malu interrompeu, mantendo o foco na carta que escrevia.

– E que aula é essa? – perguntou Davi, consultando a agenda velha e surrada para ler os horários.

– Que agenda feia é essa, Lino? – perguntou Elissa, ao seu lado. – É alguma relíquia indígena antiga ou você que não se preocupou em jogar fora?

– É a que eu tenho.

– Por que você não compra outra? – indagou novamente. – É tão barato.

– Por que *você* não me compra outra, já que está tão incomodada?

– Sr. Lino Yang e Srta. Ársis, a minha aula não é hora para namorar – disse a Srta. Kinda, que havia acabado de se virar do quadro.

– Eu *não estou namorando* essa cousa amarela! – Davi sublinhou exaltado.

Elissa não se manifestou verbalmente. Apenas tentou disfarçar o rosto avermelhado, abaixando a cabeça e olhando através dos cabelos jogados à frente do colo.

– Bem, não liguem se fui pouco delicada – corrigiu-se a professora. – Acontece que não fui eu quem estava incomodando a aula. Se vocês querem conversar ou fazer qualquer outra cousa, peçam licença e se retirem da sala.

– Eu não quero me retirar da aula – disse ele, baixando as guardas.

– E você, Srta. Ársis?

– Também não, professora.

– Ainda bem. Eu falava sobre o processo de criação de um grande poeta dessa escola, o exímio Otacílio Linceu, expoente sua geração, que fazia as suas vítimas utilizando técnicas de tortura pouco usuais, tais como...

– Você não sabe da última! – sussurrou Cecília para Seth discretamente.

– Temo que não.

– A Krishna traiu o Policarpo, e ele já sabe disso! Pode escrever: em pouco tempo, aquele chiclete mastigado não servirá nem para cariar os dentes do meu homem. Posso apostar que dessa vez a sanguessuga vai desistir de bancar a salamandra e parar de mexer com fogo.

– E quem é o fogo? – riu Seth. – Você?

– Não se engane com essa tez de princesa, Dehiskos. Eu sou melhor do que pareço.

– E, lamento desapontá-la, mas dizer que o *Policarpo* é *seu homem*, é uma questão que admite inúmeros recursos...

– Por quê? Ele não é homem?

– Sei lá. Mas o pior, sem dúvida, é você achar que aquele cara é "seu"!

– Ah, mas ele é. A jumenta veloz já está fora do páreo.

Os alunos aproveitaram que a professora tinha se virado para escrever no quadro novamente e murmuravam da forma mais discreta que conseguiam.

– Seth, eu preciso falar com você – disse Elissa. – Mas depois.

– O quê?

– Depois eu conto – apressou-se, preocupada em não levar outra repreensão da Profa. Kinda. – Depois! – E voltou a fingir que copiava o que a professora escrevia.

– Vou te dizer, amigo, é *muito* interessante. – Cecília sussurrou ferina, simulando animação, jogando os cabelos à frente dos ombros. – Ela pensa que eu não sei.

– Cadê a Karin? *Achou!* – Eric Niven brincava reservadamente, longe dali. Mas a própria Karin já não achava tanta graça.

– É hora de ação – disse Cecília, mas Seth não esboçou reação. Ia procurar Policarpo pelo colégio. – Professora, posso beber água?

Com a permissão concedida, a garota se levantou, interrompendo com a testa uma bola de papel que Eric Niven havia mirado em Davi.

.•••.

– É isso? – Seth fez cara feia quando Elissa concluiu o que tinha para lhe falar.

– É – ela respondeu, com a face ruborizada.

– Por que você quer a minha ajuda?

– Porque você é homem...Vai ter mais facilidade pra convencê-lo.

– É, não vai me custar muita cousa... O que não quer dizer que não vá te custar nada.

Elissa estava absorta nas próprias preocupações, até interpretar o que lhe foi dito e lançar um olhar revoltado para o colega.

– Seth! Não vê que eu estou em crise?

– Melhor ainda, Elis. Em condições normais eu não encontraria a preciosa oportunidade de te tornar minha eterna devedora!

– Então está bem, Seth – os olhos dela realçaram-se, intimidantes. – Vou ficar te devendo essa. Mas fique atento, não tenho tempo pra ser tão idiota assim quando não estou vulnerável. Se o que eu estou te pedindo não fosse questão de honra, eu sequer olharia na sua cara; muito menos te pediria um favor.

– Agora sei que vale a pena negociar com você... – Ele sorriu. – Sua sinceridade é empolgante. Então, toca aqui, sócia! – E estendeu a mão, que vagou no ar até ele entender que Elissa não iria apertá-la. – Tá, mas eu não prometo nada.

Mas Elissa tinha as suas esperanças.

– O que você puder fazer, já vai ser ótimo!

– E como vai o seu namoro, afinal? Ele não está indo te ver?

– As poucas folgas dele estão reservadas pros amigos. Pra mim só sobram os intervalos daqueles malditos jogos de futebol... – Ela fechava os punhos com força – como eu os odeio! E ele ainda por cima joga mal! Eu não posso nem encostar nele, só tem machucado! E nas vezes em que ele aparece lá em casa, mal fica cinco minutos comigo.

– Então termine, ora – disse ele com simplicidade. – Na mesma gramática em que está a interrogação está o ponto final.

33

O ROSTO
DE GESSO

DAVI ACORDOU MAIS CEDO naquele dia. Sacrificou preciosas horas de seu sono para ver novamente o sol ser puxado pelos cavalos de fogo intenso. De fato, não precisou esperar muito para obter a repetição do que vira no dia anterior. Com pontualidade impecável, os pangarés atravessaram o céu, amarrados à grande estrela, e fazendo amanhecer em todo o hemisfério.

Após a manhã ter sido entregue, Davi voltou para a sua cama, ajeitou o travesseiro e estendeu as pernas, sentado. Cobriu-se com o edredom e apanhou o controle remoto ao lado da tigela vazia de pipocas, ligando a televisão logo depois. Encontrou no canal Qodshou um requentado documentário nacional.

– *Já que por serem filhos de parlamentares, a lei exige que essas crianças cursem até o Último Ensino Colegial em escola pública.* – dizia o jornalista.

Horas depois, Davi estava descendo as escadas, quando se deparou com um pedestal ao lado da samambaia, e que ele nunca tinha visto. No topo havia um busto de um homem com cabelos curtos encaracolados, e uma coroa de folhas de oliveira. O rosto era inexpressivo, todo esculpido em gesso.

– Bom dia! – disse o torso.

Davi apenas parou, imóvel como aquela estátua deveria estar. Não emitiu som algum até a Sra. Farsala chegar, pouco tempo depois, com um regador para a samambaia.

– Bom dia, Davi!

– O que é isso? – apontou para o pedestal e o busto.

– Ah – ela sorriu, regando o feto. – Então você já conheceu o Lares. É o nosso penate, estava na despensa desde que você chegou. Ele é uma divindade, e cuida de nossa casa desde sempre.

– Ele é um deus?

– É sim. Lares, este aqui é o David, suponho que você já saiba.

– Estou tendo a oportunidade de conhecer – Lares respondeu. – Você sempre falou muito sobre ele... Olá, David. Não se preocupe. É normal que você se assuste por me ver assim pela primeira vez, mas saiba que eu sou amigável, não represento nenhuma ameaça a você. Fique tranquilo, eu sou do bem.

– Ai, Lares! Ele não está com medo de você! Está, Davi?

– Não, claro que não...

– Está vendo? Ah, querido, chegou um colega seu e eu o mandei esperar na cozinha, tudo bem? Já que você ainda não tomou o seu café...

– Agora? – Davi se perguntou intrigado. Não poderia ser Astros, já que eles ainda não tinham acertado os detalhes da sua visita à Tulani. – Quem será?

34

UM PERFEITO IDIOTA

– O QUE VOCÊ QUER? – perguntou Davi passando margarina num pão de forma, minutos depois.

– Eu queria conversar com você sobre a Elissa – disse Seth Dehiskos, sentando-se à mesa e correndo os olhos pela cozinha enquanto Davi preparava seu café da manhã.

– Elissa? Por quê?

– Você vai entender. O namorado dela não está comparecendo do jeito que ela precisa. Você entende? A coitada está carente, Lino. Do jeito que anda, esse namoro não vai durar muito tempo.

– Lamento muito por ela. Mas o que eu tenho com isso?

– É aí que você entra.

Davi enchia um copo com suco para oferecer a Seth. Não demorou muito para entender a intenção do colega, e o olhou com metade dos olhos.

– Você veio aqui pra isso?

– Basicamente – disse Seth, em seguida agradecendo pelo suco.

– E desde quando eu sou remédio pra depressão de menina amargurada?

– Ela vale a pena, Lino! Se eu estivesse no seu lugar, seria diferente... Eu não fujo de mulher! Você só precisa ficar com ela, cadê o erro nisso?

– Eu não quero ficar com a Elissa. – Davi percebeu o jogo. – Nós mal nos falamos! E se você está tão preocupado, por que não fica com ela você mesmo?

– Lino, não está tão difícil assim de entender. O primeiro da lista dela é você! Se fosse eu, seria ponto pra ela, eu não pensaria duas vezes! Mas não, ela está pagando pelo mau gosto!

– O problema é que a sua solidariedade com a Elissa é um pouco duvidosa.

– Não entendi o que você quis dizer – Seth já estava começando a se irritar.

– Nada, nada – ele encarou Seth com um sorriso bastante aguardado. – Tudo bem, eu corro esse risco. Fico com ela.

– Ótimo...

– Mas receio que o mercado de favores esteja meio valorizado essa manhã.

– ... o que significa que vou ter que ficar te devendo essa – concluiu Seth, lamentando que o seu plano não tinha saído como planejara.

.•••.

– É verdade que o Astros vai ficar com uma garota daqui da sua rua? – perguntou Seth, enquanto Davi fechava a porta da casa para levá-lo ao próximo ponto de coletibus. – Ele estava tão animado.

– Não é bem assim. Os dois vão conversar ainda.

– Posso conhecer essa menina?

– Se está de olho nela, esqueça. Ela já está prometida ao Astros.

– Que tipo de cara você pensa que eu sou, Lino? Eu não estou de olho em ninguém. Claro que, se eu estivesse, sei que você ofereceria a ela o benefício da livre escolha. Mas não, eu só quero vê-la. Você não pode me condenar pela minha curiosidade.

– Fique longe da Tulani. Ela não é mulher pra você.

– Muitas não são, meu amigo. Mas imagino que se ela me conhecesse, não me trocaria pelo Astros. É fato que eu tenho certa vantagem genética.

– Quer saber? Ainda bem que você não foge de mulher – Davi tomou uma decisão. Seth esboçou um sorriso vitorioso quando descobriu que estava sendo encaminhado à casa da Sra. Araceli. Davi deixou o amigo na calçada e foi tocar a campainha. Quem atendeu foi uma garota de dezesseis anos, de cabelo, pele e olhos muito negros, com traços encantadores. Os dois conversaram por alguns instantes – e Seth já não tinha o mesmo sorriso quando Davi voltou, acompanhado pela garota.

– Seth, esta é a Tulani; e Tulani, este é o Seth, meu colega.

Após as saudações, Davi esperou que alguém dissesse algo, mas cansou de esperar.

– Vocês não querem conversar?

– Não, Lino – Seth respondeu apreensivo. – Qualquer dia desses eu venho aqui, e conversamos.

– Venha quando puder – pediu Tulani.

– Quando eu puder? – Seth sorriu apreensivo. Mas não fugia de mulher. – Quando eu puder está *ótimo*... Não tinha data melhor... Quando eu puder eu venho aqui, tudo bem? Quando eu puder. Pra falar com você.

– Está combinado, então – encerrou Davi. – Vejo que não vai demorar muito. O Seth tem tanto tempo livre, então... É isso aí. Obrigado, Tulani. Nos vemos à noite.

– Tudo bem, Lino. Até à noite – ela devolveu, no que Seth se adiantou até o ponto.

35

O BUSTO IRRITÁVEL

Após ter se despedido dos dois, Davi aproveitou que já estava na rua e pensou em ir a algum lugar diferente, para variar. Foi ao quintal, onde havia deixado seu bivolante. Montou-o e saiu, sem pressa. Pensou em ir até o Acrópole, mas não queria nada lá. Cogitou também dar um pulo na Gaiola, mas não sabia se estaria aberta tão cedo. Enquanto pensava, ia deixando o Conselheiro Acme e penetrando na Rua dos Emissários, bairro Crescente. Era movimentada, e o principal fluxo de pessoas vinha do correio ali em frente.

A fachada podia ser vista de longe, na qual lia-se *Corrermes*. Era a divisão nacional que cuidava de assuntos relacionados à correspondência e afins. Já que estava tão perto, Davi pensou em entrar e escrever uma carta aos seus pais, quem sabe... Uma carta tem mais efeito do que um telefonema ou uma ligação pelo calisto... E não ia demorar tanto assim. Decidiu ir em frente.

Estacionou o bivolante na calçada e entrou no correio. Chegando lá, foi para uma sala reservada, apanhou uma folha de papiro e uma pena e se sentou numa mesa particular. Escreveu poucas linhas, onde apenas lembrou que já poderia visitá-los, e mandou lembranças a todos.

Após ter concluído toda a burocracia necessária ele foi entregar a carta ao atendente, no saguão de entrada. A maioria dos guichês dos funcionários ficava em seções próximas às escadarias infindáveis. Outra parte ficava ao lado de uma entrada onde havia um pedestal de mármore. Ali, muitos servidores se agitavam, saíam, corriam apressados e muito exaltados.

As paredes traziam vários quadros, de deuses e paisagens principalmente. As imagens mais recorrentes eram de um homem de rosto e corpo magros, pele meio vermelha, meio alaranjada, meio rosada, óculos pequenos e um capacete com asinhas. O que mais se podia ver era esse rosto, talvez porque o corpo não fosse dos melhores. Era exatamente o rosto desse homem que estava na sala dos estressados, esculpido em gesso e gritando loucamente com os pobres funcionários.

– Rápido com esse pacote! Eu não quero ficar aqui o dia todo! Alguém já levou o carregamento para Faonte? Onde estão os caminhões? Quem abasteceu os caminhões? Não querem fazer as entregas de kenze, não é? Adiantem com esses vasos! Cuidado para não quebrar! São frágeis, o que não quer dizer que são sentimentais, quer dizer que quebram fácil! Nas mãos de idiotas, então! Levem-me para minha sala! Que selos pequenos são esses...

É um penate, Davi pensou. Diferente do que habitava a casa dos Farsala, aquele era irritante e agitado. Se não fosse só um busto, certamente estaria pulando e esfolando um. As asinhas de gesso do capacete batiam duras e rangentes, conforme os gritos se elevavam.

– Vocês podem entregar essa carta pra mim? – Davi pediu ao atendente atrás do balcão e da limitante vítrea.

– Está tudo preenchido? – perguntou o funcionário, e Davi confirmou. – Então pode deixar, eu faço o resto. São quinze óbulos. – Ele recebeu umas moedas que Davi encontrara no bolso. – Muito obrigado e volte sempre.

36

VINTE E DOIS
DE MAIO

Feliz e com uma sensação de leveza completamente explicável, Davi se levantou da cama muito cedo naquele dia e com um sorriso adiantado. Não costumava acordar tão feliz assim durante todos os dias do ano – mas aquele era especial. Calçou os chinelos e caminhou até a sua janela, para poder acrescentar o nascer da manhã à lista de cousas que fariam aquele dia ser devidamente perfeito.

Ele abriu a janela, apoiou-se no parapeito e desviou o pé de Lelaps, que decidira chegar mais cedo. Empurrou o pufe do gato com o peito do pé, com cuidado para não o acordar, e então pôde esperar que a manhã viesse, com seus corcéis obedientes, e o sol na retaguarda.

Com algum atraso o céu viu, ao longe, uma pequena explosão de luz, que passou. Logo depois, o azul do dia veio tropeçando, trazido por um sol cambaleante. O que aconteceu? O cavaleiro estaria bêbado? Possivelmente. Os cavalos que puxavam a carruagem eram os mesmos, mas não tinham a postura exímia, nem aquela elegância que tinham antes. Até o cavaleiro, mesmo visto de longe, parecia menor do que nas outras vezes. Cavalgava em velocidade e violência absurdas e acabou levando o sol para muito longe. Em poucos minutos, estava nevando.

Davi não conseguiu entender nada, mesmo assim achou bonita toda aquela apresentação, antes tão impossível de se prever.

Em poucas horas, as ruas estariam generosamente ocupadas pela neve, e ele foi forçado a buscar no armário suas pesadas roupas de frio. Desceu para tomar seu café, precisava de comida quente para acordar o corpo todo.

– Bom dia, Davi – sorriu a Sra. Farsala no pedestal próximo à escada, encolhendo-se no seu casaco de lã. Após ter reunido muita coragem, ela retirou as luvas grossas e abriu um pequeno pote branco ao lado do busto, sobre o pedestal.

– Bom dia – respondeu. – Você viu, que maluquice? Está nevando!

– Vi sim, querido. Certamente é o jovem Faetonte... Ele nunca aprende a domar esses benditos cavalos, o coitado... E o tempo fica assim, uma loucura.

– Quem?

– O Faetonte, aprendiz de Apolo, o deus do sol – disse, esfregando as mãos nas bochechas, numa tentativa de amenizar o frio. – Você deve saber, é Apolo o encarregado de conduzir a carruagem do sol que nos entrega a manhã, todos os dias. Você sabia, não sabia?

– Com pobreza de detalhes – disse ele não muito alto.

– Pois bem, há anos o Apolo vem treinando o Faetonte, para substituí-lo de vez em quando. Mas o garoto ainda não pegou bem o jeito da cousa. Uma hora dessas, deve estar um calor infernal em algum lugar do mundo!

A Sra. Farsala retirou um punhado do creme perolado sobre o pedestal e começou a passá-lo na face de Lares. Mal se notava a presença do deus, que permanecia quieto e comportado enquanto os dois conversavam.

– O que é isso?

– Quer ver o que é? Pode pegar o pote – disse ela concentrada enquanto trabalhava o rosto de Lares, passando-lhe um creme que tapava o seu rosto.

Aquilo era tudo o que Davi queria ouvir. Apanhou o pote branco sem a tampa e leu as escritas na embalagem: *Gypsu facie*. Não fazia ideia do que significava aquilo, até que encontrou umas letras miúdas que diziam *Gefácio – Mês de Hermes*.

– O que é isso? – repetiu a pergunta colocando o creme no lugar, instantes depois.

– É um cosmético que a gente usa – dizia ela retocando o trabalho. – Pra moldar o rosto dos penates e homenagear as divindades de cada mês. Você precisa passar bem o creme por todas as superfícies, com cuidado para não esquecer nenhum pedaço seco. Pelo menos no rosto, é preciso muita calma... Senão, o creme começa a descascar, principalmente se você usa o gefácio do mês errado. O creme não se fixa devidamente, de jeito nenhum. Não chega cair toda a máscara, mas é desagradável, além de ser um desrespeito para com o deus homenageado.

– Você demorou um pouco para se lembrar de homenagear o tal deus...

– É que o catálogo demorou pra me enviar o gefácio – justificou-se.

Davi ficou admirado com o resultado do trabalho e notou que a nova face de Lares era muito familiar. Só restava saber onde ele já tinha visto aquele rosto magro, aquele capacete com asinhas... Aqueles óculos de moedas de duzentos óbulos... Mas é claro! Era a mesma imagem que ele vira no correio, dias atrás!

– Eu já vi esse rosto...

– É claro que já viu. É o Hermes, deus dos correios, não está vendo?

– É mesmo! Tem um penate com uma cara igual a essa lá no Correio!

– Tem... Você deve estar falando do Maio! Ele é um dos penates mais famosos que existem. Trabalha para o Hermes há séculos e foi esculpido pelo próprio, segundo dizem.

Davi brigou consigo mesmo, achando um absurdo não reconhecer a imagem de quão importante divindade. Prometeu para si mesmo que daria uma lida no *Livro* algum dia desses, e com muito compromisso. Mas só prometeu.

– Porque este é o mês de Hermes, e nós geralmente utilizamos o gefácio do mês de maio para cobrir nossos penates – continuava a Sra. Farsala, dando uns sopros leves em Lares para adiantar a secagem do creme. – Pronto, acabei – ela concluiu afastando-se do pedestal. Fez o possível para tirar o creme das mãos, esfregando-as levemente nas roupas, mas ela sabia que ia precisar de uma pia para concluir o asseio. – Agora vem cá, Davi, por favor.

– O que foi?

A Sra. Farsala tinha uma cara tão séria que chegou a revelar certo vazio desagradável na barriga de Davi. Ele foi até lá, como lhe foi ordenado.

– Feliz aniversário! – ela exclamou abraçando-o fortemente, e com cuidado para não tocá-lo com as mãos sujas de creme.

– Obrigado – ele sorriu assustado, lembrando-se do porquê de sua felicidade ao acordar.

– Feliz aniversário, garoto – disse Lares, que fez a sua boca se deformar. Não era algo irremediável, e a Sra. Farsala correu para consertar aquele pequeno estrago.

– Onde está o tio Nicolas?

– Ele saiu tem pouco tempo, mas mandou um abraço e disse que fala com você quando voltar.

.•●•.

Davi foi até a cozinha para tomar seu singelo café da manhã e preencher aquele vazio que lhe incomodava. Seguiu a rotina normal de todos os dias – sentar-se, encher um copo de qualquer cousa e comer o que estivesse disponível – e, enquanto cortava seu terceiro pedaço de bolo, a tímida Hora o congratulou.

– Feliz aniversário, Lino Yang...

– Obrigado – agradeceu enquanto conferia o que mais havia na mesa.

– Hoje vai ser um dia bem movimentado...

– É? Por quê?

– Mastigue antes de falar, Lino Yang. Não durante.

– Você fala demais pra alguém que eu nunca vi comendo.

– Para manter essa forma tão cobiçada, há certas informações que as demais formas de vida simplesmente não são dignas de ter acesso. Prefiro manter o silêncio.

– Eu não te pedi pra me dizer nada. Se você não gosta de comer, azar o seu – disse, antes de mudar de assunto. – Agora me conta, por que o meu dia vai ser movimentado?

– Seus aniversários são sempre bem movimentados, não são?

– É, acho que são...

– Pois bem, hoje deve ser a mesma cousa, suponho... E o que você quer de presente?

– De você?

– Não, do cuco da sala de visitas.

– Não sei – desconsiderou a piada ignorante –, o que eu posso querer de você?

– Se você não tiver nada em mente, pode pedir depois.

– Acho que... tenho, sim! – lembrou-se. – Eu já devo estar atrasado para ir à casa da Cecília!

– E o que você quer?

– Pode me fazer chegar lá na hora certa?

– Posso... é só isso?

– Na verdade... você poderia fazer parar de nevar? O pessoal tinha combinado um banho de piscina pra hoje... É possível que a gente fique por lá o dia inteiro, eu nem estou levando os livros das aulas de hoje...

– Parar de nevar? Você está me achando com cara de Perséfone?

– Não, não quis dizer isso!

– Pois ouça, meu querido. Eu não sou nenhum tipo de imitação barata de Pã, ou alguém divinamente parecido. As cousas naturais não são a minha área.

– Tudo bem. Entendo.

– A não ser que... – disse ela pensativa. – Eu já sei! Que tola, como não pensei nisso antes? É tão fácil! E nem poderá ser tomada como uma exceção. Porque, se você não sabe, cada deus tem direito a uma exceção, e... não se preocupe, Lino Yang. Eu vou atender aos seus dois pedidos.

– Como?

– Eu vou fazer voltar o tempo de ontem! Estava sol, não estava?

– É, estava.

– Então... Pronto! Pode ir!

Atendendo ao pedido de Davi, a neve havia cessado – ou melhor, nem se tinha resquício de sua presença. Pela janela da cozinha, ele pôde ver o sol em seu devido lugar, e o tempo estava bom.

Encerrou a refeição e correu. Ele ainda precisava trocar de roupa, e após isso, desceu novamente para o primeiro patamar e encontrou a Sra. Farsala parada em frente ao penate, passando-lhe um creme perolado na face.

– De novo? – perguntou Davi, enquanto o creme tapava lentamente o rosto de Lares, e ela estava tão entretida que mal viu o garoto chegar.

– De novo o quê?

– Você já não tinha passado o creme no Lares?

– Não, não que eu lembre... O catálogo demorou tanto pra me mandar o gefácio este mês... Se bem que eu podia ter feito isso ontem, mas eu tenho andado tão atarefada... Olhe a cara do Lares, está normal ainda. E falta um pouco aqui desse lado...

– Ele vai ficar com a cara do Hermes, não vai?

– Provavelmente... Se tudo der certo... Isso... Acabei. Fui mais rápida do que esperava... Acho que é culpa desse sol maravilhoso.

– Ficou bom.

– Vem cá, Davi – ela chamou.

Novamente sem entender, ele recebeu o segundo abraço do dia.

– Feliz aniversário!

– Feliz o *quê?* – perguntou, não acreditando que ela pudesse estar falando sério.

– Hoje é o seu aniversário, Davi! Não lembra?

– Eu lembro, mas... – Ele finalmente lembrou do pedido que fez à Hora, minutos atrás. Com certeza ele foi atendido. Olhou para o relógio e a deusa lançou um sorriso empolgado, que ele retribuiu.

– Feliz aniversário novamente, garoto – Lares congratulou, e outra vez a sua boca nova se deformou. Desta o dano foi maior, e prontamente a Sra. Farsala correu para consertar tal estrago.

– E aí, Davi? Acordou cedo hoje! – espantou-se o Sr. Farsala descendo as escadas. Davi tinha subido até o quarto, escovado os dentes, e mesmo assim não tinha visto o homem no segundo patamar. Ambos só foram se encontrar no primeiro piso.

–Você não tinha ido trabalhar? – perguntou Davi.

– Ainda não, por quê?

– Por nada... esquece.

– Vem cá, garotão, dá um abraço! – Ele sorriu, puxando Davi. Deu-lhe um abraço, acompanhado de fortes tapas nas costas. Davi fazia cara feia pelos tapas, mas não ousava reclamar.

– Mas o que foi?

– Feliz aniversário, seu tolo!

– Ah, é mesmo... obrigado...

– Depois nós resolvemos sobre o seu presente. Agora, eu preciso ir trabalhar. Você quer uma carona para a casa da Cecília?

– Não, pode deixar. Dessa vez eu vou de bivolante.

– Então tá. Até mais tarde. – Nicolas saiu dali, beijou a esposa, correu apressado, e afastou o que lhe vinha de samambaia na cara. Quando abriu a porta, deparou-se com Eric Niven, que estava prestes a tocar a campainha.

– Pois não?

– O Lino está?

–Você é colega dele, não é?

– Sou.

– Ah, que bom.

– Ele está ou não está? É falta de educação não responder a uma pergunta dessas a uma visita. E eu sou uma visita. Então responde logo! Por favor.

– Sei, mas eu estou de saída. Pergunte lá dentro.

O Sr. Farsala já havia deixado a kenze do lado de fora, e em dois minutos ele já estava deixando o caminho vinte e dois do bairro Conselheiro Acme.

Eric Niven ficou sem saber o que fazer. Não entraria sem ser convidado em uma casa que não era sua, então ficou na iminência de entrar, mas não conseguia reunir a coragem necessária. Talvez fosse certo gritar ou chamar alguém, mas tinha vergonha de enfiar a cara na casa para averiguar o recinto. Com uma mão no coxim e outra no volante do veículo, ele o balançava para lá e para cá, sem muito sucesso por ser algo muito pesado para os seus braços finos.

Davi estava indo pegar o seu bivolante no quintal, quando notou que havia alguém à porta, mas sua imagem era ofuscada por sombra e luz. Ele só pôde ver quem era aquela criatura indescritível quando chegou mais perto.

– Eric? O que você está fazendo aqui?

– Eu vim aqui, pra nós irmos até a casa da Cecília, juntos.

– Você está de bivolante...

– É, você quer uma carona?

– Também tenho um, está logo ali – disse ele, indo apanhar o veículo que ganhou da prefeitura.

.•••.

Não precisaram de muito tempo para ganhar a estrada e andavam emparelhados. Após deixarem o Conselheiro Acme, embrenharam-se por várias ruas, fugindo do movimento das rotas principais. Davi supôs que Eric devia conhecer bem aquela parte da cidade, já que o caminho que ele conhecia para a casa de Cecília era outro, muito mais a leste, e não ali tão próximo do Acrópole. Não pôde deixar de estranhar tamanha volta.

– Aonde você está indo, Eric?

– Para a casa da Elissa.

– Fazer o quê?

– Vamos buscar a menina, ignorante! Ela não é a sua namorada?

– Claro que não. De onde você tirou isso?

– Ela disse que terminou com aquele cara, né?

– Sim, ela estava dizendo isso ontem no colégio...

– Então você é o namorado novo.

– Se eu fosse eu saberia, Eric.

– Que pena, porque todo mundo sabe. Nós vamos até lá.

– Ela está nos esperando?

– Não falta muito pra ela descobrir que estamos indo. Estamos quase chegando.

Após mais três esquinas, Eric reduziu a velocidade e parou em frente a um prédio de cinco andares. Tinha fachada velha, portão gradeado e uma campainha para cada andar. Ele tocou a segunda, de baixo para cima, e mal ouviu o som da sirene no segundo andar.

Da sacada apareceu um homem calvo, obeso e sem camisa, mastigando um palito de dente. Veio ver quem tinha tocado a campainha.

– Pois não? – gritou.

– Queremos falar com a Elissa! – respondeu Eric, ampliando o som com as mãos.

– A Elissa?

– Sim, a Elissa!

– Só um minutinho! *Elis!* – chamou, virando-se de costas e no mesmo tom alto. Depois, viu-se apenas que ele estava conversando com alguém, que não deu para Eric ver quem era. – Aguarde um pouco! – ele gritou algum tempo depois.

Eles obedeceram e desligaram os motores. Minutos depois, Elissa desceu as escadas e abriu o portão, expondo tão somente a famosa cabeça e os cachos.

– O que vocês querem? – perguntou ela sem aquele sorriso de receptividade que Eric esperava.

– Eu!

– Não perguntei nada que pedisse essa resposta, Eric.

– Você não vai até a casa da Cecília, Elis?

– Sim, mas eu vou de kenze. É possível que eu chegue até antes de vocês. Daqui a pouco estou saindo, não se preocupe comigo.

– Eu posso entrar?

– Não!

– Mas eu estou com sede! Quero água!

– Só que você não pode entrar!

– Por quê?

– Porque não! – E fechou o portão.

37

O COLAR
DE HARMONIA

DAVI NÃO DEMOROU A CHEGAR à casa de Cecília. Parou em frente ao portão da grande casa rosa da Rua dos Hibiscos e aguardou Eric Niven aparecer em seu campo de vista, para então tocar a campainha.

– Lee! Você veio! – exclamou Cecília, ao abrir o portão. Abraçou Davi com força, e ele retribuiu como sempre.

– Bem observado...

– Fico feliz por ter vindo. – Sorriu e afastou-se um pouco, só para poder mirar o rosto de Davi. – Feliz aniversário, amigo! – Abraçou novamente, mais forte ainda.

– Obrigado – disse, mais uma vez com a voz abafada pelo corpo dela.

– Adivinha quem está nos esperando na varanda? – perguntou ela trazendo os dois para dentro.

– Eu! – disse Eric Niven erguendo o dedo.

– Na verdade, é o Seth... – Cecília se desconcertara. – Mas que bom que você quebrou o clima, Eric. Não ia ser mesmo uma surpresa agradável. Deixem o bivolante em qualquer lugar por aí, certo? Ah... – Lembrou-se de algo. – O Astros não vem, Lino.

– É, eu sei – respondeu Davi. – Ele me avisou.

– Foi melhor mesmo o Astros ter ficado. Ele é muito chato – opinou Eric Niven, com cara feia.

– Veio mais alguém com vocês? – Cecília arriscou perguntar, temendo que a resposta divergisse de uma certa vontade sua.

– Eu! – respondeu Eric.

– Quem cometeu esse garoto? – disse Cecília azeda. Davi não tinha a resposta. Ela respirou fundo:

– Percebi a sua presença, Eric.

– Nós viemos sozinhos – Davi respondeu, só para não deixar aquela outra pergunta de Cecília no vácuo.

– E a Elissa? – ela arriscou de novo, com os dedos cruzados, muita fé e um anseio pessoal.

– Ela vem de kenze – respondeu Davi.

– Ah, então ela vem... – Cecília pareceu frustrada, mas sorria bravamente. – Que bom – Ela lhes indicou o caminho a ser seguido.

Cecília fez menção de fechar o portão, mas adiou a tarefa ao ouvir um barulho alto de motor de kenze exaltado. Cada vez mais, o barulho ia se ampliando, até ficar muito próximo, e o veículo responsável por ele parou em frente à casa rosa.

– Obrigada – Elissa agradeceu ao motorista, que estava esperando apenas isso para retomar a estrada e a velocidade. – Bom dia – ela disse aos presentes.

Cecília tentou fechar o portão assim mesmo, fingindo não ter visto, mas Elissa pôs o pé antes que a colega conseguisse deixá-la do lado de fora.

– Bom dia, querida – respondeu Cecília desgostosa e, por educação, simulou ter acabado de notar a sua presença. Davi respondeu no mesmo desânimo, mas Eric não guardava mágoa alguma.

– Bom dia, Elis!

– Alguém já chegou? – Elissa procurou saber.

– Eu! – Eric ergueu o dedo.

– Quero saber se todo mundo já chegou – ela refez a pergunta.

– Todo mundo? Só o Seth está na varanda – disse Cecília. – Classificando-o como gente, é o único.

– E nós vamos para a piscina ou não vamos? – perguntou Eric.

– Vamos, não fiquem aí – Cecília entrou puxando Davi pelo braço.

– Finalmente! – Seth levantou-se da espreguiçadeira branca em que estava sentado. – Mas que demora! Vocês não têm relógio?

– Eu! – disse Eric novamente.

– Vou te dizer por que atrasamos – respondeu Davi. – Eu estava seguindo o Eric, imaginando que ele conhecesse um caminho mais curto pra chegar aqui. Mas não, nós fomos parar na casa da Elissa. É que, como o Eric ainda não tinha sido expulso da casa de ninguém hoje, só indo até lá pra matar a vontade.

– Vocês foram expulsos da casa dela? – perguntou Seth incrédulo.

– Sua cretina! – Cecília repugnou-se. – Como é que faz uma cousa dessas com o próprio namorado? E no aniversário dele!

– Ela não é minha namorada – disse Davi indiferente. Elissa também disse algo parecido, ao mesmo tempo.

– Ah, é mesmo – Cecília reconheceu o erro, transtornada. – Estão vendo o que vocês me fazem dizer?

– Aliás, por que está todo mundo me dizendo isso?! – questionou Davi, incomodado.

– Esquece isso e parte logo pra cima dela, Lino... – Seth o cutucou discretamente, empurrando Davi na direção de Elissa. – Lembre-se de que o tempo chispa e tropeça! Vai logo!

– Não me lembro de ter combinado algum prazo com você. – dispensou o empurrão. – Mas tudo bem, ainda hoje eu vou, pode deixar.

– É, depois ele vai – disse Cecília por trás dos óculos de sol, ajustando a bolsa de praia de palha no ombro, prestes a ir se trocar para o banho. Ela mirou Davi nos olhos. – Mas se eu fosse você, eu não ia – avisou séria.

– Você não sabe de nada, Cecília – respondeu Seth impaciente, despejando uma embalagem quase inteira de protetor solar nas mãos.

– Eu sei sim, querido. Infelizmente, eu sei mais que você.

– Acho que agora já podemos entrar na piscina, não é? – disse Eric Niven, que depois foi procurar um lugar para pôr a sua camiseta, e de preferência, que fosse bem longe de onde estavam as de Davi e Seth.

– Só uma observação – disse Elissa, sorrindo venenosa para os meninos. – Vocês já ouviram falar em músculos?

– Por quê? – perguntou Eric fitando o próprio corpo, procurando sem sucesso o que estaria desagradando a amiga. Seth também se incomodou com o comentário:

– Ninguém aqui tem obrigação de ser um boi, igual ao que você namorava – disse.

– Se quer músculos, vá a uma casa de carnes – acrescentou Davi, levemente irritado.

– Vem, vamos nos trocar – disse Cecília pondo fim na discussão, e puxando a outra para o toalete atrás da ducha.

.••.

– Vejam! Uma bola! – exclamou Seth, que percorria a varanda enquanto aguardava as garotas. A bola colorida que encontrou estava sob uma das mesas de plástico, próxima aos chinelos de Eric. – O que vocês acham de a gente jogar?

– Eu!

– Eu não sei jogar bola – disse Davi. – E prefiro não tentar.

Elissa acabara de voltar do trocador com Cecília. Estava com um biquíni vermelho estampado com flores brancas, cuja parte de baixo ia muito acima de sua cintura, a qual era cercada por babados de renda, assim como a parte de cima, que era tão grande quanto, vestindo boa parte do colo.

– Vocês, jogando bola? Que ridículo! – disse ela, ainda mais viperina. – Esse é um esporte pra homens, não sabiam? Valeu a tentativa, mas vão ter que procurar um esporte menos exigente!

– Olha só quem fala em ridículo – resmungou Davi a Seth, antes de falar em voz alta: – E você, Elissa, onde arranjou esse biquíni? Há trinta anos?

– Muito bem, agora vamos parar por aqui – Cecília impediu que a outra retrucasse. – Você começou, Elissa, e agora já chega! Deixe que eles joguem bola, pois nós duas sabemos que você não tem moral para desdenhar de nada que seja "ridículo" aqui. E não é nada ridículo os nossos amigos jogarem futebol, mesmo que sejam galos franzinos que não saibam sequer quantos lados tem uma bola. Fui clara? – perguntou, mas não estava interessada em ouvir a resposta. – Bem, sinto que agora já podemos mergulhar, o que vocês acham?

– Eu! – prontificou-se Eric Niven.

.•●•.

Seth tomou distância, correu e deu um salto grande como ele. Caiu na piscina feito quatro arrobas de chumbo, seu peso aproximado, e espalhou água por todos os lados.

Davi e Cecília deram passos largos e iguais, alinhando-se a uns quatro metros da piscina. Eles queriam ver quem iria dar o melhor mergulho. Cecília se aqueceu, deu dois pulinhos e disparou. Quando restavam três ladrilhos para a piscina, ela saltou, encolheu as pernas e caiu sentada. O barulho foi enorme, e a água que escapou encheria tranquilamente vários baldes grandes. Davi fez o mesmo. Correu, pulou no quarto ladrilho, e caiu na água. O impacto foi grande, mas não conseguiu superar o anterior.

– Eu ganhei! – exclamou ela tirando os cabelos dos olhos.

– Quem te garante?

– Eu! – disse Eric Niven próximo dali.

– Eu acharia melhor se você fosse logo falar com a Elissa, em vez de discutir por causa de um mergulho, Lino – murmurou Seth aproveitando-se de que Cecília tinha deixado a piscina para mergulhar novamente.

– Depois eu vou – respondeu. – Eu quero uma revanche – ele disse a Cecília, aproximando-se de onde ela estava. – O que... o que é isso?

Ele sentiu a água se agitando, de um jeito nada normal. Cada vez mais a agitação aumentava, toda a terra estava tremendo. Ondas acertavam os garotos como num maremoto, e eles procuraram um espaço seguro para se abrigar. Seth e Eric Niven conseguiram refugiar-se na pequena escada, Elissa nadou para perto de Davi e este a abraçou, ajudando a apoiar seus corpos na borda. Cecília, a única que sentia diretamente o tremor na terra, chorava desesperada e agarrou-se no guarda-sol da mesa mais próxima.

Atravessando as nuvens, um corcel alado trotava conduzido por um homem misterioso. Vestia uma panóplia em bronze, como um soldado grego, e vinha empunhando uma lança. Atrás dele havia uma mulher de cabeça baixa, com um capuz lhe cobrindo o rosto, desfazendo um colar de contas. O homem usava uma venda por trás do elmo assim como seu cavalo negro, e ambos flamejavam um brilho intenso. Aterrissaram com ferocidade, fazendo o chão tremer ainda mais forte. O animal recolheu as asas e galopou até parar em frente a Davi, que ouvia os relinches desde quando o cavalo ainda descia dos céus. Inicialmente imaginou ser um dos de Apolo, mas até de longe pôde perceber que não se tratava daquilo.

Dos seus amigos, ninguém prestava atenção nos recém-chegados, e isso incomodou Davi. O corcel e o homem, mesmo vendados, pareciam olhar em sua direção. Já a donzela que os acompanhava estava com a cabeça baixa, a retirar as contas do colar verde que trazia consigo, e não via sequer quando elas caíam e se desfaziam no chão, virando poeira.

– Elis, você está vendo isso? – ele perguntou, indicando com a cabeça o local que ela deveria olhar.

– Não se preocupe, os pais da Cecília têm seguro – Elissa virou para trás e olhou rápido, mas não queria ficar com os olhos abertos por muito tempo e voltou a fechá-los, a fim de continuar rezando pela própria vida.

– Não é disso que estou falando, olha de novo, por favor – insistiu, para o caso de ela não ter reparado que o homem estava apontando com sua lança para eles.

Elissa relutou, mas decidiu olhar de novo.

– Há alguma cousa específica que você quer que eu veja?

Davi não entendeu.

– Sério? Eu vou ter que te dizer o que é?

– Eu já disse que eles têm seguro, Lino. – Ela voltou à posição de antes. – Contanto que não seja em cima de nós, essa casa pode cair que eu não ligo.

– Claro, Elissa, nós aqui na situação em que estamos, e eu te perguntando se você ligaria se a casa caísse em cima de nós! – irritou-se, e voltou a encarar as três figuras.

– Lino, eu não estou te entendendo – ela disse, sem abrir os olhos. – Será que dá pra ser claro, ou me deixar de fora dessa? Não estou interessada em enigmas no momento.

O cavaleiro, com a outra mão, fez sinal de silêncio para Davi. Sem levantar a cabeça, a donzela jogou para cima o resto do colar de contas, que caiu em frente ao garoto.

– Ei, você! – exclamou a Hora, chamando a atenção da menina. – Você veio em nome de Harmonia, não foi? – perguntou olhando para a mulher.

– Como adivinhou? – respondeu ela sem levantar o rosto.

– Você guarda as feições dela – disse o relógio.

– Quem é essa garota? – perguntou Davi em voz baixa, para não chamar a atenção de Elissa.

– Ela é uma enviada de Harmonia, Lino Yang. Pode ficar tranquilo.

– Como você me pede isso com tanta calma?! Olha o que essa garota está fazendo; está quase colocando a casa abaixo, e você me pede pra ficar tranquilo?!

– Isso já vai passar, nada de mais vai acontecer. É só para desviar a atenção. Harmonia enviou a sua mensageira com essa aparência justamente porque sabia que eu iria reconhecê-la! São raros os deuses que conseguiriam ter acesso a você, e Harmonia não está entre eles. Ela é uma deusa neutra, nunca interfere em batalhas. Sua participação se limita a corrigir certos desequilíbrios, mas até isso ela faz da forma mais acurada possível.

– Sua Potestade entende que um esclarecimento precisa ser feito e me mandou aqui para uma visita rápida – disse a mensageira finalmente. – Este adereço à sua frente, meu senhor, é o colar de Harmonia. Para que saiba quando estiver diante de um.

– E pra que serve? – perguntou Davi.

– O meu senhor descobrirá muito em breve – disse a moça, apesar do baixo volume da voz do garoto.

Davi reparou que o colar de contas trazia, na verdade, gotas de jade encordoadas por um fio de ouro. Ele tentou olhar mais atentamente para ver se descobria mais alguma cousa, mas logo o colar virou pó, e um pouco entrou nos seus olhos. Foi difícil para ele coçá-los sem largar Elissa. Quando os abriu novamente, notou que o cavalo já estava voando para longe com o casal.

.•●•.

Ao fim do terremoto, Davi passou um bom tempo sentado sozinho, até decidir que não iria se deixar estremecer pelo que aconteceu. Se a mensageira estivesse atrás dele para matá-lo, não teria desperdiçado aquela oportunidade. Assim, resolveu que era melhor abstrair. Deixar que o Destino trouxesse as respostas que quisesse trazer, ao seu tempo. Davi estava fazendo aniversário, e isso sim merecia sua atenção.

Poucas horas depois, tudo já havia se estabilizado. As bombas da piscina logo repuseram a água perdida, e era normal ouvir-se o som despreocupado dos mergulhos de Eric, o novo adversário de Davi na disputa.

– Como está sua cabeça? – perguntou a Hora enquanto Davi se preparava para cair na piscina. – Está melhor?

– Eu não quero mais saber de nada – disse ele. – Pelo menos por hoje, essa cidade bizarra não vai acabar com o meu humor!

– Esse é o espírito...

Davi estava nos últimos aquecimentos para mergulhar, até que perguntou à Hora, como quem não quer nada:

– Mas tudo vai se esclarecer, não vai?

– Vai sim – sorriu a deusa tentando animá-lo.

Ele tentou se mostrar conformado com aquilo e finalmente se jogou na água.

– Dessa vez você fez feio – Eric Niven gabava-se do seu último desempenho, após Davi ter mergulhado sob um barulho modesto.

– Pois eu não vi tanta água assim quando você mergulhou.

– Que trapaceiro! O Lino não sabe perder!

– Lino! Quer parar com isso? – reclamou Seth já bastante irritado. Estava conversando com as garotas numa das extremidades da piscina, incomodando-se com os litros de água que espirravam em sua cara sempre que Davi ou Eric mergulhavam.

– Desculpe-me – disse Davi estranhando a exaltação de Seth. – Eu perdi alguma cousa aqui?

Discretamente, Seth apontou para Elissa. Só então Davi pôde entender do que ele estava falando. Mesmo tendo entendido, ele voltou a sair da piscina para dar continuidade à disputa com Eric.

– Deixa o Lino mergulhar! – retrucou Cecília. – Mesmo depois do pesadelo que acabamos de passar, você não deixa que o menino se distraia um pouco!

– Mas o tremor já passou! E ele precisa cumprir o que prometeu!

– Aquilo foi um sinal, Seth. Bastou você planejar essa sandice e a terra tremeu. É uma epístola dos deuses, eles não querem que o Lino seja tão burro! Eu só não entendo o que *você* tem a ver com essa história toda.

– Eu tenho palavra. E prometi à Elissa que iria ajudá-la com o Lino.

– Não de graça, com certeza.

– Olha, Cecília... – Seth estava se controlando para manter a paciência. – Já está tudo combinado. Não há nada que você possa fazer, eles dois vão ficar, de qualquer jeito.

– Não se eu puder evitar!

– Ah, vão sim! Depois de tudo que eu fiz!

– Quem é você pra dizer quem deve ficar com quem?

– E quem é você pra dizer quem não deve ficar com quem?

– Então você é um debochado, não é? – Ela puxou Seth pelos cabelos. – Que tipo de amigo é você, tentando jogar o Lino numa emboscada dessas?

– O que importa é que quando o chamei para vir aqui, fiz o Lino me garantir que iria conversar com a Elissa – rebateu, enquanto se desvencilhava. – E já que eu tenho palavra, tenho o direito de exigir que os outros também tenham. Sem contar que, se o Lino não vier, eu vou ter que aturar a Elissa praguejando a semana toda!

– Seth! – Elissa repreendeu o garoto. – Não acha que está falando demais?

– Você cale a boca – disse Cecília. – Seth, o Lino precisa se divertir, hoje é o dia dele... Deixe as irritações pra mais tarde.

– E por acaso sou *eu* a irritação? – perguntou Elissa afrontada.

– Irritação não, meu amor – Cecília esclareceu. – Você é o castigo.

– O que você disse?! – ela desafiou a outra a repetir.

– Eu não tenho culpa, mitológica! – defendeu-se magoada. – Há tempos você vem crescendo nesses gráficos. O que eu posso fazer?

Davi e Eric mergulharam novamente.

– Acho que desta vez o Lino ganhou – comentou Cecília.

– Finalmente, ele está vindo pra cá – disse Seth. – Vamos, Cecília, deixe a Elissa aí pra falar com o... Que diabos você quer aqui, Eric?

– O Lino vai ter que pular de novo! Essa não valeu – ofegou o garoto. – Ele me empurrou!

– Não empurrei ninguém – disse Davi afastando a água com os braços e indiferente ao colega. Eric foi barrado por Seth, que estendeu o braço na sua frente e permitiu que Davi seguisse sozinho. Cecília tentou impedir que o amigo se aproximasse de Elissa, mas Seth a deteve também, segurando-a com o outro braço.

– Ele não vai ficar com a Elissa! – Ela tentava se desvencilhar de Seth, mas até então o garoto tinha força suficiente para segurá-la com firmeza. – Me larga, eu não vou deixar que você estrague a vida do meu amigo! – gritou para que Davi a escutasse. – Lino, me ajuda! Não chegue muito perto da Elissa, ela é uma viúva-negra insaciável!

– Cala essa boca! – enfureceu-se Seth. – Não atrapalhe os dois!

– Se você pensa que eu vou ficar quieta enquanto...

Os dois começaram a discutir, com Eric Niven se divertindo aos montes com os insultos que eles trocavam. E enquanto Cecília se debruçava sobre a nuca de Seth para tentar afogá-lo, ela notou algo acontecendo bem próximo dali: Davi estava cumprindo a sua parte no trato.

– ... aquela gorda, e... – dizia ela. Ao notar o beijo de Lino e Elissa, reconheceu a derrota. – Agora já era.

– Isso! Esse sim é o cara! – gritou Seth meio ofegante, emergindo a cabeça da piscina e recuperando o fôlego.

38

A BUSCA PELOS
HERDEIROS DOS DEUSES

NAQUELA NOITE, tudo estava normal na casa da família Farsala. Felizmente, eles não penduraram palhacinhos, nem ostentaram arrumações escandalosas, para não constranger o aniversariante.

No seu quarto, Davi estava se trocando para descer para a sala de jantar e escolheu um bonito casaco que a sua mãe fizera quando ele completou treze anos. A noite estava meio fria lá fora. Pela janela, os ventos incomodavam e ele decidiu fechá-la. Pela vidraça, ele via a janela da casa dos Argívio, e provavelmente aquele era o quarto do ancião, imediatamente em frente ao seu. A janela vizinha estava aberta, e ele conseguiu notar ao longe a cama do casal Argívio, quadros antigos e um papel de parede cafona. No parapeito, havia um vaso branco bem feio com algumas flores falsas dentro. Aquilo tudo era mesmo a cara do seu vizinho.

Desceu as escadas com Lelaps e foi até a sala de jantar, onde o casal o aguardava com um bolo sobre a mesa, poucos salgadinhos e garrafas de Vergo.

– Feliz aniversário!

Davi sorriu e tomou um lugar na mesa.

–Você não pensou que deixaríamos de comemorar essa data tão importante, não é? – sorria o Sr. Farsala. – Não bastasse ser esse o dia do seu aniversário, é também o primeiro que você passa *conosco!*

– Os seus pais te ligaram, Davi? – perguntou a mulher.

– Ligaram, eu falei com eles pelo meu telefone... não tem muito tempo.

O casal fingiu um sorriso, mas queria superar o assunto o mais rápido possível. A Sra. Farsala pegou o cortador de bolo e entregou a Davi.

– Vamos, pode cortar. Não se esqueça de fazer um pedido.

– Mas o que eu vou pedir? – perguntou-se em silêncio.

– Vamos, corte! – apressou o Sr. Farsala, queixando-se de fome.

– Já sei! – concluiu Davi ainda quieto. – Vou pedir pra poder fazer esse pedido depois. – Na verdade, ele já tinha uns sete pedidos acumulados. Quando decidisse prestar contas de todos, seria um garoto muito feliz.

Seguindo os costumes, ele apagou a vela solitária do bolo e cortou uma fatia, servindo-a em um dos pratos que estavam ao lado da bandeja.

– E agora, Davi, pra quem vai o primeiro pedaç... – a Sra. Farsala ia perguntar, mas Davi já estava comendo.

– Bom, agora corte o meu, Thalia – pediu o marido, entregando-lhe o prato. Quando já tinha sido devidamente servido, lembrou-se: – E o seu presente, Davi?

– Não se incomodem com isso, eu não estou precisando de nada.

– Mas não é disso que eu estou falando... Eu já sei qual vai ser o seu presente, você não precisa escolher um.

– E o que é?

– Eu vou comprar um par de ingressos para uma batalha da Liga Hututsi! – revelou bastante empolgado. – Nós iremos juntos, os detalhes nós acertamos depois. Se você quiser, nós podemos ir assistir à Liga Juvenil, ou então a um combate profissional mesmo. Eu recomendo a profissional, mas soube que na Liga Juvenil há um garoto que vem surpreendendo. Ele é conhecido como o Chacal. Dizem ser a maior promessa da nova geração. Mês passado derrotou o fantástico Quilombola, e segundo dizem, comeu o coitado sem ao menos cozinhá-lo. Enfim, podemos ir à luta que prometer mais.

– Excelente... Depois eu decido. Obrigado pelo presente.

– Por nada, garotão. Mas, antes de irmos à luta, esperamos que você se contente com essa pequena lembrança...

O Sr. Farsala pegou sob a mesa um pacote rígido e o entregou a Davi, que rasgou o embrulho imediatamente. Jogou os papéis inúteis no chão e mirou o seu presente, que era um livro vermelho de capa dura. Era *A Enciclopédia Definitiva da Liga Hututsi*, de Elmolo Dogom.

– Obrigado! – Davi agradeceu e folheou as páginas iniciais.

.•••.

Depois de três garrafas médias de Vergo que o deixaram meio tonto, Davi decidiu se recolher no seu quarto. Não foi tão fácil passar pela maçaneta, mas ela foi só mais um obstáculo superado. Chegando lá, mirou na sua cama, deu dois pulos e quase errou o alvo, mas metade significativa de seu corpo conseguiu alcançar seu intento.

Uma vez deitado, ele planejou dormir, as suas pálpebras já não aguentavam mais nada. Os olhos se fecharam e as horas foram se passando... Como era bom dormir quando se estava tão cansado! Seu corpo estava muito pesado, graças também ao banho de piscina. Dormia merecidamente, sem sequer trocar de roupa. Do jeito que caiu na cama, permaneceu.

Ele nem pôde ver, pela janela, um bolo com cobertura de glacê azul voando, vindo na direção da sua casa, numa velocidade razoável. Às vezes, parecia que ia despencar no chão, mas conseguia manter-se no ar, sem maiores problemas.

Baque.

O bolo bateu com força no vidro da janela, e por sorte não a quebrou. O barulho não foi tão alto, mas acordou Davi, que levantou da cama assustado. Olhou para o relógio e viu que já passavam das três da manhã. Grande parte do efeito do Vergo já tinha passado, e ele viu a janela suja de cobertura de bolo, e sob a bandeja havia um embrulho e um inseto.

Quando a iguaria recuou um pouco, Davi abriu a janela, e assim ela pôde entrar no quarto. Sustentando todo aquele peso muitas vezes maior que o seu, havia uma pequena mosca com a asa esquerda arrebentada, e cambaleante – era Senhorita Musca.

– O que é isso? – exclamou Davi com cuidado para não fazer barulho e acordar os outros.

– Shhh! – pediu Senhorita Musca. – Vai acordar todo mundo.

– O que é você? O que está fazendo aqui? – perguntou exaltado.

– Hoje é quarta-feira! Dia de Mercúrio! Não é o máximo?

– Vamos, fale!

– O que eu estou fazendo aqui? Foi você quem pediu que eu viesse hoje, e com um bolo, não lembra? Então aqui estou eu... Tecnicamente já estamos no dia vinte e três, mas a nossa noção das horas é algo tão subjetivo. Enfim, feliz aniversário!

– Quer parar com essa palhaçada? Você não é uma mosca!

– Certamente não sou.

A mosca voou até a cama de Davi, depositou o peso e pairou pelo ar, em frente ao garoto. Ainda agitando as asinhas, uma luz áurea cobriu-a completamente, e foi crescendo a cada segundo. Quando chegou a uma altura assustadora, notava-se que o inseto já não estava lá, e a luz ofuscante foi desaparecendo. No lugar dos olhos compostos e dos ocelos, estava um par de óculos com lentes que lembrava moedas de dois talentos. O aparelho bucal sugador já não existia, e sim uma boca normal. Não tinha mais antenas, e sim um capacete com asas brancas. Os pares de pernas reduziram-se a um, os pés eram dotados de sandálias aladas. O corpo era magro, embora houvesse uma barriga saliente, e o indivíduo, coberto por um quíton brilhante, continuava no ar, graças ao capacete e às sandálias. Em uma das mãos tinha um bastão em forma de serpente, e vez ou outra ele o girava no ar.

– Não está me reconhecendo?

– Eu nunca vi nada igual a você antes – respondeu entorpecido.

– Nossa... Tudo bem que você não seja dos religiosos mais fervorosos, mas pensei que você fosse reconhecer a minha imagem... Eu sou um deus, Pseudônimo.

Davi estava tão atordoado que não conseguia ligar aquilo que via a nenhum nome.

– Quem é você? Fala logo!

– Sou filho de Zeus e Maia, meu nome é Hermes. Deus dos correios, mestre da oportunidade... Embora não fosse necessário, estamos apresentados.

– O que você faz aqui? Você é louco? Eu nem te conheço!

– Sim... – riu-se Hermes. – Eu conheço a sua pessoa desde que era uma criancinha de colo... Venho te acompanhando há anos, anos... Na verdade, quinze, hoje.

– Me acompanhado? Você tem me espionado desde que nasci?

– Tenho e confesso que não é uma tarefa das mais fáceis.

– Saiba você que eu não preciso ser escoltado por ninguém!

– O pior de tudo não é seguir você... Trabalhoso é ter que manter segredo. Ah, Pseudônimo, o dom da discrição é facilmente atingível, mas como é árduo ter que o manter, o sustentar... E por tantos anos... Para falar a verdade, não sei como ainda não fomos descobertos.

– Calma aí. Vamos por partes. Quem é *Pseudônimo?*

– É você, ora.

– Como assim? Eu tenho nome! David Lino Yang – preocupou-se em enfatizar cada sílaba. – Tanto tempo me seguindo e nem sabe o meu nome!

– Sim, mas receio que o seu nome não seja realmente esse.

– Então, diga-me qual é – desafiou, achando ter encontrado a forma para desconcertá-lo. Mas Hermes já previa que tal desafio fosse ser feito, e já tinha uma sábia resposta para ele.

– Lamento, mas não posso dizer.

– Como não pode?

– Se eu dissesse o seu nome, você acabaria com a minha vida antes que eu pudesse soletrá-lo.

– Como eu poderia acabar com a sua vida? – contestou. – Você é um deus! Suponho que seja imortal, não?

– Sou, infelizmente...

Sem muitas armas, Davi coçou a cabeça nervoso e preferiu não insistir naquela história do nome.

– Você ainda não falou por que está aqui.

– Ah, realmente... Já era hora de lhe contar.

– Então conte!

– Bem, não sei bem como dizer. Eu preferi não ensaiar esta parte... Tudo bem, tudo bem, vamos nessa. Acho que se eu for direto, economizarei em dores de cabeça. Para começar, você precisa executar umas pequenas tarefas para...

– Ótimo, então você perdeu o seu tempo. "Executar tarefas para o deus Fulano de Tal" nunca foi uma prioridade nas minhas resoluções de ano novo.

– Acredite em mim... Você vai executá-las, sim.

– A não ser que alguém me obrigue, eu não tenho motivos pra cumprir cousa alguma.

– Salvar a sua vida lhe parece um bom motivo?

– Salvar a minha vida? – assustou-se. – Não me diga que você vai me matar.

– Não, não... Não teria motivos pra isso. Mesmo porque, medir forças com você seria burrice. E não é que você seja fraco... Pelo contrário. Você é forte. Tanto que, se não fosse, certamente não sairia vivo de suas obrigações, cousa da qual tenho total convicção. A força de que você precisa está aí, muito bem guardada. E você saberá quando e como usá-la.

– Por que eu? Não tinha outro? – resmungou Davi inconformado, passando a mão pelos cabeços já bagunçados, e suplicando com os olhos para aquilo tudo não passar de um mal-entendido.

Hermes riu um pouco da pergunta, e respondeu.

– É justamente sobre *os outros* que eu vou falar agora.

– Outros? E tem outros?

– Bem, sente-se. Essa história é meio complicada.

Davi obedeceu, coçou os olhos para provar para si mesmo que aquilo não era alucinação alguma e depois deu um beliscão em seu próprio braço. Não para se certificar da veracidade do momento, mas para se castigar por ter aberto a janela.

– Eu vou contar por que você é especial... O motivo pelo qual a sua vida vai mudar é muito complexo. Ouça. Há alguns anos, aconteceu uma reunião extraordinária dos deuses no Monte Capítulo, nossa conhecida residência oficial. Nessa agremiação, muitas divindades colocaram em pauta um assunto delicado – a nossa imortalidade. Muitos dos deuses não queriam a eternidade como uma imposição. "Como pode um *deus* ser privado do controle do próprio destino", diziam eles! Enfim, para ser mais objetivo, digo que os deuses decidiram que querem morrer. Ter um ciclo vital, começo, meio e fim, como todos os seres vivos. Entretanto, tal desejo não era comungado por todos os presentes. Muitos divergiram e até riram do que estava sendo dito. Como um deus pode querer morrer? Aquilo era inconcebível. Não obstante, aquele era um problema muito fácil de ser resolvido: bastavam alguns herdeiros e pronto. A linha da vida dos deuses seria especificada e mesclada a de alguns selecionados. A partir de um determinado momento, haveria um compartilhamento de dons entre os deuses e os sucessores, e gradualmente ambos se tornariam um só, uma extraordinária nova forma de vida, mas com a espada da morte pairando sobre sua cabeça. Essa solução teria que contar com o incomensurável auxílio das Parcas, as deusas responsáveis pela tecedura dos fios da vida, que não poderiam negar um pedido tão pequeno vindo de insígnias divinas tão importantes.

"Contudo, tal ato implicava em um golpe contra nossas morais, tradições e até reputações. Era algo proibido. E até mesmo na conferência, muitos dos que levantavam tal bandeira da proibição também estavam seduzidos pela ideia, mas queriam parecer os únicos pássaros sábios em meio a um bando de urubus errantes. Zeus e Hares, que já não mantêm uma relação muito cordial, quase partiram para as vias de fato no momento em que o deus do mundo inferior defendeu abertamente que o projeto dos herdeiros fosse levado adiante, sem levar o assunto à votação. Seria sucedido o deus que optasse por isso. Foi preciso muito jogo de cintura para evitarmos que os dois irmãos travassem uma batalha definitiva ali mesmo durante a cúpula. Foram horas e mais horas de debates acalorados, sem que chegássemos a um consenso. Assim, contrariando todos os princípios, muitos deuses burlaram sua consciência e naquela mesma noite, foram atrás de crianças, recém-nascidos, fetos, embriões, o que fosse, para elaborar um perfil e entregá-lo às Parcas, que analisariam o material, confeccionariam uma fantástica linha da vida e mesclariam o destino de ambos, deixando-os intrinsecamente ligados desde então. E você pensa que aquilo foi somente depois daquela noite? Não, filho, não. Muitos herdeiros foram escolhidos, dias, semanas ou – quem sabe – anos antes da reunião. Já imaginou? É possível que haja herdeiros já maduros! Mas eu não acho que seja para tanto, mesmo não sendo impossível. As regras no Capítulo muitas vezes são molestadas sem qualquer dificuldade ou receio. Lembro-me inclusive de uma travessura, que uma vez em que, quando criança, roubei umas vacas...

– Sim, e isso me interessa porque... – Davi incentivou Hermes a completar.

– Em absoluto, você tem tudo a ver com isso! Você praticamente deve a sua vida a isso. Enfim... Você já tem todas as informações indispensáveis. Pelo menos por enquanto.

– Eu sou um herdeiro?

– Não necessariamente... Mas não deixa de ser... Eu acho que... Boa pergunta!

Davi percebeu que Hermes estava querendo desconversar e decidiu ser mais incisivo.

– Que história é essa de Extremidades? – perguntou, lembrando-se do que a deusa Hora lhe disse no dia em que se conheceram. – O que isso quer dizer? Qual delas eu sou?

– Onde você ouviu isso? – Hermes estreitou os olhos intrigado.

– Responda primeiro.

– Bem, depois conversamos sobre isso, tudo bem? Excelente. – O deus estava decidido a não abrir mais o jogo. – Agora, vamos às suas tarefas. A partir de hoje, de forma oficial, você é o Revelador Descendente; mas essa alcunha é mera formalidade. Sua verdadeira missão é encontrar os descendentes dos deuses. Só isso.

– Acontece que eu não tenho a menor curiosidade em saber quem descende de quem. Eu prefiro que as fofocas religiosas fiquem dentro da Igreja.

– Mas você *precisa*. Lembra-se de quando eu disse que a sua vida depende disso? Pois ela depende disso. Encontrando os herdeiros, serão renovados os votos dos seus aliados, e você conseguirá se salvar, provavelmente.

– E eu tenho algum prazo?

– Bem, uns dois anos, a partir de hoje...

– Ótimo! – Davi quase se sufocou com o próprio sarcasmo. – Posso encontrar um herdeiro a cada feriado nacional, e ainda me sobra um par de meses!

– Não torne as cousas mais difíceis, filho...

– Difíceis? Eu não faço ideia de como reconhecer um herdeiro! Para o meu azar, eles não nascem com uma placa enfiada na cabeça, Hermes! Entenda que tem muita gente no mundo, cara; e estão todas espalhadas! Olha, eu... não quero entrar nessa busca pra fracassar. Prefiro morrer de uma vez.

– Não diga isso! Eu estou aqui pra te ajudar... E erguer minha própria masmorra... Mas isso não importa. Você não precisa se preocupar em procurar muito, pois as pessoas que você precisa estão muito perto de você. Todas foram colocadas à sua disposição.

– Quem? Espera aí, você não quer dizer que... – Aos poucos os seus pensamentos o levaram a refletir sobre a sua relação com o Parthenon. – *Eles?* – Lembrou-se de seus colegas, e teria disparado risos se não estivesse profundamente atormentado. – Os deuses trocarão a imortalidade para dividir a linha da vida com *eles*?

– Você vê algum problema nisso?

– O mundo está perdido! – exclamou sentado na cama, batendo nas coxas e respirando fundo. – Só isso!

– O Parthenon foi criado para acolher e instruir herdeiros em potencial, Pseudônimo – explicou Hermes –, e faz isso há vários séculos. Todos os que passaram por lá, grosso modo, têm tantas chances de serem herdeiros quanto os que estão matriculados nesta geração. Vá com calma. Faça a sua busca da maneira que preferir, mas inicialmente é recomendável que você estabeleça um período de observação. Fique atento a todos que, ao passarem por você, te despertarem o instinto. E quando identificar um herdeiro, aborde-o e diga o que está escrito aqui. Só o que você precisa fazer é acertar!

Davi leu a tira de pergaminho que Hermes lhe entregou e uma dúvida bateu em sua cabeça.

– E o que vai acontecer se eu errar?

– Bem, eu... Eu temia que você perguntasse isso, como eu temia... Sinceramente, juro que não entendo o que se passava na sua cabeça quando...

Receoso, Hermes não concluiu o que dizia. Com os braços e pernas recolhidos em pleno ar, ele denotava certa apreensão. Estava muito nervoso.

– Ai! – exclamou Davi, quando algo lhe atingiu as costas. Levantou-se, retirou a camisa e passou a mão no local atingido. Seus dedos voltaram levemente tingidos de sangue.

– Desculpe-me, por favor, eu disse que não era uma boa ideia, me desculpe...

– Pare de falar assim! Que porcaria foi essa que me acertou? – Davi esbravejou inconformado, com uma insuportável dor nas costas.

– Desculpe-me, já vai cicatrizar, me desculpe, foi inevitável... É só... um pequeno castigo... Mas não se esqueça, foi você quem pediu, eu avisei que você não iria gostar...

– Claro que não gostei! Eu não te pedi nada! Como eu vou pedir pra apanhar?

– Não foi você "você", foi o "você" você... Por favor, tente entender!

– Como eu poderia imaginar que fazendo uma simples pergunta você ia me responder com uma chicotada nas costas? Eu não...

– ... não entende, claro, eu compreendo isso, é que tem tanto tempo...

– Você poderia começar a falar cousa com cousa, pra variar.

– Eu vou falar, se você permitir...

Davi devolveu a camisa ao corpo. Sentou-se na cama novamente, e esperou Hermes acalmar-se.

– Agora me pergunte o que acontece se você acertar – pediu o deus. Davi lançou um olhar que o dispensava de qualquer pronunciamento verbal, e Hermes aceitou aquilo sem ressentimentos. – Olhe para o seu pulso – ele apontou animado para o braço de Davi.

Os olhos do garoto obedeceram automaticamente. No pulso direito, que era onde não estava o relógio, nasceu uma pequena pedra verde, enraizada em sua derme. Novamente ele olhou para Hermes, na intenção de que o deus entendesse que aquele era um olhar de "o que seria isso?".

– Eu sei que você ainda não encontrou nenhum herdeiro – respondeu. – Mas pode ficar com essa pedra. A partir da próxima, cada insígnia que emergir em seu pulso representará para você um aliado. À medida que você for descobrindo os herdeiros, irá descobrir também quem está do seu lado; mas infelizmente nem todas as suas associações trarão bons resultados. Para a sua sorte, pelo menos eu considero que seja sorte, é possível que o poder divino (o poder de fogo) dos herdeiros só se manifeste em decorrência da *sua* associação. Por isso, é recomendável que você preze por assimilar somente os seus aliados; mas isso sim é um caso em que você precisará torcer para ter nascido com a estrela.

– Quer dizer então que eu devo reconhecer os herdeiros dos deuses sucessíveis que são meus aliados – disse Davi tocando no seu pulso, no que insígnia se escondeu sob a pele. Ao passar o dedo no local, sentiu que ela ainda estava lá. – E se eu fizer uma associação correta e não me emergir uma insígnia, quer dizer que esse deus, esse herdeiro, ou ambos... poderão ser meus antagonistas?

– Sim, mas talvez seja *você* o antagonista.

– O quê?

Hermes riu sem motivo aparente.

– É tudo uma questão de ponto de vista – disse. – Mas isso nós só vamos descobrir quando você encontrar todos os seus principais aliados.

Davi tentou fazer alguns cálculos, tentou encontrar algumas respostas simples que explicassem ao menos uma das inúmeras cousas que estavam borbulhando em sua cabeça, fazendo-a doer horrores. Ele esfregou as mãos no rosto e tentou se conformar; parecia que o pior não havia chegado ainda.

–Você está dotado de uma capacidade que não é seletiva – disse Hermes. – Ou seja, você pode encontrar tanto seus aliados quanto seus contendores. Porém, eu quero que saiba que não há determinismos nessa história; talvez os herdeiros possam impedir que o seu caráter seja sobreposto pelo do seu respectivo deus, assim não podemos prever quem ficará do lado de quem. Sim, eu sei, é um pouco confuso, mas confesso que até prefiro assim. O previsível é tão antipático.

– Pelo que estou vendo, tem muita cousa que eu vou acabar descobrindo sozinho...

– Na prática, claro. Pra que melhor? – sorriu abertamente.

– Excelente – disse Davi sem graça, condenando o sorriso de Hermes. – Agora me explique uma cousa. – Apontou para o pulso. –

Essa gota de jade é igual às que adornam o colar de Harmonia.

– Sim... – Hermes pareceu bastante impressionado com o que ouviu. – Como você sabe?

– A própria Harmonia mandou a sua mensageira vir até mim para me mostrar um. A pergunta é: por que eu deveria saber disso?

– Claro! – O deus estapeou a cabeça. – Perdoe-me pela omissão. O colar de Harmonia se manifestará em cada herdeiro; é o ornato que representa sua condição de sucessor. Apenas poderá ser visto pelo Revelador Descendente (você) e por herdeiros já reconhecidos. Está explicado?

– E isso faz diferença? – perguntou sentado na cama, deitando a cabeça na palma das mãos.

– Mudando de assunto... – Lembrou-se de algo. Foi até o bolo, que estava ao lado de Davi na cama, e apanhou um embrulho que estava embaixo da bandeja. – Aqui está o seu presente.

O presente estaria muito bem empacotado, se o peso do bolo não tivesse amassado o papel de embrulho – que Davi rasgou, e retirou dele algo que lembrava muito um lençol de seda. Nele estava um brasão de armas que trazia no centro uma representação do monte Capítulo, a morada oficial dos deuses. Logo acima desse escudo encontrava-se uma espaventosa coroa real, dentro da qual havia um elmo de armadura que era sobreposto pelo mítico cavalo Pégasus espraiando suas asas, rampante e cercado por folhagens que partiam do elmo e percorriam as bordas do brasão. Duas cocatrices em posição passante davam suporte ao escudo. Ao vivo, as cocatrices eram animais asquerosos, que lembravam um dragão com asas maiores que o próprio corpo. Tinham cabeça de galo, cristas muito vermelhas, pernas de ganso e uma serpente na cauda. No desenho, felizmente esses detalhes mais perturbadores vinham bem atenuados. Ao fundo, tudo era vermelho sanguíneo.

– A bandeira de Belana? – Davi tentou parecer agradecido. – Nossa...

– É, gostou? Eu mandei a Aracne fazer...

A mulher mencionada por Hermes era dona de uma famosa e tradicional fábrica do país, a Aracne Têxtil, e seus tecidos eram apreciados em todos os estados, não só por serem artesanais, mas também por serem de muita qualidade e caros.

– Muito obrigado! – disse Davi dobrando a bandeira e jogando-a em qualquer lugar.

– Por nada. Mas vamos voltar ao que interessa. Eu vou te ensinar o básico sobre como encontrar os herdeiros dos deuses. Pode parecer, mas não é uma tarefa tão difícil. A primeira cousa que você precisa é conhecer as divindades. Você conhece todas, uma por uma, não?

– Acho que sim – preferiu mentir para não estender a conversa.

– Se não souber, dê uma lida no *Livro*, na parte em que ele apresenta os deuses principais. Você vai ler uma rápida descrição das deidades mais importantes, certamente serão as únicas que você vai precisar ter uma noção. Bom, voltando... Os herdeiros deverão ter características no mínimo assemelháveis às dos seus respectivos tutores. Se você conseguir assimilá-los, diga o que está no papel que eu lhe entreguei, e se estiver certo você notará o nascimento de uma nova gota de jade no seu pulso. Mas, se você estiver errado, será castigado. Resumidamente, é isso aí.

– Eu ainda não acredito... – murmurou Davi ainda inconformado.

– Sabe? Esse dia é mesmo muito especial. Para que você não tenha dúvida de que você é excepcional, note bem. Você nasceu no dia vinte e dois de maio. Se nascesse dois dias antes, seria do signo de touro. Mas não, você é de gêmeos. E que dia você nasceu? Vinte e dois. São dois algarismos idênticos. E qual é o que se repete? O dois, justamente. E, repetindo, você é do signo de gêmeos. Isso não é extraordinário? É sim!

– É algo incrivelmente excitante, Hermes, mas pense comigo. Quantas pessoas também não nasceram ou estão nascendo nesse mesmo dia? Então quer dizer que o cara que você está procurando pode ser qualquer um que tenha nascido no dia vinte e dois de maio. Por que seria eu, então?

– Para ser franco, eu não sei. E você se engana se pensa que "estou procurando um cara". Eu já encontrei você e não foi difícil; estou certo de que quem tem que se preocupar com buscas aqui é você, e não eu. Já está na hora de você aceitar que não pode mudar as cousas. – Fez uma pausa e viu a noite através da janela. – É, chegou a minha hora. Tenho que ir, filho. Já é muito tarde, e você precisa dormir. Não se esqueça que o seu trabalho pode começar amanhã, ou talvez já tenha começado ontem. Adeus. E parabéns, de novo.

Transformando-se novamente em Senhorita Musca, Hermes deixou o bolo e o presente para trás e saiu janela afora, trabalhando as asas fracas. Na verdade, Davi não tinha mais nada para falar. Pôs o bolo em frente à caixa vazia de Lelaps, deitou-se, ajeitou as cobertas e voltou à cama.

39

PÓS-ANIVERSÁRIO

TÃO LOGO DAVI FECHOU OS OLHOS, uma pedrinha foi arremessada na sua janela – que ainda estava aberta, e a pedra acabou caindo no chão do quarto. Davi ignorou. Estava decidido a voltar a dormir. Tentou não dar atenção às pedrinhas que continuavam sendo lançadas comedidamente no seu quarto.

O sono de Davi parecia mesmo algo não muito possível naquela noite. No criado-mudo ao lado da cama, o grotesco telefone celular começou a tocar. O barulho era ainda mais irritante àquela hora da madrugada. Davi optou por atender o aparelho e acabar de vez com aquela atormentação.

– Pois não?

– Lino? Cara, você está bem?

Davi sentou na cama e coçou os olhos.

– Estaria melhor se conseguisse dormir – disse, e reconheceu a voz do outro lado da linha. – Seth?

– Puxa, cara, que alívio...

– Isso são horas? Estou todo moído, parece que ninguém quer que eu durma nessa droga de noite! – Ele olhou a sexta pedrinha que ultrapassou a janela.

– Moído? – A voz de Seth estava muito inquieta. – Alguém te torturou? Torturou, né? Oh, meu Deus, eu sabia! Fica tranquilo, procure não se mexer muito, eu vou chamar o meu pai e nós vamos até o hospital mais próximo da sua casa! Você já chamou uma ambulância, né? E os Farsala? Eles estão bem? Fala!

– Calma! – Davi procurou conter o nervosismo de Seth. – De onde você tirou isso? Eu estou bem, eu... só preciso dormir um pouco, não se preocupa! Não aconteceu nada!

– Tem certeza?

– Por todos os deuses! O que deu em você, Seth?!

– Não sei, eu... – Seth estava confuso. – Isso não faz sentido!

– Eu sei disso, então liga pra cá amanhã, depois que eu já tiver dormido e acordado, às onze da manhã. É a hora em que eu costumo fazer sentido.

– Lino, eu tive a sensação de que você precisava de ajuda, e foi algo tão... tão real, sabe? Cara, eu estou preocupado com você.

– Percebi. Até agradeço a preocupação, mas a verdade é que... eu estou bem, só... só alguns problemas que surgiram, mas não é nada que você possa me ajudar.

– Problemas? Que tipo de problemas? Me conta, diz o que é! Não pense que vai ser fácil eu conseguir dormir também.

– Pra você vai ser bem mais fácil. – Outra pedrinha foi lançada e acabou caindo por cima de outras. – Escuta, eu estou ótimo. Prometo que se precisar de você, eu pego a droga do telefone e te ligo. Mas agora eu assumo daqui. Tudo bem?

– Tá, está certo. Se cuida, cara.

– Boa noite.

Outra pedrinha foi jogada com mais força e acabou atingindo a tela da televisão.

– Qual é o seu problema? – Davi levantou enfurecido e foi olhar quem estava querendo chamar tanta atenção. Uma pedra mais recente acabou acertando a sua testa, e ele ficou ainda mais surpreendido ao olhar, logo abaixo no jardim, quem estava atirando aquelas pedras. – *Malu?*

A menina deu graças aos deuses quando viu o amigo aparecer na janela.

– Desce! – ela disse procurando não gritar, e também parecia muito agitada.

Davi tentou achar respostas para aquilo, mas a pedrada na testa fazia todo pensamento difícil doer mais que o necessário. Ele desamassou a roupa e guardou todas as suas chaves no bolso. O telefone tocou outra vez. Ele apanhou o aparelho de qualquer jeito enquanto calçava os chinelos.

– O que é agora, Seth?

– Lee! Céus, que bom ouvir sua voz!

– Cecília? – Davi tirou o telefone do ouvido por uns instantes para encará-lo com curiosidade. – O que aconteceu?

– Eu faço as perguntas! – sublinhou com a voz trêmula. – Está tudo bem com você?

– Está! Pode me dizer quem anda espalhando por aí que eu estou morrendo? – Ele saiu do quarto levando o aparelho.

– Lino, eu tive uma sensação terrível de que... Lino, foi horrível, eu pensei que você... – Ela não foi capaz de concluir, estava entre lágrimas. Desligou.

– Cecília? – ele tentou obter resposta, mas não conseguiu. Desceu as escadas o mais rápido que pôde, e abriu a porta tentando não fazer barulho.

– Meu Deus, Lino! – Quando se abriu a porta, Malu abraçou Davi com todas as forças que conseguiu reunir. Ela também estava chorando, e só depois que Malu recuou Davi pôde notar que ela estava com roupas de dormir e sem a maquiagem que costumava usar. Era muito bonita de qualquer jeito, mesmo enquanto tremia e soluçava, apertando o ombro de Davi. Parecia incrédula por encontrá-lo vivo, ou ao menos tão inteiro.

Mas o abraço foi forte demais, e Davi sentiu nas costas a potencialização da dor que sentira alguns minutos atrás. Malu reparou o sofrimento que ele não conseguia mais esconder.

– Lino? Você está legal?

Davi tentou sorrir, e piscou um olho.

– Digamos que esse é o pior pós-aniversário da minha vida. Mas eu estou legal, você... O que você está fazendo aqui?

– Lino, eu sabia que alguma cousa tinha te acontecido! Não estou gostando da sua cara, me diz o que foi!

– Malu, volta pra casa, mais tarde a gente conversa...

– Eu não vou voltar pra lugar nenhum antes de você me explicar o que está acontecendo! O meu coração apertou, eu tive uma sensação horrível de que você estava precisando de mim! – Destinada a sair dali com alguma resposta, ela agitou Davi pelos ombros, ameaçadora: – Fala logo antes que alguma cousa ruim realmente aconteça com você!

– Pare, Malu! – A dor nas costas de Davi se intensificou com aquela agitação. Ele se apoiou na maçaneta para não cair, e Malu sentiu que estava certa.

– Pode falar – ela exigiu, mas o garoto não conseguia se explicar. Ela então se recordou do abraço que lhe dera quando ele abriu a porta. Malu sentiu algo diferente, um pedaço da camisa de Davi estava grudada nas costas, e ele estava suando muito. – Você não vai fazer isso comigo – Ela o puxou e lhe tirou a camisa, virando-o de costas em seguida. A visão daquela marca ensanguentada chocou a garota profundamente. Seus olhos marejaram. – É sangue! Lino! O que fizeram com você?

Atrás de uns arbustos próximos à caixa de correio, Cecília surgiu ensandecida, também de pijamas, e foi de encontro aos dois.

– O que você está fazendo aqui? – perguntou Malu, irritada.

– Você mentiu pra mim! – Cecília ainda estava com os olhos úmidos e o telefone celular na mão. Estava horrorizada. – Lino, você me disse que não tinha te acontecido nada! Então como você me explica essa marca enorme nas suas costas, cheia de sangue? Em que você se meteu, Lee?

– Se eu soubesse, garanto que a dor seria bem menor – disse Davi, tomando a sua blusa das mãos de Malu e vestindo de volta. – É uma história muito longa, não estou pronto pra contar agora, mas acreditem... O fato de vocês estarem aqui já diz muita cousa.

– Eu estava esperando a Malu sair pra falar com você, mas depois que eu vi o que te fizeram – disse Cecília, os olhos fulgindo. – Lino, se você não puder contar o que houve, não precisa. Oh, deuses, foi tão bom ouvir a sua voz ao telefone! Se algo te acontecesse, eu... – parou. Não tinha ideia do que queria dizer depois. Esperou um pouco, ficou chateada e irritada consigo mesma, mas preferiu retomar de outro jeito:

– Eu já nem estou com cabeça mesmo pra ouvir história, muito menos se for tão complicada quanto está parecendo. Pra mim já é um grande alívio ver que você está legal, e que aquela impressão medonha que eu tive foi só um alarme falso. Agora eu vou poder dormir tranquila.

– *Não pense que eu engoli essa* – disse Malu em particular, deixando para o futuro uma decisiva conversa sobre o ocorrido.

Ele abraçou as duas garotas com cuidado para não piorar o seu ferimento.

– Vamos – Davi fechou a porta e passou a chave. – Eu vou levar vocês em casa.

40

O LIVRO SAGRADO

Ele achava aquilo tudo um absurdo. Encontrar os herdeiros dos outros para pagar algo que ele não tinha solicitado. Era uma bobagem, um disparate. Que idiota pensaria numa cousa dessas?

Mas ele não podia simplesmente ignorar tudo o que lhe fora dito, por mais que quisesse. Dizer que não estava com medo seria mentir. E se não conseguisse achar tais pessoas? Será que o pressentimento dos seus amigos tinha algum fundamento? Chegaria uma hora em que ele iria morrer? Por mais que ele fosse orgulhoso, queria ser um orgulhoso vivo. Naquela manhã, ele levantou assustado com um sonho horrível que tivera e pegou pela primeira vez num *Livro* que havia no meio das suas cousas e que ele nem sabia de quem era.

Mais do que mexendo em algo que não era seu, Davi estava praticamente conhecendo o *Livro*, obra ímpar e fundamental para qualquer belanense e membro da Igreja Nova Clássica, da qual ele fazia parte por uma questão meramente estatística. Era um livro muito pesado, cuja primeira publicação é tão antiga que fica difícil datá-la com precisão. Havia várias seções e milhares de páginas, capa dura e folhas envelhecidas. Mas nem todos eram assim; existiam versões resumidas e compactas, além de serem esteticamente mais simpáticas.

A introdução em latim era meio rebuscada, então Davi pulou. Leu apenas o título:

1. Equitans per caelum in Montis Capitis.

O mesmo ele fez com a segunda apresentação, que era a tradução da anterior. Ele até já poderia ler. Mas não quis.

2. Cavalgando pelo céu do Capítulo.

As quatro seções seguintes eram bem objetivas e relativamente curtas. Falavam sobre oferendas, que eram chamadas pelos belanenses de "libações", de forma generalizada.

3. Libações essenciais e recomendáveis.
4. Libações especiais e situações especiais.
4.1. Oferendas excepcionais, como e onde encontrá-las.
5. Libações evitáveis e suas substituições.
6. Libações execráveis e proibidas e suas penitências habituais.

Logo depois, estava a apresentação dos deuses. Tinha a descrição de cada deus ou divindade existente em Belana e seus respectivos correspondentes em outros lugares do mundo.

7. Os doze e os demais.

A seção seguinte era uma das mais longas. Se fosse escrita em letras normais, decerto exigiria mais algumas centenas de páginas. O que ajudava muito eram as letras miúdas, e as colunas em que estavam divididas. Muitos dos verbetes eram seguidos de desenhos.

8. Bestiário.

O Bestiário era uma das seções mais complexas e estudadas do *Livro*. Era subdividida em vinte e cinco tópicos, que classificavam os seres de acordo com suas principais características, muitas vezes cumulativas.

8.1. Cidadãos.
8.2. Sociáveis.
8.3. Empreendedores.
8.4. Pacíficos e (ou) convivíeis.

8.5. Mascotes e domesticáveis.
8.6. Inofensivos, porém selvagens.
8.7. Gênios ambíguos e (ou) desconfiáveis.
8.8. Embusteiros, venenosos e peçonhentos.
8.9. Mercadores tradicionais.
8.10. Pregadores.
8.11. Artistas.
8.12. Selvagens e perigosos – catalogados de acordo com o número de cabeças.
8.13. Mágicos.
8.14. Curadores.
8.15. Metamórficos.
8.16. Sésseis.
8.17. Flamoxenos.
8.18. Pigmeus, redutíveis, amebas e partículas.
8.19. Gigantes.
8.20. Pragas.
8.21. Flamívomos.
8.22. Confeccionáveis.
8.23. Ameaçados de extinção.
8.24. Dados como extintos.
8.25. Extintos.

A próxima era a mais importante de todas – onde estavam relatados os principais mitos ocorridos nas regiões habitadas ou pelo menos visitadas pelos deuses. Era também a mais extensa.

9. Mitos e Lendas.

A última era a de menor relevância doutrinária. Destinava-se a orações, palavras de fé, cânticos e poemas tocantes, responsáveis por acender nos fiéis uma maior esperança de usufruir da vida eterna na Aldeia dos Bem-Aventurados. Outrossim, era a seção preferida por aldeões fervorosos, como a Srta. Canona Hinoda, e figurava como o conteúdo principal de programas de sucesso como o *Vem Louvar! Vem!*, exibido nas madrugadas do canal Acherusia.

10. Palavras.

Davi folheou apenas a sétima seção, a destinada aos deuses que ele precisava conhecer. Ele tinha uma ideia de quem era quem, mas não sabia diferenciar nem descrever com o mínimo de clareza nenhum dos deuses. O que ele sabia bem era que Zeus era chamado de deus dos deuses, alcunha que Davi nunca achou muito apropriada.

41

O DISCURSO

– Pobres criaturas... – disse Davi do lado de fora da sala de aula no Parthenon, dias depois. Ainda com a mochila nas costas, ele olhava os colegas ao seu redor, alguns deles prestes a sofrerem uma reviravolta completa em suas vidas. Às vezes, ele detinha o olhar em determinada pessoa e tentava imaginar de qual deus ela poderia ser herdeira. No fundo do seu coração, havia alguma esperança de que tal método instantâneo funcionasse, mas ele sabia que o seu trabalho iria demandar uma observação muito mais apurada. – Vamos observar, então.

– Você comprou essa bolsa? Você perdeu a noção? – gritava Malu de dentro da sala, enfurecida. Alguns alunos estavam com seus cadernos de Teratologia abertos sobre a mesa, aguardando a chegada do Prof. Demofon, uma das variáveis de Oneiros Pollemorph.

– Eu só comprei a bolsa, Malu! Não fiz nada de mais! – defendeu-se Cecília com um curioso olhar suplicante, apertando contra o peito a bolsa de lona com fechos banhados a ouro exclusiva da *Rea Sylvia*, uma disputada grife nacional.

– Essa é a bolsa que eu ia comprar! Eu te falei!

– Você me falou? Eu não me lembro! Eu só vi a maldita bolsa, achei bonita e comprei... Não foi por maldade! Nem era minha intenção comprar justamente a bolsa que você queria! Não seja boba, Malu.

– A boba aqui não sou eu, garota. Você sabe que eu não gosto que me imitem! Agora, se você é uma ridícula, criança fútil e sem personalidade, a culpa não é minha!

– Eu, sem personalidade? *Ridícula?* – perguntou Cecília rindo. – De onde você tira esses conceitos? Do cano de escapamento onde você enfia a cara? Olhe pra si mesma, querida. Você que é uma ridícula, além de maníaca. *Psicopata.*

– Ahr! – vociferou, contendo-se. – Que ódio! – E saiu, pisoteando tudo abaixo dos seus pés.

– O que está acontecendo? – perguntou Davi após abrir a porta da sala e desviar de Malu, embriagada de cólera.

– Lee! – exclamou Cecília, sorrindo e sem mágoas. Ela correu de onde estava e foi de encontro ao colega, pulando num abraço forte. – Como você tá, amigo?

– Estou bem... – respondeu Davi com a voz abafada pelo corpo de Cecília, que nunca havia lhe dado um abraço tão forte.

– Que ótimo! – disse, finalmente descendo. – Eu guardei o seu lugar, ali do meu lado... Se você quiser, claro. Do seu outro lado está a Elissa, não pude fazer nada... Acho que ela não vai te atrapalhar, tá? Qualquer cousa nós damos um jeito nela.

– Não leve a mal, mas não estou acostumado com essa de me dedicarem tanta atenção – ele estranhou, mas aceitou a gentileza e colocou a mochila no lugar apontado.

– Lino – Elissa chamou. – Tá aqui, o que você me pediu aquele dia.

– O quê? – perguntou desconfiado. – Eu não te pedi nada.

– Tem certeza? – ela fez suspense com um embrulho às suas costas. – Toma – entregou o pacote.

– Uma agenda? – espantou-se ao abrir o pacote e sorriu. – Obrigado, Elis. – agradeceu dando um bom abraço na garota, que sorriu satisfeita.

– Olá, turma, olá! – cumprimentou o Prof. Demofon Pollemorph. – O que aconteceu, que vocês estão todos aí, de pé? Vocês andam meio estranhos... – Os alunos aos poucos foram tomando seus lugares, e o professor enfim organizou a pasta e seus papéis sobre a mesa.

– Muito bem, sinto que já podemos iniciar a aula de hoje. Na última aula, eu pedi que vocês procurassem pela versão atualizada do *Bestiário Adaptado Para Estudantes*, de Félix Vademécum e partirei do pressuposto de que todos tenham me ouvido. Abram na seção *Inofensivos, Porém Selvagens*. Este animal colorido que vocês estão vendo é o arqueoptérix, um misto de dinossauro com ave rudimentar.

– Ela não quer perder você! – disse Seth. – A Elissa te adora, cara! Mas não se preocupe, eu vou cuidar pra que vocês fiquem de novo, no recreio. Vamos fazer assim: eu sempre trago na mochila o meu dominó, e ele vai ser a sua evasiva; eu até já conversei com a Elis sobre isso. Nós organizamos uma partida em duplas, apostamos, ganhamos o jogo, e ela paga a punição, que será beijar você, entendeu?

– Entendi – respondeu Davi, no fundo não aceitando que aquilo fosse chamado de punição. – Ai! – assustou-se quando um aviãozinho de papel atingiu a sua nuca. Olhou para trás e viu Eric Niven abafando as risadas. – Seu palhaço! – E apanhou o papel do chão, jogando-o de volta ao seu dono. Ele mal teve tempo de ver se tinha acertado ou não, pois o professor o apanhou numa disposição denunciante.

– O que pensa que está fazendo, Lino Yang?

– Eu só fui devolver o avião de papel que recebi, professor. Não era meu.

– E atrapalhando a minha aula? Você acha isso bonito?

– O senhor prefere que eu deixe que me joguem aviões de papel, sem revidar? Minha cabeça não é aeroporto e esse não é o tipo de cousa que eu vim aprender aqui.

– Não torne outra, garotinho, estou avisando! Eu não quero aluno nenhum atrapalhando a minha aula, ouviu bem?

– Diga isso a ele! – Davi apontou para Eric Niven, que se atingiu.

– Eu?

– Digo aos dois! – Demofon sublinhou sério. – E a senhorita aí no fundo, posso saber o que está fazendo de tão interessante?

Malu não respondeu.

– O que é que você tanto anota? Não pense que eu não venho percebendo que você não está prestando atenção na aula e vive escrevendo nesse seu caderno. Posso apostar o meu apartamento que isso o que você está anotando não são apontamentos da aula!

– E não são mesmo! – respondeu ela finalmente. – Eu só não lhe mostro porque tenho direito aos meus segredinhos, não tenho?

– Eu estou dizendo que é sua obrigação como aluna prestar atenção na aula!

– Por que você está tão preocupado comigo? Eu estou aqui, quieta, e não estou atrapalhando ninguém! A não ser que você prefira que eu tumultue a aula, não estou cometendo nenhum crime. O que é? Vai me forçar a prestar atenção na aula? Já tem algum plano pra isso?

– Não abuse, mocinha... – disse, contendo-se. – Não abuse.

No refeitório, certamente o lugar mais frequentado por Malu em todo o Parthenon, ela se desligava do resto do planeta e vivia momentos exclusivos, seus. As bandejas se mostravam sempre fartas, repletas de todo tipo de comida que se poderia aguentar em um lanche. Sozinha com suas iguarias, Malu ignorava toda e qualquer manifestação de vida que emanasse de além do seu espaço.

– Essas tortas são de quê? – ela perguntou a uma das cantineiras, enquanto analisava as travessas.

– Temos muitas, filha – respondeu a senhora gorda com uniforme levemente salpicado com farinha. – Aqui tem de coco, damasco, coco, milho de Patalena do Norte, coco, chocolate com coco...

– Tem de coco? – disse Malu com ar de deboche.

– Não, mas tem de coco, damasco, milho de Patalena do Norte, coco...

– Escuta, dona Pecúnia, esqueça essas tortas e me consegue um suco de qualquer cousa, tá?

Servindo-se de uma fatia da torta de chocolate meio amargo, com coco, Cecília se viu obrigada a estar perto de Malu, que estava na fila compondo seu terceiro prato. As duas, que desde algumas horas encerraram a limitada amizade, evitavam troca de olhares, cumprimentos, ou qualquer pergunta corriqueira. Apenas se ignoravam.

Cecília viu em Policarpo, ao seu outro lado na fila, a salvação para quebrar aquele silêncio constrangedor. Enquanto os dois conversavam besteira, Malu estava profundamente concentrada nas coxas de frango que selecionava, e apressava-se para sair dali.

Porém, quando estendeu o braço para apanhar a jarra de suco de maçã, tarefa que exigiria um pouco mais de extensão do seu braço, Malu se desequilibrou no salto da bota direita e desabou no chão – por sorte sem a bandeja, mas com braço reto e tudo. O som foi estalante e dolorido. A queda não chegou a causar grandes danos, mas foi um ótimo motivo para que todos rissem dela, inclusive Cecília, a quem Malu direcionou toda a culpa e para isso empregou toda raiva que sentia no momento.

– Pode rir, Cecília – vociferou quando se levantou, retirando algumas mechas dos olhos. – Não me importo em servir de escada pra você chamar a atenção desse idiota!

Cecília, entre risos e de alma lavada, não conseguiu responder:

– Louca...

Enfurecida, Malu esqueceu a bandeja e partiu para cima da colega, que conseguiu escapar em tempo. Desistindo da breve caçada e se recompondo, ela limpou a poeira da capa, ajeitou os cabelos e subiu as escadas, como se nada tivesse acontecido.

.•••.

O dominó que eles iriam utilizar naquela partida não tinha nada de tão especial. Apenas as peças eram marcadas em algarismos romanos, fora isso as diferenças eram insignificantes.

– Eu não sei jogar muito bem – informou Eric Rodhes, que já havia combinado ser o parceiro de Elissa no jogo. Seth fez que aquilo não importava, e ele sorriu aliviado.

Elissa iniciou o jogo com o ás duplo, seguindo as regras estabelecidas.

– Traidores! – gritou Cecília dramática, da porta do recinto, apontando para os colegas jogando dominó. – Nem me esperaram!

Ela adentrou e viu Eric Niven sentado mais à frente, sozinho, com a ave de papel que estava dobrando havia horas. Quando passou por ele, Cecília triturou a ave de papel com as duas mãos, andou um pouco mais rápido e parou ao lado do Eric Rodhes na mesa do dominó, expulsando-o em seguida. Ele levantou meio sem jeito, cedendo o lugar.

– Obrigada por sair, Rodhes! Você é o máximo. Sua namorada tem sorte – ela agradeceu, e depois arriscou alguns cafunés em Davi.

–Você nem devia ter saído, Rodhes – disse Seth jogando sua peça.

– Ele saiu porque é um cavalheiro, Seth – Cecília sublinhou. – Saiba que nem todo mundo é um catalisador de dissabores, como você.

– Cala essa boca, Cecília. Lino, estamos quase lá. Confio na sua promessa, hein!

– Promessa? – perguntou Elissa, amolando as pontas agudas do sorriso, de extremidades cortantes como as de uma tesoura de poda. – Qual promessa?

– Ele falou *comigo*, Elissa. E não seja tonta – disse Davi, pedra. – Você sabe o que é!

– É isso? – disse Cecília ao final da partida. – O Lino vai ficar com a Elissa por causa de um jogo idiota? Que tipo de aposta é essa? E você, Sra. Produto, é fácil assim, é? Virou prêmio de jogo! – inconformada, virou-se para Davi, suplicante. – Lino, não faça isso, não fique com essa bagatela de novo!

– O trato já está feito – Seth martelou. – Nós vencemos a partida, vocês perderam. A sua participação na história termina aí, Cecília.

Davi sorriu como quem não poderia fazer nada. Abraçou Elissa, e logo a beijou, sem pressa. No fundo, era como se nem fosse uma obrigação.

– Espero que esse tipo de prêmio não vire mania – comentou Cecília, que estava sendo sincera. – Eu pretendo ganhar uma partida de dominó, algum dia.

– Todos para o pátio! – disse uma funcionária do Parthenon, que acabara de aparecer na sala. Todos olharam para ela e a reconheceram. Era a Srta. Empusa, a mesma de meses atrás, quando viera intimar os alunos a comparecer ao sexto piso para a palestra do Prof. Oikanomos. Tão pouco simpática quanto naquela ocasião, a funcionária carregava consigo um chicote ainda menos agradável e outros dois rapazes a tiracolo. – Agora!

– Para o pátio? O que ela quer, uma corrida de saco de batatas? – Cecília perguntou para Davi, e a sua voz saiu em um volume que ela não conseguiu controlar.

A funcionária chicoteou a cadeira mais próxima, e os garotos tiveram sensações diferentes – todas terríveis. Ela caminhou em direção a eles, e seu olhar perigoso era ainda mais visível graças ao rabo de cavalo, que dava liberdade a cada contorno da sua face pálida.

– Já para o pátio! – ela sublinhou. – Vocês irão para lá e vão gostar. Se insistirem em desobedecer, tenho plenos poderes para fazer valer a ordem nesta pocilga!

– Vaca esburgada – resmungava Cecília, descendo as escadas ao lado de Davi. O caminho para o pátio estava impossível naquele momento, não se podia transitar sequer pelas escadas com tanto aluno parado por ali. No pátio, a situação estaria ainda mais crítica. Apenas poucas conversas isoladas na multidão se faziam ouvir, pois havia uma voz superior emanando da sacada do prédio da direção, pronunciando um discurso que parecia ter muita importância para quem sabia o que estava ouvindo.

Furando a multidão, os garotos procuraram o melhor lugar possível para poderem ouvir o tal discurso. Puxando Davi pela mão, Cecília seguiu até a estátua de Zeus, onde encontrou um precioso espaço para poder respirar, principalmente.

– Sem ressentimentos – disse ela a Davi. – Mas depois não diga que eu não te avisei.

– Do que você está falando?

– Do que *ela* está falando? – perguntou Seth, que havia acabado de chegar com Elissa. Apontava para o prédio da direção, em cuja sacada estavam profissionais de várias grandezas do Parthenon. Eles sequer se davam o trabalho de esconder que já tinham decorado cada palavra do que estava sendo dito ali. Tentavam se entreter das formas mais variadas e criativas, visando aproveitar seus valiosos minutos de relativa folga.

– O evento registra proeminente significação para o Parthenon há séculos – disse a coordenadora Carmenta Mirrina em voz dosada. – As festas do dia de Ação de Graças às fadas Baushee são especialmente dedicadas àquelas irmãs dadivosas, cuja estima em nossa história desconhece superlativos. Como é tradição no Parthenon desde seus primeiros dias de funcionamento, o terceiro dia do mês de Deméter (setembro) está inteiramente reservado às referidas festividades.

– Do jeito que ela fala, não me parece que essa festa vai ser das que eu gosto – disse Davi desanimado a Seth, em voz baixa para não violentar o considerável silêncio na aglomeração. O céu acima deles inspirava certo calor, e seria tão melhor se todas as salas não estivessem trancadas. O Parthenon exigira a presença de todos os alunos para ouvirem o pronunciamento extraordinário do seu alto escalão. A vice-diretora Cornélia Donna Glaia foi a primeira a se pronunciar e fez uma brevíssima introdução acerca da fundamental assistência prestada pelas fadas Baushee quando do soerguimento dos muros do instituto.

Havia funcionários do Parthenon em todas as áreas em que os alunos não poderiam estar. Contudo, como todo bom sistema é falho, alguns alunos mais vivos conseguiram dar seu jeito de contornar aquele discurso requentado.

– E também, não é por ser um dia festivo que não terá o essencial caráter pedagógico. Como nos outros anos, essa Ação de Graças terá atividades avaliativas que não poderão ser escusadas. E como se sabe, é evidente que um acontecimento de tais proporções não se faz da noite para o dia. Para isso solicitamos dias atrás que vocês trouxessem argila, ou gesso, para que pudessem confeccionar suas próprias estátuas e bustos, que serão analisados por uma comissão julgadora que selecionará um trabalho para ser elevado ao posto de penate.

– Como assim? – perguntou Eric Niven a um rapaz do segundo ano.

– A gente confecciona qualquer cousa com o material que trouxemos, e um desses trabalhos se tornará um penate – respondeu o garoto, procurando manter a atenção na coordenadora.

– Deu pra perceber – disse Eric, cáustico. – Foi exatamente o que a Mirrina falou.

– Então se eu estiver mentindo, vá reclamar com ela.

– Eu quero saber como necessariamente uma estátua pode se transformar em penate!

–Você acha que se eu soubesse, estaria aqui para concorrer a isso?

Eric inventou palavrões em sussurro discreto e deu as costas para o rapaz.

42

A PARTE
MAIS OESTE

– A ESTÁTUA É PRA SER FEITA HOJE – disse Davi caminhando com o seu grupo para um lugar mais reservado. – Mas quando vão escolher o trabalho vencedor?

– Não faço ideia – respondeu Elissa.

– No momento eu não me importo – disse Cecília. – O que eu quero mesmo é encontrar um lugar para poder lapidar a minha criatividade. E também não quero mexer nessa argila nojenta na frente do Parthenon inteiro!

– Agradeça ao Eric Rodhes por ter trazido argila pra todos nós, isso sim – acrescentou Seth. – E você nem precisa se preocupar em ser vista mexendo nisso, já que praticamente todos os alunos devem estar fazendo a mesma cousa agora. Não tem do que se envergonhar.

– Os outros alunos provêm do próprio barro, Seth. Esse lamaçal é íntimo deles. Já eu fui forjada no ouro puro, aquela massa maleável. Pra mim tudo fica mais complicado, entende? Preciso de um lugar mais reservado.

– Podemos ir para a parte mais oeste – sugeriu Davi. – Não deve ter muita gente lá...

– Não deve ter *ninguém* lá – corrigiu Elissa. – O que vocês estão pensando? Pelos deuses! São domínios proibidos, não podemos simplesmente invadir!

.•●•.

A parte mais oeste do Parthenon era quase tão assustadora quanto alguns alunos poderiam imaginar. A parcial escuridão de seus corredores e escadarias espantava logo de cara muitos dos curiosos, mas aqueles garotos ali não se intimidaram com isso. Cecília, a antiga maior defensora da invasão à parte oeste – só para discordar de Elissa, que fora radicalmente contra –, fez uso de todas as suas forças para não deixar transparecer que queria sair voando dali o mais rápido possível. Mas a sua intrepidez foi excepcional, e ela não propôs a retirada em nenhum momento.

As passagens da parte mais oeste eram enfeitadas com vários tipos de artifícios para dar conta dos alunos intrometidos; se bem que quase todos os ardis não representavam mais perigo algum. A maioria das armadilhas foi sendo desativada aos poucos, por decisão do colégio. Umas poucas, mais antigas, haviam perecido com o tempo; ao passo em que outras delas já tinham cumprido seu desígnio. Cecília chegou a tropeçar em uma rede de fios que cruzava um corredor do segundo piso, mas só o que ela pôde ver foi um estampido de poeira e um exército de armaduras antigas, com lanças que não conseguiram atirar por estarem sem lubrificação, além de corroídas pela ferrugem.

Por sorte eles encontraram, no terceiro pavimento, uma sala, com janelas para o estacionamento. Apagadas, todas as velas dos sete candelabros distribuídos pelo ambiente estavam parcialmente derretidas e pareciam estar assim há anos. Os garotos deixaram seus pacotes de argila sobre a estante com menos livros, ao lado da porta, e percorreram aquele curioso espaço. As imagens da parede foram esculpidas em um relevo profundo, diferentes da decoração sutil encontrada na sala do primeiro ano. Elissa presumiu que as imagens estavam em sequência, mas não conseguiu interpretá-las. Nem parecia interessada nisso.

– Escutem... – disse ela jogando a toalha. – Sei que deflorar uma sala proibida deve ser importante pra vocês, mas... sem chance de eu continuar. Estou indo nessa.

– Calma, Elis! – Seth a impediu. – Cecília, Lino, vocês também: vejam isso aqui.

Os garotos se aproximaram. Seth notara uma grande pedra em forma de esfera, encaixada no centro da parede.

– O que vocês acham que significa? – continuou ele.

– Que estranho... – Cecília tocou a esfera, que tinha desenhos em alto relevo. – Onze pessoas formando um círculo. Poderiam ser personagens do *Livro*, mas nenhuma lenda que eu conheço se encaixa nessas figuras. Olha isso aqui... – Puxou Seth pela roupa, apontando para certo ponto na esfera. – Um espaço vazio. Está faltando alguém no círculo.

– Isso não é um espaço vazio – discordou Seth. – É uma mulher! O espaço vazio fica aqui. – Empurrou a cabeça de Cecília. – Aqui embaixo – apontou.

– Claro que não, isso é um homem! Não sabe reconhecer um, não é, Seth?

– Eu estou vendo o homem – Davi se manifestou. Seth gargalhou vitorioso para Cecília. – E a mulher também – completou e fez Cecília comemorar até cair em si.

– O quê? – perguntaram Seth e Cecília.

– Sim, estão todos aqui – Davi explicou, indicando os locais. – São doze pessoas formando um círculo. E no centro, tem outro homem.

– Gente... Não tem nada aí! – interveio Elissa. – A esfera não tem desenho nenhum!

– Você nunca vê nada, não é? – irritou-se Davi.

– Bem, eu posso ver os desenhos... – disse Cecília. – Acho que todos nós podemos. Menos você, Elis.

– Então ótimo, eu me dou por vencida! Vocês conseguem ver os desenhos, e eu não. Vocês são melhores do que eu. Podemos ir agora?

– Não – disse Seth. – Está ficando bom!

Ainda analisando toda a sala, Davi ficou surpreso ao encontrar algo parecido com um envelope, enfiado ao lado da esfera cravada. Ele se prontificou para pegar o papel, mas Seth foi mais rápido. Retirou o envelope, mas não ficou muito tempo com ele.

– *Saia dessa sala o quanto antes* – Seth leu o verso do envelope. – É pra você, Lino – entregou o papel amarelado a Davi. Na frente haviam escrito *para Lino Yang* com tinta vermelha escura. Antes de abrir a carta, Davi verificou o verso, onde também encontrou o desenho do nome *Mahayogui*, emoldurado num escudo atravessado por duas espadas.

– É do Shiva – disse ele, reconhecendo a assinatura do amigo. Lembrou-se do samurai que Shiva desenhara no primeiro dia de aula, na palestra do Prof. Oikanomos; logo abaixo do guerreiro estava ilustrado aquele mesmo brasão.

– Shiva? – os outros se perguntaram. Não faziam ideia do que pode ter levado Shiva àquela sala para escrever um bilhete para Lino, já que a parte mais oeste do Parthenon sempre foi conhecida por ser um local evitado até mesmo para se cabular aulas, palestras ou pronunciamentos como a de minutos atrás.

– O Shiva deve ter vindo aqui pela primeira vez no dia da palestra do Oikanomos... – disse Davi, lembrando-se do primeiro dia de aula. – Ele tinha me dito que ia se esconder num lugar menos mórbido que o prédio da diretoria... Fez uma péssima troca.

– Leia logo isso! – ordenou Cecília, e Davi seguiu a sugestão. Retirou a carta do envelope empoeirado e a encarou por alguns instantes. Enfim, começou a ler.

Lino,

Amanhã eu vou embora do Parthenon, e quando você encontrar esta mensagem eu já vou estar em casa.

A sala que você entrou – não precisa voltar pra lá agora – a sala inteira é um presságio. Não tenho certeza de muita cousa, e talvez possa parecer maluquice, mas é verdade. Lembre-se dos desenhos daquela bola de pedra. Nela, estão representados os principais deuses sucessíveis, que são os Consentes (os doze deuses do Capítulo). No centro do círculo há o desenho de uma das Extremidades, não acredito que seja Zeus, pois ele já deve estar representado ao lado dos outros onze. Digo, Zeus pode até ser uma das Extremidades, mas não é a que está retratada no centro da esfera.

Por falar na esfera, ela nada mais é do que o rascunho de um amuleto que foi urdido para orientar o Revelador Descendente na busca pelos herdeiros. Parece que o paradeiro desse amuleto é desconhecido há vários anos...

Eu poderia te explicar mais, só que agora eu preciso ajeitar a minha volta para Esparciatas.

Até a próxima, cara. Fica atento nessa história dos herdeiros, eu tenho uma forte sensação de que isso um dia ainda vai cair em você. E agora eu repito, por favor, não fique muito tempo dentro daquela sala.

Mas se você não me levou a sério, também não precisa se preocupar. Tudo voltará ao normal.

Do seu amigo,
Shiva.

– Eu nem vou sair daqui por causa *dele* – disse Seth birrento, após Davi ter concluído a leitura da mensagem.

– Deve ser sério... – respondeu Davi pensativo.

– Sério nada, Lino! – Seth retorquiu. – Que história é essa de herdeiros? É balela! E quem escreveu isso, se não foi o cara que foi expulso do colégio depois de quebrar tudo e bater em todo mundo? Ele ainda quer ser levado a sério! Pensa comigo, o Tiwas não disse que era pra ler o bilhete fora da sala? E você leu dentro dela, não foi? E aconteceu alguma cousa? Não!

– Eu conheço o Shiva e sei que ele não ia dizer isso se não tivesse motivo!

– Tudo bem, você quer confiar no Tiwas? Confie! Ele pediu pra *você* sair da sala, não? Então saia! – Seth indicou a saída para Davi. – Porque eu fico aqui!

As meninas estavam receosas com toda a discussão, e não tinham ideia do que fazer para acalmar os ânimos dos amigos. Cecília tentou se manifestar, mas não sabia qual lado iria escolher para apoiar.

– Lino, se... – Ela começou a escolher as palavras e caminhou até a esfera na parede. – Se o Shiva sabe tanto sobre a sala, talvez esteja certo sobre essa esfera também, mas... – Ela tocou a esfera, contornando alguns dos desenhos. – Pensa bem, essa cousa de... Aahr!!

A garota gritou apavorada quando uma luz ofuscante emanou da esfera. Imediatamente retirou a sua mão de lá; parecia ter sofrido uma queimadura.

– Cecília! – Davi se adiantou para amparar a amiga, mas a luz era incandescente e o atingia também, e ele não conseguia se movimentar muito. Tentou amenizar tapando os olhos, mas adiantou pouco. Seth também tinha se prontificado para auxiliar Cecília, mas estava tão vulnerável à luz quanto seus dois colegas.

A esfera de pedra estava se desencaixando da parede. O som arrastado trazia consigo uma força ainda maior para a claridade, que agredia os três garotos. O sangue que lhes percorria parecia estar fervendo, suas cabeças davam a impressão de estar sendo atingidas por agulhas longas e gélidas.

Eles foram erguidos do chão. Ficaram suspensos a quase meio metro. Cada movimento em pleno ar parecia romper as veias de seus corpos e depois emendá-las com um nó cego. Havia uma sensação de abismo abaixo de seus pés, era o prenúncio da morte...

Elissa, porém, era a única que permanecia no chão e via aquele clarão como se estivesse em frente a uma mera lâmpada um pouco mais forte. Quando notou o mal que a esfera e sua luz estavam fazendo aos seus colegas, ficou apavorada.

– Eu não vou aguentar! – exclamou Cecília para Lino, com a voz cedendo, fazendo força para se manter vertical.

– Elissa, vai pra esfera! – gritou Seth, para vencer o som forte da pedra, que se arrastava vagarosa para fora da parede. Mesmo com os olhos semicerrados, ele percebeu que Elissa era a única que não estava sendo afetada. – Aproveita que o seu pé está no chão e ande!

– Para a esfera? – ela perguntou, sem entender em que aquilo poderia ajudar.

– É, pra lá! Você é a única que não tá sendo afetada por... por essa desgraça aí, sei lá o que é isso, mas não interessa! Vai!

Mesmo atordoada, Elissa seguiu a recomendação e foi até a esfera, cerrando um pouco os olhos, porque a luz já estava ficando forte demais até para ela. Pôs o seu corpo em frente ao epicentro daquele clarão infernal, e conseguiu conter boa parte dele.

Cecília sentiu uma forte tontura e se desequilibrou. Davi pôde ajudá-la, pois graças a Elissa a claridade já não estava tão forte. Ele abraçou a amiga para escorá-la, e só ficou menos apreensivo quando todos os sentidos dela voltaram ao normal.

Elissa tentava empurrar a pedra de volta para a parede e olhou para trás para checar se todos estavam bem. Quando viu Davi abraçado a Cecília, sentiu como se um balde de água gelada percorresse seu corpo por dentro.

– Já... chega! – disse ela, virando-se de costas para a luz. Já não estava fazendo tanta força para conter a esfera, que ainda tentava se desencaixar da parede. – Se vocês – apontou para Cecília e Davi –, se vocês dois querem que eu debele essa bola idiota, agora vão ter que fazer por merecer!

– O que é que ela quer agora? – perguntou-se Seth, incomodado.

– Você e você – ela apontou de novo –, beijem-se! Agora!

– O *quê?* – perguntaram-se Cecília e Davi, perplexos.

– Não me diga que vai ser a primeira vez – Elissa riu sarcástica, com um olhar que defendia suas suspeitas.

– Engula essa língua velha de guerra, ouviu bem? – Cecília se indignou, ainda debilitada. – O Lino e eu somos só amigos! Consegue entender como isso funciona, ave asquerosa? Essa cousa de amizade, você entende?

– Não minta pra mim, ou eu saio daqui! – Ela se afastou por dois segundos. A pedra notou o espaço livre e continuou avançando para fora da parede, mas Elissa não tardou a regressar e colocou-se na frente dela novamente. Era incrível como a bola parecia ter paciência com a tentativa de Elissa de recolocá-la encaixada em seu lugar. Era como se ela entendesse os motivos da garota, mas de qualquer forma continuava investindo para frente, sem pressa, constante. E, ao mesmo tempo, muito compreensiva.

– Eu não estou mentindo – Cecília se esforçou para responder. – Pare um pouco, veja como está sendo estúpida e depois volte a si, rainha das gralhas!

– Cecília, eu só vou repetir mais uma vez – Elissa respirou fundo –, não minta pra mim...

– Eu já disse! Passe um minuto refletindo com essa cabeça gangrenada e concluirá que estou dizendo a verdade. Aliás – descontrolou-se –, pouco me importa o que você supõe! Dane-se!

– Eu quero e pronto! Vocês não estão em condições de me desacatar!

– Mas... isso vale? – Cecília sussurrou para Seth, superando um engasgamento que a acometera.

– É, vale – ele respondeu, pois talvez a pior cousa seria irritar Elissa, que parecia ser a sua única salvação naquele momento.

– Você vai ficar querendo – Davi se negou. – A Cecília é minha amiga, e eu te beijei não faz meia hora, cabeça! Isso não tem nexo! Eu não sinto nada de mais por ela!

– Você é um dos poucos, Lino – Cecília sorriu. Mas estava cansada de discutir e voltou a fitar Elissa. – Pela enésima vez, nós somos só *amigos* – pontuou. – Não me culpe por você não saber o que é isso!

– Eu não vou fazer isso – disse Davi.

– Vamos logo, Lino – Seth apressou impaciente. – É só um beijo! A Cecília não é tão feia assim, ou é?

– Seth! – repreendeu Cecília. – Não influencie, o Lino tem direito de não querer!

– Sim, eu sei, isso porque você está louca pra beijá-lo, não está? – Seth respondeu. – Vamos, é a sua chance!

Cecília esperava que aquilo fosse dito por Elissa; ouvir tais palavras da boca de Seth a deixou incapaz de responder.

– Não, Seth, eu...

– Anda rápido, Lino! – exclamou Seth irritado.

– Você ouviu! – disse Elissa, fazendo força com as costas para debelar a esfera.

– Tá bom! – Davi desistiu e mirou Elissa: – Mas foi você quem pediu!

Davi já estava segurando Cecília com seus braços e só o que precisou fazer foi trazê-la mais para perto e mirar a linda face da amiga. Seus pés sentiram falta do chão, mas conseguiram fazer do próprio ar o apoio necessário. O calor na sala retumbara, colorindo tudo como céu de fim de tarde. Uma fornalha, que os abluía de um suor que era pura água, como se os castigasse com águas torrentes. Quando seus rostos já estavam próximos, ambos foram cerrando os olhos. Lentamente, os seus lábios se encontraram, levando a amizade a outro nível, mesmo que só por aqueles instantes. A plateia assistia sem se manifestar. Após grandes segundos, Davi se afastou, e o dever estava cumprido.

Elissa virou a cabeça, e sentiu que a pouca força que ainda tinha, acabara de se esvaziar. Sofria com o calor, com o desgaste, e nada mais a encorajava a continuar. De repente, tornou-se impossível ficar à frente daquela parede. A esfera reconheceu seus últimos esforços, e em sinal de respeito, continuou empurrando a garota para frente, mas de um jeito a fazer com que ela caísse no chão como uma flor persistente em pleno outono, que já não tinha espaço no galho em que outrora persistira, mas que levava consigo a glória de, justamente, ter insistido.

43

A ARMADILHA

A ESFERA DEU UMA SUGESTÃO do seu considerável peso ao afundar no chão de mármore em que desabara. O atual vazio na parede alastrava uma luz colossal, mas inofensiva. E finalmente, os garotos foram devolvidos ao chão, jogados abruptamente e de qualquer jeito.

O bloco esférico levantou-se no ar, girando em torno de si, e lançou-se ao teto com violência, fazendo desabar pedaços imensos da construção, bem em frente aos garotos. Ao se jogar novamente ao piso, desta vez foi a própria esfera que se partiu em pedaços, que se espalharam pelo chão. Mal se espalharam e se inquietaram novamente, investindo na direção dos garotos.

Os restos da esfera atacaram todos eles, trazendo um para junto do outro. As pedras soltas os envolveram formando uma nova esfera, maior que a original. Entre um pedaço e outro dos destroços sobrava muito espaço, por onde os garotos viram que estavam sendo erguidos no ar novamente. Para Elissa, no entanto, era a primeira vez – desesperada, ela se perguntou se merecia passar por tudo aquilo, concluindo que sim, talvez.

Em instantes, o novo globo voltou a destruir aquela sala do terceiro pavimento da parte mais oeste. Com os garotos dentro.

– A parede! – berrou Cecília tapando os olhos.

– Vai bater! – disse Davi, tentando se proteger. A esfera os arremessou contra a parede esquerda da sala, formando um grande buraco. Apesar disso, eles não sofriam danos graves com os impactos, pois de algum modo estavam protegidos pelos destroços. Os amigos foram jogados para o teto, para o chão, para as paredes, aos poucos deixando tudo em ruínas.

– Nós vamos morrer! – disse Elissa, com a voz arrastada, prejudicada por causa da agitação.

– Não diz isso – Davi aconselhou, mas ele próprio não estava muito confiante.

Abalada com a incerteza de seu próprio futuro, em meio àquele tornado que acontecia dentro da esfera, Cecília tomou uma decisão que poderia até ser a sua última em vida. Retirou do bolso interno da sua capa um pequeno espelho, e um delineador.

– O que você pensa que está fazendo? – gritou Seth, fazendo cara feia inclusive para o monstruoso impacto causado pelo mais recente arremesso ao chão.

– Seth, se nós morrermos agora, você sabe pra onde eu vou? Pois é – disse ofegante, bravamente honesta, com a voz sofrendo frente aos movimentos bruscos dos destroços. – E se tem um lugar em que não dá pra chegar parecendo qualquer uma, é esse. Ou você causa uma boa impressão, ou... Céus, eles vão me comer viva lá! – Tentou continuar a maquiagem, mas Seth agarrou o seu braço. – Não. Tenho que fazer que nem a minha mãe: quando ela está nervosa, começa a passar todos os cremes que tem, até se sentir presa dentro da própria cara. E como não estou com a minha bolsa aqui, os meus bálsamos... Seth, vai buscar meus bálsamos...

– Pare com isso! – Seth se irritou com o falatório e arrancou o delineador das mãos de Cecília. – Você pode furar um olho!

Cecília guardou o delineador e, após uma última olhada no espelho, o pôs no bolso também. A esfera ainda estava em plena atividade, acertando as paredes da sala.

– E você não se engane – disse a garota para Elissa. – Vai voar sem escalas para a danação eterna no mundo inferior, assassina. E se nos encontrarmos por lá, já vou logo avisando: fique longe de mim.

Das fendas geradas nas paredes surgiram javalis ensandecidos, que brilhavam de uma forma única, e que se puseram a devastar tudo o que viam. Das mesmas fendas também saiu uma multidão furiosa de monstros de várias espécies, quebrando tudo o que viam, com uma sede incrível de destruição.

– De onde saíram essas cousas? – perguntou Elissa apavorada.

– Não sei! – respondeu Davi. Mal se podia ver como eram as feições de todos aqueles seres, pelo estardalhaço que provocavam, demolindo a sala aos poucos com bastões em chamas, armas de cavalaria, machados, e até os próprios punhos e chifres, quando era o caso. Todos gritavam e grunhiam investindo contra a esfera no centro da sala, onde os garotos se encontravam presos e acuados, assistindo ao assédio através das frestas entre destroços da antiga pedra.

Dentre os monstros, destacava-se a presença dos tikbalangs, humanoides cinzentos com dois metros só de pernas, corpo descarnado e cabeça de cavalo. Selvagens por natureza, os tikbalangs eram obrigados a viver marginalizados, onde não pudessem oferecer perigo à população – e essa era uma característica comum entre eles e os demais monstros que devastavam a sala. Tentavam agredir os garotos de todas as formas e pareciam estar particularmente dispostos a conseguir.

– É o fim... – disse Elissa tremendo, com os ouvidos tapados enquanto os gritos das bestas cruzavam toda a sala. Seth apertou sua mão e quis confortá-la, mas não conseguiu inventar nada para convencê-la de que aquilo iria passar.

– Sai! – Cecília tentou espantar uma quimera que conseguiu subir no globo, cuja cabeça de leão disparava rugidos em sua direção. As outras duas cabeças da quimera, a de dragão e a de cabra, emitiam ruídos ensurdecedores para todos os lados. A criatura só caiu do globo quando os outros monstros passaram a empurrá-lo, agitando-o para um lado e para o outro.

A esfera enfim abandonou-se no chão.

Ela pôs-se a correr pelo piso, agora cheio de deformações, passando por cima de quem estivesse em seu caminho. Muitas das criaturas foram atropeladas pela esfera, que rodou a sala em ruínas repetidas vezes, até que se dirigiu para fora dela.

Os garotos rolaram pelos caminhos tortuosos da parte mais oeste, ativando todas as armadilhas que existiam pelo percurso. Um grupo de arqueiros falsos lançou flechas que deveriam estar em chamas, mas as que lançaram eram tão inofensivas quanto palitos de fósforos apagados, o que realmente pareciam ser.

Outras bolas de pedra puseram-se a segui-los, mas estavam frágeis e não aguentaram sequer metade do caminho, pois quebravam com facilidade – uma delas praticamente virou pó. As armadilhas boladas pelo Parthenon decididamente não tinham mais o menor efeito, e não conseguiram impedir a grande esfera de chegar à entrada da parte mais oeste, que se comunicava com o pátio do Parthenon.

44

O QUE DE FATO ACONTECEU

Após rolar pelos três pavimentos abaixo da sala onde eles estavam, a esfera estava chegando aos portões de entrada da parte mais oeste. Porém, foi perdendo velocidade e não mais avançou. Parou em frente aos portões fechados e liberou os garotos, jogando-os ao chão, onde eles permaneceram. Suas cabeças estavam totalmente conturbadas, seus corpos estavam uma bagunça, tudo doía... mas o pior passara.

Estavam num ambiente pouco convidativo, com quadros antigos de deuses e figuras estranhas percorrendo as paredes envelhecidas. Era a área mais iluminada da parte mais oeste, mas que não convidava ninguém a continuar ali. Várias carteiras velhas estavam empilhadas nos cantos, assim como um vasto material usado, que o colégio talvez ainda tivesse esperanças de reaproveitar, tudo jogado de qualquer jeito. Alguns penates com pequenas avarias, como parte da cabeça quebrada e outras deformações, cochichavam entre si. Falavam sobre os invasores e sobre a audácia de terem invadido os domínios reservados do Parthenon; mas esses deuses foram ignorados.

Os destroços da esfera dissolveram-se no chão, sumindo no ar assim como a intensa dor que os meninos sentiam até então. Nada mais doía em nenhum deles. Não havia machucados em seus corpos, nenhuma lesão; nem sequer uma câimbra. Nada. A cabeça ainda girava, mas era algo que não era possível evitar.

Seth foi o primeiro a se levantar. Checou se estava tudo bem consigo mesmo e constatou que não havia nada fora do lugar.

– Muito bem – ele olhou para todos, querendo chegar a conclusões. – Eu não imaginei tudo isso, imaginei?

– Imaginou – disse Cecília com dor de cabeça, recuperando o fôlego, recostada próxima a uma armadura antiga ao lado de um dos portões.

– Claro que não – Davi repreendeu a colega. – A gente passou os últimos minutos presos nos destroços da pedra, destruindo toda aquela sala... – Reconstituiu em sua mente, com latentes e inevitáveis lembranças do que acabara de acontecer. – Tudo isso foi verdade! Mas parece que não passou de uma... – Naquele momento uma recordação faiscou em sua cabeça. – Ilusão! Claro... agora eu entendo! Foi uma ilusão, o Shiva nos avisou!

– Ele avisou? – perguntou Seth.

– Sim, o Shiva disse, na carta que me deixou! – Puxou o envelope do bolso, retirou a mensagem e leu as últimas palavras: – *Tudo voltará ao normal*. Agora faz sentido!

– Então é isso? – Seth resmungou. – Se eu soubesse que não ia morrer! – sorriu irônico. – E pensar que eu poderia ter aproveitado melhor aquela brincadeira toda!

– E a sala do terceiro piso? – perguntou Cecília.

– A sala está intacta – respondeu um dos penates abandonados num canto da sala, em pedestais fracos, com todo tipo de rachaduras. Tinha a boca mal afeiçoada e metade do seu rosto ainda continha resquícios da última sessão de gefácio que lhe aplicaram, pois lembrava vagamente a figura da deusa Atena.

Os garotos se viraram para encarar aquele busto feio. Apesar de tudo, ele parecia ter conhecimento do que estava falando.

– Então nós passamos aquele inferno todo pra nada? – Seth perguntou ao deus.

– Não... – tentou explicar melhor. – Ou melhor, sim – desistiu de tentar.

– Mas que droga! – exclamou Cecília indignada, levantando-se com dificuldade. – E por que você não nos avisou quando nos viu subindo pra lá?

– Você sequer deu "boa tarde" quando passou por aqui! – incomodou-se o penate. – Acha que tem moral pra exigir satisfação de algum de nós?

– Os poucos alunos que vêm à parte mais oeste sempre acabam parando naquela sala velha – comentou outro penate, ainda mais deformado, rindo. – Só um pareceu ter gostado da aventura. Voltou aqui tantas vezes!

– Só pode ser o Shiva – Davi sussurrou para Cecília, ao seu lado.

– Alguma vez vocês já se perguntaram por que estão aqui, jogados que nem lixo? Espero que não – disse Cecília aos penates. – Bando de imprestáveis. – Limpou a roupa, ergueu o rosto e fez força para abrir o pesado portão, para sair daquele lugar o quanto antes. Como ela não conseguia abri-lo sozinha, Davi teve que a ajudar, e depois todos eles tomaram cuidado para voltar ao pátio do Parthenon sem chamar atenção.

45

ESSA É
A SUA VIDA

Em realidade, pouco tempo se passou enquanto eles estiveram na dimensão bizarra da sala da parte mais oeste. Fora dali, os estudantes do Parthenon ainda aproveitavam seu recreio. O pátio estava movimentado, com alunos de todas as séries conversando e cometendo as mesmas barbaridades de sempre. O refeitório já não estava tão ativo, os melhores pratos já tinham desaparecido, e poucas crianças persistiam ali.

– Vou dar uma volta – disse Elissa, com pouco foco no olhar. Decidiu caminhar primeiro, para depois decidir para onde iria.

–Você está bem? – quis saber Davi, segurando-a pelo braço antes que se afastasse.

– Deixe-me em paz! – ela se irritou, desvencilhando-se das mãos do garoto. Confuso, ele não tentou impedir, e ela se foi. Elissa passou o resto do dia afastada deles.

– Deixe, Lee – Cecília fez cafuné no amigo e pôs o braço em seu ombro. – Se a gente tiver sorte, ela morre antes de começar a última aula.

E Cecília convocou os dois amigos para caminharem até a sala do primeiro ano. Seth permanecia quieto enquanto andavam, e nada falou desde que saíram da parte mais oeste, refletindo sobre tudo que acabaram de passar.

– As argilas! – Lembrou-se ela. – Nós esquecemos naquela sala horrível, e ainda temos que fazer o penate! É pra entregar hoje?

– Talvez, eu não sei bem... – respondeu Davi. – Eu não vou voltar àquela sala pra pegar argila nenhuma. De qualquer forma, acho que não íamos ter muita chance, nunca vi um penate feito de argila mesmo... – Continuavam andando e conversando, até que viram Seth esbarrar num grupo de meninas que passava por ali.

– Ai! – grunhiu a menina que segurava uma gordurosa coxa de frango frita. Seus óculos de lentes grossas quase desabaram do rosto, e ela os consertou antes de mirar Seth dos pés à cabeça. – Hum... – Ela pareceu gostar do que viu. – Quem é tudo isso?

Seth até então não notara que acabara de esbarrar em Vicenza Managarmer, uma das figuras mais influentes e populares do Parthenon. A garota lambeu a coxa do frango com os olhos fixos em Seth e sorria diretamente para ele.

As amigas de Vicenza nada disseram, apenas sorriam para apoiar o que quer que ela fizesse. Eram seis, usavam o mesmo penteado amarrado para trás, mas não tinham os cabelos crespos e indomáveis da sua mentora. Elas também não tinham o corpo roliço, nem as grandes espinhas que Vicenza tentava ocultar nas bochechas e testa, mas todas elas tinham a esperança de que um dia, com fé, iriam ter.

– Oi... – Seth sorriu encabulado para Vicenza. – Desculpe-me por ter esbarrado em você, é que eu estou meio aéreo...

– Nome – disse Vicenza.

– Hã?

– Seu nome. – Ela sorriu de novo, moleca, escondendo metade do rosto com a coxa de frango que lambia.

– Ah... eu me chamo Seth. – Seu rosto estava inchando de tão vermelho. Ele estendeu a mão, mas ela não se dispôs a tocar.

– A gente ainda se encontra, Seth – disse Vicenza, que deu uma pequena mordida no frango. Olhou-o com metade dos olhos e depois foi até Davi, ao lado de Cecília. Dessa vez o sorriso foi mais íntimo. – Não me esqueci de você. – Ela passou a mão pelo rosto de Davi, que ficou com um rastro de óleo de fritura nas maçãs coradas. – Até o próximo esbarrão – virou a cabeça para mirar Seth.

Cecília olhava tudo aquilo sem conseguir se manifestar.

– Vamos, meninas. – Vicenza concluiu que já tinha exercido a sua presença o suficiente por ali. As meninas piscaram para Davi e Seth e acenaram com os dedinhos. Seguiram acompanhando a líder e desapareceram de vista.

Seth ainda estava deslumbrado.

– Ela já foi, Seth – disse Cecília finalmente.

– Eu... eu sei – respondeu, como que tivesse acabado de voltar ao mundo real.

– O que acha dela, Cecília? – perguntou Davi.

– Da Vicenza? – Ela tentou parecer indiferente. – Bem, não sei... É uma garota muito bonita...

– Você acha? – reagiu, levantando a sobrancelha. – Quem é essa menina, afinal?

– Vocês me pareceram bem íntimos – disse Cecília.

– Eu só vi essa garota uma vez e ainda não entendi do que se trata.

– Ela é a Vicenza! – respondeu, incomodada por ter que dizer o óbvio. – O pai dela é um desses visionários. Ficou famoso depois que abriu um sem-número de escolas de datilografia pelo país inteiro. Para isso, ele até fechou o antigo negócio; ele desenvolvia programas de computador para grandes empresas, mas viu que não é uma área muito promissora. É a profissão do futuro, a datilografia. Estão ganhando muito dinheiro – disse Cecília, mas só Davi prestava atenção. Seth permanecia fora do ar. – Mas antes disso, a Vicenza já era popular. Agora é mais ainda.

Davi resolveu não comentar e ainda estava com nojo daquele cheiro de coxa de frango que a garota deixara nas maçãs de seu rosto.

– E o penate? – perguntou Cecília, para sair daquele assunto.

– Já disse que não sei – respondeu Davi, esfregando o braço na cara, até que desistiu e se propôs a procurar o banheiro na primeira oportunidade.

– Vocês falaram em penate? – disse um garoto que passava por ali. O seu uniforme estava volumoso, tinha o cabelo castanho penteado para trás e usava óculos escuros. Propôs conversar com eles em particular. – Cheguem mais perto.

Cecília puxou Seth com força pelo braço, e os quatro ficaram próximos, para garantir a privacidade. O garoto de óculos olhou para os dois lados, murmurou algumas ameaças para quem ousasse interferir na conversa e voltou-se para os garotos. Abriu a capa, dentro dela havia várias esculturas já prontas, que ele conseguiu pendurar e catalogar de modo prático. Eram pequenos bustos sem face, que ele já sabia como carregar dentro do uniforme sem prejudicar sua coluna nem chamar tanta atenção.

– Vocês precisam de um penate, e eu tenho o penate ideal pra cada um de vocês. Todos feitos de gesso por um artesão de renome da cidade. Amigo meu. Que não quer ser identificado. Que vende pelo menor preço. Que só aceita pagamento à vista.

– Mas e quanto aos... – disse Davi, que foi interrompido pelo garoto:

– Eu ainda não terminei. – Fez uma cara levemente amarrada para Davi, que não gostou da reação. – Vocês compram o penate pronto. Só precisam colocar os rostos e podem até mudar o que quiserem nas esculturas. Eu ensino vocês a fazerem. Oitenta dessas esculturas já foram escolhidas como penates, os melhores penates da história do concurso. Não quebrem essa corrente! Vejo que estão interessados, mas são vocês que escolhem!

Compradas as esculturas, o vendedor ambulante cumpriu o prometido e ensinou os garotos a modificá-las e deixá-las maiores, tudo do jeito que eles quisessem. Para isso, refugiaram-se no subsolo do Parthenon, que também abrigava um belo ginásio de esportes. Ali, muitos alunos encontraram o lugar ideal para comprar e vender esculturas quase prontas, numa espécie de mercado alternativo que não chegou ao conhecimento das autoridades do Parthenon.

Eles passaram alguns minutos aprendendo a moldar as esculturas de acordo com seus gostos. Seth optou por fazer um "homem sem nariz", que terminou parecendo um castelo de areia com duas torres tortas. O "imperador romano" que Davi idealizou acabou saindo um homem corcunda, e o "homem de dois narizes" de Cecília resultou num bonito cavalinho.

46

VERGO
PROIBIDO

– A professora gostou das suas esculturas? – perguntou Eric Niven algum tempo depois, na sala do primeiro ano. Devido ao trabalho do penate, era como se o recreio tivesse sido estendido, e a aula de Literatura só começaria depois de mais alguns minutos. Enquanto isso, alguns alunos verificavam se as suas esculturas, de argila ou gesso, já estavam secas.

– Eu nem quero saber se ela gostou – respondeu Seth irritado, jogando sua escultura no vaso do lixo e saindo dali. – Quero que ela vá pro inferno com esse maldito trabalho!

– Ela disse que a minha não saiu ruim – disse Davi.

– E o que foi que você esculpiu, Lino? – Eric perguntou.

– Um imperador romano.

– Ah, o seu é aquela cousa horrível em cima do quadro?

– Esse mesmo!

– Nunca ouvi falar de nenhum imperador romano que fosse corcunda.

– Deve ter existido algum.

– Bom, pode até ser porque... a Filomela adorou...

– É, mas também ela não me deu muita esperança de ganhar o primeiro lugar. Pelo jeito eu não vou conseguir fazer meu próprio deus dessa vez... Mas o Giboso ficou muito simpático mesmo!

– Giboso? Que nome horrível, Lino.

– Pois eu não acho, não.

– Mas parabéns – Eric fingiu um sorriso. – Ai...

De súbito, os garotos sentiram o chão tremer com brutalidade. As mesas e cadeiras pularam e se deslocaram um pouco, e algumas esculturas caíram. Mochilas e canetas também encontraram o chão. Karin segurou-se na mesa, com os olhos assustados. Davi e Eric inclinaram-se um pouco, mas não caíram. O lustre balançou, e forte demais. Davi olhou para cima e viu que estavam logo abaixo do lampadário, cujos cristais já começavam a colidir entre si, derrubando alguns pedaços no chão. Era só uma questão de tempo até que...

– Vai desabar! – gritou Davi, pulando em direção a Eric. Mas este também notara o barulho estranho vindo do teto, e foi esperto o bastante para correr primeiro, segundos antes de Davi mergulhar para salvá-los. Quando Davi caiu, ele não estava longe o suficiente para não ser atingido pela estrutura de ferro e seus cristais cintilantes.

Ao perceber que a investida do colega para salvá-los foi o que o impossibilitou de sair daquela sozinho, Eric puxou-lhe pelo que conseguiu agarrar da capa, ajudou-lhe a levantar, e depois ambos se apressaram em se afastar, para fugir dos estilhaços dos cristais e das lâmpadas do lustre, que caiu atrás deles. Davi pôde sentir pedaços do lampadário ricocheteando em suas costas, mas felizmente não tinha sofrido nenhuma lesão.

Após o barulho do desabamento da peça, Davi olhou para trás e viu o estrago que estava sendo causado na sala. Todos se entreolhavam aflitos, enquanto tremiam junto com a terra. Mas a partir dali, nada durou mais do que alguns terríveis instantes. O chão logo voltou a ser imóvel, e as cousas sobre as mesas não corriam mais riscos.

– Acho que estamos quites nessa – disse.

– O que foi isso? – Eric ainda estava apavorado.

– Eu não sei – respondeu Davi. Estava impressionado, mas depois de tudo que lhe acontecera naquele dia, o tremor só o assustou por ter sido tão súbito.

Os que estavam na sala conversavam sobre o que tinha acontecido, e Davi notou que Giboso havia caído de cima do quadro, fazendo a cabeça se separar do corpo. Ele apanhou as duas partes e colocou-as de volta no lugar de onde caíram. Lamentou o prejuízo, já que pagou pela estátua, mas não considerou o trabalho perdido. A cabeça estava bem equilibrada, não cairia tão facilmente. Enfim, Davi aliviou-se pelo dano não ter sido mais grave.

– E a Elissa? – perguntou Eric Niven ainda meio assustado, fático. – O que foi que ela esculpiu?

– Eu nem sei – respondeu Davi. – Acho que ela não fez a escultura.

– Você acha? – sem querer, o coração de Eric voltou a acelerar.

– Ela passou o intervalo comigo, mas depois me disse pra deixá-la em paz e desapareceu. Acho que a Elissa não anda tomando os remédios dela na hora certa.

– Não diga isso, a Elissa não tem nenhum problema mental e não toma remédio nenhum. Os problemas dela são de caráter pessoal.

Malu, que acabara de entrar na sala, não havia feito o trabalho e olhava as esculturas com desprezo. Junto com ela, estava a segunda metade do seu lanche diário – uma garrafa, duas maçãs e um pedaço de frango frito envolto num guardanapo –, que ela equilibrava com talento nos braços. Davi deixou Eric com seus sentimentos humanitários e foi falar com a amiga. Sentada, depositou o lanche na mesa para comer em paz.

– Oi – disse Davi.

– Você viu? – perguntou Malu animada.

– O tremor?

– Sim! Vi duas alunas do terceiro ano pedindo perdão pelos seus pecados, pensando que iam morrer. E eu pensei que *eu* tinha pecados inconfessáveis! – disse ela, rindo ao se lembrar das barbaridades ditas pelas adolescentes em suas confissões. – O que foi isso? – Apontou para os restos do lampadário, espalhados pelo piso.

– O lustre não aguentou e caiu.

– Nossa – ela sorriu suspirando, como que dissesse "queria tanto estar aqui na hora". – Finalmente aconteceu algo de interessante neste lugar. Pena eu não ter uma câmera...

– Você gostou?!

– É claro. Ninguém morreu, não? Então por que eu ficaria abalada?

– *Askos*, Malu! Você é uma psicopata! Alguém pode ter se machucado! *Eu* poderia ter me machucado feio agora há pouco!

– Mas você está aí inteiro, não está? Então, está reclamando de quê? – Esperou, mas não obteve resposta. – Dá pra ver que vocês aqui não me conhecem. Eu não sou psicopata, Lino. Não sou nenhuma maníaca homicida, ou seja lá o que vocês pensem de mim. Você sabe que eu não teria coragem de matar ninguém, porque também não gostaria que ninguém me matasse. Detestaria se tirassem de mim esse prazer.

– Céus, não fale assim! – arrepiou-se Davi.

– Sabia que eles têm Vergo no refeitório? – perguntou, para encerrar aquela conversa.

– Sério? Os alunos daqui tomam isso?

– É sério! Por que você não pega uma garrafa?

– Eu nem gosto muito...

– Ora, vamos, Lino. Não sei por que você não gosta de Vergo. É ótimo... Tome essa garrafa aqui. Pode ficar com ela, acho que você deve dar uma chance ao Vergo. Não se preocupe comigo, eu tenho mais aqui na bolsa...

Para não ser indelicado, Davi aceitou a garrafa e deu algumas goladas cavalares, a fim de terminar com aquilo o mais rápido possível. Quando Malu ofereceu outra ele aceitou, sem ter ideia do que estava fazendo.

– Eu gosto do Vergo natural – continuou Malu, abrindo uma nova garrafa e tomando um gole contido. Depois pôs a bolsa cheia de garrafas sobre a mesa. – Sabe, é a primeira vez que trago Vergo para o Parthenon. Não sabia que eles tinham aqui, então eu trouxe umas quinze garrafas de casa. Essas são pequenas, não pesam tanto na bolsa. Eu gosto do Vergo. Quase sempre eu tomava uma garrafa, quando morava em Ágios. A minha mãe vinha muito aqui para falar com o meu pai sobre a minha pensão, essas cousas. E ela sempre voltava trazendo uns engradados. Eu gosto do Vergo desde pequena. Mas ultimamente eu tenho ficado meio descontrolada, e então dei um tempo. Voltei a tomar hoje mesmo. Minha mãe disse que quando eu tomo muito Vergo, eu fico alterada. Segundo ela, a partir da terceira garrafa eu começo a falar demais. E, ainda segundo ela, depois da sétima eu passo ser perigosa. Mas eu não acho que isso seja verdade. Você acha, Lino?

– Assim, do nada?

– Lino? – Malu notou que aquela pergunta não fora direcionada para ela. Davi parecia muito interessado na resposta, só não sabia qual era a pergunta, nem a quem fazê-la. Ao dar uma segunda olhada no amigo, Malu foi acometida por um engasgo. – Lino! Você tomou seis garrafas de Vergo quente! Que monstro! Pensei que você não gostasse!

– Eu?

Malu apresentou seis garrafas vazia sobre a sua mesa, que não tinham sido consumidas por ela.

– Opa, desculpa... – Davi se desconcertou, os olhos fugindo das órbitas. – Depois eu te pago... Você está certa, eu não gosto mesmo, mas você estava falando, falando, e as garrafas estavam tão perto... Mas eu já encerrei.

– Você... – ela esforçava-se para manter a serenidade – Lembra o que eu disse sobre dar uma chance ao Vergo? Multiplique aquilo que eu falei por menos um. Acho que você deve parar um pouco e descansar, antes que alguém te veja assim.

– Acho que eu passei da conta, né? – disse ele arrependido. – Deuses, eu já posso até ver, amanhã vou acordar com uma dor de cabeça desse tamanho... – Ao gesticular para sugerir o tamanho do problema, ele bateu com o braço na mão de Malu e ela acabou soltando a garrafa, que espatifou-se no chão. Quando Davi se agaixou para recolher os cacos, Malu o deteve:

– Deixa isso aí, Lino, você vai acabar se cortando!

– Mas a garrafa é sua!

– Está quebrada!

– Desculpe-me, eu vou te pagar por isso... – Fez menção de se agaixar novamente, mas Malu o impediu.

– Não tem problema, esqueça a garrafa. Só não quero ver você mexendo nesses cacos!

– Depois eu te pago, eu já disse!

– Eu não estou questionando isso – disse Malu amena e compreensiva. – Olha aqui... Eu não quero que você me pague, tá?

– Puxa, Malu... – seus olhos cintilaram. – Eu adoro você...

Malu olhou para ele, macarrônica. E Davi ainda sustentava cada palavra que dissera:

– Tudo bem... Mas, sabe, eu tenho percebido o quanto...

– Você está alterado. Por isso não vou te levar a sério. Vai se sentar, certo?

– Nem é isso, eu estou falando sério! Acredita em mim, eu...

– Vá se sentar, Lino, por favor!

– Acho que vou me sentar sim... Qual é a minha cadeira?

– Aquela ali na frente. Mas faça o contorno, não siga reto, pra você não esbarrar nas cadeiras vazias.

– Para de querer me controlar!

Esbarrando em duas, três, onze cadeiras, Davi chegou até o seu assento. Após já estar devidamente acomodado, deitou os braços na mesa e jogou a cabeça por cima deles. Ela estava pesada, e a visão começou a ceder. Piscou os olhos, mas não conseguiu abri-los mais.

– Muito obrigado pelo Vergo, Malu – disse ele irônico, acreditando que estava sendo ouvido. – Ajudou muito... Eu nem consigo enxergar nada... – Foi abrindo um pouco os olhos, com dificuldade. – Nem o... Cadê o Giboso? – assustou-se.

Quando deu por falta da estátua, Davi imediatamente pulou da cadeira. Teve um pressentimento de que algo de ruim tinha acontecido.

– Onde está o meu trabalho? Devolva! – disse, fingindo já ter algum suspeito.

– Que trabalho, Lino? – perguntou Malu. – Não tem nada aí.

– Não tem porque tiraram! Eu deixei o meu trabalho lá em cima!

– Eu acho que o Faustino levou o seu trabalho – disse Eric Niven. – Ele veio aqui pra ver a situação do lustre e acabou de sair com alguma cousa na mão, você não viu? Deve ter levado o seu para a Donna Glaia.

– E quem é Faustino?

Eric riu muito da pergunta.

– O Sr. Faustino, lembra? O zelador da nossa sala?

– O que aconteceu, Lino? – perguntou Seth, que acabara de chegar.

– Seis Vergos e me roubaram o penate.

– Que roubaram, Lino... Você está louco. Devem ter jogado aquilo fora.

– E por que o seu ainda está no lugar que você deixou?

– Sei lá, talvez alguém tenha gostado do seu e levado pra casa – Seth riu. – E o meu já está no lixo; eu devo ter poupado o trabalho de alguém.

– Dane-se! Eu quero o meu trabalho!

– E o que você vai fazer?

– Eu vou procurar.

– Onde você vai procurar aquela porcaria?

– Não chame o Giboso de porcaria! Ele vai virar penate, e você vai engolir o que disse!

– Lino, você está estranho.

– Cala essa boca, *Sets*. Com a sua licença.

– Tá, tudo bem, seja feliz... – Seth ignorou, e liberou a passagem.

Afastando com os braços cousas que estavam ou não próximas, Davi foi procurar a escultura.

– O que aconteceu com ele? – perguntou Seth a Malu, e esta deu de ombros.

Bem apoiado no corrimão, Davi desceu os degraus das escadarias com muito cuidado para não cair. Chegando à imensidão do pátio, ele começou a ficar preocupado. Ele mal sabia para onde olhar. Em que lugar seria possível achar aquela cousa tão pequena? Era impossível descobrir. Mas ele se lembrou do que Eric disse – o zelador havia saído da sala levando algo nas mãos. Poderia ser, por que não? Primeiro, Davi foi até o refeitório e viu que Donna estava lá, portanto a sua sala devia estar vazia e muito disponível. Ele então deu uma disfarçada e mudou o rumo da caminhada.

O pátio estava repleto de alunos, e assim Davi pôde andar despreocupado até a sala da vice-diretora, sem ser notado. Chegando à porta entreaberta da sala, ele a empurrou discretamente, e adentrou.

Ele nunca havia entrado naquela sala antes. Era escura e praticamente não tinha janelas, então era difícil saber o que se tinha ali dentro. Estava tão quieto o recinto que chegava a causar aflição. Em uma das paredes laterais, havia quadros que formavam, como um quebra-cabeça, a imagem de um dragão negro furioso. Na outra, não menos dragões, havia quadros de Donna Glaia sorrindo, fazendo pose.

Mas era no fim da sala que estava o que Davi procurava – a mesa da vice-diretora. Cheia de papéis, livros e embalagens de bombons, a mesa era alta, assim como a cadeira larga e robusta. Num dos cantos estava um frigobar, em que a vice-diretora guardava seus lanches de ínterim.

– Você tem certeza de que deveria estar aqui? – perguntou um busto de deus sobre uma estante próxima, ao lado da bandeira do país. Era o penate de Donna Glaia, que estava com a face moldada de Hermes, numa enojada expressão de reprimenda.

O susto foi grande. Davi se deteve, procurou quem havia falado e viu que não passava de um pedaço de gesso metido à besta.

– Divindade atrofiada – disse o garoto com desprezo em voz contida, dando as costas para o penate. – Já estudei sobre você.

Davi tinha toda a sua atenção na mesa, que, de fato, era o que importava.

À primeira vista já dava para notar que a escultura não estava no meio da miscelânea de bibelôs de viagem e pastas de documentos, que viciava a mesa da vice-diretora. Davi deu a volta e foi procurar nas gavetas, e começou pela última. Basicamente, nela só havia fichários e caramelos. Na penúltima, mais papéis e caramelos. Na terceira, só caramelos. Na segunda, classificadores abarrotados, cadernetas e trufas de chocolate. E a primeira gaveta, que tinha trinco e chave, estava aberta, por milagre. Provavelmente, Donna tinha mexido nela antes de sair para o refeitório. Estava óbvio que ali não haveria só documentos. E nem só doces. De fato, havia alguns, mas o mais importante eram duas caixas idênticas que a mulher escondeu lá no fundo da primeira gaveta, e tentara encobrir com alguns papéis velhos. Davi afastou as folhas, escolheu uma caixa e a arrastou com cuidado para não atropelar os caramelos. Pôs o cacifo sobre a mesa, e o analisou. Não achava que Donna fosse esconder a sua estátua ali, pois era uma linda caixa, de contornos admiráveis, mas um tanto pesada. Nela haviam esculpido cocatrices, centauros, esfinges, onis e outras criaturas por toda a superfície. Uma pomba estava em alto relevo, mas escondida no fundo, ao lado de monstros que sequer tinham nome. Era óbvio que a estátua não estaria ali. O mais fácil era desistir da busca e reconhecer a perda. Antes de colocar o cacifo de volta, Davi o agitou. Pelo barulho, parecia ter algo dentro. A curiosidade aguçou-se, ele resolveu abrir a caixa, e...

– O que você está fazendo aqui? – perguntou Donna chegando à sua sala. Já estava irritada por flagrar um intruso em seus aposentos, e quando viu Davi fuçando suas cousas, ficou rubra de raiva. – O que você está fazendo, organismo? – Ela ainda estava ameaçadora, até que fitou a caixa. – E o que é isso na sua mão? Mas não é possível! O meu... meu... Meu alabastro!

– Meu o quê? – perguntou-se Davi, mas Donna se adiantou e tomou com violência a caixa das suas mãos.

– Eu avisei a ele, Cornélia! – lembrou o penate.

– E você cale a boca! – ela gritou para o busto. – Não sei que sentimento puro está me impedindo de te transformar em *giz* agora mesmo! – E voltou-se para Davi. – Nunca mais entre nessa sala, não quando meu bom senso estiver em níveis tão perigosamente normais quanto agora... – sublinhou cada palavra. – Desta vez eu serei boazinha, não vou castigá-lo, mas se eu vir você aqui novamente, fuçando, mexendo nas minhas cousas... Você não vai querer viver para repetir tal ousadia.

– Eu quero o que é meu.

– O que é seu? – ela se mostrou nervosa. – Mas o que poderia ser seu? Não tem nada seu aqui. Tudo aqui é meu. A sala é minha. A mesa, os quadros... Tudo meu. O alabastro também é meu.

– Você pegou a minha estátua, e eu quero de volta!

– Que estátua, garoto? Está delirando? Mas... – Farejou o ar. – Você está muito alterado...

– Não estou, e não mude de assunto!

– Que cheiro é esse... Parece guanse, mas... Não, acho que não...

isso é... É Vergo! – concluiu, meio confusa. – Você está assim porque tomou *Vergo?*

– O que eu bebo não é da sua conta! Devolva o meu trabalho já!

– Napoleão! – gritou ela. – Napoleão, venha cá!

Enquanto aguardava a chegada do funcionário, Donna puxou Davi pela gola e falou pausada e ameaçadoramente:

– Não gaste as suas energias comigo, Yang, porque *não serei eu* a antagonista de sua história. Apenas tome cuidado onde pisa, porque se você se colocar no meu caminho, vai entender por que há tão poucos destemidos neste mundo que se atreveram a ir tão longe.

Rapidamente, entrou na sala o velho zelador Napoleão Franco, que há muito trabalhava no Parthenon e obedecia apenas ordens diretas da vice-diretora. Além dos cabelos brancos, tinha na sua pele traços que denunciavam a idade avançada. Trajando o seu uniforme bege e coberto por algumas mantas para defendê-lo de um frio que não sentia, ele segurava uma vassoura, sinal de que Donna havia interrompido o seu trabalho.

– A senhora chamou, Sra. Tofana?

– Não, Franco, estava só entoando o seu lindo nome – disse ela sarcástica, soltando Davi e jogando-o longe. – Vá ao refeitório e mande recolher todas as garrafas de Vergo imediatamente. Diga que está suspenso o consumo por tempo indeterminado.

– Mas, Sra. Tofana... – O zelador não entendeu. Coçou os cabelos que lhe restavam na cabeça e chegou um pouco mais perto. – Vergo não é proibido...

– A partir de hoje, é. Eu mesma vou ligar para o prefeito e conversar sobre uma autorização expressa para proibir o consumo da bebida nos domínios do Parthenon.

– Mas... acho que não pude entender...

– Você não vê o estado desse fedelho? – Segurou Davi pela camisa, agitando-o. – Está assim, e eu já disse o motivo. Imagine se todos os alunos começarem a se embriagar sempre que tomarem Vergo? Provavelmente mudaram algo na sua fórmula... E vai ser esse o argumento que eu vou utilizar.

– Eu ainda acho que...

– Está achando demais, e a sua função aqui nunca foi essa! Apenas vá, Franco! Não me contradiga!

– Tudo bem... – O zelador se retirou.

– E você – disse Donna ainda perigosa – volte para a sua sala, pois a zeladoria já resolveu uma parte dos estragos e a sua aula inclusive já começou. Eu só espero que a professora lhe proíba de entrar na sala ou reclame de você, por qualquer motivo que seja, pode ser o menor possível, uma advertência vulgar, basta qualquer cousa, que chegando aqui eu te aplicarei um castigo como este instituto não vê há séculos! Agora vá! Varra-se daqui! Rápido!

Evitando contrariá-la, Davi correu para voltar à sala. No pátio, ele encontrou Guan Mao, com o capacete nos braços, a mesma jaqueta de couro de sempre, e parecia ter acabado de chegar.

– Lee, que surpresa!

– Guan Mao! O que você está fazendo aqui?

– Eu trabalho aqui, cara! Esqueceu?

– Puxa, é mesmo...

– Você está meio estranho...

– Por que você acha isso? – assustou-se Davi, o coração pego de surpresa com o comentário.

– Não sei, parece meio pálido... Ah, já sei. Estava na sala da Donna, não é? Então você deve ter passado os piores minutos da sua vida. Aquela ali adora acuar as pessoas, só pra mostrar que tem autoridade. Aposto que se pudesse, a Donna revogaria a lei da gravidade... Até porque só ela continuaria presa ao chão! – riu. – Imagine, aquela bola gorda furiosa flutuando... Impossível!

– É, ela seria capaz de fazer isso. Ainda bem que nasceu gente.

– Só nasceu, depois se perdeu no caminho. Enfim... – mudou de assunto – Que tal se formos até a Gaiola qualquer dia desses, para espairecer?

– Seria uma boa...

– Agora, vá pra sua aula, antes que a velha te veja! Olha lá, segue os seus colegas! – Guan Mao apontou para Eric Rodhes e Elissa, que subiam as escadas.

– É mesmo – disse Davi, arrancando-se de lá para acompanhar os dois.

47

OSTENTAÇÃO

APÓS O ENCERRAMENTO DAS AULAS naquele dia, os garotos saíram do Parthenon e foram andando até o ponto de coletibus mais próximo. Foram juntos Cecília, Eric Niven, Elissa, Davi e Astros, sendo que este último era convidado. Como havia um compromisso no bairro Conselheiro Acme, mudou sua rota para honrá-lo. Seu curso normal era o bairro Maratona.

Eles se sentaram no banco do ponto, onde outros alunos do Parthenon também esperavam seus transportes. Ao lado de Davi estavam duas garotas do segundo ano, Lita Belacis e Chloe Bosel. Enquanto aguardavam seu coletivo, as duas sussurravam segredos que talvez ninguém irá saber e também riam bastante. Astros observava aquelas amigas com olhos enormes.

– Olha o coletibus, Lino – informou Cecília levantando-se do banco.

O veículo vinha sem fazer tumulto, brilhando conforme as luzes dos postes. Elissa estendeu a mão, chamando atenção do motorista, e este reduziu a velocidade até parar.

Todos subiram pelas escadas estreitas do coletibus, que não estava tão cheio. Só a seção dos idosos, antes da catraca e com quatro pares de bancos vermelhos, estava totalmente preenchida, tanto que um ou dois velhinhos tremiam as pernas em pé. Em pouco tempo o coletivo voltou a andar.

Davi mostrou sua carteira de estudante ao cobrador, e assim pôde passar para a segunda seção, seguindo Cecília e Eric Niven. Davi avistou um par de cadeiras vago, caminhou até lá e jogou sua mochila. Ficou em pé, esperando que Elissa chegasse.

– Você prefere a janela?

Elissa passou por ele emudecida. Podia ter recusado o lugar, mas fez questão de sentar ao lado de Davi para ignorá-lo de forma explícita.

– Será que ela vai estar lá? – perguntou Astros na cadeira posterior, impedindo Davi de dar atenção à atitude de Elissa.

– As chances são grandes – ele respondeu, virando a cabeça levemente. – Ela mora lá.

Davi olhou rapidamente para Elissa, mas não tinha nada para conversar com ela. Até porque era complicado olhar para alguém que estava sentado no lugar que você queria. Ele então levou o olhar para as outras pessoas do coletibus. Alguns passageiros solicitaram parada, e o motorista foi contendo o guidom e freando, até que o coletivo parou. Na seção dos idosos, alguns deles também resolveram descer. Uma simpática senhora envergada, com uma manta roxa de crochê, mostrou a sua foto na carteira de identidade ao cobrador, para certificá-lo de que ela merecia gratuidade no transporte.

O cobrador olhou a foto da senhora, onde ela estava com os cabelos grisalhos meio embaraçados. A falta de sorriso no rosto deixava clara a presença de rugas e sinais de expressão, além de algumas verrugas, mas estas não são comentáveis. A foto convenceria até o mais arengueiro dos céticos, mas não era o suficiente para o cobrador.

– Eu quero ver a parte de trás – exigiu.

– De onde? – Aquele olhar dava margem a dúvidas, mas o cobrador não se intimidou.

– Da sua identidade.

–Você deve ser novo por aqui, não é, bebê? É o moçoilo bonito da tia. Deixa ela passar, sim?

– Mostre o verso da identidade!

– *Pra quê?* – A frágil senhora tentou dizer mas tossiu. Logo recompôs a voz hesitante e o olhar cândido. – Er, pra quê?

– Preciso ver a sua idade.

– Eu tenho sessenta e cinco anos...

– Mostre a identidade.

– Mas isso é ridículo...

– Mostre a droga da identidade!

Como a mulher se mostrava muito relutante, o cobrador tomou o documento das suas mãos murchas. Ela tentou reavê-lo, mas não conseguiu. O rapaz olhou o verso da carteira de identidade, deu um sorrisinho vitorioso e a devolveu à sua dona.

–Vinte e três anos, hein? – disse ele. –Vai ter que pagar passagem!

– É mentira...

– Pague a passagem. São cem óbulos.

– Você é um paranoico, sabia?! – disse a mulher, consertando a coluna e ficando ereta. Ajeitou os cabelos brancos, tirou a manta de crochê e revelou os apertados trajes da noite. Abriu a carteira e jogou uma moeda de cem óbulos, que o cobrador conseguiu pegar no ar. Ele liberou a passagem da garota, que passou pelo corredor rebolando e erguendo o nariz envergado para os demais passageiros.

– Graias... – disse o cobrador dando um murro vencedor no braço de seu assento. – Comigo não passa uma!

–Você entendeu alguma cousa? – Davi perguntou a Astros, após o coletibus ter recuperado a velocidade.

– Pelo que eu vi, era a graia Catilina. Ela é meio famosa aqui na cidade, está sempre tentando surrupiar algum benefício para idosos, só porque nasceu graia. Você sabe o que são as graias, não sabe? Parece que o prefeito daqui também é um. Esse povo já nasce idoso, mas é meio complicado. Eu não vou saber te explicar bem.

– Sei... fizemos um trabalho sobre eles em Teratologia, não foi?

– Acho que foi; mas quem se importa?

O tempo foi passando, e Astros parecia cada vez mais nervoso por causa do encontro. Não sabia se ia agradar às expectativas de Tulani, nem tinha tanta certeza de que seria uma boa opção para ela. Planejou algumas embromações, que ensaiou em casa, mas mesmo com tanta cousa para dizer, não estava seguro de nada. Mas ele tinha uma chance, Lino havia dito isso, e ele não se esquecia.

– Tchau, garotos – Cecília acenou, preparando-se para descer em seu ponto. Davi respondeu, mas Astros e Elissa pouco deram importância à despedida.

–Vai demorar muito ainda? – quis saber Astros ansioso, enquanto Cecília descia do coletivo. – Acho que vou mastigar minhas vísceras...

– Calma, Astros – disse Davi –, se você ficar nervoso vai estragar tudo.

–Você sabe o que é ficar mais de seis meses sem nenhuma garota?

– Seis meses? – Davi sussurrou revoltado. – Mas você disse que tinha terminado com sua última namorada há apenas dois meses!

– Quando eu disse isso?

– Semana passada, cara! Na aula de História!

– Você deve ter ouvido errado.

Davi não tinha ouvido errado e não respondeu. Astros ainda se inquietava na cadeira.

– Já estamos chegando?

– Não.

– Tem certeza de que pegamos a rota certa?

– Astros, você está começando a me irritar.

– Desculpa... não era minha intenção.

Astros continuou apoiado no encosto do banco anterior, e Davi se consertou. Chegou até a esquecer que Elissa estava lá do seu lado, múmia. O coletivo continuava andando, parando neste ou naquele ponto, até ela se levantar do assento e solicitar parada. Sentou-se novamente, deu uma última checada na bolsa e esperou perderem velocidade. Educadamente, ela pediu que Davi cedesse espaço para que pudesse passar.

– Me dá licença?

– Tudo bem... Tchau, então – despediu-se, arriscando aproximar-se para que ela lhe desse um beijo de despedida. Mas a garota havia travado o rosto e logo depois se levantou, barrando bruscamente a tentativa de Davi. Ele repousou a maçã no encosto vazio da cadeira.

– Tchau – ela devolveu friamente.

Davi cedeu passagem e ela saiu quieta, cruzando o coletivo.

– Você viu isso? – Davi perguntou a Astros, inconformado.

– Vi. Esquece essa daí. A Elissa não me parece ser do tipo que mantém um amante por mais de duas horas. E você foi só mais um amante de curta temporada.

– Obrigado por ter deixado isso claro, Astros.

– Relaxa. Se não fosse você, seria outro – desconversou. – O seu ponto é o próximo, não é?

– Não... – ele respondeu, mas sua cabeça estava longe. – Só uns três depois desse.

Astros suspirou.

– Mas é rápido – Davi o tranquilizou. – Não vai demorar.

– Lino, posso te pedir uma cousa?

– O quê? – perguntou por perguntar.

– Promete que não vai apresentar a Tulani a mais ninguém? Principalmente ao Seth? – riu nervoso e com as mãos suando, olhando para o nada. – Se essa menina não ficar comigo, não quero que ela fique com mais ninguém!

Finalmente Davi se virou para trás, apenas para olhar bem na cara de Astros. Chegou a ponderar se aquilo deveria ser dignificado com uma resposta, mas preferiu dizer:

– Eu não prometo nada – voltou a olhar para frente.

– Vou encarar isso como um sim.

– Isso é um não!

Finalmente, após algum tempo, os dois desceram do coletibus. Astros mais apreensivo, claro. Durante todo o caminho, Davi ignorou as palavras do colega e o deixara falando sozinho enquanto ambos andavam pelas ruas anoitecidas do Conselheiro Acme. Ele sentia raiva de Elissa. Muita raiva. E daí que ela beija bem? Ela não tinha o direito de esnobá-lo. Não, isso jamais...

– De quem é essa casa? – perguntou Astros.

Como havia um ponto de interrogação bem enfatizado no final da frase, Davi viu-se obrigado a responder.

– Do Anceu Vidaze, amigo da família. Ele é primo do benigno de uma igreja no bairro Aristodemo e trabalha na indústria petroquímica dos *Rods*.

– Gostei dessa estátua que ele colocou no jardim. Vi uma parecida num desses leilões que passam na tevê à noite. Eu não gastaria tanto dinheiro comprando algo tão extravagante, mas até que tem a sua graça. Sabe o que ela representa?

– Não faço ideia. Você sabe?

– Bem, pelo que eu me lembro é a cabeça de um ídolo olmeca, e pertencia a uma família dos Estados Unidos. Eles estavam cobrando mais de seis mil talentos.

– Uau – Davi assoviou. – De qualquer forma, eu nunca tinha visto essa estátua... Muito me surpreende ela aparecer justo agora... – Sem querer, ele pensou na onda de furtos que afligia seu bairro... Mas aquilo não vinha ao caso.

– Esse seu vizinho deve ser rico, não é?

– Rico eu não sei... Mas que é estranho, é. Bem, chegamos – Davi aliviou-se, parando no passadiço da casa vermelha da Sra. Araceli.

– Sério?

– É. Eu vou chamá-la. Posso?

– Já devia ter ido, menino de pouca fé! Vai logo!

Davi atravessou o quintal cheio de flores, parou em frente à porta e tocou a campainha. Não demorou muito e Tulani apareceu, linda como sempre. Os dois conversaram por alguns instantes. Astros, ao longe, não se continha de tanto esperar, até que se aproximaram. O sorriso de seu rosto ia se desfazendo conforme eles se faziam mais visíveis.

– Tulani, este é o Astros, meu colega. Astros, esta é a Tulani.

Cumprimentaram-se, e Davi sentiu o dever cumprido. Respirou profundamente, fez força para sorrir e acenou com a mão, em sinal de despedida. Enfim, estava livre para ir ao seu merecido descanso.

– Calma aí, Lino! – pediu Astros desesperado, sorrindo sem graça para Tulani e olhando Davi com o canto dos olhos. – Aonde você vai?

– Quê? – coçou a cabeça incomodado. – Para onde mais você acha que eu iria agora, Astros? Às ruas, para combater o crime? Não! Eu estou cansado! Quero ir pra casa!

– Claro, e você vai, mas antes eu preciso falar com você, bem rápido, posso?

– Mas eu estou cansado!

– Por favor, não vai demorar muito.

Astros correu até onde o colega estava e lhe arrastou um pouco mais para longe, para garantir a privacidade. Apoiou a mão nos seus ombros e sussurrou.

– Você não me falou que ela era...

– O quê, Astros? – perguntou Davi suplicante e aborrecido.

– Por acaso você já deu uma olhada nessa garota?

– Várias vezes, mas o que é que ela tem de errado?

– Nada... Ela até que tem um corpo bonito, um sorriso bonito, e tem a sua beleza, mas... O rosto também é bonitinho, só que...

– Você está incomodado porque ela é negra? – concluiu, revoltando-se. – O que você tem contra isso? Por acaso anda polvilhando o seu espelho com talco?

– Não, não é isso... – Astros tentava se defender, mas não encontrava as palavras apropriadas.

– Vai embora, Astros. Eu converso com ela.

Astros sorriu sem tamanho e tomou o caminho do ponto de coletivo, sem sequer olhar para trás.

.•●•.

Na manhã seguinte, Davi finalmente estava tranquilo e descansado, recostado em sua cama. Assistia a um dos episódios reprisados de *Sâmia, Aprendiz de Motorista*, que estava sendo exibido pela Mithos de forma aleatória e sem horário definido, até que a nova temporada ficasse pronta.

– *Não sei o que fazer com esse biscoito. Alguma ideia?* – perguntava Andreia, uma espevitada personagem da série.

– *Que tal um pouco de manteiga?* – arriscou Sâmia curiosa.

– *Argh! Não é um biscoito! Tem gosto de borracha!*

– Quem não sabe que isso é um pneu? – perguntou-se Davi entediado, mudando de canal. A atração em que ele estacionou era o *Célebre Foco*, diário de fofocas sobre celebridades, do canal Lótus.

– *...Por motivos que me parecem justos* – dizia o apresentador. – *Assim, ao final desta edição, eu e toda minha equipe nos dirigiremos até a porta da emissora, onde estamos sendo aguardados pela viatura que nos conduzirá à Capital. Gostaria que essas algemas não estivessem tão apertadas, mas... É a justiça sendo feita.* – Ergueu as mãos, algemadas, para se despedir dos telespectadores. – *Temos um encontro marcado daqui a quatro anos...*

– Davi, tem visita pra você – disse a Sra. Farsala surgindo à porta. O garoto estava tão concentrado na tevê que se assustou. – É um colega seu. Está meio abatido, eu pedi que esperasse lá embaixo... Tem algum problema com ele?

– Não sei, vamos ver... – respondeu Davi levantando-se num salto.

.•●•.

–Vamos acabar logo com isso – disse Seth minutos depois, após Davi descer as escadas.

– Com isso o quê? – por um segundo, Davi conseguiu não entender o porquê daquela cara de poucos amigos de Seth.

– Sua amiga, a Tulani.

48

NAQUELA MESMA TARDE

– Namorando?! – exclamou Cecília, gargalhando. – O Seth está namorando?!

Eles estavam na sala do primeiro ano, no primeiro pavimento do Parthenon, esperando o começo das aulas. Davi estava sentado entre Cecília e Elissa. As meninas tinham acabado de saber o que acontecera ainda há pouco entre Tulani e Seth, no Conselheiro Acme. Absorvido em sua cadeira, Seth apenas sentia o sangue esquentar na região dos olhos.

– E quanto tempo tem que vocês se conhecem? – Cecília continuou, aproximando-se dele. – Umas três horas?

– Rá, rá! – Seth pulou para outra cadeira. – Muito engraçado, Cecília. Pelo menos eu não demorei um mês para beijar alguém que não me quer.

– Guarde a sua maldita língua na boca. – Ela se aproximou, falando cada vez mais baixo. – Não deve ser difícil vender seus órgãos nos balcões da Conchichina. Se quer saber, basta eu fazer assim, que em questão de minutos eles vêm aqui te buscar, do jeito que encontrarem. É isso que você quer, Seth? É isso que você quer? E, pra sua informação, eu estou me dando *muito bem* com o Policarpo. Não é verdade, Elis?

– Ah, sim, nossa... – disse Elissa, sentada ao seu lado. Ela já não tinha tanta mágoa dos últimos acontecimentos, mas não fez força para convencer na resposta. Até porque todos já conheciam os supostos avanços da amiga com Policarpo. Seth continuava encarando Cecília e disse:

– Ainda são só amigos.

– Sim, mas...

– Estamos conversados – ele interrompeu Cecília, consagrando-se vencedor.

– Você não estava flertando com o irmão do Eric, Cecília? – perguntou Davi.

– Eu? – espantou-se ela. – Com o irmão de quem?

– Do Eric Niven – Davi esclareceu. – O irmão do Rodhes não tem idade pra isso.

– Eu não estou flertando com ninguém! Isso é uma difamação, eu posso processar quem anda espalhando esse tipo de boato! Muito bem, quem é?

– Todo mundo sabe que é verdade, Cecília! Como se os seus segredos fossem de difícil acesso, como se você prezasse *muito* por eles! – disse Seth irritado. – E boa sorte, você vai processar a si mesma!

– Tá, tudo bem, é verdade – ela reconheceu. – É que eu pensei que *ela* não soubesse – apontou para Elissa. – É cousa recente, Elis, não faz nem uma semana. Mas se querem saber... ainda não aconteceu nada, porque... Bem, é que, às vezes, eu acho que o Nido não me quer...

– O Nido deve estar fazendo igual ao Policarpo, por quem a senhorita *ainda* encontra-se apaixonada – concluiu Seth. – Ele deve saber que essa é a única fórmula mágica pra te conquistar.

–Você está namorando o irmão do Niven, Cecília? – quis saber Elissa.

– Ele nunca foi meu namorado, Elis – respondeu. – Assim como o Policarpo não é.

Seth afundou-se ainda mais na cadeira.

– Você está com uma cara péssima – disse Davi, mas o outro dispensou a preocupação.

– Não fale nada! Você é o grande responsável por tudo isso! – esbravejou, corando-se cada vez mais. – Na próxima vez que for me conseguir uma garota, vê se não vai procurar num navio negreiro!

– Se você falar assim de novo – Davi foi até Seth e torceu o seu braço com força –, a próxima garota que eu te apresentar vai ser uma enfermeira em meio de expediente!

Quando foi se levantar para revidar a agressão, Seth foi interceptado por Cecília.

– Eu quero conhecer essa Tulani – disse ela a Davi, bloqueando o rosto de Seth com a palma da mão.

– Pra quê você quer conhecer a minha namorada? – perguntou Seth curioso.

– Só os deuses sabem o quanto esse namoro midiático vai durar, né? Eu só quero ver vocês dois juntos, preciso ter essa cena *fotografada* na minha cabeça. É só mais um de meus caprichos, Seth, você sabe que eu sou assim...

– Ah... – Seth pareceu ainda mais chateado. Saiu da sala sem dar satisfações. – Sai da minha frente! – gritou com Astros, que passava por ali.

– Sempre tão simpático – disse Astros chegando à sala, colocando sua mochila numa carteira próxima. – O que deu nele?

– Está namorando! – respondeu Cecília animada.

– Com você? – provocou, rindo bastante em seguida. O sorriso de Cecília desapareceu e ela poderia ter dito alguma grosseria para Astros, se Davi não tivesse se antecipado e respondido a pergunta:

– Não, com a Tulani.

Foi a vez de Astros ver o sorriso desaparecer do seu rosto.

–Você apresentou os dois?

– Eles já se conheciam – respondeu normalmente, sem perceber o quanto Astros havia se incomodado com aquilo:

– Ah, tá... – fingiu estar tudo bem, mas não foi muito convincente. – Fico feliz por ele – Astros recolheu sua mochila e se retirou, isolando-se no fundo da sala.

.•●•.

– Nós já acionamos as autoridades. Agora tenho plena convicção de que esses crimes vão ter fim – alegrou-se a Sra. Mirmes Vausa, uma arrastada semana depois, com uma expressão de alívio que realçava inexplicavelmente a sua baixa estatura.

– Mas os crimes já vão acabar? – perguntou o Sr. Vidaze.

– Se Zeus ajudar, Anceu – respondeu o Sr. Farsala.

– O Anceu não parece muito feliz com isso – cutucou, com uma perceptível ponta de maldade, a Sra. Vausa. Era incrível como a malícia encontrava atalho pelo caminho das suas abreviadas veias e artérias.

– É claro que eu estou contente, Mirmes. É sempre bom que tenhamos paz e tranquilidade em nosso bairro – defendeu-se o Sr. Vidaze.

– Não sei do que você está reclamando! Nem te levaram nada!

– Mirmes! – o Sr. Farsala reprimiu. – Não seja desagradável!

– Eu não estou sendo desagradável, Nicolas. Acontece que eu não tenho culpa se o Anceu não possui os requisitos necessários para ser furtado em nosso círculo social.

– Eu não sei do que você está falando – desentendeu o Sr. Vidaze visivelmente afrontado.

– Ora, vamos, Anceu! – Sorriu a Sra. Vausa, dando um tapinha seco e sem graça no seu ombro. – Todos nós sabemos que você não tem nada de valor!

– Escute aqui, Mirmes, não é porque eu não fui lesado que...

– Mas não se preocupe, Anceu – continuava ela, rindo das próprias palavras. – A Conchichina vai adorar que você continue frequentando seus balcões!

– Por favor, Mirmes, pare com isso! – pediu o Sr. Farsala irritado.

– Eu não estou fazendo nada.

– Você já passou dos limites com o Anceu!

– Eu só estou dizendo a verdade.

– A sua verdade é diferente da que todos nós estamos habituados – o Sr. Vidaze atropelou, com os braços cruzados e batendo o pé repetidamente no chão.

– Boa noite – cumprimentou Davi ao chegar do colégio, encontrando os vizinhos parados em frente à porta da casa dos Farsala.

– Boa noite! – responderam todos, que pareciam mesmo estar procurando uma saída para aquele clima pesado que preponderava.

– E aí, garotão? Como foi o seu dia? – perguntou o Sr. Vidaze.

– Legal.

– Sabe se o Lelaps já saiu? – quis saber o Sr. Farsala.

– Eu acabei de chegar...

– É mesmo – lembrou-se.

– Os estudantes simplesmente me fascinam – comentou a Sra. Vausa. – Eles têm toda uma vida para arquitetar, possuem cada bloco de concreto para ser encaixado onde eles bem escolherem. Assim, construirão seus próprios castelos, onde formarão seus impérios. Terão suas próprias fontes de sabedoria, cujas águas são inesgotáveis, e se tornarão pessoas exemplares. Tendo seus próprios empregos, poderão ganhar bastante dinheiro para que, um dia, possam comprar cousas boas e caras. Cousas boas. E bem caras.

– Essa foi pra mim? – questionou o Sr. Vidaze insultado.

– Não olhe diretamente para eles, Davi... – sussurrou o Sr. Farsala recuando lentamente, conduzindo o garoto pelos ombros, para preservá-lo da discussão que se formava.

– Você quer dizer que eu nunca estudei, é isso? – perguntava o Sr. Vidaze, com a voz exaltada e a cabeça curvada para poder mirar a pequena vizinha.

– E basta eu fazer assim, que em quinze minutos eles estarão aqui pra te buscar, do jeito que encontrarem. É isso que você quer, Anceu?

– Agora! – Nicolas puxou Davi de vez, fechando a porta o mais rápido que pôde.

.•••.

Após ter jogado Davi dentro de casa, o Sr. Farsala fechou a porta e imaginou que não havia uma discussão acontecendo do lado de fora, que tudo estava perfeitamente calmo e normal. Não passou dez segundos em sua fantasia, e a campainha soou.

– Mas será possível? – perguntou-se impaciente. Espiou pelo olho-mágico, respirou aliviado e abriu a porta.

– Olá, Tulani – sorriu ele, recompondo-se, ignorando que atrás da garota havia duas pessoas berrando ensandecidas.

– Desculpe-me por ter fechado a porta... Não vi você. Entre, por favor...

– Não foi nada – disse Tulani educada, adentrando a casa. – Eu realmente acabei de chegar. Você poderia me dizer se Lino está?

– Ele está, está sim. Imagine, ele também acabou de chegar... Não deve ter ido muito longe. Deve estar na sala, no máximo...

O Sr. Farsala encontrou Davi na sala de tevê, sentado no sofá, de mochila e tudo.

– A Tulani está aí – avisou.

– Já estou indo – Davi se levantou. Largou a *coppola* e a mochila no sofá, consertou os cabelos e foi atender a menina.

– Oi, Tulani...

– E aí, Lino, tudo bem?

– Tudo, e com você?

– Tudo ótimo... É que... Na verdade, eu vim aqui pra saber se você tem notícia do Seth. Ele sumiu, desde aquele dia eu não o vejo.

– Que dia?

– Desde o dia em que a gente começou a namorar, na semana passada... Ele não me liga, não manda nenhum sinal de vida... Ele está com algum problema?

– Nenhum novo, até onde eu sei.

– Calma aí – ela pediu silêncio, e depois entendeu um barulho que vinha de longe. – É o seu calisto, está tocando.

– Eu vou atender. Espere. – E saiu correndo até a sala de televisão. Apanhou o controle remoto na poltrona verde, apertou o botão do calisto e não viu ninguém aparecer na tela. Só conseguiu identificar uma sala vazia.

– Alô... – sussurrava alguém na outra linha.

– Seth?

– Quieto! Só por segurança, certo? Fale baixo.

– O que você quer?

– Nada, nada...

– Para de se esconder, Seth. Eu estou sozinho aqui na sala!

– Prefiro não confiar em você.

– Então *o que é que você quer*? Me ligou só pra dizer que não confia em mim? – Coçou a cabeça com força. – Não poderia esperar até amanhã? E fazer isso pessoalmente?

– Você me entendeu mal, cara. Se eu não confiasse o bastante em você, não te ligaria pra pedir o que eu vou te pedir.

– Pode falar.

– Termina com a Tulani pra mim?

– O quê?

.••.

Minutos depois, Davi voltou à sala, onde Tulani o aguardava. Estava ansiosa por novidades sobre Seth.

– Vamos, Lino, me conta! Eu acho que ouvi a voz dele... – disse emocionada.

– Tulani, sente-se – ele pediu apontando para o sofá próximo à samambaia. Tulani olhou para o sofá, assombrada. – Nós precisamos conversar.

O problema não era com ela, era com Seth...

49

SÁBADOS
DE TROVÃO

– Mas você ficou com ela – repetiu Malu em voz baixa, para não atrapalhar a aula de Física do Prof. Krushewski Pollemorph. Ela precisou de alguns minutos para ouvir as novas que Davi decidira lhe contar, empenhado que estava em consertar parte do seu afastamento nas últimas semanas.

– Já decidi que não vamos ficar de novo até quando os problemas dela estiverem resolvidos. Ela não pode ficar comigo enquanto estiver namorando com outro cara, isso é loucura! Bem, tecnicamente eles não estão mais namorando, mas sei lá... Acho que ela ainda precisa de um tempo pra assimilar isso tudo. .

– Mas você ficou com ela! Duas vezes! Como é que você fica com uma pessoa que você não quer? Duas vezes?

– Ela é a única opção que eu tenho.

– Claro, a Elissa é a única garota disponível em Tholos e condados vizinhos. Você gastaria longos quatro segundos para achar outra garota que goste de você e te mereça.

– Gosto de estar com ela – Davi ignorou que ela disse –, de um jeito que é difícil explicar. Nem eu entendo, mas também não faço questão de entender. Eu tenho tanta cousa pra me preocupar, a Elissa acaba se tornando o melhor dos meus problemas. Ouça, Malu, eu sou homem. Não me importo com essa cousa de afinidade. Eu apenas fico e pronto, acabou. Você nunca vai entender.

– Mas, Lino, você disse que não suportava aquela garota!

– Shhh... – ele a calou apreensivo. Olhou para os lados, mas os seus colegas estavam preocupados com seus próprios assuntos. – Por que não grita logo? Isso era antes, eu já mudei de ideia a respeito dela! Tudo bem, às vezes ela me irrita, mas tem um beijo louco!

–Vocês homens são desprezíveis. – Ela tirou as mãos de Davi da sua boca e tornou a escrever no caderno.

– Por que, Srta. Neleon, em vez de literalmente criticar os homens – disse o professor –, você não se preocupa em anotar o que está no quadro?

– E eu não estou anotando? Só falta você querer que eu apague o que escrevi sempre que você apagar o quadro, pra estabelecer uma sintonia entre nós!

O professor havia se aproximado demasiadamente dos dois, que estavam sentados juntos no fundo da sala. Davi fingia não ter nada a ver com o impasse, e continuava copiando o que estava escrito no quadro.

– Lino Yang, depois eu quero ter uma palavrinha com o senhor – avisou o Prof. Krushewski, aparentemente mudando de assunto. As pernas de Davi levaram um choque. Ele concordou com a cabeça, ainda sem tirar os olhos do quadro ou do caderno. O professor, percebendo que o recado estava dado, voltou ao seu lugar e retomou as explicações sobre Movimento Retilíneo Uniformemente Variado.

– O que será que ele quer com você? – perguntou Malu. Tinha tanto cuidado para não ser surpreendida, que mal parecia que não estava prestando atenção na aula.

– Não faço ideia.

– Estamos encrencados?

– Não... – tranquilizou. – Esses professores daqui só fazem reclamar. Não passam disso. *Literalmente.*

– Tomara que você esteja certo – ela desejou, rindo. Mas não queria perder mais tempo naquele assunto. – E aí? O que você ganhou de aniversário?

– Dos Farsala?

– É – respondeu, enquanto fingia que apanhava algo na bolsa.

– Ganhei um livro muito bom e nem precisava. Eu já ganhei tanta cousa deles desde que cheguei... É presente bastante pra mais uns três anos.

– Mas eu acho que eles vão te dar mais alguma cousa... Você sabe como eles adoram te comprar.

– Eles não me compram, Malu! – Davi bronqueou a colega, ainda sussurrando.

– Pronto, é isso aí. – Krushewski encerrou as anotações, largando o giz sob o quadro. – O Movimento Retilíneo é um assunto que, literalmente, não tem segredo e causa muita afinidade nos alunos que estudam. Eu me lembro que, no ano passado, umas meninas, do primeiro ano na época, tiraram nota máxima na principal avaliação do semestre, graças a esse assunto.

– Quem foram essas meninas? – perguntou Karin.

– Exceções – disse Seth.

– Eu não sei se vocês conhecem – respondeu o professor. – São a Lita e a Chloe, as que todo mundo diz que são amazonas, e por coincidência...

– Elas não são amazonas! – esbravejou Malu levantando-se.

– Perdão? – O professor não havia entendido muito bem.

– Elas não são amazonas – disse Malu pasma. – Por que você diz isso?

– Não, não vamos nos equivocar; não sou *eu* quem diz, é todo mundo...

– Todo mundo não. Eu não digo. Primeiro, porque não tenho provas. Segundo, porque não é da minha conta. E terceiro, porque mesmo que elas fossem, isso não significa *nada!*

– Eu literalmente não estou acusando ninguém de nada, Srta.! Eu só mencionei certa rotulação atribuída a determinadas moradoras de um determinado bairro desta cidade!

– Está acusando sim, pois você sabe o que todo mundo diz das amazonas! Polêmicas, truculentas, viris e mais um monte de cousa que "mulher não pode ser" neste país! Droga, você é professor, deveria dar exemplo! Que tipo de escola é esta que tem professores que julgam as alunas simplesmente por serem amigas? Por acaso amizade é sinal de "desvio"?

– Elas foram minhas alunas, e...

– Mais um motivo pra você respeitá-las! Você gostaria que falassem esse tipo de cousa das suas filhas? Esse tipo de mentira? Você sabe como são essas pessoas ridículas com mentes envenenadas, que passam a vida na delícia de condenar as outras!

– É claro que não gostaria. Mas eu tenho a minha consciência convicta de que não julguei ninguém. E estamos literalmente conversados. – Caminhou novamente até Malu e Davi. – Podemos, Lino Yang?

– Só um minuto, eu já estou acabando aqui...

– Depois você termina. – Arrancou as canetas da mão de Davi. O resto do material caiu no chão quando Pollemorph o puxou pelo braço, arrastando-o para fora da sala. – Vamos agora.

– Qual é problema dessa menina? – perguntou o Prof. Krushewski, quando ambos já estavam no corredor, e Davi já tinha fechado a porta.

– Da Malu?

– Exato. Cá entre nós, ela, a sua amiga, não teria nenhum terreno no bairro das...

– Ela mora na Rua dos Hibiscos, no Passadiço do Areal.

– Claro, claro... eu imaginei que ela não fosse – o professor tentou desconversar.

– Por quê? O senhor está pensando que ela é amazona?

– Não, não... Foi só uma suspeita boba, Lino Yang. Nada sério. Literalmente. Eu só peço que você não comente nada com ela sobre o que conversamos, é que... você sabe... Não seria bom se essa conversa saísse daqui.

– Tá, não se preocupe.

.•●•.

– Ele disse o quê?! – exclamou Malu, furiosa.

– Ele não disse, Malu. Foi só uma suposição.

– Mas ele me paga!

– Nada disso, calma aí! O que é, vai querer bater nele? É seu professor!

Malu afundou-se na sua cadeira, contrariada.

– Além do mais... – disse Davi, mas foi interrompido pela chegada na sala de uma menina ruiva com lindos olhos castanhos, estatura mediana e rosto salpicado de sardas. Era Lita Belacis, do segundo ano.

– Com licença... Quem aqui é a Malu? – perguntou ela sem atravessar a porta.

– Sou eu – Malu respondeu intrigada, levantando-se da cadeira.

– Você poderia vir aqui, por favor?

Malu atendeu, e Lita foi até o corredor, na intenção de que a outra a seguisse. Apoiou-se na parede, e esperou alguns segundos até Malu chegar.

– O que foi?

– Eu sou a Lita, do segundo ano... O Pollemorph me contou sobre a discussão de vocês dois.

– Foi? – questionou desconfiada.

– É, ele contou. Disse que alguém mencionou o meu nome e o da Chloe, e houve certa confusão quando disseram que nós éramos amazonas... E você nos defendeu.

– É, foi quase isso...

– Sabe, Malu... Eu não carrego culpa nenhuma comigo, sei que nunca fiz mal a ninguém. Muitas das pessoas que me condenam sequer me conhecem, nem se importam de verdade comigo, muito menos querem me ver feliz. Elas apenas acham que a Chloe e eu somos um problema a ser resolvido. Aposto que se eu estivesse passando fome, elas não me alimentariam, e se eu estivesse desnuda, só me vestiriam após me chamarem de libertina. Mas eu fico feliz por saber que existem pessoas como você, Malu. Eu sei que isso não é algo do tipo *Conversas que mudarão o mundo*, nem peço flores pelo que eu disse, mas resumindo... Faço questão de te agradecer! Muito obrigada – Lita sorriu. – Ah, antes que eu me esqueça...

A jovem tateou o bolso da capa e tirou de lá um pequeno item.

– O que é isso? – perguntou Malu.

– Espero que você não se ofenda – disse receosa. – Mas eu gostaria que você aceitasse este presente. É de coração.

– Lita, você não precisa fazer isso...

– Você não entendeu! Eu *quero* que você fique com isso – enfatizou. – Sabe, a Chloe e eu pensamos em abrir um antiquário assim que nos formarmos; eu sempre adorei antiguidades, e ela é boa com números, então acho que faremos uma boa dupla! E isso aqui – pôs nas mãos de Malu – é uma bússola, que eu encontrei há pouco tempo mas desde então carrego sempre comigo. Não pelo fato de ser uma bússola, porque ou ela não funciona ou eu não sei utilizar, mas é um amuleto pra mim. Espero que te traga sorte também.

Malu analisou os detalhes da bússola, que fechada parecia um relógio de bolso dentro de uma pedra redonda, com ilustrações na superfície superior, banhada a ouro com detalhes em prata. Ao abrir, ela viu o ponteiro da bússola apontar para si. Percebeu que também não sabia utilizar uma.

– E esses desenhos aqui em cima, significam alguma cousa? – perguntou Malu. – Onze pessoas num círculo?

– Onze? Eu tinha contado doze – Lita ia pegar para contar, mas achou melhor não. – Bem, isso não é importante. Você aceita ou não?

– Se eu disser não, você vai ficar chateada?

– Mortalmente.

– Então eu aceito.

– Que bom! – ela sorriu, abraçando Malu.

O Prof. Krushewski Pollemorph decidira ir se redimir com ambas e contar, do seu jeito, o porquê de tal confusão para depois pedir desculpas. Mas quando viu as duas abraçadas, recuou e voltou às escadarias, escondendo-se. Quando Lita passou em direção à sua sala, não notou a presença do professor de Física, que se aproveitou de que Malu estava sozinha para ir lhe falar.

– Mas como você se presta a esse tipo de cousa, querida? – perguntou ele abismado.

– Que cousa? – inicialmente Malu não havia entendido, mas logo conseguiu assimilar tudo. – Ah, você não... Que ridículo! – riu.

– Do quê está rindo?

– Você não está pensando que... – tentou dizer, mas não conseguia. – Como você é idiota!

– Então quer dizer que você não...?

– É claro que não!

– Mas eu vi vocês duas...

– Cuidado com o que vai falar – Malu passou por cima. – A Lita veio apenas me agradecer pelo que eu falei em defesa dela e da Chloe... E por sinal, a história que chegou aos ouvidos dela foi um pouco distorcida, não?

– Eu apenas mudei alguns pontos irrelevantes.

– Sei...

– Afinal, se colocassem as cousas do modo errado, iria literalmente parecer que tenho algum tipo de problema com as minhas concidadãs daquele distinto bairro, e isso não teria o menor fundamento.

– Olha, professor, que fique bem claro – disse ela em tom de advertência. – O senhor vai *hoje* até a Lita e vai contar *tudo*, sem descuidar dos "pontos irrelevantes". Vai pedir desculpas sinceras e vai prometer que não vai mais tentar caluniar *ninguém* que não mereça. Se não fizer isso, amanhã eu procurarei a opinião dos seus superiores. Farei o que for preciso por elas; e para o senhor, vai ser um buraco deste tamanho. A decisão é sua!

– Não, claro, claro, naturalmente eu já estava pensando nisso – o Prof. Krushewski tentou amenizar. – Se o problema todo for esse... Aliás, você perguntou se elas literalmente moram naquele bairro tão... espirituoso?

– Não me interesso em saber – Malu deu de ombros.

– Nem eu – disse ele o mais rápido que pôde, pedindo paz. – Estamos juntos nessa. Aliás, eu soube que uma delas dispensou um dos seus colegas, um que eu não me lembro muito bem... O Lunn...?

Malu retomou as risadas.

– O Astros? Ele levou um fora? Eu não sabia!

– É por isso que eu pensei que elas fossem... você sabe.

– Só que você não pode formar uma opinião acerca das duas tomando como base a atitude de apenas uma, isso é ridículo... E também, pra recusar o Astros não é preciso ser nenhuma amazona.

.•●•.

Passaram-se semanas na casa dos Farsala. Chovia torrencialmente naquele sábado, e Davi resolveu se acamar, cobrir-se com o edredom, e passar horas folheando o *Livro*. Sobre o criado-mudo, a xícara de chocolate quente sempre acabava esfriando antes que ele lhe desse atenção. Havia dias que ele começou a passar tardes inteiras estudando uma por uma das divindades mencionadas no *Livro*, lendo sempre as mesmas páginas. Seus perfis, personalidades, tudo. Foi guardando uma por uma daquelas descrições. Acostumou-se a ficar trancado no seu quarto esperando a morte, ou lendo sossegado – isto é, quando o seu telefone não atrapalhava.

Até pensou em deixá-lo tocando, mas aquele barulho monofônico era insuportável. Superava, e muito, o som das águas da chuva e dos trovões que se ouvia do lado de fora. Ele levantou da cama, afastou os cobertores e foi até a escrivaninha, apanhar o aparelho. Deu uma olhada no pequeno visor verde e leu *Elissa chamando*.

– Alô? – disse enfadado.

– Lino? É você?

– Você ligou pro meu celular, com quem acha que deveria estar falando?

– Ah, tá... É que... – Ela estava nervosa, a voz cessou por alguns segundos. Até que se soltou de vez. – Eu queria te dizer uma cousa. Não vai dar pra continuarmos juntos, então... Acabou.

– Só isso?

– É – ela respondeu ansiosa.

– Então está bom. A gente se vê no colégio.

– Até...

Davi deixou o telefone sobre o criado-mudo e retomou a leitura.

50

O ÚLTIMO
A SAIR

– O NOSSO TRABALHO É ESSE, turma – concluiu a Profa. Kinda Pollemporph. – O dia de Ação de Graças está cada vez mais próximo, e não podemos cruzar os braços. Cada turma será responsável por ornamentar uma área do Parthenon, e nós ficamos com este pavimento. Como vocês já devem ter notado, é um espaço considerável; o que só aumenta a nossa responsabilidade.

– Vai ser moleza – aliviou-se Karin. – O nosso tema é o mais interessante!

– Qual é o nosso tema? – Eric Niven sussurrou para Seth.

–Você não ouviu? – Seth encomendou paciência aos céus quando ouviu a resposta negativa de Eric. – Nós ficamos com o tema gótico, em homenagem aos grandes poetas românticos que estudaram aqui!

– Que chatice – Eric fez cara feia. – Os góticos não são aqueles caras que vivem com vontade de morrer? Por que não se matam assim que surge a ideia? É mais fácil do que parece.

– Cale essa boca, Eric – Seth voltou a prestar atenção na aula.

– Alguma sugestão? – perguntava a Srta. Kinda

– A gente podia fazer uma taverna – propôs Davi. – Só precisa montar um bar, o que não deve ser difícil. O que sair a gente chama de taverna. O seu pai não tem aqueles amigos na distribuidora do bairro, Elis? Ele podia nos ajudar com as bebidas.

– Não fale comigo – disse Elissa cortante. – E por um bom tempo.

– Tudo bem, então. A gente se vira com as distribuidoras.

– Todos concordam com a proposta da taverna? Quem discordar, por favor, forneça uma ideia melhor – Kinda esperou algum tempo para se manifestar novamente. – Bem, novas sugestões não são mais bem-vindas, pois nós já encerramos a parte democrática do nosso trabalho. Como ficou decido, vocês irão montar uma taverna neste pavimento, e para isso...

– A Elissa está zangada – disse Seth a Davi em voz baixa. – Você não quer falar com ela mais tarde e definir a situação de vocês?

– Não.

– E você vai deixar a garota com aquela cara amarrada?

– Ela vai superar.

– Lino, basta vocês dois conversarem! Eu nem estou dizendo pra você pedir aquela chata em namoro nem nada, só faça isso pela paz da sala!

– Desde quando você me acha do tipo que se sacrifica pela "paz da sala"?

– Mas do jeito que está, quem vai ter que aturar a Elissa emburrada serei *eu*! – reclamou Seth indignado. – E eu prefiro a morte!

– Pelo visto, você também já notou a chatice da Elissa! Parabéns por ter recalibrado a sua percepção do óbvio... Cheguei a pensar que você não visse esse defeitinho nela!

– É algo que você nunca vai entender, Lino... Eu sou falso quando preciso. A Elissa e eu temos uma relação puramente contratual. Mas não precisa se preocupar, que com você eu não sou falso. Não acredite se não quiser, mas eu te considero um grande amigo.

– Eu amo vocês! – disse Cecília emocionada, acabando de chegar. Abraçou os dois amigos e acabou chamando a atenção da professora.

– Sr. Lino Yang, Srta. Thálassa e Sr. Dehiskos – Kinda interrompeu. – Eu estou certa de que vocês poderiam estar conversando sobre qualquer cousa, menos sobre o trabalho que acabei de passar. Se pelo menos a Cecília estivesse *sentada*, não atrapalharia tanto. Por que vocês não se correspondem através da troca de bilhetes, como a Elissa Ársis e o Eric Niven? Está óbvio que eles também não estão dando a mínima para a aula, mas admiro a preocupação que eles têm em esconder isso.

.••.

– O Seth vai nos conseguir um fornecedor anônimo de Vergo – disse Karin após o término das aulas, e Seth confirmou. – Eu não aprovo isso, mas também não vou me opor. O resto do bar vai ser financiado pelo pai do Eric Rodhes. Acho que nós só vamos precisar entrar com parte do trabalho braçal. Mas depois nos preocupamos com isso. – Ela deu uma olhada em seu celular, para ler a mensagem que acabara de receber. – Pessoal, a minha carona chegou. Até amanhã!

–Vocês vão demorar muito aí? – gritou Eric Niven aparecendo na porta da sala, abrindo espaço para Karin quando esta passou por ele.

– Eu vou – respondeu Seth para si mesmo, fingindo copiar no caderno as anotações que a professora deixou no quadro-negro; mas na verdade ele só escrevia palavras desconexas. –Vocês não precisam se preocupar comigo! – elevou a voz. – Eu não anotei nada durante a aula, e como o quadro está cheio eu vou levar um tempinho para terminar. Podem ir andando sem mim.

– Elis, você quer vir comigo? – perguntou Eric.

– Não, eu... – respondeu Elissa meio desconcertada. – Fica pra próxima, Eric.

– O que você ainda quer aqui? Vem comigo! Eu faço companhia a você e você faz companhia pra mim. Veja que legal! Eu gosto muito de ir conversando com você.

– Por todos os deuses – disse Malu enojada, apressando-se para atravessar a porta.

– Outro dia, Eric – encerrou Elissa.

– Então eu já fui. Vejo vocês no ponto, talvez! – Eric acenou e desapareceu dali.

– Não quer companhia? – perguntou Davi.

– Não – Seth recusou. Estava disposto a sair só depois que estivesse completamente sozinho na sala. – Podem ir, a gente se vê amanhã.

Davi convocou Elissa, a última remanescente, e ambos saíram da sala. Em vez da escada, Elissa tomou a direção da peça diametral que ficava no meio do pavimento. Era como um buraco relativamente estreito e quase como um diâmetro, fosse um ambiente circular. Como medida de segurança, ele era envolto por um resguardo de apoio, e Elissa conduziu Davi até aquele lugar para lhe entregar um bilhete.

– É pra eu ler? – Davi perguntou, e ela fez que sim com a cabeça. –Tem certeza? Por que você não *fala* logo o que está escrito aqui?

– Eu não ia conseguir dizer... Você só precisa ler, não precisa responder agora, tá?

– Lee! – exclamou Cecília correndo em direção a eles. Vinha

subindo as escadas, jogou a sua bolsa em qualquer lugar e abraçou Davi quando chegou. – Eu estava te esperando, não quero ir pro ponto com o Eric. Agora que o Seth está com essa mania de só ir embora depois de todo mundo... Por que você ainda está aqui?

Elissa, ao lado dos dois abraçados, deu de costas e se apoiou no corrimão gradeado, com os olhos ardendo de raiva. Davi não pôde deixar de perceber isso.

– Cecília... Pare... – ele sussurrou, guardando o bilhete no bolso.

– Por quê?

– A Elissa...

– E? E? Você é meu amigo, Lee! Eu não vou deixar de te abraçar por causa da Elissa!

– Tá, mas... Dá um tempo só dessa vez...

Cecília abraçava Davi cada vez mais forte. Vendo que não teria estômago para continuar ali, Elissa apertou os livros contra o peito e foi descer as escadas.

– Não, Lino – disse Cecília impedindo Davi de seguir a colega. – Deixe-a lá. Eu já te avisei pra não se meter com a Elissa, e você não me ouve! Pelos deuses, me ouça agora!

– Você não entende, Cecília, eu preciso ver o que está acontecendo com ela!

– Não está acontecendo nada! Ela está fingindo; é a história da vida dela! Só sabe mentir! Aquela vaca nelore não ama ninguém! Por favor, fique aqui...

– Mas eu não posso! Eu sei que você está fazendo isso só pra irritar a Elissa! Não que ela não mereça, mas, por favor, pare de me usar nessa briga de vocês! Que saco!

– Ela é uma encantadora de serpentes, Lino! É que você não sabe os podres dela! Fique aqui e eu te conto tudo que você não sabe sobre essa víbora!

Davi tirou Cecília da sua frente e correu atrás de Elissa pelas escadarias.

– Qual é o problema, Elis? – perguntou ele quando encontrou a garota soluçando baixo, tapando metade do rosto com uma das mãos, enquanto ainda descia os degraus.

– Foi o Seth que te mandou vir aqui? Diz a ele que eu desisto; não preciso mais disso. Não preciso mais de você. Deixe-me em paz!

– Elissa! Você está chorando!

– Estou sim, e daí? – Ela finalmente parou na escada. – Como se te importasse! Depois de tudo o que eu te fiz, não? – Tinha decidido enfrentar Davi com os olhos. – Por acaso você leu aquele bilhete que eu te entreguei?

– Claro que li. – Mentiu, abrindo o pedaço de papel. – Aqui, você diz que gosta muito de mim... E que não está acostumada com esse tipo de relacionamento sem compromisso... Diz também que quer saber se eu quero algo mais sério... Mas o bilhete não explica essa sua cara torta.

– A minha cara não está torta! – algumas lágrimas desabaram do seu rosto. Antes que Elissa enxugasse uma delas, Davi a acariciou com as mãos e lhe poupou o trabalho. Depois lhe deu um abraço forte, que foi retribuído após segundos de relutância.

– Eu não estou a fim da Cecília. Nós somos apenas amigos!

– Não me diga – afastou-se. – Vocês até já se beijaram! Ótima amizade essa!

– Mas isso já tem tanto tempo! E você sabe muito bem que a gente só se beijou porque você insistiu. Não seja palhaça.

Revoltada, Elissa virou a cabeça. Davi afagou os cabelos dela, que estavam lisos e bem arrumados naquele dia. Ela se recostou nele, procurando alguma certeza naquele carinho.

– Você quer namorar comigo, Elis?

Ela o olhou bem nos olhos, e Davi nunca os viu brilhando tanto, tão bonitos. Elissa o abraçou com força, sentindo uma brisa leve acariciar seus cabelos.

– Quero!

51

MADAME
VEMUN

– O David está?

– Está, sim... Ele estava esperando que você chegasse. É você o Guan Mao, não é?

– Sim, eu sou o Guan Mao Dun Shuzen, do Parthenon.

– Não precisava dizer o nome todo... – ela sorriu. – Eu sou a Thalia, mãe do David. Ele me avisou que vocês iam sair essa noite e já subiu pra se arrumar há um bom tempo. Não se preocupe, que eu vou chamá-lo pra você. É que o Davi demora um pouco no banho... Não quer entrar?

– Não, obrigado.

– Eu insisto! Sente-se aí nesse sofá, ao lado da samambaia.

Guan Mao atendeu ao pedido da Sra. Farsala, admirado com o quanto ela era educada, e jovem. Guiado por ela, o rapaz encontrou o sofá e se sentou.

– Fique à vontade – disse Thalia, voltando à sala de televisão. Parou no meio do caminho, quando a campainha tocou novamente. Sorriu para Guan Mao um pouco desconcertada e voltou à porta para atendê-la. Pelo olho-mágico, ela viu que era Elissa, a colega de Davi.

– Olá... – a mulher cumprimentou.

– Oi. O Lino está?

– Está, mas acho que ele está de saída...Vocês marcaram alguma cousa?

– Não, não marcamos nada...

– Elissa, oi! – gritou Guan Mao, após ter reconhecido a voz da garota. Ele se levantou do sofá e foi até a porta para conversar com ela.

– Shuzen? O que você está fazendo aqui? – perguntou ela ligeiramente receosa.

– Vocês se conhecem? – perguntou a Sra. Farsala.

– Ele trabalha no Parthenon – respondeu Elissa prontamente.

– É, nos conhecemos do Parthenon... – Guan Mao confirmou, sem tirar os olhos de Elissa. – Puxa, tem séculos que eu não te vejo, Elis. Você anda sumida! A última vez em que eu te vi foi quando a terra tremeu no Parthenon, e aquele dia foi uma correria. Você estava subindo as escadas correndo, nem deve ter me visto... Por que você estava com tanta pressa?

– Eu? Correndo? – Elissa se engasgou com as primeiras palavras, mas tentou disfarçar. – Tem certeza de que era eu?

Guan Mao riu.

– Tenho, Elis. Você é inconfundível, até de costas.

– Bem, eu não me lembro muito desse dia, já tem tanto tempo...

– Ora, não faz tanto tempo assim. E de um dia como aquele, a gente sempre guarda alguma cousa. Eu mesmo, lembro que encontrei o Lee saindo da sala da Donna, e eu não me lembraria disso se tivesse acontecido num dia em que o Parthenon não tivesse tremido. Pelo menos não com a riqueza de detalhes que eu me lembro...

– Então, eu vou deixá-los conversando enquanto o Davi não chega – disse a Sra. Farsala. – Se quiserem, podem se sentar no sofá. Até mais. – E ela saiu.

– Nem me fale, Elissa... – Guan Mao continuava apoiado no vão da porta. Esperou a Sra. Farsala desaparecer para retomar a conversa com Elissa, à vontade. – Sabe, infelizmente eu estou trabalhando muito durante os fins de semana... A Donna está me fazendo carregar uns livros novos para a biblioteca... Como se fosse necessário. Há mais livros naquela biblioteca do que disposição conjunta para lê-los.

– Mas trabalho sem sacrifício não é trabalho.

– Olha só quem fala! Até parece que você faz algum sacrifício na vida.

– Como assim? É claro que eu me sacrifico!

– Eu te conheço muito bem... – disse. – Não me venha com essa de esforçada, Elis.

– Cala essa boca, Shuzen – advertiu puxando o rapaz pela gola da camisa.

– Tá, calma – ele sorriu pedindo paz, e foi liberado. – Vem cá, me diz uma cousa, Elis... O que você veio fazer aqui na casa do Lino?

– Eu só queria falar umas bobagens com ele, cousas da escola. Não é nada que não possa esperar até amanhã. Mas, vem cá. – Ela se lembrou de algo que queria perguntar. – Você e o Lino são amigos?

– Não, estou só fazendo uns serviços por fora... pra complementar o salário. – Guan Mao preferiu fantasiar a resposta, desconfiando da desconfiança de Elissa. – Vou levar o garoto até o Acrópole, ele vai ao cinema com uns amigos do bairro. Por quê?

– Por nada... – respondeu, com a mesma pouca sinceridade.

– Se estiver interessada nos meus serviços, é só ligar... Você já tem o meu número...

– Não, não precisa... Eu não ando em transporte clandestino. Porque obviamente você não tem licença pra bancar o taxista.

– Você se apega a detalhes.

– Shuzen, eu já vou indo. Quando o Lino aparecer, diga que estive aqui. Certo?

– Mas... já? Você não vai...?

– Esperar o Lino? – ela decidiu tomar o rumo de casa, e andava rápido. Teve que falar alto para ser ouvida. – Não, eu já disse que posso esperar até amanhã!

– Não, não estou falando disso – Guan Mao corrigiu afobado, antes que Elissa sumisse de sua vista. – O que eu quero saber é se você não vai...

– Shuzen, eu estou com pressa! Depois conversamos, tá? Não se esqueça de dizer ao Lino o que eu pedi. *Só o que eu pedi!* – ela acenou, mas já estava com os passos adiantados.

.••.

– E aí? – Guan Mao perguntou a Davi, já na *motojet*, a caminho da Gaiola. – Você fez quinze anos e nem me contou? A gente podia ter saído, dado um pulo na Gaiola...

– Não faz mal, fica pra uma próxima.

– Vem cá, Lee... – Guan Mao desconversou. – Você ficou chateado com o que eu te contei sobre a Elissa?

– Não, nem isso... Não se preocupe. Pra mim não mudou nada.

– Tem certeza?

– Claro. Eu não ligo a mínima pra essas cousas.

– Fico feliz por isso... É legal, porque nem todo mundo estaria assim se estivesse no seu lugar... Eu bem sei – Guan Mao foi reduzindo a velocidade da *motojet*. – Chegamos...

A Gaiola estava bem mais cheia naquela noite. Shen, na fila dos ingressos, em frente ao cartaz que anunciava a programação do dia, agradeceu aos céus quando viu a *motojet* do primo passando por ele.

– Está tudo certo? – perguntou Guan Mao quando encostou ao lado do primo, que se dirigiu ao guichê de acesso. Davi se juntou a eles assim que guardou o capacete.

– Vocês demoraram! – disse Shen. – Só estava esperando vocês aparecerem! Eu tive que deixar uns oito passarem na minha frente... Ah, e vai ter que ficar pra próxima – ele disse ao rapaz que lhe sucedia na fila. Virou para falar com Davi: – E aí, cara, como vai?

– Tudo tranquilo, e você?

– Também. Mas vai ficar muito melhor depois que eu conseguir entrar de uma vez. – Shen finalmente entregou ao porteiro as entradas compradas oito horas antes. – Pronto. Tira logo essa corda, Jersey, estou com certa pressa...

– Tem lugar pra todo mundo, Shen. – O funcionário retirou a corda do gancho no pedestal para liberar o acesso. – Bom espetáculo pra vocês...

– Shen, nós viemos aqui ontem! – Guan Mao repreendeu o primo enquanto andavam pelo tapete vermelho do corredor de entrada, cujas paredes eram repletas de quadros de harpias lendárias e de ilustres artistas que se apresentaram nos palcos da Gaiola. – Calma!

– Guan Mao, se você estivesse no meu lugar e eu no seu, eu... – Shen ia dizer algo, mas foi interrompido pela magnífica visão de Madame Vemun, surgindo da neblina de gelo seco que cobria o salão. Quando se deparou com os garotos no corredor de entrada, ela parou para cumprimentá-los.

– Olá, rapazes! – disse ela com a mão na cintura e o olhar majestoso de sempre. – Há quanto tempo vocês não trazem gente nova. E vejo que hoje temos a visita do nosso querido Lino David, que há muito não vem nos brindar com sua presença.

– Oi – responderam. Atrás deles, o fluxo de clientes no corredor que levava ao salão principal não parava. Muitos acenavam para Madame Vemun, que lhes respondia apenas com um sorriso educado. Outros se apressavam para conseguir as melhores mesas.

– Você escolheu um ótimo dia para o desjejum. – Ela se aproximou de Davi, deixando-o deslumbrado. – Hoje vamos ter casa cheia, e as garotas adoram casa cheia. Sempre se superam.

– Vai por mim, Lee, ela sabe do que está falando! – disse Shen agitado.

– Nada de invadir o camarim delas dessa vez, ouviu, Shen? – ordenou a mulher. – Quando você for para a sua mesa, não ouse sair de lá. Você está proibido!

– Tudo bem, eu juro que vou me comportar... – respondeu com o dedo cruzado às costas. – Pode deixar!

Rien Vemun aproximou-se do rapaz olhando firmemente em seus olhos. Logo tratou de descruzar-lhe os dedos, num sinal de que não estava ali para brincadeiras.

– Não me decepcione, Shen – disse ela com uma dureza que chegou a chocar. – Eu agradeceria se você nem ficasse para o espetáculo hoje.

– O quê? – Ele não entendeu a reação de Madame Vemun. – Qual é, eu já pedi desculpas, Madame Vemun! Eu juro que não faço de novo! E nem foi nada de mais...

– Acho que você está exagerando, Madame – Guan Mao partiu em defesa do primo, também sem entender a atitude de Rien. – O Shen já aprontou piores aqui e você nunca foi tão dura com ele. Não precisa expulsar o cara, ele nem fez nada ainda!

– Eu não estou expulsando ninguém, meus amores, não me entendam mal... – Seus olhos estavam realçados com um brilho estranho, e ninguém conseguia entender o porquê da cena. – Apenas estou um pouco apreensiva, cousas de mulher. Vocês serão sempre bem-vindos aqui. Agora... Diga-me uma cousa, Shen, você deixou sua irmã dormir na casa da coleguinha de escola?

– Deixei... – respondeu ele desconfiado. – Assim como faço todas as vezes em que venho aqui... Porque não pretendo voltar tão cedo pra casa...

– Não acha que devia passar mais tempo com ela?

– Madame, você está muito estranha! – desabafou Shen angustiado. – Por que está me dizendo todas essas cousas? Eu fiz alguma cousa que te chateou?

– Na verdade não, querido – respondeu. – E você já disse tudo o que eu queria ouvir. Agora, se vocês me dão licença, vou pedir ao

Basílio que prepare uns coquetéis para nossos convidados mais ilustres... E vocês estão entre eles. – Madame Vemun virou-se e até fez menção de sair, mas lembrou de algo que tinha para falar. – Eu estarei próxima ao bar, Lino David. Quando você quiser ir falar comigo, não se acanhe. Apenas vá até lá e me chame.

– Falar com você? – perguntou Davi. – Eu não tenho nada pra falar com você.

– Madame Vemun! – gritou o porteiro Jersey, que corria até eles. A sua voz foi um pouco abafada pelo barulho que suas patas produziam. Ele parou ao lado da mulher e, como estava de bermuda, dava para ver as pernas completamente recobertas de pelos pardos, que contrastavam com a pele clara da cintura para cima. Mesmo paradas, as pernas flexionavam-se um pouco sobre os seus cascos. – As entradas já estão esgotadas. Posso encerrar a portaria?

– Sim, pode encerrar. Mas, quantas vezes eu já não disse que não gosto que você venha trabalhar de bermudas, Jersey?

– Desculpe, é que as minhas calças do uniforme estão irrecuperáveis. O Basílio me jogou contra um muro, e eu caí com tijolo e tudo. A calça está acabada... Mas não foi culpa do Basílio, é que eu tinha pisado num prego, e estava sem ferradura... O Basílio pensou que havia algum bicho me mordendo e acabou me puxando pela calça e me jogando pra qualquer lado, e foi justamente contra o muro, que era velho e fraco, então...

– Esse Basílio não tem jeito – disse ela. – E não ponha a culpa no muro, Jersey. Você não é uma das cousas mais leves que se pode jogar num muro e querer que ele continue em pé.

– Eu ainda estou um pouco dolorido, mas não se preocupe que...

– Não, nem me preocupo. Torço para que você esteja inteiro logo. Detestaria ter que o afastar das suas funções. E vá por mim, não deixo de fazer as cousas simplesmente por detestá-las.

– Não, eu consigo trabalhar normalmente na portaria...

Vendo a cara de espanto de Davi, Guan Mao murmurou novamente.

– Jersey é um duotauro, bípede que é metade homem, metade boi. Está classificado no *Bestiário*, na página... – Tentava se lembrar. – Na seção... Perto de... Bem, em algum lugar – resolveu. – Foi um dos primeiros animais que eu aprendi na aula do Pollemorph. Até porque eu conheço o Jersey há gerações, e seria impossível não saber... Ah, e tem também o Sr. Rufus, da sua rua. Um dos maiores clientes daqui, e de circuitos menos "respeitados" da sociedade... – Preferiu não se aprofundar. – Ele é um duotauro também. Assim como milhares de cidadãos desta cidade! – concluiu, rindo um pouco. – Vem, vamos nos sentar.

Logo chegaram ao salão principal. Ainda se perguntando o que ele deveria ir falar com Madame Vemun, Davi seguiu os dois rapazes até uma das poucas mesas disponíveis.

.•●•.

O clima estava diferente naquela noite. Desta vez, o ambiente estava regido por luzes mais áureas e vivas. Pessoas riam, falavam alto, tomavam suas bebidas... Enfim, o de sempre. Havia ainda mais fregueses do que na última vez. Todos aguardavam o espetáculo, e enquanto isso consumiam os coquetéis e petiscos do bar comandado por Basílio. E era lá mesmo no bar que a harpia Ocípite conversava com Madame Vemun.

– Ele continua me ligando! Que cara chato! – disse ela incomodada, batendo na mão com um bastão branco que seria utilizado na apresentação.

– Desligue o telefone, Ocípite. E não deixe o Shen se aproximar de vocês hoje. Façam o que for preciso para mantê-lo afastado.

Aquilo era tudo o que a harpia queria ouvir, mas ela não pôde deixar de estranhar que Madame Vemun estivesse emitindo aquelas ordens.

– Tudo bem, mas... – ela riu um pouco, desconfiada. – Está acontecendo alguma cousa?

– Deveria?

– Não, é só que... A senhora sempre foi tão permissiva com o Shen.

– Eu apenas pedia, e ainda peço, que vocês tenham mais paciência com ele – Madame Vemun se justificou. – O Shen é apenas um grande admirador de vocês. Acontece que eu estou dando a você uma ordem, e não pedindo um conselho. Certifique-se de que ele não passe pela coxia para ter acesso ao camarim, você está me entendendo?

Ocípite estava tão confusa que não conseguiu dizer nada.

– Se ele insistir, avise ao Jersey para colocá-lo para fora – continuou ela. – Diga que são ordens minhas.

– Colocá-lo para fora? Por quê? – questionou Ocípite. – Não acha que está exagerando? Ele nem fez nada de mais!

– Ah, agora você quer que ele fique?

– E agora você quer que ele vá? A senhora está sendo muito rígida com ele, Madame! O que está acontecendo?

– Vá, Ocípite – encerrou Madame Vemun tentando evitar uma enxaqueca. – Estou me esforçando *muito* para ser paciente com você, mas você está abusando desse privilégio. O espetáculo vai começar em alguns minutos, vá.

– Não sei por que a pressa. Estamos com pessoas a menos na apresentação! É normal que tenhamos alguns minutos de atraso.

– É normal mas não se encaixa no meu agrado. Vocês têm que ser pontuais nos seus horários, independente de ausências ou de qualquer outra intempérie.

– Tudo bem, então... Tchau! – E saiu batendo as asas.

– Basílio – a mulher chamou o funcionário depois que Ocípite se retirou. Disse com toda a calma, tentando combater a ameaça de enxaqueca que pressentia. – Basílio, venha cá. – Quando ele chegou, ela começou a falar mas se deteve. Respirou fundo e reformulou as instruções que queria passar: – Vá ao seu toalete agora escovar esses dentes, a não ser que eles não lhe façam falta. E quando voltar traga-me uma aspirina.

.••.

– Sossegue, Lee – pediu Guan Mao, sentado na outra extremidade do salão com o garoto. – Ela devia estar brincando, é que você não conhece Madame Boá!

– Depois do que ela me aprontou hoje, acho que nem eu a conheço – disse Shen ainda magoado pela bronca. – O que foi aquilo? E o que ela quis dizer com "você deveria passar mais tempo com a sua irmã"? Ela quer dizer eu estou negligenciando a Kathi? Eu faço tudo por aquela garota! Mas tenho direito de sair de vez em quando, não tenho?

– Vocês estão exagerando – apaziguou Guan Mao. – E vendo cousa onde não tem! – disse espeficamente para Shen. – Vamos relaxar, ouviram bem?

– Eu vou ao camarim das meninas, ela querendo ou não! – Shen bateu o pé e saiu de lá determinado. Conforme andava, ele passou a tomar as devidas providências para não chamar atenção.

– Eu acho que ela está escondendo alguma cousa. Eu vou até lá resolver isso – disse Davi levantando-se, mas Guan Mao o deteve.

– O que ela teria a esconder? Cara, para com essa cisma. Madame Vemun não estava falando sério, só isso. Você não precisa ir até lá. Se você for agora, vai perder o começo do espetáculo!

– Então tá, eu espero terminar...

O cortinado de veludo se abriu e luzes se apagaram. Toda a plateia parou instantaneamente quando a escuridão parcial tomou conta do ambiente. Alguns murmúrios insistiram, mas por pouco tempo. O que todos queriam ver estava prestes a aparecer. Quando a música da orquestra explodiu nos ouvidos do público, as luzes do cenário se revelaram, e as harpias apareceram dançando juntas conforme as notas. Assim que todas entraram, Shen invadiu os bastidores sem ser notado.

Davi não conseguiu se concentrar na apresentação. Estava tão ansioso que mal conseguia prestar atenção nos passos animados das harpias. Ele se levantou da cadeira e saiu, tão discreto que nem foi notado. Deu a volta pelo círculo de mesas e foi até o bar, onde a mulher estava parada firme e sólida, consumindo seu cigarro. Estava sentada em um dos bancos do bar, de pernas cruzadas, e iluminada pelas chamas de um lampadário próximo.

– Sabia que você viria – disse sem se virar. A cabeça estava direcionada ao palco, e a sua voz ainda conseguia, com elegância, vencer o som alto da música.

– Se você sabia, então me diz o que eu quero saber! – Davi gritava, mas a sua voz ainda era insignificante. No palco, a música se intensificou. A própria Madame Vemun precisou se esforçar para que a sua voz não se perdesse pelo espaço.

– Como assim "o que você quer saber"? Você ainda não descobriu o que quer saber!

– Eu não quero saber de nada! Eu... Estou confuso!

– Mostre-me o seu pulso!

– O quê?

– O pulso!

– Qual?

– Direito!

Inseguro, Davi estendeu o braço direito e a mulher finalmente desviou os olhos da apresentação, a qual ela observava por uma questão profissional. Apanhou o pulso dele, de onde emergiu uma pequena pedra verde que brilhava.

– Como você sabia disso? – quis saber ele, com um frio pasmo escavando seus ossos.

– Se você tivesse descoberto ao menos metade do que quer saber – disse ela, erguendo a piteira com um cigarro novo – esta pedra não estaria sozinha.

– Por favor, não fale do que você não sabe!

– É bom que você se apresse, Lino David. Eu posso realmente não saber o que você precisa fazer, mas eu sei que você não goza de muito tempo... O seu relógio não controla o tempo do mundo, não se esqueça disso.

– Eu não estou te entendendo!

– Seja rápido! Eu sei que nos conhecemos há pouco tempo, mas eu não gostaria se algo ruim te acontecesse. Você não sabe o que pode acontecer se você perder as suas batalhas! Mas nem pense nisso, pense apenas em superar suas obrigações com sucesso! Por favor, viva...

– Mas como foi que você...

– Eu já fui uma pitonisa, trabalhava com o Oráculo. Eu tenho um pouco disso que se entende por vidência, mas não costumo e prefiro mesmo não me utilizar muito disso.

– Você saberia responder quem é o meu inimigo?

– Saberia, mas não ousaria.

– Por favor, você tem que tentar! Eu sou uma das Extremidades, não é verdade?

– Sim, você é – respondeu apreensiva. Tentava não mais olhar Davi nos olhos. – É uma das Extremidades.

– E o que isso quer dizer? Olhe pra mim! – exclamou revoltado, achando que Madame Vemun não estava lhe dando a devida atenção.

Uma lágrima finalmente desceu do olho de Rien, mas nada mudou em sua postura.

– Por favor, diga-me! – insistiu Davi. – O que você vê, Madame Vemun? Qual das Extremidades eu sou? Isso é importante demais, você precisa me ajudar!

– Não se culpe por isso, Lino David – disse ela, e Davi não entendeu. – Tentarei lhe dar todas as respostas que eu puder. – Madame Vemun deixou a apresentação das harpias de lado por um instante, abaixou a cabeça e liberou a mente de todos os pensamentos que ela diariamente lutava para bloquear. Tentou filtrar apenas o que era importante para aquela ocasião e focou no que estava procurando. As previsões que ela estava acessando eram forte demais para a sua cabeça, que teve rompantes de dor que seriam capazes de enlouquecer qualquer pessoa. – Eu só vejo... – Ela apoiou-se no balcão e acabou derrubando a taça de água que Basílio lhe trouxe há pouco. – Eu só consigo ver... Zeus!

– Zeus? – perguntou Davi. – Eu sou... – Deteve-se, para não parecer que estava fazendo o seu próprio reconhecimento, cousa que ele não poderia fazer a menos que tivesse total convicção. – Você disse *Zeus*? Eu não consigo nem rezar pra ele!

– *Não*! – ela gritou desesperada. Ouviu-se uma explosão no segundo pavimento da Gaiola, onde ficavam os alojamentos das harpias. As luzes do palco, que ficavam embutidas no pavimento, desabaram em cima das meninas e causaram um curto-circuito. A orquestra silenciou-se imediatamente. Graças à sua astúcia, as meninas-aves conseguiram escapar em tempo, ajudando-se umas às outras a fugirem dos destroços do pavimento que desabavam sobre suas cabeças. Os clientes reagiram assustados e logo se instaurou um tumulto na Gaiola. Muitos tentaram sair, outros corriam para lá e para cá; poucos foram os que conseguiram manter alguma serenidade.

Mesmo assustado com tudo aquilo, Davi observou bastante a reação de Madame Vemun e vinha fazendo isso desde que chegaram à Gaiola naquela noite. Após o incidente, ela não pareceu preocupada com as meninas, por saber que elas saberiam se cuidar sozinhas. O que permanecia um mistério era o porquê de tamanha angústia... Havia algo que ela temia, e isso ia além dos prejuízos em seu estabelecimento. Davi lembrou que...

– Não, você o proibiu de sair da mesa – disse ele preocupado, usando a intuição e virando-se para localizar a sua mesa em meio ao tumulto. – Shen! – gritou, tentando se fazer ouvir em meio ao alvoroço.

– Shen! – gritava Guan Mao. Estava tão alucinado e chamava tanta atenção que foi fácil para Davi localizá-lo. – O meu primo, Lee, eu não sei onde está o meu primo! Ajude-me a encontrá-lo! Shen! – E continuou procurando, abordando as pessoas que passavam pelo caminho. – Isso não é bom, isso não é bom – disse para si mesmo, enxugando as lágrimas que desabavam em seu rosto.

– Ele disse aonde ia? – perguntou Davi tentando parecer mais calmo do que realmente estava. – Você se lembra do que ele disse antes de sair?

– Ele disse que ia ao camarim das meninas, pouco antes de a apresentação começar, eu devia ter impedido – respondeu soluçando. – Mas ele não está no camarim, eu já perguntei ao Jersey e ao Basílio, eles não sabem onde o meu primo está!

– Se a apresentação começou logo depois que ele se levantou... Ele não deve ter ido longe!

–Você acha que...

– Ele não deve ter passado da coxia! – concluiu Davi. – Deve ter parado pra assistir ao espetáculo assim que começou, ele não perderia por nada! Vamos lá!

–Vamos! – concordou esperançoso, mas logo se deteve. – Lino... Por que ele ainda estaria na coxia? – As lágrimas que desceram dos olhos de Davi reacenderam as de Guan Mao. – Ele já deveria ter saído de lá...

De fato, Davi não tinha pensado no pior.

– Guan Mao, será que...

– Shen! – berrou e correu até o palco, no que foi seguido pelo garoto.

Quando ambos chegaram à coxia, encontraram o corpo de Shen embaixo dos escombros que desmoronaram do patamar superior. Davi, atônito, não conseguia acreditar naquela cena. Guan Mao, ao seu lado, não conseguiu olhar o primo por muito tempo e pressionou o rosto contra o próprio ombro, tentando estancar as lágrimas.

52

O ISQUEIRO DE OURO

Do lado de fora da Gaiola, horas depois, nunca se tinha visto uma aglomeração daquelas. O barulho das sirenes, os telefones que tocavam e as vozes das pessoas percorrendo pelo largo de Aca Larência, contudo, compunham um silêncio doloroso. Muito barulho se fazia, mas nada se ouvia. Enquanto os bombeiros providenciavam o corpo de Shen para ser colocado na viatura, um oficial pediu que Guan Mao aguardasse do lado de fora do prédio, de onde se podia ver as harpias inconsoláveis, algumas até desmaiadas, pela perda de seu maior admirador. Guan Mao agora já estava menos agitado, apesar de ainda estar devastado. Encostou-se ao muro em que também se encontrava Davi, que não parava de tremer e chorar pelo que havia acontecido. Em toda a sua breve vida, ele nunca tinha passado por uma experiência tão traumatizante.

– Ei – disse Guan Mao chamando a atenção do garoto. – Ei, Lee. Não fique assim.

– Como você quer que eu fique? – respondeu entre soluços. – O Shen morreu, e a culpa foi minha, eu não devia ter vindo pra cá! Não devia ter vindo pra essa cidade, não devia ter aberto aquela maldita janela, eu... Só quero que tudo isso acabe!

–Hã? Não diga isso! – falou seriamente, lutando para não desmoronar novamente. – Não se culpe pelo que aconteceu, não havia nada que pudéssemos fazer!

– Não, a culpa é minha sim, eu sou culpado por todas as desgraças que acontecem na vida de todo mundo!

Guan Mao não estava entendendo nada do que Davi estava falando.

– Deixe-me a sós com o Lino David, Guan Mao – pediu Madame Vemun, que acabara de se juntar aos dois. O rosto dela estava pálido, boa parte da maquiagem tinha sido perdida no decorrer da noite. Estava sem o chapéu de aba larga e a echarpe que sempre trazia consigo; manteve apenas a piteira e o que conseguia manter da sua postura fina e alinhada.

– Pega leve com ele – pediu o rapaz preocupado, afastando-se dali.

– O que você quer? – perguntou Davi sem encarar a mulher.

– Recomponha-se, querido – ela ordenou com a voz macia, apoiando os braços e as costas no muro e olhando para o nada.

Davi enxugou o rosto com o antebraço e continuou mirando a calçada.

– Ainda falando como pitonisa – disse ela. – Amanhã você vai ver nos jornais, talvez não na primeira página, que uma kenze desgovernada atingiu uma casa no bairro de Leogoras; isso deve estar acontecendo, mais ou menos, neste momento. A colisão foi tão violenta que o motorista da kenze perdeu a vida no local. Esta é a casa do Shen. Entre os cômodos destruídos estão os quartos dele e o de sua irmã mais nova, a Kathi. Os pais estão em uma longa viagem e o Shen cuidava da irmã durante a ausência deles. Nas noites em que ele nos visita, como hoje, a Kathi dorme com uma amiga da escola. Esta, Lino David, é uma forma de o Destino dizer que, se o Shen não tivesse vindo para cá esta noite, ele e a sua irmã teriam tido um destino trágico. Felizmente ele veio e deixou Kathi, a salvo, na casa dessa amiga. O que aconteceu hoje iria acontecer com ele de qualquer maneira, você não tem culpa de nada.

– Eu não quero mais passar por isso.

– Sua vida está só começando, querido, e você ainda vai lidar com muitas situações desagradáveis, pelo simples fato de que *todos nós* estamos sujeitos a elas. E ser um herdeiro não é um requisito para se saber isso.

– Eu quero saber quem foi o responsável pelo que aconteceu! – exclamou revoltado. – Use seus poderes, diga-me quem foi o covarde!

– Eu não saberia te dizer, querido. – Ela sacou a sua velha piteira e acendeu o cigarro com um belo isqueiro dourado. – As forças envolvidas são muito maiores que as minhas. Mas não são tão indomáveis quando comparadas às suas. Portanto, é melhor que cada um mexa apenas com o que aguenta, não?

Davi recolheu as armas e preferiu deixar que ela continuasse.

– Eu quero que você vença, Lino David. Eu sei e você sabe, você não tem apenas *um* inimigo a temer. Sabe, as cousas que eu aprendi em toda a minha trajetória podem não ser *regras*, porém nunca encontrei motivos para revogá-las. Aprendi que, na prática, os maiores inimigos não se reconhecem após o primeiro tapa, mas após o primeiro abraço. Enfim... tente não se surpreender com as decepções. – Sua piteira deixou um rastro de fumaça percorrendo a neblina. – Claro, posso estar errada. Mas é o que a vida me ensinou.

– Isso não está certo – desabafou Davi inconformado. – Eu nem sei o que quer me matar! Será alguma cousa viva, pelo menos? Se eu sou uma das Extremidades, qual é a outra e por que não me elimina logo? Por que o Shen? Ele nunca fez mal a ninguém!

Madame Vemun sorriu docemente e passou o isqueiro para a mão que segurava a piteira. Com a mão livre, ela alisou o rosto de Davi.

– Eu espero que o fogo que é a sua vida continue intenso por muito tempo, assim como desejo que a sua linha vital seja firme e inabalável.

Ela devolveu o isqueiro à mão anterior e, em seguida, estendeu-a para o garoto, que fitou o punho dela sem esboçar reação.

– Tome. É seu.

– Pra mim? – Davi encarou o presente e a mulher. – Pra que eu quero um isqueiro?

– Você vai saber quando chegar a hora de usá-lo. Mas não é pra fazer besteira com ele, está ouvindo?

– Tá, não se preocupe... Eu não fumo, se é o que você quer ouvir – ridicularizou a insinuação, mas como foi ela, Davi não se ofendeu. – Obrigado pelo presente – apanhou o belo acendedor, e o guardou no bolso.

– Fico feliz em ouvir isso – disse ela indiferente. – Ah, e entenda esse gesto como um presente de aniversário atrasado.

.•●•.

Na semana seguinte, Davi permanecia recluso na casa dos Farsala. O Parthenon permaneceu fechado por três dias, que ele passou entocado no quarto. Naquela noite, em vez da parte de cima do pijama, ele continuou vestindo uma camisa preta, como vinha fazendo desde o incidente com Shen. Ele já estava mais recuperado do choque, mas não quis assistir à televisão. Foi se deitar na cama, para que o sono ajudasse a diluir aquelas palpitações que insistiam em incomodá-lo. Ele se acomodou no colchão, cobriu-se com o edredom, escolheu um lado bom para esgotar as últimas visões do dia, cerrando aos poucos seus olhos.

Mas ele não tinha ânimo para dormir. Aquilo estava inviável naquela noite. Apoiando as costas no travesseiro, ele se sentou, procurando algo para passar o tempo.

Foi até a cozinha e voltou minutos depois, com uma tigela de pipoca. Sentou-se novamente na cama, resolveu ligar a televisão, e conseguiu pegar a segunda parte do filme na *Sessão Pernoite*, na Mithos.

Baque.

Mais uma vez, a janela recebeu um golpe violento e sobreviveu pela sua bravura. Desta vez, ela não foi atingida por um bolo confeitado de glacê azul, mas sim por um corpo magro e pesado, de alguém que não conseguia controlar a velocidade das asas dos seus próprios acessórios.

– Hermes? – perguntou-se Davi, antes de levantar. Pôs a tigela sobre o criado-mudo, pulou da cama e foi abrir a janela. – Você é burro? Não viu que a janela estava fechada?

– Não se assuste, Pseudônimo – disse Hermes, entrando no quarto. – Você precisa mesmo se acostumar com as minhas teopsias.

– Ah, tá. Belas teopsias as suas.

– Como vai? Ainda de luto, pelo que posso ver... – Sentou-se na cama. – Desculpe não ter vindo visitá-lo nos últimos dias, você deve ter precisado de mim, mas certamente iria recusar a minha companhia se eu a oferecesse.

– Eu também recusaria agora.

– Mas sem tanta intensidade – disse Hermes sorrindo. – Eu também poderia ter falado com você lá na Gaiola, mas naquela noite estávamos todos tão consternados, que achei melhor não o abordar.

– Você estava na Gaiola na noite da explosão?

– Sim!

– Você estava me seguindo, Hermes? – disse com força, mas procurou não gritar. – Será possível que você não para? E por que você não ajudou o Shen? Você é um deus! Podia muito bem ter evitado aquilo tudo!

– Não, calma... Em primeiro lugar, eu não estava seguindo você. Eu sou frequentador da Gaiola já há algum tempo, e resolvi dar uma passada por lá como um cliente qualquer... E por último, não havia nada que eu pudesse fazer, filho... Há cousas em que nem um deus pode se intrometer, você sabe disso!

– Tá, me desculpe, eu entendo agora – disse Davi sentando-se de vez na cama e passando as mãos pesadas pelos cabelos. – Desculpe mesmo, é que eu estou nervoso...

– Você, pedindo desculpas? – Hermes estava admirado e aplaudia. – Deve estar muito nervoso mesmo. Algum motivo que eu não saiba?

– Convenci-me de que sou o próximo a morrer, você quer motivo melhor do que esse?

– Não! Por que acha que vai morrer?

– Porque se fizeram aquilo com o Shen, que nada tem a ver com a história, imagina o que estão preparando para mim! E pra piorar, eu mal comecei a procurar os seus herdeiros. Depois, cada vez que eu penso nisso, acabo ficando mais inquieto. A minha cabeça dói. E eu ainda não entendi essa cousa de Extremidade, de inimigo que não mostra a cara, isso é um saco! Eu tenho uma pilha de cousas para fazer e nem sei por onde começar!

– Você está encarando os seus trabalhos como algo demasiadamente complexo, e nós sabemos que as cousas não são bem assim. Para reconhecer os herdeiros, é fundamental que você lembre que ninguém é igual a ninguém. Os herdeiros não são cópias fiéis dos seus tutores. Às vezes, você vai ter que se apegar aos pormenores, para assim chegar a uma associação satisfatória. Não desanime! Tenho plena convicção de que você tem qualidades extraordinárias, mas que as desconhece em sua totalidade.

– Essas qualidades devem estar muito bem escondidas – disse Davi sarcástico lembrando-se, inclusive, do seu corpo fraco. – É como se eu não as tivesse, acredita?

– Não entendo a ironia – Hermes cruzou os braços curioso. – Não se lembra do que fez com aquele pobre garoto, meses atrás? Aquilo me pareceu uma boa demonstração de força! Por pouco o infeliz não escapa com vida!

– Garoto? Que garoto?

– Ora, o garoto Martim... – respondeu, não acreditando que Davi já tivesse se esquecido do episódio.

53

LEMBRANÇAS DO
HOMEM MAGRO E SOLITÁRIO

A NOITE ESTAVA SE ARRASTANDO pelo quarto de Davi. Não estava tão escuro, mas uma forte corrente de ar e uma sensação de nevoeiro pareciam incidir ao redor do garoto, perturbado com as revelações que Hermes estava compartilhando.

– Por que agora você meteu o Martim na história?

– Se é verdade que você não se recorda, eu prefiro contar – disse Hermes. – Isso aconteceu há alguns meses. Aquela noite não prometia grandes emoções, ainda mais em Canoas Novas, a cidadezinha mais irritantemente pacata de Jônios. Mesmo depois que Júnior me expulsou do carro por pura truculência, pois eu não estava fazendo nada de mais, eu resolvi que não ia deixar de te vigiar só por causa do temperamento infantiloide do seu irmão. Acompanhei parte da sua discussão com o Martim Leucádio ainda em forma de mosca-doméstica, em seguida adquiri forma humana e aguardei na doceria. Quando você chegou, percebi que estava afundado em preocupações, com a cabeça em ebulição, principalmente por causa daquele famoso mal-entendido no seu antigo colégio. E do lado de fora da doceria, o menino Martim estava armando uma emboscada. Mas por sorte você agiu antes.

– Eu? – transtornado, Davi não conseguia compreender.

– Sim! Não achei prudente aquela ideia de explodir a parede, mas por sorte eu consegui chegar a tempo e salvar o menino.

Aos poucos, Davi foi se lembrando do homem barrigudo e solitário, que mergulhara contra Martim quando a parede da doceria Ouro

Branco explodiu, longínquos meses atrás. Agora que o assunto foi mencionado, as feições de Hermes eram mesmo muito parecidas com as do misterioso senhor pensativo sentado sozinho na doceria, empunhando uma caneca de chocolate quente, e com olhos distorcidos, graças às lentes grossas dos óculos.

– Era você? – perguntou Davi atormentado. – Era você o homem da doceria? O que salvou o Martim!

– Era eu, sim – respondeu, quase decepcionado por Davi não ter deduzido aquilo antes. – Pelo visto você não fez aquilo de propósito, né? Bem, eu entendo... Deve ter acontecido o seguinte – aproximou-se para explicar. – Seu instinto captou a presença do Martim; eu já tinha notado que as explosões dos copos e garrafas acompanhavam os movimentos dele. Quando seu inconsciente sentiu que estava em perigo, a reação foi precipitada, porém eficiente. Você tratou de explodir a mureta antes que tivesse de travar um embate direto com o menino, o que eu garanto, seria pior pra ele. E por sorte eu sempre te acompanho nos momentos mais oportunos; graças a isso eu entendo você e seus motivos. E não se preocupe, o menino está bem.

– Eu não acredito... – Ele afundou o rosto na palma das mãos, com as lembranças daquele dia invadindo os seus pensamentos. Lembrou que, no fundo, estava mesmo desejando que algo desse jeito em Martim, algo que o detivesse antes que acabasse vítima de algum de seus estratagemas. Mas nunca pensou que pudesse ser ele o culpado pelos desastres daquele dia... Neste momento, Davi foi tomado por um susto:

– Semana passada, na Gaiola... Aquilo também fui eu?

– Não! – Hermes se apressou a responder. – Os eventos daquela noite não partiram de você, eu posso te garantir isso.

Davi abandonou o corpo na cama, agradecendo aos céus por não ter que carregar aquela culpa.

– Você tem mesmo um grande poder, filho – disse Hermes para confortá-lo. – Com certeza irá domá-lo um dia e o conduzirá da maneira adequada. Sem contar que as suas associações lhe deixarão ainda mais poderoso. Mesmo que você não consiga um *aliado*, nenhuma assimilação lhe será em vão. Essa vantagem ninguém poderá lhe tirar...

– Principalmente se for a única – aos poucos, Davi retornava à realidade.

– Mas não é – o deus sorria, insistindo em encorajá-lo.

– Tá, falando assim até parece fácil... Mas tudo bem, vou tentar trabalhar nisso. Agora, tinha uma cousa que eu queria te perguntar há algum tempo, mas acabei me esquecendo.

– Que seria?

– Um amigo me disse que criaram um amuleto para auxiliar o Revelador Descendente, ou seja, eu, na busca pelos herdeiros. Tenho para mim que seria uma grande ajuda! Por que você nunca me falou sobre ele? Onde está esse artefato? O que ele tem de especial? É algum tipo de localizador?

– Sabe, filho, essa história dos herdeiros tem gerado muitas lendas urbanas ao longo dos anos. Não existe isso de amuleto; não passa de estória que o povo conta. É por essas e outras que nós decidimos deixar a questão dos herdeiros fora do alcance do grande público, entendeu? Você pode acabar se confundindo, deixando de lado a busca pelos herdeiros para procurar esse tal amuleto que não existe. E isso tomaria um tempo que você não tem.

– Tudo bem – disse Davi decepcionado. – Era bom demais pra ser verdade.

– Mais alguma cousa? Está mais calmo agora?

– Aos poucos eu estou melhorando... Mas vem cá. – Aproximou-se do deus. – Você veio aqui só pra saber se eu estava nervoso, ou foi só uma grande coincidência?

– Não... – riu Hermes. – Na verdade, tem alguém que quer te conhecer.

Pela janela entrou um menino de fraldas, vastos cabelos escuros, e olhos bem verdes. Voava com as asas de penas brancas que tinha nas costas, onde também guardava um conjunto de arco e flecha.

– Cara, você demorou, tá frio lá fora! – reclamou o menino, esfregando as mãos nos braços e tentando controlar o seu bater de asas. – É esse aí, Hermes? O Anônimo?

– Sim, mas o nome dele não é *Anônimo*.

– Olá! Eu sou o Mehiel. Sou um Amor.

Como Davi já tinha estudado no *Livro*, mal precisou da explicação de Hermes:

– Os Amores são os deuses do amor. Claro, o próprio nome sugere.

– Eu sei – disse Davi. – Mas, e daí?

– Eu vim te visitar, cara – disse Mehiel dando um tapinha pacato no ombro de Davi.

– É muito gentil da sua parte, mas eu não gosto que desconhecidos me visitem sem hora marcada... E de madrugada!

– Pseudônimo – Hermes sussurrou enquanto Mehiel voava pelo quarto, conhecendo o ambiente –, você sabe o que significa receber a visita de um Amor, não sabe?

De fato ele não lembrava, mas entendeu rápido do que se tratava.

– Ele vai me flechar?

– É, vai...

Davi se irritou.

– Ele não vai, não!

– Entenda, Pseudônimo, é o trabalho dele... – disse Hermes temeroso.

– Ei, moleque! Mehiel! Escute, eu quero que você vá embora daqui com essas suas flechas, está ouvindo?

– Eu? Ir embora? – riu o pequeno Mehiel. – Não posso. Não sem ter cumprido minhas obrigações. E como não gostei da sua cara, acho que vou te flechar agora mesmo... – Afastando-se no ar, ele puxou uma seta do estojo que levava nas costas, e colocou-a no arco.

– Nem se atreva a disparar isso!

– Por que eu ouviria você?

– Eu não quero que me fleche!

– Ah, se todos pudessem escolher...

– Se você fizer isso...

– Pipoca! – Ele voou até a tigela sobre o criado-mudo, abraçando-a com carinho. – É sua?

– Sim, é minha... – Davi respondeu confuso.

– Eu posso comer um pouquinho dessa pipoca? Você deixa, Anônimo?

– Não!

– Deixa! Por favor!

– Contanto que você largue essas flechas.

– Tá, eu não flecho você. Pode deixar. – Extremamente feliz, Mehiel comia a pipoca. Acalmou as asas e se sentou na cama para assistir ao filme na televisão. – Está sem sal.

– Eles não têm jeito – disse Hermes, baixando a cabeça por dois segundos.

– Por que você trouxe essa cousa pra cá? – perguntou Davi irritado.

– Porque ele pediu, oras... O que mais eu poderia ter feito?

– Não trouxesse!

– Tudo bem, que mau humor!

– Já não me basta você, que vem *sem* ser convidado, resolveu agora encher meu quarto de deuses? Eu não quero montar uma igreja aqui dentro!

– Está bem, não tornarei outra dessas, mas não iria precisar mesmo. Os Amores decoram os caminhos com muita facilidade, afinal, eles vivem disso. As pessoas sempre deixam oferendas pra eles no santuário de Afrodite, no Tholos de Altares, o templo que dá nome a esta cidade. Eles vão a todos os lugares, e há épocas em que eles visitam uma única rua centenas de vezes... O Mehiel já deve ter decorado o seu endereço.

– Ótimo! – enfezou-se sentando na cama.

– Não se preocupe, filho! Dificilmente ele voltará aqui – Hermes acalmou, retirando uma pequena garrafa de Vergo do quíton e depois sacou a tampa. – Você aceita?

– Não, obrigado...

– Eu aproveitaria, se fosse você. Não é todo dia que eu tenho uma garrafa de Vergo para compartilhar. Sem dinheiro, fica difícil...

– Você não tem dinheiro? – Davi parecia não acreditar. – E esse caduceu aí? Não é aquele lendário bastão de onde você tira moedas?

Hermes tentou esconder o cajado com as costas, mas era inútil. Ele mirou triste seu velho bastão, que tinha na extremidade superior duas cobras esculpidas e o agitou docemente. Uma das serpentes engasgou um pouco, tossiu e cuspiu uma moeda de dois talentos.

– Nas poucas vezes em que eu consigo, só sai essa mixaria – respondeu entristecido. – Desde que Atena tomou o meu lugar na Casa da Moeda, assessorada pelo ingrato do Pluto, o caduceu perdeu tanto daquele vigor dos velhos tempos...

Pluto, o deus mencionado, era o símbolo da riqueza dentre as divindades do Capítulo e que conquistara certa antipatia de Hermes desde que ajudou Atena a destituí-lo do cargo que ocupava na Casa da Moeda.

– Com muita dificuldade o caduceu regurgita alguma cousa... – Hermes continuava lamentando. – E muitas vezes as moedas nem têm valor ou vêm deficientes de alguma cousa. Olhe essa aqui. – Decepcionado, ele mostrou a moeda. A efígie mostrava a língua e fazia um gesto obsceno com o dedo. Tal moeda nunca seria aceita por nenhum caixeiro mais atento.

– E como você faz pra conseguir dinheiro?

– Geralmente eu tomo a forma de mendigo e me jogo em

qualquer calçada... Alguns cidadãos de bom coração ajudam com prazer, mas outros me ignoram e passam direto... Como eu os odeio... Se eu pudesse, castigaria a todos! Mas a causa é pequena e não compensa, então prefiro não lançar a minha ira. Ah, mas se eu reencontro alguém que tenha colaborado comigo, eu lhe concedo algum desejo pequeno.

– Não seria mais fácil ir pedir nos armazéns? Ou simplesmente fazer as garrafas aparecerem?

– Filho, eu sou um deus... Você nunca vai entender. Além do mais, é bom testar a benevolência das pessoas para com os mais necessitados. Confesso que não estou muito satisfeito com o comportamento dessa sociedade... Contudo, ainda há muitos que se salvam. Eu até lembro que no dia em que você ganhou o seu relógio, eu ganhei umas moedinhas...

– Eu não percebi a sua presença quando fui comprar o relógio.

– Mas eu não estava muito perto. Eu só vi quando você conversava com o Agenor, que é aquele artista de rua que faz o número do sapateado. Eu nem estava como mosca, você nunca ia me reconhecer. Mas eu vi um colega seu, o Astros! E o reencontrei há pouco tempo.

54

O AMOR INVENCÍVEL

– Você não está vendo? É o fim! – gritava Seth desesperado.

– Mas como isso aconteceu? – perguntou Elissa preocupada.

– Eu sei lá! Quando acordei, já estava assim! E *eles* também já estavam aqui! Acabem logo com isso, me matem de uma vez! – falou para os goblins que o rodeavam. Eram doze pequeninas criaturas de corpo verde esquelético e dentes desproporcionais sobressaindo no rosto maligno. Suas cabeças também eram grandes e sobre elas os goblins usavam elmos com penacho. Voando como moscas ao redor de Seth com suas asas de morcego, eles o açoitavam com pares de correntes de ferro que traziam amarradas em cada mão. Eles eram tão pequenos que não chegavam a machucar Seth, mas eram muito eficientes em seu papel de tirá-lo do sério.

– Não diga besteira – Elissa percorreu com as mãos os cabelos de Seth tentando, sem sucesso, desviar dos goblins.

– Calma... – disse Davi. – Tem que ter uma explicação para isso...

– Que *calma*, Lino? Não está vendo?

Além da companhia indesejável das criaturinhas, Seth trazia outra novidade: estava negro.

– Sai daqui, Lino – disse Elissa. – Você só está piorando as cousas.

– Eu? – perguntou Davi magoado.

– E por que o seu vizinho está aqui mesmo, Lino? – perguntou Cecília apontando para o Sr. Abílio Procópio, que estava parado na porta da sala, com a sua cara triste de sempre, borrifando um remédio de odor forte em todas as direções.

– Eu já disse, ele trabalha na secretaria de vigilância epidemiológica da cidade, ele está aqui por causa do Seth...

– Quando viram que nós tínhamos "visitas", os meus pais ligaram para a prefeitura – explicou Seth. – É que, pelo visto, eu também sou uma ameaça à saúde pública; como se isso não pudesse melhorar!

– Os goblins costumam atrair outros pelo cheiro – disse o Sr. Procópio acanhado, quase pedindo desculpas por estar ali. – Por isso nós usamos essa solução venenosa que elimina o odor que eles liberam. Mas não liguem pra mim, continuem conversando!

– Isso o que ele está falando é verdade – completou Seth. – Quando eu acordei, só tinha dois desses me infernizando. Agora são doze! E eu ainda tenho que andar pra cima e pra baixo com o vizinho do Lino, que é mais deprimente do que vinte goblins me açoitando! Sem ofensas, Sr. Procópio – dirigiu-se ao próprio.

– Não se preocupe! Não é a primeira vez que ouço isso... – respondeu o homem cabisbaixo, colocando mais remédio no pulverizador.

– Você não vai conseguir nada esperneando, Seth – Cecília tentou acalmá-lo. – Tente lembrar. Você não sabe mesmo como isso aconteceu? Se foi algum creme me avise, pois...

– Cala essa boca, Cecília! – Seth chorou irritado. – O problema não é a minha pele, eu posso muito bem aprender a viver com isso!

– Sério? Você? – ela sorriu admirada. – Não esperava por essa...

– Pois é. O problema são eles! – tentou escorraçar os goblins novamente, o que não trazia muito resultado. – Aonde você vai, Lino? – perguntou, quando Davi se levantou da cadeira e fez menção de sair.

– Vou ver se o Astros chegou.

– Foi só você olhar pra mim que você lembrou do Astros? – perguntou revoltado. – Muito obrigado por me lembrar que agora nós temos algo em comum! Quer saber? Pode ir. Vai lá e manda um abraço pro seu amigo. Ou melhor, chame-o pra rirmos juntos dessa desgraça!

Sem ligar para o que Seth dizia, Davi saiu. No corredor, deparou-se justamente com Astros, que acabava de chegar. Branco.

– Astros, você também? – espantou-se Davi. – Você está branco!

– Pois é – sorriu Astros entrando na sala e jogando a mochila em qualquer cadeira.

– Você – disse Seth quando viu a diferença na pele de Astros.

– Foi você, seu presunto miserável! Você que colocou esses monstrinhos infernais pra me atormentarem! Por que você fez isso? O que foi que eu te fiz?

– Eu não sei do que você está falando! – defendeu-se com ironia. – Não tenho poder para tanto. Acho que eles gostaram de você, por isso estão aí. Você deve tê-los conquistado com o seu jeito de ser! – e riu.

– Não bastasse ter feito *isso* comigo, ainda roubou a minha pele! – esbravejou Seth com o rosto em chamas. – Pois eu vou te dizer uma cousa: ao fazer isso você perdeu a única cousa realmente boa que existia em você! Parabéns!

– E o que você achou do *seu* novo visual?

– Não é a pior cousa que já me aconteceu – respondeu, afastando com um tapa um goblin que sobrevoava a região do seu rosto.

– Bom, isso... – Astros pareceu desconcertado. – Isso é novidade pra mim. Você está mesmo bem com essa mudança?

– Você se surpreenderia.

– E os goblins?

O olhar de Seth transbordava de ódio.

– Nesse ponto eu devo dizer: você se superou.

– Obrigado! – E saiu da sala rindo alto. – Conte as novidades para a sua namorada, depois me diga o que ela achou!

Seth continuava olhando furioso para Astros, e em seguida encarou Davi.

– Vai defender ele agora, Lino? – disse por entre os dentes.

– Olhe pelo lado bom – constrangido, Davi forçou um sorriso para Seth. – São apenas goblins, eles não vão ficar aí pra sempre......

– Cala a boca, Lino – disse Elissa.

– Vai pro inferno! – respondeu Davi.

– Sinceramente, eu não preciso de vocês dois discutindo do meu lado! Sumam daqui! – exclamou Seth afundando-se na cadeira. – Elissa, vá pro inferno sim, mas por tudo que é mais sagrado não esqueça o Lino aqui!

Parada, Elissa parecia espantada com o que Davi tinha acabado de lhe dizer.

– Não é possível que você não...

– Eu não estava falando com você – Davi falou para Elissa, justificando-se. – Você se intrometeu porque quis!

– Eu quero morrer, eu quero morrer... – repetia Seth passando a mão pelos cabelos, e sem querer acabou esmagando uma das criaturas que estava naquela região. Imediatamente surgiu outro goblin em seu lugar e os demais, em luto, açoitaram Seth com ainda mais força. Além disso, o garoto ainda tinha que lidar com os restos gosmentos do goblin esmagado, que escorriam sobre seus cabelos. – Ótimo, agora mais essa!

– Eu já falei pra você se acalmar, Seth – disse Cecília. – O Lino está certo, eles não vão ficar aí pra sempre.

– E é tudo culpa desse presunto! – gritou ele. – PRESUNTO! Bola grande triturada e gorda!

– Goblins, Astros? Sério? – perguntou Davi, que seguiu Astros até o corredor.

– Oi pra você também, Lino – respondeu incomodado com a abordagem.

– O que foi que você fez? Eu sei que você é responsável por isso. Ficou louco? *O que você fez?*

– Nada...

– Você está mentindo!

– Por que não acredita em mim, Lino? Eu não fiz nada!

– Se não foi você, quem foi?

– Algum deus, sei lá...

– Um deus?

– O Hermes, conhece? – perguntou animado.

– Você está dizendo que o deus Hermes fez com que você trocasse de cor com o Seth? Isso não tem nexo! Por que ele faria isso?

– Pra falar a verdade, foi ele que me propôs que eu lhe fizesse um pedido. Eu também não entendi muito bem. Ele disse que eu tinha o ajudado naquele dia em que o Shiva foi pego tentando fugir e me ofereceu um pedido.

–Você se lembra de ter dado alguma esmola nesse dia?

– Não, eu não lembro... Mas que diferença faz?

– E quanto tempo você pretende continuar com essa palhaçada?

– Pra ser sincero, eu ainda não sei.

– E tudo isso por causa da Tulani?

–Você prometeu que não ia apresentá-la ao Seth.

– Eu não prometi nada! E mais: foi você mesmo que não quis ficar com ela! Disparou correndo desarvorado e nem quis saber da menina!

– Tudo bem, Lino, pense o que você quiser. Mas o que eu fiz não foi só por isso. O Seth já estava mesmo precisando de uma lição, você não acha? O cara é um cretino!

–Não cabe a você dar ao Seth o que você acha que ele merece! Você tem noção do pedido obtuso que fez?

– Pode ser mais específico? – Astros se fez de desentendido.

– Isso! – Apontou para o corpo do colega. – O que você fez consigo mesmo, trocando de pele com o Seth! Já viu como está ridículo?

– Isso é o que você diz...

– Já chega! Eu pensei que houvesse alguma cousa boa nessa sua cabeça, Astros, mas eu me enganei! Vamos ver se você lida com isso agora. – Apanhou o punho de Astros e começou a falar para para si mesmo, em voz baixa: – Eu não tenho certeza, mas vou arriscar... – e dirigiu-se ao vizinho: – Sr. Procópio, pode nos dar licença por um instante?

– Posso sim – respondeu ele abatido. – Eu posso entrar na sala para continuar borrifando... Depois de todos esses anos fazendo isso, e acabando aos poucos com o que ainda resta dos meus pulmões! Respirar esse veneno num ambiente fechado é tudo o que eu preciso agora...

– Isso – agradeceu Davi. – Faça isso. Obrigado.

– Ei, o que você está fazendo? – perguntou Astros, assustando-se quando Davi apertou o seu pulso com força. Não conseguia entender o comportamento estranho do colega, que falava baixo e muito rápido:

– Reconheço, para fins divinos, o herdeiro e descendente direto de Hades ou Plutão, o deus do...

– Astros! – espantou-se Malu, que acabava de chegar. – O que aconteceu com você?

Davi imediatamente se calou e sofreu em silêncio ao sentir uma forte cipoada nas costas. Não sabia se o castigo havia sido por não ter completado o processo, ou por ter errado na dedução.

– Um milagre! – respondeu Astros.

– Você chama isso de *milagre*? Quer dizer que você *gostou* dessa nova aparência? – ela perguntou chocada.

– Claro, eu escolhi ser assim!

– Mas que escolha fantástica, Astros! – Malu sorriu animada. – Você conseguiu! E que outro tipo de monstro bizarro você escolheria ser agora? Um vermelhinho?

– Você acha mesmo que eu estou bizarro assim?

– Olha pra você, Astros! É claro que eu acho!

– Pois eu não dou a mínima! – E riu malévolo.

.•••.

Naquela noite, quando Hermes voava pelo céu em direção à casa de Davi, pela primeira vez não encontrou a janela fechada, pois a sua visita já estava sendo esperada.

Baque.

Mesmo assim, ele esbarrou na estante posterior à janela.

– Você é mesmo imprevisível – disse ele restaurando-se.

– Não me culpe – respondeu Davi largando a tigela de pipocas sobre o criado-mudo. – Você não enxerga bem por causa desses óculos. Como alguém poderia enxergar com duas moedas em frente aos olhos? É impossível – ele foi até a janela e a fechou.

– Deixe os meus óculos. Eles não entram na discussão!

– Tá, esqueça. O que eu tenho para falar com você é mais importante que isso.

– O que é? É sobre a busca? Encontrou alguma cousa?

– Não, ainda não. É sobre o pedido que você concedeu ao Astros ontem.

– Aconteceu alguma cousa com ele?

– Hermes, você trocou a pele dos dois e ainda cercou o Seth de goblins!

– Mas o Astros não me pediu uma troca definitiva... Pelo menos eu entendi assim... E os goblins já foram dispensados, seu amigo já está livre deles.

– Foi tudo tão maluco que eu até cheguei a começar um reconhecimento... Imaginei que Astros fosse herdeiro de Hades, mas não cheguei a cumprir todo o protocolo.

– O que aconteceu?

– A Malu chegou e eu tive que interromper a associação. Mas foi até bom, porque eu estava agindo por puro impulso... O Astros não é herdeiro de Hades, não tem nada a ver. Por mais que seja um tapado inconsequente, ele não passa disso.

– Se o Hades ouvisse você dizendo isso – disse Hermes rindo

um pouco. – Aquele ali, orgulhoso do jeito que é...

–Você sabe que o que você fez é loucura, né? – interpelou Davi para que Hermes não fugisse do assunto. –Você não pode ficar mexendo com essas cousas!

– E você também! Fazendo um reconhecimento assim, por impulso... Tome cuidado, pois você sabe muito bem dos riscos que isso pode trazer!

– Eu sei, mas fique tranquilo, não aconteceu nada de mais... As minhas costas continuam doendo, mas não que isso te preocupe; só achei importante dizer!

–Você vai ficar bem.

– E com relação àqueles dois, o que você pensa em fazer?

– Ambos vão voltar à sua antiga forma! Pseudônimo, eu nunca faria com duas pessoas isso que você está pensando. Sabe, eu acabo de voltar da casa do próprio Seth e conversei com ele sobre algumas atitudes que ele vem tendo desde que... Bem, desde que aprendeu a falar. Eu contei ao Seth uma marcante página de minhas memórias. Certa vez, eu estava rondando o mundo, como costumo fazer esporadicamente, até que encontrei um menininho escurinho forte, com cabelos sujos e bem crespos. Uma figura. Conversamos durante algum tempo, rimos e abordamos temas que não me recordo. Perguntei-lhe o seu nome, e ele respondeu: Jesus. Anos atrás, rodando pelo mundo novamente, descobri que esse mesmo escurinho hoje é sucesso. Contudo, nem tudo que hoje cerca aquele pobre guri beira à veracidade; o que é até justificável, afinal tem tanto tempo... Mas o que eu quero que você entenda é que mesmo não sendo um pó de arroz, aquele menino conseguiu agradar a milhões de pessoas. Mesmo alterando a sua imagem e até a sua história, talvez tenha se conseguido preservar a *essência* dele. E o importante, o que é? A própria essência.

– Duvido muito que você tenha conseguido tocar o Seth com essa história.

– Não, não consegui mesmo. Mas eu já lhe restituí a velha cor, e estamos todos satisfeitos. Ele encarou esse episódio todo de uma forma muito mais madura do que eu imaginei, mas duvido que ele vá mudar seu comportamento daqui em diante. – Respirou fundo, até que se lembrou de um último colóquio: – Ah, e eu não mencionei o seu nome quando me encontrei com o Dehiskos, em nenhum momento, pode ficar tranquilo. Ele nem vai lembrar que me viu.

– Ainda bem que você deu um jeito naquela confusão... Já imaginou como seria a vida dos dois se trocassem mesmo de cor, assim de súbito?

– Eu nunca faria uma cousa dessas – Hermes sorriu plácido.

Baque.

– O que foi isso? – perguntou Davi, virando-se para a janela.

Outro baque, e mais dois depois desse.

Davi se enfureceu ao ver Mehiel e mais três crianças aladas espremidas contra o vidro da janela, que ele foi abrir. Os Amores entraram, queixando-se de dores nos ombros, bochechas e testas.

– Eu vim só trazê-los aqui – Mehiel explicou, apontando para os outros três. – Deixe que eu os apresente. Esse aqui é o Aniel, o dali é o Nith Haiah e a menina é a Nemamiah.

– Prazer, Sinônimo – cumprimentou Aniel, o de cabelos loiros encaracolados e com expressivos olhos azuis.

– O nome dele não era Heterônimo? – perguntou em murmúrio Nemamiah, a que tinha graciosos olhos verdes e um jasmim branco preso às madeixas loiras.

– Eu pensei que fosse Baltazar – disse Nith, o menino negro com cachos brilhosos, realçando seus bonitos olhos castanhos.

– Não é culpa minha – defendeu-se Hermes.

– E agora? – perguntou-se Davi, desolado. – Eu não tenho como me livrar dessa quadrilha!

– Na verdade, Pseudônimo, eles estão em três – Hermes acrescentou, apontando para cada um dos Amores. – O Mehiel não está aqui a trabalho.

– Eu me referia a *você também* – disse Davi por entre os dentes.

– Oh! – o deus entendeu a mensagem.

– Que sorte – desesperado, Davi sentou-se na cama.

– Nós viemos visitar você – Aniel protocolou, enquanto girava os grandes olhos azuis por todo o quarto.

– Isso eu também notei – disse Davi. – Afinal, quem mandou vocês aqui?

– Não podemos dizer – o pequeno Nith respondeu, dando de ombros.

– Foi a Elissa Ársis – disse Mehiel, e os outros três o censuraram com olhares de reprovação. – Que foi? Já vou ser castigado por não ter flechado ele mesmo! Então eu falo tudo. – Virou-se, e mirou Davi. – O nome da requerente é Elissa Ársis, amigo. Pelo menos os meus serviços, quem solicitou foi ela. Pela sua cara, você deve conhecê-la! Essa menina deve te adorar muito... Ou então não quer gostar mais de você do que você gosta dela. – Fez as contas e sorriu à vontade. – Ela não contava que fossemos virar amigos, né?

– Claro – Davi respondeu indiferente, ainda preocupado. – Mas vocês têm certeza de que precisava essa revoada toda? Apenas um bastava!

– Eu concordo com ele – disse a menina Nemamiah. – Só um bastava!

– Mas se solicitaram quatro, então os quatro têm que obedecer – conformou-se Nith, apontando para cada um deles. – Não pensem que eu gosto de trabalhar à noite.

– Não fale assim, Nith! – Aniel reclamou. – O trabalho é sempre bom!

– Eu *gosto* de trabalhar, mas esse não é o meu turno...

– O que eu sei é que não vou precisar fazer nada – disse Mehiel dando de ombros. – Solicitaram *três* dessa vez. Eu já estive aqui ontem, então...

– Você não fez o que deveria ter feito ontem, Mehiel! – reclamou Nemamiah. – Por isso nós tivemos que vir hoje! Viemos de lá de longe, de lá do Tholos, só para cobrir a sua incompetência! Não sabe fazer nada direito!

– Esse bobão – disse Aniel. – A culpa é toda dele!

– Não, não é minha culpa! – defendeu-se. – Eu até tentei, mas o Anônimo é muito gente boa, nós nos tornamos amigos! Ele é muito legal, foi ele quem me deu pipoca.

– Pipoca? – exclamou Aniel. – Eu também quero!

– Eu quero pipoca também... – disse Nith procurando ao redor.

– Cadê a pipoca? – perguntou Nemamiah desconfiada. – Eu não estou vendo pipoca nenhuma. Me dá a pipoca!

Com um voo alto, Mehiel localizou a vasilha sobre o criado-mudo atrás de Davi.

– Está ali! – gritou. – Na mesinha!

Após os quatro terem investido contra o local apontado, Davi conseguiu se retirar em tempo e viu sua pipoca desaparecer aos poucos da tigela. Os Amores aproveitaram e se sentaram na cama quando Mehiel ligou a televisão. Após ter se acomodado, Nemamiah ofereceu parte do pouco espaço disponível.

– Quer ver tevê? – ela perguntou a Davi.

– Depois – respondeu ele. – Eu vou à cozinha preparar mais pipoca.

.•●•.

Davi até teve que inventar uma desculpa para a Sra. Farsala, que estranhou ele estar consumindo tanto milho. Quando voltou ao seu quarto, ele exigiu o lugar central na cama, que lhe era de direito, e foi obrigado a dividir o conteúdo da sua tigela com Nemamiah e Nith – os dois estavam tão ligados na televisão que nem perceberam quando se afastaram para que Davi também se sentasse.

– Nossa, que sensacional – Hermes estava comprimido numa extremidade da cama, onde todos assistiam ao filme da Mithos. Ele estava concentrado, fazendo uma séria reflexão sobre a trama. – Eles brigavam tanto – disse. – Quem diria que iriam acabar juntos?

– Mas que burro! – exclamou Mehiel, revoltado com a cena corrente do filme. – O atirador vai matar todo mundo!

– Não, ainda tem a ponte minada – discordou Nemamiah, sendo calculista. – Eu acho que ele está fazendo isso de propósito.

– É mesmo... – Aniel entendeu. – Como você é esperta, Nemamiah!

– Nem tanto – disse Nith atento. – O atirador está mesmo matando todo mundo.

– E a ponte? – perguntou Hermes, vasculhando a tigela quase vazia.

– Explodiu – respondeu Mehiel, acompanhando a sequência. – Todo mundo morreu! Que máximo! Adorei!

– Que filme fantástico! – exclamou Nith, levantando-se da cama com ajuda das asas. – Eu quero ser um atirador do Monte do Fogo! – No ar, ele começou a simular que estava com um rifle. – Eu vou te matar!

– A guerreira Clio também morreu... – chorou Nemamiah. – Eu não gostei desse filme!

– Não seja boba, Nemamiah, o filme foi ótimo! – disse Aniel, que se levantou para acompanhar Nith no ar. – Eu sou um guerreiro-deus! Sou o Amor-Aniel-Invencível!

– Então eu sou o Mehiel-Destruidor! – bradou o outro, que se levantou também. Foi se juntar aos outros dois, que atiravam uns contra os outros com as armas que imaginavam possuir. – Eu vou decepar você! – gritou, aproximando-se de Nemamiah.

– Para, Mehiel! Está me assustando!

– Tem mais pipoca, guerreiro Sem Nome? – perguntou Aniel em sentido, forjando uma voz mais grossa, bem distante da realidade.

– Não – respondeu Davi, recolhendo as tigelas vazias. – Já está na hora de vocês irem pra casa. Voltem pro Tholos, antes que fique perigoso lá fora.

– Mas eu quero mais pipoca! – pediu o Amor, retomando a voz original.

– Não tem mais, eu já disse! Acabou o milho!

– Você está mentindo!

– Eu não estou mentindo!

– Está sim!

– Vamos embora, Aniel – disse Mehiel. – Ele tem razão, já está tarde...

– Seu mentiroso... – Aniel tateou suas costas e apanhou uma flecha e o arco. – Você vai aprender a não mentir para o Aniel-Invencível!

Após ter colocado a flecha na devida posição, ele atirou. A seta foi certeira em direção ao peito de Davi, que foi atingido no coração e nada pôde fazer para desviar-se. Conforme a flecha ia entrando no seu coração ela se desfazia, alastrando-se pelo corpo do garoto, que cerrou os olhos, com muita dor.

– Ora, seu traidor de uma figa... Você me paga...

Hermes foi socorrer Davi, impedindo que este investisse contra o Amor. Assustados, Aniel e os Amores fugiram pela janela.

– Calma, filho, não vai ficar cicatriz... – Ele virou a cabeça e contemplou a noite pela janela. Na verdade, foi o jeito que encontrou para que ninguém visse que ele estava rindo. – Não se preocupe, a dor já vai passar.

55

APRENDIZ
DE MOTORISTA

Depois de uma boa espreguiçada, Davi pulou da cama e fez carinho em Lelaps, com o pé mesmo. O gato acordou, olhou os quatro cantos do quarto e jogou a cabeça na almofada de novo. Era difícil para o bichano se acostumar com o ambiente novo.

Trocou de roupa e calçou os chinelos. Davi saiu do quarto, andou pelo corredor e seguiu até a cozinha, onde todos já estavam tomando o seu café.

– Acordou, meu amor?

Como nem os seus olhos tinham sintonizado direito ainda, Davi não respondeu, mas a sua mãe não se importou. Ele tomou o seu lugar na mesa, apanhou uma faca e um pão qualquer na cesta.

– Hoje tem a festa da primeira-dama – informou o Sr. Riton, servindo-se de chá. – E vocês vão.

– Claro, vamos sim – Honório Júnior aceitou prontamente.

– Eu não quero ir... – disse Davi, que não avançava no corte do pão.

– Mas vai – sublinhou o pai. – É uma festa social, vocês precisam ir para representar a nossa família.

– Por que vocês não vão? – ele perguntou, retirando o excesso de cabelo dos olhos.

– Porque não. Sua mãe e eu não estamos com muita disposição para festas, só isso.

– Mas e daí? Quem deveria estar sem disposição aqui era eu! Eu praticamente acabei de chegar de viagem!

– É verdade, Honório – concordou a Sra. Riton segurando a sua caneca de café.

– Mas eles precisam ir, Lívia! Como poderia não ir ninguém desta casa à festa do prefeito de Canoas Novas, que, além de tudo, é nosso vizinho?

– Eu vou! – Júnior lembrou. – E eu tenho certeza que o David também vai, né, David? Sem ele eu não iria, claro... Claro?

– Dirigindo o meu carro, não – confirmou o pai.

– Então, como eu ia dizendo... Como eu sei que o David vai... estou tranquilo!

– Eu não quero ir – disse Davi.

– Mas vai.

– Cale a boca, Honório! Você não manda em mim!

– Eu sou mais velho, David.

– Parabéns, só que eu fui planejado.

– Parem, vocês dois! – ordenou a mãe. – Será possível que não se pode tomar um café em paz nessa casa? David, não fale esse tipo de cousa pro seu irmão! E Júnior, há quanto tempo não vemos o David? Trate-o bem!

– Eu vou pra essa festa idiota – Davi resolveu, assassinando o pão com a faca.

– Rá – Júnior encerrou, sorrindo vitorioso. – Alguém aqui não tem força de vontade.

– Pensando bem – continuou ele – vai ser bom rever alguns amigos. Quero rever muita gente... Como a Sabina...

– Seu idiota – Júnior fez menção de se levantar quando ouviu aquele nome. – Pare com isso!

– Isso o quê? – Davi se fez de desentendido. – Eu, hein...

– Alguém me passa a água? – pediu o Sr. Timóteo Riton.

– Tem suco, papú – disse Nany. – Você não quer?

– Passe a água pra ele, Natália – ordenou a Sra. Riton.

– E aí, David? Como estão as cousas em Tholos? – desconversou o pai, encerrando os demais assuntos em discussão.

– Estou namorando – disparou, antes de tomar um gole de chocolate quente.

– Namorando? – a mãe engasgou-se com o café.

.•••.

Eles chegaram ao Palácio de Eclésia, sede da prefeitura de Canoas Novas, um pouco depois da hora marcada no convite. Antes de adentrar, Júnior parou ao lado da cabine da portaria, entregando as senhas para aguardar a liberação da entrada. Talvez por culpa do porteiro, tal processo estava demorando um pouco. Sendo assim, Davi ligou o som do carro e colocou nele seu disco novo das Actínias, que tinha ganhado de Astros meses atrás.

– Não – disse o irmão, apertando um botão qualquer do som para impedir que a música tocasse. – Eu não vou ouvir essa porcaria.

– Você que tem mau gosto – respondeu Davi, que acabou por apertar o botão que desfazia a ação daquele outro que o seu irmão apertara.

– Cria vergonha, David! Essa banda é muito ruim!

– *Ele não liga* – dizia a música, que tocava enquanto eles discutiam. – *Ele não liga pra nada.*

– Eu não vou ficar ouvindo esse lixo – gritou Júnior. – Desligue isso!

– Não!

– Desligue agora!

– Com licença, meus jovens... – o porteiro interrompeu. – Eu preferia que vocês se atracassem logo, pois tem uma fila bacana de carros aqui atrás esperando que vocês liberem o guichê... Longe de mim querer impedir a briga, eu só quero que vocês façam isso o mais rápido que puderem.

– Ah... Nós já vamos estacionar – disse Honório, religando o carro.

– Temos sete vagas no térreo, e quarenta no segundo andar do estacionamento – informou o homem. Júnior agradeceu pela informação, adentrando na prefeitura.

– Pra onde você está indo? – perguntou Davi, estranhando o caminho que o irmão estava tomando.

– Para o estacionamento, é claro.

– Por quê? Estacione aqui no térreo, é mais perto!

– Na garagem tem mais vagas.

– Mas aqui também tem!

– Acontece que lá tem mais! – retorquiu já irritado. – Você não ouviu? Quarenta vagas! Aqui só tem sete!

– E de quantas você vai precisar?!

Júnior não lhe deu ouvidos e seguiu até o estacionamento.

.•••.

Quando chegaram à entrada da prefeitura, os irmãos viram rosas e astromélias enfeitando as abóbadas, iluminadas por alguns dos vários refletores instalados no prédio. Na entrada também colocaram vasos de terracota com arranjos de galhos secos, que se alternavam com ânforas de lírios e lisiantos brancos. Os garotos caminharam pelo tapete branco que levava até o salão de baile, repleto de mesas e embalado por músicas que ajudavam a contar uma história de amor que rompia barreiras.

O prefeito Pigmalião Ergaomnes não poupou esforços para agradar a esposa no dia do seu aniversário. Era ele próprio que estava lá, no meio do salão, saudando alguns convidados. Ele já estava se dirigindo à entrada para poder receber melhor os recém-chegados, até que abriu ainda mais o sorriso quando viu os dois jovens vizinhos, sendo um deles um eleitor em potencial, trajando roupas de gala semelhantes a dele.

– Vizinhos! – ele exclamou, chegando mais perto dos dois. – Os Riton sempre foram os mais pontuais, o que houve?

– Tivemos um pequeno episódio na portaria – explicou Júnior. – Nada de mais.

– Ah, sim, a nova juventude tem esse magnífico dom de iniciar qualquer festejo logo na portaria. E nós temos uma excelente portaria, obrigado por torná-la possível! Mas e o resto da família, onde está?

– Os nossos pais não puderam vir, e a Natália foi viajar com umas amigas.

– E vocês vieram representá-los... Que bonito! Isso sim é uma família!

– E onde está a primeira-dama?

– A Galateia ainda está se preparando... Você sabe como são as mulheres. Mas não deve demorar muito. Afinal, praticamente todos os convidados já chegaram!

– Mande lembranças a ela, prefeito – Davi finalmente disse algo.

– Eu mandarei!

– Vamos, David? – convocou Júnior. – Acho que são os nossos amigos naquela mesa ali.

Demorou um pouco até eles cruzarem o salão de baile, mas enfim encontraram os amigos sentados numa mesa próxima do tablado onde tocava a pequena orquestra. Quando os irmãos puxaram duas cadeiras vagas, finalmente foram reconhecidos pelos garotos, que estavam distraídos vendo os casais de adultos que dançavam descompassados e bem desinibidos perto do palco principal, onde um funcionário da prefeitura testava o som do microfone.

– Olhem só... – sorriu Plínio quando os amigos chegaram. – Os irmãos Riton!

– Há quanto tempo, Davi! – disse o encurtado Laerte, com o traje esporte fino quase o engolindo de tão folgado.

–Você está diferente! O cabelo cresceu! – surpreendeu-se Timo, que tinha raspado a cabeça e engordado um pouco desde que Davi foi embora para Tholos.

– E esse relógio? É novo, não é? – perguntou Plínio.

– Não deve ter mais que cinco meses – respondeu Davi, batendo no visor com a unha do indicador, deixando a Hora fora de si.

– E você, Júnior? Quando vai trocar essa relíquia aí no seu pulso? – Laerte apontou para o relógio velho de Honório.

– Não tenho dinheiro pra isso. Ando economizando para investir no carro... Estou de olho em umas cornetas, que vocês vão ver... Elas vão deixar a máquina um alto-falante com rodas!

– Alto-falante com rodas... – Davi desdenhou em voz baixa, esboçando um sorriso sem graça após o irmão ter falado.

– Estou sem mexer no carro desde que trocamos o som – continuou Honório. – Já faz um bom tempo. É por isso que estou pensando nas cornetas. Vai ser um presente para ele.

– Que festa chata – comentou a Hora, enquanto a conversa acontecia na mesa. –Você deveria mesmo ter ficado em casa. Eu quero dormir, mas esse barulho é insuportável!

– Eu realmente preferia ter ficado em casa, mas quis evitar confusão – respondeu Davi discretamente, fingindo que estava procurando alguém.

– Ainda tem o fato de que essa mesa é a pior de todas – continuou a deusa. – Só tem pirralho e, além de tudo, estão todos vestindo a mesma roupa alugada, parecendo pares de vasos em liquidação.

– Essa roupa não é alugada – ele continuou murmurando, virando o pescoço para qualquer lado. – É minha.

– Parabéns... Até que você não está feio.

– Linda... – Davi parou, admirando uma das convidadas que encontrou sem querer, enquanto virava o rosto. A garota estava deslumbrante em um vestido branco de festa. Os seus cabelos loiros tinham crescido, e ela os arrumou em uma trança lateral. Seus olhos verdes realçavam-se com a maquiagem, e o brilho dos seus olhos podia ser visto de longe. – Como você está linda...

– Eu sei que você não está falando comigo – disse a Hora. –

Quem está tão linda? Levante o braço, eu quero ver!

Mesmo estando meio leso pelo deslumbramento, Davi levantou discretamente o punho com o relógio e o apontou para onde a garota estava.

– Não é tão bonita assim – ela reprovou. – Muito sem graça.

– Você é louca, Hora... Essa menina é perfeita...

– E a Elissa?

– O que é que tem a Elissa?

– É a sua namorada, não é?

– Praticamente. Mas... Não, não ache que eu quero ficar com a Sâmia!

– É esse o nome dela? Sâmia?

– Sim...

– Na minha opinião, você precisa se conter. A Elissa não vai gostar se souber que você está se flertando com outra menina.

– Eu não pedi a sua opinião. Até porque, quem poderia contar à Elissa? Você? Além de mim, ninguém pode te ouvir. E pela primeira vez, estou vendo um lado bom nisso.

– Pedir que você faça a cousa certa é um sacrifício! – enfezou-se.

– Mas eu não vou fazer nada, Hora!

– Isso é o que você diz. Mas, não se esqueça, eu sou uma divindade. Quer que eu diga o que você vai fazer em exatamente quatro segundos?

– Levantar e ir falar com a Sâmia – disse ele, levantando-se da cadeira.

Ele pediu licença, mas ninguém escutou. Depois, deixou a cadeira pra trás e cruzou o salão, sem tirar Sâmia dos olhos, com muito cuidado para não a perder de vista. Porém, quando ele já tinha alcançado metade do caminho, as luzes dos principais lustres se apagaram e apenas o corredor improvisado no meio do salão estava iluminado. Por ele, quatro homens bem-vestidos apareceram, carregando com muito cuidado uma liteira de cedro. Dentro da liteira só havia uma imagem feita em gesso representando uma mulher linda, que teria cabelos longos e um sorriso doce. A estátua trajava um vestido vermelho que combinava com o batom e valorizava os brincos de zircônia.

Para fazer justiça à importância do momento, a orquestra diminuiu o volume da sinfonia que tocava. O som não estava tão reduzido, mas ainda assim se podia escutar com clareza uma famosa música que era executada em um aparelho qualquer na rua: *Você fugia do assunto, não parecia preocupado. Era a hora de gritar. Era tão inevitável, para mim estava claro, e se você me perguntasse... Eu saberia responder.*

– Essa banda é muito boa! – comentou Plínio, na mesa dos garotos.

– Sensacional! – concordou Laerte. – Sem contar que são lindas...

–Vocês estão falando das Actínias, né? – perguntou Timo. – Porque só tem mulher velha e feia nessa orquestra.

– Claro que estamos falando das Actínias – respondeu Plínio. – A Gaku é tão formidável que me tira o sono! – arrepiou-se.

– Eu estava falando da orquestra – disse Laerte. – Mas eu também sou fã das Actínias.

– O novo álbum delas está o máximo – disse Timo brincando com o canudo do seu coquetel. – Mas deve custar uma fortuna...Vou comprar um de plástico.

–Vocês gostam mesmo dessa banda? – perguntou Honório com uma oculta expressão de asco. – Têm certeza?

– Eu casaria com as três, se pudesse – suspirou Laerte. – Elas cantam, tocam lira, saxofone... E a Jude ainda faz aquela cousa com a voz, puxa...Você não gosta, Júnior?

– Tem um disco delas lá no carro...

– Uau! Você me empresta?

– Não é meu...

– De quem é? – perguntou Plínio.

– Bem... Não sei. Acho que essa semana eu já vou ter dinheiro pra comprar o meu. Depois eu empresto, certo?

– Vê se não demora muito, Júnior... – implorou Timo. – No encarte tem umas fotos inéditas...

Do outro lado do salão, próximo a uma mesa de doces finos, estava Davi, que tinha ido procurar Sâmia no meio de todos aqueles convidados.

– Não ache que eu vou fazer algo errado, Hora – disse. – Eu vou só cumprimentá-la.

– Você já fez questão de lembrar que não me deve satisfações. Pois bem, faça o que quiser.

Naquele momento, Davi estava parado ao lado de outros adolescentes. Algumas luzes tinham se apagado e a orquestra preenchia com uma bela sinfonia o salão de baile, que estava em silêncio. Metade da estátua estava para fora da liteira, para que fosse admirada. Muitos convidados acenavam emocionados e outros atiravam flores para aquela estátua, a primeira-dama de Canoas Novas, pelo seu aniversário.

– Que horas são? – perguntou uma menina, que assustou Davi puxando-o pelo pulso. Ele assistia à entrada da aniversariante no salão com a mesma atenção dos demais e foi surpreendido por aquela menininha ruiva de oito anos que não tinha relógio.

– Cadê a sua mãe?

– Ela está me esperando. Disse que vamos embora mais cedo.

– Mas está muito cedo ainda. – Ele olhou para o relógio. – São nove e quarenta e três.

– Então está bem... Ainda tenho vinte e sete minutos.

– Você quis dizer dezessete minutos, não?

– Não, são vinte e sete mesmo. Tenho certeza.

– São dezessete.

– Vinte e sete!

– Dezessete! São nove e quarenta e três!

– Quer ver? – nos dedos, ela fez a conta. – É mesmo... São dezessete.

– Está vendo?

– Obrigada... – E ela desapareceu por entre os convidados.

A passos muito curtos e demorados, para que ela fosse contemplada, os carregadores continuavam a levar a estátua até o grande palco italiano no final do salão. Chegando lá, a primeira-dama foi retirada da liteira e colocada em pé ao lado do marido, que lhe presenteou com uma coroa de botões de rosa e encerrou a coroação beijando os seus ardentes, porém frios, lábios de gesso.

– Bem, amigos... – disse o prefeito, pegando o microfone no pedestal. – Esta festa tem como objetivo celebrar o aniversário da mulher da minha vida. Primeiro, a Galateia e eu gostaríamos de agradecer a presença de todos vocês, amigos de longas datas, por estarem aqui nesta data em especial, nesta festa cujo aparelhamento está nada menos que esplêndido, fazendo com que eu me orgulhe de cada folha assinada no contrato com a empresa encarregada da organização. É um magnífico contrato, obrigado por torná-lo possível. Quando amamos alguém, e conhecemos a máquina do amor...

No meio do discurso, Davi lembrou que tinha uma pessoa para procurar. Ele levantou a cabeça, procurando pela multidão, mas praticamente toda a iluminação se concentrava no palco.

– Davi! – uma das convidadas apareceu sorrindo. Ela usava um vestido rosa, e tinha deixado soltos os cabelos loiros ondulados. Seus olhos azuis denotavam alegria, e Davi também sorriu ao ver quem era. – Há quanto tempo!

– Oi, Sabina! É, tem muito tempo...

– E aí, quais as novidades?

– Nenhuma interessante.

– Ah, conta outra... Eu soube que você está na Vila de Tholos, e eu sempre tive medo daquele lugar. Estudar lá deve ser bem diferente.

– Lá não é tão diferente assim. As diferenças são poucas, acredite.

– Puxa, Davi, eu sinto tanto por você não ter conseguido ficar no Genius Romani... Eu tentei conversar com o papai, mas ele estava muito inflexível! Essa história da Melissa mexeu muito com todos lá no colégio...

– Mas você sabe que eu não...

– Não, eu sei, eu sei! – ela interveio, não querendo ser mal interpretada. O pai de Sabina era Dedalion Autemon, o conservador diretor do colégio Genius Romani, que morava com a filha e a terceira esposa numa fazenda situada entre Estalão e Canoas Novas. A garota realmente lutou para convencê-lo a dar a Davi uma segunda chance, mas pai e filha nunca tiveram uma relação muito boa. – Juro que acredito em você.

– Pena que nem todo mundo acredite – lamentou Davi.

– Mas deixa isso pra lá. Se o diretor estava torcendo contra, se deu mal. Porque a gente vê que você está feliz, e é isso o que importa. E como está mudado, Davi! O que você fez com o cabelo? Deixou crescer?

– Não, eu só não cortei.

Sabina sorriu e abraçou o futuro cunhado, abaixando-se um pouco para compensar as duas alturas. Ele retribuiu sorrindo.

– E a *coppola*? Deixou de usar? – ela perguntou.

– Não, acabei acostumando... – respondeu sem jeito. – Só deixei em casa, é que não combina com a festa, sabe?

– É, eu sei sim... – sorriu, para deixá-lo à vontade. – Você fica uma graça de *coppola*.

– Obrigado... – O sorriso de Sabina não adiantou, e Davi corou um pouco.

– Onde está o Honório? – ela quis saber.

– Ele está naquela mesa ali – apontou. Sabia que Sabina não ia demorar a perguntar aquilo. – Pode ir até lá, ele está esperando você... Assim como eu também estou esperando você. Na família.

– Pare, David! – disse Sabina avermelhada, batendo com a carteira de mão no ombro dele. Tentava parecer caluniada, mas não conseguia esconder o sorriso. Ela então acenou e foi ao encontro de Honório.

De onde estava, Davi pôde ver o irmão corando desconcertado quando Sabina chegou. Dando a missão como cumprida, voltou a procurar Sâmia, o que não foi difícil. Ela estava logo ali, apoiada no balaústre da escada que levava ao segundo patamar, segurando uma taça com coquetel de frutas. Ele sorriu aliviado, e se aproximou.

– Boa noite – cumprimentou. – Você é a Sâmia, não é?

– Sou sim... – respondeu, tentando lembrar-se daquele rosto.

– Meu nome é Lino... David Lino, mas pode chamar do que quiser... – Arriscou um sorriso. – Você se lembra de mim? Eu estava na doceria, naquele dia em que a parede e os vidros explodiram...

– Ah, sim, eu lembro. Você estava bem impetuoso naquele dia, né?

– Não me leve a mal... – Ele procurou se justificar. Afinal, ele se lembrava do quão pouco prestativo ele se mostrou para Sâmia naquela ocasião. – É que eu estava impressionado... Não é todo dia que uma cousa daquelas acontece...

– Entendo... As paredes de hoje estão vindo com muita pólvora – ela riu.

Davi não entendeu a piada e, por alguns segundos, sequer se lembrava de que parede ela estava falando. Ele contemplou o esplendor daquela face perfeita o fitando após uma breve sessão de risos. A taça nas mãos de Sâmia emitiu um estalar. Assustada, a garota soltou a taça sem querer, e ela explodiu no ar. Por sorte não havia mais coquetel e a explosão foi sutil – mas não imperceptível.

– Você viu isso? – ela perguntou a Davi, com os olhos realçados, ainda mais lindos.

– Calma, não se assuste – disse ele sereno, abraçando-a com carinho. Visou apaziguá-la com as mãos nos seus cabelos, seguindo depois para as perfeitas maçãs do rosto. – Não deve ter sido nada de mais.

Como Davi desejou que Sâmia tivesse idade suficiente para que aquele coquetel fosse alcoólico. O susto havia passado e a menina enfim se sentiu mais segura.

A sorte estava lançada.

56

ACADEMIA
AHAYUTA ACHI

– MEU DEUS... – desesperou-se Donna. – Quem vai pagar por tudo isso?

– Não se preocupe. Eu pagarei.

– Quem é você?

– Meu nome é Ágis Alfa Queque – respondeu um homem alto e fino, trajando um sobretudo por cima de roupas predominantemente vermelhas, que não estavam muito visíveis. Ele estendeu a mão, e Donna não teve certeza se deveria apertá-la. Afinal, ele era maior e mais forte do que ela. A cara séria dele também não lhe inspirava confiança. Indiferente, ele recolheu a mão. – E este aqui é o meu irmão...

– Permita que eu me apresente, senhora – o outro se adiantou, com as vestes iguais, embora o sobretudo fosse mais claro. Ele se curvou educadamente, arriscando o topete nos cabelos pretos, e ergueu a cabeça. – Meu nome é Eurípone Anschlul Beta, ao seu dispor.

– Nós viemos pelo Shiva – acrescentou o primeiro.

Shiva, que até então estava muito preocupado atrás de algo que pudesse destruir, finalmente reconheceu aquelas vozes por trás dele. Quando se virou, expressou uma felicidade que estava abafada desde a sua chegada à Vila de Tholos, havia quase um mês. O seu sorriso foi generosamente restabelecido, e ele correu para abraçar os seus velhos conhecidos.

– Ágis! Eurípone! – seus olhos umedeceram.

– Nós ouvimos o seu chamado, Tiwas – disse Ágis sorrindo leve.

– Chamado? – perguntou Donna ainda sem conseguir entender o que significava aquilo tudo.

– O Shiva nos enviou uma mensagem ontem à noite – Ágis explicou. – Disse que nós deveríamos buscá-lo e esperamos que ele tenha dito a verdade.

– É todo seu – disse Donna. – Eu desisto.

Shiva olhou para o teto e agradeceu, muito feliz.

– Mas que indelicadeza a nossa! – condenou-se Eurípone. – Nós não nos apresentamos como deveríamos. Minha bela senhora, o meu irmão e eu somos lígios da Academia Ahayuta Achi, situada na cidade de Esparciatas, estado de Dória, onde Shiva viveu desde a sua infância.

– Lígios...? – perguntou ela tentando entender, pedindo misericórdia.

– Eu explico, bela senhora – disse Eurípone. – Lígios são vassalos diretamente ligados ao governante da Academia, para servi-lo em pequenas tarefas. Nós viemos, em nome dos diretores e dos deuses que nos regem, buscar Shiva Tiwas para que retorne aos cuidados de nossa instituição.

– Podem levar, eu já disse – repetiu Donna cansada. E retomou-se enfática. – Aqui no Parthenon não há espaço para misantropos homicidas. Além do mais, um aluno a menos não vai fazer diferença.

– Aluno... – Ágis desdenhou em voz baixa. – Que nome ridículo.

– Perdoe-me, senhor... – ela começou, mas não soube como continuar.

– Alfa Queque – ajudou o próprio.

– Perdoe-me, Sr. Alfa Queque, mas eu, como educadora, não conheço outra denominação existente para *aluno*. Aqui, nesta...

– Sálios.

– O quê? – perguntou Donna, desesperada e confusa.

– *Sálios* – repetiu Ágis. – Os nossos estudantes são chamados *sálios*. Não obstante, há sim outras denominações, a senhora que deve não estar lembrada.

– Nós gostaríamos de saber a estimativa do prejuízo – pediu Eurípone. – Nossa Academia enviará o cheque o mais breve possível. Espero que a esplêndida senhora não esteja abalada com tudo isso; as belas mulheres não têm direito de se preocupar. Reafirmo que pagaremos cada níquel. E a propósito, se a formidável senhora vice-diretora assim desejar, eu posso acompanhá-la num deleitoso passeio, para espairecer... Aceita me mostrar a sua cidade? Eu adoraria.

– Por favor, esperem-me na minha sala – disse Donna Glaia, preferindo não interpretar o convite. – O Napoleão já deve estar avaliando a quantidade de janelas e mais tarde deverá vir aqui para contar as cadeiras, enfim...

– Seu pedido é um decreto-lei, absoluta vice-diretora.

A multidão de alunos que aguardava na porta, devido ao barulho que eles mesmos geravam, acabou perdendo boa parte da conversa. Todavia, eles viam a paz que estava na sala, e já estavam preparados emocionalmente caso Shiva e os seus dois amigos resolvessem acabar com tudo ali.

Sua previsão falhou. Nada de mais aconteceu. Só o que eles viram foi Shiva caminhar, com as meias encharcadas, em direção à porta, escoltado pelos dois homens de sobretudo. A plateia se afastou quando ele chegou mais perto. Todos ainda estavam muito apreensivos, exceto Malu, que observava discreta os passos do colega. Ele também a acompanhava com os olhos. Quando os dois estavam um pouco mais próximos, ele piscou. Malu corou e sorriu encabulada, mas antes que alguém tirasse alguma conclusão precipitada, Shiva se virou para uma garota de outra sala e rosnou como um cão perigoso. A menina se assustou e gritou apavorada, enquanto ele foi descer as escadas, rindo.

.•●•.

Quase seis meses depois, mais ou menos, Seth já havia se recuperado do susto da troca de epidermes, Cecília tentava se entender com o irmão de Eric Niven, e Davi e Elissa continuavam na mesma. Era mais um daqueles sábados em que Davi não ia para Canoas Novas e ficava na casa dos Farsala, fazendo nada. Ou melhor, ele estava mais uma vez estudando o *Livro*, tentando fazer alguma associação correta e que, de preferência, não lhe custasse uma chibatada nas costas – o último castigo ainda doía um pouco. Enquanto folheava o *Livro*, ouvia o noticiário no canal Qodshou.

– *Parentes dos juízes temem novo linchamento.* – E apresentaram a próxima notícia: – *A chegada das dos ambientalistas de Eupátridas na Conchichina tem causado tumulto na cidade-estado. Os grupos filantrópicos de Esparciatas correm o risco de ter que dividir seu grande achado com as Corujas da Unificação, grupo de ação social custeado pelo governo eupatridense e que também irá explorar o ecossistema conchinês.*

– *Sabemos que eles só querem nos atrapalhar* – dizia Equos Diomedes, o austero representante do grupo de Esparciatas –, *mas nós não permi-*

tiremos retrocessos. Qualquer ameaça a nossos projetos e aos interesses do povo conchinês, nós esmagaremos que nem um trator. Só vamos ver "filantropia" dessa gente quando eles derem meia-volta, e voltarem a chafurdar no lixo imundo da sua cidade.

– A Sra. Megara Viberna, assessora da embaixada de Eupátridas – a repórter voltara ao vivo – *enviou nota descrevendo como "cômica" a reação dos esparciatanos, a quem também chamou de "uma plebe impulsiva". Por volta das dez horas de ontem, o grupo Lanças do Acondicionamento, custeado pelo governo de Esparciatas, armou uma manifestação na porta de sua embaixada. Eles seguiram em passeata até a sede do governo conchinês, onde ficaram até o final do dia.*

– Bando de encrenqueiros... – disse Davi para si mesmo, com o *Livro* no colo. Apanhou o controle remoto e mudou de canal, sintonizando desta vez no Musik, que exibia a *Sala de Star,* com Eco Glothes. Tudo bem que ele não ia prestar atenção no programa, mas a trilha de fundo para o seu estudo poderia ser outro que não um jornal.

A apresentadora do programa *Sala de Star* tinha os olhos enfatizados por sombra e usava um grande par de fones de ouvido, que não era bem escondido pelas volumosas madeixas loiras. No ar, ela estava debatendo com um especialista sobre como as pessoas poderiam cuidar melhor dos seus discos, citando alguns cuidados essenciais para manter uma boa conservação do vinil.

Aquilo era bem menos interessante do que a tensão instalada na Conchichina. Davi resolveu voltar ao noticiário, para variar. Aqueles encrenqueiros pareciam ser melhor entretenimento do que as aulas de como limpar discos. Voltou ao canal Qodshou.

– Cientistas políticos dizem que o que realmente desagrada os esparciatanos é o fim do monopólio na extração de riquezas da Conchichina, que nos últimos anos tem sido tão rentável para Esparciatas. Mesmo com tanto barulho, as Corujas de Eupátridas já se instalaram na cidade-estado, e sua nova sede fica a poucos metros da embaixada esparciatana...

– Aqueles encrenqueiros... – disse Davi pensativo, para si mesmo. – *Em Esparciatas, aprendemos a gostar de cousas como lutas... artes marciais...* Um estrago indiscutível... Isso!

Davi deixou tudo na cama, apanhou a mochila vazia e correu até o quintal para pegar o seu bivolante. Ele estava a caminho do Corrermes.

.•••.

– Não, ele não está – informou a funcionária. Era uma moça ruiva ligeiramente mais velha, acima do peso, que fora designada para passar algumas instruções ao novo atendente sentado ao seu lado, um jovem de cabelo espetado, com síndrome de Down e que trazia o rosto de Hera, sua deusa de devoção, tatuado na panturrilha. A moça estava em pé, e tinha ido ao atendente justamente para lhe participar sobre o assunto; mas já que Davi estava ali pela mesma informação, aproveitou para dizer a ambos: – O Sr. Hermes, Sua Divindade das Comunicações, está em missão pessoal. Ele mandou informar que está a serviço da humanidade, testando o caráter dos cidadãos transeuntes.

– Está atrás de dinheiro pra comprar Vergo, mas tudo bem – disse Davi. – Eu já imaginava que ele não estivesse, por isso eu vim aqui também pra escrever uma mensagem. Posso?

O Corrermes estava menos movimentado do que na última vez em que Davi esteve lá. Mesmo assim, havia gente circulando, e a gritaria de sempre. Boa parte de toda a agitação partia de Maio, o penate que cuidava do estabelecimento na falta do seu patrão.

– Claro – o próprio atendente fez questão de responder. – Se o senhor precisar de pena e pergaminho, basta utilizar os que disponibilizamos nas salas reservadas. Para mensagens mais curtas, sugerimos que utilize papiro.

– Andem logo com isso! – Ouvia-se a voz de Maio ao fundo. – Eu preciso voltar à minha sala! Eu não tenho o dia todo! E esses pacotes? O que eles estão fazendo parados? Vocês não esperam que eles saiam voando até os seus destinatários, não é? Ainda não temos esse tipo de serviço! Ou então vocês estão esperando que eu vá carregá-los? Se vocês não perceberam, *eu não tenho braços!*

– É, acho que vou precisar – respondeu Davi. – Mas antes, eu preciso da sua ajuda. Ou melhor: da de vocês dois – olhou para a moça. – Ou de quantos forem necessários.

– Pois não – ambos responderam, já preocupados com o que iriam ouvir.

– Acho que vocês vão entender, e é muito importante...

– Onde estão os selos que encomendamos? *Onde estão os selos?* Como um correio pode funcionar sem selos? É impossível! Vocês querem destruir este estabelecimento! Vocês só podem estar querendo me arruinar! Pois saibam que se eu for à ruína, eu levarei todos vocês comigo! Eu quero notícias desses selos, agora! Não me forcem a me jogar deste pedestal! – Maio se agitava na superfície do pedestal, indo para frente e para trás, o que era um perigo, enquanto esvoaçavam fagulhas de gesso da sua cara nervosa. Ele continuava reclamando atenção, batendo-se na superfície.

.•●•.

– Eu soube que você queria falar comigo – disse Hermes horas depois, no quarto de Davi. – Não tem muito tempo que eu cheguei da rua...

– Faz pouco tempo que eu cheguei também – disse Davi jogando a *coppola* na cama e sentando-se logo depois junto com o peso da mochila. – São quase cinco horas da tarde, Hermes. Não é hora para correr atrás de bebida.

– O Vergo não é alcoólico!

– Eu sei, mas faz efeitos em divindades como *você*.

– Você não me chamou aqui para me falar sobre os males do Vergo, chamou? – perguntou Hermes desconfiado.

– Olhando por esse lado... Não.

– Já que não, pronuncie-se! Diga o que quer dizer!

– Não é nada de mais. Pelo contrário, é algo simples. Eu quero que você me leve até Esparciatas.

– Mas eu não posso ir até Esparciatas! Eu já passei a tarde toda fora do trabalho, preciso comparecer pelo menos por esse final de turno! Aliás, seja rápido, porque Maio e os outros já devem estar dando por minha falta, e eu não avisei que vinha aqui. E também... Escuta aqui, o que quer em Esparciatas?

– Você não sabe? Não é um deus?

– Eu não sou onisciente, filho. Se você não me contar, vai ficar difícil. Muito difícil mesmo.

– Se você não puder ir, não se preocupe. Eu vou sozinho.

– Você está louco se acha que eu vou levá-lo até aquela cidade distante, sozinho, assim de repente – ele riu um pouco, sem saber por quê.

– Eu sei que você vai me ajudar, Hermes. Vamos ser objetivos.

– Infelizmente, não dá *mesmo*... Sozinho você não vai. E eu não posso te acompanhar assim, sem me programar. Você sabe que eu gosto muito de você, Pseudônimo, e não negaria um pedido tão simples se estivéssemos em condições normais. Mas, como não estamos...

– Agora você disse tudo. Não estamos mesmo em condições normais – levantou-se da cama e abriu a mochila. Dentro dela estava Maio, com uma fita adesiva lhe tapando a boca.

Maio estava em pânico. Agitava-se histérico, principalmente após ver que havia luz, e os seus olhos brancos moviam-se arregalados. A agitação e o calor da mochila de Davi tinham feito o deus suar muito. Hermes ficou atônito ao ver que o seu penate fora raptado; uma expressão inquieta tomou conta do seu rosto, e ele estava muito aflito com o que pudesse vir a acontecer.

–Vai me ajudar ou não vai?

– Por favor... Pseudônimo, piedade... O Maio não tem... Coitado do...

– É só você me levar até Esparciatas!

– Mas eu não posso!

– Pode sim! Depois de duas, três horas você me faz voltar!

– Não, eu não posso. É muito perigoso!

– Perigoso? – Davi inclinou a sua mochila aberta um pouco para baixo. Se ele continuasse, o penate cairia no chão e se partiria em pedaços.

– Não, tudo bem. Eu levo!

– Desculpe-me, Hermes, mas eu sabia que você não iria aceitar quando eu pedisse. Mas, é que você não entende... Eu preciso ir até lá. Até o anoitecer você me traz de volta, tudo bem?

– Tudo bem, eu levo. Devolva-me o penate...

– E você vai fazer o que eu pedi?

–Vou, pode confiar.

– Quem me garante?

– Eu vou!

– Quem me garante?

Hermes levou a mão direita ao peito, e o seu nervosismo se via não apenas no tremor das mãos, mas também nas asas do capacete e dos calçados, todas estavam mais agitadas.

– Eu levo, levo sim! Juro pelo rio Estige!

– Então tá – Davi entregou o busto a Hermes, que o abraçou com vontade. – Agora, cumpra a sua parte.

–Você por acaso sabe pra onde quer ir, em Esparciatas?

– Não importa. Lá eu me viro – disse, enquanto pegava algumas cousas em cima da estante e depositava na mochila.

–Vou fazer o que está pedindo, mas a sua viagem não durará muito, está ouvindo?

Quando Davi chegou mais perto de Hermes, uma das mãos do deus foi estendida sobre a sua cabeça. Dos seus lados, o ambiente mudava de cor pausadamente, algo entre o preto e o prateado, alternando-se com o quarto. A imagem de Hermes estava quase desaparecendo, e ele também.

– Eu fico com isso – disse Davi tomando Maio das mãos de Hermes e guardando-o novamente na mochila.

.•••.

O lugar em que ele caiu era tão estranho que não dava para saber se estava mesmo em Esparciatas. Quando se levantou, tratou de limpar as folhas secas da bermuda. Estava numa floresta, com árvores altas e plantas robustas que infestavam todo o campo de vista.

Se a cidade fosse uma floresta asquerosa, então Davi poderia agradecer aos céus por ter chegado tão rápido, mas com certeza ali não era onde ele queria estar. Davi começou a abrir caminho por entre arbustos, mas na verdade ele não fazia ideia de para onde ele estava indo. Era desagradável o barulho das folhas secas sendo pisadas, lesmas sendo esmagadas e grilos cantando uns contra os outros.

O tempo ia passando e Davi continuava andando, pisando neste ou naquele caramujo. Ele estava prestes a completar uma hora inteira percorrendo aquele escuro sem-fim de plantas.

Contudo, Davi teve uma estranha impressão de que não estava sozinho. Ele sentiu algo o observando. Mas não quis esperar para ver quem era e acelerou os passos. As suas pernas estavam começando a doer, mas ele tinha que as manter disponíveis para qualquer eventualidade. Davi andava rápido, tentava despistar tomando caminhos que ele julgou imprevisíveis, mas aquela sensação não passava. Às vezes, ele se virava para procurar alguém, mas não encontrava nada além de folhas, morcegos, pernilongos e árvores caídas no chão. Mas tinha que ter alguém ali, não era normal ele ter tais pressentimentos!

Conforme ele corria, a tarde ia cedendo. Quando olhou para o céu e percebeu que não tinha muito tempo até a escuridão se oficializar, o que era impressão ia se tornando certeza. Do seu lado, alguns arbustos próximos tremeram.

– Faça alguma cousa! – pediu ao relógio.

– Não posso fazer nada! – disse a Hora. – Saiba que eu não posso mudar o tempo sempre que você quer. Nós já fizemos isso duas vezes,

Lino Yang. Você vai ter que sair dessa sem a minha ajuda.

Nem havia motivos para brigar com o relógio, pois a Hora estava certa. Davi precisava fazer alguma cousa e de preferência algo que fosse rápido e infalível.

Entretanto, mesmo a melhor das ideias precisa de tempo para ser pensada. E Davi não tinha tempo algum. Arbustos tremeram, e ele viu duas luzes saindo de um deles, que não demoraram até se revelarem de uma vez. Era algo simples, porém desesperador – era um hediondo lobo negro.

O animal rosnava e se mostrava irritado, por fome ou talvez por raiva mesmo. Soltou três latidos apavorantes, e Davi recuou, mas os seus passos foram repetidos pelo canino. Como não havia outra opção, ele continuou recuando, sem olhar para onde estava indo.

Por mais que ele recuasse, o lobo o seguia, revelando os dentes pontiagudos e embebidos a cada passo que dava. Vendo que ficar parado ali não era o mais saudável, Davi disparou correndo. Sem olhar para trás, ele afastava com violência as folhas e os galhos que encontrava à sua frente. E de fato ele nem precisava se virar, porque os latidos do lobo informavam com clareza as coordenadas da perseguição.

Não havendo mais fôlego, ele tentou se esconder atrás de uma árvore grande, mas o lobo estava tão próximo que era bobagem tentar. Se pudesse, certamente o canino riria daquilo tudo.

Com os olhos banhados de satisfação, o animal passeava por volta do tronco da árvore, com Davi indo sempre na direção contrária. Era incrível como o lobo parecia ter todo o resto do dia disponível para continuar com a caça.

– Pense, Lino, pense... – Ele abriu a mochila, tateando desesperado à procura de algo que o pudesse ajudá-lo a se livrar daquela besta. Mas o que seria mais eficaz? Uma caneta, não... Maio, não... O bilhete que Elissa lhe deu, não... O isqueiro... – Isso!

Ele arrancou um galho mais fino da árvore, acendeu o isqueiro dourado e queimou algumas folhas, e o fogo se alastrou sem pressa. Quando as chamas começaram a crepitar com maior intensidade, ele parou de andar em círculos, apontou o galho para o lobo e agitou o braço, fazendo com que as folhas mais danificadas caíssem.

Ser queimado por um galho não estava nos planos do animal, então ele recuou e fugiu em carreira. Aliviado, Davi jogou o galho em chamas no chão e pisou para apagar o fogo. Depois, apoiou-se na árvore que lhe cedeu o galho, e tentou respirar mais tranquilo.

Mas aquela sensação estranha não tinha passado. Mesmo com a saída do lobo, Davi sentiu que não tinham parado de vigiá-lo. E subitamente, algo pulou de uma árvore para aquela em que Davi estava apoiado. Parecia que havia um par de olhos invisíveis percorrendo todo aquele espaço, e ele não sabia dizer exatamente o que aquilo era.

A dúvida não durou muito tempo. Algo despencou da árvore e caiu bem ao lado de Davi, que gritou de susto e pulou para trás antes que a criatura se levantasse.

Com a cara enterrada no chão, o esqueleto de pouco mais de um metro fez força para se levantar. Limpou a terra que restava nos ossos e deu um pequeno salto para provar que não tinha sofrido nenhum dano. Em uma de suas mãos ele carregava uma faca de quartzo, a qual ele balançava com satisfação. Como era só um esqueleto, não tinha olhos, cabelo nem pele alguns. Só o que se via eram os seus dentes enormes, numa expressão de quem está sempre sorrindo. No topo do crânio, ele consertava um chapéu pentagonal rígido, de cores vermelha e dourada. Era a única peça que ele apresentava, além do colar de olhos azuis que ele girava com um dos dedos.

Davi nunca tinha visto uma cousa daquelas. Ambos se encararam por alguns segundos, e o silêncio foi interrompido quando o conjunto de ossos soltou um grito rouco e fino. Davi gritou também, de susto. Já que a criatura tinha uma faca e um grito nada confiáveis, estar perto dela não despertava nenhum interesse por parte do garoto, que não pensou duas vezes antes de voltar a correr.

Foi seguido novamente. Ainda gritando e erguendo a faca no céu, o esqueleto corria, fazendo um barulho insuportável. Mesmo depois de ter percorrido quase a metade daquela floresta fugindo de um lobo, Davi não conhecia nenhum local seguro que fosse próximo, ou que ao menos existisse. O jeito era desbravar tudo aquilo novamente.

Felizmente, ele avistou ao longe algo que parecia um palácio, um feudo... Era um lugar fortificado e imenso, mas que ele não saberia nomear, e nem se importava com nomes. O que ele queria e necessitava urgentemente era chegar até aquilo e pedir ajuda.

– Eu ainda tenho uma hora... – Olhou para o relógio angustiado. – Mas não sei se vou durar tanto tempo...

O esqueleto parecia estar se divertindo muito com aquela correria. Não só pelo seu sorriso macabro, mas também pelas gargalhadas e tossidas que dava enquanto corria. Enquanto aquela cousa agitava a faca ainda mais, Davi encontrou a saída da floresta, dentro da pouca claridade que o fim de tarde proporcionava. O problema foi que a primeira saída que ele encontrou, era uma ribanceira. E não era das menores.

A cousa já estava se aproximando – e parou um pouco, para controlar as gargalhadas que teve ao ver que a caça estava encurralada. Davi olhou para baixo, pensando no estrago que a queda lhe causaria. Seria melhor do que ser esfaqueado, talvez... Sem contar que se ele sobrevivesse à descida, estaria mais próximo daquele sítio fortificado. Mas... Tinha que haver alguma cousa ali que pudesse ajudá-lo. E ele procurou, olhando para todos os cantos possíveis, até que percebeu que estava ao lado de uma macieira.

Os frutos daquela árvore chamavam bastante atenção, mesmo para alguém que estava com a vida correndo sério risco. Davi notou que as maçãs não eram vermelhas, nem verdes, tampouco marrons de podres. Elas brilhavam, emanando uma luz tranquilizante. Eram maçãs douradas e estavam em abundância na macieira. Desesperado, ele arrancou uma das maçãs – que por ser metalizada, deveria ser bem dura – e a lançou contra o esqueleto, que estava preparado, e com força rebateu a fruta com o outro lado da faca. A maçã voltou contra Davi, que pulou para apará-la, mas o golpe foi certeiro e o atingiu no ventre. Não doeu tanto, mas foi o suficiente para fazê-lo cair da ribanceira.

Cair de costas e sair quebrando pequenos galhos com a cabeça foi seguramente a melhor cousa que aconteceu a Davi desde que ele chegara naquele lugar. Tudo bem que as suas costas estavam presenciando um momento de dor inesquecível, mas pelo menos ele não havia sido tocado por nenhuma faca. E por falar nisso, a criatura da faca, lá de cima, esperneava-se revoltada, ora batendo na macieira com a faca, ora pulando em círculos.

Inconformada, ela resolveu seguir Davi, jogando-se na ribanceira também. Como ele estava de costas, pôde ver a criatura lançando-se na sua direção, escorregando sentada e afastando as folhas ao seu lado, para ganhar mais velocidade. Entretanto, escorregar em uma ribanceira não é o mesmo que o fazer em um tobogã, e o esqueleto não estava preparado para pequenos obstáculos, como raízes emergentes de árvores de grande porte. Na primeira raiz que o seu frágil corpo encontrou pelo caminho, o choque foi inevitável e fatal – voaram ossos por todos os lados, e estes caíram e continuaram escorregando; desta vez sem representar nenhum perigo.

Quando terminou a descida, Davi quis ficar certo tempo deitado no chão, para recuperar um pouco da falta de dor nas costas que ele apresentava minutos atrás. Vendo que isso não ajudaria muito, com muita dificuldade levantou-se e fez um tremendo esforço para caminhar até aquele feudo. Ao seu lado, uma velha placa informava que ele estava na Planície do Valhala, território de Esparciatas.

.•●•.

Quando conseguiu alcançar o portão, Davi nunca tinha se sentido tão feliz. Não só por ter conseguido escapar daquelas duas ameaças à sua vida, como também por ter finalmente chegado onde queria. Ele estava parado em frente a um gigantesco portão de ferro, sobre o qual estava escrito o nome do lugar. Era a Academia Ahayuta Achi.

As portas se abriram, mas não porque sabiam que ele estava lá, esperando que fossem abertas. Duas carroças, puxadas por cavalos brancos, fizeram o maravilhoso favor de poupar a Davi o trabalho de ter que chamar alguém para abrir o portão, cousa que ele não tinha ideia de como fazer. Os cavaleiros nem notaram a presença de outra pessoa ao lado deles, e saíram em direção à floresta, talvez para caçar alguma cousa. *Tomara que seja um lobo*, Davi pensou.

Aproveitando-se do tempo que as portas estavam durando abertas, ele entrou na Academia, procurando alguém para auxiliá-lo. Abordou um dos transeuntes que andava despreocupado.

– Com licença... Você pode me ajudar? Eu preciso falar com um dos alunos daqui...

– Alunos? Aqui não tem ninguém com esse nome.

– Você mora aqui? – Davi perguntou desconfiado.

– Acabei de me mudar. Mas o meu irmão mora aqui desde que nasceu.

– Então me diz... Quem estuda aqui é chamado de quê?

– Entendi... Você queria dizer *sálio*. Com quem você quer falar? Quero dizer... Antes disso... Quem é você e de onde veio? Pelo jeito, você é que não é daqui.

.•●•.

– Lino?! – exclamou Shiva, que estava em frente à porta do seu quarto quando Davi o encontrou no corredor. – É você mesmo?

– Sim, Shiva... – Apoiou-se na parede tentando disfarçar a gritante exaustão. – Como vai?

– Eu estou bem, mas... Não consigo acreditar que você está aqui!

– Nem me fale.

– Calma aí, isso... É fantástico! – Shiva sorria incrédulo. – Não me diga que você também foi transferido? O que você fez?

– Não, eu não fiz nada, Shiva. Ainda não sou igual a você.

– Vamos, entre... Você deve estar exausto!

– É que... nós precisamos conversar.

– Não quer entrar? Então tudo bem. Se você quiser, eu posso te levar pra conhecer a Academia, enquanto isso você fala o que quer me falar. Vamos?

– Tudo bem.

Shiva estava trajando uma panóplia, que era uma armadura completa e um dos uniformes essenciais da Academia, usados em atividades que exigissem uma indumentária mais resistente. Como já estava sem o elmo, ele só fez retirar o peitoral de bronze e deixar em qualquer canto do seu quarto, ficando apenas com a roupa de algodão, e as grevas de latão protegendo as canelas. Depois, fechou a porta e assim puderam sair.

– Cara, eu passei meses tentando falar com você... Dia desses, eu podia jurar que senti você pedindo ajuda, como se estivesse em apuros! Tentei conseguir o seu telefone, mas foi inútil, nem consegui permissão pra te visitar em Tholos!

– Conheço essa sensação – disse Davi tentando não se lembrar daquele dia.

– Você recebeu a minha carta?

– A que você deixou na parte mais oeste? Recebi sim... Como você sabia que eu ia parar naquela sala?

– Sei lá – respondeu Shiva, e não sabia mesmo. – Eu no começo achava que toda aquela história de herdeiros não passava de boato, mas com o tempo eu comecei a juntar as informações que fui encontrando... E aí muita cousa foi se tornando fato. Tudo o que eu fiz foi ligar tudo isso a você, mas foi só uma jogada de intuição.

– Então devo elogiar sua pesquisa, cara... – A intuição também merecia elogios, mas Davi não comentou sobre isso.

– Obrigado, Lino – sorriu. – Ainda mais sabendo que a prefeitura e a direção do Parthenon escondem a maior parte dos documentos!

Eles fazem de tudo pra que a população não tenha acesso a esse tipo de informação. Parece que existe um medo de que isso interfira nas buscas pelos herdeiros, ou por possíveis herdeiros, sei lá... Medo de alguma cousa eles têm.

– Isso atrapalharia muito – confessou Davi agradecendo à prefeitura e ao Parthenon pela ajuda involuntária. – Eu também não acreditava nesses boatos; na verdade nunca me interessei por eles, mas o que é a vida senão uma eterna inversão de circunstâncias?

Shiva riu um pouco, ainda feliz pela visita.

– Que bom que você está legal, cara – disse. – Desde que voltei eu estava economizando dinheiro para ir te fazer uma visita, mas agora você está aqui e isso é muito melhor!

– Não acredito que você tenha passado tanto tempo juntando dinheiro só pra ir me visitar – questionou Davi. – Quer dizer, é uma cidade bem grande...

– O que você quer dizer? – perguntou, disfarçando o quanto podia.

– A Malu, Shiva.

– O que é que tem? – animou-se. – Ela falou de mim?

– Não, não – Davi ficou feliz por ter acertado na dedução. – Ela não sabe que eu estou aqui, mas se soubesse que eu viria, te mandaria um abraço.

– Esquece isso... – Shiva não escondia o desânimo. – A Malu pode até vir a gostar um pouco de mim, se eu fizer algum esforço, mas... ela gosta de outro cara.

– Não, ela já terminou com aquele namorado de Ágios.

– Mas eu não estou falando dele.

– Então de quem?

– Esquece, Lino... esquece. Então... E no geral, como vão as cousas no Parthenon?

– As pessoas nem comentam mais sobre você... Elas já devem ter esquecido aquela confusão que você causou.

– Ainda bem... Mas eu não me arrependo daquilo. Tá certo que não foi da melhor maneira possível, mas... eu consegui o que queria, não?

– Depois daquele soco, seria mesmo recomendável que você sumisse da cidade...

Shiva riu envergonhado e procurou mudar de assunto.

– Por que você está parecendo tão cansado? E quando eu te

conheci você não andava tão sujo... – brincou, mas estava preocupado. – Não está machucado, está?

– Acontece que eu tive que fugir de um esqueleto desgraçado que me perseguiu sem motivo algum. Sem falar no lobo, que veio antes dele. Essa floresta é um inferno!

– Puxa, Lino... Você encontrou um mauí! Cara, eles enchem o saco! Ele tinha um chapéu longo e era bem pequeno, né?

– Ah, era – lembrou Davi, misturando exaustão e raiva. – Aquele corpo sem carne ainda tinha uma faca na mão! Eu nunca corri tanto em toda a minha vida!

– Bom, os mauís são diabinhos atentados que vivem naquela floresta e geralmente são inofensivos, mas com uma faca nas mãos, fica difícil te dizer...

– Nunca pensei que fosse encontrar um desses fora de Tholos... E como se não bastasse, vocês também têm lobos aqui! Não precisam de mais nada!

– Pelo menos você saiu intacto – aliviou-se Shiva.

– Sorte minha vocês cultivarem essas maçãs douradas; quando eu vi aquela macieira, senti uma esperança tão forte! Não sei te explicar a sensação, mas parecia que todos os meus problemas estavam escritos a lápis numa folha branca, e que até esfregando com meu polegar eu poderia apagá-los...

– Mas nós não cultivamos maçãs nessa floresta! – contestou Shiva, estranhando. – E se cultivássemos, começaríamos pelas vermelhas...

– Então como você me explica aquela macieira? – rebateu. – Eu vi. Fica perto de uma ribanceira, que tem vista para a Academia. Eu já passei por poucas e boas depois de ter visto aquele maldito marco de crisólito em Tholos: minha família inteira diz que não viu, e no final a placa existia tanto que acabou me trazendo para o Parthenon. Todo mundo estava errado, então. Dessa vez eu não volto atrás, eu vi a macieira e portanto ela existe!

– Lino, calma – Shiva tentou apaziguar. – Eu não estou dizendo que você é doido. Pelo contrário. Segundo uma das lendas dessa região, a macieira de metal nobre aparece na floresta Lacedemônia para amparar as necessidades dos bem-aventurados, ou dos crápulas, desde que assim exija o equilíbrio da experiência da vida. Se você viu a árvore, eu acredito em você, e vou além: ela apareceu pra você, um bem-aventurado, pois os deuses das redondezas se solidarizaram com a sua situação de apuros. Sabe, é que eu ouço essas lendas desde pequeno e não levava fé. Mas agora acredito, certo?

– Obrigado – disse em voz baixa, mas sincero.

– Eu só não sei como você conseguiu entrar aqui.

– Logo quando eu cheguei, estavam saindo dois cavaleiros, então eu aproveitei que o portão estava aberto, e entrei.

– Entendo... é que os amogálvares, como os dois que você viu, estão participando de incursões nas zonas de conflito; alguns de nossos sálios estão sendo mantidos como prisioneiros em Eupátridas e ainda não conseguimos resgatá-los. Mas quando não estão fazendo nada, esses cavaleiros gostam muito de capturar mauís... Nós fazemos uma sopa muito boa com os ossos.

– A julgar pelas últimas notícias nos jornais, devo supor que vocês e os eupatridenses não mantêm uma boa relação, não é?

– Não sei de que jornais você está falando, mas se a manchete foi essa que você disse, é verdade. Nós não mantemos uma boa relação.

– No caminho eu notei que a fronteira de Esparciatas com Eupátridas fica bem perto daqui – disse Davi.

– Fica. E bem perto de nós está o Educandário Panatenaico, que são nossos inimigos naturais... Foram eles que sequestraram nossos amigos e ainda nem entraram em contato para fazer as exigências estúpidas deles. Eles vão exigir sementes de capim, imagino. Ou novas carroças para as mães deles puxarem. Isso nós podemos fornecer.

Davi ria do tom de Shiva, que explicou:

– De vez em quando, os sálios e os alunos se encontram na floresta e, ao menor vacilo, nós travamos uma batalha. Numa dessas, eles levaram três dos nossos. E nós levamos três dos deles, mas ninguém deu por falta daqueles inúteis... Aliás, eu tenho impressão de que a família da Karin, sua colega, tem alguma relação com os alunos.

Os alunos a que Shiva se referia eram os pupilos do Educandário Panatenaico, que não tinham uma denominação específica como os da Academia.

– Por que você acha isso, Shiva?

– Porque ela diz ter estudado no Colina do Areópago, o que não me parece possível, já que esse colégio não existe há mais de quinze anos. E hoje, o prédio é propriedade do mesmo grupo que comanda o Educandário Panatenaico. Eu sei que a família da Karin tem negócios na Vila de Tholos, mas não é sempre que eles ficam lá.

–Você está dizendo que a Karin tem ligação com o Panatenaico?

– Acho que tenho certeza.

–Você não está com a cabeça envenenada por causa das cousas que ela te disse naquele dia, está?

– Aquela menina é uma farsa, Lino, independente de eu gostar dela ou não. Ela deve estar no Parthenon porque recebeu o convite, mas eu não sei como se deu isso, e nem me interesso em saber. Mas aquele olhar esnobe... Eu sabia que só poderia vir de uma eupatridense. E um de nossos reféns já foi casado com a mãe dela. Sabe o que é inacreditável? Quando sobrevivem aos nossos cativeiros, esses caras já saem com um projeto de autobiografia todo esquematizado. É incrível como eles acham as próprias vidas interessantes a esse ponto. E nem adianta torcer contra, se nenhuma editora aceita, eles acabam publicando por conta própria. Eu me pergunto se alguém lê.

– Eu sei que a mãe da Karin é dona de uma editora...

– Na mosca. Os rolos de papel higiênico que ela publica saem de uma gráfica do Panatenaico. Se a Karin não tem relação com os alunos, palmas para o Destino... Tantas coincidências, sem um elo que as ligue à Karin, seria um trabalho de deus.

– É, você me convenceu.

Àquele momento, os dois já estavam do lado de fora, onde o chão era todo coberto por terra, e uns poucos transeuntes circulavam. A área disponível era espaçosa e bem aproveitada, com casas modestas de tijolo cru, algumas construídas há séculos. Todos ali pareciam ser bem calmos, embora era sabido que eles guardavam gênios perigosos, se fossem apoquentados. O próprio Shiva era um exemplo disso.

Davi estava pensando em Karin e na sua provável relação com os Eupatridenses; perguntou-se por que a colega mantinha aquilo em segredo. Se bem que, ele reconhecia, a garota não era de muita conversa. Só com Eric Rhodes ela parecia ter construído uma amizade; talvez para ele Karin tenha falado sobre suas origens.

– O que é aquilo? – perguntou Davi quando algo lhe chamou atenção. Apontou para um grupo de pessoas num campo de terra, divididos em dois grupos. Estavam correndo, batendo uns nos outros, chutando costelas, pisando em estômagos, tudo para ter a posse de uma velha bola de trapos.

– É futebol – respondeu Shiva.

– Isso? – espantou-se. – Eu não sabia que era assim.

– É, foi trazido pra cá por Eurístenes e Procles, os Mavórcios, mestres criadores da Academia. E de lá pra cá, nada mudou. É bem tradicional.

– Agora! Vão para os seus quartos! Não vou tolerar nenhum de vocês cabulando aula outra vez. A partir de hoje, vou passar a punir todos! E desta vez eu falo sério! – gritava uma mulher também de armadura, que era mais leve, pois não estava em uma atividade que exigisse muito esforço. Paciência sim, mas não esforço. Estava gritando com um grupo de garotos que dissecavam uma ratazana sobre um barril de Vergo. Eles riam erguendo parte do intestino do animal com uma pinça, e apontando em direção à mulher, que berrou assustada e saiu dali murmurando algumas ameaças.

Os garotos que estavam próximos ao barril tinham acabado de notar a presença de uma pessoa nova. Recolheram a ratazana e guardaram no bolso de um deles. Todos estavam vestindo túnicas grossas amarradas na cintura por cordas de sisal. Tinham quase a mesma altura, rostos rosados e sujos e eram bem encorpados. Aparentavam não ter mais que dezoito anos e o que mais os diferenciava eram os cabelos e as cores dos olhos.

– Amigo novo, Shiva? – perguntou um, com um topete ruivo cheio de pomada, que estava com a pinça na mão direcionada aos dois garotos.

Um pedaço do intestino, que fora arrancado com a pinça, foi balançado como um pêndulo na frente de Davi. Depois de tudo o que havia passado naquele dia, o garoto não tinha disposição nem para ter nojo daquilo. A fadiga estava começando a piorar as dores que ele sentia em todo o corpo, por causa das desventuras de minutos atrás.

– Ele foi meu colega no Parthenon – respondeu Shiva.

– Que bom... E ele vai ficar aqui?

– Dá pra tirar essa cousa da minha frente? – Davi afastou o braço do rapaz da sua frente, fazendo com que o pedaço de intestino se soltasse da pinça. – Outra hora nós continuamos com a sua brincadeira de autópsia. Agora não.

– Que moleque atrevido! – espantou-se o rapaz guardando a pinça no bolso, sem tirar os olhos de Davi.

– Deixe-o em paz, Fobos – Shiva se precipitou na frente do rapaz.

– Fobos? É esse o seu nome? – perguntou Davi, empurrando o amigo e ficando de frente para o rapaz, que era sensivelmente maior do que ele.

– Fobos Terravaropor – respondeu o próprio.

– Horrível – disse pouco antes de sentir uma pontada nas costas, que voltaram a doer.

Os amigos do rapaz deram risadas abafadas, que não deveriam agradar ao seu amigo.

– Sim, é dos nossos – Fobos concluiu sorrindo educado e estendendo a mão. – Talvez valha até menos. Como é o seu nome, moleque?

– David Lino.

– Como se fosse um grande nome...

– Esse cara é gente boa, Fobos – disse Shiva. – Eu já falei dele pra vocês, lembram? Ele é o melhor amigo que eu fiz no Parthenon e em toda Aqueia.

Davi sorriu e apertou Shiva contra si com um dos braços. Shiva reclamou um pouco da força empregada, mas entendeu a intenção e retribuiu o sorriso.

– Aproximem-se! – Fobos pediu aos seus amigos, que obedeceram. O primeiro a vir era loiro e com os olhos tão verdes quanto os do moreno que o seguiu. O outro moreno, que veio em terceiro, diferenciava-se dos demais por ter uma curiosa cicatriz no rosto. Por ordem de chegada, eles foram apresentados. – Esse aqui é o meu irmão, Deimos Penatos. Os outros dois são o Sarosh Kaspar, e o mais novo da turma, John Jay Smith, cujo avô, aliás, é o único alóctone já aceito pela Academia.

– Vovô pediu asilo político – orgulhou-se John.

– Depois dele, nunca mais aceitaram outro – brincou Deimos. – Primeiro e último!

– Devem ter se arrependido – completou Fobos. E continuou:

– Nós somos os Goliardos. Na filosofia do nosso grupo, o que realmente importa é que você não é obrigado a fazer nada – por enquanto, a filosofia deles se resumia a essa breve sinopse. – É claro que gostamos de batalhar, e não faltamos tanto aos treinamentos mais legais, como o *Blitzkrieg*. Mas bobagens como o Quadrívio são totalmente descartáveis.

O Quadrívio mencionado por Fobos era o conjunto de disciplinas que eram julgadas essenciais pela Academia. Ele era formado por Aritmética, Astronomia, Música e Geometria. Eram ensinadas no interior do Areocentro, o templo em que eram ministradas as aulas.

– O que é *Blitzkrieg*? – Davi murmurou a Shiva.

– É uma guerra-relâmpago simulada, mas nem parece, porque é muito real. Fique mais uns dias, que você poderá ver! Na próxima terça, meu aniversário, a bebida sai de graça pra um convidado meu, lá naquela taverna – apontou para o lugar –. Eu posso te escolher, se você ficar.

– Quando você vai embora, David Lino? – perguntou Fobos.

– Em pouco tempo – respondeu. – Pra falar a verdade, menos de uma hora...

– Puxa, que rápido – espantou-se Deimos. –Você não quer ficar mais um pouco?

– Talvez, quem sabe, você queira se mudar – sugeriu Sarosh Kaspar.

– Não posso mesmo, cara. Sem chances.

–Você ainda não me disse o que queria dizer – Shiva lembrou.

– Vamos deixar vocês dois conversarem. Temos negócios fora daqui – disse Fobos levando os amigos para longe.

– Esses aí... Não vão crescer nunca – comentou Shiva enquanto os rapazes saíam. Ele levou Davi até um local que estava menos movimentado. Ficaram à sombra da grandiosa estátua de Marte, deus cultuado na Academia. O monumento, menor que o Zeus do Parthenon, era feito de prata.

– Em que séries eles estão?

– No nível quatro. Já podem servir nas guerras maiores. Eu ainda estou no nível dois, mas pelo menos não fico mais o tempo todo em aulas teóricas, ouvindo um professor empurrando na minha cabeça algo que pode muito bem ser uma grande mentira. Nas guerras, eu vou poder fazer a minha própria verdade, Lino. Nem que ela signifique lutar contra uma verdade maior. Nos treinamentos que faço agora, os mestres só exigem de mim fidelidade, obediência e resultado. Do resto que eles ensinam, tenho plena liberdade pra obedecer, discordar, ou até modificar.

– Então aqueles caras estão na quarta série... – *Até que faz sentido*, Davi pensou.

– Não, eu disse *nível*. Observe: o primeiro é o dos *Donzeis*, cinco anos de aulas teóricas. Em seguida, no *Poilu*, com duração de um ano, e a gente já inicia os treinamentos. Daí vem o *Belígero*, e depois o *Pajem*. O quinto e último é o dos *Hoplitas*. Nem todos atingem esse nível; só os sálios que são considerados dignos para tal. Tudo o que eu sei é que eles organizam a festa de confirmação periódica dos nossos votos militares, além de outras cousas, que não posso saber ainda.

– Interessante... – Davi estava calmo até que se lembrou, num susto: – Pelos deuses, Shiva, eu tenho pouco tempo! Não me leve a mal, mas preciso que você me ajude logo. Eu tenho muita pressa!

– Tá, tudo bem... O que você quer que eu faça?

– Me dá a sua mão.

– Pra quê?

– Rápido!

Mesmo estando inseguro, Shiva ainda tinha confiança suficiente no amigo para lhe estender a mão. Davi segurou o punho de Shiva e fechou os olhos para lembrar o que devia fazer.

– Você deve ser meu aliado, Shiva... disso eu não tenho dúvida!

– Claro que sou, cara! Por que está me dizendo isso?

– Você já vai entender... – Ele também observava o próprio pulso, no qual aguardava o surgimento de outra insígnia. Iniciou a associação:

– Reconheço, para fins divinos, o herdeiro e sucessor imediato de Ares ou Marte, o deus da guerra.

– O que você está fazendo, Lin...

A voz de Shiva foi calada por uma explosão de luz vermelha, ofuscando tudo à sua frente. Nenhum dos dois esperava que aquilo fosse acontecer, e as reações foram iguais. Em Shiva, um escapulário desenhou-se, pesando no seu pescoço: era o Colar de Harmonia, que representava a sua condição de herdeiro.

E no pulso direito de Davi, acabava de emergir a sua segunda pedra.

57

O DIA DE
AÇÃO DE GRAÇAS

– UMA VEZ POR ANO, a indústria do ensino Magistrorum Parthenon comemora o dia de Ação de Graças às irmãs Baushee, em retribuição às fadas alóctones que se empenharam quando do soerguimento dos muros deste instituto. Após seis anos inteiros de projetos propedêuticos e estruturais, as irmãs Generosa e Madrinha Baushee construíram toda a estrutura operacional deste que é um dos colégios mais antigos e renomados do mundo. Até o momento...

Para os alunos mais novos era uma novidade, mas nada tão surpreendente. O dia de Ação de Graças reuniu todas as turmas de alunos, funcionários da instituição, famílias e inteiras e uma legião de pessoas que tinham muito pouco ou nada a ver com a data, mas que vieram prestigiar uma das festas mais tradicionais do país. As vastas escadarias da entrada do Parthenon estavam totalmente preenchidas de gente – visitadores, vendedores de balões, pipocas e lembrancinhas e também a imprensa. Algumas equipes de reportagem embrenhavam-se entre a multidão, recolhendo depoimentos improdutivos dos visitantes:

– Estou adorando. Tudo tão lindo!

– Este dia é um dia muito importante para a nossa cidade, pois um dia desses não acontece todo dia, e quando chega o dia temos que aproveitar esse dia.

– Sim! Desde que o meu filho entrou aqui, todos os anos!

– Compro ouro. Para os interessados, o meu telefone de contato é...

Uma grande surpresa para o público era a aparição pública da repórter e apresentadora Eco Glothes, muito conhecida em toda a cidade por seu trabalho em programas como o *Sala de Star*, no canal Musik. Era ela que estava ali, em frente ao portão do Parthenon, com o seu mal escondido par de fones de ouvido e uma equipe completa de profissionais, fazendo a cobertura completa das festividades.

– Até o momento – ela prosseguia com a matéria –, estamos aguardando a chegada das impagáveis irmãs Baushee, que nesta época do ano sempre saem de seu isolamento habitual para prestigiar a sua própria homenagem. Não. – Ela estendeu a mão para receber um papel que lhe entregaram. Fez uma pequena pausa para lê-lo. – Bem, acaba de nos chegar a informação de que as imprevisíveis homenageadas já estão no Parthenon e que estão prestes a sair para dar um "alô" à imprensa. Só nos resta aguardar. – Olhou para trás, e pelo portão gradeado ela notou um movimento no interior do colégio. – São elas. – E correu em direção ao tumulto. – Sim, são elas! As benfeitoras irmãs Baushee!

Regidas por uma avalanche de flashes, a aparição das históricas benfeitoras era o momento mais esperado para os repórteres, todos os anos. Abriu-se o portão comedidamente, e uma armada de funcionários tinha ordens expressas para não deixar ninguém da imprensa invadir os domínios internos do Parthenon. A Srta. Empusa estava no centro deles e lançou o seu chicote como alerta inicial. Com nenhuma pressa, uma senhora de mais de três mil anos caminhava pelo largo espaço que os funcionários iam abrindo para ela. Auxiliada por um andador de duas rodas, ela acenava para as pessoas e batia com pouco efeito as finas asas de libélula às suas costas, que já não eram capazes de suportar seu estimável peso no ar.

– Quem não considera a vida um mistério são os que já a solucionaram, e hoje descansam em paz – disse a repórter de olho na câmera, mostrando a entrada cerimonial da protetora. – Essa frase, do poeta politano Crodo Mimamaid, resume bem o milagre da insistência existencial das fadas Baushee, cujo ciclo de vida permanece sem perspectivas de chegar ao seu fim – que pode ser amanhã, assim como deveria ter sido há mais ou menos dois mil setecentos e vinte anos, se levarmos em conta a expectativa de vida normal para uma fada. Aqui vemos a carismática Generosa Baushee, símbolo da amenidade há várias gerações. Ela agora está acenando para os espectadores, e nós temos a informação de que elas já conferiram as primeiras atrações que aconteceram aqui perto, no andar térreo...

A aparição da fada Generosa Baushee provocou muita agitação no público e nos repórteres. A sua intenção era desfilar, mas seus passos eram tortos. Ela acenava para todos com um sorriso preestabelecido e um olhar vago atrás dos óculos de sol. Sabia que causava impacto e gostava disso. E não tinha vindo sozinha – sobre ela surgiu, vinda de dentro do Parthenon, uma senhora muito parecida, que conduzia um felpudo tapete vermelho voador. Seus óculos escuros eram muito grandes, e usava também um capacete discreto, equivalente ao de um motoqueiro, e ela transmitia todo o prazer de receber o gostoso vento em seu rosto.

– A fada Madrinha Baushee, amante de aventuras e de água de coco, não deixou de prestigiar nenhum dia de Ação de Graças do Parthenon, a despeito da sua irmã – continuava Eco Glothes. – Por motivos ainda desconhecidos, Generosa não compareceu a cento e dezoito das quase duas mil edições das festividades; o que é um número até pouco considerável. "Ela é a pressa, eu sou a perfeição", teria dito Generosa Baushee sobre a irmã, quando de uma das últimas brigas, há mais ou menos vinte anos. Muito se fala dos desentendimentos que envolvem a relação das duas, mas levando-se em conta que são gênios tão distintos e com mais de três milênios na bagagem, fica fácil a compreensão. Até porque não há registros na Humanidade que relatem a existência de dois irmãos que nunca brigaram, não é mesmo?

As duas senhoras tinham sua semelhança. Tinham o mesmo corpo envergado de pouco mais de um metro e meio. Suas peles já não tinham mais para onde enrugar, ao tempo em que o sorriso explicitava dentes horríveis, que nem eram delas. Seus pares de asas já tinham sido aposentados há um bom tempo – e o mesmo valia para as suas varinhas de condão, que só vinham emitindo tossidas inúteis de poeira cintilante, quando solicitadas. Ambas usavam roupas bem banais na comunidade das fadas, embora a irmã Generosa usasse um chapéu cônico, da mesma cor das suas vestes lilases, e a Madrinha Baushee ostentasse um capacete e as vestimentas mais escuras, roxas. Dava para ver os seus cabelos branquíssimos, e os olhos serenos por trás dos óculos de sol embaçados, que não pareciam *tão* agradecidos pela recepção tão semelhante às outras mais de duas mil anteriores.

No Parthenon, o clima tenso dos alunos e funcionários era despistado pelas diversas atividades oferecidas e pelas músicas animadas que emanavam do pátio, talvez o local mais festejado de todo o colégio. Para quem não conhecia o templo, aquela aparência era encantadora e contagiante. Parecia que alguém ia gritar: "Feliz ano novo!" a qualquer momento, e os fogos iam continuar rasgando o céu da tarde, sendo seguidos de horas e mais horas de sorrisos felizes, de pessoas sempre felizes.

Mas para quem conhecia o Parthenon, aquela aparência era só aparência mesmo.

.•••.

O prédio da direção parecia ser o único a não participar da festa. Enquanto cada centímetro do pátio do Parthenon forrava-se de confetes e serpentinas, a estância da alta patente do educandário recusava os adereços e as músicas dançantes. Ali dentro, pouco se notava o barulho vindo de tão perto.

Cumprir toda a escadaria do prédio da direção poderia significar a vida ou a morte para qualquer aluno. Para os funcionários, chegar ao último degrau também não representava seu anseio mais aspirado. Na verdade, tudo o que envolve a sala da diretoria não pode ser entendido por menos que pura especulação, pois o referido lugar não oferece livre visitação. Quem dirige a escola dispõe de mecanismos específicos para executar suas funções com toda a eficiência, e com total discrição. Quantas vezes a figura mais relevante do Parthenon veio a público? Esse ano, particularmente, nenhuma. E não fazia falta. Os alunos que já ouviram falar preferem distância, e os que não conhecem preferem continuar assim. Havia também os que consideravam Donna Glaia a diretora e sequer já levantaram a hipótese de haver alguém com mais poderes que ela no Parthenon – o que não era um caso de admiração, mas de falta de informação mesmo.

Todavia, não era por ser reservada que a sala da diretoria permanecia sempre abandonada. Pouco maior que um sótão, o recinto não comportava muitos luxos. Na parede, um grande espelho dava vistas à mesa principal. No canto direito havia uma estante de livros acima de poltronas separadas por um abajur de chão. Sentadas nessas poltronas estavam duas senhoras, que conversavam em voz dosada. Mesmo lindo, o abajur sozinho não dava conta de iluminar toda aquela sala e era auxiliado apenas pelo lustre de madeira no teto.

– Nem tudo aconteceu da forma que prevíamos, Cornélia – disse a coordenadora Carmenta Mirrina. – Não obstante, o que temíamos também aconteceu. Se eu fosse uma pessimista amadora, diria que tudo está perdido. Mas eu não me atrevo a perder a minha fé nos deuses, que é maior do que qualquer pequeno impasse.

– Pequeno impasse? – Donna Glaia se levantaria, se não estivesse entalada na poltrona. – Carmenta, eu sempre disse que esses seus chás iam acabar comprometendo a sua lucidez. Será que você não está vendo? Devíamos ter empregado *o dobro* da energia que nós possuímos, mas não, fomos permissivos, bonzinhos, e podemos estar prestes a causar um morticínio sem precedentes na história!

– Cornélia, há séculos o Parthenon não acrescenta a brutalidade ao seu planejamento acadêmico. E não seja exagerada. Um garoto não vai saber domar a força que está prestes a descobrir. Por mais vaga que seja essa vantagem, nós temos sim isso ao nosso lado! O corpo dele ainda é fraco, é capaz de não suportar a convivência com o seu protetor.

– É justamente por ele ser um garoto que tudo vira contra nós. Um garoto com a força que ele guarda em potencial, é algo que não temos o dom de imaginar. Ele pode querer dominar o mundo – e é o que muitos fariam, com toda a razão, se estivessem no lugar dele! Mas, reiterando, não podemos prever o que pode acontecer quando o Lino Yang Riton descobrir os poderes que tem!

– Não se esqueça de que ele precisa dos herdeiros para obter essa força toda.

– Quem nos garante? E se *um* herdeiro bastar para ele receber dons inumanos? As profecias são vagas, não temos informações claras sobre nada. Até porque, Carmenta, nós não acompanhamos a busca de Lino Yang. O que sabemos sobre seu desempenho?

– O que nós sabemos sobre *as predições?* – a coordenadora Carmenta Mirrina reformulou a pergunta de Donna Glaia. – Nem o próprio Destino é capaz de decifrá-las! Você sempre se preocupou de mais com o Lino Yang, mas e os herdeiros, quem são? Eles são igualmente perigosos e, aliados ao David Lino, a maior cousa que nós seremos capazes de fazer vai ser nos ajoelhar e pedir clemência! Nada poderá detê-los.

– Quanto a isso, receio que não precisamos nos preocupar – Donna destilou seu sorriso. – Nenhum grupo tão poderoso pode ter os mesmos objetivos. Eles não serão aliados; pelo menos não em sua totalidade. Não digo que isso seja algum tipo de esperança, mas pelo menos esse prazer de ser irremediavelmente invencíveis, eles não terão. Uns contra os outros, quem sabe, o mundo tenha salvação. Afinal, "só diamante risca diamante", não é isso o que dizem?

– Vocês não vão chegar a lugar algum discutindo isso – disse uma voz que emanava da mesa de carvalho maciço, e as duas mulheres lhe renderam total atenção. – Não há nada que vocês possam impedir. Nem nada que vocês possam prever. Se eu, em toda a minha glória, não me atrevo a vaticinar os pormenores da vida dos herdeiros porque sei que fracassaria miseravelmente, que dirá vocês, sujeitas de vida breve?

– Palavras do Destino – disse a coordenadora Mirrina num próximo do sarcasmo, bem longe do presumível respeito que ela deveria render ao diretor do Parthenon.

– O deus do Destino – ele corrigiu. – Reafirmo que se a história dos herdeiros não fosse tão interessante e tão "imprevisível"... eu não teria topado tocar este colégio adiante. Entendam de uma vez, senhoras. Os herdeiros precisam estar sob constante vigilância. Finalmente acertamos, acho que temos um estoque satisfatório de herdeiros potenciais... Não queremos matá-los, pois nem sabemos como fazer isso. Apenas precisamos incentivar que se cumpra o *destino* deles. E já que eu não posso escrever o destino de um herdeiro, quero estar perto pelo menos para lê-lo, ora – riu. – Eu acho que tenho esse direito.

– De que adianta ser um deus tão poderoso, sendo que sua maior habilidade se enche de limitação graças uma simples palavra: "imprevisível"? Por favor, querido, diga-me!

– Só tolero esse seu atrevimento porque a tenho em muito bom conceito, querida – disse, relevando o comportamento da coordenadora. Destino tinha uma feição incógnita, seus olhos acinzentados não levavam a lugar algum, e seu cabelo esfumaçado era como um intenso nevoeiro rodeando as estradas da noite. Era uma figura que sugeria a serenidade de quem possui quase todas as certezas do mundo. Usava um cachecol escarlate e vestia um sobretudo, sem chamar atenção pelo trajar. Ele mirava Carmenta com interesse por trás dos olhos tão claros, e a cada gesto seu podia-se notar que aquela não era uma conversa entre iguais.

– Até gosto quando você dá voz ao sentimento, Carmenta, só não se esqueça do seu devido lugar. Porque, se meus poderes não são plenos diante dos herdeiros, sujeitos que estão entre o divino e o mortal, lembre-se de que não são menos que perfeitos perante os seres de vida breve... Como você. Afinal, só um de nós tem completa certeza de como será cada instante dessa *sua vida* e... Coitada... terá um fim terrível.

– Dispenso adiantamentos – disse ela.

– Claro, como quiser – ele sorriu indiferente.

– Importar-se-ia em voltar ao tema de nossa conversa, ou prefere voltar a fazer fofoca astral sobre o meu futuro, senhor diretor?

– Oh, a primeira opção, naturalmente – concordou Destino, cruzando as pernas informalmente, prestes a voltar ao assunto: – Lino Yang e a busca pelos herdeiros dos deuses. Aliás, falando nele... Vocês sabiam que o garoto já foi visitado por quatro Amores?

– E no que *isso* interfere em minha vida?! – disse a coordenadora Mirrina impaciente. Para sua surpresa, o deus concordou com ela:

– De fato, não interfere em nada – realmente, ele concluiu. – Nem na sua, nem na dele. Todo mundo sabe que as flechas dos Amores não são como as de Cupido, portanto só surtem efeito nos *mortais,* tão somente nos mortais... Por isso, Lino Yang deve estar tão enamorado pela remetente daquelas flechas quanto eu por você, Carmenta.

– Então, Destino – interveio Donna Glaia, antes que a colega respondesse à altura –, encerramos as buscas pelos herdeiros? Não aceitaremos mais aluno nenhum?

– Nunca, Cornélia! – ele desprezou a ideia. – E jogar fora todo o trabalho que já estou fazendo para nos trazer alunos forasteiros para o ano que vem? Não, minha querida. Eu estou trabalhando com as melhores coincidências que sou capaz de criar. Você não sabe como é maravilhosamente complexo para o Destino criar uma coincidência. É árduo, é ridículo, é brioso. Eu nunca desperdiço um acaso. Não bastasse isso, você deveria se lembrar daquela passagem do *Livro*, que diz que "há muita divindade para pouca fidúcia". Ou seja, há mais deuses no Capítulo do que podem cogitar as nossas poucas certezas sobre os herdeiros. Nós sabemos que o Lino Yang é uma peça-chave nessa história, mas e os outros? Podem estar aqui neste exato momento, podem já ter se formado, como também podem se matricular no ano que vem, ou depois... Entende? Não podemos vacilar nem por um segundo. Devemos sim nos virar para acompanharmos a busca pelos herdeiros dos deuses, mas não podemos nos esquecer de que esta não é a nossa função, e não há como sê-lo. Tenho é pena desse jovem rapaz, tem tão pouco tempo e tanto a fazer...

– Mas também é inegável que temos mais chances de acertar desta vez. – disse Donna. – Digo... Independentemente de Lino Yang prosperar ou não em sua missão, a nossa, pelo menos, está sendo cumprida.

– Sem dúvidas – concordou Destino. – Poderia até afirmar que estamos infestados de herdeiros nos andares desta escola, neste exato momento.

– Então pegue uma rede de pesca, para aproveitarmos a debandada – ironizou Carmenta. Um breve olhar do deus foi suficiente para que ela parasse de sorrir, surpreendida por uma dor de cabeça horrível, com presságios medonhos lhe atormentando a mente.

– Eu me lembro, Cornélia... – ele continuava. – Que certa vez você mesma disse que um deles materializou uma árvore na entrada desta cidade. Isso nos prova algumas cousas. Que eles já têm seu poder, que não sabem como usá-lo, nem sabem quando estão usando... E também que eles têm mente pequena; materializar uma miserável árvore? Enfim... Mas ainda é pouco. Escute as palavras de um deus, Cornélia: os herdeiros estão muito bem disfarçados.

– Mais que um deus, opto por ouvir as palavras de um especialista em disfarces – disse Donna Glaia, tendo para si que dali em diante, o trabalho na vice-diretoria passaria a exigir ainda mais dela.

– Aceito as lisonjas – disse o deus do Destino mirando-se no espelho defronte à sua mesa. No seu reflexo, era possível vê-lo materializando em si o disfarce que, de longe, era o seu favorito. Seus olhos cresciam por trás de óculos quadrados de lentes grossas. Surgiam cabelos crespos desgrenhados, castanhos, meio grisalhos. Na imagem do espelho, a aparência serena do diretor dava lugar a um corpo de homem desleixado, maltratado pelas mazelas da vida. Com a mão, passeava pela barba que estava por fazer. A perna prejudicada de acontecimentos distantes e o olho roxo ajudavam a formar a imagem de um renomado professor/economista/filósofo/teólogo nacional. Assim, a figura do senhor Excelsior Oikanomos deixou-se girar na importante cadeira de diretor do Parthenon, enquanto este via a Existência se desenrolar, cheio de expectativas para o futuro, que ele se empolgava justamente por não conseguir prever.

58

ENTRE A LANÇA E A ÉGIDE

– Idiota – disse Cecília, pela enésima vez naquela tarde. –Você é um idiota, Lino. Um perfeito e completo idiota. – E olhava para o garoto, que ajudava segurando a escada em que ela se encontrava.

Todo o primeiro ano estava nos últimos preparativos da taverna, poucas horas antes da chegada das irmãs Baushee. Além de perturbar, Cecília estava tentando fixar um globo de luz no teto. Perto dali, Karin organizava garrafas de diversas cores na prateleira atrás do balcão do bar montado em volta da peça diametral do pavimento.

– Assim não vai dar! – disse Davi olhando para cima. –Você não vai alcançar, Cecília. Precisa subir mais alguns degraus. Eu já te disse, eu posso fazer isso!

– Cale a boca, idiota. Eu não preciso da sua ajuda.

– Ah, é? Então se vira sem ela.

Davi abandonou a escada e deixou Cecília lá em cima, gritando desesperada com medo que qualquer estremecida a fizesse desabar no chão. Motivos para a preocupação não eram poucos, sendo que ela já presenciou dois tremores de terra em menos de seis meses.

– Lino! – gritava ela agarrada ao degrau de cima. –Volte! Era brincadeira! Volte! Por favor!

Davi não precisou voltar porque Astros já havia tomado o seu lugar e segurou a escada para Cecília, que gritou ainda mais quando o viu. Mais adiante, Davi avistou Elissa, que estava com Eric Rodhes colando quadros da arte gótica pelo patamar. Naquele momento, os dois estavam com um autorretrato a óleo de Egina Ratumena, uma artista de vanguarda que morreu louca há mais de um século. O item pertencia ao acervo do próprio Parthenon, e estava sendo fixado na pilastra com cola quente porque Donna os proibiu de cravar pregos no pavimento.

– Ai! – exclamou Elissa agitando as mãos.

– O que aconteceu? – perguntou Eric, imediatamente socorrendo a mão machucada.

– Ei, ei! – Davi correu em direção aos dois. – O que aconteceu? – trouxe as mãos de Elissa para si, fazendo Eric se afastar um pouco.

– Calma, Lino – ele recuou. – Eu só quis ajudar!

– Sei, ajudar é bom. O que aconteceu, Elis? Está tudo bem com você?

– Eu queimei a minha mão com essa cola quente! – ela respondeu ainda esperneando. – Droga, droga!

– Tome mais cuidado, Elis... – disse Davi. – Está doendo muito?

– Não... Não foi nada sério, não se preocupe. – Ela agitou a mão queimada, para lembrá-la de que não seria poupada por causa do incidente.

– Você é uma trabalhadora muito dedicada! – ele brincou, abraçando Elissa e beijando-a várias vezes. – É a funcionária do mês!

– Pare, Lino – disse ela rindo. – Eu preciso voltar ao trabalho!

– Pra que, se você acaba de ganhar um aumento? – e a beijou mais ainda.

– Sério! Nós precisamos terminar isso!

Davi lhe deu um último beijo, mais demorado, e quis saber:

– Você está melhor, mesmo?

– Estou, vai ficar tudo bem.

– Como você conseguiu se queimar com cola quente? – perguntou Eric Rodhes. – Nem é tão quente assim! Eu não acredito – abaixou-se pra pegar a pistola de cola quente que Elissa tinha deixado cair e pôs a mão no bico. Não sentiu nada.

– Eric... – Davi se surpreendeu. – Você está tocando no bico da cola quente! E não está se queimando!

– Por que deveria?

– O calor, Eric!

Um estalo se deu na cabeça de Davi. Beijou Elissa nos lábios, desejou melhoras e saiu para deixá-los continuarem o trabalho.

– É isso! Estava na minha cara o tempo todo! – disse ele enquanto saía. Logo se deparou com Malu, que jogava serpentinas nas estátuas distribuídas por todo o andar, as quais faziam parte da excêntrica ornamentação patrocinada pelas Organizações Rodhes.

– Eu acharia bom se alguém aqui fizesse alguma cousa útil – disse Seth enquanto Eric Niven dava estrelas por todo o patamar.

– Do que você está falando, Seth? Eu ajudei a montar o balcão do bar! – defendeu-se, entre uma acrobacia e outra.

–Você e os empregados dos Rodhes! E eles teriam se saído muito melhor sem a sua ajuda. Presta atenção, estou aqui tentando fazer um letreiro pra colocar perto da escada. Eu não rejeitaria uma mãozinha!

– Eu já fiz a minha parte! – E continuou a dar suas estrelas.

–Você já está falando com a Cecília? – Davi perguntou a Malu, na outra extremidade do pavimento.

– Não – ela respondeu. –Você está mesmo preocupado com isso, ou só quer puxar assunto?

– Se a opção "querer puxar assunto" estiver valendo, então consegui! – brincou. – Mas não é isso... É que a briga de vocês não precisava durar tanto. Você vai ser uma das atendentes do bar e vai ter que falar com a Cecília em algum momento. Nós não podemos transmitir isso pro pessoal que vai vir visitar a taverna, Malu. Isso pode nos custar muitos pontos.

A voz de Malu mudou para um tom mais ameaçador, pois ela percebeu que Cecília estava prestes a passar por ali.

– Falar é o de menos, Lino. O que eu não quero é ser amiga de uma menina vazia, que se apaixona a cada cinco minutos e não tem a menor noção da realidade. Ela, como muitas outras nessa sala, é uma pessoa sem personalidade, além de oca e fútil. E haja futilidade. Acha-se uma linda humorista, mas não passa de uma piada!

– Já que é assim, não fale isso pra mim. Fale isso pra ela. – Davi puxou Cecília pela blusa, e certamente ela ouvira tudo o que Malu disse. As duas coraram de forma imediata, mas Malu tentou manter a mesma rigidez de antes.

– Pare com essas palhaçadas, Lino! Estou começando a me estressar com você! Se eu quisesse falar diretamente com a Cecília, eu falaria! Não pense que eu tenho medo dela! O problema, é que eu não gosto de perder tempo conversando. Eu não falo, eu faço. Ahhh...

Em uma de suas estrelas, Eric quase bate com o seu pé no rosto de Malu, que se encolheu na parede, tapou o rosto com a mão e ficou se recuperando do susto, em posição quase fetal.

Minutos depois, a taverna já estava pronta. O bar vinha repleto de bebidas proibidas – dentre elas, o Vergo –, que eles juraram não ser para consumo próprio. As estátuas enfeitadas foram espalhadas por todo aquele espaço, algumas "sentadas" nas mesas distribuídas pelo piso, e duas até no balcão. Suas feições grotescas davam um toque asqueroso à taverna, que agradecia muito por isso. Os globos de luz foram colocados após muita discussão, pois alguns duvidavam que aquilo fosse bem-vindo numa taverna. Mas os defensores dos globos venceram, e eles foram pendurados em pontos estratégicos. No fundo, um tablado alto de vidro ocupava o restante do espaço. Ali estava montado todo o aparato de som para uma apresentação musical.

Os funcionários das Organizações Rodhes passaram por cima de todas as regras do Parthenon para poderem ajudar, mesmo que minimamente, os colegas de Eric Rodhes a montarem aquele ambiente tão complexo – mas nem por isso os alunos do primeiro ano trabalharam menos. O resultado estava impecável, até mesmo duvidoso. A sorte era que eles tinham como provar que a absoluta maior parte do trabalho foi, em verdade, deles. Astros foi quem desenhou a maior parte do projeto, inclusive a prateleira de bebidas formada por centenas de rolhas de garrafas de Vergo e guanse.

– Eu consegui! – exclamava Seth. – Está pronto!

– O que está tão pronto? – quis saber Davi.

– O letreiro da taverna. Eu aprontei tudo sozinho, em menos de uma hora! Pode ir ver, já está finalizado! Não precisa ser sincero ao elogiar, contanto que me agrade.

– Falando em aprontar, Seth, você vai me fazer um favor...

– Se é pra acrescentar algo ao letreiro, esqueça. Não dá tempo pra retoques, Lino. Está bom do jeito que está. A Elissa até já o levou.

– Não, eu não estou falando disso...

.•●•.

Astros estava chegando ao pavimento carregando duas caixas de vinho para guardar na sala do primeiro ano, que funcionava como um depósito improvisado da taverna. Ele depositou as caixas com cuidado dentro da sala e, ao sair, foi impedido por Seth.

– Astros, eu preciso conversar com você.

– Pode dizer.

– Sabe, é meio complicado... Eu sei que desde o começo do ano eu não tenho sido muito agradável, principalmente com você. Desde que nos conhecemos, eu venho violentando a sua paciência, e entenderia se você nem quisesse me ouvir agora. Mas, abusando mais uma vez, eu queria te dizer que eu sinto muito por tudo... Eu não sou um cara mau, Astros, e sei que você também não é. Eu sempre fico me lembrando de todas as vezes que eu te atormentei, e você não esboçava nenhuma reação... Você não sabe o quanto eu considero isso digno. A única vez em que você se voltou contra mim foi naquele episódio dos goblins, e quando eu olho pra trás, vejo que mereci passar por aquilo. Além de sempre ter agido da pior forma possível com você, eu ainda fiz com que o Lino que me apresentasse à Tulani, antes mesmo que vocês se conhecessem. E eu não tinha esse direito. Pra ser sincero, meses atrás eu fiquei devendo um favor ao Lino, e como pagamento ele me pediu que viesse até você e me desculpasse. Mas eu quero que você saiba, Astros, que as minhas palavras são sinceras, não têm nada a ver com o que o Lino pediu. Eu estou mesmo arrependido por tudo. Por favor, entenda o que eu estou dizendo, cara... Você é um amigo pra mim.

– Puxa... Obrigado, Seth...

Sorrindo, os dois se permitiram um abraço.

.•●•.

– Está satisfeito agora?

Davi aplaudiu.

– Guarde essa sua empolgação pra você! Céus, essa lembrança vai me perseguir a vida toda... Eu abracei o Astros! Droga! É tudo culpa sua, e guarde isso: eu me vou me vingar!

– Mas você não estava falando sério? Seth, eu ouvi você dizendo...

– O combinado não era que eu dissesse a verdade.

– Você e o Astros, sinceramente... Impossível separar pelo que valem.

– Não me culpe por querer fazer as cousas bem. Se isso for um defeito, é um dos únicos que tenho. Só não pense que eu vou virar amigo do presunto só por causa de meio pedido de desculpas, que eu ainda pego de volta... Você sabe o que é ter doze goblins voando ao seu redor com aquelas pequenas correntes, te açoitando sem parar? Ele está muito enganado se pensa que eu me esqueci disso! E ainda acha que eu tenho estômago pra ser amigo dele! Até parece... Muitos duvidam, mas eu sei escolher as minhas amizades. – E se afundou na mesa, que tinha sido arrastada para o fundo da sua sala junto com todas as outras. O centro do recinto deveria permanecer disponível, pois não era só a despensa do bar que estava ali, mas também todo o resto do material que o primeiro ano trouxera para o evento.

– Está bem, tanto faz... Mas mudando de assunto, eu queria falar com você.

– Se for mais uma das suas piadas de Príapo, pode esquecer.

– Não é piada, estúpido. Eu tenho mesmo que falar com você.

– Você já está falando, Lino.

– Levante esta cabeça!

– O que é? – Seth estava vermelho quando ergueu o rosto.

– Lembra daquilo que eu te falei?

– Você fala tanta cousa...

– Sobre o Shiva!

– Ah, estou lembrado. – Consertou-se na cadeira rapidamente. – É sobre a busca que você está fazendo? Você vai defender o Shiva, mas eu aposto que aquele pedaço de cavalo aprontou mais alguma e te deixou encrencado também!

– Que? Não! O Shiva não fez nada!

– Então me conta logo! – angustiou-se. – O que você está buscando? E por que o Shiva pode saber e eu não?

– Foi através da busca que eu cheguei até ele, Seth – esclareceu Davi. – Por estar envolvido, o Shiva tinha que ficar sabendo toda a história.

– Lino – Seth começou a juntar algumas peças. – Isso tem a ver com a lenda dos herdeiros dos deuses? Com a carta que o Shiva deixou pra você na parte mais oeste?

– É por aí... – Davi ainda não podia responder completamente. – Hoje eu estou animado porque acho que encontrei outra pessoa que vai me ajudar nessa busca.

– Quem? Eu? – perguntou agitado. – Lino, se você está se metendo nessa história dos herdeiros, saiba que é um assunto muito sério, nós não deveríamos estar mexendo com isso! Você não sabe o que está por trás desses boatos!

– Não se preocupe, Seth, eu não estou me metendo em nada que eu não deva – disse Davi. – E não era de você que eu estava falando.

– Então de quem?

– Um idiota – chegou a amiga trazendo três garrafas de Vergo.

– Cecília – disse Seth no limite da paciência.

– Onde todos sabem o meu nome. – Ela sorriu distribuindo as garrafas.

– Está gelada? – perguntou Seth pegando a sua.

– Não. Eu não gosto de Vergo gelado.

– A Malu também não – comentou Davi. – Não é uma maravilhosa coincidência?

– Idiota.

– Até quando vocês duas vão ficar com essa rixa besta? – reclamou Seth. – Estamos dentro de um trabalho em grupo, e o essencial é que *todos* do grupo interajam entre si, troquem ideias!

– E pelo quê você trocou suas ideias, Seth? Por um sanduíche de língua? – disse ela.

– Ih, Cecília... – Seth levantou-se da cadeira, e saiu resmungando. – De todas as besteiras, o mundo acabando lá fora, ter que aguentar a Cecília, tantas besteiras...

– Como vai, idiota? Tudo bem com você, idiota? *Comigo tudo vai bem*, idiota! Obrigada!

– Por que – sublinhou Davi já irritado, segurando o braço dela com força – você não para de me chamar de idiota? Que chatice!

– Calma, Lino... Eu não queria te ofender – respondeu, nem aí, desvencilhando-se. – Eu só queria dizer que você é... *Idiota!* – e riu sozinha.

– Quer me dizer por que eu sou idiota?

– Tudo bem, eu falo. *Idiota*! Pronto, eu já parei. *Idi...* – e riu de novo. – Agora é sério, agora é sério. Sabe por que eu estou te chamando de idiota?

– Talvez porque "eu sou um idiota"? – disse Davi, um pouco antes de Cecília tentar emplacar a mesma piada, que foi obrigada a parar no meio. Vendo a cara dela, Davi tomou o seu Vergo ainda mais satisfeito, mas quente daquele jeito o sabor estava ainda pior.

– Eu vou contar por que você é um idiota. Você sabia que a Elissa só foi terminar com o namorado dois dias depois que vocês começaram a namorar?

– O quê? – engasgou com o Vergo.

– É verdade, *chéri*. A Elissa não queria terminar. Antes de vocês namorarem, lembra de quando ela te dispensou no coletibus? A patológica achava que ainda dava pra salvar o namoro.

– Então foi por isso que ela não quis se despedir de mim naquele dia...

– Os problemas dela não tinham nada a ver com o beijo que nós demos.

Davi ainda não tinha acabado de ouvir.

– Eu queria ter te dito antes – continuou Cecília –, mas a Elissa não é a única com a cabecinha envenenada por aqui. Você lembra do dia da piscina, lá em casa? Dias antes, ela dizia ter terminado com o *namorado*. Aí o Eric te levou até a casa da Elissa, e quando vocês chegaram lá, ela os expulsou. Sabe por quê? Naquele dia, alguém contou a ela que o *namorado* tinha quebrado um muro, porque estaria revoltado com o fim do namoro. Ela não quis ir com vocês porque queria ver o tal muro quebrado. Não sei se ela encontrou, mas depois disso eles voltaram, ela linda e loira, mas dessa vez por pouco tempo.

– Então, a Elis não tinha terminado com ele.

– Sim, ela não tinha terminado com ele e eu tentei te avisar, mas o que você fez? Pediu aquele traste em namoro! Se você não é um idiota, eu não sei do que te chamar!

Sem conseguir tirar os olhos do chão, Davi continuou em silêncio.

– E não venha me dizer que foi por causa da visita dos Amores; – Cecília falou mais baixo, já que esse era um segredo que Davi lhe confiara há alguns meses – porque quando isso aconteceu vocês já namoravam. Aliás, dá pra ver que a tal flechada em você não deu em nada e isso seria muito estranho, não fosse o fato de que não dá pra se gostar daquele demônio nem por bruxaria. Mas ela, como boa vaca que é, conseguiu te fazer de idiota...

– Eu também traí a Elissa.

– O quê?

– Eu também...

– *Eu ouvi,* animal. Você traiu a Elissa? – Agitou as mãos, pedindo um tempo para organizar a cabeça. – Com quem?

– Você não conhece. É a Sâmia, uma menina que eu conheci...

– Na festa de aniversário da estátua, você me contou... Mas por que você não me disse que tinha ficado com ela?

– Não achei conveniente.

– Eu prefiro acreditar nisso, até porque você não tem motivo pra mentir.

– Tenho motivo sim, Cecília. Eu poderia estar inventando essa história da Sâmia só para não pensarem que a Elissa me passou pra trás. Mas acontece que eu não estou mentindo.Você acredita porque confia em mim.

– É mesmo. Esqueci que tenho esse defeito...

– Não foi nada de mais – disse Davi. – Eu não amo a Sâmia.

– Por isso eu sei que você não traiu a Elissa – continuou Cecília.

– Não, eu traí sim! – defendeu-se.

– Relaxa, Lino. – Ela o olhou com amenidade. – Eu sei que você não ia inventar que traiu a Elissa só para que não pensem que ela te passou pra trás, mas sim pra que ninguém visse que no fundo você gosta dela e está devastado por isso tudo. Respirou profundamente. – Confesso que esperava mais de você, Lino... Mas agora vejo, você gosta dela. Fazer o quê. Está de parabéns aquela princesinha do Tártaro... – bateu palmas sarcásticas para Elisa, mas depois voltou a mirar Davi, alisando seus cabelos. Não se preocupe, porque se for preciso, é claro que eu vou confirmar a sua história.Você sabe que eu não meço esforços para ver a Elissa dar de cara no chão... Ainda mais se for pra evitar que você sofra por causa dela.

– Escuta aqui. – Ele agarrou o braço dela novamente, desta vez sem força. Mas Cecília reagiu assustada:

– O que foi agora? – perguntou, olhando para a mão de Davi agarrada a ela.

– Nada, é só que... – Ele percebeu o susto e o braço dela e o largou meio sem jeito. – Não é mais sobre a Elissa. Eu só queria te dizer que eu vou estar sempre aqui pra você. Não importa o que aconteça. Você pode sempre contar comigo sempre, pro que for. Não se esqueça disso. Certo?

– Puxa, Lee... Eu... – Os olhos de Cecília estavam lindos, brilhando. – E por que você está me dizendo isso?

– É que eu já penso nisso há algum tempo; só achei que estava na hora de você saber. E também, eu... – Respirou fundo. – Tem uma cousa que eu quero te contar.

– Nossa, Lee, que tom é esse? Você está me assustando!

– Você se lembra daquela noite em que você e a Malu tiveram maus pressentimentos e acabaram indo até a minha casa?

– Sim, eu me lembro, foi horrível – ela respondeu desconfiada, e ao mesmo tempo curiosa.

– Naquela noite eu tinha acabado de receber a visita do deus Hermes.

– O deus Hermes – ela repetiu incrédula, prestes a rir.

– Sim, e é sério. Sabe todos esses boatos que rolam por aí, a respeito dos herdeiros dos deuses? Bem, alguns deles não são boatos. Os herdeiros existem, e anualmente o Parthenon recruta centenas de possíveis herdeiros para mantê-los sob vigilância.

– Possíveis herdeiros?

– É, todos nós somos – confirmou. – Talvez você já saiba que os deuses e seus respectivos herdeiros compartilharão a mesma linha da vida. Mas pra que isso aconteça, eles precisam ser reconhecidos por um jovem valente e muito simpático, o Revelador Descendente.

– Espera – Cecília impediu que ele continuasse. – Você?

– Relutantemente, sim.

– Isso não pode ser verdade. – Ela fez menção de levantar, mas Davi a impediu.

– É verdade, sim! Agora há pouco você estava se gabando de que sabe dizer quando estou sendo sincero; pois bem, utilize esse dom agora!

– Mas, isso... – A verdade era que Cecília não queria acreditar. – Isso afeta a nós todos!

– Mais do que você imagina...

– Você já reconheceu algum herdeiro?

– Já, sim, o Shiva. Ele é o herdeiro de Ares, deus da guerra...

– Eu sabia! Tinha que ser! E quem mais? Chame alguém aqui, vamos fazer um teste! O Seth! Ele pode se machucar? – ela se animou – Sim, vamos chamar o Seth...

– Não! É perigoso, Cecília! Por mil motivos, eu não posso sair por aí dando chutes; só posso fazer um reconhecimento quando tiver plena convicção do que estou fazendo! Inclusive... Aquela marca que vocês viram nas minhas costas naquela noite...

– É isso o que você acontece se você errar? – ela perguntou assombrada, voltando à realidade. – Você recebe uma daquelas nas costas?! Lino, isso é mais perigoso do que eu pensei!

– Eu tenho me preparado pra isso, não se preocupe... Não vou me colocar em risco por um simples palpite. É por isso que quero que você vá com calma.

– Jamais que eu vou aceitar se você vier fazer uma associação comigo – disse ela decidida. – Se você errasse, eu não ia aguentar ver você sendo castigado tão brutalmente!

– Não precisa se preocupar com isso... O seu caso é diferente.

– Por quê? Eu não sou uma herdeira?

– Não, pelo contrário, você é sim – revelou, segurando a mão dela. – E eu já sei de quem.

–Você... você sabe? Como pode ter tanta certeza? De quem eu sou herdeira?

– Infelizmente eu não posso te dizer, Ceci... Há todo um protocolo que devo seguir quando estiver fazendo uma associação... Acertando ou errando na dedução, se eu não disser a sequência exata das palavras, posso ser castigado como se tivesse errado tudo. É uma forma de proteção que eles criaram, pra que eu não coloque tudo a perder distribuindo palpites por aí.

– E por que você não me reconhece logo? Use as palavras certas, use o protocolo, faça do seu jeito! Aproveite que estamos sozinhos e faça isso!

Davi olhou bem em seus olhos.

– Eu ainda não sei o que é um herdeiro, Cecília. Eu sei que o Shiva é forte, ele vai aguentar o peso de ser um desses indivíduos, ele vai fazer as descobertas dele e vai se dar bem. Mas você, eu... Eu não quero te colocar em risco. Não ia me perdoar se algo de ruim te acontecesse. Ainda não quero envolver você nessa loucura toda.

Cecília pôs as suas mãos trêmulas sobre as de Lino e o olhou com apreensão:

– E você? – perguntou receosa. – É um herdeiro?

– Muitos me têm como uma das Extremidades. Cada Extremidade comandará um lado na batalha que selará o destino dos herdeiros e do próprio panteão divino, assim que os herdeiros forem reconhecidos. E tudo o que sei é que uma das Extremidades, e dizendo isso eu não estou fazendo nenhum reconhecimento e sim retratando um fato – Davi fez questão de colocar esse adendo na conversa, para deixar claro que não estava arriscando palpites que sugerissem que ele estaria reconhecendo a si próprio – ...é Zeus.

– O quê? – perguntou perplexa.

– Foi o nome dele que Madame Vemun exclamou antes de parte

da Gaiola desabar em cima do Shen; ele certamente é uma das Extremidades, é a cola que liga todos os elementos que eu consegui reunir até agora...

– Então... você... – balbuciou ela estarrecida, sem conseguir concluir a sentença.

– Eu não sei, não estou afirmando nada, e sinceramente espero que não!

– As irmãs Baushee estão aqui – avisou Astros, interrompendo a conversa. Chegou à sala com dois pacotes de gelo para depositar no *freezer* que eles instalaram na sala. – Estão falando com a imprensa agora.

– Legal... – Cecília demorou um pouco até conseguir responder para Astros. Depois disso ela sussurrou para Davi rapidamente: – O Seth já sabe disso tudo?

– Ele desconfia de algumas cousas, não vai demorar a saber – respondeu no mesmo tom.

– Eu amo você, Lee. – E o abraçou ainda sentada.

– Por que, ele está morrendo? – perguntou Astros, despejando a primeira embalagem de gelo. – Você está morrendo, Lino?

– Não, Astros – ele respondeu calmamente. – E agora, o que vamos fazer? – perguntou a Cecília.

– Agora eu tenho que me arrumar para o início das festividades... – Cecília levantou-se, respirou fundo e retomou o ritmo de outrora. – Daqui a pouco as irmãs Baushee chegam, e todo o colégio precisa estar pronto, em plena atividade.

– Calma aí – disse ele antes que a sua cabeça sofresse um abalo sísmico. – As irmãs Baushee não são as benfeitoras do Parthenon?

– Sim, são sim – respondeu ela.

– Mas o pessoal não diz que elas teriam ajudado o colégio desde os seus primeiros anos? O que significa, mais ou menos, dois mil anos, não é?

Cecília concordou com a cabeça, esperando o objetivo das perguntas de Davi.

– Elas ainda estão *vivas?* – questionou atônito.

– Por enquanto sim. É engraçado, elas já deviam mesmo estar mortas, as fadas não vivem tanto. Pelo visto, elas foram esquecidas pelas Parcas... A qualquer momento elas podem ter a linha da vida cortada, e ninguém vai se impressionar com isso. Eu só espero que elas não morram tão cedo; pelo menos não antes de verem a nossa linda taverna, e nos presentearem com uma boa avaliação!

– Elas dão nota para cada uma das turmas, é?

– Sim, mas são mesmo boazinhas – disse Cecília. – Diante de um trabalho como o nosso, feito com tanto carinho, elas sempre dão notas justas. São também elas que dão o veredicto na escolha da estátua que vai virar penate, está lembrado?

– Sei, mas a minha estátua sumiu, então eu já estou... fora do concurso... Puxa! – calibrou os olhos. – Quem é aquela? – apontou para uma pessoa mal iluminada que surgiu no vão da porta.

– *Malu?* – Cecília olhou também e parecia não acreditar. Astros, que estava prestes a descarregar o segundo pacote de gelo no freezer, ficou tão embasbacado que acabou despejando todo o seu conteúdo no chão.

Malu, que tinha saído para se arrumar no toalete, acabara de chegar à sala para guardar o fardamento na mochila. Ao cruzar a porta, causou espanto nos colegas por estar se apresentando de uma forma diferente da de costume. Ironicamente, para a taverna ela dispensou a maquiagem sombria de sempre, as maçãs do seu rosto estavam perfeitas e rosadas, e o cabelo semipreso com franja a deixava ainda mais graciosa. Como sendo uma das atendentes do bar, ela tinha que passar uma imagem um pouco mais sociável – e a perfeição da sua atual aparência mostrava que isso não seria nenhum problema.

Talvez para acordar todo mundo do sobressalto, o som foi ligado. A música era infausta e não se podia compreender nada da letra. As vozes dos cantores também não ajudavam muito. A taverna, enfim, estava aberta.

.•●•.

– Eric – Davi cutucou Eric Rodhes, que estava vertendo rum em taças que seriam servidas aos professores e às irmãs Baushee. Tomado de surpresa, ele se atrapalhou com a garrafa e acabou derramando rum na bandeja e na própria mão, alcançando a manga longa da camisa. Antes de enxugar, virou-se para ver quem estava lhe falando.

– É comigo?

– É. – Pôs as mãos no bolso, meio receoso. – Posso te fazer duas perguntas?

– Essa foi a primeira?

– Sim – respondeu sorrindo. – O caso é que... eu preciso falar com você, só por um instante. Será que nós podemos ir até ali, perto da peça diametral? – Davi apontou para o centro do pavimento.

– Você não pode falar o que quer aqui mesmo, na sala?

– Se eu pudesse não te pediria esse favor, Eric. Mas eu só preciso de três segundos!

– Tudo bem, Lino. Eu vou com você até lá.

Os dois foram até a peça diametral, onde estava montado o bar, e não tinha ninguém por perto. Todo o primeiro ano estava se aprontando para apresentação, e o restante do colégio estava nas suas áreas específicas, para os últimos ajustes antes da chegada das benfeitoras. Davi e Eric Rodhes já estavam caracterizados como funcionários de taverna, os cabelos de ambos foram desgrenhados com auxílio de gel e eles usavam roupas pretas desgastadas e pesados acessórios de prata. Davi tateou o bolso do uniforme e sorriu satisfeito. Ele sabia que aquilo estaria lá quando ele precisasse. Eric já parecia impaciente.

– Já estamos aqui, pode falar.

– Eu só queria fazer um teste – disse Davi puxando um isqueiro dourado do bolso. Ele o acendeu, encostou a chama na mão direita de Eric e alcançou a manga da camisa, que ainda estava embebida de rum, o que fez o fogo alastrar-se rapidamente. Eric pulou de susto e ficou revoltado.

– O que você está fazendo?! – esbravejou sacudindo o braço em chamas. – Ficou louco? É isso o que você queria, me atear fogo?

– Não, Eric! Olhe pro seu braço!

O fogo já tinha sido controlado e não demorou a apagar-se. Em vez de queimaduras no braço de Eric, não havia nenhuma sequela. Até a camisa estava intacta.

– E o que isso quer dizer? – perguntou Eric confuso.

– Me dê a sua mão. Isso, obrigado. – E agarrou o pulso dele. – Bem, vamos ver. Você domina o fogo, consegue fazer com ele o que bem quiser; até mesmo resfriá-lo. E para levar a carruagem do sol, é fundamental suportar altas temperaturas. E essa resistência a queimaduras... Bem, vamos nessa... Espero que você não me decepcione, cara... – ele pigarreou. – Reconheço, para fins divinos, o herdeiro e sucessor imediato de Apolo ou Febo, o deus do fogo...

Uma forte luz cítrica cobriu os arredores. Houve um silêncio momentâneo, que foi quebrado por uma exclamação de dor vinda de Davi, que errou ao dizer que Apolo era o deus do fogo, mas acertou na sua outra dedução. E a terceira insígnia passou a existir em seu pulso, para o seu alívio.

.•●•.

Àquela altura do campeonato, pessoas como Cecília e Davi já não se importavam com o que a vice-diretora iria dizer se os encontrasse bebendo Vergo clandestinamente, sentados atrás do balcão. As festividades já tinham sido oficialmente iniciadas, mas a movimentação estava mesmo no pátio. Os patamares ainda não tinham sido visitados pelas irmãs Baushee nem pelos outros alunos. Graças a isso, Cecília e Davi tinham o ambiente perfeito para tomarem o seu Vergo como se fosse refrigerante.

– Eu não aguento mais – desistiu Cecília renunciando à garrafa semicheia sobre o balcão da taverna.

– Também desisto – disse Davi ao terminar a sua.

– Vamos dançar?

– Eu não sei dançar.

– Ora, vamos... É tão bom, a gente fica tão... afável! Dança comigo, que eu posso te fazer feliz. Vem?

– Mas eu não sei dançar!

– Que inferno! Já disse que te ensino!

– Não, obrigado. Prefiro ficar aqui sem me mexer muito, vendo meu reflexo nessa garrafa que você está desperdiçando.

– Mas eu não estou desperdiçando! – discordou Cecília entre risos.

– Cecília, você só deu dois goles!

– Foram suficientes.

– Mas a garrafa não está nem na metade!

– Lino... – Ela o encarou com ternura, já começando a ficar com pena. – Você não sabe o que está falando...

– O que vocês estão fazendo aí? – perguntou Seth chegando com uma bandeja de pastéis de marmelos, que largara no balcão.

– Eu não estou fazendo nada – disse Davi.

– O Lino não está fazendo nada – defendeu Cecília. – Deixe-o em paz!

Seth não entendeu.

– Mas eu não disse nada!

– Ele só quer ser feliz... – ela continuou. – E eu também só quero ser feliz... Mas como eu vou ser feliz, se eu não tenho ninguém? O irmão do Niven... Parece que não me quer, aquele cavalo! Por que ele não está aqui? Por que ele não vem pra cá, ficar comigo? A gente tem uma história tão linda...

– Vocês estão bebendo Vergo?

– Ninguém aqui está bebendo Vergo! – exclamou Davi.

– E essa garrafa semicheia aqui em cima, vocês estão malucos? Se a Donna descobre, ela suspende a turma toda!

– *Semicheia?* – perguntou Cecília estarrecida. – O que vocês querem? Que eu acredite que essa droga está cheia? Vocês combinaram, não é? Pois eu sinto muito! Só tenho uma notícia pra vocês: eu não caio nesse joguinho ridículo!

– Cecília – disse Seth, calmo e compreensivo. – A garrafa está praticamente cheia.

– Ah, é? – Ela pegou a garrafa e virou-a de cabeça para baixo. O Vergo começou a descer pelo gargalo estreito e assim permaneceu durante vários segundos. Embora àquela altura o balcão já estivesse encharcado, o olhar de Cecília exigia que alguém ali pedisse desculpas.

– Esse colégio tem uma enfermaria – disse Seth para si mesmo. Aquela informação deveria mantê-lo tranquilizado por mais alguns minutos.

– Não pense que eu preciso ficar aqui ouvindo acusações de um palerma como você, *Sets* Dehiskos! – gritava ela saindo dali, já falando sozinha. – Por acaso eu devo alguma cousa a ele? Que se dane, eu vou dançar. Com quem quiser dançar comigo. Qualquer um.

– Lino, você não tem jeito – disse Seth depois que Cecília desapareceu de vista. Ele passou para o outro lado do balcão e ficou ao lado de Davi.

– E a Elissa...

– O que é que tem a Elissa?

– Você sabia que ela só terminou com o ex-namorado depois que a gente ficou?

– Foram só dois dias, Lino. Não vá criando caso.

Davi sentiu um bloco de concreto ser quebrado nas suas pernas.

– Você sabia? – exigiu saber. – Você sabia disso e não me contou?

– Lino, esqueça tudo isso, o que importa é que ela agora está com você, e só com você! A Elissa é a namorada perfeita! Qualquer cara daria um braço pra estar no seu lugar!

– Acho que precisariam dar muito menos, já que ela não vale muito!

– Olha só quem fala!

– "Olha só quem fala" mesmo! Porque eu também traí a Elissa!

– Traiu nada!

– Tudo bem – desistiu. – Mas ela me traiu!

– Claro que não, Lino... A Elissa pode ter os seus defeitos, mas é uma menina fiel!

– Fiel? Como ela pôde aceitar namorar comigo enquanto ainda estava com o outro?

– Ela estava em conflito, só isso, mas escolheu você, não escolheu? Não seja palhaço! Você está inventando uma agitação imensa por causa de bobagem! Mas eu prefiro não discutir, eu sei que você não está normal por causa desse maldito Vergo!

– Você acha isso *bobagem?* Pois eu te contei essa *bobagem* assim que fiquei sabendo! Já você, sabia da *bobagem* há muito mais tempo e não só não me contou, como ainda defende aquela cretina! Sabe do que mais? Eu fui legal demais até agora! Mas já sei o que vou fazer. Só que antes disso, me dá a sua mão, rápido! – Antes que Seth pudesse fazer algo, Davi apanhou a mão dele. – É fácil ficar culpando o Vergo, né, então, reconheço para a igreja que faço parte o filho de Hades Plutão aquele... DIABO TRAIDOR! Ai!

Mesmo fraca e pouco intensa, uma luz azul-piscina apareceu em volta dos dois, que estavam calados até Davi sentir uma forte dor nas costas.

– O que foi isso? – perguntou Seth abismado, tentando enxergar por cima daquele brilho ofuscante que lhe tapava o rosto.

– Não é da sua conta. É cousa minha. Agora, eu vou falar com a Elissa... Vai ser legal que você venha também. O que eu tenho pra falar é bem interessante.

Decidido e com as costas sangrando em sigilo, quase que afundadas no corpo, Davi foi até o centro do patamar. Àquela hora, Eric Niven dançava com Elissa, Karin e a professora conversavam descontraídas; Malu dançava despudorada com Eric Rodhes; e Cecília esfregava-se em Astros, ao tempo em que conquistava uma bala de menta que ele prendera ente os dentes, intimada a tirar a pastilha de lá com a boca sem a necessidade de beijá-lo, a menos que quisesse. Cecília, com uma garrafa de Vergo pela metade nas mãos, aceitara o desafio.

Davi puxou Elissa e a afastou de Eric, que foi jogado para longe. No início, ela abaixou a cabeça e sorriu, preparada para uma cômica cena de ciúmes.

– Acabou – disse ele com a voz mais alta, para superar a música das caixas de som.

– O quê? – perguntou ela gritando também.

– Acabou! Você está solteira agora!

– Você está se sentindo bem?

– Claro que não! A gente poderia ter dado certo, mas você mentiu pra mim!

– Por todos os deuses, o que aconteceu com você?! – perguntou assustada.

– Você não sabe? Eu vou te contar. Abaixem esse som!

Alguém próximo da mesa de som obedeceu.

– É agora que isso começa a ficar bom – sorriu Cecília antes de perder o equilíbrio no salto esquerdo e ensaiar uma queda que, por sorte, não aconteceu.

– Reconhece essa história? Era uma vez uma menina que decidiu tentar a vida de uma forma diferente, como uma das pupilas da famosa Madame Vemun. Lá, ela se apaixonou pelo porteiro, que por sinal é o factótum do lugar, e acabaram tendo um caso que aos poucos se decompôs em namoro. O problema é que com o tempo, esse namoro foi decaindo, decaindo... E é bem aí que *eu* entro nessa droga de história!

– O que você quer dizer?

– Harpia! – explodiu, sublinhando cada letra. – Você é uma harpia!

Os garotos e a professora ficaram espantados e olharam pasmos para Elissa.

– Gente, é mentira dele! – ela se defendeu. – Todo mundo sabe que eu sou humana! Isso é um absurdo! Não tenho asas, não sou uma ave!

– Claro que não é! Mas graças a meninas como você, harpia também é profissão, todo mundo sabe disso!

– A mais antiga do mundo – disse Cecília assoviando.

– Elas só dançam... – disse Eric Rodhes. – Não é?

– Claro que é! – gritou Elissa transtornada. – Mas... como você descobriu, Lino? Quem te contou? Você nunca me viu no palco, eu tenho certeza! Você... não viu, né?

– Infelizmente não – Davi sorriu mordaz. – Ainda não tive essa oportunidade, mas sei que é só uma questão de tempo... Quem me contou foi o Guan Mao, daqui do Parthenon.

– O Shuzen! – Elissa caiu em si desconsolada. – Céus, como eu fui burra! – Mortificada, ela procurou o banco mais próximo e arremessou-se nele.

– E aquele seu namorado, Elis – continuou Davi –, é um duotauro, o Jersey. Meio homem, meio boi. Tudo a ver com você. Lamento não poder virar um hambúrguer da cintura pra baixo, isso está muito à frente do meu tempo.

Assistindo a tudo o que acontecia, Malu travara os olhos em Elissa.

– Ora, sua... – Ela tentou avançar para cima da colega, mas foi contida por Eric Rodhes e pela Srta. Kinda, que tiveram muito trabalho para segurá-la. Elissa ficou onde estava, sem paciência para lhe dar atenção. – Eu avisei pra você não mexer com ele!

– Bem, acho que eu não vou encontrar outra oportunidade dessas, então... Esperem um pouco – disse Seth, que tinha ido até a sua mochila atrás do balcão e retirado algumas folhas de papel. – De uns tempos pra cá, alguns alunos têm conversado bastante por bilhetinhos, e os professores têm reclamado muito disso. Nesses aqui, que eu guardei, os remetentes se alternam entre a Elissa e o Niven. O assunto que rende mais linhas é... o Lino. Pois é. Da Elissa eu nem tenho nada a dizer, já do Eric...

– O que é que eu tenho com isso?

– Tudo, cara! Fica vendo. Esse aqui bilhete aqui foi escrito um dia depois de o Lino pedir a Elissa em namoro. Você diz: "Ele não te merece, Elis" e a mensagem segue com você tentando dissuadi-la a terminar com ele... E você traz alguns argumentos bem plausíveis, aliás. Mas com que propósito você fez isso? Pra ela poder ficar com você?

– Eu só quero o bem dela! – retorquiu Eric furioso.

– Claro que quer – respondeu indiferente, selecionando outro papel. – Ah, só um instante, Niven – Seth se lembrou de algo e pediu licença para desviar um pouco o foco da conversa. – Eu achei também esse outro bilhete, só que é da Karin para o Rodhes, que eu sinceramente não entendi. – Primeiro, ele estendeu o braço e exibiu o bilhete, esperando os donos virem reivindicá-lo. – Diz apenas "eu confio em você". – E fez cara de "e?".

Karin se apressou em tirar o papel das mãos de Seth e sorriu ruborizada:

– Acho que fomos pegos pela febre dos recadinhos – olhou gravemente para Eric Rodhes, convidando-lhe a sorrir também. – Afinal, quem está livre deles, não é?

– Tudo bem – amenizou Seth –, apenas guarde melhor os seus da próxima vez.

– Mas estavam no lixo! – argumentou Karin.

– Então é por isso que você sempre fazia questão de ser o último a sair da sala! – irritou-se Eric Niven. – Não acredito que você ficou catando as nossas conversas no lixo!

– Era o melhor lugar para procurá-las! – respondeu.

– Seu porco!

– Você acha? No lixo dessa sala eu só encontrei papéis inúteis. *Apenas papéis inúteis*!

– Inúteis? – Elissa se manifestou, enfrentando as próprias lágrimas furiosas. – Então por que você se deu ao trabalho de pegá-los, posso saber?

– Inúteis, mas pode-se inventar uma utilidade pra qualquer cousa.

– Você é horrível, Seth – disse Elissa.

– Eu queria ficar do seu lado, Elis – respondeu. – Mas depois dessa história de harpia, eu preciso de um tempo pra pensar. Acho até que o Niven tentou te conquistar do jeito errado, tinha que começar oferecendo dinheiro, uma ajuda de custo, ou um drinque, não? Quem sabe assim você dava o que o coitado tanto quer!

Elissa saiu de onde estava e foi direto para o rosto de Seth, lançando-lhe uma bofetada em que ela descontou toda a raiva que consumia seu corpo.

– O Eric me quer apenas como o que eu sempre fui para ele: uma amiga.

– Grande amiga... – disse Seth com a mão na bochecha avermelhada.

– E o que ele "tanto quer" é só alguém que goste dele! – concluiu Elissa.

– Pelo menos ele tem bom gosto, Elis! – interferiu Cecília rindo bastante. – Vocês dois se merecem!

Seth passou por Elissa e, quando fez isso, sussurrou em seu ouvido:

– Você ainda me deve uma. E eu vou cobrar.

– Eu quero deixar bem claro aqui que a Elis é minha amiga, eu não quero ficar com ela! – enfatizou Eric Niven vermelho de raiva.

– Você quer sim, sempre quis – interveio Malu. – Que cousa lamentável, Eric! Esqueça que o Lino existe e seja feliz! Estou certa de que você vai conseguir esquecer.

– Você está me irritando.

Davi chegou estonteado, apoiando o braço esquerdo no ombro magro de Eric:

– Sabe Eric, tem razão em me odiar. Eu sou melhor que você – disse.

– Deixem-me em paz, todos vocês! – Eric decidiu sair, pisoteando o chão até a escadaria. – Eu ainda mostro a vocês a cousa lamentável!

Seth e Cecília tiveram que segurar Davi, que ameaçou desabar no chão.

– Estou enjoado – disse ele.

– Lino! – exclamou Cecília preocupada. – Você está sentindo o quê?

– Enjoo, né, Cecília?! – disse Seth. – A gente vai ter que levar esse menino até o balcão, pelo menos. Ele não vai conseguir andar até lá.

– Harpia, hein? – disse Cecília ainda mastigando tudo o que foi dito ali. – Aquela ave monstruosa nunca me enganou. Espero que ela e o bebê monstro sejam muito felizes!

– Não fale isso – reclamou Seth apontando para Davi. – Ele não está bem!

– Acho que a flecha dos Amores acabou funcionando, no final das contas... – disse Davi procurando alguma teoria que expurgasse a imensa agonia que lhe perturbava o peito.

– Não foram os Amores, Lino! – retorquiu Cecília. – Eu já vi muitas pessoas que foram atingidas por aquelas flechas, e você não sabe como elas são poderosas! Você infelizmente gosta da Elissa, mas do *seu* jeito! E não de um jeito induzido! Se não acredita, veja aqui neste jornal.

– Não tem jornal nenhum em suas mãos, Cecília – disse Seth mais paciente do que gostaria. – Mas eu reconheço que quanto ao resto você está certa... Reflita um pouco, Lino: se o trabalho dos Amores tivesse funcionado, toda a sua relação com a Elissa teria sido diferente. Eu ainda não entendo como isso pôde acontecer, mas eles fracassaram!

– Então voltamos à estaca zero, eu não sei o que está acontecendo... Digo, eu sabia que ela era uma harpia – disse Davi revoltado, sentindo novamente os efeitos do Vergo espremendo sua cabeça. – Oh, deuses, eu sabia, e mesmo assim nós ficamos juntos! O que eu fui fazer – perguntou, olhando para Cecília. – Eu não sei o que eu realmente sinto pela Elissa!

– E você vai continuar sem saber, a menos que você passe longe de Vergo, ou de qualquer outra cousa que me faça bancar a mãe de vocês dois – irritou-se Seth. – Eu sei que a Elissa errou, e embora você nunca tenha sido o namorado perfeito, também não é o mais insensível a ponto de terminar a história de vocês dessa forma! Espere o efeito dessa miséria passar, e depois vá conversar com a Elissa como gente civilizada!

– Do mesmo jeito que você conversou com a Tulani? – perguntou Davi. – Pelo menos fui eu que terminei com a Elissa, e não você.

– Não, ele está certo, Lino – disse Cecília, e Seth não acreditou no que ouviu. – As harpias são uma invenção da mídia, e eu posso provar... Me dê só mais duas semanas...

– Do que você está falando, Cecília?! – perguntou Seth quase enlouquecendo. Coçou a cabeça inquieto. – Por que vocês tomam Vergo, se sabem que vão ficar assim?

– Assim como?! – indignou-se Cecília. – Cale a boca, Seth. Eu estou normal, se você não sabe. Não fale do que você não sabe. Se você não sabe, não sabe. Não fale.

– *O quê?* – perguntou Seth desesperado.

Os dois envolveram os braços de Davi sobre os seus ombros e foram até o balcão, com muita dificuldade, sendo que a ajuda de Cecília era questionável. Davi sentiu que alguém lhe chamava longe dali, e também sentiu seu corpo formigar quando eles já estavam chegando ao balcão. Ele enxergou Seth e Cecília o encarando, pasmos. Reparou também Eric Rodhes materializando uma luva de fogo nas mãos, e tudo mais estava embaçando... A própria imagem da taverna estava se desfazendo.

Davi tinha algumas recordações daquela formicação, que era tão desagradável. Seu corpo estava se desmaterializando de forma pausada. Cecília e Seth permaneciam parados com os braços se esvaziando, sem ter ideia de como aquilo estava acontecendo. Em poucos instantes, Davi sumiria dali. Enquanto isso, todos foram surpreendidos pela aparição de Eric Niven rompendo as escadarias correndo e gritando desesperado.

– É ele! É ele! – exclamava desembestado apontando para a escada, até que se escondeu atrás de Seth.

Davi, que já estava quase deixando o Parthenon, teve o processo de desmaterialização interrompido por um ex-colega que acabara de chegar.

– Você fica – disse Shiva, impedindo que Davi desaparecesse. Seu corpo irradiava uma luz levemente avermelhada, e ele trajava um uniforme de guerreiro espartano. Empunhava uma lança de bronze celestial e trazia um escudo às suas costas, pois na outra mão ele segurava o elmo de sua armadura. – E vocês têm visita.

Tudo no regresso de Shiva era impressionante para os garotos. Sua aparência mais robusta, a postura de deus, a indumentária; e o cinismo de retornar ao Parthenon depois de tudo o que ele fez para sair.

– Esse cara?! – exclamou Seth revoltado. – O que veio fazer aqui?!

– Meu assunto não é com você – respondeu sem encará-lo. Seus olhos, e em seguida a lança, estavam fixos em Karin Huneman. – Sua hora chegou, Karin. Mas você já sabia disso, né? Prepare-se, pois agora você vai me pagar por tudo!

Karin não demonstrava o mesmo espanto dos demais garotos, ou ao menos não compartilhava as mesmas emoções que eles. Estava receosa, mas não intimidada.

– Eu? – ela perguntou, fazendo pouco esforço para parecer vulnerável.

– Sim, você. – Da ponta da lança de Shiva saiu um intenso feixe de luz vermelha em direção à garota. Astros deu um grito e pulou para trás:

– O que foi isso?!

Malu resolveu assumir a posição de espectadora e cruzou os braços, acompanhando todos os acontecimentos de maneira imparcial. Na outra extremidade da taverna, estava Elissa com os olhos ainda vermelhos de raiva, mas que passaram a denotar certa apreensão. Contudo, ela preferia acreditar que Shiva não seria capaz de destruir o colégio novamente. Cecília, no auge do efeito do Vergo, achou estar diante de uma elaborada alucinação e preferiu manter a serenidade, para que não descobrissem o seu real estado de ebriedade.

– Você ainda não viu nada, gordinho – disse Shiva, preparando-se para lançar um novo ataque.

– Karin! – Eric Rodhes mergulhou na frente da amiga irradiando uma intensa corrente de fogo azul do seu corpo para bloquear o ataque de Shiva.

Eric conseguiu proteger Karin, mas a sua defesa pareceu desnecessária: na verdade, Shiva ainda não tinha intenção de ferir ninguém. Já o cenário da taverna, por outro lado, corria o risco de sofrer estragos irreparáveis.

– O que aconteceu com você, o que foi isso? – perguntou Karin trêmula jogada ao chão, assustada com a forma com que Eric conseguiu reagir.

– É uma longa história, quando acabarmos aqui eu te explico – Eric respondeu sorrindo, insistindo em confortá-la.

– E você? – ela gritou para Shiva, agora sim revoltada. – O que é, enlouqueceu de vez? Covarde!

Shiva dardejou outro feixe de luz para assustá-la, e esse passou ainda mais perto.

– Lino! – exclamou Karin, já aterrorizada, encolhendo-se. – Lino, me reconheça!

– Hã? – perguntou Davi.

– Eu sabia! – disse Shiva. – Há quanto tempo você está fazendo isso? Há quanto tempo está me espionando?!

– Lino! – gritou Karin novamente. – Anda logo, ele quer me matar!

Só que Davi não estava entendendo nada.

– O que você quer dizer? – perguntou ele confuso. – Shiva, não! – ele tentou impedir Shiva de atirar outro raio, mas foi inútil. Este último deixou um buraco no chão. – Pare com isso!

– Reconheça ela, Lino – disse Shiva sorrindo friamente, sem tirar os olhos de Karin. – Reconheça essa cínica agora!

– Você... – Davi falou particularmente para Shiva, repreendendo-o desesperadamente. – Você está maluco? Quer colocar tudo a perder?

– Os alunos eupatridenses tomaram a Academia. Estou sem ter pra onde ir. A sua amiga aí teve um papel muito importante nisso tudo, sabe por quê? Ela tem me espionado durante meses, e conseguiu infiltrar gente deles lá dentro!

– Como ela fez isso? – questionou Davi.

– É verdade isso, Karin? – perguntou Eric Rodhes, ainda no chão, onde tentava proteger a colega.

– Reconheça ela, Lino – insistiu Shiva. – Eu quero uma batalha justa!

– Mas... – coçou a cabeça. – Se ela for mesmo uma herdeira, eu não sei dizer de quem é!

– Ora, por favor, Lino! – retorquiu o garoto. – Olha pra mim, olha pra tudo ao seu redor! Eu sou o herdeiro de Marte, e estou aqui para reaver tudo o que me foi tirado por essa fraude que está aí na sua frente! Não seja cego!

As palavras de Shiva geraram um murmúrio ensurdecedor dos demais presentes, deixando o clima ainda mais insustentável.

– Eu não posso errar! – defendeu-se Davi, temendo um novo castigo.

– Você não vai errar!

– É isso aí, Lino – disse Karin com um olhar gélido. – Você não vai errar. Siga a sua intuição, confie nela! Me reconheça!

– Venha até aqui – convocou Davi, afastando-se de Seth e Cecília para ir até o centro da taverna. Karin também saiu da proteção de Eric Rodhes e foi ao seu encontro. Quando se encontraram, os dois falaram em voz baixa.

– Como você soube?

– Que você é o Revelador? – disse ela. – Informaram-me que você estava na Academia Ahayuta Achi, e só o que fiz foi rastrear vocês e ouvir a sua conversa. Eu mesma instalei um sistema de escutas por todo aquele pardieiro.

– Você? Como?

– Não vou aborrecê-lo com detalhes, Lino. Mas não fique tão espantado, eu praticamente só me utilizei das escutas quando eu soube que você estava lá, e em outras ocasiões isoladas; não foi o tempo todo, como o Shiva está supondo. Assim como ele, eu também desconfiei que você estava relacionado aos herdeiros dos deuses, e aí, eu...

– Isso não é legal, Karin. O que você fez.

– Não pense que eu sou um monstro! Apenas quero defender o meu povo! Os esparciatanos estão matando a todos nós, um por um; e o seu amigo Shiva estava sendo treinado pra isso! Aquela Academia não podia mais funcionar!

– Eu... – Davi estava cada vez mais confuso. – O Shiva não faria isso.

– Ah, é? Olha pra ele! Olha pra ele agora! Você acha mesmo que ele não seria capaz?

Davi virou a cabeça para encarar Shiva. Quando regressou, não conseguiu responder.

– Reconheça-me. Faça isso! É o que ele quer, e eu também!

– Bom, eu... Devo reconhecer que essas escutas, as que você instalou na Academia...

– Sim?

– Foi um trabalho muito benfeito.

– É, acho que sim.

– Você fez sozinha?

– Não, tive ajuda.

– De quem?

Karin não respondeu, mas Davi já esperava por isso.

– Você é muito esperta.

– Obrigada.

– Mas você também sabe que o Shiva é meu amigo e não me peça para escolher lados... Você ficaria decepcionada.

– Não se preocupe.

– Então tá. – Segurou as mãos de Karin e declamou: – Reconheço, para fins divinos, a herdeira e descendente direta de Atena, a deusa da sabedoria.

Os poucos murmúrios que ainda insistiam no recinto foram calados por uma luz safira que inundou todo o campo de vista.

–Você não é minha aliada, Atena – constatou Davi olhando para o seu pulso.

– Aqui é a Karin – respondeu. – E não, eu não sou. Nada contra você, Lino.

Quando a luz cessou, podia-se notar no rosto de Karin um sorriso belicoso, convidando Shiva para continuarem a batalha. Nas mãos dela estava um cetro cuja ponta lembrava uma foice de cristal, e desde já estava apontada para Shiva, que parecia bastante entusiasmado com o que estava por vir. Ela passou a vestir uma égide, couraça feita de pele de fenrir, um lobo devastador que, por vezes, é encontrado tocando o terror nas cercanias da cidade. Ataques como os últimos que Shiva lançou certamente não arranhariam a garota, se estivesse trajando a égide. Encerrado o deslumbramento causado pelo reconhecimento de Karin, os dois inimigos investiram um contra o outro.

– Vocês não vão duelar aqui – interpelou Davi, colocando-se entre os dois. Eles pararam, mas apenas para explicar ao colega que aquela era uma decisão que não cabia a ele.

– Desculpe-me, cara – respondeu Shiva mantendo a atenção na adversária. – Mas eu não posso mais esperar.

– Sai da frente, Lino, você não quer se machucar – endossou a garota.

–Vocês *não vão* brigar aqui! – exclamou, e a força de sua voz fez tremer o pavimento, levando consigo mesas e cadeiras da taverna. – E não adianta insistir! O colégio está cheio de gente, a turma está prestes a ser avaliada, e vocês vão se comportar! Resolvam os seus problemas fora daqui; e Karin, nem pense em sair porque o Shiva pode até não estudar mais aqui, mas você sim!

Os dois herdeiros não conseguiram contestar as palavras de Davi e recolheram as armas. Eric Rodhes resolveu abandonar o grupo, e saiu descendo as escadas. Como num ato reflexo, Karin fez menção de ir atrás dele, mas resolveu não abandonar o posto.

– Acho melhor o seu amigo dar o fora daqui antes que o vejam – disse Seth para Davi, que caminhava ao encontro dele e Cecília. Contudo, conforme ele andava, seu corpo começou a se desmaterializar novamente. A sensação continuava desagradável, mas ele não reagiu. Continuou andando.

– Que diabos é isso? – perguntou Seth, enquanto o corpo de Davi se desconstituía.

– Estão chamando por ele, desde que eu cheguei – respondeu Shiva. – E é hora de ele ir.

– Acho que já passou da hora de *você* ir, não acha? – continuou ele.

– Também acho – concordou e foi ao encontro de Malu, o segundo maior motivo do seu inesperado retorno ao Parthenon.

Malu continuava de braços cruzados, mesmo quando viu quando Shiva estava se aproximando dela. E assim permaneceu, até ser abordada por ele:

– Oi, Malu, eu... – disse ele, mas a garota não o deixou concluir. Tascou-lhe um beijo que não tinha hora para acabar. Pela primeira vez, Shiva abandonou a lança e o elmo que carregava consigo, tudo foi para o chão. Para a sorte dos dois, as pessoas na taverna tinham cousas bem mais importantes para se preocupar e não deram tanta atenção à cena.

– Espera aí – disse Cecília. – Isso está acontecendo de verdade? – gritou apavorada apontando para Shiva. – Aaaaah!

Karin lembrou-se de algo e correu até Davi. Quando ela emparelhou com ele, tratou de sussurrar:

– A Atena e eu temos algo para falar com você, Pseudônimo. Sobre o que você está prestes a ouvir, preste atenção: não temos mais interesse no artefato. Se quiser encontrá-lo, ele está no...

Poucos segundos foram necessários para que Davi desaparesse do Parthenon. Em alguns instantes ele estaria em seu quarto, na casa do bairro Conselheiro Acme.

59

O DEUS
FALSO

Voando nervoso pelo quarto, Hermes nem se preocupou em arrumar as cousas que tinha derrubado quando chegou. Estava esperando Davi chegar. Quando isso aconteceu, ambos se olharam com expressões diferentes.

– O que foi agora? – perguntou Davi procurando a cama, e se atirou nela assim que pôde. Era o efeito do Vergo voltando com tudo.

– Você demorou!

– O Shiva reapareceu no Parthenon assumindo a identidade de herdeiro de Ares e me segurou lá no momento em que você me trazia, obrigado por perguntar – respondeu com o rosto quase afundado no colchão da cama. – Por pouco ele não trava uma batalha com a Karin lá mesmo. Ah, e a Karin é a herdeira de Atena, pelo visto estava na minha cara esse tempo todo. Os dois estavam em vias de colocar o colégio abaixo, se preciso...

– Isso não é bom... Está tudo dando errado!

– O que você tem, Hermes? – perguntou preocupado, sentando-se na cama. – Está mais agitado do que de costume...

– A caixa. Ela sumiu!

– Que caixa?

– Quem poderia ter surrupiado aquela porcaria no Recôndito Divino? Isso é inconcebível! Que audácia mais inconsequente! Como conseguiram fazer isso?!

– Recôndito Divino? Não é lá que fica o lixo dos deuses? Se

estava lá, ela não devia ser nada importante, não? Por que teriam jogado fora, se não fosse nada de mais?

– O Recôndito Divino não é apenas para lixo, Pseudônimo. Lá é o lugar em que depositamos algumas cousas, só isso. O que existe lá não é apenas entulho. Esse é um pensamento absurdo, que já deveria ter sido ultrapassado.

– Então se conforme, você não pode fazer mais nada. Já que sumiu, está sumido, pronto, acabou.

–Você não tem noção do que está para acontecer!

– Ora, não queira me assustar – disse Davi relaxando na cama, ajustando o travesseiro às suas costas. –Você fala como se eu ligasse!

– Por acaso... você não viu nenhuma caixa por esses dias?

– Ah, sim, Hermes – enfadou-se –, nesses meses todos eu tenho visto várias caixas, quer que eu traga todas pra você?

– Não, não é uma caixa qualquer! Ela é quase desse tamanho, é de madeira escura...Tem também umas figuras talhadas, como gigantes, dragões, quimeras...

– Eu vi algo parecido, mas não era uma caixa...

– O que era então?

– Era um alabastro. Estava na sala da vice-diretora do Parthenon.

–Vice-diretora? Alabastro? – Hermes pensou por alguns segundos e voou até a janela aberta. – Pseudônimo, venha até aqui.

– O que foi? – Davi precisou de muita disposição para se levantar da cama. Foi até onde Hermes estava, e o deus apontou para a casa defronte, a do Sr. Argívio. A janela que ficava bem em frente à do quarto de Davi estava aberta, revelando um quarto sem graça, com luzes fracas iluminando o ambiente. Sobre o parapeito, um vaso feio continha flores artificiais.

– *Aquilo* é um alabastro – disse Hermes, apontando para o vaso.

O Sr. Argívio apareceu na janela do seu quarto, forçando um pouco os olhos para poder enxergar melhor. Quando viu Davi, ele acenou muito amigável, chegando até a sorrir. Logo depois ele pediu licença e fechou a janela.

– Laura! O Nicolas se mudou e você nem pra me contar?

– Entendeu? – perguntou Hermes fechando a janela.

–Talvez... – disse Davi.

–Você não abriu a caixa, abriu?

– Não, não abri... – Na verdade, ele meio que tentou olhar dentro da caixa naquela ocasião, mas não chegou a abri-la completamente, então não devia ser para tanto.

Hermes aliviou-se, pareceu tirar um edifício inteiro das costas. Ainda tinha suas preocupações, mas a presença da esperança era uma grande ajuda.

– Então aquilo que eu vi era...

– Não pense nisso agora – Hermes cortou a conversa antes que Davi juntasse as peças. – Teremos tempo para esse assunto depois. Na verdade, eu vim aqui para dizer outra cousa, além disso. Eu recebi o seu bilhete. O Maio, onde ele está?

– Bilhete? Que bilhete? Ah... *Aquele* bilhete?! Mas eu te mandei na semana passada! Não é aquele que eu escrevi quando peguei o Maio?

– É que eu não pensei que fosse algo importante. Essa história da caixa acabou tomando todo o meu tempo, e... bem, isso não importa. O importante é que eu li, e agora estou aqui. Onde está o penate?

– Embaixo da cama.

– Cadê ele? – Hermes foi buscar o penate no lugar em que Davi havia indicado. – Aqui está você... Ora, Maio... Um deus como você não pode ser tratado como um reles pedaço de gesso... Que crueldade! Olha o que você fez com o Maio... Ele está todo maltratado! Olhe essa sujeira, ele está... Descascando? Mas, como "descascando"? Isso não é possível!

– Entendeu agora?

– Não, mas... – Seu olhar era de desespero. – O Maio não é um penate de devoção, ele não é forjado com gefácio, então não pode estar descascando, isso nunca poderia... Ele não tem... Coitado do... Esses desgraçados me enganaram! – E exteriorizou parte da sua raiva, jogando o busto na cama. – Maldição!

O penate, ainda com a boca amordaçada, balançava-se cada vez mais.

– Hermes, você sabe o que acontece quando...

– Sim, quando um penate está com gefácio do mês errado... – Hermes completou. – O creme não é bem absorvido e corre o risco de descascar...

– Então, quer dizer que este rosto deste Maio aqui não é realmente dele, até porque seria desnecessário usar num penate um gefácio para forjar o rosto que ele já tem. Ou seja, por mais que se pareça, este aqui não é o Maio... – Davi retirou a mordaça do penate, que pôs para fora todo o seu desespero.

– Salve-me, meu senhor! Ele é louco! Não deixe que ele me faça mal! Ele tem teorias desconexas! É louco! Eu já enfatizei que ele é louco? Devo ter mencionado que... Mas o que... o que ele está fazendo? Está me desfigurando! Faça-o parar, meu senhor, impeça-o!

–Você é um deus, faça você mesmo – disse Hermes com frieza. – Divindades atrofiadas também têm seus poucos poderes, cabe a você descobrir os seus.

– Seus poderes não envolvem superar uma mordaça, com certeza – disse Davi, e sabia do que estava falando. – Eu já estudei sobre esse tipo de deus, não fiz nada sem calcular antes. E agora, com um pouco de trabalho e uma mão suja de gefácio vencido, temos um penate em sua face original... E quem é ele? – Davi finalizou. – Hades, o deus do mundo inferior!

– Não sorria muito, filho – disse o penate, agitando os cabelos rígidos para tirar o excesso de gefácio e com a voz diferente. – No seu lugar, eu não estaria tão feliz.

– Hades! – esbravejou Hermes colérico, incapaz de aceitar aquilo. –Tinha que ser! Posso saber o que significa essa palhaçada, Radamanto?

– Não me leve a mal, Hermes, mas... – respondeu Radamanto com toda a calma. – Eu não poderia revelar tudo o que se passa pela cabeça do meu senhor, mesmo que eu soubesse. Acontece que cada um tem o seu governante. Alguém a seguir, ordens a obedecer, e tudo o mais... Você, mais do que ninguém, deveria saber disso.

– Radamanto, este é o pior momento possível para os seus chistes! Eu peço, ou melhor, eu *ordeno* que você se explique neste exato momento, ou eu o transformo em reboco de parede!

– Explicar o quê, afinal? – disse o penate do deus do mundo inferior. – Eu poderia explicar muita cousa. Você não ia gostar. Não vamos discutir deliberadamente, Hermes, eu sei que você está nervoso devido ao sumiço da caixa... A caixa de Pandora.

–Você não se atreva! – urrou Hermes, a face transbordada de ódio.

– Não, não me atrevo, eu sei como é isso. É terrível ter que conviver com o fato de que uma caixa como aquela, que carrega em seu interior as piores calamidades da Criação, está vagando por aí, nas mãos do mais improvável Fulano de Tal...

Hermes avançou contra Radamanto, mas Davi o conteve:

– Como assim, Hermes? – disse Davi. – É *essa* a caixa que você estava falando?

O garoto teve o pressentimento de que tinha acabado de descobrir o motivo do tremor de terra que aconteceu no dia em que ele invadira a sala da vice-diretora. Ele já tinha lido no *Livro* que o sumiço ou a apropriação indevida de objetos sagrados causava a ira divina, que muitas vezes era manifestada através daquele tipo de tremor. Só o que ele não sabia era o porquê de Donna Glaia ter se apoderado da caixa, sabendo dos riscos que isso implicava.

– A caixa de Pandora era o alabastro da Donna Glaia? – ele perguntou a Hermes. – Vocês guardavam a *caixa de Pandora* no Recôndito Divino, junto com um monte de *lixo*?! – revoltou-se com tamanha estupidez. – Como vocês puderam fazer isso?

– Lá não é apenas para lixo! – respondeu Hermes igualmente exaltado.

– Pelo menos agora vocês têm uma pista do paradeiro do artefato – disse Radamanto com uma falsa animação. – Entretanto, se a caixa *ainda* está no Parthenon, é o que nós não sabemos...

– Pseudônimo, não dê ouvidos para o que esse caroço de divindade está dizendo, não se atenha a esses problemas pequenos agora, você tem assuntos mais importantes pra tratar...

– Ora, quase me esqueci que esse é o famoso Pseudônimo... – O penate continuava a sorrir. – Vejo que finalmente estamos nos conhecendo da forma apropriada. Isto é, fica meio difícil fazer amizade com alguém quando se está trancado numa mochila com zíper. Mas sem ressentimentos. É uma honra estar na sua companhia! Confesso que estive ansioso por algum tempo. Mas agora vejo que já somos amigos e já temos certa afinidade. Até porque você foi o único neste mundo que já se dispôs a esfoliar a minha face e, cá pra nós, os tais pelos encravados não saem nem por milagre, não é verdade?

– Eu só estava tirando o gefácio da sua cara, seu impostor! – disse Davi irritado. – Não temos *nenhuma* afinidade!

– Passei dias amordaçado, preso numa mochila sem nenhuma ventilação, sem comer, sem beber, sem um mínimo de dignidade. Mas isto? Mil vezes pior. Então eu vou mudar de assunto e... que tal se víssemos o seu progresso? Você está procurando os herdeiros, não está? Vamos ver. Emirjam, pedrinhas... – As pedras no pulso de Davi obedeceram. – Três herdeiros... Nada mal! Ainda não atingiu a meta, mas já mostra que você não é de todo incompetente.

– Três? – perguntou-se Davi, analisando melhor o próprio pulso. Depois de contar repetidas vezes, ele percebeu que havia quatro pedras, o que ele achou impossível. Na última tentativa, ele levou uma penitência de verdade. Será que ele acertou quando... – O Seth!

– Vê? – sussurrou Radamanto. – O meu senhor é um de seus aliados, Revelador Descendente! Não há o que temer, você estará seguro!

–Vá para o colégio, Pseudônimo – pediu Hermes. –Você voltará ao mesmo lugar em que estava quando eu o solicitei e exatamente no mesmo instante. Assim parecerá que você não deixou o Parthenon em momento algum. A não ser que ocorra algum imprevisto, claro, mas isso não nos importará agora. Hora, querida, você poderia fazer isso por mim?

– Posso, posso sim – respondeu o relógio de Davi.

–Você não pode fazer isso comigo – o garoto implorou a Hermes. – Eu quero te ajudar a encontrar a caixa de Pandora, não me faça voltar para o Parthenon agora!

– Filho, você não poderá fugir dos seus problemas no Parthenon por muito tempo. Acredite em mim, eles não são nada perto do que realmente me preocupa. – O deus recostou a palma da mão sobre a testa franzida, na intenção de evitar que todas as aflições de agora fugissem da sua cabeça. Com a outra mão ele varreu o ar, escorraçando Davi. – Apenas vá.

Com um gesto ligeiro da mão esquerda, Hermes o fez desaparecer da casa dos Farsala, no bairro Conselheiro Acme.

– *Espere!* – gritou Davi. Ele não conseguiu dizer a Hermes, pois já estava sendo levado de volta à taverna. *Agora há pouco a Karin falava em um artefato,* pensou ele. Em sua cabeça veio a lembrança de Eric Rodhes subindo as escadarias do colégio no dia em que a caixa sumiu: *Foi ele! A mando dela!* Se isso for verdade, presumiu Davi, o paradeiro da caixa da Pandora poderia estar mais próximo do que eles imaginam.

Quando retornasse ao Parthenon, o jovem Lino Yang seria recebido por todos os assuntos pendentes da última meia hora; e também pelos próximos e latentes acontecimentos. À primeira vista, ele não chegaria muito diferente de quando entrara pela primeira vez na sala do primeiro ano, cercado de olhares curiosos. Mas desta vez estava definitivamente mais forte, amadurecido, ainda que levemente embriagado pelo excesso momentâneo de Vergo.

Dentro de si resplandecia a certeza de que se estava cada vez mais perto do inevitável – o que já não era algo temeroso para ele. Certa vez, ele ouvira de seu pai que certas atitudes nos levam a escolhas. Davi já não discutia a veracidade disso, mas ele sabia que a partir de agora não seriam as atitudes, mas sim suas próximas *escolhas* que o conduziriam às ações mais decisivas. Era a sua vida seguindo o curso natural das cousas.